KNAUR

Von der Autorin sind im Knaur Taschenbuch bereits erschienen:
Die Wundärztin
Bernsteinerbe
Hexengold
Gold und Stein

Über die Autorin:
Heidi Rehn wurde in Koblenz geboren und wuchs in einer Kleinstadt am Mittelrhein auf. Nach dem Magisterexamen war sie zunächst als Dozentin an der Universität München tätig, anschließend als PR-Beraterin in einer Agentur und mehrere Jahre als freie Journalistin und Autorin. Inzwischen widmet sie sich ganz dem Schreiben. Nach ihren erfolgreichen historischen Romanen betritt sie mit *Der Sommer der Freiheit* inhaltliches Neuland. Die Zeit Anfang des 20. Jahrhunderts in Deutschland ist ihr ein besonderes Anliegen.

HEIDI REHN

DER Sommer DER Freiheit

ROMAN

KNAUR

Besuchen Sie uns im Internet:
www.knaur.de

Originalausgabe Juli 2014

Ein Unternehmen der Droemerschen Verlagsanstalt
Th. Knaur Nachf. GmbH & Co. KG, München

Redaktion: Regine Weisbrod
Umschlaggestaltung: ZERO Werbeagentur, München
Umschlagabbildung: Jill Battaglia/Arcangel Images
Satz: Adobe InDesign im Verlag
Druck und Bindung: CPI books GmbH, Leck
ISBN 978-3-426-51216-6

2 4 5 3

Für Meta –
ein Hoch auf eine ganz besondere Freundschaft!

Wenn man nicht hat, was man liebt,
muss man lieben, was man hat.

(Französisches Sprichwort)

Man kann viel, wenn man sich nur recht viel zutraut.

(Wilhelm von Humboldt)

Prolog

Baden-Baden
August 1913

Wieder einer jener Sommer, in denen entweder alles möglich oder zu ewigem Stillstand verdammt war. Selma liebte dieses Gefühl banger Erwartung zu Beginn der vierwöchigen Sommerfrische. Gleich nach dem Frühstück begann sie, das Hotel *Bellevue* wieder in Besitz zu nehmen. Neugierig, was sich seit ihrem Besuch im Vorjahr verändert hatte, strich sie durch die wie ausgestorben daliegenden Korridore. Im ersten Stock begegnete ihr ein Zimmermädchen, das ihr noch vom letzten Aufenthalt her bekannt vorkam. Dagegen schien der Liftboy im zweiten Stock erst wenige Wochen in seiner goldbetressten Livree zu stecken, derart stolz wölbte er die schmale Jünglingsbrust heraus. Eine schwarz gekleidete, erschöpft wirkende Gouvernante kreuzte im dritten Stock ihren Weg. Offenbar hatte sie es gerade aufgegeben, ihren aufmüpfigen Schützlingen hinterherzurennen. So nah unter dem Dachgeschoss staute sich selbst um diese Stunde schon die Augusthitze, was einem bei kleinster Anstrengung den Schweiß auf die Stirn trieb. Selma schätzte sich glücklich, eine luftig-locker fallende Tunika über dem knöchellangen Plisseerock gewählt zu haben.

Sie passierte die Hintertreppe, die zum Speicher hinaufführte. Am Treppenabsatz angekommen, zögerte sie einen Moment, ob sie sich noch einmal zu den geheimnisumwitterten Turmspitzen an den vier Ecken des riesigen Hotelpalastes schleichen sollte. Erst wenige Jahre waren vergangen, seit sie dort oben mit ihrem drei Jahre jüngeren Bruder Grischa aufregendste Abenteuer erlebt hatte. Sie war eine wahre Meisterin im Erfinden spannender Geschichten gewesen. Ein Blick in die Gesichter der anderen Hotelgäste hatte ihr genügt, um sich vor Grischas staunenden Augen auf dem Speicher in die märchenhaft schöne, aber bleichgesichtige Gattin des mürrischen Bankdirektors vom Nachbartisch zu verwandeln. In Wahrheit handele es sich natürlich um eine russische Prinzessin, die in Baden-Baden ihre Liebe zu einem polnischen Fürsten entdecke, hatte sie versucht, Grischa glauben zu machen. Leider hatte er nicht annähernd ihre Leidenschaft für diese Art von Abenteuern geteilt und sich als Liebhaber sehr tolpatschig angestellt. Ein linkisches Tête-à-Tête unter Geschwistern aber war allemal besser gewesen, als stundenlang mit den Eltern über die Lichtentaler Allee flanieren und artig vor den anderen Gästen posieren zu müssen.
Albernes Kichern aus Richtung des Speichers verrieten die geflohenen Schützlinge der Gouvernante. Offenbar erlitten sie gerade dasselbe Schicksal wie Grischa und sie damals. Selma wünschte den Gören, für einige Stunden unentdeckt von den anderen Erwachsenen zu bleiben.
Über die Haupttreppe begab sie sich auf den Weg nach unten. Die dicken Teppiche in den Fluren und über den Treppenstufen verschluckten ihre Schritte. Der Geruch nach reinigenden Seifen, schweren Parfums, dicken Zigarren und verschwenderischem Blumenschmuck, wie er in dieser Mischung nur Häu-

sern wie dem *Bellevue* zu eigen war, wehte durch das weite Treppenhaus. Für Selma verhieß er heimkommen in eine Welt, die ihr von frühester Kindheit an vertraut war und die Jahr für Jahr dasselbe Programm bereithielt.

Sobald sie beim Nachmittagstee im Gartenpavillon die übrigen Hotelgäste kennenlernen würde, konnte sie abschätzen, was in den nächsten vier Wochen zu erleben war. Anders als ihre Eltern fühlte Selma sich noch viel zu jung, um die Sommerfrische in der trägen Eintönigkeit immer gleicher Tagesabläufe zu verbringen. Sollte sich kein ähnlich gesinnter Hotelgast passenden Alters finden, wäre da immer noch Grischa, mit dem sie sich beim Tennis, Croquet oder gar den Rennen im nahen Iffezheim vergnügen konnte. Wie jedes Jahr würde es sich das Hotelierspaar des *Bellevue,* Lilly und Rudolf Saur, nicht nehmen lassen, aussichtsreiche Bekanntschaften zwischen den Gästen zu stiften. Gerade ein Fräulein im heiratsfähigen Alter wie Selma, das obendrein als gute Partie galt, stand hoch im Kurs. Versonnen lächelnd hob sie die linke Hand, betrachtete den Brillantring, den Gero ihr zur Verlobung an Neujahr geschenkt hatte. Schon jetzt freute sie sich auf den verdutzten Blick von Lilly Saur, sobald sie ihn in der Sonne funkeln sah. Mit dem aus Ostpreußen stammenden Gutsbesitzersohn Gero von Sudloff hatte sie eine hervorragende Wahl getroffen. Soeben war er zum Sozius einer angesehenen Rechtsanwaltskanzlei am Charlottenburger Kurfürstendamm, dicht vor den Toren Berlins, avanciert. Außerdem verstand er sich bestens darauf, verbotene Begierden in ihr zu wecken. Sie errötete, lag doch ihr letztes Beisammensein keine zwei Tage zurück.

»Hoppla!« Sie stolperte und stieß gegen etwas Weiches. Als sie aufsah, fand sie sich in den Armen eines erschreckend gut aussehenden, dunkelhaarigen Mannes. Seine nahezu schwarzen Augen funkelten vergnügt, die schön geschwungenen Lippen unter dem dünnen Oberlippenbart waren zu einem amüsierten Lächeln gespitzt. »*Excusez-moi, mademoiselle.*« Seine dunkle Stimme in dem wundervoll harmonischen Französisch traf sie ins Mark.

»*Pardon, monsieur.*« Zu ihrem Bedauern ließ er sie viel zu schnell wieder los und verabschiedete sich mit einem knappen Nicken. Hastig strich sie die weich fallende Seide ihrer cremefarbenen Tunika glatt, prüfte den Sitz der Frisur und schritt mit einem huldvollen Nicken quer durch die Eingangshalle zum Gartensalon.

Wie schon in den dämmrigen Korridoren und der Halle, so herrschte auch in dem zum Kurpark gelegenen Salon gähnende Leere. Lediglich das Zwitschern des gelbgrünen Kanarienvogels in dem Vogelbauer nahe der Terrassentür hieß Selma willkommen. Die Sonne schickte sich gerade an, um die Ecke des Südflügels zu spitzen. Zur Mittagsstunde würde sie von der Lichtentaler Allee aus das stattliche Anwesen inmitten seiner großzügigen Parkanlage mit goldenem Licht fluten. In Erwartung der großen Hitze waren die gelb-weiß gestreiften Markisen vor den bodentiefen Fenstern halb heruntergezogen. Durch die offene Terrassentür strömte süßer Rosenduft aus der benachbarten Gönneranlage herein, von der Oos wehte ein angenehm kühler Lufthauch in den halbrunden Vorbau.

»Dich haben sie wohl ganz vergessen«, begrüßte Selma den Vogel. Zu ihrer Verwunderung hatte er sich ganz auf die zum Garten zeigende Seite geflüchtet. Eine Kralle an den Gitterstäben, mit der anderen auf der fingerdicken Stange balancierend, reckte er sich voller Sehnsucht dem allmählich über den Baumwipfeln aufziehenden Sonnenball entgegen. Schließlich setzte

er zu einem lang anhaltenden Pfeifton an, der vom Garten her nicht weniger sehnsüchtig beantwortet wurde.
»Gräm dich nicht. Hier drinnen hast du alles, was du zum Leben brauchst, und musst nicht einmal um dein Futter bangen.« Lockend streckte Selma den Finger durch die Stäbe, pfiff dazu eine sich nach oben schraubende Melodie ähnlich der, die der Vogel bei ihrem Eintreten angestimmt hatte. Langsam drehte er den Kopf, ruckte einige Male vor und zurück und stimmte freudig in das Trällern ein. Aufgeregt begann er auf seiner Käfigstange hin und her zu trippeln. Durch die weit geöffnete Tür war das Antworten erneut zu hören.
»Armes Kerlchen«, murmelte Selma. »Offenbar hältst du nicht viel von deinem goldenen Käfig.«
Schon hatte sie die Käfigtür geöffnet. Für einen Moment verstummte der Kanarienvogel, legte das Köpfchen schief, schien sie Rat suchend anzuschauen. Das Zwitschern im Garten wurde lauter. Flugs hüpfte er auf die Querstange vor der Käfigtür, schwang zwei-, dreimal probehalber seine Flügel und flatterte dicht an Selmas lachendem Gesicht vorbei auf die offene Tür zu.
Sein Flügelschlag war erschreckend unruhig. Es dauerte einige bange Augenblicke, bis er den winzigen Körper ausbalanciert hatte, um den üppig blühenden Rhododendron beim Terrassenaufgang zu erreichen. Atemlos machte er Station. Flugs hechtete eine mehrfarbig gestreifte Katze aus dem Dickicht. Ein einziger Hieb mit der Pfote genügte ihr, um den grell leuchtenden Vogel zu erlegen.
Entsetzt schrie Selma auf.
»Zu spät, Liebes«, hörte sie die tiefe Stimme von Großmutter Meta aus einem der gepolsterten Rattansessel. Gemächlich erhob sie sich und kam auf sie zu. Rhythmisch klackte ihr

schwarzer Gehstock über den schwarz-weiß gefliesten Steinboden des Gartensalons. »Auch wenn sich alle nach der Freiheit sehnen, ist sie nicht für jeden geschaffen. Man muss schon etwas mit ihr anzufangen wissen, sonst beschert sie eher Leid denn Freude.«

»Das sagst ausgerechnet du, Großmama? Ich dachte, in deinen Augen ist die Freiheit gerade für uns Frauen das Erstrebenswerteste.«

Erstaunt schaute Selma sie an. Die zierliche Großmutter reichte ihr kaum bis zur Schulter. Trotz ihres Hüftleidens legte sie großen Wert auf eine aufrechte Haltung. Das dunkelviolette Kostüm und das sorgfältig frisierte silbergraue Haar betonten ihre Würde, zählte sie inzwischen doch schon stolze fünfundsechzig Jahre.

»Gerade weil ich die Freiheit über alles liebe, weiß ich, wie wichtig es ist, sie nicht nur großmütig zu verschenken. Zuerst sollte man den Beschenkten in ihrem Gebrauch unterrichten, sonst endet sie im Desaster.«

Selma trat auf die Terrasse und streckte mit geschlossenen Augen das Antlitz der Sonne entgegen. Sie dachte an Gero, das ziellose, unstete Leben, das sie in Berlin führte. Zugleich tönte ihr die angenehme Stimme des Franzosen im Ohr. Wie wenig wusste sie mit der Freiheit anzufangen, die sie kühn hinter dem Rücken der Eltern für sich in Anspruch nahm. Wenn sie doch wenigstens ihr unbedarftes Handeln von vorhin rückgängig machen und den Vogel vor dem grausamen Tod in der ungewohnten Freiheit bewahren könnte!

Erster Teil

Aufbruch

Sommer 1913 bis Sommer 1914

1

Eine leichte Brise bauschte die Gazegardinen vor den offenen Fenstern zu hauchzarten Säulen. Einen Atemzug später flatterten sie im auffrischenden Wind weißen Fahnen gleich ins Innere des Salons. Auf ihren durchscheinenden Schleppen strömte der verheißungsvolle Geruch nach Sommer und Aufbruch herein, ging mit den süßen Damenparfums, der staubtrockenen Teppichluft und den bitteren Kaffeedämpfen, die im Salon hingen, ein atemberaubendes Gemisch ein.

Langsam ließ Selma die Zeitschrift sinken, lehnte den Kopf in den Nacken und hing einem verführerischen Gedanken nach. Warme Sonnenstrahlen kitzelten sie auf der Nasenspitze. Sie kuschelte sich gegen die Lehne der Chaiselongue, bettete die ausgestreckten Beine auf das Fußteil des Möbels und wippte die Zehen in der Luft. Der einschläfernde Rausch des endlosen Augustvormittags umfing sie. Auf seinen Schwingen entfloh sie dem Damensalon des *Bellevue* mit seinem munteren Stilgemisch aus samtrot gepolsterten Barocksesseln, zierlichen Louis-Seize-Tischen und dem gediegenen Empire-Sekretär in eine nüchtern-modern eingerichtete Junggesellenwohnung am Savignyplatz in Charlottenburg. Geros Stimme drang so verführerisch an ihr Ohr, als säße er neben ihr auf dem Sofa. Ebenso wirklich fühlte sie die Haut seiner glattrasierten Wangen auf den ihren, meinte zu spüren, wie sich seine Hände an ihren Hals legten, mit den Fingerkuppen zärtlich die Linien der

Adern nachfuhren. Ach, mochte dieser Augenblick zur Ewigkeit werden! Ein vernehmliches Räuspern schreckte sie auf. Hastig befreite sie sich aus den Fängen des Seidenschals, den der Wind ihr um die Brust geschlungen hatte. »Das wurde soeben für Sie abgegeben.«

Als sie das Antlitz hob, erspähte sie dicht vor ihrer Nase ein Serviertablett. Es dauerte eine Weile, bis sie gewahr wurde, was ihr auf der im Sonnenlicht funkelnden Silberplatte präsentiert wurde: eine langstielige rote Rose und ein Kuvert aus dickem, handgeschöpftem Büttenpapier. Auf Anhieb erkannte sie darauf die großzügig geschwungenen Schlingen von Geros Handschrift. Röte huschte über ihre Wangen. Undenkbar, diesen Brief in Gegenwart des Obers zu öffnen. Voller Unbehagen spürte sie Metas und Heddas Blicke, die jede ihrer Bewegungen aufmerksam verfolgten. Selma ahnte, was Gero ihr schrieb, schließlich war das nicht der erste Brief, der sie nach ihrem verzehrenden Abschied voneinander letzte Woche erreichte. Für das Wochenende hatte er seinen Besuch in Baden-Baden angekündigt. Allein der Gedanke, dass er sich, ›um den Anstand zu wahren‹, wie er sich mit schelmischem Lächeln ausgedrückt hatte, im *Maison Messmer* einquartiert hatte, färbte ihre Wangen noch kräftiger ein. Gero und Anstand, das waren zwei Begriffe, die in ihr eine ganz besondere Spannung erzeugten.

Geziert griff sie nach der Rose, streichelte mit den zart duftenden Blättern an ihren Lippen entlang, bevor sie endlich auch den Brief in die Hand nahm. In einer lässigen Drehung legte sie ihn betont achtlos auf den Beistelltisch, bettete die Rose obenauf. Einstimmig seufzten Mutter und Großmutter. Die daraus herauszuhörende Enttäuschung war Selma eine innere Genugtuung. Als der Ober mit dem Tablett in der Hand vor ihr verharrte, fragte sie leicht gereizt: »Sonst noch etwas?«

»In der Auffahrt wartet ein …«, setzte er in seiner näselnden Stimme an, um sofort wieder mit hochgezogener Augenbraue innezuhalten. Grischa stürzte in den Salon, riss sich noch im Laufen den flachen Strohhut vom Kopf und rief ausgelassen: »Schwesterherz, du glaubst nicht, was vor dem Eingang vorgefahren ist!«

»Christian, bitte!«, versuchte Hedda den Achtzehnjährigen zur Räson zu bringen. Pikiert richtete sie sich halb aus dem roten Lesesessel auf, schüttelte vorwurfsvoll den frisch frisierten Kopf. Ihr goldblondes Haar war so kunstvoll aufgesteckt, dass Selma um jede Strähne bangte, die sich daraus löste.

»Übermut ist das Vorrecht der Jugend, mein Kind«, warf Meta ein. Selma musste gar nicht erst zu ihr hinüberspähen. Allein aus dem Klang der für eine Frau ungewöhnlich tiefen Stimme war das Schmunzeln herauszuhören, das die Worte auf Metas lebhaftem, von Falten eher interessant denn alt gezeichnetem Gesicht begleitete.

»Lass mich raten, Kleiner. Wie viele Versuche habe ich?« Huldvoll erhob sich Selma von dem roten Samtsofa, schlenderte dem Bruder entgegen, kostete dabei Mutter Heddas empörtes Luftschnappen genüsslich aus. Sicher klappte ihr bei Selmas Anblick gerade die Kinnlade herunter, während Meta anerkennend nickte. Genau darauf hatte Selma es angelegt, als sie nach dem gemeinsamen Frühstück im Wintergarten das biedere weiße Leinenkostüm mit dem einschnürenden Korsett gegen den knöchellangen Hosenrock und die locker fallende Tunikabluse im Paul-Poiret-Stil ausgetauscht hatte. Gero hatte ihr die Kombination geschenkt, nachdem sie die neuesten Zeichnungen des Pariser Modeschöpfers in der *Dame* so begeistert hatten. Der weich fließende Stoff in sattem Violett umschmeichelte ihre grazile Figur, das anschmiegsame Hüftmieder schenkte ihr grenzenlose Bewegungsfreiheit und verschwenderisch viel Luft zum Atmen. Die Absätze ihrer cremefarbenen Spangenschuhe versanken im weichen Teppichflor. Die Lautlosigkeit der Schritte erinnerte sie an ein Schweben auf Wolken. Schwungvoll schlang sie sich den farblich auf die Schuhe abgestimmten Seidenschal um den Hals. Einzig, dass die Mutter so lange gebraucht hatte, bis ihr die Provokation auffiel, trübte den Triumph ein wenig. Schließlich saßen sie schon seit gut einer halben Stunde im Damensalon zusammen.

»Wie viele Versuche brauchst du, Schwesterherz?« Grischa legte den Kopf schief, musterte sie unverhohlen. Ihr unkonventioneller Aufzug schien ihm zu gefallen. Der Ober hüstelte vernehmlich in die Faust, bis Grischa begriff und zur Seite trat, um ihn durch die doppelflügelige Tür hinauszulassen.

»Hab Erbarmen mit mir zartem Geschöpf, mein Held!« Übertrieben matt sank Selma an Grischas trotz frisch überstandenem Abitur noch immer erschreckend schmale Pennälerbrust.

»Welches Parfum rieche ich da?« Unter gespielter Empörung zuckte sie zurück und wedelte sich Luft zu. Liebevoll strichen die Fingerkuppen ihrer linken Hand über Grischas glatte Wange. Aufmerksam musterte sie das fein gezeichnete Gesicht, dem noch jede charakterliche Prägung fehlte.

»Vertrau dem Rat deiner großen Schwester: Für eine Dame ist der Duft zu schwer, für einen Herrn von Welt zu süß. Sollte deine Wahl auf einem väterlichen Rat beruhen, denk daran, unser lieber Herr Vater befindet sich in solchen Dingen leider nicht mehr auf der Höhe der Zeit. Gero wird dir gern behilflich sein, ein weltmännischeres Rasierwasser auszuwählen. In wenigen Tagen trifft er hier ein, dann könnt ihr einen Bummel durch die Läden unternehmen.«

»Danke für das Angebot, aber ich komme bestens klar.« Entschieden schob Grischa ihre Hand fort, schleuderte die Kreissäge lässig auf einen Sessel und verschränkte die Hände hinter dem Rücken.

»Wie gedankenlos von mir! Mit dem Abitur in der Tasche bist du natürlich längst groß.« Belustigt musterte Selma ihn weiter. Sein Gebaren war ein einziges Nacheifern Geros. Das bartlose Kinn in die Luft gereckt, die blassen Lippen gespitzt sah er sie herausfordernd an. Ebenso wie die Geste war ihm der dunkle Anzug mindestens eine Nummer zu groß. Das feine englische Tuch schlotterte ihm um die schlaksigen Gliedmaßen, der Kragen des weißen Seidenhemds war eine Spur zu weit, und die Krawatte saß leicht schief. Rührung bemächtigte sich Selmas. Nur eine Frage der Zeit, bis der kleine Bruder diese Missgriffe hinter sich lassen und erwachsen sein würde. Schneller, als ihr lieb sein konnte, würde sie nicht nur der Körpergröße wegen zu ihm aufschauen.

»Erspare mir das anstrengende Raten«, bat sie. »Verrat mir bitte gleich, was in der Hotelauffahrt Spektakuläres vorgefahren ist. Eine Dampflok wird es kaum sein. Das hätten wir längst mitbekommen.«

»Mit einem Gefährt bist du nah dran.« Grinsend verschränkte er die Arme vor der Brust. »Mehr verrate ich nicht. Schließlich will ich deinem Liebsten nicht den Spaß verderben.«

»Gero steckt dahinter? Das hätte ich mir denken können.« Nachdenklich tippte Selma den rechten Zeigefinger gegen die Lippen und fügte mehr zu sich selbst als zu Grischa hinzu: »Eine große Überraschung, eine Rose und ein Brief, das kann nur eines bedeuten.«

»Was? Er hat dir auch einen Brief geschickt? Los, mach ihn auf! Da wird Genaueres drinstehen.« Ungeduldig schob Grischa sie beiseite, um nach dem Brief zu suchen.

»Halt!« Sie packte ihn am Arm. »Du wirst doch nicht etwa meine Briefe lesen wollen? Dafür bist du leider noch zu klein.«
»Selma!«, mahnte Hedda. »Es gehört sich nicht, den Brief seines Verlobten beiseitezulegen. Man könnte denken, er interessiere dich nicht. Dabei ist Gero von Sudloff ein …«
»Wir alle wissen, wer Gero ist und wie Selma und er zueinander stehen. Schließlich sind sie seit Neujahr verlobt.« Meta stand auf, trat zum Sessel ihrer Tochter und legte ihr die Hand auf die Schulter. »Bei den beiden brennt gewiss nichts mehr an. Selma kann ruhig …«
»Mutter!«, rief Hedda und schob Metas Hand weg. Von der heftigen Bewegung löste sich eine Strähne aus ihrer aufgesteckten Frisur. Unwillkürlich warf sie den Kopf nach hinten, strich mit den Fingern das Haar aus der Stirn. Einen Augenblick länger als nötig beließ sie die Hand gedankenverloren am Hinterkopf. Selma war fasziniert. Der Ausbruch verlieh der Mutter einen Anflug von Verwegenheit, der viel besser zu ihr passte als das Strenge, Beherrschte, auf das sie so viel Wert legte.
»Keine Sorge, Mama, natürlich lese ich Geros Brief sofort, ganz so, wie es sich für eine anständige Verlobte geziemt.« Aufmunternd lächelte sie der Mutter zu und ging zu dem kleinen Tisch neben dem roten Sofa, nahm den Umschlag und erbrach das Siegel. Voll banger Erwartung, was ihr der Liebste schreiben würde, faltete sie den Bogen auseinander.
Die dunkle Tinte mit Geros weit ausschweifender Schrift beherrschte die ganze Seite. Selmas Herz schlug schneller. Allein der Schwung, den das großzügig hingeworfene S ihres Namens gleich zu Beginn der ersten Zeile aufwies, erinnerte sie an seine stürmischen Umarmungen. Sie zwang sich, jedes Wort auszukosten wie die zärtlichen Berührungen, mit denen er letztens jeden einzelnen Zentimeter ihres liebeshungrigen Körpers in

die Sommerfrische verabschiedet hatte. Anders, als sie es den Eltern erzählt hatte, waren Gero und sie an jenem Abend in Berlin nicht mit Freunden ins *Adlon* gegangen, sondern hatten die Stunden bis zum Morgengrauen allein in seiner Wohnung verbracht. Und das nicht zum ersten Mal, seit sie sich vor fast einem Jahr auf einem Ball im *Admiralspalast* kennengelernt hatten. Dennoch war jene heiße Julinacht zu einer ganz besonderen geworden, die er in jedem seiner Briefe immer wieder aufs Neue heraufbeschwor. *»Selma, Darling, über alles Geliebte«*, begann er noch recht unverfänglich, um gleich in der nächsten Zeile deutlicher zu werden: *»Leidenschaftliche Gefährtin unersättlicher Stunden zwischen knisternder Vorfreude, anschwellendem Begehren und unersättlichem Verlangen.«*
Erneut hielt Selma inne, presste das Blatt gegen die Brust. Wie liebte sie diese Widersprüchlichkeit Geros! Nach außen gab er stets den formvollendeten Gentleman, tief in seinem Innern aber loderte ein Feuer, das noch viele, ganz besondere Überraschungen verhieß. Sie hob den Blick zur Decke. Für einen Moment war ihr, als könnte sie dort oben in jenen Spiegel blicken, der sich schräg über seinem Bett neigte, um ihren Liebestaumel in den besagten Stunden vor ihren eigenen Augen zu entblößen. Zum Glück war es eine Täuschung, hervorgerufen durch das unschuldige Spiel des Windes mit den Vorhängen, das die goldenen Sonnenstrahlen zu lüsternen Gestalten verwob.
Sie wandte sich halb zur Wand, um den anderen weder einen Blick auf ihr erhitztes Gesicht noch auf Geros entlarvende Zeilen zu gewähren. Die aufsteigende Ungeduld wie auch die Verlegenheit ließen sie die weiteren Sätze nur mehr durch einen Schleier wahrnehmen. Formulierungen wie *»Tal der Sehnsucht«*, *»Klippen der Leidenschaft«*, *»Meer unendlicher, seliger Ekstase«* und *»Hafen der Wonne, in dem wir bis zur nächsten*

Flut der Begierde vor Anker gehen« tanzten in einem höchstes Verzücken versprechenden Rhythmus vor ihren Augen. Dem aber sollte sie sich zu dieser Stunde und in dieser Gesellschaft besser nicht hingeben. Mütter und Brüder mussten nicht alles wissen, erst recht nicht, was den wahren Stand der Verlobung ihrer Tochter beziehungsweise Schwester anbetraf. Gierig verschlang sie die nächsten Zeilen. Bald machte die Erregung jedoch bitterer Enttäuschung Platz. Inmitten der innigsten Liebesschwüre sagte Gero seinen für das kommende Wochenende avisierten Besuch in Baden-Baden ab. Als Trost schicke er gleichzeitig mit dem Brief seinen roten Audi, damit sie auch ohne ihn die geplanten Ausflüge unternehmen könne. Selma schnappte nach Luft. Was sollte sie davon halten? Statt des Geliebten kam nur sein Auto!

Sie ließ das Blatt sinken, starrte ins Leere. Hatte Gero jetzt, da sie ihm alles gegeben hatte, was eine Frau einem Mann geben konnte, schon genug von ihr? Oder war sie ihm letztens doch zu nahegekommen? Ein Detail jener Nacht stand ihr plötzlich vor Augen, ihr Herz schlug schneller. Zum ersten Mal hatte Gero ihr gestattet, seinen Körper bis in die verborgensten Winkel zu erkunden. In der linken Leistenbeuge war sie auf eine langgezogene Narbe gestoßen, die er voller Abscheu den »hässlichen Wulst« genannt hatte. Sein älterer Bruder trüge dafür die Verantwortung, hatte er ihr verschämt eingestanden. Der habe immer schon Freude daran gehabt, ihn zu demütigen. Sogleich hatte er sie durch ein drängendes Liebkosen ihrer Brüste von der Narbe ablenken wollen. Ein Schauder erfasste sie, wenn sie daran dachte, wie sie sich trotz der verheißungsvollen Berührungen nicht hatte beirren lassen. Ganz behutsam war sie mit der Zungenspitze dem Verlauf der Narbe bis in die tiefsten Abgründe seines Schenkels und von dort in die sich aufbäumende Mitte zwischen seinen Beinen gefolgt. Das plötzliche Aufflammen einer nie zuvor gekannten Lust hatte ihn letztlich mit dem Makel versöhnt. Die Erinnerung beruhigte sie wieder. Wie hatte sie nur auf die törichte Idee verfallen können, zu glauben, dass Gero ihr der Entdeckung seiner Narbe wegen zürnen könne? Natürlich hielt ihn allein die viele Arbeit in der Kanzlei von der Reise nach Baden-Baden ab. Dabei verging er vor Sehnsucht nach ihr. Die Leidenschaft, die aus seinen Zeilen sprach, bewies das.

»Was schreibt Gero denn so Aufregendes, Schwesterherz? Du bist ja rot wie eine Tomate!«

Grischas Stimme schreckte sie auf. Entsetzt fuhr sie herum, versuchte, Geros Brief seinen neugierigen Blicken zu entziehen. »Was fällt dir ein, mir über die Schulter zu schielen? Hast du noch nie etwas vom Briefgeheimnis gehört?« Spielerisch schlug sie nach ihm. Die Versuchung war groß, mehr Kraft als nötig in die Kabbelei zu legen, um sich so Luft über die Enttäuschung zu verschaffen.

»Darf ich deinen Brief lesen, wenn ich dir meinen zeige?«, fragte Grischa augenzwinkernd.

»Du hast auch einen Brief bekommen? Von wem? Gib her!« Erfreut über die Ablenkung verstaute sie Geros Brief im eckigen Ausschnitt ihrer Tunika und streckte Grischa die Hand entgegen.

»Natürlich habe ich einen Brief bekommen. Und du errätst niemals, von wem.« Flink zog er ein weißes Kuvert aus der Innentasche seines Jacketts und hielt es mit ausgestrecktem Arm weit über ihren Kopf.

»Ach, was geht mich das an«, tat sie desinteressiert. »Harmlose Kindereien. Entweder dichtet dir die kleine Rothaarige, die abends zwei Tische weiter von uns sitzt, alberne Verse, oder die fesche Blonde, die von ihren dicken Brüdern bewacht wird wie die englischen Kronjuwelen, gesteht dir den Verlust ihrer Unschuld.«

»Deine verdorbene Phantasie möchte ich haben!« Er tat entsetzt, nahm zu ihrer Freude den Arm jedoch wieder herunter und wedelte mit dem Kuvert dicht vor ihrer Nase herum. Dabei entdeckte sie die maschinengetippte Adresse und den amtlichen Stempel. »Kein Liebesbrief? Oh wie schade!«

»Viel besser!« Grischas Antlitz rötete sich, seine hellblauen Augen blitzten. Als er den Umschlag öffnete, nahm er unwillkürlich Haltung an und begann mit betont tiefer Stimme vorzulesen: »Sehr geehrter Herr Rosenbaum, wir geben uns die Ehre, Ihnen mitzuteilen, dass Ihrem Antrag, als Einjährig-Freiwilliger in die Königlich-Preußische Fliegertruppe einzutreten, vorläufig stattgegeben wurde. Um die dafür notwendige Ausbildung anzutreten, finden Sie sich zum nächsten Ersten in der Fliegerschule Döberitz ein.«

»Knorke!«, krächzte Selma. Die unverhoffte Nachricht brachte sie auf andere Gedanken. »Mein kleiner Bruder wird ein großer Flieger! Nein, das steht nicht so da. Das kann ich nicht glauben. Gib zu, das hast du dir gerade aus den Fingern gesogen.«

»Also gut, es steht nicht wortwörtlich so da, aber so ähnlich.« Mit zitternden Fingern faltete er das Schreiben wieder zusammen. »Natürlich ist das alles viel umständlicher formuliert, und fürs Erste bin ich auch nur vorläufig dem Flughafen Döberitz zugeteilt, weil man als Einjähriger nicht gleich zum Flieger ausgebildet wird. Dazu muss ich mich wohl länger verpflichten. Überhaupt wird meine Eignung als Pilot erst noch getestet. Aber alles in allem bin ich in die Fliegertruppe aufgenommen und werde in weniger als drei Wochen meine Ausbildung beginnen.«

»Ich bin stolz auf dich.« Selma nahm sein Gesicht zwischen die Hände und küsste ihn abwechselnd rechts und links auf die Wangen. Gnädig ließ er sie gewähren.

»Willst du tatsächlich in ein Flugzeug steigen und dich in die Lüfte erheben?« Heddas Begeisterung klang verhalten. »Wenn du schon als Einjähriger dienst, warum mussten es ausgerechnet die Flieger sein?«

»Freu dich doch, mein Kind!«, schaltete sich die Großmutter ein. »Wenn er in Döberitz seinen Dienst ableistet, bewahrt ihn das davor, auf fragwürdige Militärmissionen Richtung Balkan oder Osmanisches Reich geschickt zu werden, von Algerien ganz zu schweigen. Andererseits beweist er seine Verantwortung und drückt sich nicht vor dem Militär. Sein Vater wird das zu schätzen wissen. Schließlich hat er soeben als braver Zentrumsabgeordneter die vom Reichskanzler eingebrachte Wehrvorlage mit verabschiedet. Wie sähe es aus, wenn sich also ausgerechnet sein Sohn der Pflicht entzöge?«

Selma war sich nicht sicher, wie ernst die Großmutter das meinte. Aus ihrer Abneigung den Plänen der Regierung gegenüber, die militärischen Streitkräfte weiter auszubauen, hatte sie nie einen Hehl gemacht.

»Ich freue mich, dass ihr meine Pläne gutheißt.« Grischa strahlte übers ganze Gesicht. »Vater ist übrigens einverstanden. Natürlich habe ich ihn schon vor geraumer Zeit eingeweiht. Ihm habe ich den Brief als Erstem gezeigt.«

Hedda schluckte schwer, Meta schüttelte den Kopf. Selma rang einen Anflug von Eifersucht nieder. Bislang war immer sie die Erste gewesen, mit der er sich über seine Zukunftspläne beraten hatte.

»Jetzt wird es aber höchste Zeit für deine Überraschung, Schwesterherz!«, rief er übermütig.

»Stimmt, Liebes, du hast uns alle lang genug auf die Folter gespannt.« Meta lächelte Selma zu, während Hedda beleidigt anmerkte: »Wollen wir hoffen, deine Neuigkeit erfüllt uns mit ähnlichem Stolz wie die deines Bruders.«

»Ach, liebe Mama, du weißt doch, wie schwer es mir fällt, deinen hohen Ansprüchen zu genügen.« Der leichte Ton, in dem Selma das sagte, fiel ihr in Wahrheit sehr schwer. Um sich nichts anmerken zu lassen, schlug sie rasch vor: »Lasst uns nach draußen gehen, da wartet wirklich eine große Überraschung auf uns.«

Behutsam hakte sie die Großmutter unter. Artig tat Grischa es ihr nach, und so schritten sie mit Meta zwischen sich nach draußen. Hedda blieb nichts anderes übrig, als ihnen ins Foyer und von dort in die Auffahrt vor dem Haupteingang zu folgen.

Dort war tatsächlich Geros knallroter Audi Typ C mit offenem Verdeck vorgefahren. Ein junger, schnauzbärtiger Chauffeur in grauer Livree stand daneben und grüßte, sobald Selma mit Meta, Grischa und Hedda vor den Wagen trat. In gebührendem Abstand hatten sich einige Neugierige versammelt und musterten das Auto mit großen Augen. Voller Bewunderung nickte eine ältere, grauhaarige Dame, während ihr ein halbwüchsiger Junge andächtig die technischen Details des Wagens zuflüsterte. Selma schmunzelte, als sie Satzfetzen wie »ein Vierzylinder mit fünfunddreißig bis vierzig PS«, »fast hundert Stundenkilometer Spitze« sowie »zweimal schon Sieger beim Alpenrennen in Österreich« vernahm. Vor Aufregung überschlug sich die Stimme des pickeligen Jungen.

»Was soll das bedeuten, Selma?«, fragte Hedda und schenkte den Umstehenden einen beunruhigten Blick. Auf diese Art Aufmerksamkeit zu erregen, gefiel ihr nicht. Zum Glück zerstreuten sich die Neugierigen rasch, auch der Chauffeur verschwand auf einen Wink Grischas hin ins Innere des Hotels. Lediglich der Halbwüchsige verharrte noch, bis ihn die ältere Dame energisch am Ärmel zupfte und nach einem entschuldigenden Blick zu Hedda zurück ins *Bellevue* zerrte.

»Willst du etwa jetzt zu einer Autotour aufbrechen?«, fragte Hedda, sobald sie allein vor dem Auto standen. »Wohin ist der Chauffeur verschwunden? Zuerst müssen wir …«

»Selma gratulieren«, fiel Meta ihr freudestrahlend ins Wort. »Dann hast du es also geschafft, Liebes? Ich bin so stolz auf dich!«

Anerkennend tätschelte sie Selmas Arm, während Hedda erblasste und entgeistert krächzte: »Was heißt das? Wozu sollen wir ihr gratulieren?«

»Zum Führerschein natürlich!«, platzte Grischa heraus.

»Was?« Hedda begriff noch immer nicht, fasste sich an den Hals, schaute vorwurfsvoll zwischen Meta und Grischa hin und her, starrte schließlich Selma fassungslos an. »Heißt das …?«

»Ja, genau, liebe Mama, das heißt es: Ich bin seit einigen Wochen stolze Inhaberin eines Führerscheins und darf dich ganz allein mit diesem wundervollen Auto chauffieren.«

»Das ist nicht dein Ernst! Wie kommst du überhaupt dazu? Und woher stammt dieses Auto? Wem gehört es?«

»Eins nach dem anderen, liebe Mama.« Beruhigend legte Selma ihr den Arm um die Schultern. »Bevor wir nach Baden-Baden aufgebrochen sind, habe ich die Fahrprüfung abgelegt. Gero hat mich dabei tatkräftig unterstützt und mich tagelang mit seinem Audi üben lassen. Das hier ist übrigens sein Wagen. Grischa und Großmutter haben mich ebenfalls sehr ermutigt.«

»Heißt das, dein Verlobter wie auch die beiden hier wussten von Anfang an Bescheid, und nur mir hast du kein Sterbenswort verraten? Ich bin deine Mutter. Mir hättest du als Erste davon erzählen müssen!« Hedda rang um Fassung, bevor sie sich erschöpft erkundigte: »Was sagt dein Vater dazu?«

»Noch weiß er es nicht. Aber wenn er nachher erst einmal neben mir im Auto Platz genommen …«

»Was soll das schon wieder? Du glaubst doch nicht im Ernst, dein Vater stiege in den Wagen deines Verlobten und ließe sich von dir durch Baden-Baden chauffieren?«

»Warum nicht?«, warf Grischa ein. »Der Audi ist genau richtig für die Gegend. Wie kein anderer Wagen ist er für Touren in die Vogesen oder auf den Feldberg geschaffen. Mit exakt diesem Modell hat August Horch die letzten Rennen durch die Alpen gewonnen.«

Fassungslos schüttelte Hedda den Kopf, Meta dagegen strahlte bei jedem Wort ihres Enkels mehr. »Phantastisch!«, rief sie in ihrer dunklen Stimme und klatschte Beifall. »Gero weiß genau, was eine Frau wie Selma braucht. Er gefällt mir immer besser, trotz seiner konservativen Ansichten.«

»Freu dich doch einfach mit mir, allerliebste Mama.« Selma fasste Hedda an den Händen. »Gero weiß, wie gern ich fahre, und deshalb will er mich mit dem Auto trösten, weil er seinen Besuch am Wochenende absagen muss.«

»Er schickt dir ein Auto als Entschädigung, weil er nicht kommt?« Heddas Miene verfinsterte sich. »Das ist doch …, nein, Selma, das kannst du nicht … Das geht nicht.«

»Ist Gero nicht wundervoll?«, überging Selma den Einwand, der schmerzlich die düsteren Gedanken von vorhin zu wecken drohte. »Stell dir nur vor, Mama: Für den Rest unserer Ferien habe ich seinen Wagen! Du musst zugeben: Ein Auto ist in

Baden-Baden wirklich praktisch. So bleibe ich in Übung und kann die Gegend erkunden. Das lenkt mich wunderbar von seinem Fernbleiben ab.«
»Wie kannst du nur, Selma! Solche Geschenke nimmt man nicht an, solange man nicht miteinander verheiratet ist.« Hedda entzog ihr die Hände und fügte verbissen hinzu: »Davon abgesehen chauffiert eine Frau nicht selbst.«
»Warum nicht?« Verständnislos sah Meta ihre Tochter an. »Wie Selma bereits mehrfach betont hat, ist das Auto kein Geschenk, sondern nur eine Leihgabe, damit sie das frisch Erlernte fleißig übt. Und was das Chauffieren von Frauen anbetrifft, ist dir wohl völlig entgangen, dass die erste Person, die sich je einer Führerscheinprüfung unterzogen hat, die französische Herzogin Anne d'Uzès war. Bei uns in Deutschland hat sich vor vier Jahren mit Amalie Hoeppner ebenfalls eine Frau als Erste mit dem Führerschein schmücken dürfen. Davon abgesehen haben wir das Autofahren Bertha Benz verdanken. Ohne sie hätte ihr Gemahl wohl kaum …«
»Schon gut, Mutter, schon gut«, winkte Hedda ab.
»Übrigens ist Anne d'Uzès auch die erste Person gewesen, die wegen zu schnellen Fahrens eine Strafe zahlen musste.«
Meta schmunzelte. Einen Moment sonnte sie sich in Heddas Verblüffung. Selma empfand bereits einen Anflug von Mitleid mit der Mutter. Meta aber war noch nicht fertig. »Moderne Frauen wie Selma haben es nicht nötig, ein Leben lang brav darauf zu warten, bis einer der Herren sich dazu bequemt, sie dorthin zu bringen, wohin sie wollen. Es war eine sehr kluge Entscheidung von ihr, die Fahrprüfung abzulegen. Gero verdient meine Hochachtung, sie dabei unterstützt zu haben. Bislang habe ich ihn gar nicht für derart modern gehalten. Da sieht man mal wieder, was dabei herauskommt, wenn man voreilig

seine Schlüsse zieht, selbst bei einem Deutschnationalen wie ihm.«

»Bislang habe ich ihn für beruhigend konservativ gehalten. Ich bin gespannt, was Joseph dazu sagt.« Nach wie vor zeigte sich Hedda wenig begeistert.

»Vater wird das Auto mögen, vor allem, wenn ich ihn damit herumfahre«, warf Selma ein.

»Was werde ich mögen? Und wieso wirst du mich in der Gegend herumfahren?« Unerwartet stand Joseph Rosenbaum neben ihnen und sah fragend in die Runde. Wie immer wirkte er in seinem figurbetonten, weit über das Gesäß reichenden und bis zum Hals hochgeschlossenen Sakko etwas aus der Zeit gefallen. Seine dunkle Krawatte stammte eindeutig aus der vorletzten Saison, ebenso die schmalen Hosen und die Schuhe. Kinn und Backen zierte ein stark angegrauter Bart, als gelte es, mit der üppigen Fülle im Gesicht das karge Haupthaar zu ersetzen. Als er den Strohhut vom Kopf nahm, zeichnete sich auf der schweißglänzenden Stirn der Streifen des Hutbands ab. Verwirrt zwinkerte er mit den grauen Augen, kramte mit der rechten Hand in der Seitentasche, um die Brille herauszuziehen. Kaum hatte er sie aufgesetzt, hellte sich seine Miene auf. Unter dem linken Arm klemmte eine Zeitung, natürlich die eigene, die er sich Tag für Tag aus Bonn in die Sommerfrische schicken ließ. Es bestand kein Zweifel, dass es ihn mehr danach drängte, sich seiner Lektüre zu widmen, als Genaueres über die Aufregung in seiner Familie zu erfahren.

»Gero von Sudloff hat deiner Tochter sein Auto geschickt.« Von neuem kochte die Empörung in Hedda hoch, und ihre Stimme bebte.

»Schön«, lautete Josephs knapper Kommentar. Gedankenverloren musterte er das Auto und wandte sich bereits zum Gehen ab, bevor er nachsetzte: »Wie ich ihn kenne, hat er auch dafür gesorgt, dass sie es fahren kann.«

»Du sagst es, Papa!« Selma lief zu ihm, schmiegte sich an seinen Arm. »Mama macht sich wieder einmal viel zu viele Sorgen. Dabei ist und bleibt Gero verantwortungsvoll. Genau deshalb wünscht ihr ihn euch doch zum Schwiegersohn.«

»Nicht nur deshalb«, knurrte Joseph und nahm die Zeitung in die Hand, ein deutliches Zeichen, dass er zum Lesen ins Foyer verschwinden wollte.

»Was ist jetzt, Schwesterherz?« Grischa wurde ungeduldig. »Unternehmen wir noch eine Spritztour oder nicht?«

»Von mir aus gern! Wer mitkommen will, ist herzlich eingeladen.« Munter schlang Selma sich den Schal um den Hals, schaute zwischen Vater, Mutter und Großmutter hin und her. Joseph war bereits ganz mit seiner Zeitung beschäftigt, Hedda würdigte sie keines Blickes, und die Großmutter winkte ab. »Vergnügt ihr beiden euch erst einmal allein. Hedda und ich gehen lieber in den Gartensalon. Mir scheint, eure Mutter braucht ein wenig Ablenkung, um sich von dem Schreck zu erholen.«

»Danke, dass du dich um sie kümmerst, liebe Großmama. Vielleicht gelingt es dir, sie mit dem Vorlesen des neuen Rosalie-Goldstein-Romans auf andere Gedanken zu bringen. Der erste Teil ist in der aktuellen Ausgabe der *Dame* abgedruckt.«

»Oh, da bin ich aber gespannt, was die Goldstein wieder so schreibt.« Belustigt spitzte Meta den Mund.

»Ich bin vollauf begeistert. Wieder trifft sie den richtigen Ton für eine spannende Geschichte. Genau so, wie wir Frauen von heute es gern lesen. Sie muss toll sein. Ich würde sie gern einmal kennenlernen.« Verschwörerisch zwinkerte sie der Großmutter zu.

»Eins nach dem anderen, mein Kind. Probier du erst einmal den Wagen aus, damit du dich bei Gero für die Leihgabe bedanken kannst.« Vielsagend lächelnd tat Meta, als scheuchte sie sie mit der Hand fort.
»Darauf freue ich mich schon jetzt!«, rief Selma und schob Grischa zum Auto.

2

Seit Gero ihr vor einer Woche das Auto geschickt hatte, nutzte Selma es täglich, um die Umgebung Baden-Badens Straße für Straße zu erobern. Sie bedauerte zwar nach wie vor sehr, die Touren ohne ihn machen zu müssen, doch Grischa gab sich rührend Mühe, sie darüber hinwegzutrösten, auch wenn ein Bruder den Liebsten natürlich nicht annähernd ersetzen konnte. Die Eltern, allen voran Mutter Hedda und erst auf ihr nachdrückliches Drängen hin auch Vater Joseph, zeigten sich weniger begeistert von den Spritztouren der Geschwister. Selma verstand es jedoch, sich über alle Bedenken mit einem schlichten Hinweis à la »Mein zukünftiger Gemahl will es so« hinwegzusetzen. Zudem unterstützte Meta sie in ihrem Drang nach Freiheit.
Tag um Tag fraßen Grischa und sie mit dem knallroten Audi die Kilometer. Im Norden waren sie bereits bis Heidelberg gekommen, hatten der majestätischen Schlossruine einen Besuch abgestattet, im Süden Freiburg und sein beeindruckendes Münster besucht. Jenseits des Rheins waren sie in Colmar und Kayserberg gewesen. Grischa lag ihr in den Ohren, sich endlich in die Vogesen oder wenigstens in den Schwarzwald zu wagen. Außerdem standen Straßburg, Mühlhausen und Basel

auf seiner Wunschliste, bevor er nach Berlin zurückmusste, um seine Fliegerausbildung anzutreten. Ins Gebirge aber traute Selma sich noch nicht. Erst wollte sie den Wagen besser kennenlernen.

Um sich ihres Wohlwollens zu versichern, kurbelte Grischa jedes Mal bereitwillig vor dem Losfahren den Motor an und kümmerte sich in den Apotheken entlang der Strecken um Benzin und Öl. Natürlich entging ihr nicht, wie aufmerksam er sie beim Schalten und Fahren beobachtete. Längst war die Frage überfällig, ob er sich auch einmal hinters Lenkrad auf der rechten Seite des Wagens setzen und das Chauffieren ausprobieren durfte.

An diesem Tag wollten sie Karlsruhe ansteuern. In den letzten Jahren waren sie so oft mit dem Vater dort gewesen, dass der Ausflug längst als fester Bestandteil der Sommerfrische galt. Obwohl Selma den Besuch beim Riesensalamander im Naturkundemuseum bereits mehrfach angemahnt hatte, hatte Joseph beim Frühstück überraschend abgelehnt, sie beide zu begleiten.

»Wahrscheinlich traut er deinen Fahrkünsten nicht«, kommentierte Grischa mit einem spöttischen Grinsen, sobald er links neben ihr auf dem Beifahrersitz Platz nahm. »Oder er befürchtet, dass das Fahren in einem so auffälligen roten Auto einem gestandenen Zentrumspolitiker wie ihm als Überlauf ins feindliche Lager ausgelegt wird.«

»Ich glaube, inzwischen reizt ihn das Nachmittagskonzert vor dem Konversationshaus eindeutig mehr. Karlsruhe kennt er zur Genüge.«

»Das Repertoire des Kurorchesters ebenso, genau wie die Roben der vornehmen Herrschaften, die sich dort jeden Tag nach dem Spaziergang in der Lichtentaler Allee einfinden.«

»Vielleicht ist er einfach nur müde«, lenkte Selma ein. »Die letzten Monate im Reichstag waren aufreibend für ihn. Mehr als wir alle hat er sich einige faule Wochen verdient.«
Mit angespannter Miene lenkte sie den Wagen aus der großzügig geschwungenen Hotelauffahrt zur Ludwig-Wilhelm-Straße und wenig später an der Russischen Kapelle vorbei auf die verkehrsreiche Lichtentaler Straße nordwärts durch die Stadt. Endlich brausten sie auf freier Strecke parallel zur Bahnstrecke an Oos und dem Flughafen vorbei, und Selma konnte das Fahren bei offenem Verdeck in vollen Zügen genießen. Der Fahrtwind zerrte an der Lederkappe, ließ den Schal Engelsflügeln gleich um den Hals flattern. Kühn trat sie aufs Gaspedal, bis die Landschaft nur so an ihnen vorbeiflog. Die Bäume entlang der Chaussee verschmolzen zu einem breiten, braungrünen Band, in das die hell aufblitzenden Lücken zwischen den Stämmen ein unregelmäßiges Streifenmuster woben. Die Wipfel der Ulmen und Weiden entbehrten jeglicher Erhabenheit, hatte sich doch der Himmel bedrohlich niedrig über sie gebettet. Das unbekümmerte Blau der letzten Wochen war einem zwielichtigen Weißgrau gewichen. Letzte Sonnenstrahlen kämpften sich durch das Gewölk, verstärkten die Schwüle, die seit den Mittagsstunden auf den Rheinauen lastete.
Bis zum Horizont dehnte sich die Straße. Selma liebte die Strecke. Trotz der von Grischa gepriesenen Geländegängigkeit fuhr sie den Audi am liebsten in der Ebene aus. Den rauschenden Wind um den Kopf zu spüren, versetzte sie in Hochstimmung. Mit einem Mal war ihr zum Singen zumute. Lauthals schmetterte sie los: »Fräulein, könn'n Se linksrum tanzen? / Linksrum tanzen? Linksrum tanzen? / Linksrum tanzen wir!« Fröhlich hupend betonte sie den Dreivierteltakt, riss mit jedem »Linksrum« auch das Lenkrad in die Richtung, fuhr lustige

Schlangenlinien. Als ihnen ein Fahrzeug nicht minder schnell als sie selbst entgegenbrauste, wich sie erst im letzten Moment zur Seite. Das verärgerte Hupen und die empört in die Luft gereckte Faust des Fahrers nahm sie als Kompliment für die Kunst, die Nerven behalten zu haben. Zu ihrem größten Vergnügen bemerkte sie aus dem Augenwinkel, wie Grischa sich an den Haltegriffen festklammerte und den Blick starr nach vorn richtete. Sein Gesicht war eindeutig blasser als beim Losfahren. Um ihn zu necken, schwenkte sie zu einem noch größeren Bogen aus.

»Für einen angehenden Flieger sitzt dir das Herz eindeutig zu tief«, rief sie ihm über den dröhnenden Motorenlärm hinweg zu und sang lauthals weiter: »Fräulein, könn'n Se linksrum tanzen? Linksrum …«

»Wenn du das Lenkrad nur nicht immerzu im Takt herumreißt, halte ich das noch gut eine Weile aus«, schrie er zurück.

»Ist dir etwa schlecht?« Selma richtete den Wagen wieder gerade aus und verlangsamte das Tempo. Der Motor wurde leiser. »Gib bitte rechtzeitig Bescheid, bevor du mir das gute Leder beschmutzt.«

Als er ihr mit einem verärgerten Winken bedeutete, wieder auf die Straße statt auf ihn zu blicken, fragte sie scheinheilig: »Wäre dir Folgendes vielleicht lieber?« Eher er antworten konnte, legte sie in tieferer Tonlage los: »Die Männer sind alle Verbrecher / Ihr Herz ist ein finsteres Loch. / Hat tausend verschiedne Gemächer. / Aber lieb, aber lieb sind sie doch.«

»Wenigstens fährst du dazu keine Kurven mehr«, rief Grischa und lockerte seine Finger am Griff.

»Keine Angst, ich passe gut auf dich auf, mein Kleiner.« Sie musste schalten, weil ein Motorrad mit Sozius vor ihnen in Sicht kam. Das Gefährt fuhr in der Straßenmitte. Selma hupte.

Erst als sie dicht auffuhr, wich der Fahrer zum Straßenrand aus. Winkend und hupend raste sie an ihm vorbei. Als sie den in eine dicke Lederjacke vermummten Fahrer und die weitaus kleinere Gestalt auf dem Beiwagen erblickte, kam ihr eine neue Idee. Nach dem Überholmanöver hielt sie sich betont rechts, nahm die linke Hand vom Lenkrad und tätschelte Grischa das Knie, während sie trällerte: »Wenn der Bräutgam mit der Braut mal etwas voooorhat …«

Die Vokale des letzten Wortes dehnte sie länger als nötig, senkte zugleich die Stimme und betätigte abermals die Hupe. »Schau nicht so verkniffen, Brüderchen. Beim Fliegen wirst du weitaus größere Kapriolen überstehen müssen. Sing einfach mit, dann geht es dir rasch besser.«

Sie schaffte es sogar, ihm die linke Hand an die Wange zu legen und mit der rechten weiterzulenken. Erneut stimmte sie den Text des letzten Schlagers an, legte die Hand wieder aufs Lenkrad, trommelte mit den behandschuhten Fingern aufs Holz: »Wenn der Bräutgam mit der Braut mal etwas vooorhat, / Setzt er sich ganz einfach mit ihr aufs Moootorrad / Und so sausen sie hinaus mit froher Miene / irgendwo aufs Land, ins frische, duftige Grüne …«

»Ich habe heute früh wohl das Falsche gegessen«, versuchte Grischa sich in einer Erklärung. »Zum Glück ist dein Musikrepertoire unerschöpflich. Damit bringst du mich auf andere Gedanken. Leider kann ich beim Singen nicht mithalten. Ich komme nicht so oft in eine Operette wie du.«

Langsam kehrte die Farbe auf seine Wangen zurück. Das ruhigere Fahrtempo wie auch das sanfte Geradeausfahren behagten ihm sichtlich mehr.

»Das sollten wir schleunigst ändern. Wenn du erst einmal beim Regiment bist, wirst du keine Gelegenheit mehr haben. Vielleicht steht im Badener Theater etwas Passendes auf dem Programm. Am besten erkundigen wir uns heute Abend bei Lilly Saur. Oder wir fahren woandershin. Zum Glück sind wir jetzt mobil.«

»Mama wird entsetzt sein.«

»Warum? Weil ich nachts Auto fahre? Stell dir vor, der Wagen hat sogar Licht.«

»Wie gut! Ich hatte schon befürchtet, beim Einsetzen der Dämmerung die Fackeln schwenken zu müssen«, erwiderte er lachend.

»Verschrei es nicht. Ordentlich dämmerig wird es gerade, dabei ist es mitten am Tag.« Sie äugte nach oben. Tatsächlich zog über den Spitzen der Ulmen und Eschen düsteres Gewölk auf. Das silbrige Schimmern der Weiden war verschwunden. In der Ferne grollte Donner. Das Tuckern des Automotors erklang wie eine zaghafte Antwort darauf.

»Wenigstens hat dein Auto ein Dach.« Er zeigte ins Heck, wo die Plane ordentlich zusammengefaltet auf ihren ersten Einsatz wartete.

»Der Audi ist eben für alle Wetterlagen gerüstet«, erklärte sie knapp und schaltete. »Hast du Angst vor Ärger mit Mama, wenn ich dir vor dem Beginn deiner trüben Armeetage noch ein bisschen Abwechslung im Theater biete?«

»Du weißt, was sie von deiner Liebe zu Operetten hält. Die verderben ihrer Ansicht nach den Charakter.«

»Oh, verderben will ich dich lieber nicht, mein Kleiner!«

»Ach, was soll's! Lass uns gehen, auch wenn Mama vor Wut schäumt. Solange du mich nicht in *Das Autoliebchen* oder *Die keusche Susanne* schleppst, wird es zu ertragen sein.«

»Was hast du dagegen? Die Musik von Jean Gilbert ist doch sehr eingängig. Wenn es dir lieber ist, können wir uns natürlich auch eine Operette von Franz Lehár oder Johann Strauß heraussuchen. Ich bin offen für alles, solange es Spaß macht.«

»Das glaube ich dir aufs Wort! Schließlich sehe ich ja, womit du den lieben langen Tag dein Hirn fütterst.«

»Ich bin eben ein Mädchen. Für mich hat es nur für die Höhere-Töchter-Schule gereicht. Den Tacitus haben sie uns gerade noch lesen lassen, die Sappho aber hat man uns leider vorenthalten. Diese Schmach prägt fürs Leben. Deshalb vergnügen wir Frauen uns mit seichten Operetten oder greifen zu Zeitschriften wie der *Dame*, um uns die Welt erklären zu lassen. Frag Großmama, die wird dir das bestätigen.«

»Was bleibt ihr anderes übrig!«

Ein Pferdefuhrwerk weiter vorn auf der Straße erforderte ihre Aufmerksamkeit. Gemächlich trotteten die beiden Gäule über die Chaussee, der Fuhrmann kauerte mit rundem Buckel auf seinem Bock und machte keine Anstalten, zur Seite auszuweichen, damit Selma überholen konnte. Während sie das Tempo verlangsamte, reckte sie den Hals, um ihre Chancen, doch noch vorbeizufahren, auszuloten. Abermals nahm sie die linke Hand vom Lenkrad, betätigte den Schalthebel. Die Kupplung machte ein abscheuliches Geräusch. Erschrocken verzog sie das Gesicht, wartete beunruhigt, bis der Motor wieder gleichmäßiger tuckerte. Seufzend beschloss sie, sich vorerst hinter dem Fuhrwerk zu halten. Der Wind frischte auf, blähte die Plane über der Ladung auf. Selma meinte, Strohballen darunter zu erspähen. Das Donnergrollen im Westen wurde lauter, die dunklen Wolken türmten sich immer bedrohlicher über den Baumwipfeln auf.

»Was würde Rosalie Goldstein wohl dazu sagen, wenn Großmama Meta Kayserberg Zeitschriften wie die *Dame* ablehnte?«, knüpfte Grischa an das eben Gesagte an. »Sie scheint eine

Frau zu sein, die mit der Zeit geht. Gerade noch rechtzeitig hat sie sich mit ihren Romanen aus biederen Zeitschriften wie der *Gartenlaube* in modernere retten können.«

»Du weißt es also?«

»Was?«

»Ach, tu nicht so scheinheilig und sag schon: seit wann?« Jetzt erlaubte sich Selma doch einen neugierigen Blick zur Seite. Als sie die vergnügte Miene des Bruders unter der braunen Schirmmütze und der breiten Brille gewahrte, schmunzelte sie. In der Autofahrermontur wirkte er männlich, seine bartlosen Wangen fielen kaum auf.

»Auch wenn ich bislang nur ein unreifer Pennäler gewesen bin, den man mit Latein und Griechisch gefüttert hat, so habe ich trotzdem was vom Leben mitbekommen und weiß seit langem, dass unsere hochverehrte Großmama unter Pseudonym Unterhaltungsromane schreibt.«

»Wie findest du das?«

»Willst du das wirklich wissen?«

»Aber klar! Von einem, der Platon und Caesar im Original lesen und die Verse der Odyssee im Schlaf auswendig aufsagen kann, muss ich einfach erfahren, wie das Œuvre der Rosalie Goldstein einzuschätzen ist.«

Die Gelegenheit, doch noch an dem Fuhrwagen vorbeizuziehen, schien plötzlich günstig. Unternehmungslustig schickte sie sich an, nach links auszuschwenken, wollte gerade aufs Gaspedal treten, da schreckte sie von hinten empörtes Hupen auf.

»Achtung! Ein Auto!«, rief Grischa.

»Beruhig dich«, brummte sie und trat auf die Bremse. Flink lenkte sie wieder nach rechts, ließ den ungeduldigen Fahrer vorbei. Kopfschüttelnd sah der Mann aus seinem schwarzen

Adler zu ihnen herüber. Unter Mütze und Brille war lediglich der dunkle Bart zu erkennen. Trotzdem meinte Selma, ein Staunen auf seinem Antlitz zu entdecken, als ihm klarwurde, dass eine Frau am Steuer des Audis saß. Lässig hob sie die Hand und winkte, eine Geste, mit der er noch weniger gerechnet hatte. Erst als der Kutscher empört die Peitsche durch die Luft knallen ließ, weil seine Pferde durch die Autos dicht neben und hinter ihnen nervös wurden, besann er sich und brauste davon. Selma nutzte die Gelegenheit und startete ihr Überholmanöver ebenfalls von neuem. Vom Aufheulen des Motors erblasste Grischa abermals, klammerte sich fest, bis sie an dem Fuhrwerk vorbei waren und wieder gemächlich in der Fahrbahnmitte fuhren.

»Also, wo waren wir stehengeblieben?«, erkundigte sich Selma. »Du wolltest mir noch sagen, wie du Großmamas Romane findest.«

»Einfach großartig!«, stieß er aus, löste die Hände von den Griffen und sackte zurück auf die Lederbank. »Es ist einfach großartig, wie sie das macht. Wenn man bedenkt, was sie schon alles hinter sich hat, kann man nur den Hut vor ihr ziehen.«

»Du meinst, nach allem, was sie mit ihrem Mann, dem honorigen Professor Kayserberg, einst durchgemacht hat.«

»Immerhin musste sie sich und ihre Tochter nach seinem Selbstmord ganz allein durchbringen.«

»Und seine riesigen Schulden zurückzahlen. Ein notorischer Spieler wie er hat selbst nach der Schließung sämtlicher Spielbanken noch genug Möglichkeiten gefunden, alles Geld durchzubringen.«

»So ist das wohl, wenn ein Mathematiker dem Irrtum erliegt, den Zufall beim Roulette mittels kühler Berechnung ausschalten zu können.«

»Merkwürdig, dass Großmama nach wie vor an Orten wie Baden-Baden hängt. Hier hat doch ihr Unglück erst seinen Lauf genommen.«

»Vielleicht kommt sie gerade deshalb immer wieder hierher und schwelgt in Erinnerungen.«

»Oder findet neue Anregungen für ihre Romane.«

Sie lachten beide.

»Du solltest auch anfangen, Zeitschriften zu lesen«, fing Selma nach einer Weile wieder an. Die dräuende Gewitterstimmung und die gottverlassene Straße behagten ihr wenig. Bis Karlsruhe war es noch ein gutes Stück. Sie hoffte, es noch vor Ausbruch des Unwetters zu schaffen. Wenn sie Glück hatten, fanden sie eingangs der Stadt eine Schmiede oder eine Autowerkstatt, in der man ihnen beim Aufklappen des Verdecks behilflich sein konnte. Bislang waren sie nur bei schönem Wetter gefahren und hatten das Verdeck kein einziges Mal ausprobiert. Zu allem Überfluss bildete sie sich ein, seit einiger Zeit ein Stottern aus dem Motor zu vernehmen.

»Wenn du erst einmal in der Fliegerschule bist, wirst du kaum noch richtige Bücher in die Hand nehmen«, plauderte sie weiter, um sich abzulenken. »Dazu hast du dort zu viel anderes im Kopf. Die *Illustrierte Zeitung* könnte dir gefallen. Darin findest du hervorragende Fotografien. Wirklich erstaunlich, was da mittlerweile möglich ist. Da können die *Bonner Neueste Nachrichten* mit ihrer altbackenen Aufmachung kaum mithalten.«

»Lass das mal nicht Papa hören. Er kaut noch an der Nachricht, dass ich Flieger werden und nicht sein Lebenswerk im Rheinland übernehmen will.«

»Das ist ihm kaum zu verdenken. Immerhin bist du seit vier Generationen der erste männliche Spross, der nicht in die Fußstapfen seiner Vorväter zu treten gedenkt.«

»Schade, dass dein holder Gero auch nicht so recht fürs Zeitungsgeschäft taugt.«

»Dafür wird sich Vetter Erwin umso mehr freuen«, warf Selma ein. »Er hat es sich auch redlich verdient, den Verlag eines Tages ganz offiziell zu übernehmen. Seit Vaters Eintritt in die Berliner Politik hält er in Bonn die Fahne für die Familie hoch. Ohne ihn hätte der Verlag längst dichtmachen müssen.«

»Wie schön zu hören, dass du auf einmal ein Loblied auf unseren langweiligen Vetter anstimmst. Könnte es sein, dass du fürchtest, sonst dein Dasein als Verlegersgattin am Rhein fristen zu müssen, statt an der Spree bei wichtigen gesellschaftlichen Ereignissen die Nase vorn zu haben?«

Amüsiert trommelte Grischa mit den Fingern auf die Kante der Beifahrertür.

»Was redest du da für einen Unsinn?« Empört schüttelte sie den Kopf, versuchte zugleich, das lauter werdende Brummen des Motors als bloße Einbildung abzutun. »Gero würde niemals nach Bonn gehen, um den Verlag zu übernehmen. Gerade ist er in seiner Kanzlei zum Partner avanciert.«

Ein entsetzlich lautes Stottern unter der Haube schien ihre Aussage zu unterstreichen. Die Geschwister wechselten erschrockene Blicke. Dann aber wurde das Motorengeräusch wieder gleichmäßiger. Erleichtert beschleunigte Selma wieder.

»Vater könnte den Verlag genauso gut verkaufen«, fuhr Grischa fort. »Hugenberg kratzt schon begierig an den Türen, um ihn sich einzuverleiben. Man munkelt, er will ganz groß ins Verlagsgeschäft einsteigen.«

»Das befürchte ich weniger«, winkte Selma ab, während sie am Horizont beruhigt die ersten Umrisse von Karlsruhe ausmachte. Rechtzeitig vor Einsetzen des Regens würden sie also ins Trockene gelangen. »Hugenberg sitzt bei Krupp fest im Sattel,

das würde er doch nicht eines kleinen Zeitungsverlags wegen aufgeben. Außerdem hat er mit seinem *Alldeutschen Verband* wirklich genug zu tun. Das passt so gar nicht in die Linie, die die *Bonner Neuesten Nachrichten* seit Jahrzehnten verfolgen. Ich bin mir sicher: Bevor Vater den Verlag an einen wie ihn verkauft, legt er eher sein Reichstagsmandat nieder und geht zurück an den Rhein.«
»Warten wir es ab.«
Erstaunt warf Selma ihm einen Blick zu. Während sie noch seine Miene zu deuten versuchte, muckte der Motor abermals. Aus der Motorhaube drang Qualm. Das ehedem so gleichmäßige Tuckern ging in holpriges Stottern über. Mit Schalten, Gasgeben oder Bremsen richtete sie kaum mehr etwas aus. Nach einem lauten Knall erstarb das Motorbrummen, und der Wagen lief langsam aus. Starr vor Schreck umklammerte Selma das Lenkrad.

3

Grischa fasste sich als Erster. Flink schwang er die langen Beine aus dem Auto, stürzte zur rauchenden Motorhaube und öffnete sie todesmutig. Sofort nebelte der dichte Qualm ihn ein. Selma hörte ihn husten und keuchen, sah, wie er wild mit den Händen durch die Luft wedelte, um sich eine klare Sicht zu verschaffen. Endlich erwachte auch sie aus der Starre und schälte sich aus dem Wagen. Bangen Herzens trat sie zu Grischa, um vorsichtig über seine Schulter in den Motorraum zu äugen. »Ist es schlimm?«
»Keine Ahnung.« Grischa richtete sich auf. »Zum Glück hatten wir gerade freie Bahn. Wer weiß, was passiert wäre, wenn ein anderes Auto dicht vor uns aufgetaucht wäre.«

»Ich weiß nicht, ob das wirklich unser Glück ist. Jetzt ist auch keiner da, der uns helfen kann«, erwiderte sie und spähte suchend die gähnend leere Straße hinauf und hinunter. Ein beeindruckender Blitz zuckte über den Himmel, kurz darauf krachte ein ohrenbetäubender Donner durch die Luft.

»Hast du eine Ahnung, was wir tun müssen? Als angehender Flieger solltest du von Motoren Ahnung haben.«

»Hast du das nicht bei deiner Führerscheinprüfung gelernt? Zumindest über das Verhalten bei den gängigsten Pannen hätte man dich unterrichten müssen. Oder hat Gero ausgerechnet daran geknausert, als er dir die Fahrerlaubnis spendiert hat?«

»Hältst du Gero etwa für geizig?« Böse funkelte sie ihn an, dann aber siegte die Vernunft. »Lass gut sein, Kleiner, und hilf mir lieber, das Verdeck zu schließen. Gleich beginnt es, kräftig zu schütten. Es wäre gut, dann wenigstens im Trockenen zu sitzen.«

Schon lief sie nach hinten und machte sich an der Plane zu schaffen. Wieder grollte der Donner, dieses Mal noch lauter und näher als vorhin. Der Wind frischte auf. Zusehends wurde es dunkler. Eine unheimliche Stille senkte sich über die Rheinauen, verdrängte Vogelzwitschern und Insektengebrumm. Hastig zerrte Selma an der Wagenplane.

»Kann man Ihnen helfen?« Ein Wagen hielt dicht hinter ihnen. Selma wandte den Kopf. Über der Aufregung, das Verdeck nicht öffnen zu können, hatte sie das näher kommende Motorgeräusch völlig überhört. Grischa musste es ähnlich ergangen sein, wie sein verdutzter Gesichtsausdruck verriet. Eine junge Frau in weiten Knickerbocker aus leichtem, beigefarbenem Baumwollstoff und passendem kariertem Reiterjackett kletterte hinter dem Steuer des Autos heraus. Aufgrund seiner schmalen Form und den hintereinander angeordneten Sitzen war das

Modell gleich als Wanderer »Puppchen« zu erkennen. Die Frau kam direkt auf sie zu, zog sich noch im Gehen die Lederkappe vom Kopf, schüttelte eine halblange dunkelblonde Mähne auf und setzte die unförmige Brille ab. So farblos die grauen Augen im ersten Moment wirkten, so sehr fesselte der entschlossene Blick, mit dem sie die Welt ins Visier nahmen. Selma sah erstaunt, wie jung die Frau war. Sie schätzte sie höchstens auf Grischas Alter. Die kräftige Stimme wie auch das entschiedene Auftreten passten jedoch weder zu ihrer Jugend noch zu ihrer zierlichen Statur.

»Darf ich?«, erkundigte sich die Fremde und legte ohne Umschweife Hand an, um mit wenigen Griffen die Plane vom Verdeck zu lösen und aufzuklappen. »Sie machen das wohl zum ersten Mal. Ziehen Sie es hier einfach weiter herunter. Sehen Sie, am besten so«, wies sie Grischa an und zeigte ihm, was zu tun war. Flink ging sie um das Auto herum und erledigte den Rest auf Selmas Seite. Dabei fiel ihr Blick auf die offene Motorhaube.

»Haben Sie eine Panne?« Schon streifte sie die Handschuhe von den Fingern, warf sie achtlos auf die Sitzbank, verfuhr mit Brille und Lederkappe ebenso und beugte sich über den offenen Motorraum. Selma und Grischa warfen sich einen fragenden Blick zu.

»Meine Tochter kennt sich aus«, ertönte eine Bassstimme. Sie gehörte dem Herrn, der eben noch auf dem hinteren Sitz des dunkelgrün lackierten Puppchens ausgeharrt hatte und nun neugierig zu Selma und Grischa trat. »Gestatten Sie, dass ich uns vorstelle: Ich bin Otto Weißkirchner aus Metz, Inhaber der Maschinenfabrik *Weißkirchner & Sohn*, und das an Ihrem Motor ist meine Tochter Constanze, die inzwischen weitaus mehr als nur den Sohn in unserer Firma ersetzt. Wahrscheinlich hie-

ße sie besser *Weißkirchner & Tochter*, aber bislang habe ich die Umbenennung gescheut. Doch das ist eine andere Geschichte, mit der ich Sie keinesfalls behelligen will. Vertrauen Sie meiner Tochter. Sie weiß, was sie tut, wenn sie einen Motor vor sich hat. Von klein auf versteht sie sich auf die Eigenarten dieser Wunderwerke der Technik und hat das Hantieren mit Schraubenzieher und Schmieröl dem Spielen mit Puppen vorgezogen.«
Er lüpfte seinen Hut und deutete eine leichte Verbeugung an. Erst dabei wurde Selma bewusst, dass er weder die übliche Ledermütze noch eine Autobrille trug. Entsprechend zerzaust stand das graue Haar wie auch sein Backenbart in alle Richtungen ab. Das wenige, was von den Wangen sichtbar war, war stark gerötet. Umso mehr stach auch bei ihm der besitzergreifende Blick der grauen Augen hervor. Ansonsten hatte er wenig mit seiner Tochter gemein. Abgesehen vom breiten Schädel, dem kurzen, dicken Hals und der untersetzten Figur hob er sich auch durch seine schwerfälligen Bewegungen von ihr ab.
»Mein Name ist Grischa Rosenbaum, und das ist meine Schwester Selma«, stellte Grischa sie vor. »Wir sind derzeit Gäste in Baden-Baden und wollten heute …«
»Ich glaube, das interessiert die Herrschaften weniger«, schaltete sich Selma ein. »Der Motor hat vorhin seltsame Geräusche von sich gegeben. Plötzlich hat es geraucht und gemuckt, bis der Wagen stehen geblieben ist. Leider habe ich nicht die geringste Ahnung, woran das liegen könnte, und mein Bruder besitzt noch keinen Führerschein. Der Wagen gehört meinem Verlobten, der in Berlin geblieben ist.«
»Keine Sorge, das haben wir gleich«, ertönte Constanzes Stimme aus dem Motorraum. »Ist es Ihnen recht, wenn ich mich

schnell kümmere?« Kurz richtete sie sich auf, schaute unschlüssig erst auf Selma, dann auf Grischa, bevor sie beherzt ihre Jacke aufknöpfte und in den Hosentaschen wühlte. Mit einem triumphierenden Leuchten in den Augen zog sie ein zusammengeklapptes Taschenmesser hervor. Als sie es aufschnappen ließ, blitzte der Stahl im gewittergeschwängerten Licht auf. Ein Donner krachte im selben Moment bedrohlich nah.

»Was tun Sie da?« Selma beobachtete beunruhigt, wie Constanze sich mit gezücktem Messer am Motor zu schaffen machte.

»Die Ölleitung hat ein Loch«, erklärte die junge Frau mit dumpfer Stimme, ohne aus dem Motorraum aufzuschauen. Ihre Bewegungen wurden zielgerichteter. Offenbar schnitt sie eifrig an etwas herum.

»Wieso brauchen Sie das Messer, um ein Loch zu flicken? Ein Stück Stoff scheint mir passender.«

»Lass sie«, mahnte Grischa. »Im Gegensatz zu dir versteht sie etwas von Autos.«

»Im Gegensatz zu *uns,* wolltest du wohl sagen«, zischte Selma. Zu Otto Weißkirchner gewandt, erklärte sie mit einem entschuldigenden Lächeln: »Ich fahre das Auto erst wenige Tage und bin leider noch nicht dazu gekommen, mich ausführlicher mit seinen technischen Feinheiten auseinanderzusetzen.«

»Das sollte eine so bezaubernde junge Dame wie Sie auch besser den Herren überlassen.« Weißkirchners Lachen dröhnte laut in die Gewitterstille, die wieder unheilverkündend über der Chaussee hing.

»Sag nicht so törichtes Zeug, Vater.« Constanze tauchte unter der Motorhaube hervor und präsentierte ihnen triumphierend ein kaum fingerbreites, aber sichtlich poröses Stück Schlauch. »Hätte ich das dir überlassen, würden wir gleich alle pitschnass, weil du Stunden brauchtest, um die feine Leitung zu reparieren.«

»Stimmt, mein Kind. Meine Finger sind leider zu dick und ungelenk geworden.« Zum Beweis hob er die Hände in die Höhe, die tatsächlich massig und steif aussahen, an den Fingerknöcheln gichtig angeschwollen waren. »In besten Zeiten habe ich solche Reparaturen im Handumdrehen erledigt. Zum Glück hat sich der Spaß an der Tüftelei an meine Tochter vererbt. Sie ist quasi zu meinen Füßen in der Werkstatt aufgewachsen.«

»Vater, bitte! Das Einzige, was im Moment zählt, ist, dass ich den Motor der Herrschaften vor dem Regen wieder zum Laufen bringe.«

So achtlos wie vorhin Mütze und Handschuhe auf den Fahrersitz, schleuderte Constanze nun das kaputte Stück Schlauch in den Straßengraben und wischte sich die ölverschmierten Finger zu Selmas Entsetzen an der hellen Hose sauber. Die dunklen Schlieren auf dem beigefarbenen Stoff schienen sie nicht zu kümmern. Stattdessen nahm sie das Klappmesser aus dem Motorraum, warf noch einmal einen prüfenden Blick unter die Haube, bevor sie sie schwungvoll zuwarf. Noch während sie das Messer zuschnappen ließ, schaute sie zufrieden zwischen Selma und Grischa hin und her. »Die Fahrt kann weitergehen. Zögern Sie nicht zu lange, sonst geraten Sie ins Unwetter.«

»Danke.« Selma streckte ihr die Hand hin. »Wie kann ich Ihnen die Hilfe vergelten?«

»Laden Sie uns auf einen Kaffee ein. Wenn wir hier noch lange herumstehen, können wir uns alle vor Nässe auswringen«, erwiderte Otto Weißkirchner und deutete lächelnd mit dem Zeigefinger zum Himmel.

»Eine hervorragende Idee«, kam Grischa Selma zuvor und drängte sie ein Stück beiseite, um Constanze zum Dank ebenfalls die Hand hinzuhalten. Als sie einschlug, strahlte er übers ganze Gesicht. Amüsiert schmunzelte Selma.

»Bis Karlsruhe ist es nicht mehr weit. Ich kenne ein ausgezeichnetes Kaffeehaus am Friedrichsplatz.« Otto Weißkirchner wartete ihre Zustimmung gar nicht erst ab, sondern schleppte sich schwerfällig zum Wanderer zurück, um wieder auf dem hinteren Sitz Platz zu nehmen.

»Wunderbar! Nach Karlsruhe wollten wir heute sowieso.«

»Wir auch«, erklärte Constanze. »Am besten fahre ich voraus, und Sie folgen mir. Ich kenne den kürzesten Weg.«

»Einverstanden.«

»Dann mal los!« Constanze schnappte sich Mütze und Handschuhe und eilte, noch während sie beides überstreifte, zu ihrem Wagen zurück. Lässig beugte sie sich zur Kurbel herunter und warf den Motor an, sprang kurz darauf mehr hinters Lenkrad, als dass sie elegant einstieg. Selma beschloss, sich ebenfalls Knickerbocker zu besorgen. Damit machte man nicht nur eine sportliche Figur, sondern konnte sich auch weitaus leichter bewegen. In Gedanken versunken, wie Gero darauf reagieren würde, setzte sie Mütze und Brille auf, zog die Handschuhe an.

»Worauf wartest du?« Grischa kurbelte bereits ebenfalls den Motor an. Hupend lenkte Constanze den dunkelgrünen Wanderer an ihnen vorbei und verlangsamte das Tempo, bis Selma mit dem knallroten Audi zu ihr aufgeschlossen hatte.

Der einsetzende Regen verschmierte die Scheiben. Immer wieder musste Selma die rechte Hand vom Lenker nehmen und den Wischer zum Säubern der Frontscheiben bedienen. Zugleich bemühte sie sich, dicht hinter dem Wagen der Weißkirchners zu bleiben. Der Gewitterhimmel verdüsterte die Sicht. Das laute Grollen, das auf die grell den Himmel aufreißenden Blitze folgte, übertönte das Motorengeräusch. Grischa war wohl nicht nach einer Unterhaltung zumute, dabei brannte Selma darauf zu erfahren, was er von der neuen Bekanntschaft hielt. Flüchtig warf sie ihm einen Blick zu. Der verträumte Ausdruck auf seinem Antlitz musste ihr vorerst als Antwort genügen.

Constanze schien sich in Karlsruhe tatsächlich gut auszukennen, steuerte zielsicher durch die Stadt. Erleichtert, sich damit aufs Fahren konzentrieren zu können, folgte Selma ihr. Der Regen hatte die Menschen in die Häuser getrieben, Straßen und Plätze lagen verlassen da. Ohne Umschweife erreichten sie den Friedrichsplatz und stellten die Autos im Schutz weit ausladender Kastanien ab. Das Kaffeehaus befand sich gleich gegenüber, ganz in der Nähe des von Grischa und Selma geschätzten Naturkundemuseums.

»Vielleicht können wir Constanze und ihren Vater nachher zu einem Abstecher zu deinem geliebten Riesensalamander überreden«, rief Selma dem Bruder zu, als sie mit nach vorn geneigten Oberkörpern den Weißkirchners über den Gehsteig hinterhereilten. Sie mussten über Rinnsale springen und Pfützen ausweichen, wollten sie einigermaßen trockenen Fußes im Kaffeehaus eintreffen. Selma raffte den Rock und dachte mit Sorge an das Leder ihrer hellen Stiefeletten, die für solches Wetter absolut ungeeignet waren.

»Oder interessiert dich das Museum heute gar nicht mehr?«, schob sie leicht außer Puste nach, weil Grischa auf die Bemerkung nicht reagiert hatte. »Was erzählen wir Mama, wie wir uns die Zeit vertrieben haben? Sie wird sich des Gewitters wegen große Sorgen machen.«

Grischa knurrte etwas Unverständliches und beschleunigte seine Schritte. Belustigt sah Selma, wie er sich an dem dicken

Weißkirchner vorbeizwängte, um Constanze im letzten Moment die Tür zum Kaffeehaus aufzuhalten. Abrupt hielt Weißkirchner an, ließ Selma mit einer zuvorkommenden Verbeugung passieren. Sein erschöpftes Keuchen klang beunruhigend. Selbst als er bereits am Tisch saß, rang er noch einige Minuten lang weiter nach Atem.

»Sie verbringen also ebenfalls Ihre Sommerfrische in Baden-Baden. In welchem Hotel sind Sie abgestiegen?«, eröffnete er das Gespräch, sobald sie dem Ober ihre Wünsche mitgeteilt hatten.

»Im *Bellevue*«, erwiderte Selma und wollte gerade zu einer Gegenfrage ansetzen, als Grischa sich bei Constanze erkundigte: »Kennen Sie das? Es liegt an der Lichtentaler Allee, gleich vis-à-vis der Tennis- und Croquetplätze. Falls Sie auch spielen: Ich bin jeden Morgen nach dem Frühstück dort.«

»Nein, leider nicht. Ich spiele weder das eine noch das andere.«

»Das ist meine Schuld«, mischte sich Constanzes Vater ein. »Nach dem viel zu frühen Tod meiner lieben Frau habe ich sie nahezu allein erzogen und von frühester Kindheit an mit in meine Fabrik genommen. Da war wenig Zeit für feine Vergnügungen.«

»Und die Gouvernanten, die sich einige Jahre in der Erziehung meines Bruders und mir versuchten, hatten auch wenig Sinn dafür«, ergänzte Constanze.

»Sie haben einen Bruder?« Neugierig sah Selma sie an. Kaum hatte sie die Frage ausgesprochen, bereute sie sie schon. Über die Mienen beider Weißkirchners legte sich Traurigkeit. Die grauen Augen verloren ihren Glanz. »Das tut mir leid. Verzeihen Sie bitte vielmals.«

»Schon gut.« Constanze fasste sich als Erste und rang sich zu einem verzweifelten Lächeln durch. »Sie konnten nicht wissen, dass mein Bruder letztes Jahr einen tödlichen Unfall hatte. Er ist beim Schlittschuhlaufen auf einem harmlosen Weiher eingebrochen und im eisigen Wasser ertrunken.«

»Wie entsetzlich!« Selma entdeckte die Tränen, die in Constanzes Wimpern glitzerten. Schmerzlich wurde ihr klar, wie schön die junge Frau war. Noch aber schien diese sich dessen nicht im Geringsten bewusst. Wahrscheinlich hielt sie die Beschäftigung mit Autos und Motoren davon ab, sich länger als nötig mit ihrem Äußeren abzugeben. Das Herbe ihres Auftretens verlieh ihr einen besonderen Reiz.

»Nach wie vor vermissen meine Tochter und ich ihn jeden Tag.« Umständlich zog Otto Weißkirchner ein Taschentuch aus dem Jackett und wischte sich das Gesicht, zerwühlte dabei seinen Backenbart, tupfte sich verlegen die Augenwinkel. »Doch lassen wir das. Mein Sohn wäre der Letzte gewesen, der gewollt hätte, dass wir in endloser Trauer versinken. Deshalb sollten wir die Toten in Frieden ruhen lassen und eher mit einem Gläschen Sekt auf das Leben anstoßen.«

Ungeduldig nahm er dem Ober einen der Sektkelche ab, die dieser auf einem großen Tablett heranbalancierte. Mit erhobenem Glas wartete er, bis alle am Tisch versorgt waren, dann stieß er mit jedem von ihnen an, sah ihnen allen lächelnd in die Augen.

»Der Unfalltod meines Sohnes hat mich gelehrt, wie wichtig es ist, jeden Tag als Geschenk zu betrachten«, fuhr er fort. »Gerade ihr jungen Leute solltet euch dessen bewusst sein. Allzu leichtfertig riskiert ihr oft mehr, als euch guttut. Alten Hasen wie mir aber wird leider viel zu oft klar, dass die Uhr unerbittlich tickt.«

»Vater!« Mahnend legte Constanze ihm die Hand auf den Arm. »Solche Lebensweisheiten werden unsere jungen Freunde oft genug von ihren eigenen Eltern hören.«

Behutsam stellte sie ihr Glas wieder ab. Selma war nicht entgangen, dass sie nur kurz an dem Sekt genippt hatte. Stattdessen trank sie einen großen Schluck Wasser, das der Ober in einer großen Karaffe auf den Tisch stellte, und beobachtete ungeduldig, wie er die Platten mit den belegten Broten daneben arrangierte. Sobald er sie losließ, griff sie sich eine Scheibe, biss beherzt hinein und kaute ausgiebig.

»Sie fahren also Ihren neuen Wagen aus«, knüpfte Weißkirchner wieder an das Gespräch an und langte ebenfalls bei den Broten zu. Auf Teller, Besteck und Serviette verzichteten beide. Selma verzog das Gesicht, nahm ihrerseits bei dem Imbiss Messer und Gabel zu Hilfe. Grischa dagegen folgte dem burschikosen Verhalten der Weißkirchners und genoss es, über die Stränge zu schlagen.

»Ein vorzügliches Modell haben Sie sich da ausgewählt«, beglückwünschte Weißkirchner Selma, sobald er zwei Brote verschlungen und den Sekt durstig hinuntergestürzt hatte. »Der Alpensieger hat sich bei Rennen in Österreich vorzüglich bewährt. Mit ihm werden Sie auch in den Vogesen Ihr Vergnügen haben. Er ist sehr geländegängig und der Motor äußerst leistungsstark.«

»Bauen Sie in Ihrer Fabrik etwa Automotoren?«, wollte Selma wissen, und Grischa sprang ihr begeistert bei: »Auch mich würde interessieren, was Sie so alles fabrizieren.«

»Leider keine Automotoren.« Weißkirchner stopfte sich ein drittes Brot in den Mund, kaute hastig, wischte nachlässig den Mund und sprach schon beim Verschlucken des letzten Bissens weiter: »Wir haben uns auf Nähmaschinen spezialisiert. Seit einiger Zeit spiele ich allerdings mit dem Gedanken, ähnlich wie *Adler* in Frankfurt die Karosserie zu bauen und die Motoren dann beispielsweise von *De Dion* aus Paris zu beziehen, um sie einfach nur noch zu montieren. Derzeit expandieren wir allerdings in eine andere Richtung, übrigens ebenfalls in ein Geschäftsfeld, das *Adler* bedient: Schreibmaschinen. Der Markt wächst stetig, kein Büro und keine Schreibstube kommt heutzutage mehr ohne aus. Das sind die modernen Zeiten! Wir haben schon einige Ideen für eine vielversprechende Zukunft, nicht wahr, mein Herz?« Stolz schaute er zu seiner Tochter, die mahnend den Zeigefinger über die Lippen legte.

»Dann ist Ihre Fabrik wohl entsprechend groß.« Selma nippte am Sektglas. Bis eben hatte sie Weißkirchner eher für einen zu etwas Geld gekommenen Kleinunternehmer denn für einen richtigen Fabrikbesitzer gehalten.

»Derzeit haben wir etwa zweihundert Beschäftigte. Das wird sich bald jedoch schon …«

»Das genügt, Vater«, ging Constanze von neuem dazwischen und lächelte Selma entschuldigend an. »Wenn wir nicht aufpassen, wird er Ihnen sonst gleich en detail erläutern, welche Grundstücke er in Metz für seine Ausbaupläne schon im Auge hat, mit welchen Zulieferfirmen er im Gespräch ist, wo er die Techniker anwerben wird. Er wird so lange über seine Ideen reden, bis Ihnen die Ohren glühen. Am Ende wird Sie das alles nur verwirren, Sie werden abschalten und sich furchtbar mit uns langweilen, womöglich sogar bedauern, überhaupt unsere Bekanntschaft gemacht zu haben.«

»Ganz im Gegenteil!«, erwiderte Selma belustigt. Sie äugte zu Grischa. Der war ganz in der Bewunderung Constanzes versunken. Nebenbei stopfte er sich ein Brot nach dem anderen in den Mund und hatte schon das zweite Glas Sekt geleert. Unauffällig versetzte sie ihm unter dem Tisch einen Tritt. »Lassen Sie Ihren Herrn Vater ruhig erzählen, Constanze. Bei der Fabrik handelt es sich immerhin um sein Lebenswerk. Da ist sein Stolz berechtigt.«

»Genau, verehrtes Fräulein Rosenbaum.« Weißkirchner nickte zufrieden. »Constanze redet ungern darüber, dabei hängt sie selbst mit Leib und Seele an der Firma. Gerade nach dem Tod ihres Bruders haben wir uns beide noch mehr in die Arbeit gestürzt. Ab Herbst wird sie übrigens in Berlin an der Technischen Hochschule studieren und tritt auch damit in meine Fußstapfen. Ich stamme zwar ursprünglich aus dem Saarländischen, habe jedoch im ersten Jahrgang der Königlich Technischen Hochschule mein Studium absolviert. Nun ist meine Tochter eine der ersten Frauen, die dort ihre Ausbildung als Ingenieurin beginnen. Eine ganz besondere Auszeichnung. Über kurz oder lang werde ich wirklich den Zusatz an unserem Firmennamen ändern ...«

»Vater, bitte!« Eine verlegene Röte huschte über Constanzes Wangen.

»Das ist großartig!« Grischa strahlte vor Begeisterung. »Wäre meine Lust zu fliegen nicht so riesig, würde ich dort ebenfalls studieren. Stellen Sie sich vor, dann könnten wir in denselben Vorlesungen sitzen!«

»Auch ich gratuliere.« Ohne genau zu wissen, wieso, fühlte Selma sich auf einmal der Jüngeren unterlegen. »Sobald Sie in Berlin sind, müssen wir uns treffen. Ich werde Ihnen die Stadt zeigen und Sie einigen Freunden von mir vorstellen. Wissen Sie schon, wo Sie wohnen? Wenn Sie wollen, helfe ich Ihnen gern bei der Auswahl der richtigen Gegend. Wir wohnen in Friedenau.«

»Für Berliner hätte ich Sie eigentlich nicht gehalten«, platzte Weißkirchner dazwischen und lachte schelmisch. »Sie wissen ja, was wir Lothringer von den Preußen halten.«

»Wir sind keine echten Preußen«, stellte Selma klar. »Unser Vater ist Reichstagsabgeordneter. Deshalb leben wir dort. Eigentlich stammen wir aus dem Rheinland, aus Bonn, um genau zu sein.«

»Das ist gut!« Zufrieden lehnte sich Weißkirchner auf seinem Stuhl zurück, so dass sein gewaltiger Bauch zwischen den geöffneten Rockschößen herausquoll, und verschränkte die Arme vor der Brust.

»Sicherlich studieren Sie auch etwas in Berlin.« Neugierig blickte Constanze Selma an.

»Leider nicht.« Wieder fühlte Selma sich unbeholfen.

»Meine Schwester hätte gar nicht die Zeit dazu. Sie ist viel unterwegs, kennt sämtliche Leute, weiß, wo etwas Aufregendes …«

»Grischa, bitte!«, zischte Selma und bekräftigte die Aufforderung mit einem neuerlichen Tritt unter dem Tisch, bevor sie sich ganz Constanze zuwandte. »Ich finde es sehr mutig, dass Sie sich einem so anspruchsvollen Bereich wie den Ingenieurwissenschaften widmen.«

»Das finde ich auch.« Erneut hob Weißkirchner das Glas. »Meine Tochter wird wohl die einzige Frau unter den Studentinnen sein, die bereits über jahrelange praktische Erfahrungen in einer Werkstatt verfügt, und eines Tages wird sie als erste Frau an der Spitze einer Maschinenfabrik stehen.«

»Knorke!« Grischa entfuhr ein anerkennendes Pfeifen. Selma knuffte ihn warnend in die Seite und sagte laut zu Constanze: »Auch dazu kann ich Ihnen nur von ganzem Herzen gratulieren.«

Sie prostete erst Constanze, dann ihrem Vater zu und hoffte inständig, niemand bemerkte, wie stark ihre Hand plötzlich zitterte. Nie zuvor war sie sich derart schmerzlich bewusst geworden, keine konkreten Pläne für die Zukunft zu besitzen.

Nach dem Abschluss auf der Höheren-Töchter-Schule hatte sie sich nahezu ausschließlich dem gesellschaftlichen Leben gewidmet, hatte mit Eifer die neu eröffneten Kintopps besucht, rauschende Feste gefeiert, im *Adlon* oder *Admiralspalast* bis zum Morgengrauen getanzt und mit Feuereifer Modesalons inspiziert. Seit sie Gero kannte, zählte eigentlich nur noch der Wunsch, in seinen Augen genau die Gefährtin mit dem Hang zu einem gewissen Schuss Exzentrik zu sein, die er sich wünschte. Je länger sie darüber nachdachte, desto fragwürdiger erschien ihr das mit einem Mal.

Zart legte sich Constanzes Hand auf ihren Arm. Selma bemerkte die dünnen Schmutzränder unter den Nägeln, überhaupt schien Constanze die Maniküre nur sehr oberflächlich zu betreiben. Ihre Blicke trafen sich. Constanzes graue Augen waren von einer beneidenswerten Tiefe, in die einzutauchen Selma plötzlich einen unwiderstehlichen Drang verspürte. Flüchtig streifte ihr Blick über Constanzes Gesicht. Die Augenbrauen waren nachlässig gezupft. Constanze verwendete weder Puder noch Rouge oder Lippenstift. Der Kragen ihrer Bluse besaß keine sonderlich modische Form. Trotzdem gefiel sie Selma. Sie mussten Freundinnen werden!

»Jetzt haben wir aber lange genug über unsere Fabrik gesprochen«, erklärte Constanze.

»Sie haben recht«, stimmte Selma lächelnd zu. »Dabei ist Sommer. Hätten Sie Lust, mir in den nächsten Wochen ein wenig Gesellschaft zu leisten? Im Gegenzug verspreche ich Ihnen, Sie von der Firma Ihres Vaters und Ihrem bevorstehenden Studium abzulenken.«

»Eine hervorragende Idee! Darauf versteht sich meine Schwester bestens«, rief Grischa freudig aus, womit er sich einen weiteren Tritt unter dem Tischtuch einfing.

»Mir dräut die größte Langeweile, weil mein lieber Herr Bruder seine Tage am liebsten am Flugplatz in Oos verbringt, um Luftschiffe und Flugzeuge zu bewundern. Dorthin darf ich ihn natürlich jederzeit gern chauffieren.«

»Aber du selbst hast doch …«, setzte Grischa empört an, brach jedoch sofort ab, als sich Constanze erkundigte: »Waren Sie mit Ihrem Wagen schon einmal in den Bergen?«

»In den Schwarzwald und die Vogesen will ich unbedingt.« Selma war begeistert. »Wie ich gehört habe, kann man mit dem Wagen mittlerweile ziemlich weit auf den Großen Belchen hinauffahren. Von dort oben muss man eine phantastische Sicht in die Rheinebene und sogar ins Jura hinüber haben.«

»Bevor Sie sich in die Vogesen wagen, sollten Sie noch einiges über den Motor Ihres Audis lernen«, mahnte Weißkirchner. »Die Straßen auf dieser Route sind noch verlassener als hier unten in der Ebene. Da können Sie gut und gern einige Stunden mutterseelenallein am Straßenrand stehen, ehe jemand kommt, der Ihnen helfen kann.«

»Wenn überhaupt ein Autofahrer auftaucht«, ergänzte Constanze. »Die meisten fahren dort noch mit ihren Fuhrwerken oder gehen zu Fuß. Von Autos verstehen sie noch weniger als Sie.«

»Sie haben recht.« Selma nickte. »Bevor ich mich in die Berge traue, sollte ich in der Lage sein, kleinere Pannen selbst zu beheben. Wollen Sie meine Lehrmeisterin sein?«

»Eine hervorragende Idee.« Weißkirchner nickte zustimmend.

»Ich schließe mich gern dem Lehrgang an«, warf Grischa ein. »Vor meiner Abreise nach Döbritz möchte ich gern noch die Fahrprüfung ablegen.«

»Ich glaube, dazu reicht deine Zeit nicht mehr. Nächste Woche musst du schon abreisen.«

»Ihre Schwester hat recht. Eine Woche ist viel zu knapp, um das Autofahren zu lernen.« Erstmals wandte sich Constanze direkt an Grischa, was der mit einem törichten Grinsen quittierte.
»Ebenso wenig, wie man von jetzt auf gleich das Funktionieren eines Motors begreift«, ergänzte ihr Vater. »Da trifft es sich wirklich bestens, dass meine Tochter und ich uns den ganzen August in Baden-Baden einquartiert haben. So bleibt Ihnen genug Zeit, das Versäumte nachzuholen, Fräulein Rosenbaum.«
»In welchem Hotel wohnen Sie?« Selma war froh, Constanze von Grischa ablenken zu können. Später würde sie dem Bruder etwas Nachhilfe erteilen, wie er sich in Gegenwart von interessanten Frauen zu verhalten hatte. Zum Glück schien Constanze in dieser Hinsicht selbst noch unbeleckt.
»Wir sind im *Angleterre,* gleich gegenüber von Theater und Konversationshaus«, antwortete Weißkirchner. »Mir sind kurze Wege wichtig.«
»Allerdings sind wir zum ersten Mal dort«, ergänzte Constanze.
»Überhaupt sind wir zum ersten Mal in Baden-Baden«, stellte Weißkirchner fest. Dabei huschte abermals ein Schatten über sein breites Gesicht. »Bislang sind wir zur Sommerfrische immer an die See gefahren. Heiligendamm war der Lieblingsort meiner verstorbenen Gemahlin, mein Sohn liebte Travemünde. Das Schwimmen hat ihm sehr behagt. Kaum zu glauben, dass ausgerechnet er ertrunken ist.«
»Vater!«, mahnte Constanze leise, woraufhin er sich einen Ruck gab und so munter wie möglich ausrief: »Du hast recht, wir wollten es als Gelegenheit begreifen, um auf andere Gedanken zu kommen. Baden-Baden hat sich für uns einfach angeboten. Von Metz aus ist es nicht weit und bietet viele Erho-

lungsmöglichkeiten für uns. Wie es scheint, ist das alles eine glückliche Fügung. Gestern erst sind wir angereist, und heute haben wir schon eine sehr liebenswürdige Bekanntschaft geschlossen. Ich hoffe, das werden wir in den nächsten Wochen vertiefen.«

»Von mir aus gern«, erwiderte Selma und fügte mit einem verschwörerischen Zwinkern zu Constanze hinzu: »Ich glaube, wir beide werden viel Spaß miteinander haben.«

4

Constanze hasste Feste wie diese. Sie hatte es schon immer geahnt: Für Gesellschaftstrubel war sie nicht geschaffen. Von der lauten Musik, den unzähligen Stimmen, die aus allen Richtungen über sie herfielen, wie auch von der schlechten Luft und der unerträglichen Hitze dröhnte ihr der Kopf. Zudem störte sie die Enge. Viel zu dicht waren die geladenen Gäste an den langen Festtafeln zusammengepfercht. Kaum konnte man sich bewegen, ohne gegen den Sitznachbarn zu stoßen.

Sie äugte zu ihrem Vater, der seinen Platz ihr schräg gegenüber neben Selma hatte. Bei seiner Leibesfülle musste es ihm noch ärger ergehen als ihr. Seltsamerweise aber bekümmerte ihn das ebenso wenig, wie ihn die belanglosen Plaudereien über das Wetter, die Mode oder das derzeitige Musikrepertoire im Kurhaus störten. Sonst mokierte er sich gern über Oberflächlichkeiten, nun aber war er in ein angeregtes Gespräch mit Selmas Mutter über genau diese Themen vertieft. Weit beugte er sich über den Tisch Hedda Rosenbaum entgegen, die wiederum auf Constanzes Tischseite zwei Plätze weiter rechts saß. Auf seinem geröteten Gesicht lag eine Begeisterung, wie Constanze sie lange nicht mehr an ihm gesehen hatte. Hedda wirkte kaum weniger entzückt. Die beiden amüsierten sich einfach prächtig miteinander. Hell lachte Hedda auf und prostete Otto damenhaft zu. Der Vater schien ganz von ihrem Zauber gefangen.

Trotz der vielen fröhlichen Menschen fühlte Constanze sich einsam. Daran war sie selbst schuld. Immerhin hatte sie Selma bedrängt, sie in die unbeschwerten Vergnügungen einzuführen. Außer Antriebswellen, Kurbeln und Walzen hatte sie bislang wenig in der Welt interessiert, geschweige denn, dass sie wirklich Unterhaltsames erlebt hatte. Die Begegnung mit Selma und Grischa war ihr wie ein Wink des Himmels vorgekommen. Seit Tagen erkundeten sie gemeinsam die Gegend, befuhren Berge, besuchten Gasthäuser und entdeckten verlassene Ruinen oder verschwiegene Täler. Selbst die Stunden, in denen sie versuchte, Selma und Grischa in die Geheimnisse der Funktionsweise von Automotoren einzuweisen, bescherten ihr größtes Vergnügen. Obwohl sie viel miteinander erlebten und noch mehr miteinander lachten, blieb allerdings stets etwas zwischen ihnen, was sie nicht zu benennen vermochte. Wenn sie in diesem Ballsaal saß und all die fröhlichen Menschen um sich herum betrachtete, die munter miteinander plauderten und zwanglos übereinander scherzten, wurde ihr das noch schmerzlicher bewusst.

»Solche Festessen müssen einem wirklich liegen.« Selmas Großmutter Meta Kayserberg, die zwischen ihr und Joseph Rosenbaum saß, legte ihr die Hand auf den Arm. Sie strahlte eine angenehme Ruhe aus. »Sie sollten nach draußen gehen und frische Luft schnappen. Bis der Nachtisch serviert wird, stehen noch mindestens drei Ansprachen auf dem Programm. Keine einzige davon dürfte es wert sein, dafür Kopfschmerzen zu riskieren. Die Kapelle rüstet zum nächsten Tusch, das ist die beste Gelegenheit. Grischa!«, rief sie quer über den Tisch ihrem Enkel zu. »Begleite Fräulein Weißkirchner bitte auf die Veranda. Die Hitze hier drinnen raubt ihr den Atem.«

»Ich kann auch gut allein …«, wollte Constanze abwehren, doch Grischa hatte sich bereits von seinem Stuhl erhoben und machte Anstalten, sich auf der gegenüberliegenden Seite ans Ende der Tafel durchzukämpfen. »Danke«, murmelte sie Meta Kayserberg zu und zwängte sich ebenfalls nach hinten durch, wo Grischa sie freudestrahlend erwartete.

»Die frische Luft wird Ihnen guttun.« Galant bot er ihr den Arm. Dank Selma wusste sie mittlerweile, wie man lässig auf die für sie ungewohnte Geste einging.

Nebeneinander traten sie auf die Terrasse. Grischa führte sie bis zur hüfthoch gemauerten Brüstung. Sie reckte die Stupsnase nach oben, um den lauen Nachtwind auf der Haut zu spüren. Die losen Haarsträhnen flatterten ihr ums Kinn. Nach der stickigen Luft im Festsaal duftete es auf der Terrasse wunderbar frisch nach süßem Heu und Sommerblumen. Tief unten im Tal blitzten Lichter, ließen die Umrisse des schmucken Baden-Baden gut erkennen. Leicht war auszumachen, wo sich Trinkhalle, Konversationshaus und die mondänen Hotels entlang der Lichtentaler Allee aufreihten. Auch der Beutig mit seinen prächtigen Villen stach aus der Dunkelheit heraus.

»Gefällt Ihnen das Fest?« Wie zufällig rückte Grischa nah zu ihr heran, bis der Stoff seines Smokings ihren nackten Oberarm streifte. Erschrocken wich sie zurück. Harmlos weiterplaudernd überging er das. »Die Aussicht ist grandios. Wie herrlich, dass man sie jetzt dank der neuen Standseilbahn so mühelos genießen kann.«

»Das klingt, als wäre Ihnen jeder Schritt den Berg hinauf zu viel. Dabei ist der Genuss einer herrlichen Aussicht nach einer großen Anstrengung zuvor doch eigentlich das Schönste.«
»Ich wusste es: Sie sympathisieren mit den Wandervögeln.«
»Das klingt, als wäre es schlimm für Sie.« Als sie sein verdutztes Gesicht bemerkte, schob sie beruhigend nach: »Nur weil ich es mag, mich zu bewegen, muss ich mich nicht gleich irgendeiner Gruppe anschließen. Wandern gehe ich am liebsten allein.«
»Sie sind wohl gern mit sich allein?«
»Gelegentlich schon. Sie nicht?«
Er überlegte, schaute ins Tal, bevor er sie wieder ansah. »Ich mag es lieber, Menschen um mich herum zu haben.«
»Schade. Gerade im Alleinsein erfährt man am meisten über sich selbst.«
Wieder schwieg er. Neugierig betrachtete sie ihn. Er war mehr als einen Kopf größer als sie und von äußerst schlanker Figur, was in dem schwarzen Abendanzug bestens zur Geltung kam. Die Gesichtszüge waren zwar fein, aber dennoch markant genug, um ihm einen ersten Hauch von Männlichkeit zu verleihen. Dazu trug auch der strichdünne Bart bei, der sich zaghaft über der Oberlippe abzeichnete. Die Finger seiner schlanken Hände fuhren durch den brillantineglänzenden blonden Haarschopf, der straff aus der eckigen Stirn zurückgekämmt war. Auch das ließ ihn älter wirken als einen gerade der Schule entronnenen Abiturienten. Bedauern erfasste sie. Gewiss hatte Selma ihm die selbstbewusste Aufmachung verpasst, ihn die zum Smoking gehörenden Gebärden gelehrt. Sie war eine wahre Meisterin auf diesem Gebiet. Erst am Nachmittag hatte Constanze das erlebt, als die Freundin sie in einen Modesalon begleitet hatte, um ihr ein Abendkleid für das Festessen zur Eröffnung der Merkur-

bahn auszusuchen. Kaum dachte sie daran, spürte sie die zarte Seide seltsam schwer auf den Schultern lasten, meinte, das knöchellange Kleid im Delphos-Stil wickele sich eng um ihre Beine. Sie war einen solchen Aufzug nicht gewohnt, fühlte sich trotz des berauschend lockeren Schnitts und des leichten Stoffs unwohl darin. Der viel zu auffällig mit Federn geschmückte Haarreif drückte ihr auf den Kopf. Wie freute sie sich, diese Utensilien bald wieder los zu sein und in bequeme Hosen oder zumindest in ein schlichtes Kostüm zu schlüpfen.

»Für manche Menschen ist es wahrscheinlich besser, nicht allzu viel über sich selbst zu erfahren«, sagte er leise.

»Ich glaube kaum, dass ausgerechnet Sie dazu gehören.«

»Was haben Sie gegen Feste wie diese? Gegen Ansammlungen fröhlicher, gut gelaunter Menschen?«

»Wie kommen Sie darauf, dass ich etwas dagegen ...«

»Das sieht man Ihnen an der Nasenspitze an, Constanze. Sie gehören nicht zu denjenigen, die ihre Gefühle gut verbergen können.«

Sie spürte, wie sich ihre Wangen röteten. Verlegen biss sie sich auf die Lippen, ärgerte sich über sich selbst. »Ich bin solche Veranstaltungen nicht gewohnt. Nach dem Tod meines Bruders haben mein Vater und ich sehr zurückgezogen gelebt.«

»Umso wichtiger, Sie zu solchen Festen mitzunehmen. Oder wollen Sie den Rest Ihres hoffentlich noch sehr langen Lebens in klösterlicher Einsamkeit verbringen? Ihr Vater jedenfalls scheint sich da drinnen bestens zu amüsieren.«

»Um ihn zu begeistern, dürfte schon die Jungfernfahrt mit der neuen Bergbahn genügt haben. Wahrscheinlich hält er Ihrer armen Frau Mama seit den Horsd'œuvres einen Vortrag über die Leistungsfähigkeit des neunzig PS starken Elektromotors, der von der Tal- bis zur Bergstation eine Strecke von genau eintausendzweihundert Metern zurücklegt. Bedenkt man, dass das Stahlseil, das die Wagen bergan zieht, lediglich zweiunddreißig Millimeter dick ist, ist das wirklich eine faszinierende Leistung.«

»Ich merke schon, im Gegensatz zu mir haben Sie bei der Rede des Direktors vorhin bestens aufgepasst.« Grischa spitzte den Mund. »Ich habe mich von Nebensächlichkeiten ablenken lassen. Dabei muss man wohl nur technische Details ansprechen, um Ihr Interesse zu wecken.«

Als sie das spitzbübische Funkeln in seinen hellblauen Augen bemerkte, musste sie grinsen. Sein Antlitz hatte plötzlich etwas sehr Vertrautes, überdeckte das zwanghaft wirkende Dandyhafte seines Auftretens auf sympathische Weise.

»Warum siezen wir uns eigentlich immer noch?«, entschlüpfte ihr. »Da wir beide vor wenigen Wochen erst unser Abitur abgelegt haben, sind wir sicher gleich alt.«

»Stimmt. Es ist albern, so förmlich miteinander zu sein. Von mir aus also gerne Du.«

Er streckte ihr die Hand entgegen. Als sie sie ergreifen wollte, beugte er sich unvermittelt vor und küsste sie mitten auf den Mund. Sie war so verblüfft, dass sie es widerstandslos geschehen ließ.

»Verzeihung«, hörte sie ihn murmeln. »Ich wollte Sie, ähm, dich nicht überfallen.«

»Ein Kuss gehört aber dazu.« Wie aus dem Nichts tauchte Selma auf und breitete die Arme aus, als wollte sie sie beide umschlingen. »Eure Verbrüderung müsst ihr ordentlich besiegeln, sonst zählt sie nicht, und ihr müsst bis an euer Lebensende beim Sie bleiben. Ich bin übrigens auch nur drei Jahre älter und von daher diejenige von uns beiden, die das Du vorzuschlagen hat.«

Ehe Constanze sich versah, drückte Selma sie fest an sich, bis ihr von dem schweren Parfum der Atem stockte, und presste ihr ebenfalls einen dicken Kuss auf den Mund. Ihr Atem roch stark nach Alkohol.

»Sie müssen entschuldigen, Fräulein Weißkirchner, aber meine Enkelkinder sind sehr temperamentvoll«, ertönte Meta Kayserbergs dunkle Stimme. Auf ihren schwarzen Stock mit weißem Elfenbeingriff gestützt, kam die zierliche alte Dame lächelnd heran. Wie Selma und ihre Mutter so war auch sie trotz ihres fortgeschrittenen Alters in ein extravagant anmutendes Abendkleid nach neuestem Pariser Schick gekleidet. Allerdings hatte sie sich für Schwarz als Grundfarbe entschieden, während Selma ein sanftes Lindgrün und Hedda ein erfrischendes Gelb gewählt hatten. Eine abenteuerliche Kopfbedeckung aus schwarzem Samt, mit langer Feder und glitzerndem Strass rundete Metas Auftreten ab. Sobald sie vor ihr stand, strich sie Constanze zärtlich über die Wange, bedachte Selma und Grischa mit einem Augenzwinkern.

»Natürlich gibt sich Ihr Vater die größte Mühe, Ihnen die ganze Familie zu sein«, fuhr sie an Constanze gewandt fort. »Aber Sie brauchen die Gesellschaft junger Leute. Spaß und Vergnügen müssen Sie in Ihrem Alter selbst erleben und nicht nur in Erzählungen Ihres Vaters genießen. Seine Jugend ist viel zu lange her. Sie aber müssen sich eigene Erinnerungen schaffen, von denen Sie im Alter zehren können.«

Noch einmal tätschelte sie ihr die Wange, dann wandte sie sich wieder um und schritt würdevoll auf ihren Stock gestützt in den Festsaal zurück.

»Manchmal wäre ich gern in Großmamas Jugend Mäuschen gewesen«, sagte Selma. »Mir ist, als habe sie weitaus rauschendere Feste gefeiert als wir.«

»Du stehst ihr ganz gewiss in nichts nach«, erwiderte Grischa. »Täusche ich mich oder bist du in den letzten Monaten meistens erst nach Hause gekommen, wenn ich bereits am Frühstückstisch saß, weil die Schule rief? Was würde ich darum geben, in deinen Nächten mit Gero als Mäuschen dabei zu sein!«

»Verdorbener Bengel!« Spielerisch schlug sie mit den Enden ihrer Federboa nach ihm.

»Aua!« Übertrieben duckte er sich weg, rieb sich die Wange, als hätte sie ihn tatsächlich schmerzhaft erwischt. »Was ist so verdorben daran? Bitte erklär mir das einmal ganz genau.«

»Pst!« Mahnend legte Selma den Zeigefinger über die Lippen. »Wir haben eine Minderjährige in unserer Begleitung. Da darf ich über solche Dinge nicht reden.«

»Eine Minderjährige?« Constanze tat empört und knuffte Grischa in die Seite. »Wenn ich euch daran erinnern darf, bin ich hier nicht die Einzige unter einundzwanzig.«

»*Die* Einzige unter einundzwanzig bist du allerdings schon«, stellte Selma klar, tätschelte dann aber großzügig die Schulter ihres Bruders. »Aber natürlich hast du recht: Es gibt hier noch jemanden, der seine kindliche Unschuld sorgsam hütet, bevor er in die harte Welt der Erwachsenen katapultiert wird. Verzeiht, meine Kleinen, ich sollte vorsichtiger sein, sonst bekomme ich Ärger mit euren Eltern. Meine nächtlichen Abenteuer sind leider nichts für eure Kinderohren.«

»Als ob dich das schon einmal gestört hätte, Schwesterherz.« Grischa verschränkte die Hände lässig hinter dem Rücken und wippte auf den Fußspitzen. »Oder besinnst du dich plötzlich deiner streng katholischen Erziehung?«

»Vielleicht sollte ich das? Das aber würdest du als Erster bedauern.«

Constanze wandte sich ab. Tränen traten ihr in die Augen. Die selbstverständliche Vertrautheit der beiden so hautnah mitzuerleben tat entsetzlich weh. Richard und sie hatten einander ebenfalls sehr nahegestanden. Die sieben Jahre, die er älter gewesen war als sie, hatte sie dennoch nie vergessen. Sie war eben doch immer »das Küken« geblieben, und er hatte die Rolle des großen, lebensklugen Bruders innegehabt.

»Wisst ihr was, ihr beiden?« Behutsam legte Selma ihr den Arm um die Schultern. Das viel zu schwere, sinnliche Parfum, das sie aufgesprüht hatte, nahm Constanze erneut den Atem. Ehe sie sich versah, hatte Selma sie an sich gedrückt. »Wir müssen unbedingt auf unsere Verbrüderung anstoßen!«

Sie winkte einen weiß gekleideten Ober mit einem Tablett voller Sektkelche heran, drückte Constanze ein Glas in die Hand, reichte Grischa ein zweites und nahm sich ebenfalls eines. »Auf uns, meine Lieben! Vergesst nicht: So jung wie heute kommen wir nie mehr zusammen.«

Staunend beobachtete Constanze, wie Selma das Glas in einem Zug leerte, als handelte es sich um Mineralwasser, und sich gleich das nächste griff. Auch das stürzte sie, ohne abzusetzen, herunter, stellte den Kelch achtlos beiseite und schickte den Ober weg. Aus ihren von schwarzem Kajal dick umrandeten hellblauen Augen schaute sie Constanze eindringlich an und fiel ihr unvermittelt um den Hals.

»Ab sofort sind wir Schwestern.« Beschwörend drückte sie sie an sich, flüsterte ihr zärtlich ins Ohr: »Eine kleine Schwester wie dich habe ich mir immer gewünscht.«

Schwungvoll stieß sie sie wieder von sich. Benommen taumelte Constanze. Ein lauter Tusch der Kapelle aus dem Festsaal lenkte sie ab. Alle drei sahen zu den weit offen stehenden Türen. Die Veranda leerte sich. Eng umschlungene Paare und eine Gruppe kichernder junger Damen kamen vorbei. Ihnen folgten eine Handvoll smarter junger Herren, die sich Mühe gaben, ihr offenkundiges Interesse an den Fräulein hinter blödem Schwadronieren zu verbergen. Als die Musik lauter wurde und sich die Stimme erst einer Sängerin, dann eines Sängers erhob, um den Schlager »Pauline geht tanzen« anzustimmen, beschleunigten die Paare, Fräulein und Herren die Schritte, um rechtzeitig zum Einsetzen des Refrains auf der Tanzfläche zu sein.

»Was stehen wir hier wie Mauerblümchen herum?« Selma hakte sich bei Constanze unter. »Sicher hast du Lust zu tanzen. Schnell, schnapp dir diesen jungen Kavalier, bevor es eine andere tut! Die Konkurrenz ist groß.«

»Und du?« Constanze zögerte. Plötzlich verspürte sie tatsächlich große Lust aufs Tanzen. In den letzten Monaten hatte sie viel zu oft darauf verzichtet. Bestimmt war Grischa ein hervorragender Tänzer, mit dem es ein wahres Vergnügen sein würde, übers Parkett zu schlittern. Andererseits wollte sie Selma nicht allein auf der Terrasse stehen lassen. Etwas in ihren Augen alarmierte sie, auf die Freundin zu achten.

»Geht schon.« Selma schob sie von sich. »Heute Abend ist die letzte Gelegenheit für euch, eine flotte Sohle miteinander zu riskieren. Morgen früh reist unser Fliegerheld in spe leider ab. Bevor er sich bei seiner Einheit in Döbritz einfindet, muss er mit Papa in Berlin noch einige Erledigungen machen.«

Sie zog ihren Bruder heran und übergab Constanzes Hand feierlich an ihn. Grischa verbeugte sich, bevor er ihr mit einem strahlenden Lächeln den Arm bot.

»Zu dritt übers Parkett zu schweben ist ein wenig albern.« Plötzlich wirkte Selma ernst. »Haut schon ab, ich genieße noch ein wenig den lauen Sommerabend hier draußen.«

Constanze bildete sich ein, einen Anflug von Traurigkeit in der Stimme der Freundin vernommen zu haben. Grischa allerdings zog sie energisch mit sich fort. »Mach dir keine Gedanken. Selma mag es gelegentlich genauso gern wie du, allein zu sein.«

»Vermisst sie ihren Verlobten? Sicher sehnt sie sich nach ihm.« Sie musste sich beeilen, mit ihm Schritt zu halten. Zielsicher stürmte er auf den Saal zu, nahm keine Rücksicht auf ihre weitaus kürzeren Beine.

»Das ausgerechnet aus deinem Mund zu hören, überrascht mich jetzt doch.« Abrupt blieb Grischa stehen, sah sie fragend an.

»Wieso?«

»Bislang war mir eher so, als machtest du dir vor allem über das reibungslose Funktionieren von Automotoren oder Schreibmaschinen Gedanken. Das eben aber klingt, als steckte in dir doch noch eine große Romantikerin.«

»Tut mir leid, dich enttäuscht zu haben.« Sie schmunzelte. »Romantikerin ist allerdings so ziemlich die letzte Bezeichnung, die ich zur Beschreibung meiner Person in Erwägung ziehen würde. Für mich geht es eher darum, dass man den Weg, für den man sich einmal entschieden hat, konsequent zu Ende geht.«

»Ein hehres Ansinnen.«

»Deine Schwester wirkt sehr erwachsen«, überging sie seinen Einwurf. »Sie weiß immer genau, was sie tut. Es muss die ganz große Liebe sein, sonst hätte sie sich wohl kaum verlobt.«

»Gero hat ihr sein teures Auto quasi geschenkt.«

»Soweit ich weiß, hat er es ihr nur geliehen. Doch selbst wenn: Ein so großzügiges Geschenk sagt nicht das Geringste über die Tiefe der Gefühle aus.«

»In diesem Fall aber sagt es sehr viel aus«, beharrte er grinsend, »insbesondere, wenn er ihr den Wagen quasi als Ersatz für den eigenen Besuch in Baden-Baden schickt. Dabei hatte er ihr vor der Abreise hoch und heilig versprochen, einige Tage mit ihr hier zu verbringen.«

»Dann ist ihm gewiss etwas sehr Wichtiges dazwischengekommen. Sosehr er versuchte, sein Versprechen zu halten, musste er sich wohl einer höheren Gewalt beugen. Hat Selma nicht erzählt, er wäre jetzt Sozius in einer großen Anwaltskanzlei? Dann musste er das Private ganz sicher hinter einer beruflichen Aufgabe zurückstellen.«

»Was kann es für einen Bräutigam Wichtigeres geben als eine Handvoll gemeinsamer Tage mit der Braut?« Theatralisch senkte Grischa die Stimme, presste sich die Hand aufs Herz und legte die Stirn in Grübelfalten. »Liebes Fräulein Weißkirchner, zu meinem größten Bedauern muss ich Ihnen gestehen, dass Sie sich schon weitaus weniger romantisch anhören als vorhin.«

»Das tut mir leid. Da habe ich dich also wohl ein zweites Mal bitter enttäuscht.« Jetzt war es an ihr, spöttisch zu grinsen. »Ich fürchte, wir beide sind wohl doch nicht für die ganz große Romantik geschaffen. Lass uns tanzen. Hörst du nicht, sie spielen gerade ›Wenn ein Mädel einen Herrn hat‹. Den Zufall sollten wir nutzen, der Titel passt wunderbar.«

Entschlossen griff sie nach seinem Arm und zog ihn fort. Er leistete lediglich der Form halber sanften Widerstand, führte sie alsbald jedoch gekonnt über die Tanzfläche. Wenn sich ihre Blicke kurz trafen und sie den Schalk in seinen Augen aufblitzen sah, bedauerte sie zutiefst, dass er am nächsten Tag abreiste. Gerade hatte sie das Gefühl, mit seinen Späßen klarzukommen.

5

Der Tag war wie geschaffen für einen Ausflug. Selma legte den Kopf in den Nacken, schloss die Lider und genoss die Augustsonne auf dem Gesicht. Gleich hatte sie Heddas Stimme im Ohr, die sie vor hässlichen Sommersprossen warnte. Ihr heller Teint war prädestiniert dafür. Zum Glück saß die Mutter gut zweihundert Kilometer entfernt im Garten des *Bellevue* und hatte nicht die leiseste Ahnung, was Selma in Belfort trieb. Allein der Gedanke, dass sie es gewagt hatte, mit Constanze allein nach Frankreich zu fahren, würde ihr eine ihrer gefürchteten Migräneattacken bescheren. Genüsslich räkelte sich Selma in dem weit ausladenden Rattansessel. Gero würde von den Sommersprossen entzückt sein. Das Aufblühen jeder einzelnen würde er mit einem Kuss belohnen, zwischen ihnen zärtliche Verbindungslinien mit der Zungenspitze ziehen, um schließlich den Hals hinunter die Spur weiterer Muttermale nachzuzeichnen. Sie spitzte den Mund, meinte, seine Lippen auf den ihren zu schmecken, den Tanz ihrer Zungenspitzen im alles umhüllenden Dunkel der Mundhöhle zu eröffnen.

»Wir sollten uns unbedingt die Festung und das Breisacher Tor ansehen«, erklärte Constanze mitten in ihre Träumerei hinein.

Jäh zerstob die Erinnerung an Geros Zärtlichkeiten wie eine Parfumwolke. Das Seitenrascheln ließ auf ein eifriges Blättern der Freundin im Reiseführer schließen. Sie war kaum zu bremsen. Die Touren, die sie seit Grischas Abreise allein unternahmen, verliefen so ganz anders als ihre Ausflüge zu dritt. Im Rückblick erschien Selma Grischa wie eine quirlige Jahrmarktfigur, stets darauf bedacht, keine Langeweile aufkommen zu lassen und sie jeden Tag aufs Neue zum Lachen zu bringen. Constanze dagegen war ruhig und zielstrebig, wollte Neues lernen und keine Sehenswürdigkeit rechts und links der Routen übersehen. Den Baedeker musste sie sich nachts unters Kopfkissen legen. Dass Selma sie gleich nach Ankunft in der französischen Bastionsstadt als Erstes zu einem Cafébesuch hatte überreden können, grenzte an ein Wunder. Wahrscheinlich hatte sie das allein der Mittagshitze und der selbst bei Constanze aufsteigenden Erschöpfung zu verdanken. Oder der Tatsache, dass Mündels »Führer durch die Vogesen« den Kaffee des *Hôtel de l'ancienne Poste* aufs wärmste empfahl. Natürlich nutzte die Freundin die Pause auf der Restaurantterrasse nicht zum Durchatmen, sondern um den Reiseführer eifrig weiter zu studieren.

»Beide Bauwerke hat Vauban Ende des siebzehnten Jahrhunderts im Auftrag Ludwigs XIV. ausgebaut«, fuhr Constanze oberlehrerinnenhaft fort. »Auch die Kirche Saint Christophe ist sehenswert, obwohl Mündel sie als ›unbedeutend‹ bezeichnet. Unfassbar! Dabei wurde sie zur Zeit der Französischen Revolution zum ›Tempel der Vernunft‹ umfunktioniert. Das sollte man sich doch einmal ansehen.«

»Von hier aus sehe ich die Kirche sehr gut. Das genügt mir.« Selma gähnte herzhaft und sehnte sich insgeheim nach einem Tempel der Lust, den sie mit Gero besuchen wollte. Zum hundertsten Mal verfluchte sie die dringenden Geschäfte, die ihn in Berlin festhielten. Was konnte dringender für ihn sein, als höchstpersönlich über die Zahl ihrer Sommersprossen zu wachen?

»Wo siehst du die Kirche?« Suchend reckte Constanze den Kopf in alle Richtungen.

»In deinem Rücken!« Selma schlug die Augen auf und wies lässig mit dem Finger auf die gegenüberliegende Seite des länglichen, von Kastanien umsäumten Place d'Armes.

Die trutzigen Türme der Sandsteinkirche gaben sich größte Mühe, über den Dachfirst des plumpen Mittelschiffs emporzuragen. Ihrer fehlenden Spitzen wegen verliehen sie dem Gebäude ein gedrungenes Aussehen, dem jedwedes Streben in höhere Sphären mangelte. Der zweigeschossige, tempelartige Säulenvorbau unterstrich das noch. Trotzdem passte sich die Kirche harmonisch in die Bebauung ringsumher ein, die von mehrstöckigen Bürgerhäusern geprägt war.
»Was wir uns vor allem ansehen müssen, ist der berühmte Löwe.« Selma lehnte sich wieder in dem bequemen Korbsessel zurück und schlug die Beine übereinander. Die beigefarbenen Breeches aus kühler englischer Baumwolle boten ihr die Bequemlichkeit, die sie sich erhofft hatte. Schon jetzt freute sie sich auf Geros Blick, wenn sie ihm ihren neuen Aufzug präsentierte. Er betonte die richtigen Rundungen ihrer Figur. Zufrieden betrachtete sie die Oberschenkel und zupfte den Blusenkragen zurecht.
»Den Löwen?« Constanze sah fragend von ihrem Reiseführer auf. »Welchen Löwen meinst du?«
»Kennst du etwa den berühmten ›Löwen von Belfort‹ nicht?« Mit einem Ruck richtete sich Selma auf, stieß dabei mit dem Fuß gegen das Tischbein und hätte fast die Kaffeetasse vom Tisch gefegt. Der kleine Bistrotisch wackelte. Das Wasser im Glas schwappte über. Hastig schob sie das silberne Serviertablett in die Tischmitte, stapelte die leeren Teller aufeinander. Eben erst hatten sie sich mit einem Imbiss gestärkt. Die Fahrt von Baden-Baden nach Belfort hatte nahezu vier Stunden gedauert. Das Chauffieren hatte sie sehr angestrengt, obwohl sie sich am Steuer abgewechselt hatten.
»Oder fehlt am Ende ausgerechnet der ›Löwe von Belfort‹ in deinem schlauen Reiseführer? Das kommt davon, wenn man

die Welt nur aus der Theorie kennt.« Sie beugte sich vor, wollte nach dem dunkelgrünen Buch greifen, doch Constanze war schneller und hielt es triumphierend über den Kopf.

»Ach, du meinst das große Tier dort oben auf dem Felssporn, das sie jeden Abend an die Leine legen und zum Pinkeln an die Savoureuse herunterführen?«

»Was?« Verwirrt schaute Selma die Freundin an. »Aber das ist doch ein gemauertes ...«

»Reingefallen! Natürlich weiß ich über den berühmten ›Löwen von Belfort‹ Bescheid. Meine Heimatstadt Metz liegt nah an Frankreich, die Familie meiner Mutter kommt von dort. Bis ihr in der fernen Hauptstadt mit den Eigenheiten der hiesigen Vergangenheit vertraut seid, befassen wir uns längst mit der Zukunft. Was willst du also über das steinerne Tier hören? Einen kurzen Vortrag über seine Errichtung nach dem Krieg von 70/71? Oder lieber etwas darüber, wie die Stadt Belfort den preußischen Truppen einhundertdrei Tage lang heroisch standgehalten hat? Damit hat sie sich übrigens gleich das dritte Mal innerhalb eines Jahrhunderts den feindlichen Mächten widersetzt. Schon 1813 und 1815 hatten die Bürger mehr als einhundert Tage lang die Besatzung erst der Koalitionsarmee von Österreichern, Bayern und Russen und schließlich den Österreichern allein die kalte Schulter gezeigt. Oder soll ich dir lieber etwas vom Schöpfer des Löwen, Frédéric-Auguste Bartholdi, erzählen, der in Colmar geboren wurde und in Paris die berühmte Freiheitsstatue geschaffen hat? Der Löwe selbst misst übrigens stolze elf Meter in der Höhe und etwas mehr als zwanzig Meter in der Länge. Gehauen wurde er aus vogesischem Sandstein ...«

»Das reicht!«, winkte Selma lachend ab. »Lass uns lieber das Raubtier aus nächster Nähe erobern.«

Rasch winkte sie dem Ober, beglich die Rechnung und erhob sich, um quer über den Platz Richtung Zitadelle zu eilen. Constanze folgte ihr. Über das Südende des Platzes erreichten sie die lange Stiege, die zur Vauban-Festung führte. Nach wie vor war dort oben Militär stationiert, weshalb bewaffnete Wachen auch in den umliegenden Gassen patrouillierten. Selma würdigte sie keines Blickes, Constanze jedoch beäugte sie argwöhnisch.

»Wir können da wohl kaum einfach so hinauf«, wisperte sie, damit den Soldaten ihr Deutsch nicht zu Ohren kam.

»Aber natürlich können wir das. Allerdings kostet uns das heute fünfundzwanzig Centimes für jede. Sonntags wären es nur zehn pro Nase gewesen. Du siehst, ich habe mich auch informiert. Natürlich passe ich gut auf dich auf, wenn wir uns jetzt in die Höhle des französischen Löwen begeben. Wie hat dich eigentlich dein großer Bruder genannt? Ich tippe mal auf ›Küken‹. Genau, das passt zu dir! So werde ich dich fortan nennen.«

Zärtlich legte sie ihr die Hand auf die Wange. In Constanzes Augen traten Tränen. Liebevoll umarmte Selma die zierliche Freundin, strich ihr tröstend über den Rücken. »Ein kleines, unbedarftes Küken bist du in der Tat. Wie gut, dass du jetzt eine große Schwester hast, die dich beschützt. Los jetzt! Wir können doch nicht in Belfort gewesen sein, ohne den Löwen begutachtet zu haben. Wenn er schon so furchteinflößend Richtung Deutschland brüllt, sollten wir ihn auch gebührend bewundern. Schließlich besuchen wir auch einmal im Jahr brav die tapfere Germania in Rüdesheim, die ihre Krone so provozierend Richtung Frankreich trägt.«

»Als ob die in der Lage wäre, den Löwen das Fürchten zu lehren.« Constanze wischte sich unter einem verschämten Schniefen die Augenwinkel. Ein erstes Lächeln umspielte ihre Mundwinkel.

»Vielleicht ist das gar nicht ihre Absicht. Frauen müssen Männer und wilde Tiere nicht unbedingt mit den gleichen Waffen schlagen.«

»Schade. Wäre doch schön, wenn eine Frau so einem wilden Tier Furcht einflößen könnte.«

»So gefällst du mir schon besser, mein liebes Küken.« Wieder fasste sie Constanze an der Hand. »Großmama würde auch ihren Spaß daran haben.«

»Woran?«

»Dass eine Frau einen Löwen das Fürchten lehrt.« Selma grinste.

»Dabei wirkt deine Großmutter so friedlich.«

»Von Kriegen hält sie nichts. Das sind in ihren Augen lächerliche Sandkastenschlachten erwachsener Männer, die nie verwinden konnten, als Kinder vergeblich um Schaufel und Eimer gestritten zu haben. Leider tragen sie diese Schlachten als Erwachsene nicht mehr selbst aus, sondern schicken andere für sich nach vorn, um dem Gegner das Spielzeug zu entreißen.«

»Dass ausgerechnet du so redest.«

»Wieso?« Selma nahm ihren Hut vom Kopf, um sich Luft zuzufächeln. Sie hatten einen Treppenabsatz erreicht, von dem aus sich ein wundervoller Ausblick auf die Stadt bot.

»Nach allem, was Grischa von deinem Verlobten erzählt hat, gehört der wohl eher zu jenen, die angriffslustige Drohgebärden im Sandkasten der Erwachsenen gutheißen.«

»Und du meinst, weil er so denkt, müsste ich auch so denken?« Übertrieben hell lachte Selma auf. »Da muss ich dir wohl einige Illusionen rauben! Als Frau liebst du einen Mann, weil er dich anbetet, dir jeden Wunsch von den Augen abliest und teure Geschenke macht. Natürlich auch«, fügte sie hinzu, sobald sie Constanzes entsetzten Gesichtsausdruck bemerkte, »weil er entschlossen vorangeht, um dir den Weg zu ebnen. Das aber tut er vor allem deshalb, weil er denkt, du würdest ihn bewundern und alles gut finden, was er tut und sagt. Also tust du alles, um ihm diese Illusion zu lassen. Das heißt allerdings nicht, dass du brav jede seiner Ansichten teilst oder gar seine Meinung gut findest. Wo kämen wir Frauen denn da hin? Wir haben den gesunden Menschenverstand im Hirn, während die Männer eher mit dem denken, was ihnen zwischen den Beinen baumelt.«

»Selma!« Entrüstet schob Constanze ihren Arm von den Schultern.

»Komm schon, ganz so unschuldig, wie du gern tust, bist du wohl auch nicht mehr, oder? Wenn du den lieben langen Tag neben Männern an der Werkbank stehst, wirst du einiges aufschnappen. Bei den bösen Jungs dreht sich alles darum, wer den längeren Schwanz hat. Warum sonst brauchen sie schnelle Autos, Flugzeuge, Gewehre und Kanonen? Zum Glück sind sie dadurch berechenbar.«

»Ich glaube, du siehst das zu einseitig«, entgegnete Constanze.

Selma stutzte, dann lächelte sie. »Lass uns lieber den Löwen bezwingen, als uns die Köpfe heiß zu diskutieren.«

»Auch so ein typisch männliches Wesen, das von den Frauen hofiert werden will«, lenkte Constanze ein. »Fläzt faul in der Sonne und meint, das allein reiche schon aus, um anderen einen Schrecken einzujagen.«

»Tun wir ihm den Gefallen und gaffen ihn mit weit aufgerissenen Augen aus der Nähe an.«

Hastig erklomm Selma die letzten Stufen. Dabei schirmte sie die Augen gegen das blendende Sonnenlicht ab und steuerte geradewegs auf das hölzerne Kassenhäuschen zu, um den

Obolus für die Besichtigung zu entrichten. Als sie die beiden hellblauen Billetts in Händen hielt, trieb sie das Küken an. »Sieh nur, wir sind derzeit die einzigen Besucher. Den anderen ist es sicher zu heiß. Das sollten wir nutzen.«
Flugs lief sie auf das gewaltige Monument zu. Zu spät bemerkte sie die beiden Soldaten, die ihr misstrauisch entgegensahen. Sobald sie Selmas gewagte Breeches entdeckten, grinsten sie anzüglich. *»Oh là là, mademoiselle! Des pantalons! Quelle vue spectaculaire! Très chic«*, rief der Jüngere der beiden.
Übermütig winkte Selma ihm zu, stemmte die Hände in die Hüften und trat mit gewinnendem Lächeln auf ihn zu.
»Excusez-moi, monsieur. Nous voulons visiter le lion et adorer la grande œuvre du monsieur Bartholdi. C'est très impressionnante, n'est-ce pas?«
Begeistert deutete sie zum Berg, wo die gleißende Nachmittagssonne den rötlich schimmernden Sandstein zum Leuchten brachte. Majestätisch ausgestreckt lag der Löwe vor dem Felssporn zu Füßen der eindrucksvollen Vauban-Festung. Die Vorderläufe aufgestützt, den massigen Kopf wachsam in die Luft gereckt, schien das stolze Tier jederzeit zum entscheidenden Sprung gen Osten bereit.
»Ihr Französisch ist ausgezeichnet«, stellte der Soldat in nahezu akzentfreiem Deutsch fest.
»*Merci beaucoup, monsieur.* Ich liebe Ihre Sprache und hatte das Glück, eine gute Lehrerin zu haben. Doch das Kompliment kann ich nur an Sie zurückgeben. Es überrascht mich, dass Sie akzentfrei Deutsch mit uns sprechen.«
»Sie meinen, nur weil Ihr Kaiser sich in unserem schönen Versailles die Krone aufgesetzt hat, haben wir Franzosen auf einen Schlag vergessen, was uns seit Jahrhunderten geprägt hat?« Er schmunzelte. »Ich habe Ihre Sprache von meiner Großmutter

gelernt und bin stolz darauf, sie nach wie vor zu beherrschen. Welch große Freude, dass Sie und Ihre Freundin sich entschlossen haben, die Grenze zwischen unseren Ländern zu überschreiten und dieses wunderbare Kunstwerk zu besichtigen. Hoffentlich bringen Sie noch mehr Ihrer Landsleute dazu, es Ihnen nachzutun.«

»Nur zu gern, wenn Sie jetzt die Freundlichkeit besitzen, uns zu erlauben, das prächtige Stück aus der Nähe zu bewundern.«

»Mit dem allergrößten Vergnügen. Bitte sehr, *mesdemoiselles!*«

Er verneigte sich übertrieben tief und wies einladend auf das Monument.

Selma zögerte keinen Moment und begann, am Sockel herumzuklettern. Rasch boten ihr die Wachen Hilfe an und stemmten sie unter großem Gelächter hinauf.

»Oh, wie herrlich!«, rief sie aus, sobald sie sicher auf dem Sockelvorsprung zu sitzen kam. »Diese Aussicht! Das darfst du dir keinesfalls entgehen lassen, Küken!«

Ehe Constanze sich versah, standen die beiden Franzosen neben ihr und griffen ihr unter die Arme. Ihre zierliche Figur bereitete den Männern keinerlei Mühe, und sie hievten sie trotz ihres Widerstands im Handumdrehen auf ihre Schultern, trugen sie ebenfalls zum Löwen.

»Fantastique! C'est très aimable. Merci beaucoup, messieurs!«

Selma beugte sich herunter, um Constanzes Hand zu ergreifen.

»Allez hop!« Mit einem kräftigen Satz schoben die Soldaten das Küken auf den Sockel.

»Ist das nicht zauberhaft?« Selma breitete die Arme aus, als wollte sie die ganze Welt umarmen. »Belfort liegt uns zu Füßen, ganz Frankreich liegt uns zu Füßen! Was die Preußen in hundert Tagen nicht geschafft haben, gelingt uns beiden binnen weniger Sekunden.«

»*Un moment, s'il vous plaît, mesdemoiselles*«, rief eine voll tönende Männerstimme von oberhalb des Felsvorsprungs. »*C'est très joli!*«
Als Selma nach oben blickte, entdeckte sie einen jungen Mann in hellem Anzug und Schirmmütze, der mit einem Fotoapparat bewaffnet über ihren Köpfen herumturnte und das Objektiv der Klappkamera auf sie richtete. Der Klang seiner Stimme kam ihr bekannt vor, auch seine Gestalt hatte etwas Vertrautes.
»Darf ich Sie bitte fotografieren?«, fragte er in jener Melodie, die hervorragend Deutsch sprechenden Franzosen eigen war. Jedem noch so simplen Satz verlieh sie einen eigenen Zauber, weil sie vor jedem Wort ein kaum merkliches Zögern einlegte, um es dann umso sorgfältiger auszusprechen und mit dem nachfolgenden zu verbinden. Auch das auffallend weiche »sch« fügte sich in diese Melodie harmonisch ein.
In einer lässigen Bewegung wischte er die Ärmel seines weißen Jumpers zurück, den er locker über die Schultern trug. Die obersten Knöpfe an seinem Hemdkragen standen offen. Statt einer Krawatte hatte er einen Seidenschal umgebunden. Der unkonventionelle Aufzug wurde von weiten, hellen Hosen ergänzt, unter dessen Aufschlag ebenso helle Schuhe hervorblitzten. Es hatte den Anschein, als käme er gerade vom Tennisplatz. Ähnlich sportlich bewegte er sich. Auf einmal wusste Selma, dass es sich um den Fotografen aus dem Hotelfoyer handelte, dem sie am ersten Morgen nach ihrer Ankunft buchstäblich in die Hände gefallen war.
»Sie sind ja schon mitten dabei mit Ihrer Kamera«, entgegnete sie gleichfalls munter. Ob er sie wiedererkannt hatte? Dieses Mal durfte er sich nicht so schnell wieder davonmachen. »Vielleicht sind Sie so freundlich und schicken uns später einen Ab-

zug? Meine Freundin und ich würden gern bewundern, was Sie aus uns gemacht haben.«

Während sie redete, wechselte sie mehrmals die Position, schlug die Beine übereinander, versuchte, sich im besten Licht zu präsentieren. Insgeheim verfluchte sie, die weiße Seidenbluse mit dem eckigen Kragen zu tragen. Eigentlich machte die beige Chiffonbluse mit dem Schalkragen eine weitaus bessere Figur zu den Breeches. Wie zufällig fuhr ihre rechte Hand durch das brünette Haar, prüfte beiläufig, ob die aufgesteckten Rollen über den Ohren noch richtig saßen.

Constanze wollte sich hinter ihrem Rücken verbergen. Das Fotografiertwerden behagte ihr nicht, obwohl sie bestimmt auch ein reizvolles Motiv abgab, wie Selma aus dem Augenwinkel feststellte. Die schmale Gestalt, das golden in der Sonne glänzende, kinnlange Haar und die aufmüpfige Miene ließen sie wie ein Zwitterwesen wirken, das eher der Phantasie als der Wirklichkeit angehörte. Sanft stupste Selma sie an. Gereizt wandte sich das Küken ab. Selma beschloss, ohne sie ihren Spaß zu haben. Übertrieben posierte sie und begann einen harmlosen Flirt mit der neuen Bekanntschaft. Der Fotograf gefiel ihr mit jeder Bewegung besser. Seine jungenhafte Leichtigkeit war anziehend.

»*Merci beaucoup!* Tausend Dank!« Nachdem er mehrmals die Platten gewechselt und den Auslöser betätigt hatte, um aus verschiedenen Perspektiven auf sie draufzuhalten, verstaute er die Klappkamera in einer quer über seinem Oberkörper hängenden Ledertasche und kletterte flink zu ihnen auf das Podest herunter. Den beiden Soldaten, die ihre Gewehre wieder geschultert und mehr oder weniger begeistert das Manöver beobachtet hatten, rief er etwas zu, was Selma nicht recht verstand. Lachend trotteten sie vor zum Rand der Plattform, wo sie sich Zigaretten anzündeten und in aller Seelenruhe rauchten.

»Wir sind uns schon einmal begegnet, *n'est-ce pas, mademoiselle?*« Als der Fotograf den Sockel erreicht hatte, turnte er noch ein wenig herum, bis er sich nah neben Selma auf den Stein setzte. »Darf ich mich vorstellen? Mein Name ist Robert Beck. Ich bin Fotograf in Belfort.«

Er streckte ihr die rechte Hand entgegen und lüpfte zeitgleich mit der linken seine Schirmmütze. Ein wahrer Traum dichter schwarzer Haare kam darunter zum Vorschein, die er vergebens mit reichlich Brillantine zu bändigen versuchte. Eine widerborstige Tolle leistete hartnäckig Widerstand und schwang sich keck in die breite Stirn. Unter einem Paar dunkler Augenbrauen strahlten faszinierend braune Augen hervor. Mit leichtem Herzklopfen betrachtete Selma die lange, gerade Nase und den schön geschwungenen Mund, den der dünne, sorgfältig gestutzte schwarze Oberlippenbart bekrönte. Das eckige Kinn wurde mittig von einer markanten Kerbe geteilt, was ihm etwas sehr Männliches verlieh. Alles in allem war er das glatte Gegenteil Geros, dessen blasses, vornehmes Ostpreußentum ihr gemeinhin den Atem zu rauben pflegte.

»Ich erinnere mich dunkel«, log sie und ergriff die angebotene Hand. »War das nicht irgendwo in Baden-Baden?«

»Um genau zu sein im Hotel *Bellevue*«, ergänzte er. »Sie sind mir buchstäblich in die Arme gefallen.«

»Das war wohl ein großes Versehen.« Sie fand es wenig galant, ausgerechnet im Beisein des Kükens an ihre Tolpatschigkeit erinnert zu werden. »Ich bin Selma Rosenbaum, und das ist meine Freundin Constanze Weißkirchner.«

»Welcher Zufall verschlägt zwei so bezaubernde Wesen wie Sie in meine bescheidene Heimatstadt?« Er zog das rechte Knie an,

umschloss es mit schlanken, bestens gepflegten Männerhänden und wippte leicht im Singsang seiner Worte.
»Ein Ausflug mit dem Wagen.«
»Sie beide sind allein mit dem Auto unterwegs? *Magnifique!* Wer von Ihnen beiden ist die Fahrerin? Ah, einen Moment, lassen Sie mich raten.« Er hob die Hände, tippte sich mit dem Zeigefinger gegen das Kinn, tat, als müsse er angestrengt nachdenken, bevor er triumphierend verkündete: »Sie, Mademoiselle Rosenbaum, nicht wahr?«
»Fast.« Sie lehnte sich leicht zur Seite, zupfte das Küken am Ärmel ihrer Bluse. »Meine Freundin und ich haben uns brav abgewechselt. Unterschätzen Sie sie nicht. Im Gegensatz zu mir kann sie nicht nur Auto fahren, sondern es im Notfall sogar reparieren. Sie versteht sich glänzend auf die Geheimnisse unter der Motorhaube.«
»Faszinierend! Da treffe ich also gleich zwei außergewöhnliche junge Damen. Das Glück ist mir heute besonders hold.«
Er beugte sich nah an ihr vorbei nach vorn und reichte Constanze die Hand. Einen Moment hielt Selma die Luft an, weil er sie dabei leicht an den Oberschenkeln berührte. Sein Rasierwasser gefiel ihr, überhaupt gefiel ihr dieser fotografierende Franzose mit den funkelnden Augen und dem legeren Auftreten eine Spur zu gut, wie sie an ihrem beschleunigten Herzschlag erkannte. Was war nur los? Stand sie tatsächlich gerade im Begriff, für einen dahergelaufenen Franzosen einen Verrat an Gero zu riskieren? Bislang begehrte sie Gero nicht nur bis in die geheimste Faser seines wundervollen Leibes, sondern fühlte sich auch innigst mit ihm verbunden. Trotz alledem wünschte sie nun, dieser Moment, in dem Robert halb über sie gebeugt zum Küken grüßte und ihr dabei so unverschämt nahe kam, währte ewig. Leider richtete er sich plötzlich ebenso

schwungvoll wieder auf, wie er generell durchs Leben zu tanzen schien.

»Heute ist ein wunderbarer Tag.« Er deutete in die Weite. »Sehen Sie nur das Licht! Wir werden einen atemberaubenden Sonnenuntergang erleben. Hier oben bei unserem Löwen ist die beste Stelle, um ihn zu genießen. Die Vogesen werden in Flammen stehen! Das müssen Sie einmal mit eigenen Augen gesehen haben.«

»Leider müssen wir uns schon wieder auf den Rückweg machen«, schaltete sich Constanze ein. »Bis Baden-Baden sind wir gut vier Stunden unterwegs. Deine Eltern werden sich Sorgen machen, wenn wir erst bei Dunkelheit zurückkehren.«

»Du meinst, dein Vater wird unruhig«, stellte Selma schroffer als nötig klar. »Wir rufen ihn an, sobald wir wieder unten in der Stadt sind, und vertrösten ihn auf morgen. Ich fühle mich viel zu erschöpft, um heute noch zurückzufahren. Wir sollten vernünftig sein und uns gut ausruhen, bevor wir die lange Heimfahrt antreten.«

»Eine sehr vernünftige Idee!«, stimmte Robert zu. »Kennen Sie das *Grand Hôtel du Tonneau d'Or* in der Avenue Carnot? Das befindet sich nicht weit vom Place d'Armes sowie der Promenade an der Savoureuse. Das Haus ist neu eröffnet und bietet allen modernen Komfort, den Damen wie Sie gewohnt sind. Gern bin ich Ihnen behilflich, um dorthin zu finden.«

»Danke, sehr freundlich. Aber das schaffen wir schon allein.« Selma begleitete ihre Absage mit einem vielversprechenden Lächeln, was er sogleich richtig deutete.

»Aber natürlich! Wer allein Autofahren kann, kann sich auch allein ein Hotelzimmer mieten. Vielleicht machen Sie mir die Freude, später im Schatten dieser großen Raubkatze ein kleines Picknick mit mir einzunehmen und das Schauspiel des Sonnenuntergangs von hier oben zu verfolgen? Mir wurde der Auftrag erteilt, die Stadt im Abendpanorama zu fotografieren. Wenn ich dabei zwei so bezaubernde Gäste an meiner Seite weiß, werde ich diesen Auftrag umso besser erfüllen.«

»Das können wir nicht …«, setzte Constanze an, doch Selma versetzte ihr einen mahnenden Stoß in die Seite. »Das klingt verlockend. Gewähren Sie uns eine kleine Verschnaufpause im Hotel, damit wir neue Kraft tanken können. Dann werden wir entscheiden, ob wir uns den anstrengenden Aufstieg noch einmal zumuten.«

Sie reichte ihm die Hand, um sich vom Sockel zu schwingen.

»Warten Sie!« Behende kletterte er nach unten und bot ihr Unterstützung an, einigermaßen elegant vom Monument hinabzusteigen. Auch Constanze sprang er bei, obwohl sie bereits fast allein nach unten geklettert war. Sobald das Küken neben ihr stand, hakte Selma sich unter und verabschiedete sich von ihrem neuen Bekannten.

»Bis hoffentlich später, *mesdemoiselles.* Ich werde mir erlauben, gegen acht im Hotel nach Ihnen zu fragen.«

»Tun Sie das!«, erwiderte Selma und zog das Küken mit sich zur Treppe.

»Du willst doch nicht wirklich ein Zimmer im Hotel nehmen und den Abend mit diesem Fremden verbringen?«, fragte Constanze, sobald sie sich außer Hörweite befanden.

»Was spricht dagegen?«

»Das fragst du noch?« Überrascht löste sich das Küken von ihrem Arm. »Erstens warten alle in Baden-Baden auf uns …«

»Wir werden sie anrufen.«

»Zweitens kennen wir ihn nicht.«

»Dann lernen wir ihn eben kennen.«

»Und drittens bist du verlobt.«

»Na und? Deshalb hülle ich mich doch nicht in Sack und Asche und scheue jeden Kontakt zu anderen männlichen Wesen. Übrigens geht Gero anderen Frauen auch nicht aus dem Weg. Im Gegenteil. Ein wenig von fremden Tellern zu naschen macht erst richtig Appetit auf das, was man selbst hat.«

»Du willst doch nicht etwa behaupten, dass er …«

»Natürlich ist er mir treu.« Selma tat entrüstet. »So treu wie ich ihm selbstverständlich auch bin.«

Sie hielt inne, verharrte auf der Treppenstufe und schaute auf die roten Dächer der Stadt hinunter. Die milde Spätnachmittagssonne tanzte über die Mauern, brachte die Fensterscheiben zum Glühen. Die heiße Augustluft flirrte. Eine Biene surrte heran, kam ihrer Nasenspitze gefährlich nahe. Rasch verscheuchte sie sie, bevor sie mit leicht entrückter Stimme erklärte: »Gero und ich sind verlobt, wir wollen heiraten. Wir wissen, was wir aneinander haben. Trotzdem lassen wir uns unsere Freiheit. Schließlich sind wir beide viel zu hungrig auf das, was noch vor uns liegt.«

6

Gut gelaunt verließ Selma das *Hôtel du Tonneau d'Or.* Noch hing der frühe Morgendunst über der Savoureuse. In den Gassen auf dem Weg zur Place d'Armes erwachte allmählich das Leben. Der Himmel kokettierte mit den letzten Resten des nächtlichen Violetts und dem ersten Orange der aufgehenden Sonne, was ein seltsam verschlungenes Muster ans Firmament zauberte. Auf dem weitläufigen Platz unter den Kastanien bauten Bauersfrauen ihre Stände auf, argwöhnisch beobachtet von einem Gendarm, der im vollen Besitz seiner amtlichen Würde majestätisch die Stufen des Rathauses hinunterschritt.

»Das wird wieder ein wundervoller Tag.« Selma breitete die Arme gen Himmel und streckte das Gesicht in die Luft. »Ist dir schon aufgefallen, dass sich Regen und schlechte Laune verzogen haben, seit wir uns kennen, liebes Küken? Dabei hat es am ersten Tag unserer Begegnung ein fürchterliches Gewitter gegeben.«

Sie drehte sich zu Constanze um. Die Freundin war damit beschäftigt, das wellige, halblange Haar zu bändigen. Wieder und wieder kämmte sie es mit den Fingern durch. Nicht zum ersten Mal staunte Selma über die unbewusste Eleganz ihrer Bewegungen. Constanzes burschikoser Auftritt in den weiten Hosen und der hellen Bluse, die auch am zweiten Tag noch beneidenswert frisch an ihr aussah und ihren blassen Teint betonte, stand in atemberaubendem Kontrast dazu. Selma mochte sich gar nicht ausmalen, welchen Tumult ihr Auftauchen bei den Studenten an der Technischen Hochschule auslösen würde. Darüber hatte sich das Küken bestimmt noch keine Gedanken gemacht, ebenso wenig ihr Vater, der sie geradezu sträflich naiv in die Höhle des Löwen schickte. Selma hatte längst beschlossen, sie in Berlin unter ihre Fittiche zu nehmen. Roberts Blicke gestern hatten deutlich bewiesen, welche Wirkung Constanze auf Männer besaß. Wie eine Rosenknospe, die kurz vor dem Aufplatzen ihrer vollen Pracht stand, verströmte das Küken den betörenden Geruch der Unschuld, mit dem selbst die erfahrenste Frau nicht zu konkurrieren vermochte. Ein wenig verfing der Zauber auch bei Selma. Wie sonst war ihr Drang zu erklären, Constanze ständig beschützen zu wollen?

»Hast du was?« Irritiert hielt Constanze inne, sah sie mit ihrem intensiven Blick an, in dem alles zugleich lag: Staunen, Bewunderung, Wissen und Klugheit.

»Nein, nein, alles bestens. Zum Glück steht da vorn schon unser Auto, bestens bewacht von der Kastanie. Wie gut, dass wir das Verdeck über Nacht geschlossen haben. Sieh nur, einige Vögel haben ihre Spuren hinterlassen.« Sie deutete auf die weißen Flecken, die das schwarze Autodach zierten. »In Baden-Baden soll einer der Hoteldiener den Wagen putzen, damit er wieder wie neu blitzt, wenn Gero endlich kommt.«

Sie machten sich daran, das Verdeck zu öffnen.

»Guten Morgen, *mesdemoiselles*«, ertönte eine muntere, dunkle Männerstimme. Erfreut fuhr Selma herum und erspähte Robert Becks sportliche Gestalt, die in raschen Schritten auf sie zuhielt. Statt der Schirmmütze von gestern bedeckte an diesem Morgen ein heller Strohhut seine dunkle Mähne, auch hatte er den Sportanzug gegen einen hellen Sommeranzug aus einreihigem Sakko und gestreiften Hosen eingetauscht. Allerdings flatterte wieder statt einer Krawatte ein bunter Seidenschal um seinen Hals. Mit der rechten Hand winkte er ihnen zu, in der linken schwang er eine Mappe.

»Da habe ich wohl außerordentliches Glück, Sie noch anzutreffen, bevor Sie für immer aus meiner Stadt und meinem Leben verschwinden«, rief er ein wenig atemlos, riss den Hut vom Kopf und baute sich nach einer knappen Verbeugung zu Constanze direkt vor Selma auf. Der melodiöse Klang seiner Stimme faszinierte Selma von neuem. Es gelang ihm, die deutschen Vokale und Konsonanten so auszusprechen, als läge ihnen eine eigene Komposition zugrunde.

»Sie hätten doch wohl nicht ernsthaft gewagt, die Stadt zu verlassen, ohne sich von mir zu verabschieden? Damit hätten Sie mir das Herz gebrochen, *mesdemoiselles.*« Er setzte eine Leidensmiene auf, presste sich die Mappe theatralisch gegen die Brust. »Zum zweiten Mal wäre ich Ihretwegen eines grausamen Todes gestorben. Wenn ich daran erinnern darf, musste ich gestern Abend schon auf Ihre Gegenwart verzichten und ganz allein auf dem schlummernden Löwen herumklettern, um meine Fotos zu machen. Lassen Sie sich versichern: Sie haben etwas verpasst! Der Sonnenuntergang über dieser wundervollen Stadt war grandios.«

»Dafür haben wir einen erfrischenden Spaziergang entlang der Savoureuse unternommen. Und wie man sieht, haben Sie das Alleinsein überlebt«, entgegnete Selma. Unauffällig versuchte sie, den Stoff ihrer Bluse zu glätten und die Hosenfalten günstiger zu legen. Es war nicht eben von Vorteil, den zweiten Tag in Folge dieselbe Kleidung zu tragen. Im Gegensatz zu Constanze war das bei ihr deutlich zu sehen. Natürlich war es ihre eigene Entscheidung gewesen, ohne Gepäck Hals über Kopf in Belfort zu übernachten. Am Vorabend war es ihnen lediglich gelungen, noch einige Toilettenutensilien aufzutreiben, um sich zumindest im Bad frisch machen zu können. Dafür hatten sie in ihrer Unterwäsche schlafen müssen. Letztlich war es ihre eigene Schuld, wenn sie sich zerknittert und kaum erfrischt fühlte.

»Der vorzügliche Rotwein und der Käse haben mir etwas Trost gespendet«, erwiderte Robert und warf einen langen Blick auf Constanze. Einen viel zu langen, wie Selma beunruhigt feststellte. Sie räusperte sich, woraufhin Robert zusammenzuckte und sie mit einem entschuldigenden Lächeln ansah.

»Natürlich hat mir das nur schwerlich über Ihre Abwesenheit hinweggeholfen«, beeilte er sich zu erklären. »Umso schlimmer, dass Sie nun also auch noch klammheimlich mit Ihrem schnellen Wagen davonbrausen wollten.«

Eindringlich suchten seine dunklen Augen die ihren. Ihr wurde flau. Rasch spitzte sie den Mund. Er setzte ein zerknirschtes Gesicht auf, zog dabei die Augenbrauen zusammen und neigte sich zu ihr. Wieder betörte sie der Geruch seines Rasierwassers. Er kam ihr fremd und doch vertraut vor.

»Was habe ich verbrochen, dass Sie mir das antun wollen, *mesdemoiselles?* Das ist wirklich nicht nett. Aber anscheinend ist es die typisch deutsche Art, mit uns Franzosen umzugehen. Erst belagern Sie uns, bis wir von Sinnen sind, dann rauschen Sie einfach davon. Dabei sollten Sie doch wissen, welch sensible Gemüter wir Franzosen sind.«

Selma lachte wieder und stellte zufrieden fest, dass er Constanze keines Blickes mehr würdigte.

»Niemals hätten wir gewagt, uns klammheimlich aus dem Staub zu machen, *monsieur.* Sie waren es doch, der uns gestern Abend versprochen hat, uns heute Morgen hier am Place d'Armes zu verabschieden.«

»Ja, natürlich. Aber nie hätte ich gedacht, dass Sie in dieser Frühe schon aufbrechen. Das ist wohl die preußische Art, den Tag zu beginnen. Welch ein Glück, dass mich eine düstere Ahnung so früh hierhergetrieben hat.«

»Der frühe Vogel fängt den Wurm.«

»Oh, ihr Deutschen mit euren Sprichwörtern! Immer habt ihr damit eine kluge Antwort parat, auf die wir Franzosen nichts zu erwidern wissen.«

»Bislang haben Sie nicht gerade den Eindruck erweckt, als wären Sie je um eine Antwort verlegen.«

»Sie haben mich noch nicht richtig kennengelernt, *mademoiselle.*«

»Soll das eine Drohung sein?«, fragte sie leise und spürte, wie sich ihr Herzschlag aufgeregt beschleunigte.

»Die Entscheidung überlasse ich Ihnen ganz allein«, erwiderte er ebenso leise, um lauter hinzuzufügen: »Wirklich bedauerlich, dass Sie schon wieder abreisen, *mesdemoiselles.*«

»Das muss kein Abschied für immer sein«, entfuhr ihr. Gleich versuchte sie, mit einem beiläufigen Lächeln den Eindruck des Übereifers zu kaschieren.
»Ich warne Sie!« Mahnend hob er den Zeigefinger. »Eine Frau wie Sie sollte einem Franzosen wie mir nie zu viel versprechen! Ich werde mir das merken und bei Gelegenheit einfordern.«
Einen Moment versanken ihre Blicke ineinander. Selma war, als wollten seine dunklen Augen sie mit sich fortreißen. Ein trauriger Schimmer überzog sie plötzlich. Das wollte so gar nicht zu Roberts saloppem Auftreten passen. Es kostete Selma Kraft, sich seinem Bann zu entziehen.
Zum Glück hatte sich Constanze die ganze Zeit über mit dem Verdeck beschäftigt. So hatte sie nur wenig von dem allmählich gefährlich werdenden Geplänkel zwischen ihnen mitbekommen.
»Bevor Sie aufbrechen, möchte ich Ihnen noch etwas überreichen.« Robert klemmte sich den Hut unter den Arm und schlug die Mappe auf, streckte Selma kurz darauf einige Fotos entgegen. »Die sind für Sie. Eine kleine Erinnerung an das tapfere Belfort, den kühnen Löwen und an einen armen Franzosen, der anders als seine Ahnen der entzückenden Besatzung durch zwei so wundervolle deutsche Fräulein nicht lange standhalten konnte.«
Er verneigte sich, als sie die Fotos mit leicht zittrigen Fingern entgegennahm.
»Danke!«, hauchte sie und fühlte sich außerstande, ihm etwas Geistreiches zu erwidern. Neugierig richtete sie den Blick auf die Abzüge.
Ihr Atem stockte. Das, was sie da vor sich sah, schlug sie auf Anhieb in Bann. Das waren weitaus mehr als eine Handvoll harmloser Schnappschüsse vom übermütigen Klettern zweier

junger Frauen auf dem Löwen von Belfort. Das waren Porträts im besten Wortsinn! Robert hatte es verstanden, genau im richtigen Moment den Auslöser zu drücken, um Constanze und sie so abzulichten, wie sie waren. Aus jeder einzelnen Aufnahme sprang ihr ihre Persönlichkeit entgegen. Selma war sprachlos. Robert kannte sie doch gar nicht. Betrachtete man jedoch die Fotos, meinte man, er wäre seit Jahren bestens mit ihnen vertraut. Sie sah auf. Ihr Blick kreuzte sich mit dem von Robert. In seinen Augen schimmerte tiefstes Einverständnis. Auch jetzt wusste er, was in ihr vorging, so, wie sie erfasste, was er dachte. Gab es das? Konnte man sich nach einer so kurzen Begegnung schon derart eins miteinander fühlen? Ihr wurde heiß. Gewiss glühten ihre Wangen bereits verräterisch. Rasch sah sie wieder auf die Mappe, blätterte weiter in den Abzügen. Auch die Aufnahmen des Sonnenuntergangs über der Stadt waren außerordentlich. Selbst in den Grautönen der Schwarzweißabzüge meinte man die Farbenpracht zu erkennen, die er am Abendhimmel entfacht hatte und die die Häuser und Dächer Belforts in ein Meer aus leuchtendem Rot und Gold getaucht hatte.

»Sie sind wunderschön«, stellte Constanze fest.

Erst jetzt wurde Selma gewahr, dass sich das Küken dicht hinter sie gestellt und ihr beim Betrachten der Fotos über die Schulter geschaut hatte. Ein seltsames Gefühl stieg in ihr auf. Sie fühlte sich bemüßigt, ebenfalls ihre Meinung kundzutun. »Alle sehr gelungen.«

Kaum ausgesprochen, wurde ihr bewusst, wie blutleer das klang. Sie reichte Robert die Fotos zurück. Er aber wehrte ab.

»Behalten Sie sie bitte. Ich schenke sie Ihnen. Es wäre mir eine große Freude, wenn Sie sie als Erinnerung an diesen unvergesslichen Tag betrachten.«

»Das ist sehr freundlich.« Selmas Stimme krächzte. Hastig warf sie die Mappe mit den Abzügen auf den Autositz und hoffte inständig, weder die Freundin noch Robert hätten ihre Verlegenheit bemerkt. Sie stemmte die Hände in die Hüften und versuchte, unternehmungslustig zu wirken.
»Vielleicht besuchen Sie uns in Baden-Baden?«, schlug Constanze vor. »Wir sind noch bis Ende des Monats dort.«
Selma war verblüfft. Wieder war das Küken einen Tick schneller gewesen als sie. Sie schaute zur Freundin, die wiederum ihr Augenmerk ganz auf Robert gerichtet hatte. Erneut stach Selma Constanzes unschuldige Schönheit ins Auge. Auch Robert schien sich einen Moment ganz in der Betrachtung des Kükens zu vergessen.
»Mein Vater wird sich freuen, Ihre Bekanntschaft zu machen«, fuhr Constanze fort. »Er sucht derzeit nach einem Fotografen, der für einen Unternehmensprospekt einige unserer Maschinen ablichtet. Das wäre doch sehr gut für Sie zu machen. Metz liegt von hier aus schließlich nicht am Ende der Welt.«
»Danke, gern.« Ein Lächeln huschte über Roberts Gesicht, als er den Hut lüpfte und sich kurz verneigte.
»Das ist wirklich eine hervorragende Idee«, beeilte sich Selma beizupflichten. »Überhaupt sollten wir in Kontakt bleiben. Wie Sie wissen, wohne ich in Berlin. Einige meiner Bekannten arbeiten für den Ullstein Verlag und dessen *Illustrierte Zeitung*. Ebenso hat der Verlag meines Vaters in Bonn immer Verwendung für solch vorzügliche Fotos wie die Ihren.«
»*Merci beaucoup, mesdemoiselles.* Mit Ihren Angeboten stürzen Sie mich in größte Verlegenheit.« Er wechselte den Hut in die andere Hand und wieder zurück, wirkte tatsächlich einen Moment lang etwas verwirrt, dann fasste er sich wieder. »Gerade erwecke ich wohl den Eindruck, als hätte ich es nur darauf

angelegt, mit meinen Fotos Aufträge von Ihnen zu erbetteln. Dabei stehe ich im Begriff, ab Herbst nach Paris und von dort mit einer Expedition nach Ägypten …«

»Wie naiv von uns!«, unterbrach Selma ihn. »Natürlich ist ein Fotograf Ihres Formats nicht auf so lächerliche Offerten angewiesen. Dennoch fände ich es schön, wenn wir Sie in Baden-Baden wiedersehen würden. Sie finden uns im *Bellevue.*«

»Die Freude ist ganz meinerseits.« Schwungvoll beugte er sich über ihre Hand und hauchte einen Kuss darauf, bevor er sich nicht minder formvollendet von Constanze verabschiedete.

»Warum hast du das getan?« Später im Wagen sprach Constanze ihre Frage mehr nach vorn gegen die Windschutzscheibe als direkt zu Selma, dennoch übertönte ihre Stimme deutlich das Knattern des Motors.

Selma verstand auf Anhieb, was sie meinte. Trotzdem zögerte sie mit der Antwort, tat, als müsse sie sich ganz aufs Fahren konzentrieren. Erstaunlich lange hatten sie es schweigend nebeneinander ausgehalten. Dabei hatte die Begegnung mit Robert sie beide beeindruckt. Von neuem spürte Selma einen Stich in der Brust, ähnlich wie dem bei ihrer ersten Begegnung, als Constanze so überzeugt von ihren Studien- und Zukunftsplänen gesprochen und Selma die erschreckende Oberflächlichkeit ihres derzeitigen Lebenswandels aufgezeigt hatte. Sie biss sich auf die Lippen. In Wahrheit war sie anders. Das hatte sie auch auf den Fotos erkannt, die Robert von ihr geschossen hatte. Er hatte es erfasst, Gero anscheinend nicht. Oder wollte er das einfach nicht?

Längst waren sie aus Belfort heraus und fuhren nordöstlich auf der Landstraße. Die Dörfer Denney und Roppe hatten sie bereits passiert. Äcker und Felder zogen vorbei. Selma überholte mehrere Fuhrwerke. Auf den Ladeflächen drängten sich Erntehelfer, junge Burschen, Frauen und Kinder jeden Alters, sogar einige Alte mit faltigen Gesichtern. Übermütig winkten sie ihnen im Vorbeifahren zu. Noch waren sie wohlgestimmt. Die schwere Arbeit auf den Feldern in sengender Hitze stand ihnen erst bevor. Selma hupte, winkte zurück, Constanze dagegen verkroch sich hinter einer Maske aus Undurchdringlichkeit. Sie erreichten die Abzweigung nach Saint-Germain-le-Châtelet, hielten sich weiter geradeaus, durchfuhren ein kurzes Waldstück, befanden sich bald wieder inmitten spätsommerlich leuchtender Getreidefelder.

»Warum hast du Robert Beck gestern Nachmittag erst Hoffnung auf ein Picknick bei Sonnenuntergang gemacht und ihm keine vier Stunden später einen Korb gegeben?«, platzte es endlich aus dem Küken heraus.

»Ich fühlte mich einfach zu müde«, erwiderte Selma. Beherzt trat sie das Gaspedal durch, um die freie Strecke zu nutzen und den Audi auf Hochtouren zu bringen. Der Fahrtwind verlieh ein berauschendes Gefühl von Freiheit. Abheben und Fliegen schien auf einmal tatsächlich eine Möglichkeit.

»Dafür bist du aber noch recht lang am Fluss entlangpromeniert«, rief Constanze in das laute Dröhnen hinein.

»Du hättest nicht mitkommen müssen.« Vor einer langgezogenen Kurve verlangsamte Selma wieder und fuhr die Schleife erst nach links und dann nach rechts mit vollem Genuss aus. Der Wagen lag wirklich gut auf der Straße.

»Was hätte ich tun sollen? Allein im Hotelzimmer bleiben und mich langweilen?«

»Du hättest auch ohne mich zu dem Picknick mit Robert Beck gehen und dich mit ihm unterhalten können. Es hätte ihn gewiss sehr gefreut.« Sie warf dem Küken einen flüchtigen Blick zu. Täuschte sie sich oder war sie ob ihres Vorschlags erblasst?

Sobald sich die Strecke wieder schnurgerade vor ihnen dehnte, beschleunigte sie abermals. Es folgte ein leicht hügeliger Verlauf, was den Fahrgenuss deutlich steigerte, ein Gefühl von Leichtigkeit suggerierte.

»Niemals!«

»Ach, Liebes.« Selma drosselte das Tempo und schaltete. Mitten auf der Straße zuckelte ein Auto dahin. Selbst auf Selmas Hupen unternahm der Fahrer keinerlei Anstalten, zum rechten Rand auszuweichen. Ein Blick auf die Beschaffenheit der Fahrbahnseite erklärte sein Verhalten. Tiefe Schlaglöcher taten sich dort auf. Selma beschloss, das als Zeichen zu sehen und langsamer zu fahren. Es war immer noch früh am Tag. Am Telefon hatte sie ihre Rückkehr nach Baden-Baden frühestens für den Nachmittag avisiert.

Constanze sah starr nach vorn. Wie Selma, so hatte auch sie der Hitze wegen auf die einengende Lederkappe und die Autobrille verzichtet. Der Strohhut war mit einem Chiffonschal fixiert. Weil sie das Kinn ostentativ nach oben gereckt hatte, wirkte ihr Hals länger und dünner. Zu allem Überfluss verschränkte sie die Arme vor der Brust. Das verlieh ihr etwas Kindlich-Trotziges. Stünde sie auf der Straße, würde sie gewiss mit dem Fuß aufstampfen. Selma schmunzelte.

»Du musst noch viel lernen.«

»Aber doch nicht ausgerechnet von dir!«

Allein am Unterton von Constanzes Stimme merkte Selma, wie entrüstet ihre grauen Augen funkeln mussten. Sie wagte nicht, den Blick von der Straße abzuwenden. Gerade wurde der Belag noch holpriger und verlangte ihre volle Aufmerksamkeit.

»Du kannst einem Mann wie Robert nicht auf Anhieb alle Wünsche erfüllen«, merkte sie an, sobald sich die Fahrbahn

wieder glättete. »›Willst du gelten, mach dich selten.‹ Das solltest du dir für die Zukunft unbedingt merken, sonst wirst du untergehen, gerade bei den Männern.«
»Ist das dein Lebensmotto?«
»Inwiefern?«
»Was sagt Gero dazu? Immerhin seid ihr verlobt, und er hat dir diesen Wagen …«
»Ach, Küken!« Selma lächelte. »Du nimmst das alles viel zu ernst. Ich habe dir doch gestern schon versucht zu erklären, wie die Regeln lauten, damit das Spiel zwischen Mann und Frau funktioniert.«
»Die Liebe ist für dich also nur ein Spiel?« Constanze schob sich aufrechter in die Sitzbank. Fast konnte man meinen, sie hätte den sprichwörtlichen Stock verschluckt, so steif wirkte sie mit einem Mal. »Bist du dir sicher, dass Gero derselben Ansicht ist?«
»Lass Gero bitte außen vor! Das zwischen ihm und mir ist etwas ganz anderes. Robert hat das mit dem Spiel übrigens auch auf Anhieb begriffen. Oder hattest du heute früh den Eindruck, er wäre unserer gestrigen Absage wegen verstimmt?«
»Nein, das nicht«, lenkte das Küken ein und sackte wieder nach unten.
»Na also!« Selma nahm die linke Hand vom Lenkrad und knuffte sie aufmunternd in die Seite. »Er hat sogar vor, uns in Baden-Baden zu besuchen. Ich wette mit dir, bis Ende der Woche taucht er auf und schlägt uns gemeinsame Unternehmungen vor.«
»Wieso sollte er?«
»Das habe ich ihm an der Nasenspitze angesehen.«
Wieder verfiel Constanze in Schweigen, richtete den Blick stur nach vorn.
Selma schaltete hoch und trat das Gaspedal durch. Mit einem waghalsigen Ausschwenken nach links setzte sie zum Über-

holen an. Das Küken kreischte auf, klammerte sich am Türgriff fest. Das gefiel Selma. Hupend brauste sie an dem schwarzen Wagen vorbei und lenkte kurz danach wieder nach rechts ein.

»Er gefällt dir, was?«, stellte sie mehr fest, als dass sie es als Frage intonierte.

»Robert?« Erschrocken drehte Constanze sich zu ihr um. Aus dem Augenwinkel bemerkte Selma die verräterische Röte auf ihren Wangen.

»Lass ihn das nicht allzu deutlich spüren. Nur wenn er sich wirklich um dich bemühen muss, wird er weiter Interesse an dir haben.«

»Wieso sollte er Interesse an mir haben? Bislang hat er doch immer nur mit dir …«

»Vertrau mir, Küken. Ich weiß, was ich weiß.«

Constanze verstummte. Dabei hätte Selma sich in diesem Moment nur zu gern einen entschiedenen Widerspruch gewünscht. Zugleich aber schalt sie sich eine Närrin. Ihr konnte das von Herzen einerlei sein. Constanze schadete es nicht, ihre ersten Erfahrungen mit diesem fotografierenden Franzosen zu machen. Sie war weder ihre große Schwester, noch hatte sie sonst einen Grund, sich sonderlich Gedanken um das Verhalten der Kleinen zu machen. Sie äugte noch einmal verstohlen zur Seite, erhaschte einen Blick auf dieses reine, zarte Mädchengesicht kurz vor dem Aufblühen zur Frau. Auf einmal wusste sie: Es war zu spät, sich aus der Affäre zurückzuziehen. Ganz gleich, was zwischen ihnen dreien geschah, sie würde immer verlieren, weil sie keine enge Freundschaft mit Robert und Constanze zugleich haben konnte. Rasch versuchte sie sich damit zu trösten, dass es letztlich nur ein Spiel war, das sie mit beiden begonnen hatte, mehr nicht. Für mehr hatte sie schließlich Gero.

Auch wenn der gern darauf beharrte, dass sie ebenfalls nur miteinander spielten, so bot ihr dieses Spiel doch in jedem Fall weitaus bessere Karten für die Zukunft.

7

Der Aufstieg aufs Münster war mühevoll. Die ausgetretenen Treppen und Stiegen schienen Constanze endlos, noch dazu, wo sich die Gänge nach oben stets weiter verengten. Die Gewitterstimmung war selbst zwischen den jahrhundertealten Mauern zu spüren. Constanze war erleichtert, nach mehr als dreihundert Stufen endlich das Aussichtsplateau zu erreichen. Neugierig trat sie hinaus. Der Blick über die weitläufige Stadt war überwältigend.

»Phantastisch!«, rief sie und eilte vor bis zur steinernen Brüstung, ohne auf Selma und Robert zu warten. Einen Moment meinte sie, der Steinboden würde schräg abfallen, auch die hüfthohe Mauer würde sich nach außen neigen. Sie streckte die Hände aus, um sich abzustützen, ertastete die unzähligen Rillen und Unebenheiten im weichen Sandstein, entdeckte beim genaueren Hinsehen gar eingeritzte Zeichen und Namen. Bei dem Gedanken, wer schon alles vor ihr hier oben gestanden und ähnlich wie sie der Höhe wie auch der Aussicht in die unendlich scheinende Rheinebene wegen vor Ehrfurcht erstarrt war, schwindelte ihr gleich wieder. Der märchenhafte Blick über die Dächer Straßburgs bis ins Elsass und in die Vogesen hinein zog sie auf Anhieb in Bann. Mit der flachen Hand schirmte sie die Augen gegen die gleißende Helligkeit ab. Was sie erblickte, begeisterte sie. Sie wusste gar nicht, was sie genauer ins Visier nehmen sollte: den einsam in den Himmel aufragenden Nordturm des Münsters oder die verwinkelten Gassen der Stadt, deren Insellage zwischen dem Stadtgrabenkanal und der Ill aus dieser Perspektive besonders deutlich wurde, die Fassaden der hoch aufragenden Fachwerkhäuser, die sich rund um den Münstervorplatz drängten, oder die ersten Höhenzüge der Vogesen und des Schwarzwalds in der Ferne. Der Dunst des aufziehenden Gewitters ließ die Konturen verschwimmen. Eine drückende Schwüle breitete sich aus. Constanze fiel das Atmen schwerer, jede noch so geringe Bewegung brachte sie ins Schwitzen. Längst klebte die Seidenunterwäsche auf der Haut.

»Nachher müssen wir unbedingt eine Bootsfahrt auf der Ill unternehmen. Am Wasser wird die Hitze erträglicher sein«, erklärte sie über die Schulter hinweg zu Selma, sobald sie ihr Näherkommen bemerkte. »Es muss sehr romantisch sein, die alten Fachwerkhäuser mit dem prachtvollen Blumenschmuck und den verträumten kleinen Gärten von der Wasserseite aus zu entdecken.«

»Hm«, war alles, was Selma erwiderte. Verwundert, die Freundin so wortkarg zu erleben, drehte Constanze sich um. Mit nach vorn ausgestreckten Händen, in vorsichtigen kleinen Schritten tastete sich Selma bis zur Brüstung vor.

»Hast du Angst vor der Höhe?« Besorgt reichte Constanze ihr die Hand. Zum ersten Mal, seit sie beide sich entschlossen hatten, an der Seite des französischen Fotografen Robert das Elsass zu erkunden, schien Selma eingeschüchtert. Dabei führte sie sonst das große Wort, animierte zu gewagten Unternehmungen, schreckte weder vor den steilsten Bergen noch den tiefsten Schluchten zurück.

»Geht schon wieder.« Selma wirkte erleichtert, als Constanze sie am Arm fasste und riet: »Du darfst nicht direkt nach unten

schauen. Such dir besser einen Punkt weit weg in der Landschaft hinter den Häusern. Sieh nur, ist das dort nicht das silberne Band des Rheins? Seltsam, wie winzig klein er auf einmal wirkt. Es kommt eben immer auf die Perspektive an, aus der man etwas betrachtet.«
Mit der ausgestreckten Rechten wies sie nach Nordosten, mit der Linken hielt sie Selma fest. Deren Finger fühlten sich feucht an. Constanze raunte ihr ins Ohr: »Es geht gleich vorbei. Vertrau mir. Hier oben kann dir nichts geschehen.«
»Mesdemoiselles!«, ertönte Roberts Stimme vom Nordturm her. »Noch ein wenig freundlicher bitte, dann wird das ein wunderschönes Foto.«
Sein Gesicht verschwand nahezu vollständig hinter der Klappkamera, die er auf ein Stativ geschraubt hatte, sein schwarzes Haar flatterte im aufbrausenden Wind um den wohlgeformten Kopf, legte die hohe Stirn frei. Constanze fiel es schwer, ihn nicht immerzu fasziniert anzustarren. Er sah einfach zu gut aus, wie er da in seinen hellen Breeches und dem farblich abgestimmten Sakko stand. Wie immer trug er einen bunten Schal statt einer Krawatte. Die Schwüle schien ihm nicht das Geringste auszumachen, dabei hatte er die ganze Fotoausrüstung die Treppen heraufschleppen müssen. Munter tönte seine leicht vibrierende Stimme mit dem weichen Akzent herüber, der jede Wortsilbe mit einem Zauber versah. Sie biss sich auf die Lippen. Selma hatte recht gehabt, als sie ihr auf der Rückfahrt von Belfort auf den Kopf zugesagt hatte, dass Robert ihr gut gefalle. Auch Selma schien sich kaum seinem Bann entziehen zu können. Da mochte sie noch so oft betonen, ihr Herz gehöre Gero. Sobald Robert sie beide auf einem Ausflug begleitete, gewährte Selma ihm zumindest vorübergehend einen recht ansehnlichen Platz darin.

Bislang umgarnte Robert sie beide mit seinem französischen Charme. Verblüfft stellte Constanze fest, keinerlei Eifersucht zu verspüren, wusste er doch, jede von ihnen mit der gleichen Aufmerksamkeit und Galanterie in Atem zu halten. Genau darin bestand wohl das Spiel, das sich seit jener ersten Begegnung zwischen ihnen dreien nach ganz eigenen Regeln entfaltete.
»Noch ein bisschen lockerer, meine Damen! Wir haben Sommer, gute Laune, fühlen uns unbeschwert und lachen von Sonnenauf- bis Sonnenuntergang!« Breitbeinig stellte er sich in Positur und drückte auf den Auslöser, schien kaum eine Pause einzulegen, um die Doppelkassetten zu wechseln, so eifrig war er mit den Aufnahmen beschäftigt.
Selma vergaß die Höhenangst und warf sich in Positur, legte den Kopf in den Nacken, stützte die Hände in die Hüften, lehnte sich gar hinterrücks gegen die Mauer. Zum ersten Mal seit langem trug sie keine Hosen, sondern eine witzige Hosenrockkombination in Sonnengelb. Vor dem roten, stellenweise von der Luft stark geschwärzten Sandstein des Münsters leuchtete der duftige Stoff wie eine Wiese voller Sonnenblumen.
Constanze schmunzelte. Auch wenn sie in den letzten Tagen mehr als genug Gelegenheit gehabt hatte, Selmas Lust am Posieren vor Roberts Kamera zu beobachten, so amüsierte es sie doch jedes Mal aufs Neue, wie rasch die Freundin darüber alles andere um sich herum verdrängte. Einzig der Moment, den die Kamera festhielt, zählte. Das steckte an. Gleich stemmte Constanze ebenfalls die Hände in die Seiten, stellte den Fuß vor und warf den Kopf schwungvoll nach hinten.
»Constanze, *ma chérie*«, flötete Robert, »darf ich Sie bitten, ein wenig offener in die Kamera zu lächeln?«
Sie spitzte den Mund, riss die Augen weit auf und setzte sich gar auf die Brüstung, um sich kühn nach hinten zu lehnen, die

halblangen, offenen Haare im Wind flattern zu lassen. Der plissierte Rock ihres Sommerkleides bauschte sich um die Beine.
»*Très bien!* Weiter so, *mesdemoiselles,* das ist wundervoll. Sehr charmant!« Eifrig winkte Robert ihnen zu und wechselte so schnell wie die Platten auch die Standorte, um sie aus verschiedenen Blickwinkeln abzulichten.
Außer ihnen befand sich kaum jemand anderer auf der Aussichtsterrasse. Die Schwüle und die dräuende Gewitterstimmung hatten die meisten Besucher von einem Aufstieg abgeschreckt. Das lauter werdende Donnergrollen im Westen schickte schließlich die Letzten nach unten. Auch die Sonne verschwand hinter den aufziehenden Wolkenbergen. Robert störte das nicht. Unbeirrt fotografierte er weiter.
»Langsam sollten wir ein Honorar verlangen«, wisperte Selma Constanze zu und bettete den Kopf auf ihre Schulter. Der Geruch des Rosenparfums kitzelte Constanze in der Nase. Die Freundin so nah bei sich zu haben, ihren Atem im Nacken zu spüren, gefiel ihr.
»So oft, wie wir ihm in den letzten Tagen Modell gestanden haben, könnten wir ein Vermögen verdienen, findest du nicht, liebes Küken?«
»Ich dachte, es macht dir Spaß.« Als Constanze sich zur Seite neigte, streifte ihre Wange die Selmas. Die Berührung durchzuckte sie wie ein Stromschlag. Gleich schmiegte sich Selma noch enger an sie, legte ihr den Arm um die Hüfte. Es verwirrte Constanze, das Weiche ihrer Rundungen durch den dünnen Kleiderstoff auf ihrem erhitzten Leib zu spüren. Schweiß perlte auf ihrer Oberlippe. Sie leckte mit der Zunge darüber, genoss den salzigen Geschmack.
»Natürlich macht es Spaß! Aber man darf das Angenehme doch auch mit dem Nützlichen verbinden.« Verschwörerisch

zwinkerte Selma, rückte von ihr ab und nahm eine aufreizende Haltung näher vor Robert ein. Wie zufällig winkte sie sie zu sich. Folgsam ging Constanze ebenfalls näher heran und posierte an Selmas Seite. Ihre unterschiedliche Körpergröße erleichterte es ihnen, sich immer wieder neu der Kamera zu präsentieren: mal kameradschaftlich locker eingehakt, mal die kleine Constanze an die große Selma gelehnt, mal die frauliche Selma die zierlich-knabenhafte Constanze von hinten umarmend. Sie kicherten und lachten, genossen es, erst brav und sittsam, dann aber auch verführerisch und frivol in die Kamera zu schauen. Robert ermunterte sie zu immer kühneren Eskapaden. Es war wie im Rausch. Constanze nahm kaum mehr wahr, wie sie sich bewegte, wusste nur noch, dass sie sich bewegte, dass ihr Körper danach lechzte, Selma nahe zu sein. Zu guter Letzt fielen sie einander in die Arme und küssten sich leidenschaftlich auf den Mund.

»Magnifique!« Robert applaudierte. Erst da wurde Constanze bewusst, was sie gerade getan hatten. Verstört befreite sie sich aus Selmas Armen, die aber schien sie nur sehr widerstrebend loslassen zu wollen.

»Das war einfach wundervoll, mein süßes Küken!«, hauchte sie ihr ins Ohr. »Männer sind für uns Frauen leicht entbehrlich.«

»Oder ein brauchbares Spielzeug.«

»Du lernst schnell, Kleines!« Noch einmal beugte sich Selma vor und küsste sie, dieses Mal zu ihrem Bedauern allerdings nur schwesterlich auf die Nasenspitze.

»Darf ich fragen, was die beiden Fräulein da miteinander tuscheln, was ich nicht hören darf?« Robert schraubte die Kamera vom Stativ, stopfte erst sie, dann die Doppelkassetten in die Ledertasche, packte zuletzt das zusammengeklappte Stativ obenauf. Schließlich legte er Constanze und Selma die Arme um die Schultern und drückte sie fest an sich. Sein herber Geruch überlagerte den zarten Selmas, der Stoff seines Anzugs kratzte an Constanzes Wange. Unwillkürlich erfasste sie ein angenehmes Zittern. Der Taumel ging weiter, sie musste sich einfach nur fallen lassen. Sie schloss die Augen, wünschte sich, der Moment würde ewig währen.

»*Mon cher Robert:* Was halten Sie davon, wenn Sie uns nach der anstrengenden Fotografiererei eine ordentliche Belohnung zahlen?«, schreckte Selmas Stimme sie auf.

»Aber natürlich gern, *mesdemoiselles!*«, nahm er die Aufforderung mit einem Grinsen an. »Es ist mir ein Vergnügen, Sie für Ihre harte Arbeit zu entlohnen. Was halten Sie von einer Einladung nach Sessenheim? Dort gibt es das ausgezeichnete Gasthaus *Zum Ochsen.* Angeblich hat dort schon der berühmte Dichter ...«

»Oh, ich kann mir schon denken, wer dort in rührender Weinseligkeit geschwelgt hat«, wehrte Selma lachend ab. »Dem Herrn aus Frankfurt kann man hier wohl nirgendwo entgehen. Wollen wir hoffen, seit seinem Aufenthalt im Elsass haben sie im *Ochsen* neuen Wein eingekellert. Nicht auszudenken, wenn sie vor lauter Ehrfurcht ihr täglich Brot vergäßen und uns einen sauren alten Tropfen vorsetzten.«

»Das tun sie nicht, ich schwöre es Ihnen.« Theatralisch legte sich Robert die Hand aufs Herz. Auch wenn seine betörend dunklen Augen ganz in Selmas hellblauen versanken, fühlte Constanze sich nicht ausgeschlossen. Sogleich wandte er sich ihr zu und schenkte ihr ebenfalls ein atemberaubendes Lächeln. »Sie haben doch hoffentlich gewaltigen Hunger, meine liebe Constanze?«

»Ich könnte einen ganzen Ochsen verschlingen«, meldete sich Selma flugs zu Wort. »Unser liebes Küken pickt dagegen leider nur winzige Portionen. Vielleicht lässt sie sich wenigstens zu einem deftigen Topf Sauerkraut mit Würsten und Speck verführen. Wie nennt man das noch bei Ihnen: *choucroute?* Allerdings sollten wir uns sputen, vor dem Regen nach Sessenheim zu gelangen.«

Wie zur Bestätigung grollte im selben Augenblick ein gewaltiger Donner. Erschrocken sahen sie alle drei nach Westen, von wo ein schwarzer Wolkenberg unheilvoll heranrückte. Die ersten dicken Tropfen fielen auf ihre unbedeckten Köpfe.

»Schnell, schnell, zum Wagen. Wir müssen das Verdeck schließen!« Selma rannte bereits zur Tür, hinter der die Treppen lagen. In Windeseile hasteten sie die ehedem so mühevoll erklommenen Stiegen hinunter.

Zum Glück hatten sie den roten Audi auf dem nahe gelegenen Gutenbergplatz abgestellt, wo ein altes Standbild des Mainzer Druckers griesgrämig die Tauben ertrug, die respektlos auf ihm herumkletterten und seinen ehrfürchtigen Anblick beschmutzten. Mit vereinten Kräften gelang es ihnen in Rekordzeit, das Verdeck zu schließen. Folgsam verschwand Constanze im Fond des Wagens, während sich Selma ans Steuer setzte und Robert die Kurbel betätigte. Kaum hatten sie unter seiner ortskundigen Führung aus dem Dickicht der engen, von himmelhohen Fachwerkhäusern gesäumten Straßen herausgefunden und den Stadtgraben Richtung Norden überquert, setzte ein kräftiger Platzregen ein. Die wenigen Menschen, die über die Trottoirs eilten, zogen die Köpfe zwischen die Schultern und rannten gesenkten Blickes zur Markthalle, die sich wenige Meter weiter vorn auf der rechten Straßenseite befand. Dicke Tropfen platschten wie Trommelwirbel auf das unebene Straßenpflaster, spritzten hoch, vereinigten sich über den gewölbten Pflastersteinen erst zu kleinen Rinnsalen, dann zu immer kräftigeren Sturzbächen. Wie eine undurchdringliche Wand baute sich der Regen vor der Windschutzscheibe auf. Selma hatte Mühe, den Scheibenwischer zu bedienen.

»Fahren Sie an die Seite«, empfahl Robert und legte seine sonnengebräunte Hand aufs Lenkrad. Wie zufällig berührten seine Finger Selmas. Constanze hielt den Atem an, lehnte sich steif ins Polster zurück. Selma folgte Roberts Anweisung und brachte den Wagen zum Stehen. Sobald das Motorengeräusch erstorben war, verstärkte sich das Trommeln der Regentropfen auf dem Verdeck zu einem unheilvollen Lärm. Besorgt sah Constanze zur Decke, hoffte, sie hielt dicht, bis das Gewitter vorüber war.

Der Wind fegte durch die Straßenschluchten, jagte den Regen bald schräg vor sich her. Die hohen Hausgiebel sorgten dafür, dass die dicht nach dem Donnern über den Himmel zuckenden Blitze kaum zu ahnen waren. Stattdessen senkte sich eine wohltuende Düsternis über die Stadt. Es wurde empfindlich kühl. Constanze fror.

»Nehmen Sie meine Jacke, *ma chérie.*« Trotz der Enge im Wagen zog Robert flink sein Sakko aus und reichte es ihr mit einem fürsorglichen Blick nach hinten.

»Danke.« Es rührte sie, wie besorgt er sich zeigte. Einen Atemzug länger als nötig spürte sie seine Hände auf ihren Schultern, fühlte die Wärme, die sie verströmten, noch durch die Baumwolle hindurch. Er zwinkerte ihr zu. Sein dünner schwarzer Oberlippenbart glänzte im fahlen Licht.

»De rien, mon amour«, wisperte er, bevor er sich wieder auf dem Beifahrersitz neben Selma zurechtrückte. Beglückt kuschelte sich Constanze in die wärmende Jacke, schnupperte dem Duft seiner Haut darin nach. Darüber bekam sie kaum mit, wie der Regen nachließ und sich das Gewitter verzog.

Langsam lichtete sich das Dunkel. Das Pflaster glänzte, die Nässe stieg dampfend empor. Verwundert erblickte sie auf der gegenüberliegenden Straßenseite die Synagoge. Kühn ragte der neoromanische Bau in die Höhe.

»*Allons, mes amies!* Weiter!«, rief Robert und schwang sich fröhlich pfeifend aus dem Wagen, kurbelte den Motor an und kletterte wieder zurück auf den Sitz.

Bis sie die Stadt hinter sich gelassen hatten, hörte der Regen ganz auf. Zwischen den lichter werdenden Wolkenbergen blitzte das erste Blau wieder auf. Eine von Linden gesäumte Allee führte sie nordwärts. Je mehr Kilometer sie zurücklegten, desto weiter ließen sie das Gewitter und den dunklen Himmel hinter sich.

»In Sessenheim wird die Sonne scheinen«, verkündete Selma und wischte von innen die beschlagene Scheibe frei.

»Die Sonne scheint für mich überall dort, wo Sie beide auftauchen, *mesdemoiselles.*«

»Sie alter Charmeur!« Selma lachte und schaltete höher, um den Audi zu beschleunigen. »Ich möchte nicht wissen, wie viele Frauenherzen Sie bereits auf dem Gewissen haben.«

»Was kümmern Sie die Herzen fremder Frauen? Denken Sie lieber an mein Herz, das derzeit nur für Sie und Ihre bezaubernde kleine Freundin schlägt.« Zur Bestätigung reichte er Constanze die Hand. Es tat gut, seine kräftigen Finger um die ihren zu spüren. »Seit wir uns in Belfort begegnet sind, denke ich pausenlos an Sie beide. Nie mehr möchte ich unsere Freundschaft missen, *mes amies.*«

»Nehmen Sie sich mit zwei Frauen auf einmal nicht ein wenig viel vor?« Selma nahm den Blick von der Straße. Er aber bedeutete ihr rasch, sich wieder aufs Fahren zu konzentrieren.

»Solange Sie mit Autofahren beschäftigt sind, muss ich mich

Ihrer Freundin widmen. Wer weiß, ob Sie uns mit Ihrer Art zu chauffieren nicht geradewegs in den Himmel befördern? Dann möchte ich wenigstens eine Frau an meiner Seite haben.«

Ehe sie sich versahen, erreichten sie den malerischen Ort, der wie alle Dörfer der Gegend von Fachwerkhäusern und Weinanbau geprägt war, und fanden auch gleich den Gasthof *Zum Ochsen.* Nach einem deftigen Mahl und sehr viel Wein besichtigten sie die alte Kirche mit der berühmten Kirchenbank aus Goethes Zeiten.

»Ein Wunder, dass der gute Mann es lange darin ausgehalten hat«, stellte Selma fest, nachdem sie eine Weile darin Probe gesessen hatte. »Selbst wenn Friederikes Vater aufregend zu predigen verstanden hätte, wäre ich darin vor Schmerz vergangen.«

»Damals waren die Menschen kleiner als wir«, gab Constanze zu bedenken und versuchte ebenfalls, in dem Gestühl eine bequeme Stellung zu finden.

»Kleiner als ich vielleicht, aber du, mein liebes Küken, hättest gut zu ihnen gepasst. Der olle Goethe hat dagegen wohl eher zu den stattlicheren Exemplaren gezählt.« Selma versetzte ihr einen zärtlichen Nasenstüber. Wieder kribbelte es eigenartig in Constanzes Bauch.

»Lasst uns durch die Felder spazieren«, schlug sie vor. »Die frische Luft wird uns allen guttun.«

Ehe Selma zustimmen konnte, schälte sie sich aus dem engen Gestühl und eilte nach draußen. Inzwischen war der Himmel wieder vollständig aufgerissen, die Nachmittagssonne überschüttete Wiesen und Felder mit einem goldenen Licht. Ein süßer Duft nach reifem Obst hing in der Luft. Insekten tanzten laut surrend umher, die Vögel hatten sich in höhere Gefilde zurückgezogen.

»Wie herrlich leuchtet / Mir die Natur! / Wie glänzt die Sonne! / Wie lacht die Flur!«, rezitierte Robert und fasste sie beide an den Händen, zog sie schwungvoll südwärts auf einen kleinen Wald zu. »Es dringen Blüten / Aus jedem Zweig / Und tausend Stimmen / Aus dem Gesträuch«, führte Selma fort, bis Constanze einstimmte: »Und Freund und Wonne / Aus jeder Brust. / O Erd, o Sonne! / O Glück, o Lust!«
Robert riss ihre Arme in die Höhe, schob sie beide zu einer stürmischen Drehung an und ergänzte »O Lieb, o Liebe! / So golden schön / Wie Morgenwolken / Auf jenen Höhn!«
Von wildem Schwindel erfasst fiel Constanze in die Wiese, Selma landete albern kichernd neben ihr. Robert dagegen baute sich, die Hände in die Seiten gestemmt, wie ein Sieger über ihnen auf.
»Wie weit ist es mit uns gekommen?«, fragte Selma, sobald sie sich wieder gefasst hatte. »Der Wein im *Ochsen* war in der Tat verdammt gut. Jetzt singen wir Goethes Mailied schon mitten im August. Wir sollten aufhören, bevor es zu gefährlich wird.«
»Ist es dazu nicht längst zu spät?« Constanze ließ sich gegen sie rollen, freute sich, als die Freundin den Arm um sie legte und den Kopf in ihre Halsbeuge bettete.
»Gefährlich wird es allein für unseren einsamen Kavalier da oben«, wisperte Selma so nah über ihrer Haut, dass sich ihr die Härchen in wohligem Schauer aufrichteten. »Wir sind wenigstens zu zweit, um uns miteinander zu amüsieren.«
»Das dürfen Sie mir nicht antun.« Unverhofft sank Robert auf Constanzes freier Seite ins Gras, bettete sich ebenfalls nah an sie und legte den Arm über ihren Leib, kreuzte seine Finger genau in Höhe ihres Bauchnabels mit Selmas.
Es war die natürliche Selbstverständlichkeit, die diese Geste jeder hitzigen Erregung unverdächtig machte. Ein tiefer Frieden

breitete sich aus, und kurz darauf versanken sie alle drei in einen tiefen Schlaf.
Constanze erwachte als Letzte. Etwas kitzelte sie an der Nase. Als sie die Augen aufschlug, erspähte sie einen Grashalm, mit dem Selma ihr neckend über die Wange strich.
»Gut geschlafen, liebes Küken?« Sie lachte übers ganze Gesicht.
Zufrieden räkelte und streckte sich Constanze im Gras. Die Freundin so nah bei sich zu wissen tat auf wundervolle Weise gut.
»Wo ist Robert?« Widerstrebend nur richtete sie sich auf und sah sich suchend um, rieb sich fröstelnd über die Arme.
Es war kühl geworden. Längst war die Sonne hinter die Wipfel des nahen Wäldchens gewandert. Der Schatten ließ die Bäume auf der Wiese wachsen, als reckten sie sich nicht nur in luftige Höhen, sondern dehnten sich auch auf der Erde in die Länge. Es musste mindestens eine Stunde vergangen sein, seit sie eingeschlafen war. Sie sehnte sich danach, Roberts wärmende Jacke wieder über den Schultern zu haben. In lässigen Schritten trat er aus dem Wald heraus und schlenderte gemächlich auf sie zu.
»Wieder wach, *ma chère* Constanze?« Wie vorhin, so setzte er sich auch jetzt wieder nah neben sie ins Gras. »Sie frieren schon wieder. Nehmen Sie meine Jacke.«
Behutsam half ihm Selma, Constanze abermals das Sakko umzulegen. Ihrer beider Hände blieben auf Constanzes Schultern liegen, und so saßen sie eine ganze Weile schweigend nebeneinander, Constanze in der Mitte, links von ihr Robert, rechts von ihr Selma, ihre Körper dicht aneinandergeschmiegt, jeder in seine Gedanken versunken. Constanze wagte kaum zu atmen, so kostbar schien ihr dieser Augenblick.

»Werd ich zum Augenblicke sagen …«, setzte Robert leise ein, woraufhin Selma und Constanze gemeinsam einfielen: »Verweile doch! Du bist so schön! / Dann magst du mich in Fesseln schlagen / Dann will ich gern zugrunde gehn!«
Albern lachend ließen sie sich ins Gras fallen, begannen einander zu kitzeln, zu necken und zu umarmen, bis ihnen die Puste ausging und sie sich auf die Rücken rollten, Hand in Hand die Wolken am Himmel betrachteten.
»In jedem einzelnen Grashalm dieser Wiese steckt der alte Herr aus Weimar.« Selma schüttelte den Kopf. »Nirgendwo kann man ihm entgehen.«
»Hier in Sessenheim war er noch nicht alt«, warf Constanze ein, um sogleich von Selma unterbrochen zu werden. »Stimmt – und von Weimar wusste er auch noch nichts.«
Wieder begannen sie zu kichern. Dieses Mal allerdings blieb Robert ernst, setzte sich auf, steckte sich einen Grashalm in den Mund und kaute sinnierend darauf herum. »Wer weiß schon, was einem das Leben bringt, wenn es noch so unendlich weit vor einem liegt?«
»Oh, Vorsicht, Küken, jetzt wird unser Franzose philosophisch.« Selma stieß Constanze in die Seite, richtete sich auf und zog sie ebenfalls hoch.
»*Excusez-moi, mesdemoiselles,* ich möchte Sie nicht langweilen. Aber welches Glück ist es doch, dass wir drei hier so friedlich nebeneinandersitzen. Dieser Augenblick sollte wahrlich ewig währen.« Roberts sonst so feste Stimme klang mit einem Mal heiser. Langsam wandte er ihnen das Antlitz zu. Verwundert meinte Constanze, im Dunkel seiner Augen Trauer zu entdecken.
Selma zog die Knie an, begann Gras zu rupfen und sprach mehr zur Wiese als zu den anderen: »Warum sagen Sie das? Weil zwei Frauen sich normalerweise um den einzigen attrak-

tiven Mann weit und breit streiten? Da haben Sie meine Freundin Constanze und mich wohl verkannt.«

»Natürlich nicht, *ma chérie.*«

Zum ersten Mal redete er auch Selma so liebevoll an. Constanze wurden die Augen feucht. Rasch schaute sie hinüber auf die berühmte Goethe-Scheune, ließ den Blick über die Umrisse der krumm gewordenen Gebäude und Mauern wandern. So viele Jahre waren vergangen, so vieles war schon geschehen, seit sie errichtet worden waren, so viele Schicksale hatten sich erfüllt, so viel Glück und Leid hatten sich in ihrem Schatten zugetragen. Noch immer aber standen die Häuser da, boten den Bewohnern Heim und Unterschlupf, ganz gleich, was um sie herum passierte.

»Sie haben recht«, stimmte sie Robert zu und sah ihm in das ernst gewordene, dadurch noch attraktivere Gesicht. »Ein Franzose und zwei Deutsche, allein dem Vergnügen eines Sommertags verpflichtet, das ist derzeit alles andere als selbstverständlich.«

»Ach, Kinder! Jetzt verderbt uns nicht diesen wunderschönen Sommertag, nur weil im fernen Berlin und Paris die langweiligen Griesgrame ihren jahrhundertealten Groll gegeneinander pflegen. Solange wir drei uns gut verstehen, kann uns das herzlich egal sein.« Selma sprang auf, klopfte sich Gras und Erde aus dem Hosenrock und streckte ihnen die Hände entgegen. Constanze und Robert folgten ihrer Aufforderung und erhoben sich ebenfalls.

»So jung wie heute kommen wir nie mehr zusammen«, redete Selma vergnügt weiter und hakte sie beide unter, um mit ihnen über die Wiese und durchs Dorf zum Wagen zurückzuschlendern. »Das sollten wir auskosten, statt Trübsal zu blasen. Letztlich liegt es nicht in unserer Macht, am Lauf der Welt etwas zu ändern.«

»Leider muss ich unser vergnügliches Beisammensein jetzt beenden«, erklärte Robert, sobald sie den Wagen erreicht hatten und er seine Fotoausrüstung herausnahm.
»Was heißt das?« Erschrocken sah Selma ihn an. Constanze dagegen war wenig überrascht. Zu gut hatte sie seinen Blick von vorhin verstanden.
»Ich werde von hier mit dem Zug nach Straßburg zurückfahren.«
»Unsinn! Wir bringen Sie mit dem Auto!«, widersprach Selma, er aber wehrte ab: »*Merci beaucoup,* das ist sehr freundlich von Ihnen, aber das kann ich nicht annehmen.«
»Wann sehen wir uns wieder?«, erkundigte sich Constanze. Etwas in Roberts Stimme alarmierte sie. »Ist es wirklich Ihr Ernst, dass Sie des wilden Säbelgerassels wegen auf einmal …«
»Nein, nein, das ist es nicht.« Zärtlich legte er ihr die Hand auf die Wange, sah sie eindringlich an, bevor er sich Selma zuwandte. »Natürlich fühle ich mich Ihnen beiden nach wie vor in großer Freundschaft verbunden. Daran werden weder Ihr Reichskanzler noch unser Ministerpräsident, der Kaiser oder der Präsident je etwas ändern. Die nächsten Tage aber muss ich mich um eine dringende Familienangelegenheit kümmern. Leben Sie wohl und passen Sie gut auf sich auf. Ich hoffe, wir sehen uns bald wieder. Wie Sie wissen, habe ich gelegentlich in Baden-Baden zu tun.«
Er nahm ihre Hand und hauchte einen Kuss darauf. Ebenso verabschiedete er sich von Selma mit einem eleganten Handkuss. Schweren Herzens überließ Constanze ihm sein Sakko und sah ihm nach, wie er die leere Dorfstraße hinunterging.
Selma legte ihr den Arm um die Schultern, zog sie sanft zu sich her. Wieder roch sie den betörenden Rosenduft ihres Parfums,

spürte die Wärme und Weichheit von Selmas Körper. Dieses Mal jedoch lag nichts als schwesterliche Unschuld in der Berührung. Ein Anflug von Bedauern erfasste Constanze, dann aber spürte sie Erleichterung.

Tief stand die Sonne über der Bergkette im Westen, hatte bereits ihr gelbrotes Abendkleid angezogen und das Firmament passend dazu in farbige Schlieren getaucht.

»Lass uns fahren«, löste Constanze sich als Erste aus der Starre und schob Selmas Arm von sich. »In Baden-Baden warten sie sicher schon auf uns.«

8

Selma fühlte sich reichlich erschöpft, als sie den roten Audi in die Einfahrt zum *Bellevue* lenkte. Constanze hatte sie bereits eingangs der Lichtentaler Allee beim *Angleterre* abgesetzt. Sie war der Kleinen dankbar, dass sie während der Rückfahrt geschwiegen hatte. Zu sehr waren sie beide in Gedanken mit Roberts Abschied beschäftigt gewesen. Wahrscheinlich hatte er doch kalte Füße bekommen, weil er sie beide sehr anziehend fand. Männer! Gegen ihren Willen musste sie lachen. Letztlich waren sie doch alle gleich, ganz egal, ob aus Deutschland oder Frankreich, aus einem Kaff wie Belfort oder einem ostpreußischen Nest.

Unwillkürlich schüttelte sie den Kopf und beschloss, Robert vorerst aus ihrer Erinnerung zu verbannen. Stattdessen würde sie sich einzig der unbekümmerten Zeit mit dem Küken widmen. Wieder einmal pries sie den Zufall, der ihr die Autopanne und damit die Freundschaft mit Constanze beschert hatte.

Die Sonne war inzwischen ganz hinter der Bergkette im Westen verschwunden. Über das Oostal legte sich abendlicher Frieden, Natur und Mensch bereiteten sich auf die Nacht vor. Die herrschaftliche Fassade des Hotels schimmerte elfenbeinfarben in der Dämmerung, die üppige Blumeninsel inmitten der Auffahrt leuchtete im Licht der aufgestellten Laternen von Gelb über Weiß, Rot, Blau bis hin zu vornehmem Violett weitaus kräftiger als bei Tag. Selbst die jahrhundertealte Eiche nahe dem Nordflügel war von mehreren Lampen angestrahlt, als fürchtete man, sie könne im Dunkel der Nacht ihr legendär langes Leben aushauchen.

Selma ließ den Wagen ausrollen. Exakt in Höhe des Portikus kam er zum Stehen. Beflissen eilte einer der livrierten Hoteldiener herbei, öffnete den Schlag, reichte ihr unter einer tiefen Verbeugung die Hand, um ihr hinauszuhelfen und den Audi anschließend in die reservierte Garage zu fahren. Lässig steckte sie dem Mann eine Münze in die Tasche seiner Uniform.

»Sie werden im Gartenpavillon erwartet, gnädiges Fräulein«, teilte ihr der Empfangschef mit, als sie den Schlüssel zu ihrem Zimmer entgegennahm. Fragend zog sie die Augenbrauen hoch. Er fühlte sich bemüßigt, hinzuzufügen: »Ich fürchte, es ist dringend, Fräulein Rosenbaum.«

Sie seufzte. Jede einzelne Faser ihres Körpers lechzte nach einem ausgiebigen Schaumbad in der Wanne des komfortablen Privatbads, das den besonderen Reiz ihres Zimmers im ersten Stock ausmachte. Ein anstrengender Tag lag hinter ihr. Sie wollte die letzten Stunden mit den Freunden in Ruhe verdauen, noch ein wenig dem Erlebten wie auch dem Noch-nicht-Erlebten hinterherträumen.

»Fräulein Rosenbaum?« Die Stimme des Portiers riss sie aus ihren Gedanken.

»Danke, ich habe verstanden«, beeilte sie sich zu versichern. Statt sich einem duftigen Bad hinzugeben, musste sie wohl oder übel in den sauren Apfel beißen und sich, verschwitzt und erschöpft, wie sie war, Heddas Vorwürfen aussetzen. Bestimmt trug die Mutter ihr nach, so viel mit dem Auto herumzufahren, statt ihre Zeit an der Seite der Eltern zu verbringen. Gerade weil Vater Joseph und Grischa früher als geplant nach Berlin abgereist waren, dürstete die Mutter nach Aufmerksamkeit. Nicht sonderlich wohlgestimmt, eilte Selma, den schweren Schlüssel in der rechten Hand wiegend, in der linken den Strohhut und den Seidenschal knetend, quer durchs Foyer in den Westflügel und von dort in den Garten.

Die zierlichen Empiremöbel im Damensalon wirkten jungfräulich verlassen. Matt klackten die Absätze ihrer hellen Schuhe über den schwarz-weiß gefliesten Boden. Beim Anblick des leeren Vogelkäfigs nahe der Terrassentür fühlte sie einen Stich in der Brust. Sie zwang sich, nicht weiter über die unbedarfte Tat und ihre furchtbare Auswirkung gleich zu Beginn der Ferien nachzudenken. Als schlechtes Omen durfte sie das keinesfalls deuten.

Noch auf den Stufen der Terrasse erspähte sie bereits die Runde, die sich nahe dem Pavillon auf den weißen Gartenmöbeln im Schein einer Lichterkette eingefunden hatte. Neben Meta und Hedda saßen dort zwei elegant gekleidete Herren, die langen Beine lässig übereinandergeschlagen, die Zigarette in der Hand, angeregt in ein Gespräch vertieft. Jeden von den beiden hätte sie selbst aus größter Entfernung von hinten erkannt, so vertraut war sie mit ihnen. Ihr Herz machte einen freudigen Hüpfer. Die Müdigkeit war wie weggeblasen.

»Gero! Papa!« Ausgelassen wie ein junger Backfisch stürmte sie zu der kleinen Gruppe hinüber. Die übrigen Gäste warfen ihr teils erstaunte, teils missbilligende Blicke zu. Ein weißer Malteser kläffte aufgeregt, bis sich seine Herrin, die Generalswitwe von Heimsheim, zu ihm herunterbeugte und ihn unter beruhigenden Worten auf den Arm nahm. Freifrau von Heimsheim kniff die schmalen Lippen zusammen und schritt, das Bündel Hund auf dem linken Arm balancierend, hoch erhobenen Hauptes von dannen.

»Jetzt weiß ich, was ich vermisst habe. Es kam mir die ganze Zeit so schrecklich ruhig vor«, konstatierte Meta trocken und sah ihr kopfschüttelnd nach.

»Mit der Ruhe ist es jetzt ein für alle Mal vorbei. Unser geliebter Wirbelwind ist endlich da!« Gero erhob sich von seinem Platz und trat zu Selma, schaute dabei kurz zu Hedda und Joseph Rosenbaum, um sich ihres Einverständnisses zu versichern. Gut erzogen, wie er war, würde er den Eltern natürlich jederzeit den Vortritt bei der Begrüßung der Tochter lassen. Selma indes kümmerte sich wenig um die richtige Reihenfolge. Beglückt warf sie sich dem Geliebten entgegen. Nur einen Moment erschreckte sie über ihren Wankelmut, waren doch noch keine drei Stunden vergangen, seit sie mit Constanze und Robert auf der Wiese nahe Sessenheim gelegen hatte. In Geros Armen aber fand sie die einzig mögliche Zukunft.

»Welch wundervolle Überraschung!« Ehe er Luft schnappen konnte, überschüttete sie ihn mit Küssen und Zärtlichkeiten. Nicht einmal der herbe Tabakgeruch, der in seinem Rock hing, störte sie in diesem Moment. Gero versuchte, sich gegen ihr Ungestüm zu wehren, was es für sie nur noch reizvoller machte. Jeder Kuss entfernte sie ein Stück mehr von den beiden anderen, die in den letzten Tagen ihr Herz in Beschlag genommen und den Verlobten vorübergehend daraus verdrängt hatten.

»Selma, bitte!«, hörte sie Heddas mahnende Stimme. »Denk daran, wo du dich befindest.«
»Lass der Kleinen die Freude.« Wie immer regte sich Metas Widerstand gegenüber der Tochter. »Seit Wochen haben die beiden sich nicht gesehen. Da ist das durchaus erlaubt. Oder hast du schon vergessen, wie wundervoll die Liebe ist?«
»Mama!«, protestierte Hedda.
Gero nutzte ein kurzes Luftholen Selmas, um sie behutsam, aber bestimmt von sich wegzuschieben. »Wie schön, dass du dich so über meine Ankunft freust, Darling.«
»Sollte ich das etwa nicht?« Einen Atemzug lang befürchtete sie, Gero könnte ihr das schlechte Gewissen anmerken. Dann aber entdeckte sie das begehrliche Glitzern in seinen Augen, das sie allzu gut kannte, und sie wusste wieder, wie sehr es auch ihn nach ihr verlangte. Mit ihm würde sich für sie in der folgenden Nacht erfüllen, was mit den beiden anderen für sie nur bloße Sehnsucht war. Sie sonnte sich in dem anerkennenden Schmunzeln, das seine blassen Lippen umspielte, betrachtete ihn mit Genugtuung. Da er sie um knapp einen Kopf überragte, musste sie dazu leicht den Blick heben.
Natürlich wirkte er blasser und schmaler als Robert, weitaus weniger sportlich trainiert. Ein nicht zu leugnender Tribut an seine Arbeit als Rechtsanwalt, das Leben in der Großstadt. Damit einher ging bei ihm eine selbstverständliche Weltläufigkeit, die die Blässe wie eine Grundbedingung voraussetzte und ihm das gewisse Etwas verlieh. Sein Haupt war barhäuptig, der helle Strohhut mit dem obligatorischen schwarzen Band lag abseits auf einem der Stühle. Sein blondes Haar trug er straff zurückgekämmt, was die leicht abstehenden Ohren und die markanten Wangenknochen betonte. Die Herzform seines Gesichts war unverkennbar. Aus den grün-braunen Augen

blitzte der Schalk. Trotz der vielen Arbeit, die ihn angeblich seit Wochen daran hinderte, sich ihrer Sommerfrische anzuschließen, musste er in letzter Zeit einige Stunden in der Sonne verbracht haben. Das verrieten die ausgebleichten Augenbrauen, ebenso zeigte sein heller Teint vor allem im Nacken erste Anflüge von ungesunder Röte. Der gestreifte, leichte Anzug in hellen Grautönen saß wie stets akkurat an seinem schlanken Leib. Das weiße Einstecktuch in der Brusttasche war exakt gefaltet. Ebenso verrieten die nach unten enger werdenden Hosen und die tadellosen weißen Lederschuhe, dass er sich vermutlich erst vor kurzem umgezogen hatte. Noch mangelte jede Falte, die sich nach dem Sitzen selbst auf den bequemsten Stühlen früher oder später in den Kniekehlen einstellte. Ebenso zierte kein Staubkorn die Kappen der Schnürschuhe.

»Willst du deinen alten Vater nicht auch endlich begrüßen?«, meldete sich die dunkle Stimme des Vaters. Schweren Herzens wandte sie sich von Gero ab, der die Geste mit einem verheißungsvollen Augenzwinkern begleitete.

»Aber natürlich, allerliebster Vater dieser Welt!«, rief sie betont munter und fiel Joseph etwas weniger stürmisch um den Hals als vorhin Gero, küsste ihn schmatzend rechts und links auf die Wangen. Sein struppiger Bart verhinderte übertriebene Zärtlichkeiten. Gleich räusperte er sich verlegen, woraufhin Selma ihn wieder freigab.

»Du wirst dich daran gewöhnen, nicht mehr den ersten Platz im Herzen deiner Tochter einzunehmen«, verkündete Hedda und warf dem Schwiegersohn in spe einen bewundernden Blick zu.

»Seit wann seid ihr da?«, überging Selma die Bemerkung. »Warum habt ihr nicht angerufen und uns rechtzeitig von eurer

Ankunft informiert? Hätte ich vorher gewusst, wann ihr kommt, hätte ich euch mit dem Wagen …«
»Das glaube ich dir aufs Wort, Darling.« Gero schmunzelte. »Schnell wie der Blitz wärst du von wo auch immer zum Bahnhof gerast. Aber genau das galt es zu verhindern. Wir wollten euch überraschen und sind erst vor einer knappen Stunde eingetroffen. Um dich nicht zu unüberlegten Taten zu verleiten, habe ich deinen Vater beschworen, niemanden vorher zu benachrichtigen.«
»Die Überraschung ist euch gelungen.« Von neuem schaute sie ihren Vater an. Etwas an ihm war anders als sonst.
»Du hast einen neuen Anzug«, stellte sie fest und tat, als müsste sie mit den Fingern ein Staubkorn von seiner Schulter wegschnippen. »Lass dich bewundern. Du siehst gleich zehn Jahre jünger aus!«
Sie trat einen Schritt zurück und begutachtete die ungewohnt elegante Aufmachung des Vaters. In der Tat saß sein Anzug ausnahmsweise tadellos an der schlanken Figur. Stoff und Schnitt waren ganz auf der Höhe der Zeit, ebenso trug er eine moderne Krawatte wie auch ein passendes Hemd. Selbst der Backenbart schien besser in Form als üblich. Flüchtig äugte Selma zu den Schuhen hinunter, an denen sie ebenfalls nichts auszusetzen fand. Verschwörerisch zwinkerte sie Gero zu. »Ich wette, du hast ihm endlich die Adresse deines Schneiders verraten.«
»Nicht ganz, mein Täubchen, nicht ganz«, knurrte Joseph, offensichtlich beleidigt, dass sie ihm keinen eigenen Geschmack zutraute. »Bevor ich deinen Bruder in Döberitz abgeliefert habe, war ich mit ihm bei *Wertheim* in der Leipziger Straße. Nachdem ihr Frauen dort gern ein halbes Vermögen hinterlasst, wollte ich mir das Angebot auch einmal genauer anschauen. Grischa hat mich überzeugt, mir bei der Gelegenheit etwas

Neues, Moderneres zuzulegen. Er meinte, ich könnte mich sonst kaum mehr hier in Baden-Baden auf der Kaiserpromenade sehen lassen. Dabei sind meine alten Anzüge vom besten Schneider ...«

»Das ist wohl das erste Mal, dass du einen solchen Rat befolgst.« Hedda klang beleidigt. »Wenn du nur ein Mal auf mich gehört hättest, hättest du das alles schon viel früher haben können. Seit Jahren versuche ich dir beizubringen, dass das, was man zu Hause in Bonn zu schneidern pflegt, nicht dem entspricht, was man in Berlin oder Baden-Baden trägt.«

»Angesichts der hitzigen Debatten im Reichstag hat Ihrem werten Herrn Gemahl bislang schlichtweg die Zeit für solche Einkäufe gefehlt, gnädige Frau«, erlaubte sich Gero anzumerken und suchte Heddas Blick. Ob seines Charmes schmolz sie dahin. »Für uns Bürger ist es schwerlich nachzuvollziehen, unter welchem Druck die Abgeordneten die letzten Monate litten. Solange die Balkankrise schwelte und die Heeresvorlage zur Entscheidung anstand, war für sie an nichts anderes zu denken als an das Wohl unseres geliebten Kaiserreiches. Männern wie Ihrem verehrten Herrn Gemahl gebührt deshalb mein allergrößter Respekt.«

Er deutete ein Zusammenschlagen der Hacken an und verneigte sich vor Joseph. Selma war das ebenso unangenehm wie dem Vater. Auch Meta runzelte die Stirn. Lediglich Hedda schmolz ob Geros Charme dahin.

»Sie haben recht, Herr von Sudloff. Wie gedankenlos von mir, meinem Gemahl Vorhaltungen zu machen, wo er sich derart aufopferungsvoll seinen Pflichten gewidmet hat.«

»Aber nein«, wiegelte Gero ab. »Eine Dame wie Sie muss sich niemals dafür entschuldigen, bei ihren Überlegungen die Politik außen vor zu lassen. Dafür sind doch wir Männer da.«

»Heißt das, wir Frauen sollen uns von der Politik fernhalten?« Selmas Ton wurde lauernd.
»Darling, du siehst wie immer bezaubernd aus«, überging Gero den Einwand und griff nach ihren Händen, wirbelte sie einmal schwungvoll um die eigene Achse. »Diese entzückende Falte zwischen deinen Augen, wenn du dich empörst, ist atemberaubend. Überhaupt bist du wie immer atemberaubend anzusehen. Ich hätte dir schon früher einen Wagen schicken sollen. Das Fahren mit offenem Verdeck verleiht deinem Teint eine verführerische Frische.«
Er beugte sich vor und küsste sie auf den Mund. Die plötzliche Zärtlichkeit widerstrebte ihr. Zu sehr hing sie in Gedanken noch bei der gerade gehörten Bemerkung über Frauen und Politik. Sobald sie Heddas kaum unterdrücktes Schnaufen ob der abermaligen Dreistigkeit gewahr wurde, sich in der Öffentlichkeit zu küssen, genoss sie es jedoch, Geros weiche Lippen auf den ihren zu schmecken. Voller Vorfreude öffnete sie den Mund, lockte seine Zungenspitze mit der ihren und vergaß sich einen Moment völlig in dem Gefühl, ihn ganz bei sich zu wissen. Fest presste sie sich gegen seinen Leib, meinte durch die Kleidung hindurch die Hitze seines Körpers zu spüren. Genau das war es, wonach es sie seit Wochen verlangte. Kein Wunder, dass ein halbwegs charmanter Flirt wie der mit Robert oder Constanze ihr kurzzeitig den Verstand raubte. Eine Frau wie sie gierte einfach nach Liebe. Zu ihrem Leidwesen besann sich Gero viel zu früh wieder darauf, dass sie vor den Augen ihrer Eltern bestehen mussten, und zog sich aus der Umarmung zurück. »Dein Temperament ist umwerfend, Darling.«
»Genau dafür liebst du mich doch, oder?«
»Nicht nur dafür, wie du weißt«, wisperte er ihr ins Ohr. Die sachte Berührung seiner Lippen kitzelte sie, sein verschwöreri-

scher Blick machte sie frösteln. Laut verkündete er ihren Eltern: »Wenn Sie gestatten, entführe ich Ihre Tochter nachher zum Eröffnungsball des Tanzturniers ins Konversationshaus. Heute Abend stehen moderne Gesellschaftstänze auf dem Programm. Das dürfen wir nicht verpassen.«

»Eine hervorragende Idee!« Meta klatschte Beifall. »Bestimmt wird auch Tango getanzt. Ach, was gäbe ich darum, noch einmal so jung zu sein wie ihr beide! Gleich würde ich diesen lästigen Stock beiseitewerfen und mich im Rhythmus der Musik wiegen.«

»Ein langsamer Walzer täte es da durchaus auch schon«, merkte Hedda spitz an.

»Ein Tango ist aber viel sinnlicher, mein Kind«, erwiderte Meta und schürzte amüsiert die Lippen. »Gerade dass der Kaiser den Offizieren verboten hat, ihn in Uniform zu tanzen, hat seine Attraktivität enorm gesteigert. Ach, jung müsste man sein und kein Hüftleiden haben. Was würde ich die Nächte durchtanzen!«

»Vielleicht sollten wir uns auch einmal im Tango versuchen, Liebling?«, schlug Joseph in einem Anflug von Übermut seiner Frau vor, was diese stark verunsicherte. Mit einem einvernehmlichen Blick verständigten sich Selma und Gero, die drei allein zu lassen.

9

Unter Geros Führung schwebte Selma geradezu übers Tanzparkett. Es tat gut, den Liebsten nah bei sich zu wissen, seine Hände auf dem Körper zu spüren, den Duft seiner sorgsam gepflegten Haut einzuatmen. In Wahrheit hatte sich die ganze Zeit jede Faser ihres Leibes nur nach ihm verzehrt! Er schien genau zu wissen, wie sie sich fühlte. Mit der Leichtigkeit des Rags entführte er sie in eine andere Welt, in der allein die absolute Harmonie ihrer Bewegungen mit der Musik zählte. Zu ihrer Überraschung wechselte die Kapelle im Verlauf des Abends im Konversationshaus den bewährten Dreivierteltakt des klassischen Walzers gegen den stärker betonten Boston und den rascheren Zweivierteltakt des Tangos bis hin zum rhythmischen Rag. Die meisten Paare verstanden sich auf die individuelleren Tanzformen und drängten die gemächlich im Kreis schwelgenden Paare alter Schule mehr und mehr an den Rand. Auch Gero erwies sich als wahrer Meister, der Selma eng zu sich heranzog, die Beine waghalsig mit ihr kreuzte, sie für die Achten übermütig ausholen ließ und sie anschließend schwungvoll um die eigene Achse wirbelte, bevor es Wange an Wange eng aneinandergeschmiegt in die entgegengesetzte Richtung weiterging. Sie bewegten sich im selben Rhythmus, atmeten im selben Atemzug, verschmolzen mit jedem Schritt mehr ineinander.

In dieser Nacht schienen ihnen Rag und Onestepp mehr als sonst im Blut zu liegen, der Tango in seiner ganzen Verruchtheit berauschte sie geradezu. Mit allen Sinnen spürte, roch, wusste Selma Gero bei sich. Am liebsten hätte sie laut aufgeschrien vor Glück. Welch wundervolle Fügung hatte ihr diesen Mann vor die Füße geweht! Nie mehr wollte sie ihn missen. Voller Dankbarkeit dachte sie an ihre Freundin Luise, die sie miteinander bekannt gemacht hatte. Zwar grollte Luise ihr seither ein wenig, hatte sie doch selbst ein Auge auf den gutaussehenden Rechtsanwalt mit ostpreußischen Wurzeln geworfen, früher oder später aber würde sie ein anderes begehrenswertes Objekt aus der Männerwelt erjagen.

Auf leichten Druck von Geros linkem Oberschenkel hin zog Selma das rechte Bein hoch, vollführte mit dem Fuß in der Luft einen Kick, um den nächsten Schritt wieder parallel zu dem seinen zu setzen. Von neuem ging es acht Taktschläge vorwärts, dabei lockten ihre Körper einander, stießen sich in einer Drehung von sich, vereinten sich beim nächsten Blick wieder. Selmas knöchellanges Kleid mit der hoch angesetzten Taille und dem Schrägschnitt der Stoffbahnen war ideal für die Abfolge der Figuren. Gerade beim Ausführen der Achten und Drehungen erwies sich der kniehohe Schlitz auf der rechten Seite als spektakulärer Blickfang.

»Du verdrehst allen Männern im Saal den Kopf, Darling«, raunte ihr Gero bei der nächsten Drehung ins Ohr, presste seine glatt rasierte Wange einen Moment fest an ihre. »Ich darf dich nicht loslassen, sonst schießt einer der lauernden Fräcke auf dich zu und entführt dich direkt aus meinen Armen.«

»Mir geht es kaum besser«, erwiderte sie und ruckte wie gefordert mit dem Kinn zur anderen Seite hinüber. »Wenn Blicke töten könnten, läge ich jetzt mausetot auf dem Parkett. Die Damenwelt hat sich dich als Beute auserkoren und verschlingt dich bereits aus der Ferne mit Haut und Haar.«

»Um größere Schäden zu vermeiden, sollten wir die Flucht antreten, sonst erleben wir den morgigen Tag nicht mehr.«

»Flucht ist immer gut. Ich folge dir überallhin, Liebster!«

Seine Hand glitt tiefer ihren Rücken herunter, erreichte ihren Hintern und drückte eine Sekunde fest darauf. Als sich ihre Blicke trafen, wusste sie sich einig mit ihm. Wie im Rausch ließ sie sich von ihm ein letztes Mal quer über die Tanzfläche führen, bevor sie mit einer eleganten Bewegung just in Höhe ihres Tisches anlangten. Die Kapelle spielte den Schlussakkord. Brav klatschten sie, dann verabschiedeten sie sich artig von ihren Tischgefährten.

»Zu mir oder zu dir?«, fragte Selma übermütig, als Gero ihr im Foyer in den leichten Sommermantel half.

»Zu mir«, erwiderte er knapp und setzte sich den Chapeau claque auf. »Schon aus praktischen Gründen. Der Weg zum *Bellevue* ist mir in meiner derzeitigen Verfassung einfach zu lang. Ich vergehe vor Gier, dir die Kleider vom Leib zu reißen, und kann für nichts garantieren, wenn ich dich erst noch sittsam durch die Lichtentaler Allee ins Hotel geleiten muss.«

»Büsche und Hecken gibt es sicher genug, hinter denen du dich deiner Gier hingeben kannst.«

»In der lauen Sommernacht werden wir kaum die Einzigen sein, die Verschwiegenheit suchen.«

Das Funkeln in seinen Augen wie auch die leicht nach oben gezogene linke Augenbraue versetzte sie in einen erregten Taumel. In dem gut sitzenden Frack mit den gestreiften Hosen und der weißen Fliege machte er eine tadellose Figur. Kein Wunder, dass ihn im Festsaal so manche Dame nicht aus den Augen gelassen hatte. Selbst im vornehmen Baden-Baden gab es nicht allzu viele Herren seiner Klasse. Sie lehnte den Kopf gegen seine Schulter, sog den Duft seines Rasierwassers ein und schalt sich töricht, fast der Versuchung erlegen zu sein, diesen Gentleman für einen französischen Nobody aufgegeben zu haben.

»Wie erklärst du dem Portier meine Wenigkeit, wenn wir im *Maison Messmer* zu deinem Zimmer marschieren?«, wandte sie sich rasch einer praktischen Überlegung zu.

»Ich garantiere dir, du wirst keine Sekunde der Verlegenheit erleben.«

Damit bot er ihr den linken Arm. Für einen Moment schloss sie die Augen, träumte sich in die verführerische Zweisamkeit hinein, der sie sich gleich hingeben würden, und meinte, bereits den Schauer zu spüren, wenn er ihr mit den Fingerkuppen Liebesschwüre auf den nackten Rücken schrieb. Als sie die wenigen Stufen vor dem Eingang des Konversationshauses hinunterstiegen und zu dem nahen Hotel hinübergingen, setzte sanfter Nieselregen ein. Einige Tropfen benetzten ihre Nase. Beglückt über die Erfrischung schmeckte sie den Regen auf den Lippen.

»Komm, schnell, sonst löst du dich auf, bevor ich dich vernaschen kann!«, trieb Gero sie an.

Im Hotelfoyer gelang es ihm tatsächlich, den Portier mit einem charmanten Lächeln und dem Zustecken eines Geldscheins abzulenken. Atemlos erreichten sie sein Zimmer im ersten Stock. Durch die beiden bodentiefen Fenster zum gegenüberliegenden Konversationshaus drang das spärliche Licht der Straßenlaternen und verlieh dem leicht altmodisch im angestaubten Empirestil eingerichteten Zimmer einen geheimnisvollen Zauber.

»Nicht«, sagte sie, als Gero die Hand auf den Lichtschalter legte. In wenigen Schritten stand sie bei den Fenstern und öffnete die doppelflügeligen Türen. Die Gardinen bauschten sich im Wind. Der frische Hauch des nächtlichen Sommerregens strömte herein. Aus der Ferne waren die zarten Klänge der Tanzmusik zu erahnen.

»Musst du dich erst abkühlen?« Gero stellte sich dicht hinter sie und nahm ihr das perlenbesetzte Haarnetz vom Kopf. Seine Lippen liebkosten ihren Nacken, während ihr seine Finger das Kleid von den Schultern strichen.

Ihr Leib bebte vor Verlangen. Sie musste sich zwingen, ihn geduldig gewähren zu lassen. Jede einzelne Berührung seiner Finger auf der nackten Haut steigerten ihre Lust, sich einfach umzudrehen und über ihn herzufallen. Lässig fiel der Stoff ihres Kleides zu Boden. Sie trat einen Schritt beiseite, kickte das

Bündel achtlos weg und schlüpfte geschickt aus den Schuhen. Geros Atem wurde schneller. Sie nahm seine Hände, legte sie sich auf die Brust, verharrte einen Moment, dann leitete sie ihn an, die Ösen ihres Mieders zu öffnen und den Strumpfgürtel von den Hüften zu lösen. Aufreizend langsam drehte sie sich um, schmiegte ihre Hüften gegen seine, fühlte, wie er den Druck erwiderte. Sie hob ihm den Mund entgegen. Er umschloss ihre Lippen mit den seinen. Ihre Zungenspitzen verfingen sich ineinander, als wollten sie den Tango von vorhin fortsetzen. Hand in Hand, Mund auf Mund näherten sie sich dem breiten Bett. Ohne den Kuss zu unterbrechen, half Selma Gero aus dem Frack, knöpfte das Chemisette und das Hemd auf. Als sie seine weiße, unbehaarte Brust vor sich wusste, die im fahlen Schimmer der Nacht umso heller wirkte, überfiel sie der Wunsch, ihn rücklings aufs Bett zu stoßen und mit Küssen zu überdecken. Ehe er sich wehren konnte, gab sie dem blindlings nach und ließ sich auf ihn fallen. Ihre Umarmungen wurden inniger, die Liebkosungen hitziger, ihrer beider Atem hektischer. Sie entledigte sich der restlichen Wäsche. Zielsicher glitten ihre Hände zu seinem Hosenbund.

»Nein!«

Jäh stieß er sie von sich.

Sie erschrak.

»Verzeih«, murmelte er und nahm sie gleich wieder in die Arme, warf sie zur Seite, presste seinen Unterleib gegen ihren, bewegte sich langsam mit ihr.

Nach kurzer Zeit schon loderte die Lust abermals in ihr auf, und sie versuchte erneut, ihn weiter zu entkleiden. Dieses Mal ließ er sie gewähren. Sie öffnete Gürtel und Hosenbund, streichelte ihm über den straffen Hintern, ließ die Hände langsam nach vorn gleiten, fühlte den rauhen Narbenwulst in der linken

Leistengegend und genoss sein Schaudern. Zielsicher wanderten ihre Finger weiter vor und verloren sich eine Weile im Spiel mit dem lockigen Schamhaar. Sie meinte, ein vielversprechendes Zittern in seinen Lenden zu bemerken. Als ihre Hände jedoch ihr Ziel erreichten, zuckte sie zurück. Sie musste sich täuschen. Noch einmal wanderte sie zu der entscheidenden Stelle, tastete, suchte und fand erschreckend wenig. Instinktiv verstärkte sie ihre Küsse, stöhnte und schmiegte sich noch fordernder an ihn. Auch er tat sein Bestes, ging auf ihre Offerten ein, bewegte sich von neuem mit ihr im Takt ihres Begehrens. Allein da, wo sich etwas regen sollte, regte sich nichts. Nach einer Weile gab sie auf. Wie von einer Last befreit, rollte Gero auf den Rücken, starrte zur Decke.

Schweigend lagen sie nebeneinander. Sie verfolgte das Muster, das das Laternenlicht auf die weiß getünchte Decke warf, zwang sich, an nichts zu denken, am allerwenigsten daran, was da vorhin gerade geschehen oder vielmehr nicht geschehen war. Gänsehaut überlief ihren entblößten Leib, sie zitterte. Gero drehte sich um, deckte zärtlich das Laken über sie und bettete den Kopf zwischen ihre Brüste. Das Beben seines Leibs und das lauter werdende Schluchzen verrieten sein Weinen.

»Warum, Liebster?«, hauchte sie und umfasste seinen Kopf mit beiden Händen, zog ihn zu sich herauf. Im Dämmerlicht wirkten die grünblauen Augen milchiggrau. Tränen standen darin. Fest presste er die Lippen aufeinander.

»Ich kann es mir nicht erklären«, presste er nach einer halben Ewigkeit mühsam heraus. »Verzeih!«

Hastig schwang er sich zur Seite, band ein Tuch um seine Blöße und erhob sich aus dem Bett. Die gestärkte Wäsche knisterte unter seinen Bewegungen. Wie ein verlorener Engel postierte er sich am Fenster, den Arm gegen den Rahmen gestützt, ein

Bein lässig vor das andere gestellt, stierte ziellos in die Dunkelheit hinaus.

Am liebsten wäre sie zu ihm gegangen, hätte ihn von hinten umschlungen und noch einmal versucht, mit kundigen Zärtlichkeiten seine Lust zu wecken. Bislang hatten sie noch immer zueinandergefunden. Bei der Erinnerung an vergangene Nächte spürte sie das Feuer abermals in sich auflodern. Trotz aller Bitterkeit über das gerade Erlebte konnte sie den Blick nicht von ihm lösen.

Je länger sie seine schlanke Silhouette betrachtete, ganz in den sanften Linien von Rücken und Hintern versank, desto deutlicher trat ihr die Erinnerung an einen anderen Mann vor Augen. Es gefiel ihr, sich auszumalen, wie er ohne Kleider aussah und sich bewegte. Sehniger als Gero sicherlich, kräftiger in den Schultern, muskulöser am Hintern. Schon meinte sie, genau zu wissen, wie er auf sie zukam und sie umarmte, berührte und streichelte. Das tiefe Einverständnis, das sie an jenem Morgen in Belfort entdeckt hatte, würden sie auch dabei teilen. Die angenehme Wärme seiner Haut auf der ihren ließ sie erschauern. Kaum wurde sie gewahr, dass es ihre eigenen Finger waren, die da über ihre Blöße fuhren, sacht erst und dann immer zielgerichteter. Bald war sie außerstande innezuhalten.

Nach dem Abebben der hitzigen Glut überfiel sie Genugtuung und Scham zugleich. Sie sah zum Fenster.

Starr wie eine Statue hielt Gero sich weiterhin dort, eine unsichtbare, dennoch deutlich spürbare Mauer hoch um sich errichtet. Sie zweifelte, ob er ihr je erlauben würde, einen Stein daraus zu lockern, um Einlass in sein Innerstes zu erlangen. Das Gefühl des wortlosen Einverständnisses – ganz gleich, bei welchem Tun – hatte sie noch nie mit ihm geteilt. Mit einer dicken Träne in den Wimpern schlief sie ein.

10

Unverkennbar neigte sich der August seinem Ende zu. Aus den Wiesen entlang der Oos stieg Morgendunst. Die Sonne strahlte nachsichtiger vom Himmel, um Mensch und Natur den Übergang in weniger leuchtende Zeiten zu erleichtern. Auch das Blau am Firmament wie das Grün in Laub und Gras hatten an Kraft verloren. Immer häufiger blitzten die ersten Rotbrauntöne darunter auf. Vögel übten sich in Formationen, in denen sie in südlichere Gefilde entfliehen würden. Ihr spielerisches Treiben begleiteten sie mit einem ausgelassenen Zwitschern, das nur noch das entschiedene Signal zum Aufbruch entbehrte. Bis es zum ersten Mal erklingen würde, blieben nur noch wenige Tage.

Auch in den Hotels herrschte Aufbruchstimmung. Unweigerlich mehrten sich die Abende, an denen die Stammgäste mit einem festlichen Abschlussdinner die diesjährige Sommerfrische beendeten. In den Cafés und Ausflugslokalen standen Abschiedsveranstaltungen auf dem Programm. Zwar dauerte die Saison offiziell bis Anfang November, nach den heiß begehrten Augustwochen fand allerdings ein großer Wechsel statt. Auch in den beiden Herbstmonaten trippelten überaus elegant gekleidete Damen in S-förmiger Sans-Ventre-Silhouette und mit abenteuerlicher Hutkreation nach Pariser Schick am Arm nicht minder eleganter Herren in maßgeschneidertem Cut und Zylinder zum Kurpark, um zum Tagesausklang die Kapelle aufspielen zu hören. Eindeutig aber gehörten sie anderen Kreisen an als die Gäste der Hochsaison. Jeder schien »seine« Zeit für die Sommerfrische in »seinem« Hotel zu besitzen. Die Weißkirchners hatten in den letzten Wochen noch viele weitere neue Bekannte neben den Rosenbaums gewonnen.

Dennoch war das Gefühl, nicht ganz dazuzugehören, nie so recht von Constanze gewichen. Ob es anders gewesen wäre, wenn sie Robert noch einmal getroffen hätte? Sie vermisste ihn ebenso wie die trauten Stunden mit Selma. Seit Gero sich in Baden-Baden aufhielt, traf sie die Freundin selten allein. Gero nahm sie voll und ganz in Anspruch. In seiner Gegenwart schien sie ein völlig anderer Mensch. Wehmütig rief Constanze sich die gemeinsamen Tage mit Robert in Erinnerung. Von wegen »ich habe gelegentlich in Baden-Baden zu tun«! Inzwischen reiste er bestimmt durch Paris, wenn nicht gar Ägypten und fotografierte spektakuläre Ausgrabungen. Über all den neuen Aufregungen hatte er ihre gemeinsamen Ausflüge längst vergessen. Sie holte tief Luft und beschloss, ihn aus ihrer Erinnerung zu streichen.

Auf der Leopoldbrücke stehend, wartete sie auf Selma und Gero. Wieder einmal hatten die beiden sie zu einem Ausflug eingeladen. Um sich die Zeit zu vertreiben, wanderten ihre Augen von der Fassade des Internationalen Clubs über das im Stil der Pariser Oper errichtete Theater hin zu den Kolonnaden und dem Konversationshaus. An der Ecke zum Beutig schob sich der mächtige Bau des *Maison Messmer* ins Blickfeld. Schon Kaiser Wilhelm I. und seine Gattin Kaiserin Augusta hatten über Jahrzehnte hinweg das Haus zu schätzen gewusst. Nun hatte sich Selmas Verlobter dort einquartiert. Constanze wurde den Verdacht nicht los, dass das nicht allein dem Bemühen geschuldet war, jedweden Geruch des Unsittlichen zu vermeiden, falls er im selben Hotel wie seine Verlobte abgestiegen wäre. Gewiss hatte bei seinem Entschluss auch die frühere Nähe des *Messmer* zum Kaiserhaus eine Rolle gespielt. Für einen Ostpreußen wie ihn galt Kaisertreue gewiss als oberste Bürgerpflicht.

Ihr fielen die langen Vorträge ein, die der Vater ihr in den letzten Wochen über die Geschichte des Kurorts gehalten hatte. Sie hätte ihm den Baedeker besser nicht überlassen. Jetzt wusste sie haargenau über jedes einzelne Traditionshotel Bescheid, kannte die Gepflogenheiten der jeweiligen Stammgäste aus dem vorigen Jahrhundert bestens. Umso mehr wunderte sie sich, dass ausgerechnet ihr bodenständiger Vater auf das *Angleterre* verfallen war, hatten sich in dem Haus doch einstmals nicht nur Bismarck und seine Getreuen, sondern auch allerhand gekrönte Häupter die Klinke in die Hand gegeben. Wahrscheinlich hatte Otto nur auf die zentrale Lage des Hotels vis-à-vis der Kaiserpromenade und nicht auf die politische Vergangenheit des Hauses geachtet. Als überzeugter Zentrumsabgeordneter lehnte es Selmas Vater dagegen konsequent ab, auch nur einen Fuß in den prächtigen Bau mit den drei Altanen zu setzen. Das *Bellevue* behagte ihm weitaus mehr, pflegten sich dort seit jeher doch Minister und Politiker liberalerer Couleur einzumieten.
Sie warf einen Blick auf die Uhr. Offenbar hatte Selma die Zeit vergessen. Dabei war es ihre Idee gewesen, auf dem letzten großen Ausflug des Sommers mit dem Wagen die Gegend um den Großen Belchen nahe Gebweiler anzusteuern. Der langen Strecke wegen hatten sie gleich nach dem Frühstück starten wollen. Seither war schon mehr als eine Stunde vergangen. Constanze wurde unruhig. Sie hasste Abweichungen vom einmal gefassten Plan. Ohnehin behagte es ihr wenig, die Tage gemeinsam mit Selma und Gero zu verbringen. Auch wenn die beiden sich die größte Mühe gaben, es sie nicht spüren zu lassen, so wusste sie trotzdem, dass sie das fünfte Rad am Wagen war. Ihre Ausflüge zu dritt waren einfach nicht mit denen mit Grischa oder gar Robert zu vergleichen. Wieder erfasste sie

Wehmut. Leider war ihr keine passende Ausrede eingefallen, um die Einladung abzulehnen. Was sollte sie auch allein in Baden-Baden tun, während der Vater im Friedrichsbad seine Runden schwamm?

Sehnsucht nach der heimischen Werkstatt überfiel sie. Sie wollte schrauben und basteln, ausprobieren und tüfteln. Dabei wusste sie wenigstens, mit welchen Überraschungen sie zu rechnen hatte. Eine halbe Ewigkeit schien vergangen, seit sie die Mechanik der neuen Schreibmaschine geprüft und auf Verbesserungen beim Anschlag der Tasten gehofft hatte. Insgeheim träumte sie davon, eine Reiseschreibmaschine zu entwickeln, die die beliebte *Erika* aus Dresden vom Markt verdrängen würde. In der Branche munkelte man, demnächst präsentierte die *Clemens Müller* AG eine verbesserte Version der aus Aluminium hergestellten *Albus.* Die wollte sie eines Tages mit einem noch leichteren Modell übertrumpfen. Ein aufgeregtes Hupen riss sie aus den Überlegungen, wie sie das anstellen könnte, ohne ebenfalls auf Aluminium zurückgreifen zu müssen.

»Huhu, Küken!« Sie schaute in die Richtung, aus der sie das Rufen vernommen hatte. Wie immer saß Selma am Steuer des Audis, den Strohhut diesmal mit einem farblich exakt auf die knallrote Karosseriefarbe abgestimmten Tuch unter dem Kinn fixiert, vor den Augen die unverzichtbare Autobrille. Gero thronte links neben ihr, Haupt und Ohren von einer braunen Lederkappe geschützt, deren lose Enden locker um den schlanken Hals flackerten. Die Brille hatte er auf die Stirn geschoben, den linken Arm auf den Rand der Karosserie gestützt, den rechten hinter Selmas Schultern plaziert. Wieder einmal gab er den Dandy. Sie rollte die Augen. Als sie im Fond des Wagens Meta Kayserberg entdeckte, atmete sie erleichtert auf. Sie war offensichtlich der Grund, weshalb Selma auf ihre Ledermütze verzichtet hatte. Auf dem Kopf der zierlichen alten Dame entfaltete das Stück eine ganz besondere Würde. Dazu passend hatte sie einen Staubmantel um die Schultern drapiert und einen Schal so männlich um den Hals geschlungen, als handele es sich um einen von Geros Plastrons.

»Meine Liebe!«, begrüßte Meta sie in ihrer betörend dunklen Stimme. »Wie schön, dass Sie uns Gesellschaft leisten.«

Kaum drosselte Selma das Tempo und lenkte den Wagen an den Straßenrand, kletterte Gero heraus. Der Motor tuckerte im Leerlauf. Seine in den gestreiften Hosen steckenden Beine erschienen Constanze länger denn je, was auch an den hellen Gamaschen und den blank gewienerten spitzen Herrenpumps liegen mochte.

»Darf ich bitten, gnädiges Fräulein?« Galant reichte er ihr die Hand und half ihr beim Einsteigen. Seine Finger fühlten sich kalt an. Kaum sank sie neben Meta in die Polster, startete Selma und lenkte den Wagen schwungvoll über die Brücke in die Kaiserallee.

»Ups!«, entfuhr es Gero, weil es ihm gerade noch gelungen war, sich auf die Bank fallen zu lassen und die Tür zuzuschlagen. »Du hast es heute aber eilig, Darling.«

»Wir haben fast zweihundert Kilometer vor uns, ein Großteil davon in den Bergen.« Selma legte einen höheren Gang ein. »Wir sollten uns sputen, sonst bleibt uns nichts vom Tag.«

»An mir soll es nicht liegen«, erwiderte er und nahm von neuem seine raumgreifende Haltung auf dem Beifahrersitz ein.

»Sie sehen heute wieder ganz reizend aus, liebe Constanze«, begann er, sobald sie die Stadt hinter sich hatten und parallel zur Oos westwärts fuhren. Seine Augen glitten langsam über ihren Körper, seine blutleeren Lippen verzogen sich zu einem herablassenden Grinsen.

»Was wird das? Ein Schäkern mit meiner besten Freundin? Denk dran: ich sitze direkt neben dir und höre jedes Wort mit.« Sanft boxte Selma ihn in die Seite.

»Keine Sorge, Darling.« Er griff nach ihrer Hand, hob sie zum Mund und küsste sie. »Du bist natürlich außer Konkurrenz. Trotzdem muss es mir erlaubt sein, anderen Frauen Komplimente zu machen. Gerade wenn sie so entzückend sind wie Fräulein Weißkirchner.«

»Meine Enkelin hat ein sehr einnehmendes Wesen und duldet keine Konkurrenz neben sich«, erklärte Meta Kayserberg. »Das sollten Sie wissen, mein Lieber. Immerhin sind Sie seit einigen Monaten mit ihr verlobt.«

»Von mir aus wäre ich gern schnellstens mit ihr verheiratet. Vielleicht sollten Sie beide mir helfen, Selma davon zu überzeugen, die Hochzeit nicht bis zum Sankt-Nimmerleins-Tag aufzuschieben. Sonst gibt es Krieg, und ich ziehe ins Feld, um mich über die Zurückweisung zu trösten.«

»Mit dem Krieg sollten wir nicht scherzen. Noch besteht Hoffnung, auch wenn sie täglich dahinschmilzt.« Metas Miene wurde ernst. »Das Säbelrasseln der letzten Monate war laut genug. Man denke nur, was ein so harmloser Vorfall wie die Notlandung eines deutschen Zeppelins im französischen Lunéville im April hätte auslösen können, säßen im falschen Moment die falschen Männer an den entscheidenden Positionen. Die Welt ist ein Pulverfass, dessen Lunte längst brennt.«

»Befürchten Sie wirklich einen Krieg?« Constanze horchte auf. Roberts Äußerung in Sessenheim klang ihr in den Ohren.

»Da hörst du es, liebe Großmama, mit deinen Kassandrarufen ängstigst du unser armes Küken.« Kurz schaute Selma über die Schulter nach hinten, riss dabei das Lenkrad einen Tick zu weit nach links. Sofort griff Gero ein und lenkte den Wagen auf die Spur zurück. Zum Glück war die Strecke frei, nichts passierte.

»Entweder du fährst, Darling, oder du unterhältst dich mit deiner Großmama«, rügte Gero Selma. »Beides zugleich scheint mir keine gute Idee, egal, ob Krieg dräut oder nicht.«

»Dabei können wir Frauen doch sonst immer alles gleichzeitig.« Selma knuffte ihn erneut in die Seite, woraufhin er nur den Kopf schüttelte. »Das ist übrigens das Geheimnis, weshalb es unter unserer Führung nie zu Kriegen kommen würde.«

Gero schnaubte, woraufhin Selma ihn gereizt ansah. Constanze wandte sich ab. Als unbeschwert war die Stimmung zwischen den beiden Verlobten wohl kaum zu bezeichnen.

»Sie werden also im Herbst Ihr Studium an der Königlich Technischen Hochschule aufnehmen«, lenkte Meta ihre Aufmerksamkeit auf sich.

Dankbar, weil die Unterhaltung auf der Rückbank des dröhnenden Motors wegen weitaus weniger Kraft erforderte als die mit Selma und Gero vorn, ging sie gern darauf ein. »Nach unserer Rückkehr nach Metz bleiben mir nur wenige Wochen, um den Umzug vorzubereiten.«

»Sicherlich fällt es Ihnen schwer, Ihren Papa allein zu lassen. In Ihrem Alter muss man aber hinaus in die Welt, um Berge zu versetzen. Bewundernswert, wie tatkräftig Ihr Vater Sie dabei unterstützt. Immerhin haben Sie sich nicht den einfachsten Weg ausgesucht. Eine Frau als Ingenieurin, daran wird sich die Welt wohl leider erst langsam gewöhnen.«

»Wieso wollen Sie ausgerechnet Ingenieurwesen studieren?« Gero musste ihre Unterhaltung trotz des Motorenlärms verfolgt haben. Interessiert drehte er sich nach hinten. Sein Profil wies eine harmonische Linie von Stirn, Nase und Kinn auf, was

die betont aufrechte Haltung noch unterstützte, die bis in die Haarspitzen von größter Beherrschung kündete.
»Sie meinen, für eine Frau gäbe es weitaus geeignetere Berufe?« Meta Kayserberg zeigte sich amüsiert. Um die Mundwinkel spielte ein schelmisches Lächeln. Gero zog die rechte Augenbraue nach oben.
»Ich bin quasi in der Werkstatt meines Vaters aufgewachsen«, erklärte Constanze. »Schon meine Mutter war an technischen Fragen sehr interessiert. Es liegt mir wohl im Blut, mich mit Antriebswellen, Schrauben und Kurbeln zu beschäftigen. Außerdem habe ich konkrete Pläne für die Weiterentwicklung von mechanischen Maschinen. Eines Tages werde ich sicherlich die Fabrik meines Vaters übernehmen.«
»Ist das nicht wunderbar?«, rief Selma und warf Gero einen triumphierenden Blick zu. »Seit frühester Kindheit weiß unser Küken, welchen Weg es einschlagen will. Nie hat Constanze daran gezweifelt, ob ihr der zusteht. Sie geht ihn einfach.«
»Bedauerst du etwa, nicht auch an der Werkbank zu stehen und mit Schraubstock und Feile zu hantieren?« Geros Augenbraue zog sich noch spitzer nach oben. Die Konturen seines Antlitzes wirkten schärfer. »Ich bezweifle, ob eine Frau wirklich dazu geschaffen ist.«
»Das war einfach …«, setzte Constanze an, doch Selma fiel ihr ins Wort. »Ein Ziel vor Augen zu haben heißt für eine Frau nicht sofort, unberechtigt auf männliches Terrain vorzustoßen und sich unweibliche Verhaltensweisen anzueignen. Ich finde es beneidenswert, wie entschlossen Constanze ihr Leben anpackt.«
»Wieso findest du das beneidenswert? Es wäre mir neu, ausgerechnet dir mangelnde Zielstrebigkeit zu unterstellen.«

Gero hatte seine Contenance wiedergefunden. Um seine Mundwinkel zuckte es spöttisch. Selma begriff das Friedensangebot und lachte hell auf. »Warte nur! Vielleicht bin ich doch noch für eine Überraschung gut.«

»Oh, jetzt machst du mich aber neugierig.«

»Das solltest du auch sein.« Sie schenkte ihm ein vielsagendes Lächeln, was er mit einem in die Luft gehauchten Kuss quittierte.

Constanze wurde unbehaglich. Sie sah zu Meta. Die war eingeschlafen. Zumindest hatte sie die Augen geschlossen. Constanze beschloss, sich der Gegend, durch die sie fuhren, zu widmen.

Wie im Rausch flirrte die Landschaft an ihnen vorbei. Bis Kehl blieben sie rechtsrheinisch. Die Sonne funkelte über den Auwäldern und versprach einen weiteren unbeschwerten Sommertag. Zärtlich strich der Wind über die Wipfel, hauchte den Bäumen eine eigene Melodie ein, nach denen sie ihre Äste wiegten. Endlos dehnte sich das graue Band des Asphalts. Es waren nur wenige Autos unterwegs, auch die Fuhrwerke, die sie überholten, waren fast an einer Hand abzuzählen. Als sie bei Kehl den Rhein überquerten, staunte Constanze wieder einmal über die ungeheure Breite, die er an dieser Stelle aufwies. In mehrere Arme aufgeteilt, schien sein Wasser nie zu versiegen und die Gegend mit einer unerschöpflichen Fruchtbarkeit zu verwöhnen. Gleich lenkte Straßburgs Silhouette sie von dem Anblick des träge dahinfließenden Wassers ab. Selma hatte es eilig, die Stadt zu passieren. Vermutlich erinnerte sie der Anblick des markanten Münsters zu sehr an Robert und den letzten gemeinsamen Tag, den sie mit ihm verbracht hatten. Bald schon befanden sie sich auf der Landstraße nach Schlettstadt. Die Sonne tauchte auch hier die Gegend in goldenes Licht. Wie kostbare Perlen an einer langen Kette waren die malerischen Dörfer entlang der Straße aufgefädelt. Ihre Namen schienen einzig die Endsilben »-heim« und »-weiler« zu kennen, die Häuser bestanden allesamt aus dem vom Zahn der Zeit malerisch angenagten schiefen Fachwerk. Wilder Wein rankte sich um Torbögen und Brunnen.

Vor Constanzes Augen verschmolz das Vorbeiziehende zu dem immer gleichen Bilderbuchdorf. Zwischen den Orten erstreckten sich Tabakfelder und unzählige Reihen Weinreben, die sich die sanften Hänge des Elsass hinaufzogen. Ein gutes Stück hinter Colmar wuchsen die Berge im Westen höher in den Himmel. Nach dem überraschend großen Industriestädtchen Gebweiler führte die Landstraße entlang der Eisenbahnlinie zur Endstation ins verträumte Lautenbach. Im anschließenden Lauchtal wurde der Fahrweg enger und steiler, ließ mittels einiger scharfer Kurven und Spitzkehren rasch an Höhe gewinnen.

»Schaut euch das an: Keine Wolke trübt den Himmel! Wir werden eine grandiose Sicht haben.« Übermütig warf Gero den Kopf in den Nacken, breitete die Arme himmelwärts und jauchzte. Constanze erschrak. Derart ausgelassen hatte sie ihn noch nie erlebt.

»Keine Angst«, raunte Meta ihr zu. »Selbst in höchster Erregung hat sich ein Gentleman wie er im Griff.«

Erstaunt ob der Zweideutigkeit der Bemerkung schaute Constanze die ältere Dame an. Sie parierte ihren Blick mit einem schelmischen Augenzwinkern. Bei jedem anderen hätte Constanze das als schlüpfrig empfunden, bei Meta Kayserberg aber lag nichts Anrüchiges darin. Ein geheimnisvolles Lächeln umspielte ihren Mund. Um die goldbraun schimmernden Augen blitzten fächerartig Falten auf, was ihrem Antlitz eine jugendliche Frische verlieh. Einige Strähnen des silbergrauen Haares lugten vorwitzig unter der ledernen Autofahrermütze heraus. An Meta war selbst das sonst eigentlich wenig kleidsame Stück ein damenhaft-schickes Accessoire. Constanze wurde eifersüchtig. Warum hatte ausgerechnet Selma eine solche Großmutter? Der Freundin fiel einfach alles in den Schoß. Seit sie sich kannten, wurde sie das Gefühl nicht los, dass das Leben für Selma ein einziges Fest war, auf dem von Sonnenauf- bis weit nach Sonnenuntergang ausgelassen getanzt wurde. Constanze dagegen musste ihre Kreise mutterseelenallein über das Parkett ziehen. So gutmütig der Vater auch war, einen Ausbund an Unbeschwertheit und Lebensklugheit konnte man ihn beim besten Willen nicht nennen.

»Da wären wir!«

Ein Stausee tat sich vor ihnen auf. Selma parkte den Wagen im Schatten einer Buche vor einem einladenden Gasthaus.

»Hier?« Überrascht sah Gero sie an.

»Das ist der berühmte Lauchenweiher. Hier wird das Wasser des Lautenbachs aufgestaut. Ist das nicht malerisch?« Selma wies auf die Landschaft.

Vor ihrer aller Augen entfaltete sich ein Anblick, den ein Maler nicht harmonischer hätte gestalten können: Silbern funkelte die Oberfläche eines baumbestandenen Weihers, darüber wölbten sich verwunschen aussehende, dicht belaubte Bäume in saftigem Grün. Mit seinem tiefsten Azurblau trat der Himmel in Wettstreit mit den kräftigen, bunten Farben der Erde, als gelte es, zur Erfrischung der hitzegeplagten Menschen hoch oben in den Lüften eine weitere Labsal anzubieten. Majestätisch schob sich der Große Belchen ins Bild. Sein karger Gipfel leuchtete sandig gelb und kündete von rauheren Verhältnissen in den Höhen. Ein Adler zog lauernd seine Bahn, ansonsten

wirkte die Gegend angenehm verlassen. Lediglich das einstöckige Gasthaus mit den von rot-weiß karierten Tüchern bedeckten Tischen störte die Einsamkeit.
»Erstens habe ich riesigen Hunger«, erklärte Selma, »zweitens unglaublichen Durst, und drittens ist mir nach einer Runde Schwimmen.«
Sie zeigte auf das verführerisch klar schimmernde Wasser.
»Von Baden hast du nichts gesagt.« Constanze wurde mulmig.
»Keiner von uns hat Badesachen eingepackt, mein liebes Küken«, erwiderte Selma. »Schwimmen geht nackt sowieso am besten, wie man an den Enten und Fischen sieht.«
Sie warf Gero einen verheißungsvollen Blick zu, den er mit einem genüsslichen Luftkuss kommentierte, bevor sie Constanze beruhigte: »Natürlich werden wir den einzigen Herrn in unserer Runde hinter einem Busch fesseln, damit wir Damen uns unbeschwert erfrischen können.«
Sie tätschelte Geros Knie, er setzte eine enttäuschte Miene auf. Entschlossen schob sie ihn aus dem Wagen.
»Was wird aus unserer Tour auf den Gipfel?« Elegant hob er die Hand an die Stirn und sah zum Großen Belchen. »So kurz vor dem Ziel wollt ihr doch nicht etwa aufgeben?«
»Du willst nur nicht hinter den Büschen enden.« Selma lachte und fügte leise hinzu: »Dabei magst du das doch sonst so gern.«
»Es führt keine Autostraße ganz hinauf«, fügte sie wieder lauter hinzu. »Und mit diesen Schuhen hier«, aufreizend präsentierte sie die zart bestrumpften Waden und die hellen Pumps, »werden wir wohl nicht sehr weit kommen.«
»Schade. Mit dir hätte ich gern diesen Gipfel gestürmt.« Enttäuscht streifte Gero die Ledermütze ab, fuhr sich mit den langen, schlanken Fingern durchs Haar, um es wie gewohnt straff nach hinten zu frisieren.

»Wir werden noch viele Gipfel gemeinsam erstürmen. Das aber nehmen wir uns besser allein vor, um ein größeres Vergnügen daran zu haben.«

»Achtung, Darling! Ich nehme dich beim Wort.«

»Ich verspreche es dir.«

Sie beugten sich zueinander und küssten sich.

»Ich sterbe vor Hunger«, stellte Meta fest. »Lasst uns im Gasthaus einkehren und unsere Seele mit leiblichen Genüssen trösten. Ihr seid meine Gäste!«

Sie breitete die Arme aus, als wollte sie sie alle auf einmal umarmen. Jubelnd wie Kinder, denen eine Extraportion Eis spendiert wurde, rannten sie auf die Terrasse.

Nach dem üppigen Essen erfuhren sie vom Wirt, dass es einen Fahrweg zu einem höher gelegenen Holzplatz gab, von dem man zu Fuß erst zu den Fällen des Seebachs gelangte und dann dem Bachlauf folgend den Belchensee erreichte.

»Eine gute Stunde sind Sie da bestimmt unterwegs«, erklärte der verschroben wirkende Mann und nickte mit seinem narbenverzierten Kinn vorwurfsvoll auf ihre Füße. »Mit Ihrem Schuhwerk sollten Sie sich das besser ersparen. Da bleiben Sie schon nach wenigen Metern auf der Strecke.«

»Dann gehen wir lieber zum Baden!« Ungeduldig sprang Selma auf und zerrte Gero mit sich. »Ich kann es kaum mehr erwarten, im Wasser zu planschen.«

»Was halten Sie von einer gemütlichen Tasse Kaffee?«, befreite Meta Constanze aus der Bredouille, was sie tun sollte.

»Danke.« Erleichtert blieb sie unter dem Ahornbaum sitzen, der seine Äste schützend über die Tische breitete.

11

Ein Spatz hüpfte von einem tief hängenden Zweig auf den Boden der Wirtshausterrasse, pickte zwischen kleinen Steinen und Blättern nach letzten Essenskrümeln. Bald traute sich ein zweiter aus der Deckung, schließlich ein dritter. Fauchend stob die Wirtshauskatze herbei und störte das Festmahl der drei.

Constanze sah ihnen nach, wie sie sich ins Dickicht der Bäume flüchteten. Enttäuscht ob des misslungenen Jagdangriffs schlich die Katze davon. Am anderen Ende der Terrasse saßen zwei Wanderer. Vor ihnen türmten sich die leeren Teller und Gläser. Das kümmerte sie wenig. Viel zu sehr waren sie ins Studium ihrer Karte vertieft.

»Die werden es heute bestimmt noch mit dem Großen Belchen aufnehmen«, stellte Meta fest.

»Den haben sie eher schon hinter sich«, mutmaßte Constanze. »Um diese Uhrzeit beginnt keiner mehr mit dem Aufstieg. Außerdem haben sie sich eben Kuchen mit Sahne bestellt. Das klingt eher nach Belohnung denn nach Stärkung.«

»Sie sind eine gute Beobachterin.« Lächelnd rührte Meta einen gehäuften Löffel Zucker in ihre dampfende Kaffeetasse. »Selma kann noch viel von Ihnen lernen.«

»Selma von mir?« Vor Überraschung hätte sich Constanze fast verschluckt. »Da müssen Sie sich täuschen. Es ist wohl eher umgekehrt.«

»Sie überschätzen Selma. Oder sollte ich besser sagen: Sie unterschätzen sich?«

»Wieso?« Verwirrt schaute Constanze sie an, Meta aber tat, als wäre sie ganz von der glitzernden Wasseroberfläche des Sees fasziniert. Ihre Augen blinzelten mehrmals, die Lippen zuckten, als bereiteten sie sich auf weitere Worte vor. Trotzdem schwieg sie noch eine ganze Weile.

Aus der Ferne hörte man ausgelassenes Wasserplanschen, das helle Lachen einer Frau, die dunklere Antwort eines Mannes. Enten flogen schnatternd aus dem schattigen Ufer in die Mitte des Weihers. Dann senkte sich geheimnisvolle Stille über den verschwiegenen Winkel.

»Mehr Stolz, ihr Frauen!«, rief Meta plötzlich vergnügt aus. »Der Stolze mag missfallen, aber man verachtet ihn nicht. Nur auf den Nacken, der sich beugt, tritt der Fuß des vermeintlichen Herrn.«

Als sie den Kopf wieder drehte, spiegelte sich in ihren goldbraunen Augen der sonnendurchtränkte Nachmittag. Je länger Constanze sich in diesem Anblick verlor, desto deutlicher erkannte sie darin auch das eigene Spiegelbild. Erstaunt stellte sie fest, dass sie weitaus fraulicher und erwachsener wirkte, als sie bislang gedacht hatte.

»Finden Sie nicht, dass meine alte Freundin Hedwig Dohm das wunderbar auf den Punkt gebracht hat?«

»Sie sind mit Hedwig Dohm befreundet?« Voller Ehrfurcht sah Constanze sie an. Meta beugte sich über den Tisch, nahm ihre Hand und drückte sie fest.

»Wir Frauen um Hedwig Dohm haben schon lange ein umfassend verzweigtes Netz gespannt. Aber das führt jetzt zu weit. Wichtig ist eines: Folgen Sie dem Beispiel von uns Alten und seien auch Sie stolz auf sich und das, was Sie können und wissen. Mir scheint, es geht gerade eine entscheidende Epoche zu Ende. Das wilde Klirren mit den Säbeln und das Auffahren der ersten Kanonen beweist, wie nervös die Herren geworden sind.«

»Das hat eher weniger mit dem gestärkten Selbstbewusstsein der Frauen als mit den verzwickten politischen Geschäften …«

»Nicht nur, mein Kind! Eben weil wir Frauen an Selbstbewusstsein gewonnen haben, verlieren die Männer den letzten Funken Verstand. Sie verlegen sich aufs Kriegsspielen, denn das ist der einzige Bereich, in dem sie sich vor uns sicher wähnen.«

»Leider führen sie damit die ganze Welt in den Untergang.«

»Sehr gut erkannt.« Meta nickte anerkennend.

»Mein Vater sieht das ähnlich.«

»Ich wusste es!« Begeistert klatschte Meta in die Hände. »Wer seine Tochter an die Werkbank setzt und sie zum Studium auf die Technische Hochschule schickt, der hat schon viel begriffen. Mein Schwiegersohn sollte sich von Ihrem Vater eine dicke Scheibe abschneiden. Versprechen Sie mir eines: Bleiben Sie Selma als Freundin gewogen und helfen Sie ihr, den rechten Weg durch den verschlungenen Dschungel des Lebens zu finden. Es nützt einem wenig, in die große Freiheit entlassen zu werden, wenn man nichts mit ihr anzufangen weiß.«

»Ich habe nicht den Eindruck, dass Selma mit ihrer Freiheit nichts anzufangen weiß.«

»Kein Kommentar«, erwiderte Meta knapp und schnippte mit den Fingern einen Krümel vom Tischtuch.

Eine Weile blickten sie auf das silbern schimmernde Wasser. Gern hätte Constanze das Gespräch fortgesetzt. Es gab so vieles, was sie mit Meta bereden wollte. Gerade als sie dazu ansetzen wollte, tauchten Selma und Gero auf. Aus den Haaren der beiden tropfte Seewasser, die Gesichter waren erhitzt, die Kleidung nachlässig zugeknöpft. Eng umschlungen standen sie vor ihnen und strahlten pure Lebensfreude aus.

»Das sieht mir ganz nach einer gelungenen Erfrischung aus.« Meta lächelte milde.

»Der See ist einfach herrlich.« Übermütig riss Gero die Arme in die Luft.

»Selbst schuld, dass ihr lieber auf der Terrasse geblieben seid«, sagte Selma und spritzte Constanze einige Wassertropfen ins Gesicht.
»Lasst uns fahren. Es ist spät«, bestimmte Meta und erhob sich.
Wie selbstverständlich übernahm Gero auf der Rückfahrt das Steuer. Widerspruchslos rückte Selma auf den Beifahrersitz. Die rechte Hand auf seinem linken Knie lehnte sie den Kopf an seine Schulter und tat, als ob sie schliefe. Er hatte den linken Arm um ihre Schultern gelegt, nahm die Hand nur zum Schalten herunter und lenkte ansonsten betont lässig den Audi allein mit der Rechten die bergige Strecke hinunter. Constanze liebte zwar rasches Fahren, an Geros Art allerdings mochte sie sich nur schwer gewöhnen. Erleichtert atmete sie auf, als sie endlich die Rheinebene erreichten und sich eine nahezu gerade Strecke ohne rasante Kurven und viel Verkehr bis zum Horizont vor ihnen dehnte.
»Man nimmt es, wie es kommt«, kommentierte Meta mit einem mehrdeutigen Augenzwinkern und lehnte den Kopf zur Seite, um den Rest der Strecke zu dösen.
Längst war der in Flammen stehende Sonnenball hinter den Bergen verschwunden, als Gero in die Auffahrt des *Bellevue* einbog. Schwungvoll fuhr er die Kurve in ihrer ganzen Weite aus und hielt so dicht vor den Füßen des herbeieilenden Hoteldieners, dass Constanze schon befürchtete, er würde ihn umfahren. Im letzten Moment rettete der rot livrierte Bursche sich durch einen beherzten Sprung ins Blumenbeet. Amüsiert lachte Gero auf.
»Glück gehabt, *monsieur.*« Aus dem Eingang des Hotels tauchte Robert Beck auf und beeilte sich, den Wagenschlag auf der Beifahrerseite zu öffnen. Constanze wollte vor Freude jauch-

zen, dann aber erinnerte sie sich an Metas und Geros Gegenwart und blieb ruhig. Sie äugte zu Selma. Bis zum Wimpernschlag hatte sich die Freundin fest im Griff.

»Was fällt Ihnen ein …«, setzte Gero an, um sogleich von Selma mit einem zuvorkommenden Lächeln unterbrochen zu werden. »Monsieur Beck, welch freudige Überraschung, Sie wiederzusehen!«

Sie reichte ihm die Hand und ließ sich grazil aus dem Wagen helfen. Constanze und Meta folgten ihr. Die flüchtige Berührung ihrer Hände genügte Constanze, um sogleich zu wissen, wie viel wärmer und menschlicher sich Robert im Vergleich zu Gero anfühlte.

»Ihr kennt euch?« Gero beeilte sich, nach dem Aussteigen um den Wagen herumzugehen und besitzergreifend den Arm um Selma zu legen.

»Aber sicher doch. Das ist der Fotograf, den Constanze und ich in Belfort kennengelernt haben. Er hat die wundervollen Fotos von uns auf dem Löwen geschossen. Du erinnerst dich? Ich habe dir die Mappe gezeigt.«

»Freut mich sehr, Sie kennenzulernen. Sie müssen der Verlobte dieser bezaubernden jungen Dame sein.« Robert streckte Gero die Hand entgegen.

Der übersah sie geflissentlich, küsste Selma betont zärtlich auf die Nasenspitze und sagte mehr zu ihr als zu Robert: »Ich erinnere mich dunkel. Sagtest du nicht, deine reizende Freundin Constanze wollte ihm einige Aufträge in der Maschinenfabrik ihres Vaters verschaffen?«

Ob dieser herablassenden Behandlung regte sich bei Constanze Empörung. Sie wollte sich einmischen, Meta aber legte ihr mahnend die Hand auf den Arm. Selma erwiderte in zuckersüßem Ton: »Ich habe dir übrigens auch erzählt, dass ich

Robert in Berlin einigen unserer Freunde bei der *Illustrierten Zeitung* vorstellen werde. Das hat aber noch Zeit. Wahrscheinlich ist er heute gekommen, um sich von uns zu verabschieden. Er wird mit einer Gruppe französischer Archäologen zu Ausgrabungen nach Ägypten reisen.«

»Das klingt nach einem sehr aufregenden Abenteuer, Monsieur Beck.« Meta nutzte die kurze Pause, um die angespannte Situation zu entschärfen. »Haben Sie Lust, mehr davon zu erzählen? Lassen Sie uns im Gartenpavillon einen Aperitif nehmen. Ich verdorre sonst wie das Heu auf den Feldern. Sie müssen allerdings mit Constanze und mir vorliebnehmen. Meine Enkelin und ihr Verlobter wollen sich sicherlich für den letzten Ball beim Tanzturnier umziehen.«

Ehe ihr jemand widersprechen konnte, zog sie Constanze mit sich.

»Natürlich gern, Madame«, beeilte Robert sich zu versichern und folgte ihr mit einem bedauernden Lächeln zu Selma hin. Gero kniff die Lippen eng zusammen, presste Selma noch etwas fester gegen seine Seite.

»Viel Vergnügen heute Abend!«, rief Robert ihr zu.

Beim Weggehen meinte Constanze, auf Selmas Miene Enttäuschung zu entdecken. Doch schon rang diese sich zu einem Lächeln durch. »Wir werden nachher den Abschiedswalzer für dich tanzen, liebes Küken.«

Das klang, als hätte Selma vor, die Stadt so schnell wie möglich zu verlassen. Constanze erschrak und blieb stehen.

»Ich hoffe, wir sehen uns morgen noch.«

»Wenn nicht mehr hier, dann in jedem Fall im Herbst in Berlin.« Selma warf ihr eine Kusshand zu.

Constanze lief zu ihr und umarmte sie. Es war ihr einerlei, ob Gero darüber die Stirn runzelte oder nicht.

»Ich freue mich darauf«, flüsterte sie der Freundin ins Ohr und gab sie wieder frei. Sofort nutzte Gero die Gelegenheit, Selma ins Hotel zu führen.

»Reizend, deine kleine Freundin, ganz reizend«, hörte Constanze ihn im Weggehen sagen. »Ich hoffe, die Bekanntschaft mit ihr künftig noch vertiefen zu dürfen.«

»Aber nur, wenn du mich vorher brav um Erlaubnis bittest.« Selma versetzte ihm einen Nasenstüber. »Doch sei auf der Hut: Für dich ist sie viel zu jung und unverdorben.«

»Was man von dir zum Glück nicht behaupten kann.«

Er zwickte sie zärtlich in den Hintern, woraufhin sie ihm einen freundschaftlichen Klaps versetzte. Trotz des Kicherns wirkte Selma angespannt. Auch Gero sah eher ernst denn amüsiert aus.

»Constanze, wo bleiben Sie? Sie verpassen Aufregendes«, erklang es aus dem nahen Garten. Meta winkte von den Blumenrabatten herüber.

»Ich komme schon!« Constanze wandte sich ab. Die alte Dame hatte recht: Wenn sie sich nicht beeilte, verpasste sie etwas. Ein Gespräch mit Robert und Meta versprach weitaus bessere Unterhaltung als das Zusammensein mit Selma und Gero. Die beiden Turteltauben taten, als hätten sie den Frühling mitten im anbrechenden Herbst entdeckt. Zugleich schien Selma alles, was sie in den Tagen vor Geros Ankunft mit Robert und ihr erlebt hatte, aus ihrem Gedächtnis getilgt zu haben. Constanze beschloss, sich in Berlin so schnell wie möglich einen eigenen Freundeskreis aufzubauen. Es war höchste Zeit, nicht mehr das fünfte Rad am Wagen zu sein und Abstand zu Selma zu halten.

12

Der erste Schnee lag in der Luft, dabei war es erst Anfang November. Selma wollte es nicht fassen, sah durch die schlecht geputzten Scheiben der Kraftdroschke ungläubig den weißen Flocken hinterher, die erst schüchtern, dann immer kühner um die Köpfe der Passanten auf dem Kurfürstendamm wirbelten. Bald war aus den einzelnen Flocken ein munteres, dichtes Schneegestöber geworden. Die Menschen zogen die Köpfe zwischen die Schultern, schlugen die Mantelkrägen hoch oder spannten die Schirme auf.

»Wollen Sie sich das wirklich antun und aussteigen, Fräulein?« Der Fahrer hielt den Wagen wie verlangt an der Ecke zur Bleibtreustraße an und drehte sich halb zu ihr in den Fond um.

»Ich bin nicht aus Zucker. So schnell passiert mir nichts«, erwiderte Selma und kramte ihre Geldbörse heraus, um ihm die auf dem Fahrpreisanzeiger avisierten eine Mark achtzig plus zwanzig Pfennig Trinkgeld auf die ausgestreckte Hand zu zählen.

»Sie nicht, aber Ihre vielen Pakete vielleicht«, erwiderte er und deutete mit dem schlecht rasierten Kinn auf den Berg Päckchen, der sich neben ihr auf der Rückbank türmte.

»Helfen Sie mir einfach beim Aussteigen, ich muss in das Haus dort vorn.« Mit dem ausgestreckten Finger ihrer behandschuhten Hand deutete sie auf eines der stattlichen Gebäude am rechten Rand des Kudamms. Die Messingtafeln neben der zu einem wahren Portikus erweiterten Eingangstür verkündeten, welch angesehene Büros und Kanzleien sich auf die verschiedenen Etagen verteilten. Fast wirkte der für Charlottenburg so typische Prachtbau mit seinen vielen Türmchen, Ziergiebeln, Erkern, Säulen, Atlanten und Karyatiden eine Spur überladen, allerdings wollte er den Nachbarhäusern entlang des mehr als fünfzig Meter breiten Boulevards offensichtlich in nichts nachstehen.

Der Droschkenfahrer knurrte auf Selmas Bitte hin etwas Unverständliches, was wohl mit seiner Unlust zusammenhing, seinen vor dem Schneetreiben sicheren Platz hinter dem Lenkrad zu verlassen. Also steckte sie ihm ein weiteres Geldstück zu. Sobald er erkannte, dass es sich um ein Fünfzigpfennigstück handelte, hellte sich seine Miene auf. Er tippte sich an den Schirm seiner Chauffeursmütze und machte Anstalten auszusteigen. »Selbstverständlich, gnädiges Fräulein, natürlich bin ich Ihnen gern behilflich.«

Fast hätte er beim Öffnen des Schlags einen Radfahrer umgerissen, der verbotenerweise auf dem Trottoir vorbeihastete. »Pass doch auf!«, rief der Radler und reckte im Weiterfahren die geballte Hand in die Luft. »Halt die Klappe, olle Flitzpiepe!«, fluchte der Droschkenfahrer, bevor er sich zu Selma in den Fond beugte und die Päckchen entgegennahm.

»War wohl ein teurer Vormittag am Potsdamer Platz«, kommentierte er mit einem Blick auf die Geschäftsadressen, die auf den Kartons prangten und zu Berlins derzeit angesehensten Kaufhäusern gehörten. Selma wusste, was sie sich und Gero schuldig war.

»Weihnachten kommt schneller, als man denkt«, entgegnete sie und stieg mit einem grazilen Ausstrecken des rechten Beines aus dem Wagen.

»Aber doch erst in sechs Wochen«, krächzte der brave Mann, als sie ihm einen kurzen Blick auf ihre Knöchel gewährte, die in adretten Stiefeln aus weichem Leder steckten.

»Da hinein!«, kommandierte sie ihn, bevor ihm die Glubschaugen ganz aus den Höhlen sprangen, und eilte quer über den Gehweg auf den säulenflankierten Eingang des eindrucksvollen Bürogebäudes zu. Drinnen nickte sie im Vorbeigehen dem akkurat grüßenden Portier zu. Natürlich kannte er die Verlobte von Doktor von Sudloff, Sozius der Anwaltskanzlei im zweiten Stock. Eilig hastete sie die breite Marmortreppe zum Aufzug hoch, wartete, bis der Liftboy das Gitter öffnete, und schlüpfte schnell hinein. Die Päckchen auf den ausgestreckten Armen zu einem kunstvollen Turm gestapelt, zögerte der Fahrer einen Moment, ob er so dreist sein und ihr in den Aufzug folgen durfte.

»Jetzt kommen Sie schon!«, forderte sie ihn ungeduldig auf. »Oder wollen Sie zu Fuß in die zweite Etage?«

Wieder knurrte er nur eine unverständliche Antwort, befolgte allerdings dankbar ihre Anweisung. Schweigend fuhren sie nach oben. Kaum hielt der Lift, stürmte Selma hinaus und lief gleich zur schweren, doppelflügeligen Tür vis-à-vis, neben der ein glänzendes Goldschild den Namen der Anwaltskanzlei verkündete. Auf ihr Klingeln schwang die Tür wie von Geisterhand auf, und der weißhaarige Bürodiener Franz buckelte tief vor ihr.

»Nehmen Sie dem Mann die Päckchen ab«, wies sie ihn an und trat, die langen Lederhandschuhe Finger für Finger von den Händen ziehend, in den Flur. Suchend blickte sie sich um. Gedämpft klangen Stimmen aus dem Büro linker Hand, das Geros jüngerem Kollegen Meinhardt gehörte, aus dem zum Hof liegenden Saal der Schreiberinnen drang das emsige Klacken der Schreibmaschinentasten. Von weiter weg hörte man eine Frauenstimme, die offenbar telefonierte.

»Ist Herr von Sudloff zu sprechen?«, fragte Selma, nahm den ausladenden Hut vom Kopf, klopfte den Schnee aus dem Gebilde aus Filz, Federn und Satin und wandte sich Richtung Geros Büro.

»Doktor von Sudloff ist heute leider unpässlich.«

Franz' knappe Erwiderung hieß sie mitten im Gang anhalten. Verwundert drehte sie sich zu ihm um, sah den kleinen Mann im schwarzen Bedienstetencut und den hellgrau gestreiften Hosen fragend an.

»Er hat vorhin angerufen und sich für den heutigen Tag entschuldigt. Wenn Sie möchten, kann Ihnen Fräulein …«

»Danke, das wird nicht nötig sein.« Sie schürzte die Lippen, überlegte einen Moment. Geros Sekretärin würde ihr durch ihre runden Brillengläser nur wieder einen ihrer berühmten Alles-wissende-und-nichts-verstehende-Blicke zuwerfen, sollte sie sie nach Einzelheiten von Geros Befinden fragen. Dabei ahnte sie auch so, was Gero unpässlich machte: eine seiner Migräneattacken, die ihn seit dem Sommer immer häufiger zum Arbeiten wie leider auch zum Lieben unfähig machten. Umso weniger verspürte Selma Lust, aus dem Mund der leicht fülligen, ihrem Chef in allem treu Ergebenen eine Anspielung darüber zu erfahren. Stattdessen beschloss sie, Gero einen Krankenbesuch abzustatten. Wenn er von Übelkeit und grässlichen Schmerzen geplagt im abgedunkelten Schlafzimmer ruhte, tat ihm ein wenig Mitleid gewiss gut.

»Schicken Sie die Päckchen mit einem Boten zu mir nach Hause. Ich werde mich persönlich um Doktor von Sudloff kümmern«, erklärte sie Franz.

Sorgfältig setzte sie den Hut wieder auf, prüfte im goldumrahmten Spiegel bei der Garderobe seinen Sitz, streifte die Handschuhe über und verließ die Kanzlei. Dieses Mal nahm sie die Treppe nach unten, winkte dem Portier abermals grüßend zu und trat ins Schneetreiben auf den Kurfürstendamm. Sogleich zerrte eine kräftige Windböe an ihrem Hut. Von Osten her, wo die mächtige Kaiser-Wilhelm-Gedächtnis-Kirche die Sichtachse beherrschte, wehte es unerbittlich die Prachtstraße hinunter. Selma pries sich glücklich, geistesgegenwärtig den Hut mit der Hand festzuhalten. Rasch lief sie die Bleibtreustraße hoch bis zur Kantstraße und wandte sich dort nach rechts zum Savignyplatz. Mit jedem Schritt wurde das Schneetreiben dichter. Man musste aufpassen, nicht auf dem glatten Straßenpflaster auszurutschen. Wie alle anderen neigte auch Selma bald Oberkörper und Kopf nach vorn, um das Antlitz gegen die Nässe zu schützen. Während der wenigen Gehminuten von der Kanzlei zu Geros Wohnung nahm sie kaum etwas anderes wahr als unzählige weitere, wie sie eilig dahinschreitende Damen- und Herrenfüße, die den jungfräulich weiß vom Himmel fallenden Schnee auf dem Boden zu einer hässlichen braunen Masse zerquetschten. Schnell war das Leder ihrer Stiefel durchnässt und schmutzig, die Zehenspitzen steif gefroren.

Geros Wohnung befand sich in der Beletage eines der Eckhäuser zur Grolmannstraße am nördlichen Ende des großzügig begrünten Platzes. Selma liebte Gebäude wie dieses, die mit ihren Turmaufbauten, üppig verzierten Giebeln und Vorsprüngen nach Pariser Vorbild an den Straßenecken Weltläufigkeit und Pomp präsentierten. Überhaupt liebte sie die unersättliche Pracht rund um den Savignyplatz, fand das Karree, in dem zahlreiche Künstler, Schauspieler, aber auch Rechtsgelehrte und Anwälte wie Gero wohnten, eine angemessene Adresse für ihr zukünftiges Dasein als Juristengattin.

Vor der Haustür angekommen, zog sie den Schlüssel aus der Tasche, den sie seit einigen Monaten besaß. Jedes Mal, wenn sie ihn in der Hand wog, erinnerte sie sich an den intimen Moment, als Gero ihr nach einem besonders hitzigen Liebesspiel den eiskalten Messingschlüssel auf die verschwitzte Haut zwischen den Brüsten gebettet und mit einem vielsagenden

Blick ins Ohr geraunt hatte: »Damit du, wann immer dich die Lust packt, Tag und Nacht zu mir kommen kannst.« Unzählige Male hatte sie seither die Einladung befolgt und den Geliebten nach einem anstrengenden Tag in der Kanzlei mit einer Flasche eisgekühltem Champagner erwartet. Erst kredenzte sie ihm ein von seiner Wirtschafterin Erika bereitetes Essen, um ihn zum Nachtisch nach allen Regeln der Liebeskunst zu verwöhnen. Bedauern erfasste sie, wenn sie daran dachte, wie lang mittlerweile der letzte dieser Abende zurücklag. Seine immer häufiger aufflackernde Migräne machte ihnen in letzter Zeit besorgniserregend oft einen Strich durch die Rechnung. Seltsam, dass ihn die Beschwerden seit Ende der Sommerfrische so stark plagten. Zuvor hatte er nie darunter gelitten. Wahrscheinlich machte ihm die Arbeit in der Kanzlei zu schaffen.

Um kein unnötiges Geräusch zu verursachen, was wiederum nur seine Kopfschmerzen verstärken würde, schlich sie die mit einem roten Teppichläufer bedeckten Treppenstufen vom Eingang in den ersten Stock hinauf, bemühte sich, den Schlüssel nahezu lautlos ins Schloss zu stecken und umzudrehen. Über der Anstrengung, die das kostete, biss sie die Lippen zusammen, schmeckte den salzigen Schweiß auf der Oberlippe.

In der Wohnung empfing sie dämmrige Stille. Die Türen zum Berliner Zimmer, das seiner zentralen Lage wegen als Salon diente, und dem angrenzenden Herrenzimmer standen weit offen. In beiden war ordentlich aufgeräumt, die Kissen aufgeschüttelt, die Vorhänge sorgsam drapiert. Die schlichten, schnörkellosen Möbel strahlten eine kühle Sachlichkeit aus, wie Gero sie liebte. Seine Wirtschafterin Erika und das Dienstmädchen Julia hatte er offenbar in die Dienstbotenkammer unterm Dach geschickt, wie er das oft tat, wenn ihn die Migräne plagte. Vorsichtig streifte Selma die Stiefel von den Füßen, legte Hut und Mantel auf einen Stuhl und durchschritt auf Zehenspitzen den Flur hinter dem Salon in Richtung des Schlafzimmers.

Bei jedem Knarren des Parketts zuckte sie zusammen, bis ihr klarwurde, dass es doch nicht absolut ruhig in der Wohnung war. Von weiter hinten, wo Schlaf- und Badezimmer lagen, drang gedämpfte Musik an ihr Ohr. Tangomusik, wie sie verwundert feststellte. Sie stockte. Darunter mischten sich leises Kichern, Keuchen, heisere, halberstickte Rufe, das wohlvertraute Quietschen der Bettfedern.

Sie blieb stehen. Das klang wie – nein! Unmöglich. Sie musste sich das einbilden. Da spukte ihr wohl eine frivole Erinnerung durchs Hirn. Viel zu oft dachte sie an die gemeinsamen Liebesgenüsse, so dass sie sich jetzt täuschte. Gero lag krank im Bett, von tückischen Kopfschmerzen lahmgelegt, mit heftiger Übelkeit geschlagen. Wahrscheinlich färbte der Zustand auf sie ab und rief seltsame Vorstellungen in ihr hervor.

»Mehr! Mehr!«

»Komm schon! Mach jetzt!«

»Ich platze gleich!«

Zwei unterschiedliche Stimmen gellten heiser durch die Wohnung.

Entsetzt schlug Selma die Hand vor den Mund. Bei dem Gedanken, was sie da gerade belauschte, stieg ihr Schamröte ins Gesicht. Mit zittrigen Fingern griff sie sich an den Hals, öffnete die obersten Knöpfe ihrer Bluse und rang nach Luft. Jetzt war es an ihr, keuchend zu atmen, aber aus einem gänzlich anderen Grund als die beiden Personen, die nur wenige Schritte von ihr entfernt schnaubten und dabei leise, lustvolle Schreie ausstießen.

Das Quietschen der Bettfedern wurde heftiger. Selma errötete noch weiter. Sie dachte daran, wie oft sie mit Gero solchen Lärm ... Noch nie war ihr aufgefallen, welche Geräusche sie in höchster Erregung verursachten. Kaum durchfuhr sie der Gedanke, spürte sie einen jähen Schmerz. Krampfartig zog sich ihr Magen zusammen. War Gero fähig, sie derart zu hintergehen? Sie schloss die Augen, bekämpfte mit aller Kraft die Vorstellung, was es hieß, dass sie soeben mit eigenen Ohren solche Geräusche aus Geros Schlafzimmer vernahm, dem intimsten Raum seiner Wohnung. Noch etwas anderes schoss ihr in den Sinn: Geros Narbe in der linken Leistengegend. Wie lange hatte er sie vor ihr verborgen. Gewährte er jetzt jemand anderem einen Blick darauf? Durfte noch jemand außer ihr ihn dort berühren, die rauhe Hautpartie mit den Fingerkuppen liebkosen? Wie lange hatte er sich geziert, es ihr zu erlauben! Von wegen Unpässlichkeit und Migräne – Gero vergnügte sich dort hinter der Tür mit einer anderen! Er log und betrog, dass sich die Balken bogen. Sie musste dazwischengehen, ihn auf frischer Tat ertappen, ihm den Betrug direkt auf den Kopf zusagen!

Trotz aller Entschlossenheit vermochte sie nur auf Zehenspitzen zur Schlafzimmertür zu schleichen. Behutsam drückte sie die Klinke hinunter und spähte durch den schmalen Spalt hinein.

Das Bett stand der Tür genau gegenüber. Ein pompöser Spiegel zierte das Kopfende. Wie erwartet vergnügten sich darin zwei nackte, eng ineinander verschlungene Gestalten miteinander. Die elfenbeinfarbene Haut leuchtete im dämmrigen Nachmittagslicht, das durch die beiden doppelflügeligen Fenster hereinfiel. Das Weiß der gestärkten Bettwäsche hob die Umrisse der wohlgeformten Leiber umso deutlicher hervor.

Nein!, schoss es Selma durch den Kopf, sobald ihr klarwurde, was sie da zuerst zwischen den zerwühlten Laken und Kissen auf dem Bett, dann gedoppelt in dem großen Spiegel über dem sündigen Lustpfuhl erblickte. Zu allem Unglück neigte sich der Spiegel in einem von Gero exakt berechneten Winkel von der Wand nach vorn, so dass er das Geschehen im Bett wie auf einem Serviertablett für sie präsentierte.

Von neuem krampfte sich Selmas Magen zusammen. Wie oft schon hatte sie den Blick auf dem Bett liegend nach oben in dieses Möbelstück genossen, die Verruchtheit ihres Treibens durch das Beobachten ihres eigenen Bildes erst so richtig ausgekostet. Nun aber verfluchte sie den Spiegel aus tiefster Seele, entblößte er doch das, was sie nie hätte entblößt sehen wollen: Gero trieb es auch mit anderen!

Kaum brach sich diese Erkenntnis tatsächlich in ihr Bahn, drang noch eine zweite Beobachtung als untrügliche Tatsache in ihr Bewusstsein. Nach Halt suchend, umklammerte sie den Türpfosten, zwang sich, noch einmal genauer hinzusehen.

Es stimmte. Sie hatte sich nicht getäuscht, wenn sie auch niemals diese Möglichkeit je in Betracht gezogen hätte: Gero betrog sie mit einem Mann!

Was gäbe sie auf einmal darum, statt des selbst von hinten noch äußerst ansehnlichen, dunkelhaarigen Adonis eine billige Straßendirne oder sogar ihre pummelige Freundin Luise Ronfeld genüsslich jauchzend auf Gero herumreiten zu sehen.

Für einen Moment wurde ihr schwarz vor Augen. Sie taumelte, lehnte die Stirn gegen die Tür und kniff die Lider zusammen, flehte inständig um die Gnade, gleich schweißgebadet zu Hause in ihrem Bett aufzuwachen und diesen Alptraum rasch wieder zu vergessen.

13

Kaum betrat Selma die Wohnung, verschwand Metas Dienstmädchen Hanna mit einer unverständlichen Entschuldigung auf den Lippen im rückwärtigen Teil des Flures. Kopfschüttelnd sah Selma der leicht gebückt gehenden Frau nach und hoffte, sie gäbe der Großmutter tatsächlich über ihr Eintreffen Bescheid. Allzu gern nämlich vergaß Hanna ihr Vorhaben, kaum dass sie zwei weitere Schritte gemacht hatte. Selma ging in den Salon. Dort wartete es sich weitaus bequemer als im dunklen Flur. Angesichts von Hannas Schusseligkeit blieb ihr nichts anderes übrig, als sich selbst um ihre Garderobe zu kümmern. Zum Glück war sie das in Metas Haushalt gewohnt. Sie nahm den Hut ab, versuchte vergeblich, die vom Regen durchweichte Feder in Form zu zupfen, und blickte sich nach einer Ablagemöglichkeit um.

Wie immer herrschte in dem großen Raum muntere Unordnung. Während in Metas Küche dank der resoluten Tilda jeder Brotkrümel seinen festen Platz einnahm, als gelte es, dem kaiserlichen Regiment höchste Ehre zu erweisen, blieb die restliche Wohnung Hanna überlassen, die es mit der preußischen Disziplin alles andere als genau nahm. Da sie bereits Mitte dreißig war, konnte man sie zwar kaum als »Mädchen« bezeichnen, andererseits aber würde sie es wohl selbst bei der nachsichtigsten Herrschaft nie zu mehr als einer einfachen Dienstmagd bringen. Es fehlte ihr einfach der Sinn dafür, eine Wirtschaft ordentlich zu führen. So fanden sich auch an diesem Sonntagvormittag in Metas Salon wieder zahlreiche Zeitungen, Zeitschriften und Bücher an den abenteuerlichsten Plätzen wie etwa Fensterbank, Fußboden, Stuhl oder Sessel, nur nicht da, wo sie eigentlich hingehörten: im Regal oder ordentlich gesta-

pelt auf einem der zahlreichen Beistelltische. Selbst der Flügel zwischen den beiden Fenstern zur Straßenfront war mit Heften und aufgeschlagenen Büchern übersät.
Auf einem der Tische vor der geschwungenen Chaiselongue standen benutzte Gläser und Tassen, eindeutiges Indiz für Metas berühmte Frauenrunde, die am frühen Morgen dort getagt haben musste. Ganz gleich, ob draußen die Sonne schien oder ob es seit Stunden Bindfäden regnete und ein eisiger Ostwind unerbittlich über die Stadt hinwegfegte, trafen sich die engagierten Damen an jedem zweiten und vierten Sonntag des Monats in Metas Wohnung. Selma streifte sich die Handschuhe von den Fingern und zog den Mantel aus. Neugierig trat sie an den Tisch und griff nach dem obersten Blatt Papier. In Metas schnörkelloser Schrift war darauf vermerkt: »Zabern: Ausdruck typisch männlich-preußischer Selbstüberschätzung!!! Protestnote wichtig. Joseph wegen Reichstag und *Bonner Neueste Nachrichten* ansprechen.«
Großmama, wie sie leibte und lebte! Kaum wurde die Offizierswillkür des deutschen Regiments gegenüber der elsässischen Bevölkerung ruchbar, plante Meta schon eine Petition auf höchster Ebene. Am liebsten würde sie wohl den Kaiser höchstpersönlich dafür zur Rede stellen. Ein Segen nur, dass sie nicht ähnlich märtyrerhaft veranlagt war wie Emily Davison. Todesmutig hatte sich die englische Suffragette Anfang Juni in Epsom zur Durchsetzung ihrer Forderung nach dem Frauenwahlrecht vor das Rennpferd des Königs geworfen und diesen aufsehenerregenden Sturz am Ende tatsächlich mit dem Leben bezahlt. Für solche Aktionen war Meta glücklicherweise zu pragmatisch. Trotzdem traute Selma ihr zu, den Kaiser früher oder später auf einem seiner täglichen Gänge vom Schloss zum Zeughaus abzupassen, um ihn direkt auf die Frauenfrage anzusprechen.

Die Vorstellung, wie die zierliche, elegante Meta dem zackig an der Seite seiner sechs Söhne dahermarschierenden Monarchen vor die Füße lief, entlockte Selma das erste Lächeln seit Tagen. Um gar nicht erst wieder die unseligen Bilder aus Geros Wohnung im Kopf aufsteigen zu lassen, warf sie den Mantel achtlos über einen Sessel, schob einen Bücherberg ans Kopfende der Chaiselongue und setzte sich, um die weiteren Papiere und Zeitschriften auf dem Tisch zu studieren. Vielleicht fand sie dort mehr über Metas Ideen zu den Vorfällen in Zabern.

Josephs knorrige Bemerkungen beim Frühstückstisch hatten sie schon vorgewarnt: Dank des borniert-arroganten Auftretens eines preußischen Leutnants braute sich im Elsass Unheilvolles zusammen. Meta war nicht die Einzige, die dagegen protestieren wollte. Auch unter den Zentrumsabgeordneten sowie bei den Sozialdemokraten regte sich Unmut. Allerdings fragte sich Selma, wieso sich die Frauenrechtlerinnen um die Großmutter so echauffierten. Das alles hatte doch nichts mit der Frauenfrage zu tun!

Während sie grübelte, sortierte sie die auf dem Tisch liegenden Blätter zu einem ordentlichen Stapel und entdeckte zu ihrer Freude die Druckfahnen von Rosalie Goldsteins neuem Roman *Die Braut des Leutnants.* Das versprach weitaus bessere Unterhaltung als die tumben Ausfälle geistig minderbemittelter preußischer Offiziere im Elsass. Kurz zögerte sie, lauschte in die Weite der Wohnung hinein. Es blieb still. Vermutlich schrieb Meta noch eine Szene in ihrem neuesten Manuskript zu Ende, bevor sie sich der Enkelin widmete.

Geschickt zog Selma den sorgfältig verschnürten Packen unter den anderen Papieren hervor, löste den Knoten und blätterte die ersten Seiten auf. Bald flogen ihre Augen nur so über die

Zeilen, derart rasch war sie ins Geschehen eingetaucht. Wie so oft bei den von Meta unter Pseudonym verfassten Unterhaltungsromanen hörte sie während der Lektüre die dunkle Stimme der Großmutter, als würde sie ihr die Geschichte laut erzählen. Jede einzelne Figur, jedes Wort, das von ihr gesprochen oder über sie geschrieben wurde, war so typisch Meta und ihre Sicht der Dinge, dass sich Selma fragte, wieso es nach wie vor noch ein Geheimnis war, dass die Großmutter hinter den erfolgreichen Romanen steckte. Jeder, der sie kannte, musste sie doch darin wiedererkennen.

Je weiter Selma in die Geschichte der *Braut des Leutnants* vordrang, desto unbehaglicher wurde ihr allerdings, ohne dass sie den genauen Grund dafür zu benennen wusste. Der Roman handelte von Gerda, Tochter eines Industriellen, die mit einem viel bewunderten, adeligen Leutnant verlobt war. Aus purer Langeweile begann sie eine stürmische Affäre mit einem talentierten, aber erfolglosen Zeitungsredakteur. Beim Untergang der *Titanic* starben ihre Eltern und ließen Gerda mit drei jüngeren Geschwistern allein zurück. Zu allem Unglück stellte sich heraus, dass die Geschäfte des Vaters weitaus schlechter liefen als vermutet und die Kinder quasi mittellos dastanden. Gerdas Verlobter wurde nach Memel versetzt und drängte zur Hochzeit. Gerda sah sich plötzlich vor der Entscheidung, entweder aus Verantwortungsbewusstsein den langweiligen Leutnant zu heiraten, der sie und ihre Geschwister ernähren würde, oder sich an der Seite ihres Liebhabers in das Wagnis einer ungesicherten Existenz zu stürzen.

»Was denkst du, wie die Geschichte ausgeht?« Unerwartet stand Meta neben Selma und legte ihr zärtlich die Hand auf die Schulter, lugte auf die Seiten, um sich zu vergewissern, wie weit sie mit dem Lesen war.

»Ich weiß nicht.« Selma ließ die Fahnen sinken, legte, um etwas Zeit zum Nachdenken zu gewinnen, den Stapel zurück auf den Tisch, richtete die Kanten der losen Blätter sorgfältig aufeinander aus. »Eigentlich bleibt Gerda nur eines: Sie muss den Antrag des Leutnants annehmen, ihn heiraten und mitsamt ihren Geschwistern ins ferne Memel ziehen. So werden wenigstens die Kleinen eines Tages eine gute Ausbildung erhalten.«

»Damit begibt sie sich auf ewig in die Abhängigkeit des Leutnants«, warf Meta ein. »Sie opfert also ihr Lebensglück der besseren Zukunft ihrer Geschwister.«

»Bleibt ihr eine Wahl?«

Meta schwieg, rückte sich einen Sessel neben der Chaiselongue zurecht und ließ sich auf der Kante nieder, faltete die zierlichen Hände ineinander. Wie stets war sie adrett gekleidet, jede einzelne Falte ihres grau-schwarzen Kostüms mit der hochgeschlossenen Bluse saß an der richtigen Stelle. Ebenso war ihre aufrechte Haltung tadellos. So schien sie ganz die Professorenwitwe, die alle in ihr sahen. Eindringlich sah sie Selma an und erwartete offenkundig, mehr zu hören. Selma ließ sich etwas Zeit, um die Spannung auszukosten.

»Den Leutnant heiraten und klein beigeben wäre für Gerda in deinen Augen wirklich der einzig denkbare Weg?«, hakte die Großmutter nach.

Genau darauf hatte Selma gewartet. Bevor sie antwortete, zupfte sie jedoch erst einen Fussel von ihrem veilchenblauen Rock, strich den Stoff über den Oberschenkeln glatt. Natürlich hatte sie noch eine andere Möglichkeit parat. Allzu schnell aber wollte sie die nicht preisgeben. Das Spiel, so oft schon von ihnen beiden gespielt, bereitete ihr noch genauso viel Freude wie beim ersten Mal. Wie herrlich, dass Geros Liebesverrat darüber etwas von seinem Schrecken verlor. Um den Ausgang seiner

Geschichte zu bestimmen, hielt jeder die Fäden selbst in der Hand. Dessen musste man sich nur immer wieder bewusst werden und natürlich auch bereit sein, die Folgen dafür zu tragen.

Geduldig wartete Selma das leise Seufzen Metas ab, das ebenso zum Spiel gehörte wie ihr Augenbrauenrunzeln.

»Sie kann dem langweiligen Verlobten auch den Laufpass geben«, setzte Selma betont zögernd an. »An dessen Seite würde ihr schließlich kein sonderlich aufregendes Dasein in Ostpreußen dräuen. Die Geschwister bringt sie in einem Heim unter oder teilt sie unter der Verwandtschaft auf, damit sie selbst als Gesellschafterin bei einer reichen Witwe Geld verdienen kann. Die stirbt schließlich, hinterlässt ihr ein traumhaftes Vermögen, und Gerda heiratet ihren armen Schreiberling, um mit ihm bis ans Ende ihrer Tage glücklich zu sein.«

Auch das war nicht der Schluss, den Meta hören wollte. Wieder verzog sie den Mund. Selma war zufrieden.

»Vielleicht aber schlummert auch ein bislang unentdecktes Talent in Gerda, das sie endlich ausleben kann, wenn es darum geht, auf eigenen Füßen zu stehen. Der Leutnant löst darüber pikiert die Verlobung. Das aber kann ihr egal sein. Rasch stellt sich ein großer Erfolg für sie ein, sie verdient ausreichend Geld für sich und ihre Geschwister. Voller Bewunderung macht ihr der Schreiberling einen Antrag, und sie heiratet ihn, denn immerhin ist er ein feuriger Liebhaber.«

An Metas zufriedenem Gesichtsausdruck las sie ab, dass sie damit ihr Ziel erreicht hatte: Der Großmutter gefiel das als möglicher Lebensweg für ihre Heldin Gerda am besten.

»Seien wir ehrlich.« Selma senkte die Stimme. »Das wäre wohl nicht ganz die Sorte Roman, die Rosalie Goldstein zu veröffentlichen pflegt. Deshalb muss deine Heldin wohl leider in den sauren Apfel beißen, die brave, ehrbare Hausfrau geben und künftig mit ihrem steifen, todlangweiligen Leutnant in Memel leben. Die Zeit ist eben noch nicht reif für Frauen, die gegen den Strom schwimmen. Adieu Freiheit, adieu Leidenschaft und adieu Abenteuer.«

»Wollen wir hoffen, meine Heldin Gerda bringt als brave Leutnantsgattin eine ganze Schar gesunder, kräftiger Kinder zur Welt.«

»Gewiss viele stramme Jungen, die ihrem Vater alle Ehre machen und später in der Armee in seine Fußstapfen treten.«

»Und natürlich noch ein oder zwei Mädchen, die eines Tages genug Mut aufbringen, gegen die Zwänge aufzubegehren.« Verschwörerisch zwinkerte Meta ihr zu. Selma nickte.

»Bis dahin aber vergehen Gerdas Geschwister vor Dankbarkeit, weil ihre große Schwester so selbstlos für sie gesorgt hat. Deshalb werden sie ebenfalls stramme, erfolgreiche Menschen, die sich jederzeit ihrer Verantwortung anderen gegenüber bewusst sind und sich notfalls dafür opfern.«

Sie lachten beide.

»Ja, du hast recht, mein Kind«, wurde Meta wieder ernst. »Einer Heldin aus Rosalie Goldsteins Feder bleibt vorerst leider nur dieser eine Weg. Alles andere wäre zu aufmüpfig.«

»Noch«, ergänzte Selma, woraufhin von neuem ein Lächeln über Metas Gesicht huschte. Sie zwinkerte ihr zu.

»Es schenkt mir Hoffnung, Liebes, dass du zumindest andere Wege für *Die Braut des Leutnants* weißt. Die Zeiten ändern sich, langsam zwar, aber immerhin. Die Saat ist ausgebracht. Jetzt heißt es, die nötige Geduld aufzubringen, damit die zarten Keime nicht gleich schon im Ansatz zertrampelt werden. Eines Tages wirst du Rosalies Romane neu schreiben und den Heldinnen endlich die Wege ermöglichen, die ihnen bislang verwehrt sind. Die Arbeit meiner Freundinnen und mir wird damit von Erfolg gekrönt sein.«

Sie wies auf den zweiten Stapel Papier, zu dem Selma vorhin die Notizen der Frauenrunde zusammengeschoben hatte.

»Du gibst wohl nie auf«, stöhnte Selma.

»Natürlich nicht. Zum einen möchte ich an unserem Traum festhalten, und außerdem weiß ich, wo deine Talente liegen. Deshalb höre ich nicht auf, dir Mut zu machen, zu deinem Können zu stehen. Es wäre eine Schande, des lieben Friedens willen nur die brave Gattin eines Rechtsanwalts zu mimen. Das wäre nicht besser als die langweilige Version der *Leutnantsbraut.* Du siehst doch an mir, dass es trotz bürgerlicher Existenz möglich ist, beide Leben zu leben: das bürgerliche wie das aufrührerische.«

Meta erhob sich, nahm die Blätter vom Tisch und legte sie auf den Flügel, ordnete dort noch einige andere Zeitschriften und Notizhefte. Dabei fiel ihr ihre Brille in die Hand. Sie setzte sie kurz auf, begutachtete ein Buch, das ebenfalls dort lag, dann nahm sie sie wieder ab und kehrte zurück. Selma betrachtete die zierliche Frau voller Bewunderung.

»Bei dir ist es etwas anderes. Dir blieb keine Wahl. Nach dem Tod deines hochverschuldeten Mannes musstest du Geld verdienen, um dich und Hedda durchzubringen. Nur deshalb bist du die Kompromisse eingegangen und hast als Rosalie Goldstein Romane veröffentlicht, die deinem sonstigen Engagement für die verbesserte Stellung der Frau in mancherlei Hinsicht zuwiderlaufen. Jetzt hast du Erfolg und großen Spaß daran. Warum solltest du das Schreiben also lassen? Bei mir aber ist die Situation eine völlig andere, ich werde …«

Mitten im Satz brach sie ab. Fast wäre es ihr gelungen, das Geschehen der letzten Tage tatsächlich ganz zu verdrängen und sich einzureden, mit Gero und ihr wäre alles nach wie vor in bester Ordnung. Sie senkte den Blick, schwieg.

Meta erwiderte lange nichts. Als Selma vorsichtig zu ihr äugte, schien sie über das Gesagte nachzudenken. Sie war hinter den Sessel getreten, hatte die Hände auf die Lehne gestützt und schaute ziellos im Salon umher. Selma folgte ihrem Blick.

Der Salon war wie die gesamte, äußerst geräumige Wohnung sehr geschmackvoll, wenn auch überraschend verspielt eingerichtet. Zugleich spiegelte er die Zeit wider, in der Meta dank ihres emsigen Schaffens als Rosalie Goldstein zu ausreichend Geld gekommen war, um die im zweiten Stock eines repräsentativen Wohnhauses am Lietzenseeufer in Charlottenburg gelegenen Räume zu mieten. Jedes Detail verriet den Geschmack der Bewohnerin, die Gefallen an den geschwungenen Linien und floralen Elementen des Jugendstils gefunden hatte. Neben der kleinen Sitzgruppe mit Sesseln, Tisch und Chaiselongue aus dunklem Nussbaum und roten Polstern fanden sich zwei mannshohe Vitrinen mit bunten Glasvasen an den Stirnwänden sowie Beistelltische mit Messinglampen in Menschenform und weiteren Glasvasen vor den Fenstern. Zwischen den Fenstern stand der Flügel, auch er durch aufwendige Einlegearbeiten ein eindeutiges Werk der jüngsten Zeit. Beidseits der doppelflügeligen Eingangstür hingen neben den Bücherregalen goldgerahmte Gemälde mythischer Gestalten aus dem Atelier von Franz von Stuck. Nicht zum ersten Mal wurde Selma bewusst, wie diametral entgegengesetzt Metas Wohnung zu der Geros war, in der klare Linien vorherrschten und kaum ein Element allein der Zierde willen geduldet wurde, geschweige denn solche Schinken an den Wänden ihren Platz erhielten.

»Seltsam«, ertönte die dunkle Stimme der Großmutter mitten in ihren Gedanken. Sie klang müde. »Eben noch hatte ich die

Hoffnung, dass andere Zeiten anbrechen, dass sich wirklich etwas ändert. Wenn schon nicht meine Tochter, so sollte doch wenigstens meine Enkeltochter ihren eigenen Weg einschlagen. Das nötige Rüstzeug dafür …«
»Aber genau das tue ich doch!«
Statt einer Antwort warf Meta ihr nur einen wissenden Blick zu, der jede weitere Äußerung im Keim erstickte.
»Hast du etwas von Fräulein Weißkirchner gehört?«, wechselte Meta das Thema. »Ihrem Vater geht es hoffentlich besser, so dass sie nach Neujahr ihr Studium endlich wie geplant aufnehmen kann. Ein Jammer, dass er ausgerechnet in dem Moment, als sie abreisen wollte, einen Herzanfall erlitten hatte.«
»In gewisser Weise war es wohl auch ein Glück. Immerhin war Constanze noch bei ihm und konnte sich um alles kümmern.« Selma stand von der Chaiselongue auf und trat zum Fenster, hob die feinen Gazegardinen an und starrte auf den Lietzensee hinunter.
Der Sommer mit »Küken« Constanze, die gemeinsamen Ausflüge mit ihr und Robert lagen unendlich weit weg. Seit Wochen verbot sie sich, daran zu denken. Dass Constanze ihren Umzug aufs neue Jahr hatte verschieben müssen, war ihr sehr gelegen gekommen. Seit der Entdeckung in Geros Wohnung aber bangte sie wieder, das Wiedersehen mit der Freundin könnte sie zu sehr an die Stunden mit Robert erinnern. Das wäre Gift für sie.
Angestrengt versuchte sie, draußen auf dem See etwas zu erkennen, woran sie sich festhalten konnte. Nicht einmal eine Ente aber durchschwamm das triste Grau. Der vorhin noch so heftige Novemberregen hatte sich in den bewährten preußischen Landregen verwandelt, der zwar weniger kräftig, dafür aber umso ausdauernder Stunde um Stunde Land und Leute einnässte. Trotz des Sonntags waren nur diejenigen draußen

unterwegs, die es nicht verhindern konnten, das trockene Haus zu verlassen. Obwohl es erst Mittag war, ließ sich absehen, wie bald das Tageslicht mit Hilfe des elektrischen Lichts unterstützt werden musste. Die Welt versank in ewiger Finsternis, nur die Aussicht auf das Aufflackern der Straßenlaternen und bunten Leuchtreklamen versprach vorübergehend Linderung. Langsam drehte sich Selma wieder zum Salon zurück.

»Im Januar wird Constanze hier sein und sich mit voller Kraft ins Studium stürzen«, sagte sie. »Dann hast du wenigstens eine, die deine Hoffnung auf das Vorankommen der Frauen schürt. Schade nur, dass du nicht begreifen willst, dass man aus Liebe einen anderen Weg einzuschlagen bereit ist.«

»Sofern es wirklich aus Liebe geschieht, habe ich nichts dagegen.«

»Wie meinst du das?«

Meta kam nicht dazu, ihren Einwand zu erläutern. Auf einem Tablett brachte Hanna eine Visitenkarte in den Salon. Zu Selmas Verwunderung war die rechte Ecke vorschriftsmäßig hochgebogen, so dass sie leicht anzuheben war. Vermutlich hatte der Besucher selbst dafür gesorgt. Hanna traute sie eine solche Umsicht nicht zu.

»Erwartest du Besuch?«, erkundigte sie sich bei Meta, die die Brille aufgesetzt und die Karte gelesen hatte.

»Ich lasse bitten«, wies sie Hanna an, bevor sie Selma antwortete. »Eigentlich nicht. Aber ich bin sicher, du wirst nicht abgeneigt sein.«

Schon kam Hanna aus dem Flur zurück und machte einen Knicks, als der Besuch an ihr vorbei den Salon betrat.

»Robert!«, entfuhr es Selma. Schon im nächsten Moment zwang sie sich zu einer möglichst unbeteiligten Miene. Meta war ihre freudige Erregung dennoch nicht entgangen.

»Monsieur Beck, wie schön, Sie hier bei mir begrüßen zu dürfen«, rettete sie die Situation und brachte Robert auf diese Weise dazu, sich zuerst ihr zuzuwenden.
»Vielen Dank, dass ich Sie an einem Sonntag unangemeldet überfallen darf, *madame.*« Artig ging er auf sie zu, verbeugte sich und hauchte ihr einen galanten Kuss auf die Hand. »Ich wollte Ihnen nur meine Karte bringen und anzeigen, dass ich für eine Weile in Berlin bin. Welch angenehme Überraschung, Sie ebenfalls hier anzutreffen, *mademoiselle.*«
Als er sich Selma zuwandte, ruhten seine dunklen Augen einige Sekunden länger als nötig auf ihr, zu kurz, um genauer darin zu lesen, lang genug, um ein freudiges Funkeln darin zu erspähen. Den Handkuss allerdings enthielt er ihr zu ihrem großen Bedauern vor. Zu gern hätte sie seine Berührung gespürt, wäre dabei ganz in der Tiefe seines dunklen Blicks versunken.
»Was führt Sie an die Spree?«, erkundigte sie sich in heiserem Ton, angestrengt darum bemüht, die Contenance zu wahren. »Wollten Sie nicht längst in Ägypten sein und berühmte Archäologen bei ihren Ausgrabungen am Nil fotografieren?«
»Leider wurde die Expedition auf nächstes Jahr verschoben. Man darf wohl gespannt sein, ob sie dann wirklich noch stattfindet. Deshalb habe ich beschlossen, die Gunst der Stunde zu nutzen und für eine Weile nach Berlin zu gehen. Fotos aus der Reichshauptstadt lassen sich gerade sehr gut an Zeitungen in Paris verkaufen. Man beobachtet in Frankreich äußerst aufmerksam, was an der Spree geschieht.«
»Halten Sie uns bitte auf dem Laufenden, was Ihnen bei uns so alles auffällt.« Meta warf Selma einen vielsagenden Blick zu. »Es ist sehr aufschlussreich, wie Außenstehende das uns nur zu Vertraute wahrnehmen.«

»Sehr gern. Doch jetzt will ich Sie beide nicht länger stören, meine Damen.«

Zu Selmas Enttäuschung verabschiedete er sich tatsächlich schon wieder. Kaum hörten sie die Wohnungstür draußen zuschlagen und Hanna in die Küche zurückschlurfen, legte Meta Selma die Hand auf den Arm und suchte mit ernster Miene ihren Blick.

»Gib gut auf dich acht, Liebes. Manchmal unterschätzt man, welche Unwetter sich am Horizont zusammenbrauen, während man sich einem vermeintlich harmlosen Spiel hingibt. Schon ein kleiner Funke genügt, um einen folgenreichen Brand zu entfachen.«

»Das solltest du besser dem Kaiser und seinen säbelrasselnden Offizieren mitteilen.« Selma griff nach Mantel und Hut, nahm die Handschuhe vom Tisch auf.

»Damit meine ich weniger die politische Lage.« Meta folgte ihr zur Tür, öffnete sie. Wie durch ein Wunder stand Hanna bereit, um Selma in den Mantel zu helfen.

Etwas unschlüssig betrachtete Selma ihren Hut. Die Feder klebte weiterhin regennass am Filz, statt sich munter aufzurichten. Da half nicht einmal kräftiges Pusten und Schütteln. Behutsam setzte sie ihn auf, prüfte im Spiegel über der Kommode, ob er richtig saß. Lächelnd wandte sie sich wieder zu Meta um. »Keine Sorge, Großmama, ich weiß, was ich tue.« Sie beugte sich vor und umarmte sie zärtlich.

»Wenigstens eine«, murmelte Meta, als sie sie wieder freigab.

»Ich hoffe, du weißt es auch«, entgegnete Selma. »Dann wären wir nämlich schon zwei.«

»Wieso?« Meta stutzte, sah sie mit großen Augen an. »Denkst du an etwas Bestimmtes?«

»Natürlich! Es ist dir übrigens an der Nasenspitze anzusehen.«

Metas verdutztes Gesicht amüsierte Selma, noch mehr allerdings musste sie darüber lachen, dass sie sich sogleich an die Nase fasste und irritiert »Was?« fragte.
»Das weißt du ganz genau«, erwiderte Selma und bemühte sich um einen belehrenden Tonfall. »Denk immer daran, wie leicht man die vermeintlich harmlose Lage unterschätzt, liebe Großmama. Was eben noch ein Spiel war, ist plötzlich bitterer Ernst. Solltest du also die Vorfälle in Zabern nutzen wollen, um größeren Aufruhr für die Frauenfrage zu erregen, dann bleib auf der Hut. Auch aus diesem lächerlichen Vorfall kann sich ein verheerender Brand entwickeln.«
Sie küsste sie liebevoll auf beide Wangen und eilte davon.

14

Selma war froh, als das Licht im Saal wieder aufflammte. Dabei liebte sie das Kintopp sonst leidenschaftlich. Auf einmal aber fühlte sie sich in dem roten Plüschsessel alles andere als wohl.
Natürlich hatte Gero ihr eine Freude machen wollen, als er sie an diesem Abend ins *Union-Theater* am Alexanderplatz geführt hatte. Das rechnete sie ihm hoch an, wie sie es ihm überhaupt hoch anrechnete, wie liebevoll er sich in den letzten Wochen um sie bemühte: Alle zwei oder drei Tage schickte er ihr rote Rosen, brachte ihr persönlich eine Schachtel ihrer Lieblingspralinen, führte sie zum Tanz in den *Metropolpalast* oder in eines der vielen anderen, gerade wie Pilze aus dem Boden schießenden Ballhäuser, lud sie zum Kabarett in den *Schwarzen Kater* ein oder überraschte sie mit Karten für die *Königliche Oper* am Kaiser-Franz-Joseph-Platz. Im Operettenhaus

am Schiffbauerdamm waren sie sogar zweimal gewesen, einmal in Walter Kollos *Juxbaron* und kurz darauf in Edmund Eyslers *Lachendem Ehemann,* die sie beide schon einmal vor der Sommerfrische gesehen hatten. Es gab also keinen Zweifel: Geros schlechtes Gewissen war mit beiden Händen zu greifen. Gelegentlich fürchtete Selma, er hätte sie damals an der Schlafzimmertür entdeckt und wollte mit seiner aufmerksamen Ergebenheit einer peinlichen Bloßstellung zuvorkommen. Als sie dann aber letzte Nacht erstmals wieder seit jener folgenschweren Entdeckung mit ihm im Bett gelegen und zwischen seinen fordernden Küssen und drängenden Liebkosungen den Blick nach oben in den Spiegel gerichtet hatte, war ihr klargeworden, wie unmöglich das war. Aus dieser Position heraus war der Blick nur mit reichlich Akrobatik auf die Tür zu richten. Geros auffällig konziliantes Verhalten musste also eine andere Ursache haben. Vermutlich genierte er sich vor sich selbst, ein so verlogenes Spiel mit zwei Menschen zu spielen.

Je länger sie jedoch darüber nachdachte, desto deutlicher erkannte sie zu ihrem eigenen Erstaunen auch die Vorzüge, die es haben konnte, den Liebsten einmal aus einer anderen Perspektive beim Liebesakt beobachtet zu haben. Ganz neue Seiten wurden dabei sichtbar. Zudem hatte es durchaus seinen Reiz zu wissen, dass noch jemand anders ihn begehrte. Insgeheim musste das letzte Nacht schon eine Rolle für sie gespielt haben. Leidenschaftlicher als je zuvor hatte sie sich ihm hingegeben, war selbst vor den verruchtesten Ideen, wo sie ihn berühren, küssen oder mit den Lippen liebkosen wollte, nicht zurückgeschreckt. Auch Gero war nahezu unersättlich gewesen und hatte sie bis zum Morgengrauen zu immer neuen Abenteuern verlockt. Noch Stunden später taten ihr gewisse Stellen am Körper weh, war die Haut an manchen Partien wund. Nie zuvor war sie derart verliebt gewesen, fühlte sich Gero mit allen Fasern ihres Leibes verfallen. Zugleich wusste sie, dass der richtige Zeitpunkt vorüber war, um ihn auf die Sache mit dem Dunkelhaarigen anzusprechen. Am besten, sie betrachtete es als einmaligen Ausrutscher, der ihren körperlichen Genüssen neuen Schwung verliehen hatte.

Ein Blick auf Geros elegante Erscheinung, ein kurzes Versinken in seinen grünblauen Augen sowie die Erinnerung an die letzte Nacht genügten ihr, um sicher zu sein: Er liebte Frauen und sie ganz besonders! Männer dagegen konnten ihm höchstens flüchtige Abwechslung bieten, Anregungen für das Liebesspiel mit ihr schenken. Bei dieser Vorstellung glühten ihre Wangen. Seite an Seite saßen sie nun im Kintopp nebeneinander, kosteten den Reiz aus, den anderen im Dunkeln nah bei sich zu wissen, ohne ihn zu deutlich berühren zu dürfen. Eigentlich eine hervorragende Einstimmung auf das, was sie anschließend zu zweit in seiner Wohnung tun wollten. Leider aber hatte sie gerade eben eine furchtbare Entdeckung gemacht, die alles Verlangen auf einen Schlag vernichtete.

Sobald das Licht erloschen war, hatte Gero nach ihrer Hand gegriffen, seine Finger langsam über ihren Arm auf ihr Knie hinunterwandern lassen. Sanft hatte sie ihre Hand auf seine gelegt, ihre Finger in seine verschlungen. Aufmerksam hatte Gero den Blick auf die Leinwand gerichtet, dem Mann am Klavier gelauscht und war ganz in das Geschehen um den Prager Studenten Balduin versunken, der sich von dem Scharlatan Scapinelli zu einem teuflischen Pakt überreden ließ. Dass Gero der Film gefiel, hatte Selma beruhigt. Zu ihrer Überraschung wäre er sogar bereit gewesen, Asta Nielsen als *Die Suffragette* zu ertragen, wenn sie nicht im letzten Moment den *Studenten von Prag* mit Paul Wegener, Lyda Salmonova und Grete Berger

vorgeschlagen hätte. Die faustische Geschichte schien ihr für einen Mann wie Gero weitaus passender als das aufrührerische Drama um die Frauenrechtlerin Nelly Panburne.
Zufrieden hatte sie kurz nach Filmbeginn voller Sehnsucht Geros sich in der flackernden Dämmerung des Kinosaals scharf abzeichnendes Profil in sich aufgesogen und die intime Nähe zu ihm genossen. Dann aber war das geschehen, was ihr seither jegliche Freude an dem Abend vergällte. Als sie den Blick von dem Geliebten abgewandt und nach vorn gesehen hatte, war ihr ein schwarzhaariger Lockenkopf in die Quere gekommen. Das Blut in den Adern hatte ihr vor Schreck gestockt: Das war der göttliche Adonis aus Geros Schlafzimmer! Zuerst war sie überzeugt, einem Trugbild aufgesessen zu sein. Es war nahezu stockdunkel im Saal, lediglich Geros Gesicht direkt neben ihr war dank seiner hellen Haut eindeutig erkennbar, von anderen Sitznachbarn dagegen waren nur die Umrisse wahrzunehmen. Wie wollte sie also sicher sein, dass jener Lockenschopf zwei Reihen vor und etwa drei Sitze rechts von ihr tatsächlich zu jenem Jüngling gehörte, den sie letztens splitterfasernackt und nur von hinten in Geros Bett erspäht hatte? Viel mehr als seinen Rücken und seinen Hintern hatte sie damals beim besten Willen nicht gesehen. Dennoch war sie sofort sicher gewesen: Das war er! *Der Student von Prag*, der endlich über ausreichend Geld verfügen wollte, um die Frau seines Lebens zu gewinnen, und darüber letztlich ins Unglück stürzte, hatte sie kaum mehr zu fesseln vermocht. Im Gegenteil. Auf einmal hatte sie die Geschichte mit dem Spiegelbild, das sich von Balduins Willen löste und an seiner statt sein Unwesen trieb, als geradezu unerträglich empfunden. Zu deutlich fühlte sie sich an Geros Schlafzimmer und das im Spiegel Beobachtete erinnert. Als nach gut eineinhalb Stunden die Leuchter wieder auffla-

ckerten und die Klaviermusik in einem energischen Akkord verklang, atmete sie erleichtert auf.
»Ein teuflisch guter Film«, urteilte Gero und beugte sich zu ihr, um sie im letzten Schutz der zurückweichenden Dämmerung auf die Wange zu küssen. »Wenn ich es nicht besser wüsste, könnte ich Lyda Salmonova für deine Zwillingsschwester halten. Unerträglich, mir auszumalen, wie deine Doppelgängerin Abend für Abend von fremden Männern auf der Leinwand angehimmelt wird. Nicht auszudenken, wenn sie dich gleich leibhaftig vor sich sehen und dir den Hof machen. Noch eifersüchtiger werde ich bei dem Gedanken, Paul Wegener würde dich mit ihr verwechseln. Gegen einen so erfolgreichen Filmmenschen hätte ich wohl nur wenig auszurichten. Wie alle Frauen träumst du sicher längst davon, für den Film entdeckt zu werden.«
»Wie?« Selma hatte nur halb zugehört. Zu sehr war sie damit beschäftigt, im Getümmel der sich von ihren Plätzen erhebenden Zuschauer einen Blick auf den Schwarzhaarigen zu erhaschen. Sie musste sichergehen, ob er tatsächlich Geros Liebhaber war oder nicht.
»Ich habe wohl längst verloren«, hörte sie Gero sagen, als sie endlich aus ihrer Sitzreihe in den Gang treten und nebeneinander gehen konnten. Fest umklammerte er ihren Arm und drückte sich dicht an sie. »Fortan werde ich mich Abend für Abend ins Deutsche Theater setzen und hoffen, keinen Auftritt der Salmonova zu verpassen. Dabei kann ich mir einbilden, dir weiterhin nahe zu sein, auch wenn es nur deine Doppelgängerin ist, die auf der Bühne agiert, während du längst in die Filmwelt entschwunden bist.«
Noch während Selma halbherzig Geros geflüsterten Phantasien lauschte, die sie schlichtweg albern fand, hielt sie Ausschau

nach dem dunklen Lockenkopf, konnte ihn im Gedränge allerdings nirgendwo ausfindig machen.
»Suchst du wen?«, erkundigte sich Gero und folgte ihrem Blick. Das geschah unglücklicherweise genau in dem Moment, da zwar nicht der junge schwarzhaarige Adonis, dafür aber ein weiterer, nicht minder attraktiver Mann am linken Saalausgang auftauchte, den Selma umso besser kannte: Robert Beck!
Gero musste ihn im selben Moment erspäht haben wie sie. Aus dem Augenwinkel beobachtete sie, wie Unmut seine sonst so beherrschten Gesichtszüge überschattete. Er warf ihr einen schwer zu deutenden Blick zu. Sobald er gewahr wurde, dass sie ihn ansah, siegte das gewohnte, umgängliche Gesellschaftslächeln auf seinem Antlitz, mit dem er bei Gericht das Vertrauen der Richter und Staatsanwälte zu erobern pflegte. Im Privaten nutzte er es erfolgreich, um die Herzen von Damen aller Altersstufen nebst dem Vertrauen ihrer Ehemänner zu gewinnen. Seine linke Augenbraue schob sich in die Höhe, seine weichen, hellen Lippen zuckten amüsiert. Das dank der hohen Wangenknochen herzförmige Gesicht hatte wieder ganz jene Ausstrahlung, die sie so sehr liebte.
»Das ist doch dieser Franzose aus Baden-Baden, den deine Großmama so reizend fand«, sagte er im harmlosen Plauderton. »Er fotografiert, nicht wahr? Lass ihn uns begrüßen und fragen, warum er in Berlin ist.«
Schnell schob Gero sie Richtung Ausgang, drängte dabei entgegen seiner sonst so sprichwörtlichen Zuvorkommenheit andere Besucher ungeduldig zur Seite. Selma wusste nicht so recht, wie ihr geschah. Dann aber freute sie sich einfach nur darauf, Robert Beck wiederzutreffen. Das würde ihr helfen, die Chimäre des Schwarzgelockten zu verdrängen. Dankbar schmiegte sie sich an Geros Schulter, trat mit ihm ins Foyer.

Sie waren beide groß gewachsen, so dass es ihnen ein Leichtes war, über die unzähligen Köpfe penibel frisierter Damen und hutbewehrter Herren hinwegzuschauen. Robert ragte ebenfalls aus der Masse heraus. Zielsicher hielt Gero auf ihn zu, Selma weiterhin im Schlepptau. Da erkannte Robert sie. Seine eben noch etwas verloren wirkende Miene hellte sich auf.
»Guten Abend, Monsieur Beck.« Gero kam ihm mit der Begrüßung zuvor. »Was führt Sie nach Berlin? Meine Verlobte und ich sind ganz entzückt, Sie zu treffen. Welch ein Zufall! Eine Millionenstadt mit Hunderten von Kintoppsälen, und dann begegnet man sich ausgerechnet im *Union* am Alexanderplatz.«
»Die Freude, Sie beide hier zu treffen, ist ganz meinerseits.« Artig küsste Robert Selma die Hand, nickte Gero knapp zu. »Ich bin hier zufällig gestrandet. Da ich erst kurze Zeit in der Stadt bin, kenne ich mich noch nicht sonderlich gut aus, wo man hingeht, welche Lokale man besucht. Anscheinend habe ich heute Abend genau die richtige Wahl getroffen.«
Vielsagend zwinkerte er Selma zu, die von Geros übersprudelnder Freundlichkeit Robert gegenüber verwirrt war. Als er ihm in Baden-Baden begegnet war, hatte er ihn reichlich von oben herab abgefertigt.
Ihr blieb jedoch wenig Zeit, sich über Geros Sinneswandel zu wundern. Wie aus dem Nichts tauchte der Schwarzhaarige direkt neben Robert auf. Auch wenn sie ihn bislang nur von hinten und noch dazu völlig nackt gesehen hatte, war sie sofort sicher, Geros Bettgespielen vor sich zu haben. Geros Reaktion bestätigte ihr das schneller, als ihr lieb sein konnte. Ein helles Leuchten blitzte in seinen Augen auf, als er den jungen Mann, der Mitte zwanzig sein mochte, begrüßte. Es gelang ihm kaum, die offensichtliche Freude hinter einer Maske der Unverbindlichkeit zu verbergen.

»Herr Grün, welche Überraschung!« Jovial klopfte er ihm auf die Schulter. »Sie mögen ebenfalls das Kintopp? Darf ich Ihnen meine reizende Verlobte vorstellen? Selma, das ist Ansgar Grün, Gerichtsassessor bei der Staatsanwaltschaft.«

»Sehr angenehm.« Selma hielt ihm die Hand zum Handkuss hin und musterte ihn mit einer Mischung aus Neugier und Eifersucht. Wie immer bewies Gero Geschmack. Schon der Anblick des nackten Hintern hatte sie einen attraktiven Jüngling vermuten lassen, was sich in der Begegnung von Angesicht zu Angesicht nun bestätigte. Er war etwa so groß wie Gero. Seine sportliche Figur und der gesunde Teint verrieten eine Vorliebe für die Betätigung in frischer Luft. Gewiss spielte er in seiner Freizeit regelmäßig Tennis oder Cricket, ritt wahrscheinlich auch gern, selbst in der kühleren Jahreszeit. Der schwarze Lockenschopf wirkte von vorn überraschend ungebändigt, ebenso fehlte Grüns Auftreten trotz des maßgeschneiderten Anzugs und des lässig um den Hals geschlungenen weißen Seidenschals der letzte Schliff, was in krassem Gegensatz zu seinem guten Aussehen stand. Je länger Selma ihn betrachtete, desto klarer wurde ihr das, ohne dass sie so recht benennen konnte, woher das rührte. Seine Wangen waren glatt rasiert, es umwehte ihn ein zarter, gepflegter Duft in genau der richtigen Mischung aus blumig und herb. Ebenso zeugten die Hände von regelmäßiger Maniküre, auch seine Manieren schienen tadellos. Trotzdem wurde sie den Eindruck des Groben nicht los.

»Das ist Robert Beck, ein Fotograf aus Frankreich«, setzte Gero die Vorstellungsrunde fort und drängte Ansgar sanft in Roberts Richtung. »Wir haben ihn während unserer Sommerfrische in Baden-Baden kennengelernt und gerade ebenso zufällig wie Sie hier wieder getroffen. Darauf sollten wir anstoßen. Was halten Sie von einem Glas Wein und einem Imbiss im *Ratskeller?*«

Sein Vorschlag verblüffte Selma. Der Abend mit Ansgar Grün konnte nur durch die Gesellschaft Robert Becks wettgemacht werden. Gleich kam ihr eine hervorragende Idee. Sie hakte sich bei Gero ein, schmiegte sich gegen seine Schulter und warf Grün einen koketten Augenaufschlag zu, als sie säuselte: »Lass uns lieber gleich zu *Bühlers Ballhaus* in der Auguststraße fahren. Mir ist gerade nach zwangloser Stimmung und bunt gemischtem Publikum. Außerdem gibt es dort bayerisches Bier statt Wein, und wir können nach Herzenslust tanzen. Mit drei so charmanten Herren an meiner Seite werde ich dort die Königin der Nacht sein.«

»Diesen Wunsch sollten wir Ihnen natürlich keinesfalls verwehren, liebe Selma«, erklärte Robert vergnügt. »Wer hätte es mehr verdient als Sie, Königin der Nacht zu sein? Gewähren Sie mir einen Tanz, und ich werde mich wie im Himmel fühlen.«

»Du bist schon jetzt meine absolute Kaiserin, Darling!«, stimmte Gero übermütig zu und schenkte zu Selmas klammheimlicher Freude Grüns wenig begeisterter Miene keinerlei Beachtung. »*Bühlers Ballhaus* ist eine hervorragende Idee! Dort werden wir uns köstlich amüsieren. Ich hole unsere Garderobe und lasse uns eine Kraftdroschke reservieren.«

Schon im Weggehen warf er ihr eine Kusshand zu und verschwand im Gedränge.

»Was ist aus dem flotten roten Audi geworden?«, erkundigte sich Robert, um die Wartezeit zu überbrücken. »Die Krönung des Abends wäre es natürlich, mit Ihnen am Steuer durch das nächtliche Berlin zu brausen.«

»Sie fahren selbst?« Ansgar wirkte überrascht.

»Und wie sie fährt!« Robert lachte. »Camille du Gast erwächst in ihr eine ernsthafte Konkurrentin. Sie wird ihr die zehn Jahre alten Meriten streitig machen und die Strecke Paris–Madrid in neuer Rekordzeit fahren.«

»Oh, das wage ich zu bezweifeln. Derzeit hält der Wagen in einer Garage Winterschlaf. Er gehört übrigens meinem Verlobten.« Den letzten Satz fügte sie mit einem trotzigen Blick auf Ansgar hinzu. Der junge Assessor verzog keine Miene.

»Sie müssen mir versprechen, Ihren Freiheitsdrang im Frühling wieder auszuleben. Der rote Audi verträgt ebenso wenig wie Sie das lange Eingemottetsein.«

»Das verspreche ich Ihnen gern«, erwiderte sie mit einem schelmischen Augenzwinkern. »Ob ich allerdings je Rennen fahren werde wie Ihre Camille du Gast, bezweifle ich. Da behagen mir andere Vergnügungen durchaus mehr.«

»Dessen bin ich sicher.« Robert zwinkerte zurück.

Über ihrem Plaudern kehrte Gero zurück, die Mäntel lässig über dem Arm, Seidenschal und Zylinder in der Hand schwingend. Während er ihr in den Mantel half, schaute sie zufrieden in die Runde ihrer Begleiter: Alle drei steckten glücklicherweise im erforderlichen Smoking und waren somit parketttauglich, wenn es auch in dem erst vor wenigen Wochen eröffneten *Bühlers Ballhaus* weitaus weniger mondän zuging als etwa im *Palais de Danse* des *Metropol,* wo in einem Barocksaal Diner in Brokatlivree den Gästen aufwarteten. Das hieß nicht, dass man in Bühlers festlichem Spiegelsaal keinen Wert auf Eleganz legte. Die aber kam dort weit zurückhaltender zum Zug als anderswo. Selma trug ein schlichtes Abendkleid mit weich fließender Tunika in zartem Violett nebst passenden Schuhen. Sie bedauerte zwar, auf ihren üblichen Kopfschmuck aus Federn, Strass und Samt verzichten zu müssen. Der wäre wohl doch zu auffällig gewesen. Gewiss war sie ohnehin nicht die Einzige, die unter der Woche spontan nach dem Kintopp zum Tanzen ausgeführt wurde und deshalb keine Feder im Haar stecken hatte. Die Brosche aus glitzerndem Strass, mit der sie das brünette Haar hinterm Ohr asymmetrisch aufgesteckt trug, verlieh dafür genau den richtigen Grad an Glanz.

Mit der Kraftdroschke ging es vom Alexanderplatz über die Münz-, Weinmeister- und Gipsstraße zu *Bühlers Ballhaus* in der Auguststraße. Das Tempo, das der Chauffeur vorlegte, hob die Stimmung. In jeder Kurve wurde Selma, die im Fond von Gero und Robert eingerahmt wurde, gegen einen der beiden gepresst, was ihr sehr gut gefiel. Hoffend, die Fahrt endete nie, sah sie draußen die Lichter vorbeiziehen. Die Stadt schien erst aufzuwachen, je näher es auf Mitternacht zuging. Helle Leuchtreklamen strahlten an den Fassaden, die Trottoirs und Fahrwege waren vom Laternenlicht verschwenderisch bestrahlt. Aus den Theatern und Kintopps quollen Besucherströme, um sich nach den Vorstellungen gleich ins nächste Abenteuer zu stürzen.

Vor dem schmalen Eingang zu *Bühlers Ballhaus*, das sich im Rückgebäude des Hauses Nummer 24 befand, drängten sich die Gäste, darunter sowohl solche in festlicher Abendgarderobe als auch solche im sogenannten besten Sonntagsstaat. In Fritz Bühlers Etablissement fanden alle ihr Vergnügen, im Erdgeschoss vornehmlich die einfacheren Leute, im ersten Stock die bessere Gesellschaft.

Zielsicher führte Gero sie in den oberen Saal. Dicke Rauchschwaden hingen über den Köpfen, so dass zunächst wenig zu erkennen war. Ein dienstbeflissener Ober leitete sie zu einem Tisch direkt unter einem der großen Spiegel, die an den Seitenwänden prangten und dem Saal seinen Namen gaben. Die Kapelle auf der kleinen Empore rechts des Eingangs spielte einen schwungvollen Walzer, der natürlich nicht der erste des Abends war. Sowohl dem Kapellmeister wie den Musikern war anzusehen, dass sie trotz der späten Stunde noch Spaß an den berauschenden Melodien hatten. Selma hatte Mühe, die Füße ruhig zu halten. Schon fuhr ihr die Musik ins Blut. Ihre Augen wanderten über die Weite des in schummriges Licht getauchten Saales hinweg. Fahrig spielten ihre Finger mit den Falten des knöchellangen Plisseerocks. Auf dem Parkett schob man sich nicht weniger dicht wie zwischen den Tischen. Die Geräuschkulisse war enorm, die Luft schwirrte von einem Gemisch aus Zigarettenrauch, Parfum und Essensdünsten. Gekonnt balancierten die Kellner hoch beladene Tabletts mit warmen Speisen, eisgekühltem Bier, Wein und weiteren Erfrischungen über die Köpfe der Sitzenden hinweg.

»Selma, Liebes!«, ertönte eine quiekende Frauenstimme.

»Luise!«, rief Selma und schob den Stuhl beiseite, um der Freundin um den Hals zu fallen. »Wie lange haben wir uns nicht gesehen?«

»Eine Woche?« Die pummelige Luise strahlte sie über das frisch gepuderte Vollmondgesicht an. Die hitzig glühenden Wangen verrieten, dass sie bereits einige forsche Tänze hinter sich hatte. Ihre üppigen blonden Locken hatte sie mit einem strassbesetzten Diadem gebändigt, dazu trug sie eine hellblaue Haremshosenkombination von Poiret. Das betonte ihre rundlichen Figur allerdings unvorteilhaft, wie Selma fand.

»Mit wem bist du hier?«, fragte sie Luise und schaute sich suchend nach weiteren Bekannten um.

»Mit den üblichen Verdächtigen.« Luise schien keinen großen Wert darauf zu legen, ihr Näheres mitzuteilen. Viel neugieriger war sie auf Selmas Begleitung. »Und du hast dir für den heutigen Abend gleich drei Kavaliere gesichert. Gero allein reicht dir wohl nicht mehr aus. Pass nur gut auf, Liebes!« Sie kicherte, ein sicheres Indiz, dass sie nicht nur reichlich getanzt, sondern auch schon eifrig getrunken hatte. Golden perlenden Sekt liebte sie über alles.

»Da hätten Sie es mit mir einfacher haben können als mit Selma«, rief sie Gero zu und versuchte sich an einem aufreizenden Augenaufschlag, was lediglich die viel zu dick aufgetragene Schminke hervorhob, statt ihr ein verruchtes Aussehen zu verleihen. »Ich wäre mit Ihnen allein schon ganz zufrieden gewesen.«

»Das fasse ich als Kompliment auf«, erklärte Gero amüsiert.

»Das ist Robert Beck, ein Fotograf aus Frankreich, und Ansgar Grün, ein Gerichtsassessor aus Geros Bekanntschaft«, beeilte sich Selma, die beiden anderen Herren vorzustellen. »Das ist meine Freundin Luise Ronfeld. Ihr verdanken Gero und ich es übrigens, dass wir uns kennengelernt haben. Vor mehr als einem Jahr hat sie uns bei einem der rauschenden Bälle im *Admiralspalast* miteinander bekannt gemacht.«

Anerkennend nickten Robert und Ansgar, wohingegen Gero das Stichwort zum Anlass nahm, sich zu erheben und Luise genüsslich auf die Wange zu küssen. »Dafür stehe ich für immer in Ihrer Schuld, meine reizende Luise.«

Sie errötete. Zugleich konnte sie sich nicht sattsehen an den beiden anderen Herren. Selma frohlockte. Jeder ihrer drei Begleiter machte in der Tat eine hervorragende Figur. Auch einige andere Herrschaften, insbesondere Damen, hatten bereits voller Neid von den umstehenden Tischen zu ihnen herübergesehen. Selma kostete das nur zu gern aus. Selten hatte sie so ausnehmend attraktive Herren ganz für sich allein. Als die Musik zu einem ihrer Lieblingsstücke ansetzte, überlegte sie nicht lang, sondern streckte die Hand fordernd nach Gero aus. Der führte sie mit einem entschuldigenden Lächeln zu den anderen aufs Parkett. Sogleich legte Selma ihm die Hände auf die Schultern und legte los. Sie spürte, wie Ansgar ihnen mit den Augen folgte, ebenso schaute auch Luise ihnen sehnsüchtig nach, bis sich Robert erbarmte und sie zum Tanz aufforderte.

Selmas Laune hob sich mit jedem Tanzschritt. Auch Gero fand im Gleichklang zur Musik in die vertrauten Bewegungen zurück. Sie kamen einander nah, wiegten die Hüften eng aneinander, bewegten die Köpfe Wange an Wange und wurden ganz eins. Schwungvoll wirbelte Gero sie um die eigene Achse, zog sie zu sich heran, küsste sie auf den Mund, stieß sie wieder von sich, ließ ihre Hände niemals los. Sie genoss es, ihm nah und fern zugleich zu sein. Erst als ihm der Schweiß auf der Stirn perlte und sie heftigen Durst verspürte, verließen sie eng umschlungen die Tanzfläche.

Inzwischen saß Robert allein am Tisch, wirkte aber dennoch sehr vergnügt. Es gefiel ihm offenbar, den Paaren beim Tanzen und Flirten zuzusehen. In seinem leicht singenden französischen Tonfall erklärte er: »Ihr Freund Ansgar tanzt mit der bezaubernden Luise.«

Gero hob die Augenbrauen, Selma sank erschöpft auf den Stuhl neben Robert.

»Ich verdurste!« Sie griff sich eines der Gläser mit dem Augustiner. Die bayerischen Biere waren gerade als Getränk sehr in Mode. Wenn Selma eigentlich auch Wein bevorzugte, so kam für sie an diesem Abend nur das goldgelbe Münchener Gebräu in Betracht, insbesondere, nachdem sie vorhin Ansgar Grüns Befremden darüber bemerkt hatte.

»Zum Wohl, *mademoiselle!*« Robert prostete ihr zu. »Wenn Sie wieder zu Kräften gekommen sind, müssen Sie einmal mit mir tanzen, das heißt«, galant wandte er sich an Gero, »natürlich nur, wenn Sie gestatten.«

»Was sollte ich dagegen haben? Eine kleine Verschnaufpause tut mir ganz gut. Selmas Temperament ist heute wieder atemberaubend.«

Gero hob sein Glas und trank es ebenfalls in einem Zug aus. Selma entging nicht, wie beunruhigt er die Tanzfläche nach Ansgar absuchte. Zur großen Überraschung der Gäste intonierte die Kapelle einen Tango, was für ein Etablissement wie das Bühlersche höchst ungewöhnlich war. In Häusern wie diesem setzte man sonst eher auf die konventionelleren Schiebertänze wie Polka, Walzer oder wie vorhin den Rag. Sofort war Selma Feuer und Flamme.

»Das ist genau der richtige Tanz für einen Franzosen, nicht wahr?«, wandte sie sich an Robert und sprang auf, um aufs Parkett zu eilen. Robert blieb kaum Gelegenheit, sich zu besinnen. Längst erwartete sie ihn, um sofort mit den ersten Schritten zu beginnen. »Moderne Tänze sind hier weniger üblich. Umso schneller muss man die Gelegenheit ergreifen, sollten sie doch einmal erklingen.«

Sie zwinkerte ihm zu. Er erwies sich als ebenso guter Tänzer wie Gero. Allerdings griff seine Hand fester um ihre Taille, zog er sie energischer zu sich heran. Oder bildete sie sich das nur ein, weil sie es sich wünschte? Gern überließ sie sich seiner Führung, folgte den langen, weit ausholenden Schleichschritten ebenso wie den kurzen, ruckartigen Stechschritten und schmiegte ihre Hüften gegen die seinen, worauf er mit einem kaum spürbaren Gegendruck reagierte und ihre Taille noch enger umfasste. Für einen Moment versanken ihre Blicke ineinander. Das glitzernde Licht des Kronleuchters spiegelte sich im Schwarz seiner Augen. Sie fühlte sich ganz in dem Zauber gefangen, der ihre harmonisch miteinander tanzenden Körper umfing, und hoffte, der Tanz ginge nie zu Ende. Die Kapelle tat ihr den Gefallen, auf den ersten Tango noch einen zweiten und dritten folgen zu lassen, dann wechselte sie abrupt zu einem langsamen Walzer.

»Es tut gut, ein wenig zu verschnaufen«, stellte Robert fest und führte sie auch bei diesem altmodischen Tanz gekonnt übers Parkett.

»Werden Sie müde?«

»Wie könnte ich, wenn ich eine so aufregende Frau wie Sie in den Armen halte?«

»Gerade habe ich schon befürchtet, Sie allzu sehr gelangweilt zu haben. Warum sollten Sie sich sonst nach einer Verschnaufpause sehnen?«

»Ich bitte Sie! Eine Frau wie Sie kann niemals langweilen, mich zuallerletzt. Wie kommen Sie zu dieser abwegigen Vermutung?«

»Damals in Sessenheim hatten Sie es auf einmal sehr eilig zu verschwinden.«

Täuschte sie sich oder sah er sie auf einmal mit einem gequälten Ausdruck in den Augen an? Gleich besann er sich und lächelte.

»Darf ich Sie daran erinnern, dass ich danach noch einmal nach Baden-Baden gekommen bin? Da hatten Sie leider keine Zeit mehr für mich.«

»Ich weiß«, erwiderte sie hastig. »An jenem Tag war ich ganz benommen, weil mein Verlobter …«

»Sie sind mir keine Erklärung schuldig, Selma.« Zur Bestätigung legte er sich den Zeigefinger über die Lippen. Dazu hob er die rechte Hand, mit der er ihre linke hielt, wie zufällig an seine Lippen, küsste ihre Fingerkuppen. Ein Stromschlag fuhr ihr durch den Leib. Wie beim Tango presste sie die Hüfte eng

gegen seine Seite. Gekonnt schwang er sie einmal im Kreis und hauchte ihr ins Ohr: »Jetzt bin ich in Berlin und tanze mit Ihnen die ganze Nacht hindurch.«
Sie legte den Kopf in den Nacken, schloss die Augen und genoss die schwungvollen Bewegungen, zu denen er sie führte. Ihretwegen sollte diese Nacht nie zu Ende gehen. Nach weiteren drei Tänzen obsiegte allerdings die Vernunft, und sie verließen die Tanzfläche, lösten die verschwitzten Finger erst kurz vor Erreichen des gemeinsamen Tisches voneinander.
»Selma, du ahnst es nicht!«, empfing Luise sie. Selma war es, als erwachte sie viel zu abrupt aus einem schönen Traum. Unbeirrt plapperte Luise weiter. »Herr Grün kommt aus Güstrow, genau wie meine Mama! Er hat dieselbe Schule besucht und beim selben Pfarrer seine Konfirmation gehabt.«
Der Gerichtsassessor schien ob dieser Übereinstimmung weniger erfreut als Luise. Dafür aber zeigte sich Gero sehr belustigt. Luises direkte Art hatte ihm schon immer gefallen.
»Wollen Sie mir diese Polka schenken, Luise? Mir scheint, die ist geradezu gemacht, um mit Ihnen übers Parkett zu fliegen.«
Artig verneigte sich Robert und bot Luise den Arm. Selma spürte einen leichten Stich in der Brust. Als sie Roberts verschwörerischen Blick bemerkte, ging es ihr besser.
»Oh, natürlich, sehr gern«, kicherte Luise und schlenderte mit ihm davon.
»Robert versteht es, die Frauen für sich einzunehmen«, stellte Gero fest und sah den beiden fasziniert nach.
»Stört dich das?« Neugierig sah Selma ihn an. In seinen Augen entdeckte sie dasselbe Leuchten, das sie vorhin in der Garderobe des Kintopp entdeckt hatte, als er Ansgar erspäht hatte.

»Sollte es?« Er rückte näher zu ihr und legte ihr den Arm um die Schultern. Ansgar schnaubte leise, was Selma Genugtuung verschaffte. Auch Gero schien seinen Reiz darin zu finden, vor den Augen des Geliebten zärtlich zu ihr zu sein. Sacht strich er ihr mit dem Finger über die Wange. Sie errötete, erinnerte sie das doch an den Walzer mit Robert, wie er ihre Finger kurz geküsst hatte. Gero allerdings deutete ihre Verlegenheit zu seinen Gunsten und drängte sich noch näher an sie. Mit einem empörten Ausdruck um die finsteren Augen wandte Ansgar sich ab, klopfte seine Smokingtaschen nach Zigaretten und Feuerzeug ab.

»Was halten Sie eigentlich von dieser Polka, Herr Grün?«, schälte Selma sich aus Geros Umarmung und beugte sich zu dem Gerichtsassessor hinüber. »Mit mir haben Sie heute Abend noch gar nicht getanzt. Sollten Sie es wagen, mir jetzt einen Korb zu geben und lieber zu rauchen, werde ich bis ins neue Jahr hinein beleidigt sein.«

»Ich warne Sie, das kann böse Folgen haben«, pflichtete Gero lachend bei. Verführerisch lächelnd strich er ihr noch einmal über den Rücken. Ihr schauderte, und sie hatte es plötzlich eilig, Ansgar die Hand zu reichen und mit ihm auf die Tanzfläche zu gelangen.

Rasch fanden Ansgar und sie in den Zweivierteltakt und die marschartigen Schritte, schwirrten in rasendem Tempo übers Parkett. Als sie Ansgar aus der Nähe betrachtete, wurde ihr endlich klar, was seinem eigentlich so eleganten Auftritt den Anflug von Grobheit verpasste: Seine grün-braunen Augen standen zu eng zusammen, darüber wölbten sich die Augenbrauen in einem dichten Wulst. Das verlieh ihm einen leicht mürrischen Ausdruck. Als die Musik zu Ende war, kehrte sie gleich zu ihrem Tisch zurück. Er machte keine Anstalten, sie aufzuhalten und ein weiteres Mal aufzufordern.

Gero saß noch immer allein dort, winkte ihnen amüsiert entgegen, rauchte. »Ihr beide gebt ein wunderschönes Paar ab. Einfach reizend, euch beim Tanzen zuzusehen.«

Überschwenglich küsste er Selma auf die Wange, tätschelte Ansgar die Schultern, woraufhin der seine Hand auf die seine legte. Einen Moment verschränkten sie ihre Finger ineinander und sahen sich an. In Selma regte sich leiser Ärger. Verzweifelt hielt sie Ausschau nach Robert.

»Kinder, ist das herrlich!« Fröhlich stürmte Luise herbei, den gut gelaunten Robert im Schlepptau. »Aber leider, leider muss ich euch wieder verlassen. Meine Begleitung schaut schon ganz böse herüber.«

Sie winkte hektisch in eine andere Ecke des Saals, umarmte Selma, reichte Gero und Ansgar die Hand und ließ sich von Robert zu ihrem Tisch bringen.

»Ein verrücktes Huhn«, stellte Gero fest, während er sich viel zu weit vorbeugte, um Ansgar Feuer für seine Zigarette zu geben. Wieder berührten sich dabei wie zufällig ihre Hände.

»Aber eine Seele von Mensch«, ergänzte Selma und stürzte durstig ein weiteres Glas Bier wie Limonade hinunter. Auf einmal fühlte sie sich mit Gero und Ansgar allein am Tisch unbehaglich, ganz ähnlich wie wenige Stunden zuvor im Kintopp, nur dass das Licht im Tanzsaal weitaus heller und ungnädiger den Schwarzgelockten an Geros Seite beleuchtete. Die Spiegelwände unterstrichen den Effekt noch. Zu ihrem Verdruss redeten die beiden ganz ungeniert und sehr leise miteinander. Sie meinte zwar, aus den wenigen Satzfetzen, die sie aufschnappte, Unverfängliches über einen Gerichtsprozess aufzuschnappen, dennoch empfand sie das als Zumutung. Jede Silbe, jede Geste schien ihr mit einer Zweideutigkeit belegt. Auf einmal war es

wieder da, jenes Bild der nackt ineinander verschlungenen Leiber aus Geros Schlafzimmer, im Spiegel über dem Bett ungnädig verdoppelt. Kaum wagte sie, zu den großen Spiegeln an den Seitenwänden emporzuschauen.
»Darf ich Sie noch einmal zu einem Tanz entführen?«, erklang zu ihrer Erleichterung von hinten Roberts Stimme, als die Kapelle zur bekannten Schlagermelodie *Unerhört küsst die Malwine* anhob. Gero und Ansgar schienen ihr Weggehen nicht einmal zu bemerken.
»Würden Sie mich nach diesem Tanz nach Hause bringen?«, fragte sie Robert, sobald sie einander bei einem der vielen schwungvollen Tanzschritte nahe genug kamen, um sich nicht anschreien zu müssen.
»Wollen würde ich nur zu gern, Selma, aber ist das nicht Sache Ihres Verlobten?«
»Anscheinend hat er Berufliches mit seinem Kollegen zu besprechen. Da will ich ihn nicht stören«, log sie und bedauerte zugleich ihre Unaufrichtigkeit Robert gegenüber.
Er ließ sich nicht anmerken, ob er ihr glaubte oder nicht, sondern führte sie nach dem Ende des Liedes wie gewünscht aus dem Saal, holte die Mäntel an der Garderobe ab und geleitete sie zu einer Kraftdroschke.
»Es war wundervoll, mit Ihnen zu tanzen«, raunte sie ihm zu, sobald sie im Fond des Wagens saßen und er, auf ihr Zuflüstern hin, dem Chauffeur die Adresse ihres Elternhauses in Friedenau mitgeteilt hatte. Sie bettete den Kopf an seine Schulter, legte ihm die Hand aufs Knie und schloss die Augen.
Zunächst meinte sie, unter der Berührung ein Erstarren seines Körpers zu spüren, dann entspannte er sich und legte ihr den Arm um die Schultern.

»Wann sehen wir uns wieder?«, fragte sie ihn, als er sie zur Haustür des zweigeschossigen Bürgerhauses in der Wielandstraße begleitet hatte.
»Wann immer Sie wollen.«
»Gut, dann morgen um drei im *Kranzler.*«
Sie küsste ihn auf die Wange und verschwand nach drinnen, um ihm keine Chance zu lassen, Einspruch zu erheben.

15

Ein eisiger Ostwind fegte durch die Stadt. Selma schien das wenig auszumachen. Unbeirrt eilte sie die Stufen vor dem Dom hinunter quer durch den Lustgarten und über die Schlossbrücke, um in den Prachtboulevard Unter den Linden zu gelangen. Constanze hatte Mühe, nachzukommen. Gern hätte sie ihr gesagt, wie überdrüssig sie dieser Besichtigungstouren mittlerweile war. Seit gut zwei Wochen lebte sie in Berlin. Etwa alle drei Tage erschien Selma in dem Damenheim in der Uhlandstraße, wo sie zwei hübsch möblierte Zimmer gemietet hatte, um ihr »die neue Heimat nahezubringen«, wie sie es auszudrücken pflegte. Auf diese Weise hatte Constanze bereits das Charlottenburger Schloss nebst dem Mausoleum für Königin Luise besichtigt und war durch den riesigen Tiergarten bis zum Reichstag gelaufen, wo Joseph Rosenbaum sie in seinem erschreckend winzigen Abgeordnetenbüro empfangen hatte. Natürlich waren sie auch schon über den Kurfürstendamm flaniert, hatten einen ausgedehnten und letztlich sehr teuren Bummel durch die Leipziger Straße unternommen sowie einen Rundgang um den Alexanderplatz nebst einem Abstecher zu den Zentralmarkthallen absolviert. Sogar das berüchtigte Scheunenviertel war Selma ihr nicht schuldig geblieben. Durch die Verlängerung der Centrumslinie war um den Bülowplatz ein äußerst modern anmutender, dreieckig angelegter Knotenpunkt entstanden, für den die alten Arbeiterbehausungen abgerissen und neue Gebäude hochgezogen worden waren. Pflichtschuldigst hatte Constanze das an Selmas Seite bewundert, wenn es ihr auch ein Rätsel blieb, wo die Arbeiter aus den nahen Borsigwerken künftig bezahlbare Unterkünfte finden sollten. Am ehesten wohl noch im westlichen Teil des Scheunenviertels um die Oranienburger Straße, wo nach wie vor die feuchten Bauten von ehedem an Bewohnern überquollen. Verlegen war Selma ihr die Antwort schuldig geblieben.

Als herber Kontrast zu diesen Eindrücken stand an diesem Februartag die von den Hohenzollernherrschern geprägte Hauptstadt des Kaiserreichs auf dem Programm, weshalb Selma sie seit dem Mittag unerbittlich durch die Kälte schleifte. Statt von der Kurfürstenbrücke zum Dom zu pilgern und an Zeughaus, Neuer Wache, Kronprinzenpalais und Königlicher Bibliothek vorbeizuhasten, wäre Constanze lieber in ihrem Zimmer geblieben und hätte sich auf die bald beginnenden Kurse an der Technischen Hochschule vorbereitet. Es war schon ärgerlich genug, durch den Herzanfall des Vaters die ersten Monate verpasst zu haben. Dank Selmas Eifer aber war daran kaum zu denken.

»Studieren kannst du immer noch«, hatte sie ihr bei ihrem Aufbruch aus der Uhlandstraße am späten Vormittag zum wiederholten Male erklärt. »Erst mal musst du wissen, wo du die nächsten Jahre lebst. Für heute Abend hat Gero übrigens Karten im *Wintergarten* reserviert. Den schauen wir uns gleich schon mal bei Tageslicht an.«

Letzteres war gerade jedoch genauso wenig vorhanden wie abends. Seit Tagen hing eine dichte Wolkendecke über der

Stadt, was den unheilvoll aus allen Winkeln heulenden Ostwind noch bedrohlicher wirken ließ.
»Ich kann nicht mehr.« Constanze blieb entschlossen an der Ecke zur Friedrichstraße stehen und presste die in einem Pelzmuff steckenden Hände trotzig gegen ihren durchgefrorenen Leib. Der knöchellange Wollmantel mit dem aufwendigen Pelzrevers vermochte nur wenig gegen den erbarmungslosen Wind auszurichten. Die Kälte biss ihr an den Ohren, Hut und Schal schützten sie kaum dagegen. Sie hatte das Gefühl, der Wind wehte durch sämtliche Fasern ihrer Kleidung und sie stünde splitterfasernackt da. Ihre leicht nach oben gebogene Nasenspitze hatte sich längst in einen Eisklumpen verwandelt. Es dauerte, bis die immer eine Handvoll Schritte vorauslaufende Selma ihr Zurückbleiben bemerkte. Trotz der Entfernung konnte sich Constanze das verdutzte Gesicht der Freundin ausmalen. Ihre Gebärden sprachen Bände. Constanze genoss es zu beobachten, wie sie mitten im Strom der Richtung Brandenburger Tor eilenden Menschen innehielt und plötzlich nicht wusste, wohin sie sich wenden sollte, um ihre Begleiterin zu suchen. Als Selma den Kopf nach rechts wendete, trat jemand auf sie zu. Die Figur und die Art, sich zu bewegen, besaßen etwas Vertrautes. Neugierig kniff Constanze die Augen zusammen, um ihn besser zu sehen.
Das durfte nicht wahr sein! Ein solcher Zufall war undenkbar. Mehr als zwei Millionen Einwohner hatte Berlin inzwischen, von den Zigtausenden Besuchern aus aller Welt ganz zu schweigen, und trotzdem tauchte an einem eisigen Februartag Robert Beck aus Belfort völlig unverhofft bei Selma auf. Das musste eine Sinnestäuschung sein. Ein zufälliges Zusammentreffen schien Constanze einfach zu abstrus. Wahrscheinlich handelte es sich um einen Berliner Bekannten der Freundin, der in der

Nähe wohnte oder arbeitete und Robert verblüffend ähnlich sah. Selma kannte doch nahezu die halbe Stadt. In den vergangenen Tagen waren sie selbst an den entlegensten Orten immer wieder auf Bekannte von ihr gestoßen, sei es im Teepavillon im Charlottenburger Schlosspark oder im Museum am Lustgarten, ja sogar in der Damenwäscheabteilung von Tietz an der Leipziger Straße. Führte Gero Selma abends aus, wobei er Constanze schon zwei Mal hinzugebeten hatte, endeten sie auch ohne feste Verabredung spätestens im zweiten oder dritten Lokal am Tisch von guten Freunden. Gut möglich also, dass sie auch bei diesem unwirtlichen Wetter mitten auf der Straße einen Bekannten traf.

Langsam schlenderte Constanze auf die beiden zu, redete sich stur weiter die Version von Selmas Berliner Bekannten ein, der ihr zufällig Unter den Linden über den Weg gelaufen war. Zugleich grübelte sie, was sie eigentlich daran störte, sollte es doch Robert Beck sein, der da wenige Meter vor ihr vergnügt mit Selma plauderte. Bei ihrem letzten gemeinsamen Ausflug nach Straßburg und Sessenheim vergangenen Sommer hatte er ihnen beiden gleichermaßen den Hof gemacht, war durchaus darauf bedacht gewesen, keine von ihnen zu bevorzugen. Als er dann noch einmal überraschend in Baden-Baden aufgetaucht war, hatte Selma ihn in Geros Beisein sträflich kühl behandelt. Das war ihm nahegegangen, wie sie während des Gesprächs mit ihm und Meta hatte feststellen können. Auf kaum mehr als zwei Armlängen Entfernung zu den beiden wusste sie auf einmal, warum sie sich so hartnäckig dagegen sträubte, ihn so nah bei Selma zu wissen: Weil er gar zu vertraut mit ihr tat! Er hielt sie fest an der Hand, redete fröhlich auf sie ein und sonnte sich in dem bewundernden Blick, mit dem Selma ihn verzückt anhimmelte.

»Robert, welche Überraschung!«, zwang sich Constanze zu einem vergnügten Ausruf, als sie die beiden erreichte.
Ertappt wie zwei Naschkatzen in der Vorratskammer einer Konditorei fuhren sie herum, sahen sie erschreckt an, hielten die Hände dabei weiter innig ineinander verschränkt. Selma schien sie dank Roberts Auftauchen vorübergehend völlig vergessen zu haben. Das empörte Constanze ebenso wie die sichtliche Vertrautheit der beiden. Vorwurfsvoll fragte sie: »Wie kommt es, dass Sie in Berlin sind, Robert? Ich dachte …«
»Oh, Sie denken immer zu viel, *ma chère* Constanze«, fiel er ihr schmunzelnd ins Wort. »Sie vermuten mich eigentlich in Paris, wenn nicht gar in Ägypten. Zu meiner Schande muss ich gestehen, es bislang leider nur bis Berlin geschafft zu haben. Die Expedition des Archäologen ist wieder einmal verschoben worden, und in Paris hat man derzeit keine Verwendung für einen unbegabten Provinzfotografen wie mich. Es gibt eben zu viele von meiner Sorte. Wahrscheinlich habe ich mich die letzten Jahre über mein wahres Können einfach getäuscht.«
»Das ist nicht wahr!«, mischte Selma sich ein. »Sie dürfen Ihr Licht nicht unter den Scheffel stellen. Erzählen Sie Constanze lieber, dass Sie hier an der Spree längst zum festen Stamm der Fotografen für die *Dame* und die *Berliner Illustrierte Zeitung* gehören. Die Redakteure im Ullsteinverlag haben einen Narren an ihm gefressen, liebes Küken. Auch die Blätter von Mosse und Scherl werfen begehrliche Blicke auf seine Abzüge. Unser Freund kann sich vor Aufträgen aus der Kochstraße kaum retten.«
»Dann sind Sie also schon länger hier und stehen mit Selma in Kontakt? Warum erzählst du mir das nicht?«
In einer Mischung aus Ärger und Enttäuschung sah sie der Freundin vorwurfsvoll in die hellblauen Augen, in denen die

geheimnisvollen dunklen Punkte funkelten. Verschämt wich Selma ihr aus. Robert senkte den Kopf und stieß einen Stein zwischen seinen Schuhspitzen hin und her. Constanze begriff. Das Verhalten der beiden bewies, dass sie mehr als nur das Verschweigen von Roberts mehrwöchigem Berlinaufenthalt zu verbergen hatten.

»Eigentlich sollte es eine Überraschung für dich sein, liebes Küken«, versuchte Selma halbherzig, die Situation zu retten. »Für vier Uhr sind wir mit Robert an der Ecke zur Dorotheenstraße im Café des *Centralhotels* verabredet. Wir sind etwas zu früh dran, Robert offensichtlich auch. Der Zufall führt uns also schon Unter den Linden zusammen. Ich friere entsetzlich. Wie steht es mit euch? Mir ist nach einer riesigen Tasse heißer Schokolade und einem mindestens ebenso riesigen Stück Schokoladentorte. Lasst uns schleunigst ins Warme flüchten.«

»Aber lieber ins *Kranzler* als ins *Central.* Der Kuchen ist dort eindeutig besser. Außerdem müssen wir nur die Straße überqueren, um im Warmen zu sein.«

Für einen Moment meinte Constanze auf Selmas Antlitz Unmut über Roberts Vorschlag zu lesen, dann aber lächelte sie angestrengt. »Gut, also ins *Kranzler.* Das scheint neuerdings dein Lieblingsort zu sein.«

Constanze horchte auf. Die beiden duzten sich! Ein weiterer Beweis für die Richtigkeit ihrer Vermutung. Selma schien das plötzlich ebenfalls bewusst geworden zu sein, und sie beeilte sich, den Fauxpas auszumerzen: »Für einen Franzosen sind Sie schon ein hervorragender Kenner der Stadt, mein lieber Robert.«

Im *Kranzler* herrschte reger Betrieb. Viele waren wie sie vor der Kälte nach drinnen geflohen. Die Torten in der Auslage verlockten zu großen Sünden. Robert zeigte sich mit den Gepflogenheiten des Lokals bestens vertraut und organisierte ihnen einen Tisch an der Wand, wo es warm und weniger zugig als vorn an der Fensterfront war. Galant half er ihnen aus den Mänteln, winkte dem Ober, um sie zur Garderobe bringen zu lassen, und rückte ihnen die Stühle zurecht.

»Ich freue mich, Sie wiederzusehen«, wandte sich Robert an Constanze, sobald er beim Ober die Bestellung aufgegeben und zur Feier des Tages zusätzlich zu Kaffee, Schokolade und Tortenstücken noch eine Flasche Champagner geordert hatte. Kurz nur wunderte sich Constanze über die Verschwendung. Der deutsche Sekt wäre durchaus günstiger gewesen. Dann aber beruhigte sie sich. Offenbar verdiente er mit seinen Fotografien wirklich hervorragend. Das verriet auch sein neuer Tweedanzug und der elegante Seidenschal, den er statt einer Krawatte um den Hals gebunden hatte. Das Leder seiner Schuhe war ebenfalls kaum abgestoßen. Die Spitzen glänzten frisch poliert. Lässig legte er ein Paar Handschuhe aus braunem, weichem Leder neben sich auf die Tischplatte und schlug die langen Beine entspannt übereinander.

»Erinnern Sie sich noch an unseren Ausflug nach Sessenheim?« Überraschend nahm sein Antlitz einen verträumten Ausdruck an. »›Sag ich zum Augenblick …‹«, begann er mit französischem Akzent zu rezitieren.

»Ach, Kinder! Verschont mich mit dem alten Goethe!«, protestierte Selma und hob die Hand, als wollte sie ihm über die Wange streichen. Wieder wurde ihr im letzten Moment bewusst, dass Constanze bei ihnen saß und sie kein trautes Tête-à-Tête mit Robert hatte.

»Seht nur!«, lenkte sie rasch ab und winkte fröhlich dem Ober zu, der über die Köpfe der anderen Gäste hinweg ein großes Tablett mit den bestellten Köstlichkeiten zu ihrem Tisch balancierte. »Da kommt die beste Schokoladentorte Berlins. Lasst uns mit dem Champagner auf unsere Freundschaft anstoßen. Die Augenblicke mögen verrinnen, unser Zusammenhalt aber hat in alle Ewigkeit Bestand.«

»Wollen wir hoffen.« Sobald eingeschenkt war, hob Constanze das Glas und prostete den beiden zu.

»À votre santé!« Robert stieß erst mit ihr, dann mit Selma an, sah dabei jeder von ihnen tief in die Augen. »In Zeiten, da in Petersburg schwierige Verhandlungen über die deutsche Militärmission im Osmanischen Reich und den Einstieg der deutschen Industrie in russische Rüstungsfirmen geführt werden, sollten wir unser kleines französisch-deutsches Freundschaftsbündnis feierlich besiegeln. Vielleicht bringt das über kurz oder lang zwischen den Entente-Mächten und dem Kaiserreich mehr Frieden als das mühsame Konferieren der Minister.«

»Oh là là, monsieur!« Selma kicherte albern und wedelte übertrieben warnend mit der freien Hand durch die Luft. »Ein hehrer Anspruch. Statt hochtrabende Friedenspläne zu schmieden, lasst uns lieber unserer Freundschaft huldigen und endlich Brüderschaft trinken.«

Ehe Robert sich versah, hakte sie sich bei ihm ein, prostete ihm abermals zu und küsste ihn mitten auf den Mund. Genüsslich schloss er die Augen, kostete den Moment sichtlich aus. Wieder stieg in Constanze Eifersucht auf. Robert schien das zu spüren, denn er löste sich überraschend schnell von Selma, um das Ritual mit ihr nicht weniger genüsslich zu vollziehen.

»Auf dich, *ma chérie!*«, säuselte er und presste ihr einen Kuss auf die Lippen, der ebenfalls alles andere als flüchtig zu nennen war. Zu ihrer Enttäuschung hatte er es trotzdem eilig, sich wieder in das Gespräch mit Selma zu vertiefen. »Hast du auch die Einladung zur Modenschau bei Tietz erhalten? Ich soll für Paris einige Fotos schießen. Man ist dort sehr gespannt, was die deutschen Konfektionäre in diesem Jahr auf den Laufsteg schicken. Bestimmt gibt es einige Verschnitte von Poiret.«

»Wenn dir das mal nicht als Spionage ausgelegt wird«, neckte Selma und neigte sich ihm näher als nötig zu. »Kommst du heute Abend mit in den *Wintergarten?* Gero hat einen großen Tisch reserviert.«

»Bist du auch mit dabei?«, erkundigte sich Robert bei Constanze, da ihm offenbar endlich doch aufgefallen war, wie ruhig sie geworden war.

»Ja, natürlich«, antwortete Selma rasch an ihrer statt, was sie umso mehr ärgerte. »Unser liebes Küken muss doch das Berliner Nachtleben kennenlernen. Schade nur, dass Grischa aus diesem blöden Döberitz nicht wegkommt. Der hätte großes Vergnügen, dich mit den hiesigen Gepflogenheiten vertraut zu machen, liebes Küken.«

Die Art, wie sie das vermeintliche Kosewort gleich zwei Mal kurz hintereinander betonte, brachte Constanze auf. Ebenso störte es sie, von Selmas gönnerhaft auf ihren jüngeren Bruder verwiesen zu werden. Trotzdem zwang sie sich, ruhig zu bleiben. Selma sollte sich keinesfalls darin bestätigt fühlen, dass ihre Strategie aufging, sie wie ein dummes Schulmädchen zu behandeln.

»Wie geht es eigentlich deinem Bruder?«, hakte sie ein. »Macht ihm das Fliegen so viel Spaß, wie er sich erhofft hat? Es ist sehr mutig von ihm, Pilot zu werden. Andererseits braucht man solche gewagten Ziele, wenn man mit seinem Leben etwas Sinnvolles anfangen will.«

Den letzten Satz hatte sie mit Bedacht als kleine Spitze gegen Selma gewählt. Einen Wimpernschlag lang zeigte die sich tatsächlich irritiert, dann siegte die gewohnte Überlegenheit, und sie erwiderte mit einem süffisanten Grinsen: »Große Worte aus deinem entzückenden kleinen Mund, liebes Küken! Der Kleine lernt fleißig fliegen und hofft, bald schon ganz allein am Steuerknüppel sitzen zu dürfen. Eines Tages wird er uns alle über den großen Teich nach Amerika fliegen.«

»Welch vielversprechende Aussichten!«, schaltete Robert sich ein. Anscheinend spürte er die gereizte Stimmung. »Ich würde gern einmal nach New York, und du, Constanze?«

Das Lächeln, mit dem er sie ansah, ließ sie dahinschmelzen. Sie beschloss, Selma außen vor zu lassen und sich ganz auf ihn zu konzentrieren.

»New York ist wirklich ein Traum. Die Freiheitsstatue muss man wohl in jedem Fall einmal gesehen haben, besonders, wenn man wie du und ihr Schöpfer aus Belfort stammt.«

»Die ist nicht nur für Leute aus Belfort interessant«, schaltete sich Selma eifrig ein, um die Unterhaltung erneut an sich zu reißen. »Das Nachtleben in New York soll berauschend sein. Es muss Tausende aufregender Theater und Varietés geben. Aber dazu muss man natürlich schon über einundzwanzig sein.«

Der Seitenhieb saß. Constanze streckte die Waffen.

»Warum warst du so still, Küken?«, wollte Selma später scheinheilig wissen, als sie in der Stadtbahn von der Friedrichstraße zum Savignyplatz heimwärts fuhren. »Hat dich Roberts Auftauchen derart durcheinandergebracht, dass du vor Schreck verstummt bist? Dabei dachte ich bislang immer, du magst ihn.«

»Du hast dich doch bestens mit ihm unterhalten«, gab Constanze trotzig zurück. »Ein Wunder, dass es dir überhaupt aufgefallen ist, wie wenig ich gesagt habe.«

»Ach, komm schon, liebes Küken: Spiel nicht die Beleidigte!«

Um Versöhnung heischend legte Selma ihr den Arm um die Schultern, was Constanze angesichts der anderen Fahrgäste im Waggon peinlich war. Selma kümmerte das jedoch nicht und sie küsste sie sogar noch auf die Wange. »Du hast recht: Ich hätte dir früher erzählen sollen, dass er in Berlin ist. Aber wozu? Wir haben ihn heute Nachmittag zum Kaffee getroffen und werden abends mit ihm ausgehen. Das macht alles wett.«
»Hat Gero nichts dagegen?«
»Wogegen? Dass Robert mit in den *Wintergarten* kommt?« Selma tat überrascht. »Um Freunde einzuladen, hat er doch extra einen großen Tisch bestellt. Er liebt es, sich mit vielen Menschen zu umgeben.«
»So wie du es liebst, in seinem Beisein Hof zu halten.«
Verwirrt sah Selma sie an. Als Constanze beharrlich schwieg, wandte sie den Blick zum Fenster, schaute eine Weile den an der Hochbahn vorbeirauschenden Häuserzeilen nach, dann drehte sie sich ihr wieder zu und setzte von neuem ihr überlegenes Gesicht auf. »Begreif endlich, dass es Gero nicht stört, wenn ich ein wenig mit anderen Männern flirte.«
»Ich bezweifle, dass man das noch ›ein wenig flirten‹ nennen kann«, entfuhr es Constanze verärgert.
»Oh, liebes Küken, werde bitte nicht sittenstreng!« Belustigt schüttelte Selma den Kopf. »Erinnere dich daran, was ich dir schon im Sommer auf der Rückfahrt von Belfort klarzumachen versucht habe: Die Liebe ist ein Spiel. Wir sind in Berlin. Hier tobt das Leben, hier wird getanzt und sich vergnügt, gern auch geflirtet und geküsst. Niemand nimmt das sonderlich ernst. Wer weiß, wie lange wir uns noch so unbeschwert amüsieren können? Du hast doch gehört, was Robert über die Ereignisse in Petersburg erzählt hat. Denk auch an die leidige Zabern-Affäre und daran, wo es gerade sonst überall auf der Welt noch

rumort. Wir sitzen auf einem Pulverfass. Schon morgen kann alles vorbei sein. Ehe wir uns versehen, liegen sich Deutsche und Franzosen in den Schützengräben gegenüber und bekämpfen sich bis aufs Blut. Bis dahin sollten wir das Leben genießen und uns den Spaß gönnen, den es uns bietet.«

»Du meinst, wenn Deutsche und Franzosen vorher um dieselbe Frau gekämpft haben, wird es für sie nachher erträglicher, an der Front aufeinander zu schießen?«

»Nein, ganz sicher nicht.« Wider Erwarten wurde Selma ernst, zupfte an den Handschuhen, die sie in den Schoß gelegt hatte, bevor sie den Blick wieder hob und vorsichtig schmunzelte. »Also gut, du hast mich ertappt: ich flirte mit Robert und er mit mir, gelegentlich ist es sogar ein bisschen mehr als nur ein harmloser Flirt. Aber stell dir vor: Das tun wir auch vor Gero, und der sagt nichts dazu. Im Gegenteil. Ihm geht es so wie vielen Männern: Je mehr die Liebste von anderen begehrt wird, desto mehr begehren sie sie selbst. Das kann für eine Beziehung wie der unsrigen durchaus von Vorteil sein. Der Leidenschaft jedenfalls leistet es Auftrieb, das kann ich dir versichern.«

Zur Bekräftigung ihrer Worte legte sie ihr die Hand auf den Arm, drückte ihn leicht und zwinkerte ihr verschwörerisch zu.

Constanze wurde das zu viel. Empört wendete sich ab, tat, als müsse sie die vorbeiziehende Gegend genauer erkunden, und wünschte sich nichts sehnlicher, als endlich die Station am Savignyplatz zu erreichen.

Durch die Knesebeckstraße bis zum Kudamm liefen sie schweigend nebeneinander her, hielten die Hüte mit den Händen fest, weil auch im Westen der Wind unerbittlich durch die Straßen blies.

»Am besten hole ich Gero in der Kanzlei ab«, erklärte Selma überraschend, sobald sie am Kudamm waren. »Wie ich ihn kenne, bleibt er bis zur letzten Minute im Büro. Die Vorstellung im *Wintergarten* beginnt pünktlich. Es wäre ein Jammer, die ersten Nummern zu verpassen. Wir sind also rechtzeitig mit dem Wagen bei dir in der Uhlandstraße.«

Mit zwei flüchtigen Küssen rechts und links auf die Wange verabschiedeten sie sich. Selma lief nach rechts zur Bleibtreustraße, Constanze nach links zu ihrem Damenheim in der Uhlandstraße.

Auch wenn der Weg nicht sonderlich weit war, genügte er, um das an diesem Tag Erlebte Revue passieren zu lassen. Selma hatte gut daran getan, sie an die Rückfahrt von Belfort nach Baden-Baden im vergangenen Sommer zu erinnern. Nach ihrer ersten Begegnung mit Robert hatte sie sich ähnlich verwirrt gefühlt wie jetzt. Auch wenn sie gemeint hatte, Selma inzwischen besser kennengelernt zu haben, wusste sie doch: Selma war keine Frau, die man wirklich gut kennenlernen konnte. Wahrscheinlich kannte sie sich nicht einmal selbst gut genug. Warum sonst bildete sie sich ein, mit Robert ein harmloses Spiel zu spielen, um ihrer Beziehung mit Gero einen neuen Reiz zu verleihen?

16

Eigentlich wollte Selma an diesem Morgen nur kurz die Nase ins Speisezimmer stecken, sich eine frische Schrippe aus dem Brotkorb stibitzen, an einer Tasse heißen Kaffees nippen und dann flugs Richtung Stadt verschwinden. Es war schon neun. Zu Heddas Verdruss schlief sie zwar sonst meist lange, doch an diesem Vormittag hatte sie einen Ausflug nach Potsdam geplant. Wieder einmal hatte Gero ihr großzügig den Audi überlassen. Eine gute Gelegenheit, mit Robert Schloss Sanssouci zu besichtigen und im Park Fotos für ein Pariser Magazin zu schießen. Passenderweise verhieß der Himmel einen bilderbuchhaften Maitag. Wohlweislich hatte sie eine mittelblaue Kombination aus knöchellangem Seidenrock und Bluse mit tief angesetzter Taille für den Ausflug gewählt. Die weißen Schnürstiefel setzten den richtigen Kontrast dazu. Für den Kopf hatte sie einen sonnengelben Strohhut dabei, den sie beim Fahren mit einem weißen Seidenschal festbinden würde. Schon sah sie vor sich, wie sie vor der Großen Fontäne posieren würde. Im Angesicht der weißen Marmorgottheiten machte sie sich gewiss besonders gut. Schwungvoll legte sie den Hut auf dem Tisch und griff nach dem Brotkorb.

»Guten Morgen, Liebes.«

Vor Schreck, Josephs Stimme dunkle Stimme zu hören, fiel ihr die Schrippe aus der Hand. Verlegen hob sie sie auf, schnippte die Krümel vom Tischtuch und legte sie in den Brotkorb zurück. Dann erst schaute sie zum Tischende.

Joseph hatte die Zeitung sinken lassen. Ein Lächeln umspielte die Mundwinkel, der Blick seiner fehlsichtigen Augen wirkte dagegen wie stets etwas verloren, bis er auf ihr zu ruhen kam. Bevor sie sich erkundigen konnte, was er um diese für ihn späte Stunde noch im Haus machte, schlug er vor: »Willst du dich nicht zu mir setzen und mit mir frühstücken? Deine Mutter ist unpässlich, und so sitze ich hier schon seit einer Stunde mutterseelenallein. Ich kann schlecht Käthe bitten, mir Gesellschaft zu leisten. Die gute Seele hat genug zu tun. Außerdem würde Fina das nicht gutheißen.« Er tupfte sich mit der Serviette das Kinn. »Manchmal denke ich, die wahre Herrschaft im Haus geht von den Köchinnen und Dienstmädchen aus.«

»Du Armer! Da sitzt du brav tagaus, tagein als Abgeordneter im ›Reichsaffenhaus‹ und hast schon in Kaiser Wilhelms Schwatzbude wenig zu sagen. Bist du dann aber mal endlich zu Hause, hält auch dort längst jemand anderer das Zepter in der Hand. Und was das Ganze noch schlimmer macht: Beides hast du dir selbst eingebrockt! Gibt es wenigstens gute Nachrichten aus Bonn? Oder hält dir nicht einmal deine eigene Zeitung treu die Stange?«

»Lassen wir das«, wehrte er ab. Sein gequält klingender Tonfall verriet, wie ungern er an diesem Morgen über den seit einigen Jahren von seinem Neffen geführten Verlag in Bonn sprechen wollte. »Statt mich mit Erwins neuesten Vorschlägen zur Verbesserung des Blattes herumzuärgern, nutze ich lieber die seltene Gelegenheit, mit meinem hochverehrten Fräulein Tochter einmal allein zu sein. Du bist allerdings wohl wieder auf dem Sprung und hast etwas Aufregendes vor. Zu Hause sieht man dich kaum noch. Für eine unverheiratete Frau deines Alters schickt sich diese Herumtreiberei ganz und gar nicht. Ich als dein Vater muss dir das einmal sagen.«

Beharrlich bemühte er sich um einen strengen Gesichtsausdruck, was Selmas Schmunzeln verstärkte.

»Hat Mama dir in den Ohren gelegen, damit du mit mir Tacheles redest? Kein Wunder, dass sie wieder Migräne hat. Ständig macht sie sich Sorgen. Die sind aber völlig unnötig. In meinem Leben geht es äußerst schicklich zu. Mein Verlobter, den Mutter übrigens über alle Maßen schätzt, wie sie bei jeder Gelegenheit nicht müde wird zu betonen, führt mich äußerst sittsam aus und wacht strengstens über meine Tugend. Natürlich hat er viele Verpflichtungen, muss sich viel in der Berliner Gesellschaft zeigen, um Mandanten für seine Kanzlei zu gewinnen oder alte Kontakte zu pflegen. Das ist doch genau das Leben, das Mama sich so gern für meine Zukunft ausmalt.«

»Statt dich so eifrig an der Seite deines Verlobten auf Abendeinladungen zu zeigen, solltest du dich besser mit der konkreten Planung eurer Hochzeit beschäftigen. Das würde deine Mutter sicher noch viel lieber sehen.«

»Von daher also weht der Wind.« Selma lachte. »Mama hat Angst, Gero und ich blieben auf ewig verlobt, dabei will sie mich lieber heute als morgen endlich aus dem Haus haben.«

»Nein, nein. Das hast du jetzt völlig falsch verstanden«, beeilte sich Joseph klarzustellen.

»Was gibt es da falsch zu verstehen? Mama legt Wert auf eine schnelle Hochzeit. Dabei ist es heutzutage keine Seltenheit, mehr als ein gutes Jahr verlobt zu sein, bevor man heiratet. Ein Mann wie Gero hat viel zu tun, muss außerdem wohl überlegen, wie seine Hochzeit genau aussieht, wer dazu eingeladen wird und so weiter. Natürlich wollen seine Eltern und sein Bruder aus Ostpreußen anreisen, dazu noch ein großer Kreis Verwandter. Das alles arrangiert man nicht innerhalb weniger Wochen.«

»Das mag sein«, gab Joseph sich geschlagen. Das Thema war ihm sichtlich unangenehm. »Besprich diese Einzelheiten lieber mit deiner Mutter. Es wird ihr bald wieder bessergehen. Mir bereitet etwas ganz anderes große Sorgen: Mir ist zu Ohren gekommen, dass du abends, wenn du nicht bei uns zu Hause bist, trotzdem nicht immer mit deinem Verlobten unterwegs sein sollst.«

»Weil ich mich um Großmama kümmere und gelegentlich bei ihr übernachte, damit sie nicht so allein ist«, warf Selma etwas zu überstürzt ein und biss sich sogleich auf die Lippen. Auch wenn es teilweise stimmte, spürte sie selbst, wie fadenscheinig das klang.

»Dein Engagement für deine Großmutter ist sehr lobenswert.« Der Vater bemerkte offenbar nicht das Geringste von ihrer Unsicherheit, wie sie erleichtert feststellte. »Trotzdem musst du aufpassen, nicht ins Gerede zu kommen. Es fällt einfach auf, wie viel du auf nächtlichen Vergnügungen unterwegs bist und wie früh am Morgen du oft erst zu Hause eintriffst, egal, ob bei deiner Großmutter oder hier bei uns. Denk an deinen guten Ruf. Gib niemandem Anlass für dummes Gerede.«

»Papa!«, brauste Selma zunächst entrüstet auf und setzte, sobald sie seinen entsetzten Blick gewahrte, sanfter nach: »Um meinen guten Ruf musst du dir keine Sorgen machen. Auf den achte ich selbst. Und Gero natürlich ebenso, schließlich hat er selbst einen Ruf zu verlieren.«

»Dann sind wir uns ja einig«, stellte Joseph fest und griff sichtlich erleichtert wieder nach seiner Zeitung.

Sie betrachtete ihn eine Weile schweigend. Längst war er wieder ganz in der Lektüre versunken. Gewiss würde er Hedda später berichten, wie nachdrücklich er der leichtlebigen Tochter die Leviten gelesen und wie einsichtig sie darauf reagiert hatte. Damit war er seiner Verantwortung als Vater nachgekommen und zugleich einem unangenehmen Streit ausgewichen. Mutter wie Tochter waren zufriedengestellt, und Joseph Rosenbaum hatte seine Ruhe. Das immer gleiche Spiel, seit mehr als zwanzig Jahren.

»Das steht dir übrigens sehr gut«, sagte sie laut.

»Was?« Überrascht ließ er das Blatt wieder sinken.

»Dass du dir den Bart hast stutzen lassen.« Verschwörerisch zwinkerte sie ihm zu. Sogleich strich er sich mit der Hand über die Wange. »Findest du wirklich?«

»Würde ich es sonst sagen?« Sie trat zu ihm, strahlte ihn an und streichelte ihm zärtlich über die Wangen. »Seit du im letzten Sommer deinen alten Schneider aufgegeben hast, näherst du dich modisch langsam, aber sicher dem heutigen Geschmack. Du solltest dir öfter die Zeit nehmen, dich um dein Äußeres zu kümmern. Es macht dich glatt um zehn Jahre jünger.«

»Dann sollte deine Mutter wohl besser auf mich aufpassen, sonst werde ich zum Schwarm deiner jungen Freundinnen.«

»Auf die Brille brauchst du künftig trotzdem nicht zu verzichten«, riet sie. »Die alten Kneifer aus der Gründerzeit sind passé. Heutzutage gibt es schicke Modelle, mit denen du bei den Damen für Furore sorgen kannst. Lass uns morgen zusammen in die Stadt fahren und dir ein neues Gestell aussuchen.«

»Wenn das ein Angebot ist, dich einen ganzen Tag um mich zu haben, nehme ich das sehr gern an.«

»Wunderbar! Dann starten wir morgen gleich nach dem Frühstück. Bis dahin!« Sie umarmte ihn und küsste ihn auf beide Wangen, um dann flugs aus dem Speisezimmer zu verschwinden. So entging sie der Gefahr, ihm Genaueres über ihre Pläne für den anstehenden Tag verraten zu müssen.

Dank ihrer flotten Fahrweise, die sie auch im dichten Stadtverkehr beibehielt, benötigte sie nur eine gute halbe Stunde, um vom Haus der Eltern in der Friedenauer Wielandstraße zu Roberts winziger Wohnung nahe beim Hausvogteiplatz zu gelangen. Trotzdem war das lange genug, um sie über Josephs Andeutungen ins Grübeln zu bringen. Das Schlimmste war, dass er die Lage richtig erkannt hatte: Sie musste endlich für klare Verhältnisse sorgen, sonst flog alles auf, und nicht nur ihr Ruf wäre zerstört. Auch Gero wäre am Ende und mit ihm ihre gemeinsame Zukunft. Robert dagegen würde einfach nur aus

Berlin verschwinden müssen, um sein Leben unbeschadet in Paris fortsetzen zu können.
Ein Tränenschleier schob sich ihr vor die Augen, nur mehr undeutlich nahm sie die Fahrspur wahr. Vorsichtshalber verlangsamte sie den Wagen, schaltete schließlich einen Gang hinunter. An der nächsten Kreuzung musste sie ohnehin kurz anhalten, um den Querverkehr passieren zu lassen. Ängstlich lauschte sie auf das Tuckern des Motors. Ginge er aus, müsste sie aussteigen und ihn ankurbeln. Zum Glück blieb ihr das erspart. Kurz darauf kam der Potsdamer Platz in Sicht. Motoren knatterten, Hupen dröhnten. Zwischen Autos und Omnibussen schoben sich Pferdefuhrwerke, ein Radfahrer drängelte sich gefährlich nah an Selmas Audi vorbei. Sie erschrak, wischte sich die feuchten Wangen. Als sie erneut anfahren wollte, schrillte laut eine Glocke hinter ihr. Jemand schimpfte, ein anderer kreischte. Eine Straßenbahn der braunen Linie ratterte vorbei. Selma hasste das quietschende Geräusch, mit dem sie sich in die Kurve neigte. Die eisernen Räder knarrten in den sandverschmutzten Schienen. Hektisch winkte der Schutzmann Selma weiter. Hinter einem voll besetzten Omnibus schlängelte sie sich auf die äußerste rechte Fahrbahn. So hoffte sie, am Potsdamer Platz zügig in die Leipziger Straße abbiegen zu können.
An der Ecke zur Friedrichstraße stauten sich Autos und Fuhrwerke. Beherzt bog Selma nach links ein, um über die Kronenstraße zu Roberts Wohnung in der Jerusalemer Straße zu gelangen. Nach wenigen Metern stockte der Verkehr abermals. Ein Lieferwagen hatte sich an einer Hofausfahrt mit einem Fuhrwerk verkeilt. Es ging weder vor noch zurück. Kräftige Männer luden Fässer und Kisten ab, während die Fahrer aufgeregt miteinander stritten, wer Schuld an dem Malheur trug.

Ungeduldig trommelte Selma mit den Fingern aufs Lenkrad. So kurz vor dem Ziel aufgehalten zu werden war doppelt ärgerlich. Ihr Blick wanderte über die Fassaden. Bei Nacht glitzerten Leuchtreklamen und lockten zum Besuch der zahllosen Tanzlokale, Restaurants, Theater, Kabaretts und Kintopps. Selbst die Münchener Brauerei Pschorr unterhielt an der begehrten Adresse einen beeindruckenden Bierpalast, erfreute sich das bayerische Bier derzeit doch größter Beliebtheit in allen Kreisen der Hauptstadt. Bei Tag verschwand zwar das aufgeregte Funkeln der Amüsierbetriebe in der Friedrichstraße, dafür beherrschten Banken, Geschäftshäuser und Hotels nicht weniger auffällig das Bild. Die letzten Winkel, in denen sich noch niedrige Bauten aus der alten Zeit fanden, verschwanden hinter Baugerüsten. Im Eiltempo wurden weitere Palais mit schwindelerregend hohen Säulen, Karyatiden und Türmchen errichtet.

Selma versank im Betrachten des Schaufensters eines Modeateliers, das eine junge Frau neu dekorierte. Als sie das strassbesetzte Diadem auf dem Kopf einer Schaufensterpuppe erspähte, musste sie an jenen Abend Anfang Dezember denken, an dem die Verwicklungen begonnen hatten. Es ähnelte jenem, das ihre Freundin Luise damals getragen hatte. Robert hatte sie mit dem Taxi von *Bühlers Ballhaus* nach Hause begleitet, während Gero ihr Verschwinden nicht einmal aufgefallen war. Überhaupt hatte er seither kaum etwas davon bemerkt, was sich zwischen Robert und ihr entwickelt hatte. Dass sie nicht mehr miteinander schliefen, sie seit Wochen das einst von ihm so inbrünstig entfachte Bedürfnis nach Zärtlichkeit in den Armen eines anderen stillte, schien ihn nicht im Geringsten zu stören. Wahrscheinlich fand er in Ansgars Armen eher das, wonach ihn gerade am meisten ge-

lüstete. Erneut wurden ihr die Augen feucht. Sie schniefte, wischte sich mit dem Handrücken vorsichtig über die Wangen. Nach außen war alles in bester Ordnung. Gero verwöhnte sie mit kleinen Geschenken, führte sie ins Theater oder zum Tanz, nahm sie zu Einladungen mit. Wie lang aber sollte das noch so weitergehen? Wollte sie überhaupt, dass es so weiterging, tatsächlich in der von allen ersehnten Hochzeit endete?
Sie zuckte zusammen, als sie gewahrte, dass das Hindernis beseitigt war und die Fahrbahnen wieder frei vor ihr lagen. Hinter ihr setzte aufgeregtes Hupen ein. Zum Glück lief der Motor noch. Gleich konnte sie anfahren und erreichte kurz darauf die Jerusalemer Straße. Direkt vor der Haustür fand sie einen Platz für den knallroten Audi. Gekonnt manövrierte sie ihn dicht an die Bordsteinkante, zog die Handbremse an.
Als das Tuckern des Motors erstarb, starrte sie einen Moment ziellos durch die Frontscheibe. Der Springbrunnen auf dem Hausvogteiplatz zauberte im Sonnenlicht einen Regenbogen in die Luft. Bald wurde das filigrane Gebilde von einem kräftigen Windstoß verweht. Ähnlich verhielt es sich wohl mit ihrer Affäre zu Robert. Auf den ersten Blick berauschend schön, auf Dauer jedoch viel zu zaghaft, um sich gegen Wind und Wetter zu bewähren. Da bot die Verbindung zu Gero eine ganz andere Sicherheit. Wie konnte sie auch nur daran denken, die für die Liebelei mit Robert ernsthaft aufs Spiel zu setzen? Entschlossen reckte sie sich in die Aufrechte, holte einen Spiegel aus der Tasche und überprüfte ihr Äußeres. Unter der Krempe des mit einem Seidenschal fixierten gelben Sonnenhuts blitzten eine Handvoll brünetter Locken hervor, eine längere Strähne strich sie lässig hinters Ohr. Sie legte noch etwas Puder und Rouge auf, schürzte die Lippen, um das Rot zum Glänzen zu bringen,

bevor sie den Klappspiegel zuschnappen ließ. Sie wusste wieder, was zu tun war. Der anstehende Ausflug nach Sanssouci bot die beste Gelegenheit, ihr Leben ein für alle Mal ins Reine zu bringen.

Roberts Wohnung befand sich in einem Haus im ersten Hof. Selma hasste die Berliner Bauweise, die nach einer prächtigen Straßenfassade allzu oft in eine stetig bedrückender und lichtloser werdende Flucht von Hinterhöfen zu führen pflegte. Wenigstens konnte man im ersten Hof noch sicher sein, selbst an trüben Tagen jederzeit den richtigen Aufgang zu finden. Spiralartig schraubte sich im engen Hausflur die steile Treppe nach oben. Robert wohnte direkt unterm Dach. Das bescherte dem ersten seiner beiden Zimmer dank eines überraschend großzügigen Atelierfensters zwar wundervolle Lichtverhältnisse, die Räumlichkeiten waren jedoch nur unter großen Mühen zu erreichen. Allein Roberts freudig ausgebreitete Arme und das verführerische Leuchten seiner nahezu schwarzen Augen, mit dem er sie am obersten Treppenabsatz empfing, lohnten die Anstrengung.

»Wie schön, dich wiederzusehen, *mon amour.*« Er umarmte sie zärtlich. Im ersten Überschwang fiel sie ihm trotz aller Vorsätze gleich entgegen, kuschelte sich gegen seine Brust, sog den Duft ein, der in seinen Kleidern hing. Es war eine einzigartige Mischung aus einem herben Rasierwasser, Zigarettentabak, Kaffee sowie Spiritus und Entwicklerflüssigkeiten. Der Tag, an dem Robert dieser Geruch einmal nicht anhaftete, musste erst noch erschaffen werden.

»Du warst wohl schon fleißig«, stellte sie fest, sobald sie sich aus seiner Umarmung gelöst hatte und das erste Zimmer seiner Wohnung betrat.

»Es ist fast Mittag. Die Zeit muss ich nutzen«, tat er entrüstet. »Gestern habe ich lange genug vor dem Schloss auf der Lauer

gelegen, um euren Kaiser mitsamt seinen Söhnen beim berühmten Gang zum Zeughaus zu erwischen. Willst du das Ergebnis sehen? Die Fotos hängen nebenan zum Trocknen. Spätestens morgen müssen sie zur Post. In Paris warten sie schon sehnsüchtig darauf. Uns geht eben doch ein *grand empereur* ab.«
Er fasste sie an der Hand und wollte sie in die zweite Kammer ziehen, die hinter dem gleichzeitig als Wohn-, Schlaf- sowie Esszimmer dienenden ersten Raum lag. Dort gab es nur eine enge Dachluke sowie einen Wasseranschluss, weshalb sie sich bestens als Dunkelkammer eignete.
»Später vielleicht.« Sie befreite sich aus seinem Griff, zupfte sich die Handschuhe von den Fingern, ließ den Blick flüchtig durch den Raum mit der Dachschräge gleiten. Das durch das Atelierfenster hereinströmende Sonnenlicht überzog die schlichten Möbel mit einem goldenen Glanz. Außer einer Kommode, einem Bett und einem Wandschrank gab es lediglich noch einen kleinen Tisch mit zwei Stühlen und einen abgewetzten Lesesessel, den Robert direkt vors Fenster gerückt hatte. Matt sank Selma darauf. Auf dem Polster lag eine Mappe mit Fotos. Sie schlug sie auf und versank im Zauber der Aufnahmen.
Auf den ersten Blick handelte es sich um vermeintlich beliebige Schnappschüsse von Passanten auf Berliner Straßen, in der Stadtbahn, am Spreeufer oder am Wannsee. Auf den zweiten Blick wurden sie zu beredten Porträts von Menschen, deren ganzes Wesen einem in den Aufnahmen schlagartig deutlich wurde. Selma erinnerte sich an die Bilder, die er im vergangenen Sommer von Constanze und ihr gemacht hatte. Da war ihr Roberts Gabe zum ersten Mal bewusst geworden. Auch bei diesen Aufnahmen war es ihm gelungen, genau im richtigen Augenblick den Auslöser zu drücken. Das gab viel davon preis,

wie neugierig er die Welt betrachtete, mit wie viel Liebe und Einfühlungsvermögen er seinen Mitmenschen begegnete, mit wie viel Geduld er den entscheidenden Moment abpasste, um sie derart treffend abzulichten. Ganze Schicksale steckten in jedem einzelnen Foto, und er verstand es, sie mit schlichtesten Mitteln zum Leben zu erwecken. Es war nur eine Frage der Zeit, bis er damit großen Erfolg haben würde. Versonnen betrachtete sie die Abzüge von neuem, wusste auf einmal, wie gern sie die Fotos nehmen und die Geschichten der Menschen darauf in Romanen erzählen würde. Meta wäre begeistert, Robert natürlich auch. Gero dagegen würde es als Schnapsidee abtun. Was wollte sie damit auch anfangen? Wollte etwa ausgerechnet sie zur Chronistin der Durchschnittlichkeit werden? Jäh schlug sie die Mappe zu.

»Bist du erschöpft? Möchtest du dich ausruhen, *mon amour?*« Robert kniete vor ihr nieder, umschlang ihre Oberschenkel und wollte den Kopf in ihren Schoß betten.

Sie versteifte sich. Alles in ihr drängte danach, dem Verlangen nachzugeben und ihn gewähren zu lassen. Die Fotos hatten sie gerade wieder ganz betrunken gemacht. Wer mit so viel Hingabe wie Robert die Welt und seine Zeitgenossen betrachtete, war ein besonderer Mensch. Und ein ausgezeichneter Liebhaber, wie sie bereits schon öfter hatte feststellen dürfen. Doch sie wusste es: Wenn sie ihn jetzt gewähren ließ, war es um sie geschehen. All ihre Vorsätze wären verloren, und sie würde es nicht schaffen, für klare Verhältnisse zu sorgen. Behutsam umfasste sie mit beiden Händen sein Gesicht und hauchte heiser »Nein!«, um nach einem entschiedenen Räuspern hinzuzufügen: »Lass uns aufbrechen. Sonst wird das Licht schlechter. Dann kannst du auf deinen Fotos nur schwerlich den Reiz des Parks im Frühlingsrausch einfangen.«

Kaum hatte sie die Worte ausgesprochen, wusste sie, wie kurz ihr Widerstand währen würde. Roberts Nähe war zu verlockend, der Blick, mit dem er sie ansah, genügte, um sie ein weiteres Mal dahinschmelzen zu lassen. Er wusste, wonach sie sich tief im Innersten sehnte. Einmal noch sollte sie das auskosten und einfach nur genießen, von ihm geliebt zu werden. Ohnehin kümmerte er sich wenig um ihren zaghaften Versuch, sich seines Charmes zu erwehren. Längst hatten seine Finger damit begonnen, aufreizend langsam über den weich fallenden Seidencrêpe ihres Rockes zu streichen. Sie hielt den Atem an, während seine Fingerkuppen an den Beinen hinunterglitten, um sich in Höhe der Knöchel unter den Stoff zu begeben und auf der dünnen Seide der Strümpfe wieder bis zum Strumpfband hinaufzuwandern. Triumphierend lächelte er sie von unten her an, den Kopf gefährlich nah über ihrem Schoß. Ein letztes Mal haderte sie damit, ihrem Entschluss treu zu bleiben oder den Weg des Genusses zu wählen. Roberts warmer Atemhauch auf ihrem Unterleib ließ sie erschauern. Die Entscheidung war gefallen. Streng sein konnte sie später immer noch.

Mit einer geschickten Bewegung öffnete er die Strumpfbänder, rollte die Strümpfe nach unten, streichelte in kreiselnden Bewegungen über die zarte Haut an der Innenseite ihrer Schenkel entlang, fuhr den Weg mit den Lippen nach. Sie schloss die Augen, lehnte den Kopf nach hinten und versank in der Wonne, die ihr die Berührung seines Mundes auf der bloßen Haut schenkte. Zärtlich umfasste er ihre Hüfte und Beine, hob sie hoch und trug sie zum Bett hinüber.

Längst hatte sie die Arme um seinen Hals geschlungen, zog ihn zu sich herab und überdeckte seine glattrasierten Wangen mit gierigen Küssen, fuhr mit der Zunge von der Nasenspitze abwärts die Linie des dünnen Oberlippenbartes entlang, um

schließlich durch seine leicht geöffneten Lippen in die Tiefe seiner Mundhöhle einzutauchen. Während ihre Zungen im berauschten Taumel miteinander spielten, knöpfte er ihr die Bluse auf und befreite erst ihren Oberkörper, dann den restlichen Leib von überflüssigem Stoff.
Noch einmal wallte in Selma ein Anflug von schlechtem Gewissen auf. Einzelne Satzfetzen des Gesprächs mit dem Vater klangen in ihrem Innern auf, sie rief sich in Erinnerung, was sie sich vorhin im Auto überlegt hatte, um es sofort wieder zu verdrängen.
»Nicht so viel denken, *ma petite.* Lass dich fallen. Ich weiß, was dir jetzt guttut.«
Sacht strich Robert ihr mit der Fingerkuppe über die Stirn, fuhr die Bögen ihrer Augenbrauen entlang, den Nasenrücken hinunter und verschloss ihre Lippen mit einem langen, sehr leidenschaftlichen Kuss. Das raubte ihr endgültig Herz und Verstand. Flüchtig flackerte das Bild des sich mit seinem Liebhaber im Bett vergnügenden Gero in ihr auf. Zugleich erinnerte sie sich, wie berauschend danach die Nächte mit ihm gewesen waren. Nicht zum ersten Mal war sie sicher, wie gut er es verstehen würde, wenn sie sich bei Robert ebenfalls neue Anregungen für ihre Liebe gönnte. Die vorübergehende Atempause tat ihrer zukünftigen Ehe nur gut, das bewies der kameradschaftliche Umgang, den sie seit Wochen miteinander hatten. Letzten Endes bewahrte sie das vor allzu rasch einsetzender Langeweile. Genussvoll bog sie sich nach hinten, streckte Robert willig den ganzen Leib entgegen. Einige Atemzüge lang ließ er von ihr ab, betrachtete ihre Blöße mit einem verzückten Blick, dann zerrte er sich ebenfalls die Kleider vom Leib und widmete sich fortan ausschließlich den Bedürfnissen ihres vor Wollust auflodernden Körpers.

Auf einmal wünschte sich Selma wieder, der Augenblick währte ewig. Um das zauberhafte Frühlingslicht im Park von Sanssouci zu bewundern, war am Nachmittag noch Zeit genug.

17

Selma wechselte die Sitzposition, stützte sich mit der rechten Hand auf dem Rand der Großen Fontäne vor Schloss Sanssouci ab, legte die linke lässig in den Nacken und lächelte in die Kamera. Dass Lächeln so anstrengend sein könnte, hätte sie nie vermutet.

Um die Muskulatur wieder zu entspannen, musste sie anschließend Grimassen schneiden.

»*Fantastique! C'est très joli, mon amour!*« Robert rückte das dreibeinige Holzstativ einen halben Meter beiseite, beugte sich vor, nahm sie durch die Linse ins Visier, drückte den Auslöser.

»Was tust du da?«, rief sie übertrieben entrüstet, sobald sie das Klicken des Auslösers vernahm. »Du hast doch nicht etwa genau in dem Moment, in dem ich …«

»Aber natürlich! Wenn du solche Fratzen schneidest, bist du einfach am allerschönsten, *mon amour.*«

»Elender Schuft!« Sie tat beleidigt und verschränkte die Arme vor der Brust, setzte ein finsteres Gesicht auf. Auch das fotografierte Robert wieder, bevor er die Doppelkassette aus dem Apparat nahm und eine neue einlegte.

»Wie schade, dass die Fotos nur schwarz-weiß sind.« Als sie sich nach links drehte, strich sie den Rock glatt. Der Seidencrêpe knitterte leicht. Das Lanvinblau korrespondierte aufs harmonischste mit dem Blau des wolkenlosen Maihimmels, zudem unterstrich es ihre Haarfarbe. Der brünette Ton schimmerte vor diesem Hintergrund ganz besonders. Längst hatte sie den sonnengelben Strohhut beiseitegeworfen und die wellige Mähne offen über die Schultern fließen lassen. Für die nächste Position wickelte sie sich eine Strähne um den Finger und drehte sich halb von der Kamera weg, um mit einem lasziven Augenaufschlag und halb geöffneten Lippen möglichst verrucht auszusehen.

»*Oh là là, mademoiselle!*« Robert grinste frech, während er näher zu ihr heranrückte. »Dieses Bild werde ich wohl kaum einer Illustrierten anbieten.«

»Dann vielleicht dieses hier?« Sie kämmte das Haar mit den Fingern streng nach hinten und wand es zu einem Knoten. Noch während sie diesen am Hinterkopf ausrichtete, fotografierte Robert weiter. »Wundervoll! *Magnifique!*«

Über seinen Begeisterungsrufen blieben Spaziergänger stehen und warfen Selma faszinierte Blicke zu. Das Publikum spornte sie an, noch aufreizender für Robert zu posieren.

»So, ich glaube, das genügt für heute«, erklärte er nach einer weiteren Aufnahme.

»Ich will es auch einmal versuchen!« Sie lief zu ihm, stieß ihn sanft beiseite, postierte sich hinter der Kamera und schaute durch die Linse. »Sag mir, was ich tun muss, und dann beziehst du dort vorn Stellung. Du gibst sicherlich ein wunderbares Motiv ab!«

Sie richtete sich wieder auf und strahlte ihn gewinnend an. Er zögerte einen Moment, schien zu überlegen, ob er es wirklich wagen sollte, ihr seine kostbare Kamera zu überlassen.

»*Alors! Qui ne tente rien n'a rien.* Vielleicht hast du Talent. Lass es uns ausprobieren. Ich habe allerdings nur noch zwei Platten in dieser Doppelkassette übrig.«

Flink nahm er die belichtete Platte aus dem Apparat, legte eine neue ein und erklärte ihr in knappen Worten, worauf sie achten und wann und wie sie den Auslöser betätigen musste. Schließlich lief er zum Rand des Brunnens und versuchte sich ebenfalls als Modell. Sie drückte ab. Bevor er aufspringen und zu ihr eilen konnte, wechselte sie bereits selbständig die Platten.
»Ich bin eine gute Schülerin. Ich schaffe das auch allein!« Rasch fotografierte sie ein zweites Mal. »Nur schade, dass du keine weitere Platte mehr hast. Langsam finde ich Gefallen am Fotografieren. Ich werde das künftig öfter ausprobieren.«
»Lass dir eine Rollfilmkamera schenken. Mit der tust du dich gerade zu Anfang leichter.«
Argwöhnisch überprüfte er seine Ausrüstung, atmete sichtlich erleichtert auf, sobald er feststellte, dass sie in Ordnung war. Sie musste lachen. Wie liebte sie das an ihm! So freizügig er sich sonst gab, verstand er mit seiner Kamera und den Fotos keinen Spaß. Er umhegte sie wie eine Mutter ihr Baby. Umsichtig nahm er die letzte Platte aus der Kamera und verstaute sie mit größter Sorgfalt in der Tasche, schob die Kamera zusammen, um auch sie in die dazugehörige Tasche zu packen. Zuletzt war das Holzstativ an der Reihe. Selma spürte einen Anflug von Eifersucht. Wie gern wäre sie diejenige, um die er sich derart bemühte! Sie biss sich auf die Lippen. Wie konnte sie nur darüber nachdenken, wo sie doch eigentlich den Entschluss gefasst hatte, an diesem Nachmittag die Affäre mit ihm zu beenden? Das launige Geplänkel während des Fotografierens hatte allerdings von neuem eine zweideutige Stimmung zwischen ihnen hervorgerufen, jetzt kam noch die verdammte Zärtlichkeit hinzu, die sie empfand, je länger sie ihn beobachtete. Warum nur musste das Leben so kompliziert sein und trotzdem nach klaren Verhältnissen verlangen?

»Eine wundervolle Idee von dir, nach Sanssouci zu fahren.« Er stellte sich neben sie. »Dieser Park ist einfach großartig! Natürlich kein Vergleich zu Versailles, aber immerhin hat sich euer Friedrich wirklich große Mühe gegeben, etwas annähernd Kunstvolles zu errichten.«

»Eingebildeter Fatzke!« Zärtlich knuffte sie ihn in die Seite. »Niemals würdest du zugeben, welch unglaubliche Pracht sich hier entfaltet. Auch wir Deutschen verstehen uns auf die hehre Kunst.«

»Du kennst Versailles nicht.« Er legte ihr den Arm um die Schultern und zog sie an sich. Die Augen mit der flachen Hand abgeschirmt, richtete er den Blick die sechsstufige Terrassenanlage empor. Unwillkürlich lehnte sie den Kopf an seine Seite und versank ebenfalls in dem märchenhaften Anblick des Schlosses.

Sans souci – ohne Sorge –, so fühlte man sich in der Tat, wenn man dieser frühlingshaften Pracht ansichtig wurde. Alles, was einem eben noch das Herz beschwerte, war plötzlich wie weggewischt. An den Weinstöcken und Obststräuchern entlang der Mauern spross helles, üppiges Grün, die Blumenrabatte lockten in verführerischen Farben und verheißungsvollen Düften Insekten an. Ein munteres Summen erfüllte die Luft, vielstimmig begleitet vom Frühlingszwitschern der Vögel. Die Natur schien vom ungezügelten Liebeswerben der Kreaturen zu bersten. Auch Selma fühlte sich von dem Zauber ergriffen. Kühn regte sich in ihr die Versuchung, den Gefühlen freien Lauf zu lassen. Sie tastete nach Roberts Hand, spürte, wie seine Finger sich willig mit den ihren verhakten.

»Wir sollten nach oben gehen«, schlug sie heiser vor. »Der Blick von der obersten Terrasse über den Park ist einzigartig. Außerdem musst du unbedingt die Orangerie und die Windmühle sehen. Auch das Neue Palais im Westen darfst du keinesfalls auslassen. Ich wette, darüber verblasst dein Versailles sehr schnell.«

»Die Wette schlage ich aus, weil ich deinen Plan durchschaue. Mit dem umfangreichen Programm willst du mich müde machen, so dass mir am Abend gar nichts anderes mehr übrig bleibt, als allem, was du sagst, einfach nur zuzustimmen. Es wäre ein Wunder, wenn es uns gelänge, sämtliche Sehenswürdigkeiten an einem Nachmittag ausgiebig genug zu besichtigen, um ihre wahre Bedeutung einzuschätzen.«

»Wenn wir gleich anfangen, stehen die Chancen nicht schlecht.« Bevor er widersprechen konnte, eilte sie zu den Treppenstufen. Am Fuß der ersten blieb sie stehen, schaute sich nach ihm um. »Auf, *monsieur,* keine Müdigkeit vortäuschen. Jetzt lernen Sie die wahre preußische Kultur kennen.«

»Zu Befehl, gnädiges Fräulein!« Er salutierte militärisch.

Hand in Hand erklommen sie die mehr als einhundert Stufen, hielten auf den ersten Terrassen noch an, um pflichtschuldig die Orangenbäume und die pyramidenartig beschnittenen Eiben zu bestaunen. Ab der dritten Terrasse schenkten sie sich die Pause, um schneller nach oben zu gelangen. Erbarmungslos brannte die Sonne auf sie herunter. Selma geriet ins Schwitzen. Auch Robert perlten erste Schweißtropfen auf der Stirn. Der weiße Strohhut warf nur einen schmalen Schatten auf sein Gesicht, der Rand seines hellen Halstuchs färbte sich dunkel.

»Ich kapituliere!« Unvermittelt blieb er am oberen Ende der Treppe stehen, hieß auch sie anhalten.

»Jetzt schon?«

»Du hast gewonnen, *mon amour.* Als fußlahmer Franzose bin ich leider nicht in der Lage, all diese Herrlichkeiten in diesem atemberaubenden Tempo zu besichtigen.«

»Dann wird es Zeit, an deiner Kondition zu arbeiten.«
Sie tat, als wollte sie ihn anschieben, er nutzte die Gelegenheit, ihre Taille zu umfassen und sie auf den Mund zu küssen. Seine Lippen auf den ihren zu spüren, seinen Atem einzuatmen und ihn zu schmecken tat unendlich gut. Gierig erwiderte sie sein Drängen, schlang ihm ebenfalls die Arme um den Leib. Dann aber meinte sie, ein pikiertes Räuspern zu vernehmen. Jäh kamen ihr die besorgten Andeutungen des Vaters in den Sinn. Was, wenn sie im Park einem Bekannten begegneten?
»Nicht hier!«, wehrte sie ab. »Wir stehen mitten auf der Terrasse. Alle Welt kann uns sehen.«
»Alle Welt soll uns sehen, *mon amour.*«
Durch ihren Widerstand eher angestachelt als aufgehalten, verschloss er von neuem ihre Lippen, presste sich noch stärker gegen ihren Körper. Wieder wallte auch in ihr Begehren auf.
»Lass mich, bitte!« Mit aller Kraft stieß sie ihn von sich.
Erstaunt sah er sie an, sie aber wich ihm aus, blickte, um standhaft zu bleiben, westwärts, wo die Sonne gemächlich hinter den Baumwipfeln abtauchte. Dabei verfärbte sie sich bereits rot, entzog dem Himmel mehr und mehr das nachmittägliche Strahlblau, vermischte es mit violetten Schlieren. Die grüne Kuppel des Neuen Palais mit den drei gekrönten Grazien ragte majestätisch über dem Mittelbau der barocken Anlage auf. Aus der Ferne wirkte die aufgemalte Backsteinfassade der Nebengebäude täuschend echt. Rotgolden leuchtete sie im sanfter werdenden Sonnenlicht. Die Sandsteinfiguren auf den Dachfirsten sahen aus wie eine stumme Garde, die das im Palais residierende Kaiserpaar vor den neugierigen Parkbesuchern schützte.
»Was hast du auf einmal?« Sacht strich Robert ihr über die Wange, bevor er ihr Kinn umfasste und es nah zu sich zog.

»Schon als du heute Mittag zu mir gekommen bist, warst du so erschöpft. Etwas scheint dir auf der Seele zu liegen. Was kann ich tun, um dich aufzuheitern? Soll ich tanzen? Einen Handstand machen? Grimassen schneiden? Verrat es mir! Für dich tue ich alles.«
Ehe sie sich versah, begann er tatsächlich, einige Tanzschritte zu setzen, eine Pirouette zu drehen und einen Ausfallschritt zu hüpfen.
»Du bist verrückt.« Lachend fiel sie ihm in die Arme, gab sich einem langen Kuss mit ihm hin. Plötzlich wusste sie, was sie tun musste: aufhören zu denken und einfach geschehen lassen, ganz so, wie Robert es ihr mittags in seiner Wohnung geraten hatte.
»Wieder einer deiner süßen Fallstricke, *mon amour!*« Zu ihrem Bedauern löste er sich nach viel zu kurzer Zeit entschlossen von ihr. »Trotzdem wirst du mich nicht kleinkriegen. Ich werde dem Charme eures preußischen Sanssouci tapfer widerstehen, wie ich auch deinen Verlockungen widerstehe, und die Pracht unseres großartigen Versailles werde ich weiter lauthals preisen. Lass uns gehen, *mon amour.* Die Zeit drängt, und wir haben noch einiges an Weg vor uns. Sicher erwartet Gero dich heute Abend pünktlich zurück in der Stadt, weil ihr eine Einladung zum Essen oder Karten fürs Theater habt. Du darfst ihn keinesfalls enttäuschen. Immerhin ist er dein Verlobter und besitzt alles Recht der Welt auf dich.«
Schwungvoll zog er sie am Arm, tat, als interessierten ihn auf einmal die Blumen und Bäume, die den Weg zur Orangerie säumten. Sie folgte ihm zögernd.
»Stört dich das eigentlich?«
»Was?« Erstaunt blieb er stehen.
»Dass du mich mit Gero teilst.«

»Tue ich das?« Zu ihrer Verwunderung begann er zu schmunzeln. Sobald er ihr verdutztes Gesicht sah, wurde sein Grinsen breiter. In seinen schwarzen Augen leuchtete der Schalk. »Bislang war ich der Überzeugung, er teilt dich mit mir.«

»Wie meinst du das?« Ihre Stimme zitterte. Trotz des leichtfertigen Geplänkels steuerten sie auf gefährliches Terrain zu. Ihr wurde bang.

Robert schien das ebenfalls zu spüren, denn er schob seine Erwiderung einen Atemzug länger als nötig heraus. Fast meinte sie, er würde mit sich ringen, wie er ihr am geschicktesten antworten sollte.

Endlich legte er ihr kameradschaftlich den Arm um die Schultern und erklärte beim Weiterschlendern betont fröhlich: »*Alors*, das sollten wir jetzt besser nicht vertiefen, *mon amour*. Wir beide wissen nur zu gut, wie wir zueinander stehen. Gute Freunde wie wir sind schließlich immer ehrlich zueinander, *n'est-ce pas?*«

Der melodiöse Klang des Französischen wie auch das kaum merkliche Fremdeln beim Aussprechen der deutschen Worte rührten sie wieder einmal. Umso mehr stolperte sie über die Versicherung ihrer beidseitigen Freundschaft. Gute Freunde – mehr sollten sie seiner Meinung nach also nicht sein? Auch wenn sie selbst Ähnliches längst beschlossen hatte, verletzte es sie ungeheuer, das aus seinem Mund zu hören. Nach all dem, was sie in den letzten Stunden miteinander erlebt hatten, war es ein Schlag ins Gesicht. Sie suchte seinen Blick. Er wich ihr aus. Für einen Moment hatte sie in seinen Augen erkannt, was sie befürchtet hatte: Es ging ihm ähnlich wie ihr. Das Beschwören ihrer Freundschaft war ein verzweifeltes Flehen, Vernunft statt Gefühl walten zu lassen. Er war so viel tapferer als sie!

Natürlich blieb ihnen keine Wahl. Ihrer Liebe einfach nachzugeben wäre der pure Wahnsinn. Im Gegensatz zu Gero konnte er ihr keine Sicherheit bieten, noch dazu, da er erst am Anfang seiner Karriere stand, gar nicht wusste, wie es mit ihm weitergehen, was er mit sich und seiner Fotokunst anfangen, in welchem Teil Europas er überhaupt leben wollte. Das war keine Basis für eine dauerhafte Beziehung. Wie gut, dass er das so klar erkannte und ihr keine Steine in den Weg legte. Das sollte es ihr erleichtern, zu ihrem eigenen Vorsatz zu stehen.

»Du hast recht«, stimmte sie in zittrigem Tonfall zu und senkte den Blick. »Gute Freunde wie wir sind immer ehrlich zueinander und wissen, was sie aneinander haben.«

Sie sah wieder auf, zwang sich zu einem tapferen Lächeln und wischte sich verstohlen die Augenwinkel. Er tat, als bemerkte er das verräterische Glitzern in ihren Wimpern nicht, sondern schlug betont munter vor: »Schnell weiter mit unserer Entdeckungsreise! Wer weiß, am Ende überzeugst du mich tatsächlich von der hehren deutschen Kunst.«

Sie schafften es an diesem Nachmittag wirklich, sowohl die Orangerie als auch einen Großteil des Parks zu erkunden. Lediglich die berühmte Windmühle ließen sie außen vor. Das wurde ihnen allerdings erst bewusst, als sie bereits vor dem Neuen Palais standen und von der Parkseite aus andächtig die Fassade betrachteten. Das Kaiserpaar schien anwesend zu sein, wie die zahlreichen Wachposten vor dem Gebäude verrieten.

»Seltsam, wie gut sich die früheren preußischen Könige darauf verstanden haben, prächtig zu residieren«, stellte Robert anerkennend fest.

»Ich dachte, das reicht alles nicht an Versailles heran?«

»Tut es auch nicht, aber trotzdem strahlt Sanssouci einen ganz eigenen Charme aus. Friedrich der Große hat wirklich französische Lebensart besessen.«

»Dafür verstehen sich seine kaiserlichen Nachfahren darauf, Berlin zu einer Weltstadt zu machen. Du musst zugeben: In den letzten vier Jahrzehnten hat sich das hässliche provinzielle Entlein zu einer echten Metropole gemausert. Und das alles ganz ohne Weltausstellung und anderen Firlefanz. In allen Bereichen ist Berlin inzwischen führend, ganz gleich, ob in Wirtschaft und Industrie, im Verlagswesen, beim Kintopp, im Theater, der Kunst …«

»Ich wusste es«, fiel er ihr augenzwinkernd ins Wort, »obwohl du eine gebürtige Rheinländerin bist, schlägt dein Herz für Preußen und insbesondere seine Hauptstadt. Natürlich ist es, wie du sagst: Berlin ist derzeit die aufregendste und modernste Metropole der Welt. Rund um die Uhr ist hier etwas los, und jeder kommt auf seine Kosten. Selbst der Kaiser soll sich in seinem Schloss in der Stadt zu Hause fühlen.«

»Das klingt reichlich blechern, dabei lebst du selbst seit Monaten in Berlin und machst trotz anderslautender Äußerungen nicht die geringsten Anstalten, in dein angeblich so viel prächtigeres Paris zurückzukehren. Irgendetwas also muss an Berlin dran sein, sonst hättest du längst deine Koffer gepackt.«

»Du scheinst mich besser zu kennen, als ich vermutet habe.«

»Das wohl kaum.« Sie wurde ernst. »Leider gibst du mir wenig Gelegenheit, dich wirklich kennenzulernen, auch wenn wir nur Freunde …«

»Oh, da täuschst du dich, *mon amour!* Du kennst mich bereits besser als jeder andere Mensch auf der Welt. Oder traust du mir etwa zu, jede Frau einfach so in meine Wohnung oder gar in mein Bett zu lassen? Ganz zu schweigen davon, dass du alle meine Fotos ansehen darfst. Ich bin kein leichtfertiger Casanova. Im Gegenteil: Tief im Innern bin ich eine sehr verletzliche, von allen verkannte Seele.«

Theatralisch presste er sich die Hand aufs Herz und setzte eine übertrieben schmerzverzerrte Grimasse auf. Wie so oft trachtete er danach, sie durch eine Clownerie ablenken zu wollen. Dieses Mal aber ließ sie sich nicht abwimmeln. Dazu wusste sie zu gut, wie wahr seine Worte waren. Beim Betrachten der Fotos vorhin war sie außerdem nah an das gestoßen, was tief in seinem Innersten schlummerte.

»Du weißt genau, was ich meine.« Eindringlich suchte sie seinen Blick. »Warum erzählst du nicht mehr von dir?«

»Was soll ich dir noch alles erzählen? Du weißt längst alles von mir. Ich bin Fotograf aus Belfort und träume davon, endlich die Ausgrabungen in Ägypten mit der Kamera …«

»Du wirst mir nicht weismachen, dass du schon als Fotograf in Belfort auf die Welt gekommen bist«, unterbrach sie ihn ungeduldig. »Was ist mit deiner Familie? Warum redest du nie von ihr? Was tun deine Eltern? Sprichst du ihretwegen perfekt Deutsch?«

»Darüber gibt es nicht viel zu sagen. Schließlich will ich dich nicht langweilen, *ma chère.*«

»Wie könntest du mich je langweilen?«

»Achtung, *mademoiselle!*« Mahnend hob er den Zeigefinger, versuchte sich in einem schelmischen Grinsen. »Darf ich daran erinnern, was wir vorhin einhellig festgestellt haben? Wir sind gute Freunde.«

»Und deshalb immer ehrlich zueinander«, gab sie schlagfertig zurück. »Auch darin waren wir uns vorhin einig.«

»Also gut«, lenkte er ein, wobei ihr auffiel, wie erleichtert das überraschenderweise klang. Wieder legte er ihr kameradschaftlich den Arm um die Schultern, zwang sie so, Seite an Seite mit ihm langsam von dannen zu spazieren. Es war ihm anzumerken, wie viel einfacher es für ihn war, sie beim Reden neben statt vor sich zu wissen. Bereitwillig fügte sie sich, wenn sie auch gerade in diesem Moment gern sein Antlitz vor Augen gehabt hätte.

»Die Wahrheit, warum ich nicht von meiner Familie erzähle, ist wie immer sehr banal: Im Gegensatz zu dir habe ich keine richtige Familie. Es gibt niemanden, auf den ich stolz sein kann oder der auf mich besonders stolz wäre.«

»Das glaube ich dir nicht.«

»Das solltest du aber. Meine Mutter ist Künstlerin, Malerin, um genau zu sein, leider alles andere als erfolgreich. Ihren Namen muss man nicht kennen, das weiß sie inzwischen selbst und unterrichtet deshalb nur noch an einer kleinen, unbedeutenden Zeichenschule in Belfort. Eines aber habe ich von ihr geerbt: den Wunsch, mich ebenfalls als eine Art Künstler zu sehen und zu versuchen, als Fotograf mehr zu sein als der nette Monsieur Beck, der ein kleines Porträtstudio in der Grande Rue seiner Heimatstadt betreibt. Bislang war ich damit leider nicht sonderlich erfolgreich, und meinen Namen muss sich bestimmt ebenfalls niemand merken.«

»Was ist mit deinem Vater?«

»Oh, zumindest darin hat sich meine Mutter als wahre Künstlerin erwiesen: Wie es sich bei einer Frau aus ihren Kreisen gehört, bin ich ein uneheliches Kind. Aber mein Vater ist sich wider Erwarten seiner Verantwortung stets bewusst, was letztlich daran liegt, dass er selbst kein Künstler, sondern ein anständiger Mensch ist. Er hat mir die beste Erziehung und Schulbildung angedeihen lassen, die in seinen Augen möglich war. Als hoher Diplomat steht er in Diensten unserer ehrwürdigen Dritten Republik. Von daher war in seinen Augen eine deutschsprachige Gouvernante die erste Wahl für mich. Letztlich wollte er mich auf diese Weise dazu bringen, seinem Vorbild nachzueifern und ebenfalls eine Diplomatenlaufbahn einzuschlagen. Dass ich mich früh schon für die Fotografie interessiert und mich ernsthaft damit auseinandergesetzt habe, wollte er nie hören. Ich habe ihm eben einfach nur dankbar zu sein, dass er sich so um mich gekümmert hat, obwohl ich nur sein Bastard bin. In seinen Augen habe ich keine andere Wahl, als blind zu tun, was er für mich entschieden hat.«

»Er meint es bestimmt nur gut mit dir«, nutzte sie die kleine Verschnaufpause, die er sich gönnte, sobald sie den Ausgang des Parks erreicht hatten. »Sich so um ein uneheliches Kind zu kümmern ist nicht selbstverständlich.«

»Natürlich ist das alles nicht selbstverständlich.« Er runzelte die Stirn, nahm die Hand von ihrer Schulter. »Vor allem nicht in seinen Kreisen. Wenn es in seinen Kreisen andererseits auch selbstverständlich ist, sich eine Mätresse zu halten, gern aus Künstlerkreisen und gern auch mit den einschlägigen Folgen. Leider aber ist seine offizielle Ehe kinderlos geblieben, und deshalb hat er wohl irgendwann begonnen, sich Sorgen um den Fortbestand seiner Familie zu machen. Wie so oft ist ein Bastard da oft das kleinere Übel als das völlige Aussterben der hehren Linie.«

Wie er das sagte, schwang Bitterkeit in seinen Worten mit. Sie erreichten das Auto, das sie im Schatten einer kleinen Straße abgestellt hatten, und er nutzte die Gelegenheit, ein weiteres Mal innezuhalten, ihr den Wagenschlag zu öffnen und beim Einstieg hilfsbereit die Hand zu halten. Sodann trat er vor zur Kurbel, bückte sich und drehte an ihr, bis der Motor ansprang und das Knattern regelmäßig wurde.

»Wie es aussieht, habe ich seine Hoffnungen in den letzten Monaten wenigstens ein bisschen erfüllt.«

Als er sich mit einem eleganten Schwung links von ihr auf den Beifahrersitz gleiten ließ, war das gewohnte Strahlen auf sein attraktives Gesicht zurückgekehrt.

»Wie ist dir das gelungen? Hast du ihm deine letzten Fotos aus der *Berliner Illustrierten Zeitung* geschickt? Oder ihm die Bildstrecke aus der *Dame* und die Aufträge der anderen Verlage gezeigt? Die Anfragen von Mosche, demnächst eine mehrteilige Bildreportage über Sommerfrischler in Baden-Baden zu veröffentlichen, hat ihn sicherlich von deiner großen Zukunft überzeugt.«

»Noch nicht«, wehrte er ab, grinste aber immer breiter. »Meine Fotos pflegt mein Vater kommentarlos vom Tisch zu wischen. Dafür bin ich allerdings gewissermaßen in seine diplomatischen Fußstapfen getreten.«

»So?«

»Kommst du nicht drauf?« Er gab sich alle Mühe, sie auf die Folter zu spannen. Das Tuckern des Motors wurde unruhiger. Sie löste die Bremse und fuhr langsam an. Robert lehnte den linken Arm lässig über die Tür, streckte den rechten hinter ihrem Nacken auf der Lehne der Sitzbank aus und schob sich tief in das Leder. Den Kopf zurückgelehnt, schloss er die Augen und schien das Chauffiertwerden in vollen Zügen zu genießen.

»Nun sag schon!« An der Kreuzung vor dem Brandenburger Tor musste sie hinunterschalten. Wie zufällig legte sie ihm danach die Hand aufs Knie, drückte es fest, um ihrer Forderung Nachdruck zu verleihen. Aus dem Augenwinkel bemerkte sie, wie sehr ihn das amüsierte, doch es war zu spät, um sich zu verstellen.

»Schade, eine so kluge Frau wie du sollte das eigentlich erraten, gerade weil du ein Teil meiner diplomatischen Bemühungen bist.«

»Was?«

»Aber natürlich: Immerhin feile ich seit Wochen an der Verbesserung der freundschaftlichen Beziehungen zwischen unseren Nationen. Das ist doch genau das, was ein Diplomat wie mein Vater auch tut. Wahrscheinlich funktioniert es im Kleinen sogar weitaus besser als im Großen, wie die täglichen Berichte in den Zeitungen beweisen.«

»Vor allem, wenn ein Franzose sich gleich so intensiv um die Freundschaft zweier deutscher Frauen bemüht.«

»Was bleibt mir anderes übrig, wenn mich gleich zwei so reizende deutsche Fräulein wie du und deine Freundin Constanze umschwirren?«

»So ganz beherrschst du die hehre Kunst der Diplomatie wohl doch noch nicht.«

»Wieso?«

»Schließlich könntest du wenigstens so tun, als ob dein Herz nur für eine von uns beiden schlüge, zumindest, wenn du mit einer von uns beiden allein bist.«

»Bist du etwa eifersüchtig?«

»Sollte ich?«

»Stellt sich gleich die nächste interessante Frage: auf wen? Auf sie oder auf mich?«

Selma fühlte sich ertappt. Verlegen richtete sie den Blick nach vorn, tat, als fordere der Verkehr ihre gesamte Aufmerksamkeit. Eine Weile fuhren sie schweigend, bis Robert sich zu ihr hinüberbeugte und ihr einen Kuss auf die Wange hauchte. Sie erschrak und verriss das Lenkrad. Beherzt griff er ein, half ihr, wieder in die Spur zurückzufinden.

»Bist du wahnsinnig? Das hätte schiefgehen können.« Es dauerte, bis sich ihr Herzschlag wieder beruhigt hatte.
»Es ist alles gutgegangen, *ma chérie.* Letztlich wird immer alles gutgehen«, erwiderte er in sanftem Ton und küsste sie abermals auf die Wange. Dieses Mal blieb sie in der Spur.
»Denk einfach dran«, setzte er leise nach. »Wir sind gute Freunde, immer offen und ehrlich zueinander. Lass uns diesen Pakt besiegeln, am besten auch gleich mit Constanze. Unser Küken sollte das unbedingt mit uns feiern.«
Einen Augenblick war ihr, als risse sie das Lenkrad wieder nach rechts. Seltsamerweise aber fuhr der Wagen geradeaus.
»Stimmt«, erwiderte sie in festem Ton, ohne zu Robert hinüberzusehen. »Unseren Freundschaftspakt sollten wir unbedingt feierlich besiegeln, natürlich auch mit unserem Küken. Was wären wir beide schließlich ohne sie?«

18

Ein mulmiges Gefühl beschlich Selma, als sie den Schlüssel im Schloss zu Geros Wohnung umdrehte.
»Du kommst spät«, empfing er sie noch im Flur. Es schien, als hätte er direkt hinter der Tür auf sie gewartet. Längst trug er seinen Frack, wenn auch die Weste noch offen stand und die losen Enden der Fliege ungebunden um den Hals lagen.
»Auf den Straßen war viel los. Stell dir vor, mitten auf dem Kurfürstendamm stand ein von zwei Ochsen gezogenes Fuhrwerk quer und hat den gesamten Verkehr …«
»Spar dir deine Ausflüchte«, unterbrach er sie barsch und klappte seine goldene Taschenuhr auf, warf einen verärgerten

Blick darauf. »Um acht müssen wir bei Bernruth in der Bismarckstraße sein.«
Er begleitete diese knappe Ansage mit einem Hochziehen der linken Augenbraue, bevor er den Deckel der Uhr mit einem lauten Klacken wieder zuschnappen ließ. Fehlte nur noch, dass er die Nase rümpfte, als er ihren Aufzug musterte. Sein Urteil über ihr lanvinblaues Frühlingskostüm fiel offenbar vernichtend aus.
»Wie du weißt, kann der Alte Unpünktlichkeit auf den Tod nicht ausstehen.«
Damit wandte er sich ab und machte, die Hände auf dem Rücken verschränkt, einige Schritte von ihr weg.
»Warum fährst du nicht allein zu ihm und erzählst ihm irgendeine Geschichte von wegen ich wäre plötzlich erkrankt oder dergleichen?«, fragte sie. Sie war froh, dass Gero das Personal fortgeschickt hatte. Wenn er diese Laune hatte, mochte sie keine Zeugen um sich wissen. »Wahrscheinlich hat dein alter Sozius eh nur die üblichen Griesgrame um sich versammelt. Bestimmt kommt der Glatzkopf Gersfeld mit seiner schwerhörigen Gattin, Baron von Gütlingen sowieso, und auch die Hammersteins dürften wieder mit von der Partie sein. Oder haben sich die beiden Streithähne endlich scheiden lassen? Welch ein Segen wäre das für die Berliner Gesellschaft, insbesondere für die Juristen und ihre Angehörigen, die sie bei Dinners ertragen müssen. Ich weiß leider nie, was ich mit diesen doppelkinnbewehrten Frauen reden soll, während ihr Männer euch zum Rauchen in die Herrenzimmer zurückzieht. Der Duft der Mottenkugeln, der in ihren Federboas und Pelzkrägen steckt, ist für die Damen wohl das beste Parfum. Weder für Kabarett noch für Kintopp interessieren sie sich, ganz zu schweigen von irgendwelchen Büchern oder Zeitschriften, die

sie gelesen haben könnten. Und Mode ist erst recht kein Thema. Poiret und Madame Paquin halten sie für eine Champagnermarke. Das ist wohl alles nicht mehr ihre Zeit. Kein Wunder, wenn man schon beim Thronantritt des Kaisers keinen Walzer mehr getanzt hat, weil einem schon damals die schnellen Drehungen den Atem geraubt haben.«
Sie kicherte. Während sie vor sich hin schwatzte, löste sie unter dem Kinn den Knoten ihres Schals, nahm den Strohhut vom Kopf. Beiläufig äugte sie zu Gero. Halb hatte er sich wieder zu ihr umgedreht. Sie nahm das als Bestätigung, dass ihre Taktik aufging und die harmlose Plauderei seine Stimmung aufbesserte. Im Dämmerlicht des Flurs konnte sie seine Gesichtszüge zwar kaum erkennen, meinte aber, ein erstes Zucken um die weichen Lippen zu entdecken. Bis Gero plötzlich auf sie zuschoss, ihr Handgelenk so fest umklammerte, dass sie vor Schmerz aufschrie. Der Hut glitt zu Boden. Gero versetzte ihm einen achtlosen Tritt, während er sie böse anfuhr: »Rede keinen Unsinn! Du weißt genau, wie wichtig diese Menschen für mich sind. Und letztlich auch für dich. Wie sonst, glaubst du, verdiene ich mein Geld, um dir ein Auto zur Verfügung zu stellen, deine geliebten Poiret-Modelle zu kaufen und dich nahezu täglich zu deinem Amüsement bis in die Morgenstunden auszuführen, bis zur Besinnungslosigkeit mit Champagner abzufüllen und mit Austern vollzustopfen?«
»Du tust mir weh!«, presste sie zwischen den Lippen hervor. Als er nicht lockerließ, flehte sie leise: »Lass mich los. Bitte!«
Vergebens. Er drückte die Finger noch fester um ihr Handgelenk, hob es an und verdrehte ihr den Arm. Sie ging in die Knie, begann sich wie eine gequälte Kreatur vor ihm zu winden. Tränen schossen ihr in die Augen, ob vor Schmerz, Empörung oder Scham, weil sie beide sich auf einmal in einer entwürdi-

genden Position zueinander befanden, wusste sie kaum so recht zu unterscheiden.
Als sie in sein wutverzerrtes Gesicht sah, zuckte sie vor Schreck zurück. Einen derartigen Ausdruck hatte sie nie zuvor in seinen grünblauen Augen gesehen. Furcht überfiel sie. Plötzlich wünschte sie sich sehnlichst, er hätte Erika und Julia nicht in die Dienstbotenkammer unterm Dach geschickt. Mehr als drei Stockwerke trennte sie von ihnen. Auf ihre Hilfe konnte sie nicht bauen.
»Was hast du eigentlich den ganzen Tag gemacht? Wo hast du wieder gesteckt?« Ein weiteres Mal verstärkte er den Druck seiner Hand. Ihre Knie gaben nach, sie knickte noch tiefer ein. »Hast du dich wieder mit diesem Robert herumgetrieben, hast dich von ihm in zwielichtigen Posen ablichten lassen und dir mit ihm das Maul über die deutsche Verdrießlichkeit zerrissen?«
»Gero, bitte, du weißt nicht …«, versuchte sie abermals, ihn zur Räson zu bringen.
»Ich weiß sehr wohl, meine Liebe!«, brauste er umso lauter auf, um dann wieder die vollen, weichen Lippen zu einem gefährlich dünnen Strich zusammenzuziehen und mehr böse zu zischen, als wirklich deutlich zu artikulieren: »Im Gegensatz zu uns ist der Franzose ja ein wahrer Lebemann und weiß die Annehmlichkeiten des unbeschwerten Daseins ganz besonders hoch zu schätzen. Wie heißt es noch links des Rheins so genüsslich? Savoir-vivre – ja, davon versteht dein lieber Freund wirklich etwas. Nennt sich Künstler, aber was gehört schon groß an Kunst dazu, sich einen optischen Apparat vor die Augen zu halten und im richtigen Moment auf einen simplen Knopf zu drücken? Wovon er dagegen umso mehr versteht, ist, sich auf Kosten anderer das Leben leicht zu machen. Während

die einen in ihren Büros fleißig sind und sich die Köpfe darüber zerbrechen, wie sie ihr Geld verdienen, ist unser Herr Fotograf lieber damit beschäftigt, die Frauen der hart arbeitenden Männer mit seinen Torheiten zu unterhalten. Was rede ich harmlos von ›unterhalten‹? Wir beide sind doch stets offen miteinander. Erwachsen sind wir sowieso. Da kann ich die Dinge also ruhig beim Namen nennen und es dir rundheraus auf den Kopf zusagen: Ins Bett zerrt er dich und vögelt dich, bis dir der Verstand aus den Ohren …«

Patsch! Eine laut schallende Ohrfeige unterbrach seine Boshaftigkeit. Verdutzt gab er ihren Arm frei, legte sich die Hand auf die schmerzende Wange und verstummte.

Sie war nicht weniger verwundert als er. Es war ihr ein Rätsel, wie sie es geschafft hatte, trotz der misslichen Lage, in die er sie gebracht hatte, mit der linken Hand so weit auszuholen, dass sie derart heftig hatte zuschlagen können. Sobald sie sich vom ersten Schreck erholt hatte, überfiel sie Scham, wie sehr sie beide die Kontrolle über sich verloren hatten: Nicht nur, dass er ihr Gewalt angetan hatte – sie hatte darauf mit Gleichem reagiert! Entsetzt schlug sie die Hände vors Gesicht, spürte von neuem Tränen in den Augen aufsteigen.

»Oh Gott, Gero! Liebster! Was ist nur … Verzeih mir, ich weiß nicht … Ach, ich glaube … Nein, ich bin untröstlich! Was ist nur mit uns los? Wie konnten wir uns so gehen lassen? Ich kann es mir nicht erklären. Wahrscheinlich sind wir einfach zu erschöpft. All die vielen Aufregungen der letzten Wochen …«

»Lass gut sein.« Er nahm die Hand von der frisch rasierten Wange. Seine Stimme klang seltsam normal. Fassungslos stierte sie auf den roten Abdruck, den ihre Finger auf seiner Haut hinterlassen hatten. Jeder einzelne war bestens erkennbar, als hätte

er sich fest darauf eingebrannt. Am liebsten wäre sie vor Scham im Boden versunken.
»Wir haben wohl beide für einen Moment die Contenance verloren«, erklärte Gero tonlos.
Sie stutzte, gebot sich, geduldig zu sein. Wartete, hoffte, sehnte ein Wort der Entschuldigung auch von seiner Seite herbei, immerhin hatte er den ersten Schritt in die falsche Richtung getan. Eine halbe Ewigkeit standen sie schweigend voreinander. Ziellos starrte Gero an ihr vorbei ins Leere. Schließlich löste sie sich aus der Starre und wollte sich nach dem Hut bücken, der kaum eine Armlänge von ihr entfernt auf dem Boden lag.
»Selma, Darling, bitte verzeih mir!« Überraschend kam Gero ihr zuvor, nahm den Hut vom Boden auf und kniete vor ihr nieder, um ihn ihr gesenkten Blickes zu reichen. Als sie den Hut aus seinen Händen entgegennahm, schlang er plötzlich die Arme um ihre Taille, presste das Gesicht gegen ihren Schoß und begann hemmungslos in den zarten Stoff ihres Rocks zu schluchzen.
Zunächst war sie völlig überrumpelt, dann peinlich berührt, wurde endlich von einer Welle grenzenlosen Mitleids erfasst. Geros Schultern bebten im Rhythmus seines Weinens. Das Schluchzen ging alsbald in ein jämmerliches Wehklagen über. Zögernd hob sie die Hand, haderte einen Lidschlag lang mit sich, bevor sie sie behutsam auf seinen Kopf legte und durch das lichter werdende blonde Haar strich. Darüber beruhigte er sich, hielt sie allerdings weiterhin fest umklammert.
Eine Weile verharrten sie so voreinander, bis sich sein Atem plötzlich beschleunigte. Wieder drückte er sein Antlitz in ihren Schoß, löste jedoch die Arme um ihre Taille, um seine Hände auf ihren Hintern wandern zu lassen. Sie erstarrte. Behutsam begannen seine Finger über ihr Gesäß zu streichen, sanft krei-

send erst, dann immer rascher und nachdrücklicher. Zugleich wurde sein warmer Atem noch schneller. In Selma schwand das Mitleid, machte einer anderen Regung Platz. Ihr Herz schlug ebenfalls heftiger. Sie wagte kaum, sich zu bewegen, um den zarten Keim des Begehrens nicht zu zerstören.

»Liebste«, keuchte Gero und schaute zu ihr auf. In seinen grünblauen Augen lag eine Verlorenheit, die sie zutiefst erschütterte. Sie beugte sich vor, wollte sein Gesicht mit beiden Händen umfassen, in seinen Blick eintauchen, um zu seinem Innersten vorzudringen. Er aber ließ sie nicht gewähren. Im nächsten Moment schon stand er aufrecht vor ihr, presste ihr einen leidenschaftlichen Kuss auf den Mund und drängte sie mit großer Entschlossenheit ins Berliner Zimmer. Ein weiteres Mal fühlte sie sich überrumpelt. Hin- und hergerissen zwischen dem eigenen, stärker werdenden Verlangen und dem Erstaunen, wie rasch seine Stimmung von Verzweiflung in Wollust umgeschlagen war, wollte sie ihn auf Abstand halten. Ihre halb erhobenen Arme waren ihm jedoch ein falsches Signal. Seine Augen funkelten, um seine blutleeren Lippen spielte ein seltsam entschlossener Zug. Ehe sie sich versah, zwang er sie rücklings auf das breite Sofa vor dem Fenster. Während er sie mit dem Knie festhielt, riss er sich Frack und Weste vom Leib, schleuderte die Fliege beiseite und nestelte an seiner Hose herum.

»Gero, bitte!« Sie richtete sich halb auf. Entschlossen drückte er sie zurück aufs Sofa und verschloss ihren Mund ein weiteres Mal mit einem allen Widerstand aufzehrenden Kuss.

In einer Mischung aus Verzweiflung und Leidenschaft fiel er über sie her. Erst suchte sie sich ihm mit aller Kraft zu widersetzen, dann spürte sie eine eigenartige Willenlosigkeit, die in einem ähnlichen Verlangen nach Nähe und Zärtlichkeit endete wie bei ihm. Letztlich ging es nur darum, im frisch durchlebten

Kummer nicht allein zu bleiben, einen Halt zu finden, um nicht rettungslos unterzugehen. Gemeinsam entledigten sie sich ihrer restlichen Kleider, dabei eifrig darum bemüht, die Lippen nicht voneinander zu lassen und ihre Zungen immer gieriger in den Mund des anderen zu stoßen.

Sanft tasteten ihre Hände seinen nackten Rücken hinunter, feierten ein herzliches Wiedersehen mit all den Unebenheiten, die sie so lang nicht mehr hatte berühren dürfen, um schließlich zu der vertrauten Stelle in seiner linken Leistenbeuge zu wandern. Sobald sie die rauhe Haut seiner Narbe an ihren Fingerkuppen fühlte, war es vollends um sie geschehen. Sie wusste, in diesem Moment gehörte er ganz ihr so wie sie ihm. Aufstöhnend spreizte sie die Beine, nahm den Geliebten in sich auf. In wunderbarem Einvernehmen glitten sie auf der Woge der süßesten Lust davon.

Als Selma erwachte, erfüllte Dämmerung den Raum. Die Lichter der Straßenlaternen rund um den Savignyplatz warfen bizarre Muster an die stuckverzierte Decke. Schwer lastete Geros Leib auf ihr, der rechte Schulterknochen drückte ihr die Luft ab. Vorsichtig bewegte sie sich. Der Schweißfilm auf ihrer Haut machte sie frösteln, klebte ihre Körper aneinander.

»Was ist?«

Gero schlug die Augen auf und sah sie mit einem ungläubigen Ausdruck an. Der Lichtstreif einer Laterne fiel auf sein Antlitz und leuchtete es grell aus wie ein Scheinwerfer. Es schien, als begreife er erst allmählich, was geschehen war. Dann breitete sich blankes Entsetzen, rasch gefolgt von tiefer Scham, auf seinem Gesicht aus.

»Selma, Darling«, stieß er kaum hörbar zwischen den Lippen hervor. »Verzeih! Ich begreife nicht, was vorhin mit mir los gewesen ist.«

Ohne sie noch einmal anzuschauen, glitt er von ihr herunter und sank zu Boden. Splitternackt, den Rücken gegen das Sofa gelehnt, die Knie an die Brust gezogen, saß er da, schlug sich die Hände vors Gesicht und versank in Verzweiflung.

Zunächst war Selma erleichtert, allein auf dem Sofa zurückzubleiben. Sie tastete nach Geros Hemd, das halb über der Lehne hing, und zog es sich über die frierende Brust. Von dem süßlich-herben Geruch der Baden-Badener Batschari-Zigaretten, der ihm anhaftete, wurde ihr schwindlig. Blanke Verwunderung vernebelte ihr die Sinne. Wie kam es, dass sie vor wenigen Stunden erst in Roberts Armen höchsten Genüssen entgegengeschwebt war und sich nun nicht weniger verzückt neben Gero wiederfand?

Sie lehnte sich vor, betrachtete Geros in der Dämmerung unschuldig weiß schimmernden Leib. Ein Moment blitzte die Erinnerung an Roberts sehnig-kraftvollen, sonnengebräunten Körper vor ihr auf. Dem Vergleich hielt Geros jungenhafte Ungelenkigkeit nur schwerlich stand. Dann aber klang Roberts Stimme in ihr auf, wie er sie inständig auf die hehre Freundschaft eingeschworen hatte. Die Vernunft gebot ihr, seinem Flehen nachzugeben und ihre Affäre ein für alle Mal zu vergessen. Sie hatte Gero. Ihre Zukunft lag an seiner Seite.

Ein wundervoller Frieden erfüllte sie plötzlich. Sacht pustete sie durch Geros Haar, freute sich zu sehen, wie er den Kopf langsam zu ihr drehte. Als sie seinen schüchtern fragenden, zaghaft hoffenden Blick gewahrte, begriff sie. Warum war sie nicht eher darauf gekommen? Viel zu sehr hatte der Gedanke an Robert sie in Atem gehalten.

»Du bist traurig, weil etwas zu Ende ist«, stellte sie vorsichtig fest, um ihm, sobald sie den Schmerz in seinen Augen aufkeimen sah, tröstend den Finger auf die Lippen zu legen. »Du musst mir nichts erklären, Liebster. Schon beim Aufstehen war mir so, als wäre der heutige Tag bestens geeignet, um für klare Verhältnisse zu sorgen.«

»Was meinst du damit?« Gero schob ihren Finger von seinem Mund, hielt ihre Hand jedoch fest. Seine Mimik wechselte zwischen Panik, von ihr seiner Affäre mit Ansgar wegen bloßgestellt zu werden, und Verständnislosigkeit, wieso sie das ausgerechnet auf diese Weise ansprach.

»Keine Sorge!« Zärtlich küsste sie ihn auf die Stirn. »Es ist alles in Ordnung. Lass uns noch einmal ganz von vorn beginnen. Das Vergangene liegt hinter uns. Vor uns haben wir die ganze Welt!«

»Danke, Darling.« Gero streckte auch die zweite Hand nach ihr aus. In stillem Einvernehmen fanden und verschränkten sich ihre Finger ineinander. Behutsam zog er sie zu sich herunter. Sobald sie neben ihm zu sitzen kam, fiel er ihr um den Hals, vergrub sein Gesicht in ihrer Halsbeuge.

»Was ist nur los gewesen?«, fragte sie leise. »Warum waren wir in den letzten Monaten so weit voneinander entfernt? Mir ist gerade, als kehrte ich vom Mond zu dir zurück.«

»Ich freue mich einfach nur, dass du den langen Weg auf dich genommen hast und wieder bei mir bist«, erwiderte er leise. »Lass uns hier sitzen und schweigen. Ich fühle mich so endlos müde.«

»Mir ist kalt«, erklärte sie nach einer Weile.

»Ich werde dafür sorgen, dass du nie mehr frierst, Darling.« Behende erhob er sich, half ihr ebenfalls hoch, nahm sie galant auf seine Arme und trug sie den langen Flur hinunter ins Schlafzimmer.

Rührung überkam sie. Auf einmal war ihr danach, ihn wortlos ans Herz zu drücken. Sie beglückwünschte sich, die richtige

Entscheidung getroffen zu haben. Gero brachte ihr mehr als aufrichtige Freundschaft entgegen.
Kaum lagen sie in dem weichen, mit unzähligen Kissen und Decken gepolsterten Bett, richtete sie den Blick nach oben, in den vorgeneigten Spiegel. Als sie ihrer beider Körper so züchtig nebeneinander verhüllt erblickte, musste sie lauthals lachen.
»Was ist?« Schläfrig hob Gero den Kopf.
»Es ist einfach nur komisch, so mit dir hier zu liegen«, erklärte sie und legte ihm die Hand auf die Wange, sah ihn an. Sie genoss den frischen Duft nach Lavendel, der in der knisternden Seidenwäsche hing.
»Mein Vater hat mich heute früh darum gebeten, mehr auf meinen guten Ruf zu achten und nicht immer so spät nach Hause zu kommen. Er ist sehr um meine Unschuld besorgt. Ich habe ihn damit beruhigt, dass du auf mich aufpasst.«
»Genau das tue ich jetzt.« Wieder umschlang er sie. Die Wärme seines verschwitzten Körpers tat ihr gut.
»Hör bitte nie mehr damit auf, gut auf mich aufzupassen«, raunte sie ihm ins Ohr.

19

Beim Blick auf die sorgfältig gedeckte Tafel stutzte Constanze, schaute genauer hin, zählte die Gedecke, überlegte. Vier statt drei. Wahrscheinlich hatte sich die schusselige Hanna einfach wieder vertan und ein Gedeck zu viel aufgelegt. Seit Constanze in Berlin lebte, pflegten Meta, Selma und sie jeweils am ersten Sonntag des Monats in Metas Wohnung am Lietzenseeufer zu speisen. Noch nie hatte Meta jemand Vierten dazu gebeten. Die Gespräche zwischen ihnen waren ihr so hei-

lig, dass sie dabei nicht einmal eine ihre zahlreichen Freundinnen aus dem Frauenverein als Gast duldete. Also konnte es sich bei dem überzähligen Gedeck nur um ein Versehen handeln.
Beruhigt wanderten Constanzes graue Augen über den bunten Strauß duftender Sommerblumen in der Tischmitte. Die Zusammenstellung des Buketts trug eindeutig Metas Handschrift. Wie hatte sie das vorhin übersehen können? Die gesamte Tafel war bis ins letzte Detail durchkomponiert. Das auf Hochglanz getrimmte Silber, die blinkenden Platzteller, die Reihe der Wasser- und Weingläser und die kühn zu Fächern drapierten Damastservietten verrieten eine Sorgfalt, wie sie Hanna nicht zuzutrauen war. Schwer vorstellbar, dass sich Tilda damit beschäftigt haben sollte. Die Wirtschafterin verließ ihr Hoheitsgebiet in der Küche nur, wenn im restlichen Teil der geräumigen Wohnung die Welt unterzugehen drohte. Also hatte sich Meta höchstpersönlich um die Tafel gekümmert. Das war ungewöhnlich. Gemeinhin schien sie nicht die Frau zu sein, die ein Faible für Hausfrauentugenden besaß. Davon erzählte allein schon die malerische Unordnung in ihrem Salon sowie die Lässigkeit, mit der sie Hannas mangelnde Eignung als Hausmädchen ertrug. Und natürlich auch die Tatsache, dass sie Gäste wie Constanze bei ihrem Besuch durchaus eine Weile allein ließ, weil sie gerade noch an einem Beitrag für eine der Frauenzeitschriften schrieb, für die sie sich engagierte.
Constanze ging zu dem Vertiko aus Kirschholz an der Schmalseite des länglichen Speisezimmers und unterzog in dem darüber angebrachten ovalen Spiegel ihr Äußeres einer kritischen Prüfung. Das halblange, dunkelblonde Haar lag in sorgfältigen Wellen dicht an ihrem Kopf, lediglich eine aufmüpfige Locke kringelte sich vor dem rechten Ohr. Sie befeuchtete die Lippen. Obwohl Selma oft versucht hatte, sie in die Geheimnisse

des dezenten Schminkens einzuweihen, trug sie lediglich einen Hauch Puder und einen Anflug von Rouge auf den Wangenknochen. Ein dünner Strich mit dem Schwarzstift am Unterlid betonte die Augen. Zu mehr konnte sie sich nicht durchringen. Sie hielt sich eben nicht für den koketten Typ, wie er derzeit von den jungen Berlinerinnen ihres Alters gern gegeben wurde. Selbst beim Parfum blieb sie beharrlich bei einem zarten Veilchenduft, obwohl Selma ihr letztens einen Flakon mit einer verführerischen Mischung aus türkischer und französischer Rosenessenz, angereichert mit Patschuli- und Moschusextrakt sowie Zedernöl, geschenkt hatte. Selma hatte es *Smyrna-Bukett* genannt und betont, wie begehrt es bei ihren Freundinnen derzeit war. Das aber schien Constanze eher ein Grund, vorsichtig damit zu sein. Roch die halbe Stadt danach, konnte von besonders betörender Wirkung gewiss keine Rede mehr sein. Schwungvoll drehte sie sich um die eigene Achse, zupfte den weiß-blau gestreiften Foulard ihres Sommerkleids zurecht und betrachtete die zierlichen weißen Stiefel mit der schwarzen Kappe. Sicher waren einige Zentimeter mehr Absatz von Vorteil, um sie neben Selma nicht wie die kleine, unscheinbare Schwester wirken zu lassen. Andererseits fühlte sie sich mit den niedrigen Schuhen am wohlsten. Sie war eben keine Modepuppe, von einer ›femme fatale‹ à la Selma ganz zu schweigen.

Kaum hob sie wieder den Blick, begegnete sie ihrem eigenen Spiegelbild. Der strenge Ausdruck auf dem zierlichen Gesicht befremdete sie. Schaute sie tatsächlich derart verkniffen in die Welt? Sie schnitt eine Grimasse, übte sich in verschiedenen Gesichtsausdrücken, bis sie plötzlich herzhaft lachen musste. Was trieb sie da eigentlich für einen Aufwand, nur weil ein viertes Gedeck auf dem Tisch lag? War sie nicht eben noch sicher gewesen, Hanna hätte einfach nur nicht bis drei zählen können und deshalb für einen Gast zu viel gedeckt? Absolut töricht, sich einzureden, Meta hätte die Tafel so festlich ausgerichtet, weil sie besonderen Besuch erwartete!

Übermütig streckte sie sich selbst die Zunge heraus. Natürlich wusste sie nur zu gut, was sie sich insgeheim erhoffte: Dass Meta Robert zu ihrer kleinen Runde eingeladen hatte. Seit der feierlichen Besiegelung des von ihm beschworenen Freundschaftspaktes zwischen ihm, Selma und ihr vor gut zehn Tagen hatte sie ihn nicht mehr zu Gesicht bekommen. Welche Farce war jener Abend gewesen! Constanze errötete, als sie sich Selmas indiskutables Benehmen in Erinnerung rief. Allein der viele Alkohol trug die Schuld daran. Um sie zu verwöhnen und ihren ›diplomatischen Freundschaftspakt‹ zu besiegeln, hatte Robert sie beide mondän zu Champagner, Wein, Kaviar, Austern und Hummer satt ins *Kempinski* in der Leipziger Straße eingeladen. Je mehr er sich darum bemüht hatte, die Ehrlichkeit und Ausgeglichenheit ihres Freundschaftsbundes zu betonen, desto verletzender war Selma geworden. Letztlich konnte die Freundin es nicht ertragen, von Robert auf die gleiche Stufe gestellt zu werden wie sie. Dabei hatte sie sonst stets hervorgehoben, dass sie lediglich gute Freunde waren und nicht mehr. Schließlich war sie mit Gero verlobt. Mehr als einen harmlosen Flirt durfte sie sich mit Robert also nicht erlauben. Natürlich war Constanze nicht blind und wusste, dass mehr zwischen den beiden gewesen war. Und Selma wusste wiederum, dass sie das wusste. Wahrscheinlich umso unerträglicher für sie, von dem Geliebten ausgerechnet in Constanzes Beisein auf die bloße Freundschaftsrolle verwiesen zu werden.

Das Läuten an der Wohnungstür schreckte sie aus ihren Gedanken auf. Hanna wurde von dem Klingeln in hellste Aufregung versetzt. Gebannt lauschte Constanze, wie sie wirr vor sich hin murmelnd zum Eingang schlurfte und mit einem unsanften Betätigen der Klinke die Tür mehr aufriss als gebührend höflich öffnete. Die fröhlichen Stimmen der Gäste verrieten allerdings große Freude über ein unverhofftes Wiedersehen. Constanzes Herz begann zu rasen. Sie spitzte angestrengt die Ohren. Unter Selmas helle Frauenstimme mischte sich tatsächlich die eines Mannes in den Begrüßungstaumel. Rasch hörte sie jedoch heraus, dass es sich keinesfalls um Roberts betörend französisch-melodiöse handelte. Genauso wenig war es die tiefe von Metas Schwiegersohn Joseph Rosenbaum oder die leicht hart klingende, ostpreußisch eingefärbte von Selmas Verlobtem Gero. Trotzdem kam Constanze die Stimme bekannt vor. Die Vertrautheit, mit der Hanna wie auch Selma auf sie reagierten, ließen auf ein Familienmitglied schließen.

»Schau nur, wen ich dir mitgebracht habe, mein liebes Küken«, posaunte Selma, als sie die doppelflügelige Tür zum Speisezimmer aufstieß.

Das Raten erübrigte sich. Hinter ihr tauchte das blasse, vornehm gezeichnete Antlitz Grischas auf. Als Selma einen Schritt beiseitetrat, konnte Constanze seine hochgewachsene, nach wie vor schlaksige Jungengestalt in der Uniform der Königlich-Preußischen Fliegertruppe in voller Pracht bewundern. Sie verstand nichts vom Heer und den jeweiligen Rängen, deshalb konnte sie seiner Aufmachung nicht entnehmen, ob er seine Ausbildung inzwischen absolviert und aufgestiegen war. Ohnehin war sie ausreichend damit beschäftigt, die Enttäuschung hinunterzuschlucken, Grischa und nicht wie erhofft Robert gegenüberzustehen.

»Wie schön, dich wiederzusehen, Constanze.« Mit weit ausgebreiteten Armen kam er auf sie zu.

»Welch eine nette Überraschung. Selma hat mir gar nicht verraten, dass du kommst.« Sie streckte ihm die Hand entgegen. Betroffen ließ er die Arme sinken, tat, als müsste er etwas an seinem Uniformrock richten.
Merkwürdigerweise ließ Selma die Gelegenheit für eine witzige Bemerkung ungenutzt verstreichen. Nach einem verdutzten Blick auf die Freundin, die trotz des schönen Sommerwetters und ihres vorhin so geräuschvollen Eintretens erschöpft wirkte, war Constanze klar, dass es dieses Mal an ihr lag, für gute Stimmung zu sorgen, sonst endete das Essen im Desaster.
»Was macht die Fliegerei? Bist du schon einmal allein geflogen? Du musst mir alles darüber erzählen!« Sie rang sich sogar dazu durch, sich bei Grischa einzuhaken und ihn zum Fenster zu ziehen. Die Fensterflügel standen weit offen. Die dünnen Vorhänge verfingen sich in der erfrischenden Brise, die vom nahen Lietzensee herüberwehte. Fröhliches Entengeschnatter mischte sich mit dem vergnügten Jauchzen der Kinder, die unter Aufsicht ihrer Gouvernanten die Wasservögel am Ufer mit Brotkrümeln fütterten. Eine dicke Hummel brummte durch die Luft, blieb im weißen Gaze der Gardine hängen. Constanze befreite sie und wedelte sie weg.
»Fliegen ist ein Traum!« Begeistert wandte sich Grischa zu ihr um. Auf seinem Gesicht breitete sich ein stolzes Strahlen aus, seine Augen leuchteten. Trotz der strengen Uniform war er plötzlich wieder der junge Pennäler, der von einem großen Abenteuer schwärmte. »Du musst es unbedingt einmal ausprobieren. Es wird dir gefallen. Oben in den Lüften beginnt ein anderes Leben. Man sieht die Welt aus einem völlig neuen Blickwinkel. Was hier unten groß und wichtig ist, schrumpft dort oben auf Spielzeugformat zusammen. So verliert alles seinen Schrecken.«

»Hoffentlich bleibst du dir dennoch dessen bewusst, dass die Welt trotz allem kein Spielzeug ist, mein Junge.« Plötzlich stand Meta bei ihnen und zupfte Grischa am Ärmel. Ihre ungewöhnlich tiefe Stimme unterstrich das Mahnende der Worte. »Wenn ich an die aufgeregten Parolen der letzten Tage denke, ist mir gerade so, als hätten die Herren an den Spitzen unserer Regierungen den wahren Blickwinkel auf die Welt völlig aus den Augen verloren. Wahrscheinlich sind sie alle schon zu viel in dicken Luftschiffen hoch über den Himmel geschwebt, so dass sie die Welt unten als einen harmlosen Spielplatz betrachten. Dabei täte uns wie ihnen ein wenig mehr Bodenhaftung gut, sonst steuern wir schnurstracks auf eine Katastrophe zu.«

»Du siehst das alles zu dramatisch, liebe Großmama«, mischte sich Selma ein.

Verwundert sah Constanze zu ihr hinüber. In langsamen Schritten kam sie ebenfalls zum Fenster, legte der zierlichen Dame den Arm um die Schultern und zog sie zärtlich an sich. Nicht zum ersten Mal spürte Constanze ob dieser vertrauten Nähe der beiden die eigene Einsamkeit umso stärker. Zu ihrem Erstaunen heiterte die liebevolle Geste der Enkelin Meta nicht auf. In ihren bernsteingoldenen Augen blieb das nervöse Aufflackern sichtbar. Um die Mundwinkel zeigte sich ein strenger Zug, der das sonst so jung gebliebene Antlitz der Großmutter plötzlich um Jahre altern ließ. Jede einzelne der vielen Falten um Augen- und Mundpartie gewann an Tiefe, als gelte es auf einmal, den Erfahrungsschatz der vielen gelebten Jahre darin hervorzuheben. Das schlichte, am Hals hochgeschlossene Kleid aus schwarzem Musselin unterstrich diese Wirkung noch. Bei jeder Bewegung knisterte der Stoff. Es fiel Constanze schwer, sich zurückzuhalten und der von ihr bewunderten

Frau nicht durch eine unbeholfene Umarmung tröstend beizustehen. Das aber stand ihr nicht an. Besorgt behielt sie sie im Blick.
Selma indes schien nichts von der Gemütsverfassung ihrer Großmutter zu bemerken. Vielleicht wollte sie es einfach auch nicht. Betont munter plapperte sie weiter: »Es besteht kein Grund zur Sorge. Seit den Schüssen auf den österreichischen Thronfolger und seine Frau ist schon eine ganze Woche vergangen, und trotzdem ist nichts passiert.«
Das Thema riss sie aus der ungewohnten Mattigkeit. Mit jeder Silbe steigerte sie sich mehr in eine eigenartige Lebhaftigkeit hinein. »Wundern muss einen das kaum. Erstens war Erzherzog Franz Ferdinand weder in Österreich-Ungarn noch sonst wo in Europa sonderlich beliebt. Seine großspurige Art ging letztlich allen auf die Nerven. Du wirst sehen, Großmama, insgeheim wird man es dem serbischen Unglücksmenschen noch danken, das Problem mit diesem leidigen Thronfolger auf diese Art elegant gelöst zu haben.«
»Selma, bitte!« Scharf wies Meta die Enkelin zurecht. »Gewalt stellt niemals eine Lösung dar, selbst wenn sie uns im ersten Moment von Problemen zu befreien scheint.«
»Natürlich nicht«, lenkte Selma ein. Offenbar fiel es ihr schwer, den Faden ihrer Argumentation wieder aufzugreifen.
»Und zweitens, Schwesterherz?«, sprang Grischa hilfsbereit bei.
»Ja, zweitens«, wiederholte Selma nachdenklich. Ihre Finger spielten mit der langen Perlenkette, die sie über dem in der Taille locker durch eine handtellergroße Brosche gerafften Straßenkleid aus himmelblauem Moiré trug. Wie immer war ihre Erscheinung von tadelloser Eleganz und rückte Constanze in die Rolle der unbedarften kleinen Freundin. Umso mehr

stach jedoch Selmas Verwirrung davon ab. Fahrig wickelte sie die Kette um ihre Finger, rang um Worte, löste die Kette wieder. Endlich schien ihr wieder einzufallen, was sie hatte sagen wollen.

»Zweitens war die Lage im Sommer vor drei Jahren weitaus brenzliger als jetzt. Erinnert euch nur daran, welchen Aufruhr Kaiser Wilhelm auslöste, als er mit der Entsendung der *Panther* ein kriegstüchtiges Kanonenboot vor Agadir in Stellung bringen ließ. Und das alles nur, weil die Franzosen in Marokko einmarschiert waren, was uns Deutsche im Grunde genommen völlig egal sein konnte.«

»Oh, ich erinnere mich gut, mein Kind.« Metas Miene verfinsterte sich weiter. »Selbst hier in Deutschland wollte keiner unserem Kaiser und seinen Ratgebern so recht abnehmen, dass mit der Aktion nur die Sicherheit der deutschen Kaufleute in Marokko garantiert werden sollte. Die französische Besetzung von Fes und Rabat betraf letztlich kaum mehr als eine Handvoll Deutscher, geschweige denn, dass sie einen von ihnen ernsthaft in Gefahr gebracht hätte.«

»Fast aber hätte das Manöver ausgereicht, um ganz Europa in einen Krieg zu stürzen«, warf Grischa ein.

Verwundert sah Constanze ihn an. Obwohl er vor drei Jahren noch als pickeliger Schüler Lateinvokabeln gepaukt und wohl kaum viel aus erster Hand von der Krise mitbekommen hatte, schien auch er sich genauestens an die Einzelheiten zu erinnern.

Ihrer Beachtung bewusst, streckte er den Rücken, bevor er mit gewichtiger Miene fortfuhr: »Als kurz darauf ein kleinerer Kreuzer und ein weniger schlagkräftiges Kanonenboot die *Panther* vor der marokkanischen Küste ablösten, entschärfte das die Situation nur marginal.«

Constanze wähnte sich plötzlich in einem Theaterstück. Meta und ihre Enkel hatten ihre Rollen gut gelernt. Ein jeder verstand sich blindlings auf seinen Einsatz, was das Gespräch trotz des brisanten Themas seltsam hohl klingen ließ.

»Den Sozialdemokraten gelang es relativ leicht, Tausende für Protestmärsche gegen die Kriegstreiberei von Bethmann-Hollweg zu mobilisieren.« Metas Feststellung war anzuhören, wie sehr sie bis zu diesem Tag noch von dem Mut der Kriegsgegner beeindruckt war. »In Frankreich wie auch in London wurde von der Arbeiterschaft entschieden gegen den Krieg demonstriert. Ein gewaltiger Erfolg für den Pazifismus, denn nie zuvor hatten sich die Arbeiter so vehement für den Frieden eingesetzt. Wollen wir hoffen, daran erinnern sich die Leute noch und sind auch in diesem Sommer zu Ähnlichem bereit.«

»Sieh das nicht so schwarz«, versuchte Selma von neuem, ihre Großmutter zu beruhigen. »Die Ereignisse von Sarajevo darfst du keinesfalls mit denen von Agadir vergleichen. Damals standen die deutschen Kanonen tatsächlich schon schussbereit vor britischen und französischen Truppen. Jetzt aber ist allen bewusst, dass es nicht noch einmal so weit kommen darf. Wen interessiert schon Franz Ferdinand? Wenn du mich fragst, ist das eine tragische Gestalt, die bald völlig aus der Geschichte verschwunden ist. Gero hat mir versichert, dass keiner der maßgeblichen Kräfte im Kaiserreich ernsthaft bereit ist, den Kopf zu riskieren, um seinen Tod zu rächen. Ihr wisst, wie ausgeklügelt das Paktsystem in Europa ist.«

»Genau das macht die Ereignisse wiederum doch ein wenig heikel«, warf Grischa ein. »Auf der einen Seite stehen wir Deutschen mit Österreich-Ungarn, und auf der anderen die Entente-Mächte Großbritannien, Frankreich und Russland.

Wenn einer sich auch nur im Entferntesten bedrängt glaubt und losschlägt, tritt das eine Lawine los. Nicht umsonst wurde schon vor einigen Jahren bei uns der Schlieffen-Plan entwickelt, um einen Zweifrontenkrieg zu vermeiden, der uns dann unweigerlich bevorstünde.«

»Hör nur gut zu, Selma«, riet Meta ihrer Enkelin. »So redet ein junger Offizier unserer Luftstreitkräfte. Dein Gero sollte sich wohl besser mit den Männern an den Waffen statt mit den Männern an den Strategietischen unterhalten.«

»Das mag daran liegen, dass die Männer an den Waffen dazu neigen, ihre gefährlichen Spielzeuge einmal ausprobieren zu wollen«, erwiderte Selma. »Umso besser, dass es deshalb auch noch die Männer an den Strategietischen gibt, die den Überblick behalten und sie im entscheidenden Moment zurückpfeifen. Letztlich hat niemand in Europa ein Interesse am Ausprobieren der Bündnissysteme, weder bei uns in Deutschland noch in Russland, Großbritannien oder Frankreich.«

»Das wird Ihnen sicherlich auch Robert Beck gern versichern«, nutzte Constanze Selmas kurze Atempause, um Meta ebenfalls zu beruhigen. »Oft hat er erzählt, wie lauthals man in seiner Heimat seit Jahrzehnten zwar nach Rache für Siebzig-Einundsiebzig schreit. Insgeheim aber ist man sich im französischen Volk wie auch in der Regierung einig, dafür niemals wieder ins Feld ziehen zu wollen.«

»Deshalb haben sie uns vor drei Jahren auch einen Teil von Kamerun abgetreten, um nach dem Zwischenfall vor Agadir Schlimmeres zu verhindern«, beeilte sich Grischa beizusteuern. »Die deutsche Regierung konnte damit ihr Gesicht wahren, ohne dass Frankreich die Geste viel gekostet hätte. Ähnlich verzichtet Poincaré langfristig bestimmt auch lieber auf

Elsass-Lothringen, als noch einmal eine vernichtende Schlacht zu riskieren, insbesondere, wenn es nur um den wenig beliebten österreichischen Thronfolger geht.«

»Wollen wir hoffen, ihr behaltet recht, meine Kinder.« Meta zeigte sich weiterhin wenig beeindruckt von den Argumenten. Die Sorgenfalte an ihrer Nasenwurzel hielt sich hartnäckig, wenn sie auch durch ein betont munteres Händeklatschen Heiterkeit vorzutäuschen suchte. »Lasst uns zu Tisch gehen, sonst wird das Essen kalt. Damit würden wir gewiss keinen neuen Krieg verhindern. Im Gegenteil. Die gute Tilda würde uns aus der Küche heraus den Krieg erklären, weil wir ihre Anstrengungen mit Missachtung strafen.«

Einladend wies sie auf die festlich gedeckte Tafel, teilte jedem seinen Platz zu und nahm selbst am Kopfende Platz, wo Grischa ihr galant den Stuhl zurechtrückte. Zufrieden schweifte ihr Blick über Gedecke und Gäste, bevor sie nach Hanna läutete, damit sie mit dem Auftragen der Suppe begann.

»Unseren französischen Freund hätte ich übrigens sehr gern zum heutigen Essen dazugebeten«, erzählte Meta, sobald sie die ersten Löffel der dampfenden Fleischbrühe gekostet und für gut befunden hatte, wie ihr zufriedenes Nicken verriet. »Leider aber musste er gestern plötzlich nach Paris abreisen. Ich hoffe sehr, das ist kein schlimmes Vorzeichen.«

»Robert ist fort?« Wie aus einem Mund fragten Selma und Constanze.

Schon wollte Constanze auflachen, um das Komische an der Sache zu betonen. Als sie das blanke Entsetzen in Selmas Antlitz gewahrte, verkniff sie sich das. Grischa dagegen schaute verdutzt zwischen ihnen beiden hin und her. Er saß am zweiten Tischende und besaß damit den besten Überblick. Plötzlich grinste er amüsiert.

»Das ist aber kein Benehmen, meine Damen! Euer französischer Kavalier ist also tatsächlich abgereist, ohne sich anständig von euch beiden Schönen zu verabschieden. Stattdessen hat er es offenkundig vorgezogen, unserer verehrten Großmama die Aufwartung zu machen. Ein Schelm, wer Böses dabei denkt oder, um in der Muttersprache unseres Freundes zu bleiben: *honi soit qui mal y pense.*«

»Sei still, du kennst ihn nicht«, zischte Selma. Längst war sie noch blasser geworden. Langsam legte sie den Suppenlöffel beiseite und tupfte sich mit der Damastserviette die Mundwinkel, knüllte den gestärkten Stoff in ihrer Rechten zusammen. Constanze konnte den Blick nicht von ihr wenden. Ein mulmiges Gefühl bemächtigte sich ihrer, ähnlich dem, das sie bei ihrem letzten Beisammensein zu dritt verspürt hatte. Verlor Selma jetzt wie im *Kempinski* die Contenance und schleuderte die Serviette quer über den Tisch nach ihrem Bruder? Tatsächlich schien Selma das einige Atemzüge lang zu überlegen. Constanze zog die Augenbrauen hoch. Verdutzt sah Selma sie an, legte in aufreizender Langsamkeit die Serviette wieder weg.

»Robert hat wohl einen dringenden Anruf seines Vaters erhalten«, erklärte Meta unterdessen in einem Ton, der jede Neckerei seitens Grischa beendete. »Es blieb ihm kaum Zeit, das Nötigste zu packen. Deshalb bat er mich, euch herzlich zu grüßen. Er wird uns in Baden-Baden besuchen. Wir reisen doch schon nächste Woche ab.«

»Das habe ich völlig vergessen.« Ungerührt wandte sich Grischa wieder seiner Suppe zu. Ob er Selmas kleine Serviettendrohung überhaupt bemerkt hatte, war ihm nicht anzumerken. »Dieses Jahr beginnt die Sommerfrische schon Mitte Juli. Mama kann es wohl nicht mehr erwarten, dem aufgeheizten Berlin zu entfliehen. Dabei dürfte es in Baden kaum weniger heiß zugehen als hier.«

»Auch daran seht ihr, wie friedlich die Lage ist«, griff Selma das Thema von vorhin wieder auf. Constanze war erleichtert, wie bereitwillig sie sich von Roberts Abreise und Grischas Stichelei darüber hatte ablenken lassen. Eben noch war sie überzeugt gewesen, Selma steuere auf eine Katastrophe zu. Trotzdem behielt sie die Freundin weiter aufmerksam im Blick.

»Stünden die Zeichen auf Gefahr, würde Papa wohl kaum seine Abgeordnetenpflicht vernachlässigen und die Hauptstadt verlassen«, erklärte Selma weiter.

»Im Falle eines Falles hat die berühmte Schwatzbude im Reichstag ohnehin kaum etwas zu vermelden«, stellte Meta ungerührt fest. »Du kannst sicher sein, dass sie am Ende geschlossen dem Kriegsgebrüll zustimmen werden.«

»Bist du auch wieder mit deinem Vater in Baden-Baden, Constanze?«, beeilte sich Grischa, das Wiederaufflammen der Kriegsdebatte im Keim zu ersticken. »Wäre doch schön, wenn wir unsere Ausflüge vom letzten Jahr wieder aufnehmen könnten.«

»Du kommst also auch mit?«, fragte sie zurück, um sich gleich darauf bei Selma zu erkundigen: »Stellt Gero dir wieder seinen schicken Audi zur Verfügung?«

»Bitte?« Geistesabwesend sah Selma sie an.

»Was ist mit deinem Puppchen?« Grischa legte Constanze die Hand auf den Arm, so dass sie gezwungen war, sich ihm zuzuwenden, und lächelte ihr verschwörerisch zu. »Hol doch deinen Wagen aus Metz, dann vergnügen wir beide uns eben ohne mein Schwesterherz. Sieht ganz so aus, als habe sie derzeit anderes im Kopf als eine Spritztour durchs Elsass mit uns ›Kindern‹. Mir aber wird sie bestimmt nicht die Freude an der Sommerfrische verderben.«

Der Vorschlag behagte Constanze wenig. Zum Glück tauchte Hanna auf, um die leeren Suppenteller abzutragen.

Warum nur verhielt sich Selma so eigenartig? Da musste noch mehr dahinterstecken als die Enttäuschung über Roberts plötzliche Abreise. Grischas vernehmliches Räuspern riss sie aus den Überlegungen. Rasch erwiderte sie: »Ich bin schon lange nicht mehr selbst gefahren. Hier in Berlin habe ich keinen Wagen. Wahrscheinlich kann ich das gar nicht mehr.«

»Das Chauffieren wirst du kaum verlernt haben«, wischte Grischa den Einwand beiseite. »Übrigens fahre ich jetzt auch. Notfalls lässt du also einfach mich ans Steuer. Ich wollte immer schon einmal so einen praktischen kleinen Wagen fahren, wie du ihn hast. Im Gegenzug lade ich dich zu einem Rundflug mit einem Flugzeug ein. In Oos kann ich mir eins mieten. Leider habe ich zwar nur die letzten beiden Juliwochen Urlaub, doch wenn du gleich nächste Woche in Baden-Baden bist, werden wir uns noch einige schöne Tage machen können.«

»Zuerst muss ich zu meinem Vater nach Metz. Es ging ihm im Winter nicht sonderlich gut, wie du weißt. Sein Herz bereitet ihm große Probleme. Deshalb weiß ich noch gar nicht, ob wir …«

»Umso wichtiger ist es, dass Ihr Vater sich Erholung gönnt, mein Kind.« Meta griff nach ihrer zweiten Hand und drückte sie aufmunternd. »Auch Sie haben etwas Abstand vom Lernen verdient. Sie sind immer so fleißig. Bestimmt brüten Sie bis spät in die Nacht über Ihren Plänen für diese Reiseschreibmaschine. Sosehr ich auf das Resultat gespannt bin, so sehr wünsche ich mir, dass Sie besser auf sich achten. Reisen Sie so schnell wie möglich zu Ihrem Herrn Papa und überzeugen Sie ihn von der Notwendigkeit einer Sommerfrische, damit wir uns alle übernächste Woche in Baden-Baden treffen. Unser lieber Freund Robert wird sich, wie gesagt, ebenfalls dort einfinden.«

Beim abermaligen Erwähnen von Robert schreckte Selma aus ihrer Starre auf, wie Constanze aus dem Augenwinkel bemerkte. »Ich weiß gar nicht, was ihr immer an ihm findet.« Grischa klang beleidigt, weil die Sprache von neuem auf den Freund gekommen war. Wahrscheinlich war er eifersüchtig, weil Robert mit Leichtigkeit gelang, wonach Grischa sich so sehr sehnte: die Herzen sämtlicher Frauen, seien sie jung oder alt, in einem Handstreich zu erobern. Constanze ertappte sich dabei, wie sie leicht errötete, wenn sie an die vergnügten Stunden mit Robert zurückdachte. Bestimmt würden sie in Baden-Baden Gelegenheiten finden, die Ausflüge aus dem letzten Jahr zu wiederholen. Zufällig streifte ihr Blick Selma. Die Freundin schien endgültig in andere Sphären abgetaucht.

»Robert wird dir gefallen, Grischa«, erklärte Meta. »Du musst dich nur einmal länger mit ihm unterhalten. Bei deinem letzten Besuch an Ostern hattest du leider keine Gelegenheit dazu. Es ist unglaublich, was er alles weiß und wofür er sich interessiert. Mit ihm kannst du viele Abende lang über Themen reden, an die du sonst nicht im Traum gedacht hättest. Das macht jedes Mal aufs Neue Spaß. Das findet Gero doch auch, nicht wahr, Liebes?«

Sie schaute zu ihrer Enkelin auf der rechten Tischseite. Geros Name schreckte Selma regelrecht auf. Constanze meinte, einen Anflug von Panik auf ihrem Gesicht zu erkennen. Gerade wollte sie dem auf den Grund gehen, da klatschte Grischa plötzlich begeistert in die Hände.

Hanna war mit einem großen Tablett vor der Brust zur Tür hereingekommen. Der Duft aus den Schüsseln war verlockend. Neugierig beobachtete Constanze, wie das Mädchen sich anschickte, die zugedeckten Schüsseln auf der Tafel zu arrangieren. Es schien eine genau festgelegte Ordnung dafür zu geben.

»Täusche ich mich, oder hast du Tilda davon überzeugt, mitten im Sommer mein Leibgericht zu kochen, Großmama?« Begierig half Grischa Hanna, die Deckel von den Terrinen zu lüften. In dem aufsteigenden Dampf verbreitete sich der Duft umso besser im Raum. Noch wusste Constanze ihn kaum zu erkennen, da rief er schon freudestrahlend: »Tatsächlich! Königsberger Klopse und Salzkartoffeln. Du bist die Allerbeste, Großmama!«

Wie ein Schuljunge strahlte er übers ganze Gesicht. Hanna gelang es kaum, ihn davon abzuhalten, ebenfalls nach dem Vorlegebesteck zu greifen.

»Lass nur«, winkte Meta das fahle Dienstmädchen weg. »Wir kommen schon allein klar. Du siehst, bei Tildas Klopsen verwandelt sich Grischa wieder in einen kleinen Lausejungen. Geh in die Küche und berichte Tilda von dem Erfolg. Damit hat sie sich einen noch besseren Platz im Herzen meines Enkelsohns gesichert.«

Kaum hatte Hanna das Speisezimmer verlassen, schickte sich Meta an, die Teller ihrer Gäste eigenhändig zu füllen. »Sicher seid ihr einverstanden, meine Damen, wenn ich ausnahmsweise unseren einzigen Herrn am Tisch zuerst bediene. Sonst fällt er uns vor Gier noch in die Schüsseln.«

Großzügig tat sie Grischa auf, versorgte danach Constanze und Selma, bevor sie sich zuallerletzt eine winzige Portion der in heller, sämiger Kapernsauce schwimmenden Klopse und zwei Schnitze Salzkartoffeln nahm. »Guten Appetit, ihr Lieben.«

Constanze beugte sich über den Teller, zerteilte die Salzkartoffelstücke mit der Gabel, schob die Klopse in der Sauce zurecht. Es duftete herrlich. Tilda verstand sich hervorragend darauf, der Sauce die richtige Konsistenz zu verleihen und die Klopse ausgewogen zu würzen. Die kleinen Kapern gaben dem Ganzen den letzten Schliff. Voller Vorfreude hob Constanze die Gabel und wollte den ersten Bissen in den Mund schieben, da fiel ihr Blick auf die Freundin.

Die Blässe auf ihrem schön gezeichneten Gesicht war ins Grünliche umgeschwenkt, was das Rouge auf den Wangenknochen und den Schwarzstift um die Lider noch stärker hervortreten ließ. Die blauen Augen schienen geradezu aus den Höhlen zu treten, so entsetzt starrten sie auf den Teller. Fest hatte Selma die Lippen zusammengebissen, dennoch war deutlich erkennbar, wie heftig es sie würgte.

»Ist dir übel?«, fragte Constanze leise, woraufhin die Freundin ihr einen vernichtenden Blick zuwarf.

»Schwesterherz, was hast du?« Grischa horchte auf. »Tildas Klopse liebst du doch sonst auch abgöttisch.«

Das war zu viel für Selma. Sie schlug sich die Hand vor den Mund, warf die Serviette auf den Tisch und sprang auf. Scheppernd kippte der Stuhl nach hinten. Blindlings stürzte Selma zur Tür und von dort in den hinteren Teil der Wohnung, wo sich Bad und Klosett befanden. Verblüfft sahen Grischa und Constanze einander an. Lediglich Meta bewahrte Ruhe und erklärte in ihrer anheimelnden, dunklen Stimme: »Ich glaube, sie fühlt sich unpässlich.«

Später überlegte Constanze, warum sie trotz dieser unverbindlichen Worte sofort verstanden hatte, wie es um die Freundin stand: Sie war schwanger! Selbst Grischa begriff, was Meta hatte ausdrücken wollen. Gesenkten Blickes stocherte er in seinem Essen. Constanze merkte, wie es in ihm arbeitete. Endlich schaute er auf. Als Meta ihm jedoch mit einem sachten Kopfschütteln bereits ein Nein auf die noch unausgesprochene Frage gab, legte er das Besteck beiseite, stützte den Kopf in die Hände und schwieg.

Kurz darauf kehrte Selma zum Tisch zurück. Sie war zwar immer noch erbärmlich blass, aber wenigstens nicht mehr grün im Gesicht. Besorgt verfolgte Constanze, wie sie sich langsam auf dem wieder aufgestellten Stuhl niederließ. Während sie noch angestrengt überlegte, ob sie als Freundin vielleicht als Erste etwas sagen sollte, um den Bann zu brechen, fragte Selma gereizt: »Was ist?«, ohne einen von ihnen direkt anzuschauen. Ihre Finger zitterten, als sie nach der Serviette griff.

»Lass das besser, Liebes!« Meta rückte den Teller mit dem Essen von ihr fort und nahm auch das Weinglas beiseite. »Trink ein Glas Wasser und leg dich nebenan im Salon auf die Chaiselongue. Hanna wird dir das Fenster öffnen, damit du die frische Luft genießen kannst.«

»Was habt ihr nur auf einmal? Ich bin nicht aus Zucker. Mir geht es bestens. Es ist einfach die Hitze und das schwere Essen. Das passt heute gar nicht zusammen.«

Trotzig holte sie sich das Weinglas zurück und kippte den Weißwein in einem Zug herunter. Meta schüttelte den Kopf, enthielt sich allerdings eines weiteren Kommentars.

»Ich glaube, Schwesterherz, du hast jetzt ein weitaus größeres Problem als das Wetter und das Essen«, entfuhr es Grischa.

Constanze hielt es nicht mehr auf ihrem Platz. Ohne zu überlegen, erhob sie sich, trat zu der Freundin, legte ihr den Arm um die Schultern und drückte sie an sich. Nur zu klar stand ihr vor Augen, dass es nicht allein die unerwartete Schwangerschaft war, die Selma belastete. Auch die Frage nach dem Vater des Kindes stand unausgesprochen im Raum. Das mussten auch Meta und Grischa ahnen. Warum sonst hatten sie nicht gleich von Gero zu reden begonnen? Eigentlich hätte es nahegelegen, in einer solchen Situation zuerst den Verlobten ins Gespräch zu bringen.

»Du kannst dich auf mich verlassen!«, hauchte sie Selma ins Ohr. »Was auch immer passiert, ich werde allzeit für dich da sein.«

20

Gleich nach dem Frühstück kündigte Selma an, sich wieder auf ihr Zimmer im ersten Stock des *Bellevue* zurückzuziehen. Seit ihrer Ankunft in Baden-Baden vor zwei Wochen hielt sie das so. Endlich hatte Mutter Hedda aufgegeben, sie nach dem Grund für ihr Verhalten zu fragen. Beim Verlassen des Frühstückssalons blieb Selma jedoch unvermittelt im Durchgang nahe dem Tisch stehen, verbarg sich hinter den Vorhängen. Kaum war sie aus dem Blickfeld der anderen entschwunden, hatte Hedda das Wort ergriffen, um ihrem Unmut über das Verhalten der Tochter Luft zu machen. Bereits die ersten Silben ließen Selma aufhorchen, und so beschloss sie, das Gespräch am Tisch der Eltern von ihrem Versteck aus noch eine Weile zu belauschen.

»Was hat sie nur? Seit wir hier sind, verkriecht sie sich Tag für Tag in ihr Schneckenhaus. Ist sie beleidigt, weil ihre kleine Freundin noch nicht da ist? Was können wir dafür, dass Weißkirchners nicht wie zugesagt am selben Tag angereist sind wie wir? Wie dumm von Selma, sich davon die Laune verderben zu lassen. Das passt gar nicht zu ihr. In Berlin hat sie nie eine Gelegenheit ausgelassen, sich ins Vergnügen zu stürzen, gleichgültig, wer von ihren Freunden dabei war und wer nicht. Ganze Nächte war sie unterwegs, mal im Theater, mal im Varieté, oft bis in die frühen Morgenstunden noch in irgendeinem Etablissement rund um die Friedrichstraße zum Tanzen. Da ist es nicht zu viel verlangt, das gnädige Fräulein zu bitten, hier in der Sommerfrische zumindest halbwegs den Anstand zu wahren und sich mit uns beim Empfang von Lilly Saur zu zeigen. Ab und an könnte sie mit ihren alten Eltern auch zum Nachmittagskonzert vor das Konversationshaus spazieren, von einem gelegentlichen Theaterbesuch an unserer Seite einmal ganz zu schweigen. Es hat den Anschein, als böten wir der jungen Dame nicht mehr die richtige Gesellschaft.«

Von ihrem Versteck aus beobachtete Selma, wie sich ihre Mutter pikiert mit der Serviette die Mundwinkel tupfte, sich anschließend mit der linken Hand ordnend durch die schwungvolle Hochsteckfrisur fuhr. Verärgert ballte Selma die Fäuste. Zu gern wäre sie zum Tisch zurückgekehrt und hätte ihr aufs heftigste widersprochen. Die Lage war schlichtweg ausweglos. Seit sie Klarheit über ihren Zustand besaß, haderte sie Tag und Nacht damit, was sie tun sollte: Gero mit der Tatsache konfrontieren und auf eine rasche Heirat drängen, damit man dem Schein zuliebe eine Frühgeburt vortäuschen konnte? Allein die Überlegung rief einen Anfall neuer Übelkeit in ihr hervor. Sie presste sich die Hand auf den Mund, zwang sich, hinter den Vorhängen möglichst geräuschlos bittere Galle die Kehle hinunterzuzwingen. Trotz ihrer rührenden Versöhnung im Mai, die sie auf alle Sicherheit hatte pfeifen lassen, war Gero nicht der Einzige, der als Vater des Kindes in Betracht kam.

Erneut wurde Selma speiübel. Den Gedanken sollte sie allerdings unwiderruflich aus ihrem Hirn tilgen. Eine Lösung der Verlobung mit Gero und eine Heirat mit Robert war absolut undenkbar. Nicht nur die brenzlig gewordene politische Lage sprach dagegen. Robert war nicht der Mann zum Heiraten. Seit jenem Tag in Potsdam hatte er alles getan, um sie davon zu überzeugen, dass sie lediglich eine gute Freundschaft miteinander verband. Wie hatte sie nur so unvorsichtig sein und ohne weitere Vorkehrungen mit ihm schlafen können? Sie biss sich auf die Lippen, schluckte. Aber was spielte das noch für eine Rolle? Robert war ohnehin seit Wochen von der Bildfläche verschwunden. Schon malte sie sich aus, ihn niemals mehr in ihrem Leben wiederzusehen.

»Darf ich dich daran erinnern, wie oft du deiner Migräne wegen unseren gemeinsamen Aktivitäten fernbleibst?«, erkundigte sich unterdessen Meta bei ihrer Tochter. Abermals spitzte Selma die Ohren, beschloss, das Gespräch weiterzuverfolgen.

»In meinem Alter ist das etwas ganz anderes.« Hedda legte die Serviette beiseite und trank einen Schluck Kaffee. »Eine Frau in Selmas Alter hat noch keine derartig heftigen Migräneattacken wie ich. Überhaupt hat sie bislang noch nie …«

»Migräne ist keine Frage des Alters, sondern des Charakters«, fiel Meta ihr schroff ins Wort, woraufhin Joseph pflichtschuldigst den schwelenden Streit zwischen den beiden Frauen zu beenden versuchte, bevor die übrigen Gäste auf die gereizte Stimmung an ihrem Tisch aufmerksam wurden. »Wahrscheinlich sehnt sich Selma nach ihrem Verlobten. Ein Jammer, dass Gero auch in diesem Jahr wieder in Berlin bleiben musste.«

»Du meinst, sie wird schwermütig?« Alarmiert horchte Hedda auf. Am Klang ihrer Stimme war herauszuhören, wie wenig ihr auch diese Erklärung zusagte. Hektische rote Flecken zeigten sich auf ihren Wangen. Offenbar grübelte sie angestrengt über Josephs Einwand nach. »Glaubst du, sie leidet an Neurasthenie?«

»Papperlapapp!«, ging Meta zu Selmas Erleichterung gleich wieder dazwischen. »Nur weil Selma sich einige Tage unpässlich fühlt, läuft sie nicht gleich Gefahr, gemütskrank zu sein. Muss ich dich etwa trotz deines fortgeschrittenen Alters daran erinnern, von welcher Art Unpässlichkeit sich eine junge Frau gelegentlich heimgesucht fühlt, mein Kind?«

Ob dieses Einwands errötete Hedda noch stärker und warf verzagt ein: »Aber das dauert doch keine zwei Wochen!«

Joseph ignorierte die für seinen Geschmack zu sehr ins Mystisch-Weibliche abgleitende Tendenz des Gesprächs, indem er bedeutungsvoll schnaubte, sich die Serviette von der Brust nahm und durch den erschreckend grau gewordenen Bart am Kinn strich. »Bei der derzeitigen Lage in der Welt sollte man es niemandem verübeln, wenn er an Neurasthenie erkrankt. Allein die Tatsache, dass unser lieber Grischa seinen Urlaub vorzeitig abgebrochen und letzte Woche schon nach Bekanntwerden des österreichisch-ungarischen Ultimatums an Serbien zu seiner Einheit nach Döberitz zurückgekehrt ist, belegt, wie brenzlig es in Europa geworden ist. Mich würde nicht wundern, wenn auch wir Reichstagsabgeordneten demnächst nach Berlin zurückbeordert würden. Wie es aussieht, muss man mit dem Schlimmsten rechnen. Die Einberufung einer möglichen Sondersitzung im Reichstag ist gewiss nur eine Frage von Tagen.«

»Nein!«, stöhnte Hedda auf und fasste sich an den Hals. Bestimmt war sie einer Ohnmacht oder der nächsten Migräneattacke nahe. Meta dagegen wahrte die Fassung. Dabei war sie es gewesen, die gleich nach dem Attentat in Sarajevo ernsthaft vom Ausbruch eines Krieges überzeugt gewesen war.

»Ich dachte, solange Poincaré und sein Premierminister in aller Seelenruhe durch Russland und Skandinavien reisen, wäre der drohende Weltuntergang noch einmal verschoben.« Spitz lachte Meta auf. »So aber hat es den Anschein, als wäre ihre Reise nach Petersburg das sicherste Indiz für die Gefährlichkeit der Situation. Natürlich nutzen sie die Gelegenheit, um die Entente mit dem Zarenreich zu bekräftigen. Da hat unser guter Reichskanzler den Kaiser wohl mehr schlecht als recht beraten. Der setzt leider ganz phantasielos auf die Bündnistreue zu Österreich-Ungarn und im Falle eines Falles auf die Wunderwaffe des Schlieffen-Plans. Das wird uns alle noch Kopf und Kragen kosten.«

»Mama, bitte!«, mahnte Hedda, sichtlich unglücklich darüber, wie sehr sich Meta ins Politisieren hineinsteigerte. Auch Joseph wand sich unbehaglich. Selma wusste, wie ungern er mit Frauen, insbesondere mit seiner Schwiegermutter, über Politik redete, weil die ihm anders als seine Gattin Hedda stets Widerpart bot. Betont deutlich schob er das Geschirr von sich und erhob sich umständlich von seinem Platz.

»Die Zukunft wird uns wohl zeigen, was wen etwas kostet und wen nicht. Wenn ihr mich jetzt bitte entschuldigt, meine Damen. Ich möchte in Ruhe meine Zeitung studieren.«

Hastig presste Selma sich in die Vorhänge, hoffte, ihr Vater würde sie im Vorbeigehen nicht bemerken. Fast hätte sein Arm sie gestreift, so dicht marschierte er an ihrem Versteck vorbei. Allerdings war er ganz in Gedanken versunken. Bestimmt hätte er sie nicht einmal bemerkt, wenn sie ihn hätte anniesen müssen.

»Musst du immer wieder mit Politik anfangen?«, begann Hedda, Meta zu kritisieren. »Du weißt, wie sehr Joseph gerade in den letzten Wochen in Berlin gefordert war. Hier in Baden-Baden sollte er ein wenig zur Ruhe kommen. Du bist auf dem besten Wege, genau das zu verhindern.«

»Nicht ich verhindere seine Erholung, sondern die derzeitige Lage in der Welt, mein Kind. Aber jemand wie du, dessen Gedanken immer nur darum kreisen, welche Garderobe zu welcher Einladung angemessen ist und welche Kontakte man gesellschaftlich pflegen sollte, wird das wohl nie begreifen. Manchmal frage ich mich, wie es kommt, dass wir beide Mutter und Tochter sind.«

»Ich fasse es nicht!« Theatralisch presste Hedda die Fingerspitzen an die Schläfen, massierte sie in kreisrunden Bewegungen. »Das ist dir wieder einmal bestens gelungen, Mama. Ich glaube, ich brauche mein Pfefferminzöl. Entschuldige mich bitte, ich gehe auf mein Zimmer.«

Auch sie rauschte erschreckend nah an Selma vorbei. Die flatternden Enden ihres Seidenschals berührten sogar Selmas Arme. Eine berauschende Wolke aus Lavendel umfing Heddas Gestalt, die wie üblich schon am frühen Morgen perfekt in eine weiße Kostümkombination gekleidet war. Bewundernde Blicke der Gäste an den anderen Tischen folgten ihr auf dem Weg aus dem Speisesaal zur breiten Treppe im Empfangssalon.

Selma wartete, bis sie verschwunden war, dann wagte sie sich aus ihrem Versteck zurück an den Tisch. Gedankenverloren starrte Meta zum Fenster, während ihre Finger fahrig den Stoff der Serviette kneteten.

»Darf ich, Großmama?«

»Du, mein Kind?« Erschrocken hob die alte Dame den Kopf. Auf ihrem faltenreichen Antlitz lag ein Ausdruck schlechten Gewissens, der Selma erstaunte. »Ich dachte, du ruhst dich längst oben in deinem Zimmer aus.«

»Das wollte ich auch, dann habe ich jedoch mitbekommen, was Mama über mich sagte. Von dort hinten habe ich alles mit angehört.« Sie deutete mit einem Nicken auf die Ecke mit dem Vorhang nur wenige Schritte vom Tisch entfernt.

»Warum hast du dir das angetan? Es war doch nur die übliche Nörgelei.« Die zierliche Großmutter griff nach ihrer Hand

und drückte sie zärtlich. Selma lächelte. Meta hatte schon immer verstanden, ihr mit kleinen Gesten so viel mehr zu sagen, als Hedda mit all ihren gut gemeinten Ratschlägen nicht in hundert Jahren gelingen würde. »In deinem Zustand solltest du sämtlichen Aufregungen aus dem Weg gehen. In den nächsten Monaten kommt es noch dick genug, sowohl was dich selbst als auch was die allgemeine Lage anbetrifft.«
»Glaubst du, Mama ahnt etwas?«, fragte Selma zaghaft.
»Hedda?« Amüsiert lachte Meta auf, wandte den Blick kopfschüttelnd wieder zum Fenster, um angestrengt durch die dünnen Vorhänge nach draußen zu starren.
Die berühmte tausendjährige Eiche breitete ihre Äste schützend über eine ganze Kolonie von Singvögeln aus, die munter zwischen den Zweigen umherhüpften und ihr den Schutz mit dem Trällern munterer Weisen dankten.
»Du hast doch eben gehört, wie es um sie steht.« Nach einer halben Ewigkeit schaute Meta sie wieder an. Ein nie zuvor gesehener Ausdruck von Enttäuschung lag in ihrem Blick. »Weiter als bis zur nächsten Migräne denkt sie selten. Ach, Liebes, ich mache mir große Vorwürfe! Wahrscheinlich liegt es daran, dass Heddas Vater der Spielsucht verfallen war. Als sie mich als Mutter brauchte, war ich viel zu sehr damit beschäftigt, die Trümmer unserer bürgerlichen Existenz zusammenzukehren, statt für mein Kind da zu sein. Ich hoffe, du hast mehr Glück mit dem Vater deines Kindes.«
Darauf war es an Selma, den Blick zum Fenster zu richten und schweigend in den Garten zu starren.
»Hast du ihn eigentlich schon eingeweiht?«, erkundigte sich Meta nach einer kleinen Pause vorsichtig. »Langsam wird es Zeit, um, wie deine Mutter es ausdrücken würde, ›die Schicklichkeit zu wahren‹. Allzu kurz nach der Eheschließung sollte

die Frühgeburt eines properen Kindes nicht erfolgen, sonst erregt das Misstrauen.«

»Genau das ist das Problem.«

Mehr bekam Selma nicht heraus, sondern brach in Weinen aus. Es gelang ihr gerade noch, das zarte Spitzentaschentuch zu zücken und vors Gesicht zu pressen, um nicht laut aufzuschluchzen. Angestrengt bemühte sie sich darum, ihre Contenance zurückzugewinnen, damit die Gäste an den umstehenden Tischen nichts von ihrem Zusammenbruch bemerkten. Geduldig verzichtete Meta darauf, zu früh die falsche Frage zu stellen. Ein letztes Mal schneuzte sich Selma ins Taschentuch, wischte die Tränenspuren von den Wangen.

»Er weiß es noch gar nicht«, sagte Selma leise. »Das hat den einfachen Grund, dass ich selbst nicht weiß, wer …«

»Sag jetzt nichts, was du später bereust«, fiel die Großmutter ihr ins Wort. »Es gibt nur einen, der als Vater deines Kindes in Frage kommt.«

»Was?« Erstaunt sah Selma die Großmutter an. Die erwiderte den Blick, ohne mit der Wimper zu zucken.

»Aber ich kann doch nicht einfach Gero …«, setzte Selma an, um sogleich von Meta unterbrochen zu werden: »Natürlich kannst du. Wer sonst käme ernsthaft in Frage? Wie lange seid ihr miteinander verlobt? Anderthalb Jahre, wenn ich mich recht entsinne. Höchste Zeit, endlich Nägel mit Köpfen zu machen, sonst kommt Gerede auf. Für einen Mann in Geros Position schickt es sich nicht, die Heirat zu lange hinauszuzögern. Weniger wohlmeinende Menschen neigen bereits dazu, üble Gerüchte in die Welt zu setzen.«

»Was meinst du damit? Welcher Art …«

»Die Details tun jetzt nichts zur Sache. Es würde mich wundern, wenn du nicht ebenso gut wie ich darüber Bescheid weißt. Diesem Gerichtsassessor bist du sicherlich das eine oder andere Mal schon selbst …«

»Was erzählt man von Gero und ihm?«

»Von mir wirst du keine Silbe dazu hören. Die ganze Geschichte ist mir zu albern. Für dich allerdings ist das in gewisser Weise von Vorteil. Ein Mann von Geros Format weiß, was er sich und den ihm nahestehenden Menschen schuldig ist, insbesondere dem ihm am nächsten stehenden Menschen, und das bist natürlich du. Sobald du dich ihm anvertraut hast, wird er schnellstmöglich den Weg zum Standesamt einschlagen, nein, das heißt, ein Mann seines Schlages wird selbstverständlich zuvor bei deinem Vater ganz offiziell um deine Hand anhalten.«

»Großmama, ich kann doch nicht einfach Gero …«, hob Selma abermals matt an. Wieder fiel Meta ihr ins Wort: »Du hast völlig recht, Liebes. Der Rat war äußerst voreilig von mir. Ein Mann ist nie die Lösung für ein Problem, ein Mann ist immer gleich wieder das nächste Problem. Wenn du Gero nicht heiraten willst, stehen dir natürlich noch andere Möglichkeiten offen. Niemand zwingt dich, den üblichen Weg einzuschlagen. Ich bewundere deinen Mut. Allerdings musst du dir im Klaren sein, dass das der weitaus schwierigere Weg sein wird. Wenn eine Frau es allerdings schaffen kann, dann du!«

Über das geliebte Antlitz breitete sich ein Strahlen aus, wie Selma es lange nicht gesehen hatte.

»Ich fürchte, du hast mich völlig missverstanden«, widersprach sie. »Erinnerst du dich, wie wir vor einigen Monaten über Rosalie Goldsteins Roman *Die Braut des Leutnants* gesprochen haben? Damals hast du selbst gesagt, die Zeit wäre noch nicht reif für eine Frau, die gegen den Strom schwimmt. Genauso steht es um mich. Ich weiß ja noch nicht einmal, ob ich das wirklich will. Ich weiß gerade überhaupt viel zu wenig über mich und wie es mit mir in Zukunft weitergehen soll.«

»›Man kann viel, wenn man sich nur recht viel zutraut‹, hat schon Wilhelm von Humboldt gesagt. Bisher bist du immer deinem Willen gefolgt. Das wirst du auch dieses Mal tun.«

»Dieses Mal ist die Situation eine andere als bisher.«

Selma kaute auf der Unterlippe, während sie nach den passenden Worten suchte. Wie sollte sie der Großmutter begreiflich machen, welche Verlorenheit sie vor einigen Wochen in Geros Augen entdeckt hatte und wie ihr dabei klargeworden war, ebenso verloren zu sein wie er? War es da nicht besser, sie beide klammerten sich aneinander, um wenigstens Seite an Seite miteinander unterzugehen statt jeder für sich allein? Wieder schweifte ihr Blick nach draußen, in die sacht im Sommerwind wiegenden Blätter der alten Eiche. Einsam hockte ein Spatzenmann auf einem der Zweige, hielt Ausschau nach seinesgleichen. Munter flatterte eine Spatzenfrau herbei. Innig begrüßten sich die beiden mit einem fröhlichen Zwitschern. Gerührt wandte Selma sich wieder Meta zu.

»Einen neuen Weg zu beschreiten hieße auch, von Menschen Abschied zu nehmen, die mir sehr am Herzen liegen«, erklärte sie in festem Ton. »Letztlich liebe ich Gero auf eine gewisse Art. Ich möchte ihm weder weh tun noch ihn verlieren.«

»Aus Liebe einen Weg einzuschlagen ist immer der richtige Weg«, erwiderte Meta. »Allerdings habe ich dir schon einmal gesagt: Die Liebe sollte beidseitig bestehen, sonst wird es eine Opfergabe, und das passt einfach nicht zu dir.«

»Aber …«, wollte Selma aufbegehren, doch Meta gebot ihr mit einem freundlichen, aber entschiedenen Wink zu schweigen. »Welchen Weg auch immer du einschlägst, Liebes: Auf mich kannst du zählen.«

»Danke, Großmama.«
»Am besten ziehst du dich jetzt auf dein Zimmer zurück und ruhst dich aus«, schlug Meta vor und erhob sich von ihrem Stuhl. »Du bist schon wieder so blass um die Nase. Ich bringe dir gleich etwas Lektüre, damit du auf andere Gedanken kommst.«
»Wie ich dich kenne, hast du dabei eine ganz bestimmte Lektüre im Sinn«, versuchte sich Selma in fröhlichem Ton.
»Natürlich.« Wider Erwarten blieb Meta ernst. »Gerade in deiner jetzigen Situation werden dir Rosalie Goldsteins Romane guttun. Sie sind alles andere als aufmüpfig, sondern zeigen den Frauen den Weg, den die Gesellschaft derzeit von ihnen erwartet. Genau das brauchst du jetzt wohl.«
Ehe sie noch etwas erwidern konnte, wandte Meta sich ab und steuerte zielstrebig auf den Ausgang des Speisesaals zu. Selma folgte ihr in einigem Abstand. Wahrscheinlich hatte die Großmutter recht, und sie fand in Rosalies alias Metas Romanen etwas Ablenkung oder vielmehr Anregung, wie der Weg aussah, den man in ihrer Situation erwartete. Das half ihr bestimmt, sich trotz aller Bedenken mit der nächstliegenden Lösung abzufinden.
Genau genommen blieb ihr keine Wahl. Weder war die Zeit reif für einen anderen Weg, noch fühlte sie sich selbst stark genug, ihn zu beschreiten. Außerdem hatte sie schon viel zu lange gewartet. Unwillkürlich glitten ihre Hände auf ihren Unterleib. Bildete sie sich das ein, oder war bereits eine deutliche Wölbung zu spüren? Bei diesem Gedanken wurde ihr schlagartig heiß. Bestimmt merkte ihr schon jeder an, wie es um sie stand.
Als sie die Empfangshalle erreichte, empfing sie große Hektik. Der Chefportier hielt einem der halbwüchsigen Pagen ein Telegramm unter die Nase und erklärte in so lautem Ton, dass

selbst Selma ehrfürchtig wie sein Untergebener erstarrte: »Das ist ein sehr wichtiges Telegramm für den Reichstagsabgeordneten Rosenbaum. Bring ihm das sofort aufs Zimmer.«

Mahnend hob er den Zeigefinger, gab das Papier jedoch noch nicht aus der Hand. Stattdessen legte er dem schmächtigen Burschen in der rot-goldenen Livree die Hand auf die Schulter und erklärte in milderer, aber immer noch sehr gewichtiger Stimme: »Mir schwant Übles, mein Junge. Eines Tages wirst du noch deinen Enkelkindern davon berichten, dass du es warst, der diese Nachricht aus Berlin überbracht hat.«

Damit drückte er ihm das Schreiben in die Hand und schickte ihn los. Als er sich aufrichtete, begegnete Selma seinem Blick. Der Portier straffte den Rücken, grüßte sie nahezu militärisch, indem er die Hacken zusammenschlug und die Hand an die Stirn legte. »Fräulein Rosenbaum, gestatten Sie, wenn ich Ihnen verrate, dass Ihr verehrter Herr Vater seinen Urlaub in unserem Haus für dieses Jahr wohl leider beenden muss. Ich hoffe sehr, Sie und Ihre geschätzte Frau Mama wie auch Ihre Frau Großmutter geben uns trotzdem noch weiter die Ehre.«

»Wir werden sehen«, erwiderte Selma knapp und überging damit großzügig die Tatsache, dass er das Briefgeheimnis mehr oder weniger missachtet hatte. Sie raffte den Rock und eilte die weit geschwungene Treppe ins Obergeschoss hinauf. Bevor sie sich in ihr Zimmer zurückzog, wollte sie den Vater fragen, welche Nachricht seinen weiteren Aufenthalt in Baden-Baden in Frage stellen mochte.

Gerade als sie den Flur erreichte, kam ihr der Page entgegen. Artig grüßte er. Seinen geröteten Wangen und dem freudigen Strahlen seiner Augen entnahm Selma, dass der sonst so sparsame Joseph ihm dieses Mal den Dienst außergewöhnlich fürstlich entlohnt hatte. Das verhieß nichts Gutes. Anschei-

nend hatte das Telegramm den Vater gründlich durcheinandergebracht. Im ersten Schreck fürchtete sie, das hätte etwas mit Grischa zu tun. Fliegen war nicht ungefährlich. Darüber hatten sie oft geredet. Dann aber rief sie sich die bedeutungsschwangeren Worte des Portiers in Erinnerung. Bei einem privaten Unglück hätte er wohl kaum derart salbungsvoll zu dem Pagen gesprochen. Nicht minder beunruhigt von der Aussicht, welche zweite Möglichkeit das verhieß, hastete sie weiter.
Als sie wenig später vor der weiß gestrichenen Doppeltür anlangte und die Hand hob, um gegen das Holz zu klopfen, vernahm sie bereits die aufgebrachte Stimme der Mutter dahinter.
»Sag bitte sofort, dass das nicht wahr ist, Joseph! Es kann doch nicht sein, dass du ausgerechnet jetzt zurück nach Berlin willst. Wird uns dieser Sommer denn ganz verdorben? Erst muss Grischa früher abreisen als geplant, und Gero kommt wieder nicht. Wenn du jetzt auch noch fährst, bleiben wir Frauen völlig allein zurück. Was soll das für eine Sommerfrische sein? Das halte ich nicht aus! Oh Gott, wo ist mein Pfefferminzöl? Vorhin schon habe ich gespürt, wie es um mich bestellt ist.«
»Hedda, bitte«, versuchte Joseph, seine Frau zur Räson zu bringen. »Du weißt genau, wie ernst die Lage ist. Beim Frühstück habe ich angedeutet, was in diesen Wochen auf uns zukommen kann. Dass man die Abgeordneten nach Berlin zurückbeordert, hat alles andere als damit zu tun, dass ausgerechnet dir irgendwer deine Sommerfrische verderben will. Wenn du mich fragst: Mir ist dieser Sommer schon sehr lange verdorben, genau genommen seit jenem unglückseligen Tag Ende Juni, als dieser Wahnsinnige in Sarajevo den Revolver gehoben und auf den österreichischen Thronfolger geschossen hat.«
Selma ließ die Hand sinken. Ihr dämmerte, dass es absolut unmöglich war, den Vater in nächster Zeit mit ihren privaten

Kalamitäten zu belästigen. Im Vergleich zu dem Unwetter, das am Horizont dräute, wirkten ihre persönlichen Sorgen nachgerade lächerlich.
Langsam ging sie zu ihrem Zimmer. Während sie die Fensterflügel aufriss, um durch die Ritzen der halb geöffneten Jalousien in das dichte Grün der Bäume an der Lichtentaler Allee zu schauen, begriff sie: In diesem Sommer saß nicht nur sie gründlich in der Patsche. Sosehr die Zeit für eine Lösung ihrer Misere drängte, so wenig hatte gerade irgendwer den Kopf dafür, ihr mit Rat und Tat zur Seite zu stehen. Sie musste es allein schaffen. Wie der Vater schon sagte: In diesem Sommer gab es Wichtigeres, als sich um die Frage zu kümmern, wer da gerade wem die Sommerfrische verdarb.

Zweiter Teil
Ausbruch

Sommer 1915 bis Spätsommer 1917

1

Die Zeit schien stehengeblieben, alles war genau wie immer. Zumindest, wenn man darüber hinwegsah, dass der internationale Kurbetrieb in Baden-Baden seit vergangenem August offiziell ruhte. Die Musiker des Kurorchesters waren zunächst arbeitslos gewesen, bevor sie zu Schaffnern umgeschult wurden. Im Landesbad war ein Lazarett eingerichtet, im Eichelgarten ein Barackenlazarett erbaut worden. Im *Bellevue* aber war von alldem nichts zu spüren. Mochten die meisten anderen Hotels der Kurstadt als Unterkünfte für Verwundete fungieren, so hatte die Familie Saur den Betrieb nur kurzzeitig ausgesetzt, um bald wieder wenigstens den inländischen Gästen das vertraute Domizil für die Sommerfrische zu bieten. Erfolgreich trotzten die Saurs auch sämtlichen Bestrebungen, französisches Vokabular aus dem allgemeinen Sprachgebrauch zu verbannen, und behielten den traditionsreichen gewohnten Namen bei. Es war eben alles wie immer in dem schlossartigen Grandhotel am Rande der Lichtentaler Allee.

Nur zu gern kostete Selma den Stillstand der Zeit aus. Sie schloss die Augen, gab sich dem süßen Trugschluss hin, es spielte keine Rolle mehr, welches Jahr man schrieb. Jeder Sommer im *Bellevue* lockte anfangs damit, alles möglich zu machen – neue Bekanntschaften, neue Abenteuer, am Ende gar ein völlig neues Dasein –, um nach wenigen Tagen in die träge Routine des immer gleichen Ablaufs überzugehen. Das galt

selbst für den August 1915, obwohl es bereits der zweite Sommer seit Kriegsausbruch war.
Wie verführerisch, sich auszumalen, sie öffnete die Augen und befände sich wieder im Sommer 1913. Nach dem Frühstück hatte sie damals gern auf der Chaiselongue im Damensalon gelegen und Träumen von ihrer Zukunft nachgehangen. Bis Geros Brief mitsamt dem roten Audi aus Berlin eingetroffen war. Die Erinnerung an jene Zeiten, in denen Gero ihr glühende Liebesbriefe geschrieben hatte, trieb ihr die Röte auf die Wangen. Wie verliebt sie gewesen waren! Flüchtig schoss ihr Robert in den Sinn. Einen Atemzug lang schwindelte ihr, dann war alles wieder im Lot, genau wie in jenem Sommer 1913. Kaum zu glauben, dass seither erst zwei Jahre vergangen waren. Nichts war in Selmas Leben noch, wie es damals gewesen war. Bis auf die Sommer im *Bellevue.* Sie schmunzelte und beschloss, Gero an die Briefe zu erinnern. Es konnte nicht schaden, die Leidenschaft wieder anzufachen.
Voller Vorfreude räkelte sie sich auf dem Sofa. Nach einer kurzen Atempause im Juli, die die Hitzewelle des Juni vorübergehend unterbrochen hatte, präsentierte sich der August als äußerst trocken und heiß. Träge zupfte Selma den dünnen Crêpe Georgette ihres satt violetten Ensembles zurecht, schlang sich schwungvoll den cremefarbenen Seidenschal um den Hals. Welch ein Zufall! Vor zwei Jahren hatte sie exakt dasselbe getragen. Damals hatte die locker fallende Tunika und der Hosenrock Hedda noch provoziert. Inzwischen war die Mutter selbst schon einmal kurz davor gewesen, sich an eine Hose oder einen Humpelrock zu wagen. Selma prüfte den Sitz der Frisur. Die brünetten Haare trug sie zu einer lockeren Rolle im Nacken aufgesteckt, einige Strähnen klebten auf der verschwitzten Stirn. Welche Wohltat wäre es, die füllige Mähne

abzuschneiden und sich an eine Kurzhaarfrisur zu wagen! Frau brauchte keine Suffragette zu sein, um den Vorteil zu erkennen.

Die Flügel der Terrassentüren standen weit offen, kein Lüftchen wehte, schlaff hingen die Gazegardinen herunter. Gegen die grelle Mittagssonne waren die gelb-weiß gestreiften Markisen ausgekurbelt, dennoch herrschte drückende Schwüle. Die Augusthitze brachte drinnen wie draußen alles zum Glühen. Munteres Vogelgezwitscher drang an Selmas Ohren, aus der Ferne wehten die Klänge einer Drehorgel herüber. Lauter werdende Frauenstimmen aus dem nahen Flur übertönten bald die Sommergeräusche. Offenkundig ging es darum, ein verzweifeltes Kleinkindweinen zum Verstummen zu bringen. Das beschwichtigende, aber erfolglose Tuscheln schwoll kontinuierlich an und näherte sich der Tür des Gartensalons. Selma kniff die Augen fest zu, hoffte inständig, binnen Sekunden in einen alles vergessenden Tiefschlaf abzutauchen. Vergebens. Energisch wurde die Tür aufgestoßen, und Hedda flötete betont fröhlich: »Sieh nur, mein kleiner Schatz, da ist deine Mama! Brauchst jetzt gar nicht mehr zu weinen. Bestimmt wartet sie schon ungeduldig darauf, mit dir spazieren zu gehen.«

Ehe Selma sich's versah, hielt Hedda ihr das pummelige, nach saurer Milch duftende Wesen hin. Der warme Atem kitzelte ihr auf den Wangen. Das stockend Aufschluchzende, mit dem er ausgestoßen wurde, dauerte sie, war doch abgrundtiefe Verzweiflung daraus herauszuhören. Im Nu schlug sie die Augen auf, setzte sich aufrecht und entriss Hedda das in viel zu viele Lagen rosa Spitze und weißen Tüll gehüllte Kind.

»Alma, mein Liebling, was ist?« Zärtlich überdeckte sie die tränennassen Wangen des kleinen Wesens mit Küssen und wiegte es auf den Armen, summte ihm eine beruhigende Melodie ins

Ohr. Zugleich begann sie vorsichtig, ihr die oberste Schicht Kleidung auszuziehen. Für einen Sommertag wie diesen war sie viel zu warm angezogen, wie ihr schweißnasser Nacken verriet.

»Wo ist Henriette?«, fragte sie, als der Atem des Kindes gleichmäßiger wurde und sein Köpfchen auf ihre Schulter sank. Alma war eingeschlafen. Achtlos warf Selma das rosa Strickjäckchen auf die Chaiselongue. »Warum geht sie nicht mit der Kleinen spazieren?«

Am ausweichenden Blick der Mutter las sie ab, dass Hedda wieder einmal der Versuchung erlegen war, das Kindermädchen nach dem Frühstück fortzuschicken, damit sie das Kind ganz für sich hatte. Wie so oft aber war Alma über die ungeschickten Annäherungsversuche der Großmutter in Verzweiflung geraten. Am Ende wusste Hedda sich keinen anderen Rat, als Selma zu Hilfe zu rufen, denn Henriette hatte sie ja freigegeben. Meta um Rat zu bitten brachte sie nie übers Herz. Aus gutem Grund. Die würde ihr nur den Kopf geraderücken und erklären, dass ein Säugling kein Spielzeug, sondern ein lebendiges Wesen aus Fleisch und Blut war.

»Mutter!« Selma rang darum, die Contenance zu wahren. »Alma ist kaum ein halbes Jahr alt. Sie mag weder mit dir spielen noch mit dir singen oder Bücher anschauen. Ganz zu schweigen davon, dass du sie nicht wie eine Paradepuppe in der Gegend herumschleppen und jedermann präsentieren sollst. Henriette ist dazu da, sich um sie zu kümmern. Darauf versteht sie sich, immerhin hat sie eine ordentliche Ausbildung als Kindermädchen.«

Mit der schlafenden Alma auf dem Arm stand sie vorsichtig vom Sofa auf und warf Hedda einen abschätzigen Blick zu. »Manchmal wundere ich mich, wie es dir gelungen ist, Grischa und mich großzuziehen. Um das Schlimmste zu verhindern, stand dir zum Glück ausreichend Personal zur Seite. Auch Großmama war nicht weit. Nicht auszudenken, was du sonst alles mit uns angestellt hättest.«

»Selma, bitte!« Nun war es an Hedda, sich zu empören. »Natürlich weiß ich, wie man mit einem Baby umgeht. Deine Tochter ist ein sehr schwieriges Kind. Kein Wunder! Das arme Würmchen ist in eine grausame Zeit hineingeboren. Der Vater ist im Krieg, die Mutter ist …«

»… völlig normal«, fuhr Selma ihr über den Mund. »Und der Vater hat zufällig gerade Fronturlaub. Falls du es schon vergessen haben solltest: Vorhin am Frühstückstisch saß dein Schwiegersohn dir gegenüber. Einzig die Großmutter scheint der Herausforderung nicht gewachsen, ihr Enkelkind zu betreuen. Wenn du mich jetzt bitte entschuldigst. Ich gehe mein Kindermädchen suchen. Wahrscheinlich finde ich sie bei den Sportplätzen. Vielen Dank auch, dass du mir wieder einmal den ruhigen Vormittag verdorben hast.«

Ehe Hedda sie aufhalten konnte, eilte sie mit Alma über die Terrasse in den Garten und von dort zur Lichtentaler Allee. Die Hitze lähmte. Selbst der langsamste Schritt trieb einem den Schweiß auf die Stirn. Die nahe Oos bot etwas Erfrischung, auch wenn sie zu einem bedenklich kümmerlichen Rinnsal geschrumpft war.

Kaum hatte Selma die Brücke passiert, entdeckte sie Henriette, die beim Pavillon am Rand der Sportplätze stand und den ganz in Weiß gekleideten Tennisspielern auf dem rechten Court zusah. Nicht allein ihrer Dienstbotentracht wegen stach die Endzwanzigerin aus der Gruppe der vornehmen jungen Fräulein im Schatten der weit ausladenden Terrasse heraus. Zwar war sie nicht sonderlich groß und kräftig, dafür besaß ihre gesamte Er-

scheinung etwas Adlerartiges, zum einen bedingt durch das dunkelbraune, glatte Haar, das sie in einem Nackenknoten streng gebändigt hatte, zum anderen betont durch das spitz zulaufende Gesicht mit der langen, leicht gekrümmten Nase und den unruhigen schwarzen Augen. Im Rhythmus des Ballwechsels bewegte sich der Kopf unter der weißen Spitzenhaube hin und her. Genauestens verfolgte Henriette die Flugbahn des Balles mit, während die anderen Fräulein das Match nur beiläufig beobachteten und angeregt miteinander plauderten.
Ein knapper Blick auf das Spielfeld genügte Selma, um zu wissen, wie wacker sich Gero in seinem eleganten Tennisdress aus hellem Leinen gegen den gleichaltrigen Freiburger Arzt namens Schlüter schlug. Angeblich hatte der schon mehrere Titel errungen. Lässig retournierte Gero per Rückhand einen Ball. Die Fräulein applaudierten gefällig, Henriette dagegen reagierte regelrecht aufgedreht. Nicht zum ersten Mal fiel Selma auf, wie sehr sie Gero anhimmelte.
Ihr Blick schweifte zum Lawn zurück. Während Geros Matchpartner einem Ball nachhechtete, hielt er sich locker auf das Racket gestützt an der Grundlinie. Voller Bewunderung maß Selma ihn aus der Distanz. Das Jahr an der Front hatte seinem Aussehen gutgetan. Sein ostpreußischer Teint war eine Spur dunkler geworden, die Schultern breiter, die Haltung aufrechter. Seine Bewegungen, zuvor von selbstverständlicher Eleganz geprägt, waren zielstrebiger geworden. Das ließ ihn überaus männlich wirken. Der weiße Lawntennissuite unterstrich das noch. Selma fühlte sich in die Zeit ihrer Verlobung zurückversetzt, dachte von neuem an seine vor Begehren glühenden Liebesbriefe. Ein ungestümes Verlangen erfasste sie. Bis zur Mittagsruhe war es zum Glück nicht mehr lang, dann gehörte Gero ihr ganz allein. In den letzten Tagen war es ihr gelungen,

in diesen raren Stunden vergangene Zeiten aufleben zu lassen und einen weiteren Sommer der Leidenschaft heraufzubeschwören. Alma regte sich auf ihrem Arm, erinnerte sie daran, wo sie sich befand.

»Henriette!« Entschlossen lief sie zu den Frauen unter dem schützenden Dach des Pavillons. Lustlos wandte das Kindermädchen den Kopf und erschrak, sobald sie Selma und das Kind erblickte. Eilig raffte sie den schwarzen Rock, um zu ihr zu hasten. Auf den sommersprossenübersäten Wangen breitete sich Schamröte aus, der flackernde Blick ihrer Augen verriet Henriettes schlechtes Gewissen.

»Alma hat Hunger«, stellte Selma vorwurfsvoll fest. »Bringen Sie die Kleine sofort aufs Zimmer und kümmern Sie sich um sie. Für den Rest des Tages soll meine Mutter keinen Zutritt mehr erhalten, ganz gleich, was sie Ihnen verspricht. Sie stehen in meinen Diensten, nicht in ihren.«

»Jawohl.« Henriette wagte kaum, sie anzuschauen, als sie ihr das Kind behutsam vom Arm nahm. Kurz wachte Alma auf, blinzelte verwundert mit den dunklen Augen, gähnte herzhaft und schlief auf Henriettes Armen weiter. Zärtlich strich Selma ihr zum Abschied über den Rücken.

»Statt um deine Tochter solltest du dich besser um deinen Gatten kümmern«, meldete sich unvermittelt Gero zu Wort.

Die Partie war beendet. Ein weißes Frotteehandtuch nonchalant um den Hals geschlungen, das Racket locker in der rechten Hand schwingend, legte er ihr den linken Arm um die Schultern und hauchte ihr einen Kuss auf die Wange. Sein Atem ging schnell, Schweißperlen standen ihm auf der Stirn. Auf dem weißen Shirt zeichneten sich dunkle Flecken ab. Trotz aller Laxheit war ihm aus der Nähe deutlich die Anstrengung in der prallen Augustsonne anzusehen.

»Wo ist dein Fotoapparat? Jetzt könntest du den Beweis meines Könnens für die Ewigkeit festhalten.«

»Meine Kamera liegt auf unserem Zimmer. Sei froh. Doktor Schlüter hat dich gut gefordert. Derart derangiert wirst du dich nicht für die Nachwelt präsentieren wollen. Das Foto sollten wir besser vor der nächsten Partie schießen. Dann bist du frisch und ausgeruht.«

»Warum so vernünftig, meine Liebe?« Gero schmunzelte. »Haushoch habe ich soeben gewonnen! Darauf sollten wir einen Drink nehmen.«

»Den haben wir uns wahrlich verdient, gnädige Frau. Was für ein Sieg! 6:2 und 6:3 für Ihren verehrten Herrn Gemahl. Ich gebe mich auf ganzer Linie geschlagen.« Inzwischen war auch Schlüter zu ihnen gestoßen und begrüßte Selma mit einem galanten Handkuss. »Sie sehen wie immer blendend aus«, säuselte er und strahlte sie über sein hageres Gesicht an. Hastig warf er Gero einen verstohlenen Blick zu, als wollte er sich versichern, dass der sein Kompliment ebenfalls wahrgenommen hatte.

Selma beäugte den Arzt unauffällig von der Seite. Auf den ersten Blick war er das, was man gemeinhin einen vornehmen Menschen nannte. Kein Wunder, dass seine Gegenwart einem Schöngeist wie Gero behagte. Alles an ihm war blass, der Teint ebenso wie der hauchdünne, fast weißhaarige Bart auf der Oberlippe und die weißblonden, mit Brillantine straff nach hinten frisierten Haare. Selbst die Augenbrauen und Wimpern, die die blauen Augen umrahmten, besaßen diese außergewöhnliche Helligkeit, der nicht einmal die pralle Sonne auf dem Tennisplatz etwas anhaben konnte. Die durchscheinenden Adern an den Schläfen verliehen seinem Antlitz etwas Ätherisches, was für einen offensichtlich so sportlichen Mann sehr ungewöhnlich schien. Die grazilen Bewegungen der schlanken, hoch aufgeschossenen Gestalt passten zu der offenkundigen Vornehmheit bestens. Dennoch würden ihm einige Monate bei Wind und Wetter an der Front ähnlich guttun wie Gero. Eigenartig, dass er trotz seiner beachtlichen sportlichen Erfolge untauglich sein sollte, wie er gleich bei ihrer ersten Begegnung mit einem bedauernden Augenaufschlag verraten hatte.

»Wie charmant von Ihnen, meinem Gemahl großzügig den Sieg zu überlassen. Das hebt seine Laune.« Selma zwang sich zu einem Lächeln.

»Ein Leutnant auf Fronturlaub bei einer so entzückenden Gemahlin wie Ihnen braucht keinen Sieg beim Tennis, um gut gelaunt zu sein.« Schlüters abgeklärter Plauderton verriet, wie geübt er war, leichte Konversation zu machen. Selma wusste, dass Gero einen solchen Habitus bei einem Mann schätzte.

»Lassen Sie uns eine Erfrischung nehmen. Die Hitze ist unerträglich«, bekräftigte Gero seinen Wunsch. Galant bot er Selma den Arm und wies Schlüter den Weg zum Garten des *Bellevue.* »Natürlich sind Sie heute mein Gast, lieber Doktor.«

»Sehr freundlich, aber ich will Sie nicht stören. Wahrscheinlich wollen Sie und Ihre Gemahlin lieber allein …«

»Tun Sie uns den Gefallen und leisten Sie uns Gesellschaft«, wehrte Gero den Einwand ab, was sich in Selmas Ohren anhörte, als fürchtete er das Alleinsein mit ihr. Beschwichtigend tätschelte er ihr den Arm.

Als sie flankiert von den beiden Herren zur gedeckten Gartenhalle des *Bellevue* schlenderte, fühlte sie sich wie die störende Dritte im Bund. Fast schon unhöflich plauderten die zwei direkt an ihr vorbei über das Match, lachten über Beobachtungen, die nur sie miteinander teilen konnten, und verstiegen sich am Ende gar in versteckte Anzüglichkeiten. Der guten Erziehung zuliebe setzte sie zwar eine wohlwollende Miene auf und nickte abwechselnd zu Gero auf ihrer linken sowie zu Schlüter auf ihrer rechten Seite. Währenddessen nahm die lang verdrängte Erinnerung an Ansgar Grün erschreckend konkrete Gestalt an.

Nicht einmal zwei Jahre waren vergangen, seit er Gero für einige schmerzhafte Monate völlig beherrscht hatte. Mühsam versuchte Selma, Schlüters manikürte weiße Hände zu ignorieren, die dicht vor ihren Augen durch die Luft wedelten und dabei immer wieder wie zufällig gefährlich nah an Gero herankamen. Auf einmal fürchtete sie nichts so sehr, als dass Gero ihr ein zweites Mal entgleiten könnte. Dieses Mal würde kein Robert am Horizont auftauchen, um sie darüber hinwegzutrösten. Der Krieg hatte ihn ihr wohl für immer entrissen. Im Sommer 1915 war sie allein.

»Schwer zu fassen, aber kaum einhundert Kilometer entfernt von hier tobt der Krieg. Der Bilderbuchsommer täuscht uns alle bestens darüber hinweg«, stellte Schlüter fest, sobald sie an einem der Tische am Rand der gedeckten Halle Platz genommen hatten. Bequem lehnte er sich in dem weißen Gartenstuhl zurück, schlug die Beine übereinander und wippte mit den Fußspitzen, die in hellen Sportschuhen steckten.

Für den Bruchteil einer Sekunde breitete sich auf Geros Gesicht blankes Entsetzen aus. Beruhigend legte Selma ihm die Hand auf den Arm. Im nächsten Moment schon hatte er sich wieder im Griff, rang sich ein schiefes Lächeln ab und winkte dem Ober, um eisgekühlte Getränke und eine Platte mit Sandwiches zu ordern. Mit einer geübten Geste strich er sich das blonde Haar aus der Stirn, klopfte anschließend auf der Suche nach Zigaretten seine Taschen ab. Beflissen hielt Schlüter ihm eine halb aufgerissene, bunte Batschari-Packung hin und reichte ihm Feuer. Die Hand, mit der Gero die Zigarette hielt, zitterte leicht. Zwei-, dreimal inhalierte er tief, dann schien es ihm besserzugehen. Betont lässig lehnte er sich ebenfalls auf dem Stuhl zurück und erklärte beiläufig: »Gehen wir davon aus, dass das der letzte Sommer ist, in dem wir vom Krieg reden.«

»Das wollen wir hoffen«, pflichtete Schlüter bei. »Die jüngsten Erfolge an der Ostfront sprechen für sich. Die Einnahme Warschaus und das Zurückdrängen der russischen Truppen bis weit hinter Lublin sind entscheidende Schritte auf dem Weg zum Sieg. Selbst für unsere ärgsten Feinde ist die Stärke Deutschlands unverkennbar. Wie Bethmann-Hollweg gestern vor dem Reichstag so richtig prophezeite, wird die Welt bald aufwachen und die wahren Schuldigen an diesem Krieg zur Verantwortung ziehen. Europa wird von den Ränke schmiedenden Franzosen, den eroberungssüchtigen Russen und den eingebildeten Engländern befreit und unter deutscher Vormacht zu neuer Blüte geführt werden.«

Mit jedem Satz geriet er mehr in Rage. Die Adern an seinen Schläfen schwollen an, die fahlen Wangen röteten sich vor Eifer. Selbst in den sonst so ausdruckslosen Augen blitzte es unerwartet lebhaft auf. Als der Ober mit den Getränken und dem Imbiss auftauchte, verstummte er, um schon nach wenigen Bissen und einem knappen Nippen an der Limonade aufgeregt fortzufahren: »Wie schade, dass Sie mit Ihrer Truppe ab Herbst an die Westfront verlegt werden. Damit verpassen Sie den entscheidenden Schlag gegen die Russen. Es heißt, sie sollen binnen weniger Wochen bis weit hinter Brest-Litowsk zurückgedrängt werden.«

Erst als er endete, fiel auf, wie still Gero geworden war. Sein Blick wirkte fast schon entrückt. Bedächtig räusperte er sich

und erklärte leise: »Ich wurde nicht verlegt, ich habe um meine Versetzung gebeten.«
»Wie bitte? Warum hast du mir nichts davon gesagt?« Selma ärgerte sich, dass er eine solche Entscheidung einem Fremden gegenüber offenbarte, bevor er sich mit ihr besprochen hatte.
Schlüter schenkte ihr einen triumphierenden Blick. Das brachte sie noch mehr auf. Um ihm nicht die Genugtuung zu geben, sich in seiner Gegenwart mit Gero zu streiten, schob sie in versöhnlichem Ton nach: »Verzeih, Liebster! Natürlich hast du es mir gegenüber schon erwähnt. Ich muss es in der ganzen Aufregung über Vaters überraschende Ankündigung, doch nach Baden-Baden zu kommen und Grischa mitzubringen, völlig verdrängt haben.«
Zur Bestätigung legte sie Gero die Hand auf den Arm und schenkte ihm eines ihrer bezauberndsten Lächeln. Allmählich fand sie wieder in das Spiel zurück, das sie beide zu Kriegsbeginn mit der überstürzten Heirat begonnen hatten. Wie in einem der Romane von Rosalie Goldstein hatten sie vor seinem Einrücken in sein altes Königsberger Kavallerieregiment rasch den Bund fürs Leben geschlossen. Seither präsentierten sie sich so überzeugend als glückliches Ehepaar, dass sie gelegentlich schon selbst daran glaubte und es erstaunlicherweise gar nicht einmal so übel fand, die brave Gattin zu mimen.
Als könnte er ihre Gedanken erraten, strich Gero ihr zärtlich über die Wange und erklärte Schlüter unter nachsichtigem Schmunzeln: »Was sagen Sie dazu, lieber Doktor? Einem so bezaubernden Wesen wie meiner Frau kann man nie böse sein. Noch dazu, wenn sie selbst eingesteht, wichtige Dinge aus so nachvollziehbaren Gründen schlichtweg vergessen zu haben. Sie lebt ganz für ihre Familie. Unserer kleinen Tochter gilt all

ihr Denken und Sorgen, da rangiere ich als Gemahl oft erst an zweiter Stelle. Und wenn sie nicht an ihr Kind denkt, ist sie mit dem Rest der Familie beschäftigt. Es sind einfach großartige Menschen! Seit mehr als zehn Jahren sitzt mein Schwiegervater fürs Zentrum im Reichstag, und mein Schwager dient seit zwei Jahren bei der Königlich-Preußischen Fliegertruppe. Vom ersten Tag des Krieges an steht er tapfer im Feld, oder vielmehr fliegt er hoch oben darüber hinweg, um an der Ost- wie an der Westfront wertvolle Aufklärungsarbeit für die Truppen am Boden zu leisten.«

»Sie haben wahrlich allen Grund, stolz auf die Männer Ihrer Familie zu sein, gnädige Frau.« Wieder streifte Schlüters Blick erst Beifall heischend Gero, dann reckte er sich ihr gegenüber in die Höhe, als wollte er im Sitzen salutieren. »Bei der Aufzählung darf Ihr Gemahl selbst nicht vergessen werden, der nach den siegreichen Einsätzen im Osten in Kürze an der Westfront seine ruhmreichen Taten fortsetzen wird.«

Mit leicht schmerzverzerrtem Gesicht griff Gero sich bei Schlüters Anspielung auf die Brust, als baumelte auch an der Zivilkleidung das Eiserne Kreuz, das er bereits in zwei Klassen erhalten hatte. Das erste Mal war es ihm gelungen, einen versprengten Truppenteil nach einem russischen Angriff in der Nähe der Alle wieder vollzählig und nahezu ohne Verwundete an den ursprünglichen Einsatzort zurückzubringen. Beim zweiten Mal hatte er während der Winteroffensive einen anderen Leutnant vor dem Ertrinken im eisigen Wasser der Masurschen Seen bewahrt. Zu Recht war er auf beide Taten stolz, dennoch wusste Selma auch um seine Grübeleien, die ihn angesichts der Fronterlebnisse mehr und mehr heimsuchten. Zärtlich schob sie ihre Hand in die seine. Ihre Finger verhakten sich ineinander, sie tauschten einvernehmliche Blicke.

»Genauso wird es sein«, hauchte sie mehr, als dass sie es laut aussprach.

»Als gebürtiger Ostpreuße habe ich mich mit der Entscheidung alles andere als leichtgetan«, erläuterte Gero nach abermaligem Räuspern seinem Tennispartner. Die Traurigkeit in seinen Augen dauerte Selma. Schlüter schien sie nicht zu irritieren. »Wenn man gesehen hat, wie die Russen unsere Dörfer und Felder verwüstet haben und über die Bevölkerung herfallen, dann kann man nicht anders als auf Vergeltung sinnen. Was aber würde es nützen, immer nur Gleiches mit Gleichem heimzuzahlen? Wenn man als der Stärkere aus einem Kampf hervorgegangen ist, muss man den Sieg mit anderen Mitteln festigen. Die festgefahrene Situation im Westen bedrückt mich. Jetzt, da die Lage im Osten klar ist, können meine Erfahrungen für den Kampf im Westen wahrscheinlich von größerem Nutzen sein, deshalb habe ich mich dorthin gemeldet.«

»Ich verstehe.« Schlüter zündete sich ebenfalls eine Zigarette an und gab sich beim Rauchen nachdenklich. »Natürlich sucht ein Mann wie Sie die Herausforderung. Beim Tennis ist mir aufgefallen, wie sehr Sie den schwierigeren Weg bevorzugen, statt den leichten Sieg zu erringen. Letztlich scheint ein Krieg nicht viel anders abzulaufen als ein sportlicher Wettstreit.«

»Sieht man einmal von den tödlichen Waffen ab, gebe ich Ihnen durchaus recht.« Von neuem ließ auch Gero sich Zigarette und Feuer reichen. Dazu wechselte er die Sitzposition und nahm seine Hand aus Selmas. »So erschreckend es ist, kann man diesen Vergleich durchaus ziehen. Die Kriegsparteien agieren nach festgesetzten Regeln, die alle involvierten Staaten akzeptieren. Es geht um die ausgeklügeltste Taktik und den Einsatz des besten Materials. Wir Deutschen verfügen derzeit über große Vorteile, weil unsere Wirtschaft weit entwickelt ist, was man von den Russen kaum behaupten kann. Die Franzosen dagegen punkten mit einer überraschend breit aufgestellten Armee. Sie haben weitaus mehr Männer unter Waffen, als wir in unseren kühnsten Berechnungen angenommen haben. Von den Engländern und Schotten, die ihnen zur Seite stehen, ganz zu schweigen. Doch letztlich werden wir uns der Herausforderung siegreich stellen. Seit Monaten läuft es an der Westfront auf einen direkten Kampf Mann gegen Mann hinaus. Genau das ist unsere Stärke, schließlich sind wir Deutschen ein Volk von großer Tapferkeit. Die Schützengräben sind sich erschreckend nah. Fast könnte man die Hand ausstrecken, um den Feind am Schlafittchen zu packen. Die Franzosen, Engländer und Schotten werden sich noch wundern.«

Abermals schnippte er gekonnt beiläufig die Asche von der Zigarette und kniff die Augen beim nächsten Zug länger als nötig zusammen. Das verlieh seinem Gesicht den Geruch des Gefährlichen. Dennoch misstraute Selma seiner so ungewohnt markig vorgetragenen Haltung. Um den Krieg derart abgeklärt zu sehen, wie er es Schlüter gegenüber vorgab, war er ein zu feinfühliger Mann. Daran dürfte auch sein Fronteinsatz nichts geändert haben. Voller Wehmut dachte sie daran, wie nah sie sich insbesondere in jener schicksalhaften Nacht im Mai 1914 gekommen waren, als sie zu spät von dem Ausflug nach Potsdam zurückgekehrt war. Nie würde sie die Verlorenheit vergessen, die Gero nach dem Bruch mit Ansgar umgeben hatte. Robert!, schoss ihr in den Kopf. Was war mit ihm? Stand er ebenfalls längst im Feld? Kaum konnte sie den Gedanken ertragen, demnächst lägen Gero und er sich an der Westfront auf Armlänge gegenüber.

»Aber das heißt ...«, setzte sie mit einem flauen Gefühl im Magen an, um von Gero in leicht bebendem Ton unterbrochen zu werden: »Ganz recht, meine Liebe, das heißt, wir stehen dem Feind Aug in Aug gegenüber.«
Sie unterdrückte einen Aufschrei, gab vor, husten zu müssen, und hielt sich die Hand vor den Mund. Wild wirbelten die Gedanken in ihrem Kopf durcheinander. Wie sollte sie je die Vorstellung ertragen, Gero und Robert zielten direkt mit den Gewehren aufeinander?
»Meine Lieben, was sitzt ihr hier?« Metas tiefe Stimme erlöste sie aus dem Alptraum. Dankbar wandte sie sich der zierlichen alten Dame zu, die trotz ihres Gehstocks unbemerkt an den Tisch gekommen war. Meta strahlte sie der Reihe nach an und reichte Selma einen Sommerhut aus hellem Stroh. Als Selma sie verwundert ansah, erklärte sie: »Den hast du im Gartensalon liegenlassen, doch du wirst ihn jetzt gebrauchen können. Drüben im Konversationshaus steht die Baustelle zur Besichtigung offen. Bevor die beiden neuen Festsäle im nächsten Jahr eingeweiht werden, dürfen die Kurgäste bewundern, was sich dort Großartiges tut. Ist es nicht herrlich? Mitten im Krieg hat man hier in Baden-Baden den Mut, an die Zeit danach zu denken und sich zwei ausreichend große Konzert- und Ballsäle zu errichten, wie sie für einen im In- und Ausland berühmten Kurort angemessen sind. Das sollte man sich nicht entgehen lassen.«
»Eine hervorragende Idee!« Erleichtert sprang Selma auf und griff nach dem Hut. »Du weißt einfach immer, wonach mir gerade zumute ist. Ich nehme an, die Herren ruhen sich lieber noch etwas aus?«
Ohne auf Geros oder Schlüters Antwort zu warten, hakte sie sich bei der Großmutter unter und zog sie mit sich fort. Über-

rascht von der Eile, mit der sie davonstürzte, tat Meta ihr Bestes, mit ihr Schritt zu halten.
»Täusche ich mich, oder freust du dich, den beiden zu entkommen?«, erkundigte sie sich, sobald sie die Brücke über die Oos erreicht hatten.
»Wie könntest du dich jemals täuschen, Großmama? Du hast einfach einen siebten Sinn für das, was mir gerade guttut.«
Sie spazierten zu den Kolonnaden, auf denen bereits reger Betrieb herrschte. Je näher sie dem Konversationshaus kamen, das neuerdings betont deutsch als »Kurhaus« firmierte, desto dichter wurde das Gedränge der Neugierigen, die Einlass in die umstrittene Baustelle begehrten. Selmas Blick wanderte über die Menge. Da die Hutkreationen der meisten Damen in diesem Sommer zierlich ausfielen, erhaschte sie von den sorgfältig herausgeputzten Gesichtern mehr als nur eine Ahnung von Kinn und Nasenspitze. Trotzdem stellte sie das Ergebnis des Umherschauens nicht zufrieden. Bei den meisten der Versammelten handelte es sich um ältere Herrschaften. Kaum einer von ihnen war ihr aus früheren Aufenthalten näher bekannt. Der Krieg hinterließ eben auch unter der Zusammensetzung der Sommergäste seine Spuren. Je weniger Hotels den ursprünglichen Gastbetrieb aufrechterhielten, desto weniger Stammpublikum reiste an. Ohnehin hatte das Kurbad nach dem Wegbleiben der einst so zahlreichen Besucher aus Frankreich, Russland, Italien und Belgien erheblich an Attraktivität eingebüßt.
Gerade wollte Selma sich Meta zuwenden und sie darauf ansprechen, als ihr Blick eine Männergestalt in sportlich-legerem Anzug streifte, die zu allem Überfluss noch eine ihr wohlbekannte Ledertasche mit einer Klappkamera an einem Riemen quer über den Leib trug. Robert! Nein, das war absolut un-

möglich. Wie sollte er es als Franzose wagen, sich am helllichten Tag in Baden-Baden zu zeigen? Davon abgesehen, dass er sich entweder auf der lang ersehnten Expedition in Ägypten oder irgendwo an der Westfront befand, allerdings auf der falschen Seite. Gerade wollte sie den Mann genauer betrachten, um sich Gewissheit zu verschaffen, da war er auch schon aus ihrem Blickfeld verschwunden.
Angestrengt reckte sie den Kopf, versuchte, ihn in der Menge noch einmal auszumachen. Vergebens. Wahrscheinlich hatte sie vorhin zu viel an ihn gedacht, so dass sie geneigt war, schon die entfernteste Ähnlichkeit eines Fremden mit ihm in Verbindung zu bringen. Oder lag es an der flirrenden Hitze, die ihr die Sinne vernebelte? Höchste Zeit, in die Kühle des Kurhauses einzutauchen und einfach zu vergessen.

2

Hedda pflegte ihre Gewohnheiten. Selbst in Kriegszeiten war sie um nichts in der Welt davon abzubringen, wie das sture Festhalten an der vierwöchigen Sommerfrische in Baden-Baden im Jahr 1915 bewies. Ebenso stand für sie nach wie vor spätestens in der zweiten Woche der Besuch des chinesischen Teesalons im *Café Friesenwald* auf dem Programm. Auch der anschließende Einkaufsbummel in der Sofienstraße war ein Muss, dabei lagen in Berlin die besten Kaufhäuser Europas vor ihrer Haustür. Leider hatte Selma versäumt, sich rechtzeitig eine plausible Ausrede zurechtzulegen, um diesem Vorhaben zu entgehen. Alma befand sich in der Obhut des Kindermädchens, und Meta studierte im Gartensalon den neuesten Roman der für ihr Alter Ego Rosalie Goldstein immer gefährli-

cher werdenden Hedwig Courths-Mahler. Auch Gero stellte keine Hilfe dar. Am frühen Morgen schon war er mit Schlüter zu einer Autotour auf den Feldberg aufgebrochen.
In der Erinnerung daran, mit welch kaum verhohlener Vorfreude Gero sich von ihr verabschiedet hatte, schwante ihr Übles. Nach dem Bruch mit Ansgar Grün im letzten Jahr hatte sie seine Neigung zum eigenen Geschlecht wohl vorschnell als einmaligen Ausrutscher abgetan. Schlüter musste etwas an sich haben, was ihn alle guten Vorsätze vergessen ließ. Oder war es sein bereits ein Jahr währender Frontaufenthalt, der für weiteren Vorschub in diese Richtung sorgte? Junge, kräftige und zu allem entschlossene Männer gab es beim Militär mehr als genug.
Plötzlich regte sich eine Idee in ihr. Was hinderte sie daran, den Bummel in der Sofienstraße für ihre eigenen Zwecke zu nutzen? Wäre doch gelacht, wenn sie nichts auftrieb, was ihre weiblichen Vorzüge bestens zur Geltung brachte. Gero liebte es, wenn sie sich ihm in sündiger Seidenwäsche darbot. Mit diesen Pfunden konnte der fahle, bohnenstangendünne Doktor aus Freiburg nicht wuchern. Auch eine neue Tagesgarderobe aus leichten, weich fließenden Stoffen, die die Rundungen ihres gut gebauten Körpers hervorhoben, konnte nicht schaden. Sosehr man in der Modebranche bereits den Krieg und die Feindschaft zu Frankreich zu merken begann, hieß das noch lange nicht, dass es nichts Neues mehr gab, was eine elegante junge Frau wie sie nicht verführerisch kleiden würde. Schon freute sie sich wieder auf Geros Rückkehr am Abend. Am besten, sie bestellte gleich schon das Abendessen aufs Zimmer. Kerzenschimmer und leise Musik vom Grammophon würden für die nötige Stimmung sorgen, um ihn diesen schmächtigen Arzt für immer vergessen zu lassen. Zufrieden lachte sie auf.

»Selma, was ist? Fühlst du dich nicht wohl?« Beunruhigt sah Hedda sie an, als fürchtete sie, die Tochter amüsierte sich auf ihre Kosten.

»Alles bestens, liebe Mama«, beeilte Selma sich zu versichern. Sie hatte sich vorgenommen, sich trotz der Differenzen über Almas Erziehung wieder besser mit der Mutter zu stellen. Reiste Gero in ein paar Tagen an die Front zurück, wurde der Aufenthalt in Baden-Baden sonst unerträglich. Joseph hatte sein Kommen schließlich wieder ebenso überraschend absagen müssen wie Grischa, dem der Fronturlaub kurzfristig verwehrt worden war. Den Rest des Sommers mussten die Rosenbaum-Frauen einander ohne männlichen Beistand ertragen.

Im Teesalon in der Werderstraße saßen außer Selma und Hedda nur wenige andere Gäste. Es herrschte eine bedrückende Stille. Nahezu lautlos bewegten sich die beiden chinesischen Bediensteten in ihren traditionellen Cheongsams aus roter, goldbetresster Seide durch den Raum. Die Gespräche wurden in gedämpftem Ton geführt, nur gelegentlich übertönt vom Geräusch fließenden Wassers, das beim Eingießen des Tees entstand. Selmas Blick schweifte über die üppig mit kunstvollen Elfenbein- und Perlmuttintarsien verzierten Lackmöbel zu den mit kostbarem chinesischen Porzellan bestückten Schränken und den abstrakt wirkenden Gemälden an den Wänden. In der Sommerhitze verströmten die dunkel gebeizten Holzvertäfelungen einen ganz eigenen Geruch. Selma fächelte sich mit einem kleinen Fächer Luft zu. Ob das Trinken des heißen Tees die Erfrischung verschaffte, wie Cafébesitzer Weismann prophezeit hatte, bezweifelte sie.

»Ich bin gespannt, was uns dieses Jahr in den hiesigen Modegeschäften erwartet«, plapperte Hedda unterdessen munter drauflos, nachdem der Tee in die hauchdünne Porzellantasse ausgeschenkt worden war. Mit einer tiefen Verbeugung trat die Chinesin rückwärts vom Tisch weg. »Das ›Los von Paris‹, das die *Elegante Welt* als Motto des diesjährigen Modefrühlings ausgerufen hat, kann mich bislang nur wenig begeistern. Diese weite Krinoline macht bei den knöchellangen Röcken mit all ihrer Stofffülle einfach keine vorteilhafte Figur. Das mag auch an den schweren Stoffen liegen. Seide und Spitze tragen eben doch weitaus weniger auf als Baumwolle und Leinen. Ach«, sie hielt inne, nippte an der dampfenden Tasse, setzte eine kummervolle Miene auf, »dafür also haben wir uns zeit unseres Lebens unter größten Opfern in Korsetts gezwängt, um jetzt unsere schwer errungene Taille diesen Ungetümen zu opfern. Wenn wir nicht aufpassen, nötigt man uns am Ende noch die grässlichen Reformkleider auf.«

»Was nicht das Schlechteste wäre«, warf Selma ein.

»Das ist nicht dein Ernst!« Pikiert spitzte Hedda den Mund, bedachte sie mit einem abfälligen Blick, bevor sie die Teetasse von neuem mit abgespreiztem kleinen Finger zum Mund hob. In aufrechter Haltung, als hätte sie einen Besenstiel verschluckt, thronte sie auf dem zierlichen Stuhl, das wellige blonde Haar unter der modisch mit einem bunten Band verzierten Toque artig aufgesteckt, was ihren langen weißen Hals besonders betonte. Das leichte hellblaue Leinenkleid besaß bereits den von ihr gerade so heftig kritisierten krinolinenartigen Rock und die hohe, nur locker mit einem breiten Band aus dunkelblauem Taft geschnürte Taille. Darüber fiel das Oberteil in lockerer Wickelform, was wiederum die Linie der Brust verdeckte. Der Widerspruch zwischen eigener Aussage und praktischem Tun war typisch für Hedda. Selma verkniff sich einen Kommentar und biss stattdessen beherzt in einen der hellen Kekse, die zum Tee serviert wurden.

»Angeblich soll diese Mode die gute alte Biedermeierzeit heraufbeschwören«, fuhr Hedda fort. »Irgendein kluger Mensch behauptet, jene Epoche würde das typisch Deutsche am besten repräsentieren. Aber ob das Biedermeier wirklich taugt, um uns Kinder des zwanzigsten Jahrhunderts als Leitbild für unsere patriotische Gesinnung zu dienen? Eigentlich waren wir doch schon ein gutes Stück weiter.«

»Großmama hätte ihre Freude daran, dich so reden zu hören. Ausgerechnet du, die du einmal einen ganzen Tag lang nicht mit mir geredet hast, weil Gero mir ein Ensemble von Poiret geschenkt hat, entpuppst dich jetzt als Verteidigerin der französischen Moderne? Sehen wir dich morgen also etwa in Hosen oder im Humpelrock?«

»So habe ich das nicht gemeint«, beeilte sich Hedda richtigzustellen. »Ich wollte lediglich darauf hinweisen, dass es wohl einige Zeit dauert, bis wir Frauen uns an die neue, angeblich so bodenständige Mode gewöhnt haben. Du musst zugeben, dass sie auf den ersten Blick alles andere als vorteilhaft ist. Schade, dass das Deutsche gleich so plump daherkommen muss. Ganz unter uns«, sie winkte Selma näher zu sich heran und wisperte verschwörerisch, »die Franzosen haben eben doch das bessere Gespür für den gewissen Schick. Aber ausgerechnet dir mit deiner Vorliebe für alles und jeden aus dem Westen muss ich das wohl kaum sagen.«

»Was?« Selma musterte die Mutter. Auf dem dezent mit etwas Kajal sowie einem Hauch Puder und Rouge geschminkten Antlitz zeigte sich keine Regung. Dennoch war Selma beunruhigt. Hatte Hedda da etwa gerade auf ihre längst beendete Affäre mit Robert angespielt? Dabei war sie sich sicher gewesen, dass sie nie etwas davon mitbekommen hatte. Eigentlich meinte sie sogar, dass die Mutter Robert niemals bewusst gesehen, geschweige denn gesprochen oder in irgendeinem Zusammenhang mit ihr erlebt hatte. Meta hatte ihr gewiss nichts von ihm erzählt.

»Eines muss man der deutschen Mode lassen«, fuhr Hedda fort, als wäre nichts geschehen, »dank ihrer Weite und der Länge bis knapp zum Knöchel ist sie äußerst praktisch. Abgesehen von den Korsetts haben eben auch die langen, engen Röcke unsere Bewegungsfreiheit stark eingeschränkt. Kein Wunder, dass wir Frauen immer nur in winzigen Trippelschritten hinter unseren Männern hinterherwackeln konnten. Damit ist jetzt Gott sei Dank Schluss.«

»Womit? Mit der einengenden Kleidung oder den winzigen Trippelschritten hinter den Männern?«

»Mit beidem.«

»Könnte Großmama dich jetzt hören, wäre sie stolz auf dich.« An Heddas verkniffener Miene las Selma ab, wie tief sie dieses Lob traf. Da sie nicht gleich einen neuen Streit mit ihr vom Zaun brechen wollte, beeilte sie sich, ein unverfänglicheres Thema anzuschneiden. »Was sitzen wir hier noch herum? Wenn du dir ein neues Kleid und die passenden Schuhe kaufen möchtest, sollten wir aufbrechen. Wie ich dich kenne, lässt du dir sicher erst die gesamte Kollektion vorführen, bevor du dich entscheidest.«

Betont munter sprang sie auf, bedeutete Weismann, zahlen zu wollen, und hakte sich dann bei Hedda unter, um Arm in Arm mit ihr am *Maison Messmer* und dem Kurhaus vorbei die Kolonnaden Richtung Sofienstraße hinunterzuschlendern. Gelegentlich grüßte sie einen der entgegenkommenden Kurgäste, die sich ähnlich wie sie die Zeit zwischen Nachmittagstee und Abendessen mit einem Rundgang durch die Stadt vertrieben.

»Lass uns dem hölzernen Greifen einen Nagel verpassen und für den guten Zweck spenden«, schlug Hedda vor, kaum dass sie den

Leopoldplatz erreichten, und hastete aufgeregt wie ein Backfisch zwischen empört hupenden Kraftdroschken, mühsam ausweichenden Pferdewagen und quietschend abbremsenden Automobilen quer über den verkehrsreichen Platz. An dessen nordwestlichem Ende thronte die Statue aus schwarz gebeiztem Eichenholz, die gegen einen geringen Obolus zum Wohl der Kriegsversehrten mit einem Nagel bestückt werden durfte.
Langsam folgte Selma, wartete an der Lichtentaler Straße geduldig das Vorbeirattern der Straßenbahnlinie ab, bevor sie verschwitzt am Grünstreifen eingangs der Sofienstraße eintraf. Eine alterslose, grimmig blickende Grauhaarige in schlichtem Sommerkleid bewachte den Greifen mit Argusaugen. Niemand sollte sich erdreisten, den Vogel ohne entsprechende Spende mit einem Nagel zu malträtieren. Es war schwer festzustellen, ob erst der Krieg und die ihr dadurch oktroyierte Aufgabe die Frau so verhärmt hatte oder ob sie vorher schon ähnlich freudlos der Welt begegnet war. Selbst der strahlend blaue Himmel und das warme Sommerwetter vermochten ihr kein Lächeln aufs Gesicht zu zaubern. Eine Schar Kinder, die Jungen in den schick gewordenen Matrosenanzügen, die Mädchen in weißblau gestreiften Leinenkleidern, umringten den Vogel und seine unerbittliche Beschützerin, ihrerseits nachlässig bewacht von einer Handvoll gelangweilt wirkender Kindermädchen.
Als Hedda zielsicher auf den Greifen zusteuerte, kam Bewegung in die Schar. Lange schon schien kein Erwachsener, erst recht keine so elegant gekleidete Dame wie sie dem Vogel den obligatorischen Nagel verpasst zu haben. Seine Bewacherin streckte Hedda den Hammer entgegen. Unerwartet zögerte Hedda, nach ihm zu greifen.
»Du wirst doch jetzt keinen Rückzieher machen?«, fragte Selma halb tadelnd, halb amüsiert.

»Eigentlich nicht«, erwiderte Hedda leise. »Aber zum Gespött machen will ich mich auch nicht.«
»Wie kommst du denn darauf? Du tust etwas für die gute Sache. Das allein zählt. Niemand, der dich kennt, ist hier. Also wird auch niemand davon erfahren, dass du eigenhändig den Nagel …«
»Siehst du nicht den Fotografen, der sich beim Modehaus an der Ecke zur Luisenstraße herumdrückt? Ich wette mit dir: Morgen schon prangt mein Bild groß in der Zeitung! Wenn der Hallodri erfährt, dass mein Mann der Reichstagsabgeordnete Joseph Rosenbaum ist, wird er sich erst recht darauf stürzen, über mein Einhämmern auf diesen lächerlichen Vogel zu berichten. Darauf kann ich herzlich gern verzichten und werfe lieber gleich meinen Obolus in die Büchse.«
Schon öffnete sie die Handtasche und kramte nach der Geldbörse. Selma sah zu der von Hedda bezeichneten Stelle auf der gegenüberliegenden Straßenseite. Zunächst konnte sie niemand Auffälligen ausfindig machen, am allerwenigsten einen Fotografen mit gezückter Kamera. Dann aber fiel ihr Blick auf die Gestalt eines lässig in einen leichten Sommeranzug gekleideten Herrn, der sich in der Menge der eilig vorbeihastenden Passanten wie ein ruhender Pol ausnahm. Tatsächlich baumelte über seine rechte Schulter der verräterische Riemen einer Ledertasche, in der sich gut eine Kamera verstauen ließ. Die berühmte Reporterkamera aus dem Hause Goerz-Anschütz etwa besaß eine solche. Kaum dachte Selma das, schlug ihr Herz schneller. Nicht der Fotoapparat, sondern der Mann selbst brachte ihr Blut in Wallung. Breitbeinig stand er da, die Hände nonchalant in die Hosentaschen gesteckt, blickte er offen zu ihr herüber. Anders als letzte Woche vor dem Kurhaus wusste sie dieses Mal sofort, dass es sich um Robert handelte.

»Geh du zu deinem Greifen und verpass ihm den Nagel. Ich nehme mir den Herrn einmal vor«, sagte sie zu Hedda und lief los.

Erwartungsvoll blickte Robert ihr entgegen. Die für ihn ungewohnte, schief auf dem schwarzen Haar sitzende Kreissäge verlieh ihm ein verwegenes Aussehen. Oder schien ihr das nur so, weil sie es verwegen von ihm fand, mitten im Krieg in Baden-Baden aufzukreuzen? Sobald sie auf wenige Schritte heran war, verlangsamte sie ihr Tempo. Zum einen wollte sie den Eindruck vermeiden, sie wolle sich ihm freudig an den Hals werfen, zum anderen musste sie die eigene Verwirrung bezwingen.

Ein heftiger Kampf tobte in ihr. Erst wenige Tage waren vergangen, seit Gero ihr und seinem Tennispartner die Lage an der Westfront geschildert hatte. Wie leicht konnte ihr Alptraum wahr werden, und die beiden Männer, die sie über alles in der Welt liebte, standen einander mit gezücktem Gewehr auf verschiedenen Seiten der Schützengräben gegenüber. Möglicherweise aber war Robert gar nicht eingerückt. Immerhin hatte er im letzten Jahr noch vorgehabt, zu einer Expedition nach Ägypten aufzubrechen. Um dort statt an der Front gewesen zu sein, war sein Teint jedoch nicht sonnenverbrannt genug. Was hatte er stattdessen getrieben? Warum hatte er ihr kein Lebenszeichen geschickt? Dank seiner Kontakte zur Berliner Presse hätte er gewiss Wege dafür gefunden. Wut kochte in ihr auf. Dass er es nicht getan hatte, sprach Bände. Da war schließlich noch etwas, was sie daran hinderte, ihm um den Hals zu fallen. Ohne Abschied hatte er sich kurz vor Kriegsbeginn aus ihrem Leben gestohlen. Den Triumph, ihm dafür auf offener Straße eine Szene zu machen, gönnte sie ihm nicht. In aufreizend bedächtigem Tempo ging sie weiter auf ihn zu.

»Selma, Liebes, wie schön, dich zu sehen.« Er breitete die Arme aus, als wollte er sie auf offener Straße herzen.

»Die Freude ist ganz meinerseits«, erwiderte sie kühl und blieb demonstrativ in sicherer Entfernung stehen. Enttäuscht ließ er die Arme sinken, versuchte es stattdessen mit seinem bewährten Verführerlächeln. Sie überging das geflissentlich. »Was hast du vor? Machst du etwa heimlich Fotos von meiner Mutter und mir? Unterlass das bitte.«

Damit wollte sie sich abwenden und gehen, er aber hielt sie fest.

»Meine Kamera steckt fest in meiner Tasche, wie du siehst. Damit werde ich heute ganz bestimmt nicht mehr fotografieren.« Zum Beweis schlug er mit der freien Hand auf den braunen Ledertornister. »Selma! Bitte bleib. Mehr als ein Jahr haben wir uns nicht gesehen. Es wäre doch schade, wenn wir gleich wieder auseinandergehen, erst recht in dieser Stimmung.«

Sie rang mit sich. Widerstrebend sah sie ihn an, fürchtete insgeheim, in seinem Antlitz eine Ähnlichkeit mit Alma zu entdecken. Das aber konnte nicht sein. Durfte nicht sein. Gero war der Vater ihres Kindes. Das hatte sie im letzten Sommer so entschieden. Sie schürzte die Lippen, sah knapp an ihm vorbei in die Auslagen des Modehauses. Dank der weit heruntergelassenen Markisen spiegelte das Fensterglas kaum. Dafür war die Ware bestens zu sehen. Hedda hätte ihre helle Freude daran. Das ausgestellte, weich fließende Ensemble aus schwarz-weiß getupftem Taft mit dunkler Schärpe und Zackenvolants ließ die Krinoline gleich viel weiblicher wirken. Absurd, jetzt an Mode zu denken! Sie schüttelte über sich selbst den Kopf.

»Was willst du ausgerechnet jetzt in Baden-Baden?« Ihre Stimme klang scharf. »Ist deine Ägyptenexpedition zu Ende?«

»Sie ist bis auf weiteres verschoben worden. Seit letztem Jahr haben wir Krieg.«

»Tatsächlich? Das wäre mir gar nicht aufgefallen. Solange ein Franzose wie du …«

»Es ist viel zu heiß, um in der prallen Sonne herumzustehen«, fiel er ihr ins Wort. »Lass uns auf eine Erfrischung gehen. Was hältst du von einer eisgekühlten Limonade vor dem Kurhaus?« Flugs packte er sie noch fester am Arm und wollte sie eilig in die Richtung drängen.

»Lass mich sofort los!«, zischte sie und entwand sich seinem Griff. Entrüstet richtete sie den Ärmel der cremefarbenen Bluse, strich den weit fallenden Rock glatt.

»Meine Mutter wartet dort hinten. Du entschuldigst mich.« Abermals wollte sie auf dem Absatz kehrtmachen, wieder stellte er sich ihr in den Weg.

»Ich muss mit dir reden, Selma. Unter vier Augen. Bitte! Es ist dringend.«

»Ich will aber nicht.«

»Da wäre ich mir nicht so sicher.« Triumph blitzte in seinen betörend schönen Augen auf, um die Mundwinkel zuckte es spöttisch. Sein ehedem bleistiftdünner Oberlippenbart hatte sein Volumen gemäß deutscher Manier mehr als verdoppelt. Das stand ihm noch besser. Sie biss sich auf die Lippen. Sosehr sie sich gegen seinen Befehlston sträubte, so bereitwillig drohte sie dahinzuschmelzen, sollte er ihr noch länger so nah bleiben.

»Was hältst du von heute Abend, acht Uhr?«, schlug er vor. »Ich warte am Kaiserbrunnen auf dich. Die Restauration im Garten des *Zähringer Hofs* ist geöffnet, allerdings selten gut besucht.«

Kurz tippte er sich mit der rechten Hand an den Rand seiner Kopfbedeckung, deutete eine knappe Verbeugung an und ging, ohne ihre Antwort abzuwarten, davon.

Sie schnaubte entrüstet. Da konnte er lange warten! Natürlich würde sie nicht kommen. Sie raffte den Rock und kehrte gemessenen Schrittes zu Hedda zurück, die artig wie ein Schulmädchen beim hölzernen Greifen auf sie wartete und stolz vom gelungenen Einschlagen des Nagels berichtete.

3

Ihr Verhalten war absolut albern. Trotzdem konnte Selma nicht anders, auch wenn sich tief in ihrem Innern eine Stimme regte, die ihr beharrlich von ihrem Vorhaben abriet. Doch ehe sie sich's versah, hatte sie Hedda nach Almas Zubettbringen erklärt, sie fühle sich nicht wohl und würde das Abendessen mit ihr und Meta auslassen. Da Gero während ihrer Abwesenheit telefonisch eine Nachricht hinterlassen hatte, er müsse einer Autopanne wegen zu seinem größten Bedauern in Freiburg übernachten, war das nicht einmal gelogen. Allein der Gedanke, wie er mit diesem schmierigen Schlüter in dessen Privatwohnung – nein! Besser stellte sie sich das gar nicht erst vor, sonst wurde ihr tatsächlich hundeelend.
Unwirsch hatte Hedda die rechte Braue hochgezogen, sie dennoch mit einer tadelnden Bemerkung verschont. Stattdessen war sie mit beleidigter Miene in ihr Zimmer zurückgekehrt, um sich für den Abend umzuziehen.
»Tu immer nur das, was du vor dir selbst als richtig verantworten kannst«, hatte Meta geraten und ihr aufmunternd zugezwinkert. Ein Blick in die wachen braunen Augen der Großmutter hatte genügt, um Selma zu versichern, dass sie trotz fortgeschrittenen Alters mehr von ihrem Leben verstand als die mehr als zwanzig Jahre jüngere Hedda. Dankbar hatte sie

ihr einen Kuss auf die Wange gehaucht und war eilig in ihr Zimmer verschwunden. Meta sollte nicht merken, wie unsicher sie sich trotz allem ihres Vorhabens war.

Als sie mit dem Rücken zur Tür stehen blieb und ihr Blick auf das breite Doppelbett fiel, das sie mit Gero teilte, stieg von neuem Übelkeit in ihrer Kehle auf. Ihr Gefühl letztens nach dem Tennismatch hatte sie also nicht getrogen. Der fahle Freiburger Doktor Schlüter befand sich auf dem besten Weg, Gero wieder auf jene abseitigen Pfade zu führen, die Ansgar Grün ihm im letzten Jahr schon einmal gewiesen hatte. Bitter lachte sie auf. Welch Ironie des Schicksals, dass ihr ausgerechnet in diesem Moment Robert wieder begegnet war! Fest presste sie sich die Fingerspitzen gegen die Schläfen, massierte sie mit kreisenden Bewegungen. Flüchtete sie sich jetzt schon wie Hedda in die Migräne, um Unangenehmem zu entgehen? Bis acht blieb ihr ausreichend Zeit, um ein Bad zu nehmen und sich den Staub des Nachmittags vom Leib zu waschen. Das würde auch ihrem hitzig arbeitenden Kopf guttun.

Während im angrenzenden Privatbad das Wasser in die Wanne plätscherte, ging Selma unruhig in dem geräumigen Zimmer auf und ab. Durch die Ritzen der geschlossenen Jalousien fielen goldene Sonnenringe auf den flauschigen Teppich. Sie streifte Schuhe und Strümpfe ab, genoss es, mit bloßen Zehen in dem dicken Flor zu versinken. Nach wenigen Runden war sie des Umhergehens allerdings überdrüssig. Es wühlte sie mehr auf, als dass es sie beruhigte. Sie trat zu den bodentiefen, doppelflügeligen Fenstern, öffnete die Läden. Milchiges Abendsonnenlicht flutete den Raum.

Wie immer bewohnte sie ein geräumiges Zimmer zur Alleeseite. Sie trat auf den Balkon, stützte sich mit beiden Händen auf das schmiedeeiserne Geländer und blickte gen Westen. Die Sonne schickte sich an, sich hinter den Wipfeln des Quettigwäldles aus dem Tag zu stehlen. Ein lauer Abendwind wehte den Duft von Laub und kühlem Wasser heran. So kümmerlich sich die Oos derzeit in ihrem Flussbett präsentierte, so sorgte sie doch nach wie vor entlang der Lichtentaler Allee für frische Luft. Von den nahen Lawntennisplätzen tönte das rhythmische Aufschlagen der Bälle herüber, untermalt von den fröhlichen Rufen der Spieler auf dem benachbarten Croquetfeld.

Für einen Moment schloss Selma die Augen, versuchte, alle lästigen Gedanken aus dem Kopf zu verbannen. Wieder und wieder trat ihr das Bild jenes Winternachmittags vor Augen, als sie Gero in seiner Wohnung mit Ansgar nackt im Bett erspäht hatte. Der einzige Unterschied war, dass sie statt Grüns athletisch gebauten Rumpfs nun den schmächtigen, blassen Schlüter auf dem Gemahl herumreiten sah.

Nur das Heraufbeschwören der Tête-à-Têtes mit Robert konnte sie aus der quälenden Gedankenschleife befreien. Sobald sie an die heimlichen Stunden mit ihm dachte, ging es ihr besser. Das Verbotene ihrer zügellosen Leidenschaft besaß nach wie vor einen großen Reiz. Bewies nicht das Leuchten in seinen Augen, als er sie am Nachmittag an der Ecke zur Luisenstraße entdeckt hatte, dass es ihm genauso ging? Er verzehrte sich vor Sehnsucht nach ihr! Anders war nicht zu erklären, warum er ihr trotz der Gefahr, als feindlicher Ausländer auf deutschem Boden enttarnt zu werden, aufgelauert hatte. Mit dem abendlichen Treffen riskierte er ein weiteres Mal, in Schwierigkeiten zu geraten. Das ließ das bevorstehende Rendezvous noch verlockender werden. Schon sah sie vor sich, wie sie sich über die Hintertreppe auf sein Hotelzimmer schlichen. Natürlich hatte er das nur deshalb unter Angabe einer falschen Identität angemietet, um sie wiederzusehen.

Gerade als sie sich in sämtlichen Einzelheiten ausmalte, wie er vorgegangen war, fiel ihr auf, dass er zur Tarnung auch seinen betörenden französischen Akzent abgelegt hatte. Sein sprachliches Talent war großartig. So wie er vorhin mit ihr geredet hatte, erinnerte nichts mehr an seine französische Herkunft. Selbst den Gebrauch der wunderschön klingenden Koseworte hatte er sich abgewöhnt. Wer es nicht besser wusste, musste ihn für einen gebürtigen Deutschen halten. Kein Wunder, dass er so hitzig reagiert hatte, als sie ihn auf seine wahre Nationalität angesprochen hatte. Dass er das alles nur getan hatte, um dem Krieg zum Trotz Kontakt zu ihr aufzunehmen, schmeichelte ihr. Würde er auffliegen, kostete ihn das buchstäblich Kopf und Kragen.

Jäh wurde ihr die Lächerlichkeit der Situation bewusst. Nüchtern betrachtet ähnelte sie mehr einem Roman aus der Feder Rosalie Goldsteins als dem wirklichen Leben. Schluss damit! Energisch schlug sie die flache Hand auf das Geländer. Das Wasser!, fiel ihr siedend heiß ein. Sich die Leinenbluse im Laufen aufknöpfend und kurz vor der Badezimmertür aus dem Rock schlüpfend, rannte sie zur Wanne. Gerade noch rechtzeitig, bevor sie dank ihrer albernen Träumerei eine Überschwemmung angerichtet hätte, erreichte sie das Bad. Sie drehte die Hähne ab, streute verschwenderisch von dem süß duftenden Badezusatz ins Wasser und ließ sich in das üppig schäumende Nass gleiten.

Zum Glück kannte sie aus abenteuerlustigen Kindertagen mit Grischa sämtliche Flure und Winkel des *Bellevue.* Es war ein Leichtes für sie, sich ungesehen von Portier, Personal und Gästen über die Dienstbotentreppe aus der ersten Etage ins Erdge-

schoss und über den Hinterausgang aus dem Hotel zu stehlen. An den angrenzenden Villengrundstücken vorbei erreichte sie auf der Nordostseite des Prachtbaus die Maria-Victoria-Straße. Von dort lief sie vor bis zur russischen Kirche, wo sich eine Straßenbahnhaltestelle befand. Sie hatte Glück. Weder begegneten ihr unterwegs Bekannte, die der Mutter sensationsheischend von ihrem Ausbüxen berichten konnten, noch musste sie lang auf die Bahn warten. Mit dem vertrauten Poltern schepperte sie aus Lichtental kommend heran. Am Leopoldplatz musste sie Richtung Bahnhof umsteigen. Kurz überlegte sie, ob sie lieber eine der am Augustaplatz wartenden Droschken besteigen sollte, doch das verräterische Knarren der nahenden zweiten Straßenbahn enthob sie der Entscheidung. Überpünktlich entstieg sie um kurz vor acht am Kaiserbrunnen dem Triebwagen. Unschlüssig sah sie sich um. Es ärgerte sie ein wenig, so ungeduldig gewesen und vor der Zeit am verabredeten Ort eingetroffen zu sein. Robert würde das sofort zu Kopf steigen.
Lange musste sie sich nicht darüber grämen. Mit dem letzten Glockenschlag der Uhr trat Robert aus dem Eingang des *Zähringer Hofs*. Passend zur Sommerhitze trug er einen hellen Smoking. Auf Zylinder und Schal hatte er verzichtet, so dass sein straff nach hinten frisiertes schwarzes Haar im letzten Sonnenlicht glänzte. Sobald er sie erspähte, ließ sein gewinnendes Lächeln sie allen Groll vergessen. In leicht federnden Schritten kam er auf sie zu, von Kopf bis Fuß die Gestalt gewordene Eleganz. Gegen ihren Willen machte ihr Herz einen Satz.
»Ich wusste, du kommst«, empfing er sie zum zweiten Mal an diesem Tag mit weit ausgebreiteten Armen und hauchte ihr nach französischer Manier Willkommensküsse auf die Wangen.

Da sie die Mutter und sämtliche Bekannte weit weg wusste und der Platz nahezu menschenleer war, gestattete sie sich, seine Nähe einen Tick länger auszukosten. Voller Sehnsucht sog sie seinen vertrauten Duft ein. Der leichte Lavendelgeruch, der sich daruntermischte, verriet, dass auch er ein Bad genommen hatte. Das ließ auf die Erfüllung ihrer kühnsten Träume hoffen.

»Lass uns in den Garten gehen. Dort sind wir ungestört.« Einladend wies er mit der ausgestreckten Rechten auf das Entree des am westlichen Schlossberg gelegenen Hotels. Sie tat, als wäre das abrupte Ende der Vertraulichkeit ganz in ihrem Sinn, und raffte den weiten Rock ihres luftigen, apricotfarbenen Abendensembles, um ihm zu folgen.

Der vierstöckige *Zähringer Hof*, der an der Ecke der beiden Hauptflügel von einer weithin sichtbaren Kuppel bekrönt wurde, glich mit seiner imposanten Architektur eher einem herrschaftlichen Palast denn einem zweckmäßigen Hotelgebäude. Von früheren Besuchen her wusste Selma, dass der von der Straße nicht einsehbare Garten am westlichen Schlossberghang der eigentliche Schatz des traditionsreichen Bad- und Kurhotels war. Mit einer galanten Verbeugung reichte Robert ihr den Arm und geleitete sie zum von einem gusseisernen Baldachin beschirmten Haupteingang. Nach dem Durchschreiten der pompösen Eingangshalle steuerte er zielsicher auf den terrassenartig angelegten Garten im englischen Landschaftsstil zu.

Im Schutz weit ausladender Bäume luden weiß gedeckte Tische zum Dinner ein. Der Abstand zwischen den Tischinseln war ausreichend groß, um eine intime Atmosphäre zu gewähren. In einem Pavillon nahe dem Brunnen hatte eine Kapelle Platz genommen, die den Zauber des Sommerabends mit einer dezenten Musik vervollkommnete. Bunte Lampions zwischen den Ästen tauchten Gäste wie Umgebung in eine friedliche Märchenwelt. Der Krieg und die kaum einhundert Kilometer entfernte Westfront schienen sich auf einem anderen Planeten zu befinden. Selma kam das alles ebenso unwirklich vor wie das Wiedersehen mit Robert. Wie letztens auf der Chaiselongue im Gartensalon überkam sie auch jetzt wieder dieses seltsame Gefühl, das sie ernsthaft daran zweifeln ließ, ob sie sich tatsächlich im zweiten Kriegssommer anno 1915 oder nicht doch nach wie vor im trägen August des Jahres 1913 befand.

»Gefällt es dir?« Robert sprach die Worte nah an ihr Ohr. Sie spürte seinen Atem auf der Haut, war sich den Reizen seines attraktiven Körpers wieder ganz bewusst.

»Sehr romantisch«, erwiderte sie und warf ihm über die Schulter einen vielsagenden Blick zu.

»Das ist es für mich überall dort, wo du bist.«

Einer der schwarz befrackten Ober eilte auf sie zu und führte sie zu einem der kleinen Zweipersonentische ein Stück abseits des Musikpavillons. Beflissen rückte er ihr den Stuhl zurecht, reichte anschließend Robert die Wein- und Menükarte. Robert bestellte, ohne einen Blick hineinzuwerfen, ein mehrgängiges Sommermenü sowie die passenden Weine aus dem Rheingau und der Pfalz.

»Natürlich ist es weder das *Kempinski* noch die Bar des *Eden* in Berlin«, wandte er sich Selma wieder zu. »Auch hätte ich gern ein Tanzpodium gehabt, um dir diese wunderschöne, laue Sommernacht mit einem Tango zu versüßen. Darauf aber muss man in der Öffentlichkeit derzeit leider ganz verzichten. Uns wird gewiss etwas anderes einfallen, um uns die Zeit miteinander zu vertreiben.«

Seine Stimme wurde leiser. Er beugte sich vor, berührte ihre Finger mit den seinen, hob sie zum Mund und küsste jede Fingerkuppe einzeln. Einige Atemzüge lang versanken ihre Blicke ineinander. Ganz leise begann er die Melodie eines Tangos zu summen, und plötzlich war Selma, als säße sie nicht in diesem Garten, sondern schritt mit ihm Wange an Wange, Hüfte an Hüfte übers Parkett, ganz seiner sanften Führung hingegeben.

»Es gibt hier ein ausgezeichnetes Essen, das dem Gaumen wahre Sinnesfreuden beschert«, zerstörte er jäh diesen Traum. »Von den Schätzen des Weinkellers ganz zu schweigen.«

»Welch Wunder! Schon vor dem Krieg war der *Zähringer Hof* bei deinen Landsleuten eine der beliebtesten Adressen«, erwiderte sie lächelnd, um sich dann übertrieben erschrocken die Hand vor den Mund zu schlagen und leise hinzuzufügen: »Oder soll ich das in deiner Gegenwart besser nicht erwähnen? Jetzt, wo du deinen charmanten Akzent abgelegt hast und alles daransetzt, deutscher als der Kaiser zu wirken, ist dir das sicher nicht so recht.«

»Keine Sorge.« Seine dunklen Augen sprühten vor Vergnügen. Sorgfältig schüttelte er die weiße Serviette auf, bevor er sie sich mit einer lässigen Geste auf den Schoß legte. »Dem guten alten Wilhelm und seinen Getreuen werde ich wohl nie das Wasser reichen können. Dazu mangelt es mir an der rechten Begeisterung für das Militärische.«

»Bist du deshalb noch nicht eingerückt?«

Einen Atemzug lang erstarrte er. Im selben Moment tauchte der Ober auf, um einen Eiskübel mit einer Flasche deutschen Schaumweins zu bringen. Trotz aller Reminiszenz an frühere Glanzzeiten und Gäste war man sich im *Zähringer Hof* sehr wohl bewusst, was man sich in Kriegszeiten schuldig war, und hatte den französischen Champagner von der Karte gestrichen. Geschickt entkorkte der Ober die Flasche, goss den Sekt in die bereitstehenden Flöten. Als er nach einer Verbeugung endlich wieder verschwunden war, hoben sie die Gläser, prosteten einander zu.

Von neuem überfiel Selma das Déjà-vu. Fast war es wie in alten Zeiten. Auch wenn sich Roberts Äußeres durch den breiteren Bart leicht verändert hatte und er auf den betörenden Akzent verzichtete, so versetzte seine bloße Gegenwart sie nach wie vor in Aufruhr. Wie weit würde er an diesem Abend gehen? Die Frage beschäftigte sie mehr als die nach seinem nationalen Pflichtbewusstsein.

»Also?«, fragte sie nach dem ersten Schluck, ohne eine Antwort zu erwarten, und beugte sich stattdessen weit über den Tisch, um Robert erwartungsvoll in die Augen zu sehen.

»Du kannst es mir einfach nicht verzeihen«, erwiderte er mit einem süffisanten Unterton.

»Was?«, entschlüpfte ihr schneller, als ihr lieb war. Die Hände flach auf dem Tischtuch setzte sie sich sofort wieder aufrecht und versuchte sich in einem einigermaßen desinteressierten Gesichtsausdruck.

Er verzog keine Miene, beugte sich seinerseits weit vor, um nach ihren Händen zu greifen und eine Weile gedankenverloren mit ihren langen, schlanken Fingern zu spielen. Dabei gab er vor, ganz in Gedanken entrückt zu sein. Die direkte Berührung versetzte ihr eine Art elektrischen Schlags. Abermals rang sie mit sich, ob sie der Magie des Augenblicks nachgeben und sich der neuerlichen Vertrautheit hingeben oder aber Stärke beweisen und den Spuk energisch beenden sollte.

Unerwartet kam er ihr zuvor, ließ mit einem bedauernden Aufseufzen von ihren Händen ab, rückte sich die Fliege am Kragen zurecht und räusperte sich in die Faust. »Du hast recht. Es war unverzeihlich von mir, letztes Jahr einfach so zu verschwinden. So darf sich ein Gentleman einer Dame gegenüber nicht benehmen.«

Den Blick starr auf das Tischtuch gerichtet, als könnte er dort etwas Wesentliches über sein eigenes Verhalten erfahren, legte er eine Pause ein, bevor er mit heiserer Stimme fortfuhr: »Andererseits wissen wir beide, wie hektisch sich im letzten Sommer die Ereignisse überschlagen haben und wie unmöglich es war, ausgerechnet zwischen Frankreich und Deutschland die private Korrespondenz aufrechtzuerhalten.«

»Für eine kurze Nachricht wäre dir vor deiner Abreise gewiss noch Zeit geblieben. Meiner Großmutter hast du …«

»Ich gebe mich geschlagen.« Er presste sich die Hand aufs Herz, verzog das wohlgeformte Antlitz zu einer zerknirschten Miene. Trotz der offenkundigen Theatralik begann ihr Herz zu rasen. Ein so frühes Zu-Kreuze-Kriechen musste jede Frau erbarmen.

»Gib es einfach zu. Der Kriegsausbruch kam dir überaus gelegen. Nach dem Abend im *Kempinski,* an dem du das Küken und mich auf deinen eigenartigen Freundschaftspakt einschwören wolltest, warst du froh, uns beiden mit einer guten Ausrede entrinnen zu können.«

Sosehr der Gedanke an jene Wochen im letzten Sommer sie im Innern aufwühlte, so ruhig blieb sie nach außen. Niemals sollte er erfahren, wie tief sie sein Verschwinden verletzt und wie viele Monate sie sich danach noch in Sehnsucht nach ihm verzehrt hatte.

»Gero und ich haben geheiratet, bevor er im vergangenen August eingerückt ist«, verkündete sie und hielt ihm stolz die Hand mit dem brillantbestückten Ehering hin. Das kaum wahrnehmbare Flattern seiner Augenlider bestärkte sie darin, munter hinzuzufügen: »Unsere kleine Tochter ist ein wahrer Sonnenschein. Seither sind meine Tage ausgefüllt. Kaum zu fassen, dass sie schon ein halbes Jahr alt ist.«

»Ein halbes Jahr ist euer Kind alt?« Sinnierend stierte er an ihr vorbei zum Becken des Springbrunnens.

Das gleichmäßige Plätschern der Fontäne mischte sich unter die romantische Musik aus dem offenen Pavillon. Vom Wasser wehte ein frischer Lufthauch zu den Tischen herüber. Dennoch stieg Selma die Hitze ins Gesicht. Am liebsten hätte sie sich die Zunge abgebissen. Wie töricht, ihm gegenüber Alma zu erwähnen! Natürlich rechnete er jetzt fleißig nach.

»Alma kommt ganz auf ihren Papa«, fügte sie eilig hinzu. »In jedem Blick, in jeder Geste ist Gero zu erkennen. Das tröstet mich wunderbar darüber hinweg, dass er an der Front seine Pflicht erfüllt und wir ohne ihn auskommen müssen.«

Beiläufig griff sie nach dem Sekt, trank den letzten Schluck und hielt Robert das Glas auffordernd unter die Nase. Er verzichtete darauf, den Ober zu bemühen, sondern schenkte ihr persönlich nach, um dann ebenfalls sein Glas zu erheben. »Auf das Wohl deiner kleinen Familie.« Nur für einen kurzen Moment zitterte seine Stimme. Binnen Sekunden hatte er sich wieder in der Gewalt. Der sarkastische Unterton der letzten Worte entging ihr trotzdem nicht. In hastigen Schlucken leerte er sein Glas. »Es freut mich, dich so glücklich zu sehen. Ich gönne es dir von Herzen.«

Für einige Sekunden schwiegen sie, wichen einander mit den Blicken beharrlich aus.

»Wie geht es deinem Gemahl?«, setzte Robert endlich heiser an. »Gewiss hat er an der Ostfront gedient, um seinen Heimatboden gegen die russischen Tataren zu verteidigen. War er nicht Reserveoffizier bei einem Kavallerieregiment in Königsberg? Das hat er mir gegenüber einmal angedeutet. Du erinnerst dich? Damals saßen wir nach dem Kintopp mit diesem Assessor und einer alten Freundin von dir beim Tanz ... Ach, was rede ich da? Das ist alles längst vorbei! Allein die Gegenwart zählt. Jetzt, da der deutsche Sieg im Osten sicher ist und sich die Truppen um Leopold von Bayern für die Befreiung Polens einsetzen, hat Gero seine Pflicht bestens erfüllt. Täusche ich mich, oder weilt er für einige Tage auf Fronturlaub hier in Baden-Baden? Ein Wunder, dass er dich heute Abend hat gehen lassen! Jede freie Minute ist für euch kostbar. Ihr müsst sie nutzen, um eure Sehnsucht zu stillen.«

Das Grinsen, mit dem er seine Worte begleitete, gefiel Selma nicht. »Eifersüchtig?«

»Wird Gero sich an die Westfront versetzen lassen?« Robert tat, als hätte er ihre Bemerkung nicht gehört. »Tapfere Offiziere wie er sind dort bitter vonnöten.«

»Du bist bestens informiert.«

»Ich lese aufmerksam Zeitung.«

Die Antwort kam ihr eine Spur zu schnell.

»Das Schicksal meiner Freunde liegt mir eben sehr am Herzen, egal, welcher Nation sie angehören«, fügte er hinzu, sobald er ihr Stutzen bemerkte. »Für den Krieg und den damit verbundenen Völkerhass bin ich einfach nicht geschaffen.«

Er begann, mit dem Besteck zu spielen, die Messer neu auszurichten, die Gabeln der Größe nach zu sortieren.

»Wie geht es deinem Vater?«, erkundigte er sich schließlich beiläufig. »Die Aussöhnung der Völker war immer ein großes Thema für ihn. Jetzt muss er im Reichstag dem Militär den Rücken stärken. Das wird ihm auf der Seele liegen.«

»Aus den deutschen Zeitungen hast du das Wichtigste dazu wohl längst erfahren«, stellte Selma vorsichtig fest. Der Verlauf, den die Unterhaltung nahm, gefiel ihr immer weniger. »Der Rückhalt für die Soldaten ist im Reichstag wie in allen Schichten der Bevölkerung nahezu einstimmig. Natürlich steht auch mein Vater ganz zu den Entscheidungen der Regierung. Bei deinen Landsleuten in Frankreich sieht das ähnlich aus, wie man hört.«

»Natürlich«, stimmte er hastig zu.

Wie schon am Nachmittag, so entging ihr auch dieses Mal nicht, wie unangenehm es ihm war, offen auf seine französischen Wurzeln angesprochen zu werden.

»Was macht eigentlich unsere liebe Freundin Constanze?« Beflissen wechselte er das Thema. »Zürnt sie mir ebenso wie du für den Abend im *Kempinski?* Dabei habt ihr beide damals dem Schampus reichlich zugesprochen. Auch die Austern habt ihr euch schmecken lassen. Eigentlich dachte ich, ihr hättet den Abend genossen. Studiert Constanze immer noch so fleißig an der Technischen Hochschule? Oder hilft sie inzwischen ihrem herzkranken Papa in Metz? Eine Maschinenfabrik wie die der Rosenbaums ist kriegswichtig, noch dazu so nah an der Front. In Zeiten wie diesen wird das Unternehmen einer straffen Führung bedürfen.«

»Du hast deine Zeitungslektüre höchst aufmerksam betrieben.« Selma wurde hellhörig. Was tat Robert da eigentlich? Er wollte sie doch nicht etwa … Ein stechender Schmerz fuhr ihr quer durch den Kopf. Sie massierte sich die Schläfen, hoffte, es wäre gleich wieder vorbei.

»Dem Küken geht es blendend«, erwiderte sie schließlich. Es gelang ihr sogar ein Lächeln. »Aber das weißt du natürlich schon, schließlich wirst du außer den Zeitungen noch weitere Quellen haben, die dich über das Geschehen in Berlin auf dem Laufenden halten. Immerhin hast du selbst bei der Presse gearbeitet.«

Sie trank vom Schaumwein. Über den Rand des Sektkelchs hinweg betrachtete sie Roberts Antlitz. Der laue Augustabend war wie geschaffen für einen stimmungsvollen Abend zu zweit. Schade, dass die Gelegenheit ungenutzt zu verstreichen drohte. Dabei hatte Robert vorhin selbst darauf hingewiesen, wie wichtig es war, die kostbaren Stunden zu nutzen. Sie gingen schneller vorbei, als einem lieb war, und eine Garantie, dass sie wiederkamen, gab es weniger denn je.

»Du erinnerst dich an Haberfellner und Gösch?«, fragte er. »Sie schicken mir gelegentlich eine Nachricht. Als Kriegsreporter gelingt es ihnen leichter, den Kontakt über die Grenzen hinweg zu halten. Sie haben wohl ihre besonderen Kanäle.«

»Haberfellner ist der kleine Dicke von der *B. I. Z.*, nicht wahr? Und sein Freund Gösch hat für die *B. Z. am Mittag* gearbeitet. Oh, ich erinnere mich, wie oft du letztes Jahr mit den beiden unterwegs warst. Wenn ihr so engen Kontakt zueinander haltet, frage ich mich, wieso du sie nicht längst gebeten hast, dem Küken oder mir eine Nachricht zukommen zu lassen. Doch lassen wir das. Wir sollten uns die lästige Ausfragerei sparen, du weißt dank deiner alten Freunde ohnehin bestens Bescheid. Oder hoffst du, von mir etwas von meinem Bruder und seiner Fliegerstaffel in Metz zu erfahren, was die beiden dir noch nicht erzählt haben?«

»Wieso sollte mich das interessieren? Deinen Bruder kenne ich doch gar nicht.« Hastig stürzte er den Schaumwein hinunter, schenkte erst ihr, dann sich das Glas wieder voll.

»Du hast recht, ihr seid einander nie begegnet. Das habe ich völlig vergessen. Erzähl mir endlich, was du so treibst, nachdem aus der Ägyptenexpedition wieder einmal nichts geworden ist. Haben Haberfellner und Gösch dir geholfen, wieder für Ullstein fotografieren zu dürfen? Letzte Woche habe ich dich bei der Eröffnung der neuen Säle im Kurhaus gesehen, diese Woche hast du am Leopoldplatz Fotos gemacht. Arbeitest du immer noch an deinem Projekt ›Menschen auf den Straßen Europas‹? Dabei hast du dafür doch sonst eher die weniger eleganten Winkel aufgesucht, lieber die lichtscheuen Gestalten und die finsteren Seiten des Wohlstands beleuchtet. Oder hast du das Metier gewechselt, bist etwa mitten im Krieg dabei, eine Reportage über die Vorzüge einer Sommerfrische in Baden-Baden zu veröffentlichen? Vor kurzem gab es so etwas schon in der *Illustrierten Zeitung* unter der Überschrift ›Wo unsere verwundeten Krieger Erholung finden‹. Davon wird dir Haberfellner natürlich erzählt haben. Die zu Lazaretten umfunktionierten Hotels hast du bestimmt schon besucht und dir ein Bild von dem Komfort für die gut betuchten Offiziere gemacht. Und der Greif am Eingang zur Sofienstraße liefert ein wunderbares Foto für die Spendenfreudigkeit der Gäste.«

»Vielleicht solltest du den Text verfassen? Dir entgeht so leicht nichts«, warf er ein. »Fotografierst du inzwischen eigentlich? Damals in Sanssouci hast du dich dafür interessiert. Die handlichen Rollfilmkameras sind wie geschaffen, um Schnappschüsse zu machen.«

»Mag sein«, erwiderte sie ausweichend. Es war nicht der Moment, ihm von ihren Fortschritten mit der Kamera zu berichten. Eindringlich musterte sie ihn. Er schob sich auf dem unbequemen Stuhl aus weiß lackiertem Gusseisen zurecht, hielt ihrem Blick dabei tapfer stand. Wahrscheinlich kannte sie ihn einfach zu gut, um sich dennoch nicht täuschen zu lassen.

»Du arbeitest gar nicht für Ullstein, ebenso wenig wie Haberfellner und Gösch noch dort sind. Beide stehen längst im Feld, zwar nicht als Kriegsreporter, dafür aber als Aufklärer, das weiß ich von Grischa. Auch Mosse hat dich nicht angeworben. Wie Ullstein kann er es sich nicht leisten, mitten im Krieg einem französischen Fotografen Aufträge zu erteilen. Das brächte ihn in Teufels Küche. Für Scherl würdest du ohnehin niemals einen Finger krümmen, selbst wenn er sich über die deutsch-französische Feindschaft hinwegsetzen und dir das höchste Honorar bieten würde.«

»Es war deine Idee, mir zu unterstellen, ich würde für eine Zeitungsreportage recherchieren.«

»Was führt dich dann hierher? Als Fahnenflüchtiger wirst du dich wohl kaum so nah bei deiner Heimat aufhalten und den Kontakt zu alten Bekannten suchen. Gib zu, dir geht es darum, Informationen zu sammeln. Deshalb hast du vorhin versucht, mehr über Gero, meinen Vater und über Constanzes Maschinenfabrik herauszufinden.«

»Was wollte ich deiner Meinung nach damit anfangen?«

»Das werde ich einem Mann wie dir kaum erklären müssen.«

»Schade. Aus deinem entzückenden Mund hätte ich es nur zu gern gehört.«

»Hältst du es etwa für eine besondere Auszeichnung, alte Freunde auszuspionieren?«

»Selma, Liebste!« Sein Grinsen wurde breiter. Beschwichtigend legte er ihr die Hand auf den Arm. »Warum vertraust du nicht einfach deinem Herzen? Dich wollte ich wiedersehen. Seit Monaten sehne ich mich nach dir. Eine Reise nach Berlin ist für einen Mann wie mich derzeit natürlich äußerst schwierig. Deshalb habe ich auf deine Gewohnheiten vertraut und bis zur obligatorischen Sommerfrische hier in Baden-Baden gewartet. Und voilà: Da bist du!«

Voller Triumph funkelten seine dunklen Augen. In ihr drehte sich alles. Ihr wurde heiß und kalt zugleich.

»Und was ist mit unserem Freundschaftspakt, dem opulent gefeierten Bündnis mit Constanze?«

Für den Bruchteil einer Sekunde stockte er, fuhr sich mit der Zungenspitze über die Oberlippe, schmunzelte schließlich wieder amüsiert. »Ich wusste gar nicht, dass du so nachtragend sein kannst. Es steht dir übrigens gut. Überhaupt steht es dir sehr gut, was dir im letzten Jahr so alles widerfahren ist. Die Geburt deiner Tochter hat dich schöner werden lassen. Du bist reifer, geheimnisvoller, noch unwiderstehlicher geworden, wenn du weißt, was ich meine.«

Er strich ihr zärtlich über den Arm. Wie unabsichtlich schob er den Stoff des Blusenärmels nach oben, berührte mit den Fingerkuppen sacht die nackte Haut. Um seine Augen sprangen kleine Fältchen auf, auf seinem Antlitz lag der wohlbekannte verführerische Ausdruck. Tief in ihrem Innern regte sich etwas. Sie war eine Frau, keine Heldin auf dem Schlachtfeld. Unbarmherzig meldete sich allerdings auch ihr Verstand zurück.

»Du bist dir wohl für nichts zu schade«, murmelte sie und entzog ihm den Arm.

»Was meinst du damit?« Er tat verwirrt, setzte einen Unschuldsblick auf. »Sei nicht immer so streng mit uns beiden. So warst du früher nicht. Vergiss alles um dich herum und genieß diesen wundervollen Sommerabend. Wir sollten die Gelegenheit nutzen, endlich wieder zusammen zu sein. Du weißt doch: Allein die Gegenwart zählt.«

Sein Ton wurde schmeichlerisch. Er schenkte ihr ein zweideutiges Lächeln. »Lass uns gehen. Das Essen wird hier auch ganz diskret aufs Zimmer serviert. Dort oben sind wir ungestört. Es wird dir gefallen.«

Das war zu viel. Ehe sie sich's versah, hatte sie den Sektkelch in der Hand und kippte ihm den Schaumwein mitten ins Gesicht.

»Selma!« Erschrocken wich er zurück, wischte sich die feuchten Wangen trocken. Der dämliche Ausdruck, der über sein Gesicht huschte, brachte das Fass endgültig zum Überlaufen. Sie sprang auf, versetzte ihm eine schallende Ohrfeige.

»Was hast du auf einmal?« Verdutzt sah er zu ihr auf, die Hand auf die schmerzende Wange gepresst.

»Das fragst du noch?« Ihre Stimme bebte, ihre Brust hob und senkte sich, so heftig schlug ihr das Herz. »Es ist schlichtweg beleidigend, für wie einfältig du mich hältst. Aus tiefster Seele bedaure ich, was aus dir geworden ist. Leb wohl!«

»Selma, bitte!« Auch er sprang auf, wollte sie am Arm packen und aufhalten. »Du hast da etwas grundsätzlich falsch verstanden.«

»Lass mich!«, zischte sie. Viel zu rasch gab er nach.

»Versuch nie wieder, Kontakt zu mir aufzunehmen. Merk dir eines: Ich bin fertig mit dir, für immer und ewig. Wir werden uns nie mehr wiedersehen.«

Energisch machte sie auf dem Absatz kehrt und lief über den knirschenden Kies aus dem Garten des *Zähringer Hofs* hinaus auf die Straße. Dort winkte sie einer vorbeikommenden Kraftdroschke und sank erleichtert in das Lederpolster auf der Rückbank.

»Wie war dein Abend?« Unerwartet fing Meta den Wagen an der Auffahrt des *Bellevue* ab. Selma schreckte auf. Vor Erschöpfung hatte sie völlig vergessen, den Chauffeur zu bitten, am Hintereingang vorzufahren. Jäh erwachte sie aus ihren Gedanken, die sich natürlich um Robert und die entsetzliche Erkenntnis drehten, dass er sie für seine widerliche Spionage hatte werben wollen. Eilig entlohnte sie den Fahrer und kletterte aus dem Wagenfond.

»Frag lieber nicht«, erklärte sie der Großmutter, während sie Arm in Arm im Schutz der anbrechenden Dunkelheit zur rückwärtigen Seite des Hotels gingen. Auch wenn sich Hedda wahrscheinlich längst auf ihr Zimmer zurückgezogen hatte, so war es trotzdem besser, Vorsicht walten zu lassen.

»Robert hat dich also enttäuscht«, brachte Meta in der ihr eigenen Weise die Dinge direkt auf den Punkt. Um sie ihrer Verbundenheit zu versichern, tätschelte sie ihr die Hand. »Wie schade, Liebes. Doch ich bin sicher, das liegt allein am Krieg und der damit verbundenen Missstimmung. So lange dies- und jenseits des Rheins Sturköpfe in Uniform das Zepter schwingen, sind selbst einem Freigeist wie Robert die Hände gebunden. Vergiss nicht: Sein Vater ist ein hochrangiger Diplomat.«

»Ach, Großmama«, entfuhr Selma gegen ihren Willen ein tiefer Seufzer. »Es ist furchtbar. Ich bin mir nicht mehr sicher, ob er jemals aufrichtig zu mir war. Was, wenn er mich von Anfang an nur benutzt hat, um an Informationen und Kontakte in Berlin heranzukommen?«

»Das ist ein entsetzlicher Gedanke. Sei vorsichtig, Liebes! So etwas sollte man nie leichtfertig unterstellen.«

»Es spielt auch keine Rolle mehr«, lenkte Selma müde ein. »So oder so werde ich ihn niemals wiedersehen.«

»Auch wenn der Krieg vorbei ist?«

»Auch dann.«

»Ein harter Entschluss.«

»Manchmal muss man hart sein und es vor allem auch bleiben.«

4

Vor – zurück, vor – zurück. Immer wieder klappte Constanze den schweren Wagen der *Erika* hin und her. Seit den frühen Morgenstunden saß sie in Ottos Büro in der Maschinenfabrik und grübelte über den Reiseschreibmaschinen. Das wuchtige, zweigeschossige Gebäude im neoromanisch wilhelminischen Stil aus dem für die Gegend so typischen grau-gelben Vogesensandstein, der dank des Kohlebergbaus dick von schwarzem Ruß überzogen war, lag unweit des Metzer Hauptbahnhofs. Wie dieser war es bereits mehrfach von französischen Luftangriffen in Mitleidenschaft gezogen worden. Eigentlich war das Büro weniger ein Büro denn eine Werkstatt, ganz ähnlich den etwa ein Dutzend anderen im Haus, die zur Fertigung der Fahrräder, Nähmaschinen und Schreibmaschinen dienten. Hier werkelte und probierte Otto Weißkirchner jedoch ganz allein, während im Werkzeugbau, der Stanzerei, Dreherei und Fräserei eine Vielzahl von fleißigen Händen damit beschäftigt waren, seine Ideen umzusetzen. Auf dem langen Tisch vor der nordwestlichen Fensterfront reihten sich Maschinen und Werkzeuge aneinander, über Eck befand sich ein Zeichentisch, auf dem Entwürfe ausgebreitet waren. Bis vor wenigen Tagen hatte Otto noch über ihnen gebrütet, ebenso steckte im Schraubstock ein Metallteil, an dem er jüngst gefeilt hatte, wie die darum herum verstreuten Späne verrieten. Mitten bei der Arbeit hatte ihn eine neuerliche Herzattacke ereilt. Seither lag er im Spital.

Wehmütig betrachtete Constanze die Gerätschaften. Auf den entsetzten Anruf von Ottos Sekretärin Hermine hin war sie sofort von Berlin nach Metz aufgebrochen. Die fünfzehnstündige Zugfahrt quer durch Deutschland war im Frühling 1916 alles andere als einfach. Zivilen Reisenden standen nur wenige Plätze zur Verfügung, Militär und Nachschublieferungen an die Front okkupierten nahezu die gesamte Eisenbahn. Zudem gab es wegen der Anfang Mai erstmals eingeführten Sommerzeit große Verzögerungen. Letztlich hatte sich die Reise zu einer wahren Odyssee entwickelt. Constanze hatte schon befürchtet, zu spät an Ottos Krankenbett einzutreffen. Mittlerweile ging es ihm zwar etwas besser, doch die Ärzte runzelten weiterhin besorgt die Stirn, sobald sie um eine Auskunft über seinen Gesundheitszustand bat. Nicht zum ersten Mal an diesem Morgen wischte sie sich die feuchten Augenwinkel. Bevor sie die Angst um den Vater ein weiteres Mal überwältigte, befasste sie sich lieber mit den Reiseschreibmaschinen. Deren Funktionstüchtigkeit war leichter zu berechnen als das Leben, das zu viele Unbekannte in sich barg, um eine treffsichere Prognose zu erlauben.

Vor ihr auf dem Schreibtisch standen zwei schwarze, im schräg von hinten einfallenden Sonnenlicht um die Wette glänzende Schreibmaschinen. Es handelte sich um die derzeit meistverkauften Modelle auf dem deutschen Markt. Seit vier Jahren schon verfolgte Constanze die Idee, eine eigene Reiseschreibmaschine zu konstruieren, die erfolgreich mit ihnen konkurrieren konnte. Die handliche *Erika* der Dresdner Nähmaschinen- und Fahrradfabrik Seidel & Naumann ähnelte der *Perkeo* aus dem Hause der ebenfalls in der Elbstadt ansässigen Clemens Müller AG auffallend. Beide verfügten über eine dreireihige Tastatur mit doppelter Umschaltung, so dass mit den dreißig Tasten insgesamt neunzig verschiedene Zeichen geschrieben werden konnten. Die Schrifttypen schlugen von vorn auf die Walze auf, ebenso wurde jeweils ein Textilfarbband verwendet. Auch der Mechanismus, mit dem der Wagen über die

Tastatur nach vorn geklappt wurde, funktionierte bei beiden Modellen auf dieselbe Weise.
Constanze strich mit den Fingern über das kühle Metallgehäuse der *Perkeo,* fuhr die in Gold gehaltenen Buchstaben des Schriftzugs vorn auf dem Deckel nach. Auch bei der *Erika* hatte man den Modellnamen gut lesbar vorn angebracht. Noch einmal betrachtete Constanze sie. Sie wirkte etwas niedriger als die *Perkeo,* also insgesamt eine Spur zierlicher. Um das Gewicht zu prüfen, hob sie erst die *Erika,* dann die *Perkeo* mit beiden Händen an. Sie waren nahezu gleich schwer. Da beide Maschinen aus Stahl gefertigt waren, war vermutlich auch die gleiche Menge an Material verwendet worden. Um spürbar Gewicht einzusparen, musste etwas Entscheidendes verändert werden. Constanze merkte, wie ihr Hirn fieberhaft zu rattern begann. Zaghaft begann sich eine Idee zu regen, aber noch bekam sie sie nicht zu fassen. Grübelnd verschränkte sie die Arme vor der Brust, legte den rechten Zeigefinger über die Lippen, umfasste mit der linken Hand den rechten Ellbogen. Der Stoff ihrer hellen Bluse fühlte sich an dieser Stelle dünn an, fast konnte sie mit der Fingerkuppe ein Loch hineinbohren. Wenn sie sich in der Fabrik in Metz aufhielt, achtete sie nie sonderlich auf ihr Äußeres. Ihr Blick fiel durch die Glaswand auf der gegenüberliegenden Seite in den Fertigungsraum, wo ein enormer Lärm herrschte, der selbst bei geschlossener Tür kaum zu ignorieren war.
Seit Kriegsausbruch hatte sich in der Fabrik viel geändert. Die Produktion der Fahrräder stieg kontinuierlich an, dafür wurden weniger Nähmaschinen hergestellt. Inzwischen mehrten sich die Anfragen, wann *Weißkirchner & Sohn* ähnlich wie andere Maschinenfabriken in die Herstellung von Kriegsgerät einstieg. Noch sträubte sich Otto dagegen. Constanze fürchtete den Tag, da ihm die Entscheidung von höherer Stelle abge-

nommen wurde. Mittlerweile waren zudem fast ausschließlich Frauen in der Fabrik beschäftigt. Die wenigen verbliebenen, für den Kampf an der Front untauglich erklärten Männer hatten sie binnen kürzester Zeit in die wichtigsten Handgriffe eingewiesen.

Hastig versuchte Constanze, sich wieder auf die eigentliche Frage zu konzentrieren: Wie sollte es gelingen, eine Reiseschreibmaschine zu konstruieren, die sowohl leichter im Anschlag als auch leichter an Gewicht war und dennoch die nötige Stabilität aufwies? Zu teuer durfte sie natürlich auch nicht sein, war doch der Preis immer ein wichtiges Verkaufsargument. Wieder betrachtete sie die Modelle auf dem Tisch. Andere Kleinschreibmaschinen waren aus Aluminium gefertigt, was sie zwar wesentlich leichter, aber auch instabiler machte. Es musste noch einen weiteren Weg geben, um Gewicht einzusparen. Langfristig würde es sich lohnen, daran zu arbeiten, denn die Zukunft lag in der Produktion von transportablen Schreibmaschinen, wie die gestiegene Nachfrage sowohl bei Zeitungsreportern als auch im Heerwesen seit Kriegsausbruch bewies. Vorsichtig packte Constanze die *Erika* in ihren Holzkoffer, verstaute auch die *Perkeo* in einem solchen. Als der Verschluss zuschnappte, kam ihr eine neue Idee: Sollte sie sich nicht besser statt über ein geringeres Gehäusegewicht über eine leichtere Aufbewahrungsform Gedanken machen? Zwar gewährleistete der Holzkoffer größte Sicherheit, andererseits brachte er das stolze Gewicht von knapp zwei Kilo auf die Waage. Rasch notierte sie sich das. Dabei kam ihr noch etwas in den Sinn: Die *Erika* und die *Perkeo* hatten eine dreireihige Tastatur mit doppelter Umschaltung. Vielleicht sollte sie versuchen, mittels einer einfachen Umschaltung an Gewicht einzusparen. Das erforderte zwar eine vierte Tastaturreihe wie bei den Standmaschinen, aber die Tasten konnten zierlicher und der Hebelmechanismus einfacher ausfallen. In jedem Fall würde sie auf das Umklappen des Wagens verzichten, was auch Gewicht verringerte. Gleich begann sie, eine Skizze auf ein Blatt Papier zu zeichnen.

Weit kam sie damit jedoch nicht. Unerwartet öffnete Hermine, der gute Geist aus dem Vorzimmer, einen Spaltbreit die Tür und raunte verschwörerisch. »Da ist Besuch.«

Überrascht sah Constanze auf. Sie erwartete niemanden. Zum Glück wirkte Hermine äußerst gefasst, weshalb der Besuch kaum mit dem kranken Vater zusammenhing.

»Er sagt, Sie würden ihn aus Berlin gut kennen und sich freuen, ihn wiederzusehen«, schob Hermine leise nach.

»Davon bin ich fest überzeugt!«, rief eine männliche, gut gelaunte Stimme. Ungestüm wurde die schwarz gekleidete Frau beiseitegedrängt. Hermine wollte aufbegehren, doch Constanze gab ihr ein Zeichen mit der Hand. Der Tonfall hatte ihr verraten, wer Einlass begehrte: Grischa!

Im Näherkommen riss er sich die Mütze vom Kopf und breitete die Arme aus, als wollte er ihr um den Hals fallen. Erst im letzten Moment besann er sich, blieb verlegen stehen und strich sich die blonden, von Brillantine glänzenden Haare zurück. Um seine blassen Lippen zuckte es spöttisch. Hinter seiner hohen, eckigen Stirn arbeitete es sichtlich, während der Blick seiner hellblauen Augen durch das Büro wanderte.

»Schön, dich zu sehen«, sagte sie und schickte Hermine weg. »Woher wusstest du, dass ich in Metz bin?«

»Dreimal darfst du raten«, erwiderte er und baute sich breitbeinig vor ihr auf.

»Die Buschtrommeln zwischen Berlin und dir funktionieren also nach wie vor bestens. Schickt dich deine Großmutter oder deine Schwester?«

»In gewissem Sinn beide. Wie geht es deinem Vater?« Er lockerte seine Haltung, warf die dunkle Offiziersmütze lässig auf den Schreibtisch. »Großmama hat mir telegraphiert, er liege im Krankenhaus. Macht ihm wieder einmal das Herz zu schaffen? Ich hoffe, es ist nichts Ernstes.«

»Er ist eben nicht mehr der Jüngste und mutet sich nach wie vor zu viel zu.«

»Kein Wunder! Eine Fabrik wie die eure wird mehr gebraucht denn je. Auch wenn ihr kein Kriegsgerät oder Waffen produziert, sind Fahrräder und Schreibmaschinen für die Ausrüstung des Militärs von größter Bedeutung.«

»Genau das macht ihm zu schaffen.« Sie seufzte.

»Inwiefern?«

»Lassen wir das«, winkte sie ab. »Zumindest ist sein Zustand inzwischen stabil. Alles Weitere wird sich zeigen. Jetzt heißt es vor allem, Geduld zu haben. Wie geht es dir? Hast du dich in deiner neuen Abteilung in Frescaty eingelebt?«

»Dazu hatte ich ausreichend Gelegenheit.« Er lachte.

»Einfach war es wohl nicht.« Sie betrachtete ihn unverhohlen. Auch wenn er in der Leutnantuniform eine gute Figur machte, täuschte das nur schwerlich über die Narben auf seinem Antlitz hinweg. Insbesondere an der Nase zeugten braune Flecken von üblen Erfrierungen, die leicht abstehenden Ohren hoben sich dank der Hautverfärbungen deutlich von dem hellen Haarschopf ab.

»Fällt dir das erst jetzt auf? Wann haben wir uns zuletzt getroffen?«

»Letzten September bei deiner Großmutter in Berlin, kurz bevor du nach Metz abkommandiert wurdest«, erwiderte sie zu ihrer eigenen Überraschung wie aus der Pistole geschossen. Das entlockte ihm ein stolzes Schmunzeln.

»Dann hast du mich damals wohl nicht genauer angesehen«, erwiderte er. »Das sind bleibende Erinnerungen an meine Zeit als Aufklärungsflieger im Osten. In drei- bis viertausend Metern Flughöhe ist es eisig. Da nutzen die pelzgefütterten Lederoveralls, Mützen, Schals und Fellstiefel wenig. Wenn du vier Stunden am Himmel kreist, friert dir zwangsläufig etwas ab. Den Anblick meiner nackten Füße erspare ich dir lieber. Die Zeiten, in denen ich zehn Zehen besaß, sind leider für immer vorbei.«

»Oh«, war alles, was sie zu erwidern wusste. Stattdessen betrachtete sie den um einen Kopf größeren Grischa schräg von der Seite. Abgesehen von den Hautverfärbungen im Gesicht, die ihm eine gewisse Verwegenheit verliehen, wirkte er ähnlich schuljungenhaft wie ehedem. Dafür sorgte nicht allein die nach wie vor trotz ihrer Länge schmächtige Statur. Auch der Bart an Wangen und Kinn spross weiterhin nur spärlich, die Züge seines Gesichts waren weich und unschuldig wie in jenem Sommer vor drei Jahren, als er seine Ausbildung bei der Königlichen Fliegertruppe in Döberitz begonnen hatte. Fühlte er sich unbeobachtet, lag in seinen Augen allerdings ein Anflug von Schrecken, der weder zur Verwegenheit noch zur Schuljungenunschuld passte.

»Gehörst du nicht mehr zu den Aufklärungsfliegern?«

»Nein«, antwortete er unerwartet schroff, bevor er sich wieder fing und mit einem bemüht wirkenden Augenzwinkern hinzufügte: »Du willst mich doch nicht für den Feind aushorchen? Eigentlich dürfte ich dir dazu gar nichts sagen.«

»Bist du etwa in geheimer Mission unterwegs?«

»Das kommt ganz auf die Perspektive an.« Er legte eine bedeutungsschwangere Pause ein, bevor er hinzufügte: »Gegenüber dem Feind sind letztlich alle Soldaten in geheimer Mission

unterwegs. Aber keine Sorge, natürlich weiß ich, auf welcher Seite du stehst. Immerhin sind wir alte Freunde.«
Nun war es an ihr, bemüht zu lächeln.
»Wie du weißt, bin ich im Osten anfangs die Albatros B.II geflogen«, fuhr er gewichtig fort, »dann die L.V.G.C.II, den Aufklärungsoffizier mit seinen Karten und Plänen stets auf dem Sitz vor mir, war also nicht viel mehr als eine Art Chauffeur der Lüfte, wie man uns Flieger gern genannt hat. Hier in Metz aber sitze ich allein in einer Fokker und habe durch das Bedienen meines MG die Finger immer brav in Bewegung.«
»Bist du jetzt Jagdflieger?«
»Ja«, erklärte er mit stolzgeschwellter Brust, um, sobald er ihres entsetzten Blickes gewahr wurde, beruhigend hinzuzufügen: »Das klingt gefährlicher, als es ist. Oben in der Luft gehorcht der Kampf ganz eigenen Gesetzen. Egal, welcher Nation ein Feldflieger angehört, fühlt er sich diesen Regeln stets verpflichtet. Wir sind doch keine Barbaren! Wir sind echte Gentlemen. Letztlich erinnert mich das mehr an die Zeiten des Rittertums, als nach einem bestimmten Ehrenkodex …«
»Es ist Krieg! Auch oben in der Luft«, fiel sie ihm aufgebracht ins Wort. »Schon vor Kriegsausbruch hat deine Großmutter befürchtet, dass so mancher der Militärs und Politiker vom Boden der Tatsachen abheben und das alles als harmloses Spiel darstellen würde. Umso schlimmer, dass du nun einer von ihnen geworden bist. Diese Mär vom edlen Ritter der Lüfte ist eine schreckliche Lüge. Krieg bleibt Krieg, ob in dreitausend Metern Höhe oder unten auf der Erde. Da schießen Menschen aufeinander, nur weil sie aus einem anderen Land stammen, vernichten sich gegenseitig, ohne einander je kennengelernt zu haben. Wer weiß, vielleicht würdest du dich mit dem franzö-

sischen Piloten, mit dem du dir ein Gefecht auf Leben und Tod lieferst, in Friedenszeiten herzlich anfreunden?«

Er wandte den Blick ab und sah schweigend zum Fenster hinaus. Die Hände hinter dem Rücken verschränkt, wippte er auf den Fußspitzen. Die Geste war ihr vertraut. Schon bei ihrer ersten Begegnung vor drei Jahren hatte sie seine Verlegenheit verraten. Der Anblick rührte sie. Schwer vorstellbar, dass ein Junge wie er tatsächlich hoch in der Luft ein Maschinengewehr bediente und einen anderen Menschen zum Abschuss ins Visier nahm.

»Ach, Constanze!«, entfuhr ihm, und er drehte sich wieder zu ihr um. »Du machst dir immer viel zu viele Gedanken. Du brauchst dringend Ablenkung. Zufällig habe ich heute frei. Ich lade dich zu einem Rundflug ein. Den habe ich dir schon damals in Baden-Baden versprochen, erinnerst du dich?«

»Hat dich deine Großmutter dazu angestiftet?«

Sobald sie die Enttäuschung gewahrte, die sich über sein Antlitz ausbreitete, bereute sie ihre Reaktion. »Darfst du denn einfach so jemanden mit in ein Flugzeug nehmen und zum Spaß eine Runde drehen?«

»Du willst nur kneifen und hoffst inständig, es wäre verboten«, neckte er sie sogleich erleichtert.

»Hast du etwas anderes erwartet? Du weißt, ich bin nur eine Frau und …«

»Und außerdem wahnsinnig an Maschinen und Technik interessiert«, fiel er ihr ins Wort. »Genau deshalb habe ich mich schon um alles Notwendige gekümmert, sonst würde ich dich nicht einladen. Natürlich darf ich das nicht einfach so. Doch ein Jagdflieger muss in Form bleiben und sich fit halten. Für diesen Zweck haben wir einige Maschinen, die vom Fronteinsatz ausgemustert sind. Damit du dir keine Sorgen über verschwendetes Benzin machst, gestehe ich dir besser gleich, dass ich für meinen Hauptmann einen Auftrag zu erledigen habe, von dem die anderen Kameraden nicht unbedingt erfahren müssen. Also, was ist: Hast du nun Mumm genug und steigst mit mir auf oder nicht?«

»Was ist das für ein Auftrag?«

»Ein harmloser Botendienst.« Grischa lachte. »Mach dir keine Sorgen. Ich missbrauche dich nicht als Spionin.«

»Schade«, erwiderte sie grinsend. »Das hätte das Abheben vom Boden noch verlockender gemacht. Es reizt mich wirklich, die Flugzeuge aus der Nähe zu sehen und ihre Maschinen genauer kennenzulernen.«

»Ich wusste es! Die angehende Ingenieurin will natürlich die Technik bis ins Detail kennenlernen.«

»Hast du dir etwa eingebildet, es könnte mich noch etwas anderes am Fliegen mit dir reizen?«

5

Als Constanze neben Grischa in dem viersitzigen Automobil saß, überkam sie Reue, so rasch eingewilligt zu haben. Zum einen hasste sie unvorhersehbare Überraschungen. So gern, wie sie sich mit der Entwicklung von Maschinen beschäftigte, die das taten, was sie wollte, so gern entwickelte sie jeden Tag aufs Neue für sich einen Plan, was zu erwarten war. Grischas unverhoffter Besuch wie auch die Einladung zum Flug mit der Albatros gehörten nicht zu dem, womit sie an diesem Tag gerechnet hatte. Wenigstens eignete sich ihre leicht abgewetzte, dafür aber praktische Kleidung für das Abenteuer, wie er ihr mehrfach versichert hatte. Dafür waren zu ihrem Leidwesen an dem Adler, mit dem er sie zum Flugplatz chauffierte, die kriegsbedingten Eisenräder mit Stahlfedereinlage aufgezogen. Da auch die Polster der Sitzbank schon reichlich von kräftigeren Personen in Anspruch genommen worden waren, hatte sie bald das Gefühl, mit dem Hintern direkt auf dem Karosserieboden zu sitzen. Zudem entpuppte sich Grischa als lausiger Fahrer. Die vielen Schlaglöcher in der Straße taten ein Übriges, ihr die Freude an der Tour schnell zu verleiden.

»Du könntest einige Nachhilfestunden gebrauchen«, rief sie ihm zu, als er viel zu rasant in eine scharfe Rechtskurve einbog. Fest umklammerte sie den Türgriff.

»Wenn du sie mir gibst, können wir gern darüber reden«, erwiderte er und schaltete so ungestüm, dass das Getriebe beleidigt knarrte. Sie runzelte die Stirn. Er würde sich natürlich als waghalsigen Chauffeur bezeichnen, dessen Fahrstil seinem Naturell entsprach. Daran würden auch ein Dutzend weiterer Fahrstunden nichts ändern. Sie versuchte, sich in ihr Schicksal zu fügen, auch wenn ihr jedes Schlagloch und jede noch so kleine Unebenheit des Straßenbelags in die Knochen fuhr. Grischa verzog keine Miene. Offenbar war er so lang schon an das Fahren mit dem eisenberäderten Wagen gewöhnt, dass es ihm gar nicht mehr auffiel, wie unbequem das für seine Mitfahrer bei seinem unglaublichen Fahrstil war. Zum Glück besaß der dunkelgrüne Wagen wenigstens ein offenes Verdeck. Die milde Frühlingsluft in der Nase zu spüren entschädigte etwas. Ebenso hellte die Aussicht, gleich auf dem Flugplatz den neuesten Maschinen und der besten Technik gegenüberzustehen, Constanzes Laune auf. Darüber vergaß sie sogar die Angst vor dem Fliegen.

Es dauerte, bis sie draußen waren. Die Maschinenfabrik *Weißkirchner & Sohn* befand sich zwar im Süden des großen Bahnhofs, so dass sie nicht erst durch die ganze Stadt fahren mussten, um zum Flugplatz zu gelangen. Da Metz ein strategisch wichtiger Verkehrsknotenpunkt war, herrschte allerdings rund um die Eisenbahnstrecke reger Verkehr. Es handelte sich hauptsächlich um Militärfahrzeuge, außer Kraftwagen nach wie vor auch Pferdefuhrwerke, dazwischen immer wieder Kavallerie. Menschen schienen in diesem Teil der Stadt nur noch im soldatischen Feldgrau zu existieren. Zivilisten gab es höchstens als Rotkreuzschwestern in der entsprechenden Uniform. Deren Anblick war Constanze inzwischen zwar gewohnt, nach wie vor aber stießen ihr die deutlich sichtbaren Spuren der französischen Fliegerangriffe an Gebäuden und Straßenzügen schwer auf. Grischa kümmerte sich wenig darum. Zu sehr beschäftigte ihn das Chauffieren. Eifrig hupte er, trat kräftig aufs Gas, dann energisch auf die Bremse, vergaß zu schalten und würgte an einer Kreuzung den Motor so abrupt ab, dass Constanze unsanft nach vorn geschleudert wurde. Fröhlich pfeifend sprang er heraus, kurbelte den Motor von neuem an, um mit einem kräftigen Plumps wieder hinter dem Lenkrad zu landen.

»Gefallen dir meine Fahrkünste jetzt besser? Du bist so still.«

»Ich hoffe inständig, dass du weitaus besser mit Flugzeugen als mit Autos umgehen kannst«, rief sie ihm über das laute Tuckern des Motors und den übrigen Verkehrslärm hinweg zu.

Für die kaum fünf Kilometer, die der Militärflugplatz Frescaty südwestlich von Metz lag, brauchten sie eine halbe Ewigkeit, zumindest kam Constanze das angesichts ihres arg strapazierten Hinterteils so vor. Zu allem Überfluss führte das letzte Stück der Strecke über einen holprigen Feldweg. Als nach einer Wegbiegung endlich der Hangar für die Luftschiffe in Sicht kam, die ebenfalls dort stationiert waren, atmete sie auf. Schlichte Baracken schlossen sich dem langgestreckten Bau an.

Dazwischen standen mehrere Ein- und Doppeldecker sowie einige Automobile. Geschäftig liefen Männer mit und ohne Uniform herum, winkten Grischa grüßend zu, um sich gleich wieder ihrer Arbeit zuzuwenden.

»Hier siehst du, dass wir Flieger die Bodenhaftung behalten haben«, sagte Grischa und zeigte auf die Wellblechbauten. »Hinter den Verschlägen erwarten dich weder marmorverzierte Säle noch Kronleuchter oder elegante Stilmöbel. Es gibt nicht einmal ausreichend Personal. Inzwischen habe ich sogar gelernt, Kaffee aufzubrühen.«

»Vielleicht lernst du auch noch, ein Spiegelei zu braten oder Wäsche zu waschen.«

»Du meinst, dann wäre meine Zeit hier wenigstens nicht ganz umsonst?«

Sie antwortete nicht. Ein lauter werdendes Brummen zog ihre Aufmerksamkeit auf sich. Sie drehte den Kopf, schirmte die Augen mit der flachen Hand gegen die gleißende Helligkeit ab. Von Westen näherte sich am strahlend blauen Maihimmel ein gelb lackierter Eindecker mit dem schwarzen Kreuz der deutschen Fliegertruppe. Bald verstärkte sich das Brummen, und weitere Maschinen gleichen Typs kamen in Sicht, verloren an Höhe, so dass Constanze instinktiv den Kopf einzog, und setzten in einer sorgfältigen Linie hintereinander zum Landen an. Auf der unebenen Rollbahn hüpften die Maschinen noch einige Male auf, als wären sie zu leicht, um dauerhaft Bodenhaftung zu halten. Dann rollten sie aus und holperten zu ihren Standplätzen an den Rand. Noch während die Rotorblätter ausschwangen, liefen die Mechaniker herbei. Lässig nahmen die Flieger Brillen und Ledermützen ab, signalisierten mit hochgestreckten Daumen den Erfolg ihres Einsatzes. Die Männer am Boden applaudierten.

»Teufelskerle!«, entfuhr es Grischa und grinste. »Die Burschen haben die Franzosen mal wieder Mores gelehrt.«
Constanze lief ein Schauer über den Rücken. Sie wollte sich lieber nicht ausmalen, was die Flieger in ihren wackligen Kisten gerade hinter sich hatten. Grischa lenkte den Wagen an der Rollbahn vorbei zu einer der Baracken, parkte direkt vor dem Eingang.
»Da wären wir«, erklärte er und half ihr aus dem Wagen. »Zunächst kleiden wir dich ein, damit dein entzückendes Gesicht keinen Schaden nimmt. Nie könnte ich mir verzeihen, deine Schönheit zu zerstören. Danach geht es los. Oder hast du es dir doch anders überlegt?«
»Sollte ich?« Fast hätte sie sich beim Aussteigen mit den Füßen in den Fängen des langen Staubmantels verheddert, so sehr zitterten ihr ihrer forschen Rückfrage zum Trotz die Knie. Doch sie würde den Teufel tun und das offen zugeben. Entschlossen reckte sie den Kopf und musterte die Reihe der Flugzeuge. Der Anblick der verschiedenen Maschinen wie auch der Flieger, die an ihnen schraubten, polierten und werkelten, versetzte sie in eine ganz andere Form der Aufregung. Der Geruch nach Kerosin und Diesel betörte sie. Darüber war die Angst vor dem Fliegen rasch vergessen. Wo und wann, wenn nicht jetzt und hier, war die beste Gelegenheit, die Nase tief in das Innere der berühmten Fokker, Rumpler, Albatros und wie sie alle hießen zu stecken? Die angehende Ingenieurin in ihr hatte Blut geleckt!
Bevor sie sich jedoch den Maschinen nähern durfte, musste sie Grischa in die Baracke folgen. Das Einkleiden in einen der pelzgefütterten Anzüge empfand Grischa zu ihrem Leidwesen als große Unterhaltung. Natürlich war es nicht einfach, einen für ihre zierliche Figur passenden Overall zu finden. Zum Glück trug sie bereits praktische Knickerbockers. Ein Rock

wäre unter dem Anzug undenkbar. Die Suche nach Lederstiefeln erwies sich fast als noch schwieriger. Im Gegensatz zu Frauen lebten Männer nun einmal auf großem Fuß. Wie gut, dass wenigstens die Kopfbedeckung nebst passender Schutzbrille bald aufgetrieben war. Dafür erwiesen sich wiederum die dicken Handschuhe selbst in der winzigsten Größe als immer noch zu groß. Constanze fühlte sich wie ein kleines Kind, das heimlich Mamas Kleidung überstreifte. Den Blick in den Spiegel verweigerte sie. Als Grischa zu einer Rollfilmkamera greifen und sie in der goliathartigen Aufmachung fotografieren wollte, verlor sie die Beherrschung und brach in schallendes Gelächter aus.

»Ich warne dich!«, drohte sie scherzend. »Steck die Kamera weg, sonst sorge ich dafür, dass deine Kameraden von deinem Geheimauftrag für euren Hauptmann erfahren.«

Erst als sie Grischas entsetztes Gesicht bemerkte, wurde ihr klar, dass dies keinesfalls ein Scherz, sondern tatsächlich eine ernste Drohung für ihn war.

»Keine Sorge. Natürlich halte ich den Mund«, lenkte sie ein und machte Anstalten, die Baracke zu verlassen. Grischa schnappte sich seine Fliegerkleidung vom Haken und folgte ihr. Wie ein Storch im Salatfeld stakste sie in den viel zu großen Stiefeln und dem voluminösen Overall umher. Nach einigen Metern hatte Grischa Erbarmen und hakte sie unter, was die Fortbewegung etwas erleichterte.

»Hier am Flugplatz geht es nur, wenn einer dem anderen beisteht«, erklärte er. »Deshalb fühle ich mich hier so wohl. Auf meine Kameraden kann ich mich jederzeit verlassen.«

Zu ihrer Verwunderung steuerten sie keine der direkt an der Rollbahn stehenden Maschinen an, sondern hielten auf einen etwas abseits wartenden Doppeldecker zu.

»Das ist die Albatros B.II«, erklärte Grischa stolz. »Gleich zu Kriegsbeginn hat Ernst von Lössl mit ihr einen Höhenrekord erzielt. Viereinhalbtausend Meter hat er geschafft. Aber keine Angst«, beruhigend tätschelte er ihr die Schulter, »so hoch wollen wir beide heute nicht hinaus.«
Er winkte drei Männer herbei und sagte ihnen leise etwas. Sogleich machten sie sich daran, die Maschine zum Rollfeld zu schieben. Constanze seufzte, als ihr klarwurde, wie weit sie mit den Stiefeln noch stapfen musste. In der warmen Maisonne trieb ihr die pelzgefütterte Kleidung den Schweiß auf die Stirn. Neidisch äugte sie zu Grischa, der, den molligen Anzug locker über dem Arm tragend, leichtfüßig neben ihr her zum Anfang der Startbahn lief. Erst als sie die bereitstehende Albatros erreichten, stieg er in den Overall. Unterdessen rückte einer der Männer ein kleines Podest zurecht. Flink kletterte Grischa darauf ans Flugzeug, beugte sich über die hintere Sitzöffnung und angelte ein Paar dicke Stiefel nebst Mütze, Brille, Schal und Handschuhe heraus. Schwungvoll warf er das alles zu Boden und sprang wieder auf den Boden. Während er sich weiter ankleidete, rasselte er aufgekratzt die Eckdaten zu der Maschine herunter.
»Die Spannweite der Albatros beträgt knapp dreizehn Meter. Lang ist sie siebeneinhalb Meter. Inklusive Zuladung kommt sie auf etwas mehr als eine Tonne Gewicht. Sie hat einen wassergekühlten Sechs-Zylinder-Reihenmotor Mercedes D I und verfügt über 100 PS Startleistung. Damit bringt sie es auf stolze einhundertzehn Stundenkilometer. Ihre Steigleistung liegt bei zwei Metern in der Sekunde, die sogenannte Dienstflughöhe beträgt dreitausend Meter. Insgesamt kann man mit ihr vier Stunden in der Luft bleiben und kommt rund vierhundert Kilometer weit. Alles in allem also ein recht ordentlicher Erkun-

dungsflug zur Freude unserer geschätzten Freunde im Westen.«

Er zwinkerte vergnügt, beugte sich nah zu ihr vor, legte den Zeigefinger auf die Lippen und flüsterte geheimnisvoll: »Natürlich ist das alles streng geheim und bleibt unter uns. Ich gehe mal davon aus, dass du trotz deines großen Interesses an den Maschinen keine zweite ›Mademoiselle Docteur‹ bist und es nicht brühwarm an den Feind weitergibst.«

»Mal schauen, was du mir zu bieten hast, um mich davon abzuhalten«, erklärte sie und merkte, wie ihr die Frotzelei über die erneut aufwallende Aufregung hinweghalf. Aus der Nähe wirkte das Flugzeug fragil. Sosehr ihr angesichts der Daten die Leistungsstärke des Motors bewusst war, so unbehaglich wurde ihr, wenn sie das erstaunlich leicht gebaute Gerüst der Maschine betrachtete.

»Lass dich überraschen. Wenn ich bitten darf, Gnädigste?« Er deutete eine Verbeugung an und wies auf das Podest, über das er vorhin eingestiegen war.

»Du sitzt vorn, ich hinten«, wies er sie oberlehrerhaft an, als hätte sie überhaupt keine Ahnung von Flugzeugen. Dabei war allein schon am Lenkrad und den verschiedenen Messanzeigen im zweiten Sitzbereich zu erkennen, wie die Sitzplätze verteilt waren. Kaum hatte sie sich in dem engen, mit Aluminiumplatten ausgekleideten Bereich einigermaßen bequem zurechtgesetzt, drohte der Mut sie doch wieder zu verlassen. Sie wagte kaum, in die Gesichter der Männer auf dem Boden zu blicken. Aufmunternd reckten sie die Daumen in die Luft, winkten ihr vergnügt zu.

»Guten Flug!«, rief einer. »Viel Spaß mit unserem Überflieger!«, wünschte der Zweite, und der Dritte riet gar: »Keine Angst! Runter kommt man immer, sogar mit Grischa am Steuerknüppel.«

Grischa, der den lockeren Umgangston der Flieger untereinander gewohnt war, drohte ihm scherzhaft mit der Faust: »Sieh dich vor, von Stetten! Übe lieber noch ein bisschen, dann landest du demnächst nicht nur dein Flugzeug sanfter auf dem Boden.«

Im Gegensatz zu Constanze verstanden die drei die Anspielung sofort und lachten ebenfalls. In ihr keimte Neid auf. So unbeschwert und sorglos wollte sie auch einmal mit Freunden umgehen. Kaum zu glauben, dass die Flieger angesichts der täglich drohenden Lebensgefahr dazu fähig waren und sie in ihrem sicheren Dasein fest auf der Erde nicht.

»Auf geht's!«, gab Grischa den Kameraden ein weiteres Zeichen. Daraufhin prüften sie noch einmal die Position der Maschine, bückten sich unter den Rumpf, um die Räder abzuklopfen, drehten probeweise den Propeller. Constanze sah, wie Grischa sich die Brille vor die Augen schob und den letzten Knopf seines Anzugs zuknöpfte. Sie tat es ihm nach.

»Alles klar?«, rief er ihr zu und bestieg ebenfalls das Podest. Mit einem kräftigen Plumps landete er in seinem Sitz und klopfte ihr von hinten auf die Schulter. Zu allem Überfluss räkelte er noch etwas mit dem Hintern auf der hölzernen Sitzfläche hin und her. Davon geriet die Maschine ins Schwanken. Constanze fühlte sich außerstande, sich zu ihm umzudrehen. Starr verfolgte sie, wie der Propeller angeworfen und der Motor gestartet wurde.

»Jetzt geht es los!«, brüllte Grischa ihr über das lauter werdende Brummen hinweg zu. Im nächsten Moment setzte sich die Albatros in Bewegung. Eigentlich hoppelte sie mehr, als dass sie gleichmäßig über die unebene Startbahn fuhr. Bis in den Magen hinein spürte Constanze, wie sie dennoch an Geschwindigkeit zunahm, ein erstes Mal vom Boden abhob, noch einmal

aufsetzte, wieder abhob, um nach zwei, drei weiteren flüchtigen Aufsetzern endgültig die Bodenhaftung zu verlieren.
Constanze wurde fest in den Sitz gedrückt, spürte den kräftiger werdenden Wind im Gesicht, hatte einen schweren Kloß im Magen. Vorsichtig wagte sie einen ersten Blick nach draußen. Auf einmal wurde ihr wunderbar leicht. Sie staunte, wie Menschen und Erde sich langsam, aber stetig von ihr entfernten. Die Maschine lag bald ruhiger in der Luft. Constanze entspannte sich und begann, das herrliche Gefühl zu genießen, durch die Luft zu schweben. Allmählich ahnte sie, worin für Grischa der Reiz des Fliegens bestand. Mit jedem Höhenmeter entfernte sich nicht nur die Erde, sondern alles, was einen dort unten beschwerte, und machte einem zuvor nicht vorstellbaren Gefühl von Freiheit Platz. Man nahm eine neue Perspektive ein, konnte zumindest für eine bestimmte Zeit vergessen, was einen bedrückte.
Sobald sie ausreichend Höhe gewonnen hatten, zog Grischa eine weit ausholende Rechtskurve. Constanze versuchte, zu Boden zu schauen, um sich zu orientieren. Das, was sie da unten zu sehen bekam, raubte ihr für einen Moment den Atem. Im Norden tauchte die Silhouette von Metz auf. Sie erkannte die gotische Kathedrale, die Mosel, die Altstadt. Bald rückten die prächtigen Villen und Wohnhäuser südlich der alten Stadtbegrenzung ins Blickfeld, dann der imposante Bahnhof und die Fabrikanlagen hinter der Bahnstrecke. Gerade als sie versuchte, das Gebäude von *Weißkirchner & Sohn* genauer ins Auge zu fassen, drehte die Maschine stärker südwärts ein. Vermutlich flogen sie genau darüber hinweg.
Grischa steuerte nach Osten. Der wolkenlose blaue Himmel machte es leicht, sich am Stand der Sonne zu orientieren. So gern sie einmal einen Blick auf die seit zwei Jahren hart um-

kämpfte Westfront erhascht hätte, so sehr erleichterte es sie, dass er kein unnötiges Risiko einging, nur um ihr zu imponieren. Dafür trieb er anderen Schabernack. Sie war wohl viel zu lange damit beschäftigt gewesen, auf die Erde hinunterzuschauen und sich vorzustellen, welche Orte sie überflogen. Gerade wollte sie nach vorn deuten und voller Freude »Saarbrücken!« ausrufen, da merkte sie, wie die Maschine ihre Lage veränderte, sich der Propeller mitsamt dem restlichen Flugzeug nach vorn neigte. »Grischa!«, schrie sie und hörte sofort über den Lärm des Motors hinweg sein triumphierendes Lachen. Tatsächlich steuerte er die Albatros im Sturzflug nach vorn, um sie dann plötzlich wieder steil nach oben zu ziehen und eine Pirouette nach der anderen drehen zu lassen. Constanze umklammerte den Haltegriff trotz der viel zu großen Handschuhe so fest, bis ihr die Finger schmerzten.
Das waghalsige Kunststück endete mit einem Rückwärtssalto. Dem folgte in rascher Geschwindigkeit eine Schraube nach links, dann nach rechts, bevor die Maschine von neuem geradewegs dem Boden zuzueilen schien. Abermals fing Grischa sie erst erschreckend spät ab und lenkte sie mit weiteren Kapriolen in ungeahnte Höhen. Er würde doch den zwei Jahre alten Rekord von Lössl nicht brechen wollen? Ihr wurde übel. Sie kämpfte heftig mit sich, schloss die Augen, versuchte, sich durch den Gedanken an ihre Reiseschreibmaschinen von der entsetzlichen Angst abzulenken. Das aber war in diesen Höhen und unter diesen Umständen unmöglich. Vorsichtig öffnete sie die Augen wieder, versuchte zu erkennen, wo sie sich befanden. War das dort hinten Karlsruhe?
Natürlich bekam Grischa nichts von ihrer Panik mit. Viel zu sehr war er darauf konzentriert, alles zu zeigen, was der Doppeldecker an Kunststücken beherrschte. Allmählich gewöhnte

sie sich daran, lehnte sich im Sitz zurück und lockerte sogar die Hände vom Griff. In dieser Höhe war das Blau des Himmels von einer unvergleichlichen Intensität. So eisig ihr die Luft ums Gesicht wehte, so verlockend war es, sich über den Wolken zu wissen. Wie Sahnehäubchen sahen sie aus. Mehr als ein Mal war sie versucht, nach ihnen zu greifen. Zu gern hätte sie gewusst, wie sie sich anfühlten. Wieder sah sie zu Boden, genoss es, Felder, Dörfer, Straßen und Städte wie winzige Ameisensiedlungen unter sich hinweggleiten zu sehen. Sie wähnte sich in einer völlig anderen Sphäre.

Eine Böe erfasste die Albatros unsanft von der Seite, rüttelte an ihr, brachte sie in unangenehme Schieflage. Plötzlich sackte sie ab, dann aber war es vorbei, und sie gelangte zurück auf eine ruhigere Bahn. Constanze begann Grischa zu beneiden, jeden Tag derart hoch über den Wolken sein und die Erde mitsamt ihren Problemen weit unter sich lassen zu können. Nichts kam nah genug an einen heran, um einen wirklich aus der Ruhe zu bringen. Wäre nicht das ständige Brummen des Motors, das ihr bis in die Magengrube fuhr, hätte sie bald völlig vergessen, wo sie sich befand: in einem militärischen Aufklärungsflieger nahe der feindlichen Grenze.

Nach einer Weile irritierte sie etwas. Sie brauchte einige Sekunden, bis sie begriff, dass es sich um ein Geräusch handelte, oder vielmehr: mehrere Geräusche. Sie hörte genauer hin, war sich bald sicher, dass es sich um Motorengebrumm handelte, ganz ähnlich dem, das die Albatros verursachte. Es war allerdings nicht das Brummen einer einzelnen Maschine, sondern das mehrerer. Sie sah über die Schulter zurück zu Grischa. Der hatte den Blick ebenfalls nach hinten gewandt. Als sie versuchte, an ihm vorbei weiter rückwärts zu sehen, drehte er sich wieder um. Für einen Moment erkannte sie trotz Schutzbrille, Schal

und Mütze blankes Entsetzen auf seinem Gesicht. Seine Handgriffe wurden plötzlich hektisch. Ehe sie ihm etwas zurufen konnte, hatte er sich bereits wieder gefasst.
»Alles klar!«, signalisierte er ihr mit erhobenem Daumen, obwohl sie beide wussten, dass das nicht der Wahrheit entsprach. Jetzt half nur noch Beten, durchzuckte es sie. Beruhigt registrierte sie, wie konzentriert Grischa mit dem Lenkrad hantierte, die Messanzeigen im Schaltfeld vor sich studierte und die Albatros besonnen auf einen neuen Kurs brachte.
Das lauter werdende Brummen erklang auf einmal mehr von der Seite als von hinten. Sie reckte den Kopf nach hinten und erspähte eine Handvoll Flugzeuge, die erschreckend zielgerichtet Kurs auf sie hielten. Es dauerte nicht lang, bis sie die Zeichen am Heck erkannte, die für Grischas Entsetzen vorhin verantwortlich waren: französische Maschinen!
Ihr Herzschlag drohte auszusetzen. Auf einmal wünschte sie sich nichts sehnlicher, als dass die feindlichen Maschinen mitsamt den Piloten abstürzten. Oder abdrehten. Oder sonst irgendwie aus ihrem Dunstkreis verschwanden. Eindeutig handelte es sich um Kampfflugzeuge. Die Albatros war unbewaffnet, Grischa und sie waren den Franzosen wehrlos ausgeliefert.
Ein neues Geräusch zerriss die Luft. Ein Schuss! Nein, das Knattern mehrerer Schüsse, ganzer Maschinengewehrsalven. Unerbittlich begannen die Franzosen zu ihnen aufzuschließen und sie aus mehreren Positionen heraus unter Beschuss zu nehmen. Constanze begriff nun, was gemeint war, wenn man aus französischer Sicht von der ›Fokker-Plage‹ sprach. Auch die französische Horde wild um sich schießender Flugungetüme besaß etwas von einer biblischen Heimsuchung, aus der es kein Entrinnen gab, nur Gottes Erbarmen, das einen hoffentlich rettete.

»Gut festhalten!«, schrie Grischa.
Das Nächste, was sie mitbekam, waren abermalige Schrauben, Sinkflüge und Salti, die Grischa der Maschine abverlangte. Instinktiv duckte sie sich nach vorn, barg den Kopf so tief wie möglich im schützenden Rumpf der Maschine. Die Augen geschlossen, die Finger fest um den Haltegriff geklammert, versuchte sie, sich auf den Text von lang vergessenen Gebeten zu besinnen. In frühester Kindheit hatte einmal eine Gouvernante versucht, sie und ihren Bruder fromm zu erziehen. Das Suchen nach den passenden Zeilen lenkte sie für eine Weile von der Hölle dort draußen ab.
Wie lange sie letztlich so durch die Luft gewirbelt und verzweifelt darum gekämpft hatten, dem Angriff der französischen Flieger zu entrinnen, hätte sie hinterher nicht zu sagen vermocht. Irgendwann begriff sie, dass das bedrohliche Knattern um sie herum aufgehört hatte und die Albatros, statt hektischer Steilflüge zu vollführen, wieder erstaunlich ruhig in der Luft lag. Das dumpfe Brummen gehörte einzig und allein ihrem Mercedesmotor, den Grischa vorhin an die Grenze seiner Leistungsfähigkeit gebracht hatte.
»Alles in Ordnung!«, brüllte er ihr zu und legte ihr für den Bruchteil einer Sekunde von hinten die Hand auf die Schulter. Als sie danach greifen und ihm ihre Verbundenheit ausdrücken wollte, hatte er sie bereits wieder fortgenommen. Nie zuvor hatte sie derart bedauert, Grischa nicht näher zu sein. Ihre Augen füllten sich mit Tränen. Erschöpft ließ sie sie über die Wangen rinnen. Anders als Maschinen ließ sich das Leben wirklich nur schwer vorausberechnen. Man musste es nehmen, wie es kam, und konnte nur darauf vertrauen, im Ernstfall den Umgang mit den vielen Unbekannten richtig zu beherrschen.

6

Längst war die Musik aus dem Grammophon verklungen, Hedda und Joseph verabschiedeten die letzten Gäste, und Großmutter Meta saß allein an der Tafel. Beim Anblick der bis auf den letzten Krümel leer gegessenen Teller und bis auf den allerletzten Tropfen ausgetrunkenen Gläser konnte Selma sich ein Schmunzeln nicht verkneifen. Selbst auf dem weißen Damasttischtuch schien kein Fitzel Brot vergessen worden zu sein. Fehlte nur noch, dass selbst die Messerschneiden und die Löffel sauber abgeschleckt worden wären! Im dritten Kriegswinter war eben jeder Bissen Essen viel zu kostbar, um ihn wie früher achtlos mit den Fingern wegzuschnippen. Sogar so honorige Herrschaften wie der Bonner Oberbürgermeister Wilhelm Spiritus nebst Gattin sowie sein Godesberger Amtskollege Josef Zander hatten sich ebenso wenig wie der Kölner Kardinal Felix von Hartmann geschämt, dafür Sorge zu tragen, dass keine Reste übrig blieben. Bei der Erinnerung daran, wie hungrig die Festgäste über das bodenständige Menü aus roten Rüben mit Meerrettichschaum, Dörrgemüsesuppe, Hering mit Pellkartoffeln, Frikadellen mit Rübenpudding und Dampfnudeln mit Kaffee hergefallen waren, musste Selma sich die Tränen aus den Augenwinkeln wischen.

Noch vor wenigen Jahren hätte keiner der Anwesenden auch nur im Entferntesten daran gedacht, dass sich der angesehene Bonner Zeitungsverleger und Berliner Reichstagsabgeordnete Joseph Rosenbaum an seinem sechzigsten Geburtstag glücklich schätzen musste, seine dreißig geladenen Gäste überhaupt einigermaßen satt gekriegt zu haben. Sinnierend strich sie sich eine Locke ihres brünetten Haars aus dem Gesicht, fuhr die Bögen der Augenbrauen mit der angefeuchteten Fingerkuppe nach. Selbst bei den Toiletten- und Schminkartikeln herrschte inzwischen großer Mangel. Amüsiert über diesen Gedankensprung griff sie nach einer der Karten, die auf dem Tisch lagen, und überflog noch einmal die Speisenfolge. Dem Koch des legendären *Rheinhotels Dreesen* war mit dem augenzwinkernd »Rheinisches Rübenmenü« titulierten Essen eine wahre Meisterleistung gelungen. Noch dazu passte es ausgezeichnet zum berühmten Steckrübenwinter. Selma beschloss, sich nachher in der Küche dafür zu bedanken. Hedda würde das gewiss nicht tun. Dazu fand sie es zu blamabel, dass Joseph darauf bestanden hatte, bei dem Fest mit der einfachen Speisenauswahl Solidarität mit der notleidenden Bevölkerung zu demonstrieren. Trotz Heddas verzweifeltem Flehen hatte er sich standhaft geweigert, zwielichtige Kanäle anzuzapfen, um schwer zu beschaffende Köstlichkeiten wie Lachs, Rinderfilet oder feines Weißbrot zu servieren.

»Wenigstens der Wein wird einem im Rheinland nie ausgehen«, hatte Hoteldirektor Fritz Dreesen schelmisch gefrotzelt und höchstpersönlich dafür gesorgt, ausreichend flüssigen Nachschub zur Verfügung zu stellen. Seinem Bruder und Mitinhaber Georg war es sogar gelungen, eine Kiste Champagner zu organisieren. Oder steckte gar jemand ganz anderer hinter diesem fragwürdigen Präsent? Selma mochte das lieber nicht so genau wissen. Die Bekanntschaft mit Robert hatte sie seit der unglückseligen Begegnung im Sommer 1915 ganz aus ihrem Gedächtnis gestrichen. Zumindest nahm sie sich das jeden Tag aufs Neue vor. Kurz schweifte ihr Blick zum Fenster, von dem aus Gero seit einer halben Ewigkeit stur auf den Rhein blickte. Zu gern wüsste sie, warum er so schweigsam war. Dabei hatte ihn das Wiedersehen mit der kleinen Alma sichtlich gefreut.

»Ein wirklich schönes Fest«, riss Meta sie aus ihren Gedanken. Umständlich erhob sie sich von ihrem Platz. Es war ihr deutlich anzusehen, wie viel Kraft und Schmerzen sie das kostete. Mangels ausgewogener Ernährung und passender Medikamente quälte sie ihr Hüftleiden heftig. Dazu kam die unerbittliche Kälte, die seit gut einer Woche das Land im eisigen Griff hielt und der Großmutter ebenfalls nicht guttat. Rasch eilte einer der Ober herbei, um den Stuhl wegzurücken, so dass sie sich auf den Stock gestützt ungehindert zu den anderen umdrehen konnte.

»Das ist dir wirklich bestens gelungen.« In langsamen Schritten trat sie zu ihrem gerade einmal neun Jahre jüngeren Schwiegersohn und tätschelte ihm die Wange. »Noch an deinem Siebzigsten werden alle mit leuchtenden Augen von dem Fest heute schwärmen.«

»Weil es nur diese grässlichen Rüben gab und man in abgetragenen Fräcken und längst aus der Mode gekommenen Kleidern dasaß«, konnte Hedda sich nicht verkneifen zu ergänzen. »Der Kaiser wird an seinem gestrigen achtundfünfzigsten Geburtstag auch ohne große Feier weitaus fürstlicher gespeist haben als du an deinem großen Tag heute. Dabei bist du nicht nur der Verleger der traditionsreichen *Bonner Neuesten Nachrichten*, sondern sitzt auch seit mehr als fünfzehn Jahren für deine Heimat im Reichstag.«

»Das ist eben der kleine Unterschied zwischen dem Kaiser und seinen treuen Untertanen.« Lächelnd wandte sich Meta ihrer Tochter zu, maß sie ausführlich von oben bis unten. »Dir ist gar nicht bewusst, warum dein verehrter Gemahl trotz seiner angesehenen Stellung als Verleger und Politiker seine Festivität nicht im *Grand Hotel Royal* in Bonn, sondern im *Dreesen* hier in Godesberg begangen hat. Wie ich ihn kenne, liegt dem eine sehr wohl überlegte Entscheidung zugrunde. Er hat eben einfach ein hervorragendes Gespür für den gewissen Unterschied.«

Augenzwinkernd sah sie zu ihrem Schwiegersohn. Dem sprachen ihre Worte einerseits zwar aus der Seele, fühlte er sich dadurch doch von ihr verstanden. Jeder in der Familie wusste, wie sehr es ihm als aufrechtem Zentrumspolitiker gegen den Strich ging, sich im *Royal* unter adeligen und deutsch-national gesinnten Gästen zu bewegen. Da behagte ihm das *Dreesen* mit seinem liberaleren, internationaleren Publikum weitaus mehr. Andererseits haderte er sichtlich mit sich, ob er die offenkundige Maßregelung seiner Ehefrau kommentarlos hinnehmen durfte. Verlegen wippte er auf den Fußspitzen, räusperte sich mehrmals. Selma beobachtete ihn amüsiert. Der Frack, den er trug, hatte auch schon bessere Zeiten erlebt. Endlich erlöste ihn Meta aus der Bredouille und wandte sich mit einem schelmischen Gesichtsausdruck wieder ganz ihrer Tochter zu.

»In diesem Vorkriegsensemble aus nachtblauem Taft machst du übrigens nach wie vor eine hervorragende Figur, mein Kind. Eine ausgezeichnete Idee deiner Schneiderin, den Rock höher in der Taille anzusetzen und weiter auszustellen. Der Krieg hat eben auch seine guten Seiten. Die Abkehr von der französischen Mode mit ihrer Sans-Ventre-Linie ist eine wunderbare Erfindung für uns Frauen jenseits der gertenschlanken Jugend. In unserem Alter droht uns die einstige Wespentaille buchstäblich wegzurutschen.«

Zustimmung heischend hakte sich die zierliche alte Dame bei der etwas größeren und trotz Mangelwirtschaft um die Hüften kräftiger gewordenen Tochter unter. Es war reinster Hohn, in Metas Fall von verrutschter Wespentaille zu sprechen. Ihre Figur ähnelte mehr der einer jungen Frau denn einer fast Siebzigjährigen. Seit Jahren trug sie das immer gleiche Modell eines schlichten schwarzen Kostüms, das aus einer taillierten Jacke mit rüschenverzierten Schößen sowie einem schmalen, langen Rock bestand. Es kleidete sie so vorteilhaft wie ehedem.

»Du solltest dich glücklich schätzen, dass an der Front nach wie vor die groben Strickwaren bevorzugt werden, die du und deine ehrbaren Mitstreiterinnen in den hochgeschätzten Reichswollwochen so fleißig sammeln. So bleiben euch an der Heimatfront die feinen Stoffe aus Vorkriegsbeständen erhalten, um euch selbst im dritten Kriegsjahr so prächtig herauszuputzen wie ein Weihnachtsbaum.«

»Mama, bitte!«, versuchte Joseph nun doch zaghaft, dem drohenden Zwist der beiden Frauen Einhalt zu gebieten. Wie so oft aber blieb es ein zwar ehrbares, allerdings vergebliches Unterfangen. Boshaft platzte es aus Hedda heraus: »Weißt du, was du bist, Mama? Eine verbitterte, einsame, alte, bemitleidenswerte Frau. Wahrscheinlich liegt es an deinen Hüftschmerzen oder an dem nie überwundenen Groll über deinen früh verstorbenen Mann, den du seit Jahrzehnten hegst und pflegst wie eine kostbare Orchidee. Jeden Tag bete ich zu Gott, dass ich eines fernen Tages nicht so werde wie du. Doch ich habe Hoffnung. Zum einen bin ich seit sechsundzwanzig Jahren mit diesem wundervollen Mann verheiratet, der weder spielt noch trinkt noch hurt, und zum anderen habe ich meinesgleichen um mich versammelt. Ob es dir passt oder nicht, wir Bürgerfrauen tun etwas Sinnvolles für unsere Helden an der Front, sammeln Geld, Wolle, Kupfer und Eisen und was sonst noch alles vonnöten ist. Denk nur nicht, dass es mich stört, wenn du dich darüber lustig machst. Du tust mir leid, weil du nur noch an jedem herumkritteln kannst, der anderer Meinung ist als du. Es war ein großer Fehler von dir, dich schon zu Beginn des zweiten Kriegsjahres von deinen früheren Mitstreiterinnen loszusagen, nur weil sie ihre Forderung nach dem Frauenwahlrecht zugunsten derzeit wichtigerer Ziele haben fallenlassen. Warum musst du eigentlich weiter stur auf deinem Standpunkt beharren? Die anderen Frauen haben doch auch eingesehen, wie viel wichtiger es jetzt ist, nach innen einig mit den anderen Parteien zu sein, um nach außen stark gegen den Feind zu kämpfen. Nur so gelingt der Siegfrieden wirklich. Das ist wahrer Pazifismus, aber das willst du natürlich nicht einsehen. Kein Wunder, dass auch dein Kokettieren mit dem inzwischen glücklicherweise verbotenen *Bund Neues Vaterland* gescheitert ist. Du hältst dich zwar für eine Pazifistin, in Wahrheit aber suchst du immer nur Streit. Ich wünsche dir von Herzen, dass du eines Tages doch noch begreifst, wie wertvoll Einrichtungen wie die Reichswollwoche oder der Nationale Frauendienst sind, um von zu Hause den Männern im Feld den Rücken zu stärken. Genau dazu sind wir Frauen derzeit gefordert, das bringt uns in Zeiten wie diesen am Ende wirklich alle weiter.«

Ohne mit der Wimper zu zucken, lauschte Meta der langen Tirade geduldig, während Selma ebenso wie Joseph ob der darin innewohnenden Häme erblassten. Die Großmutter gab ihnen beiden mit der freien Hand ein beschwichtigendes Zeichen. Offenbar wollte sie nicht, dass einer von ihnen für sie Partei gegen Hedda ergriff.

»Was uns in Kriegszeiten wirklich weiterbringt, werden wir wohl leider erst erfahren, wenn alles zu spät ist, mein Kind«, erwiderte sie mit ihrer tiefen, ruhigen Stimme. »Deshalb ist es mir wichtig, nicht vorschnell die Waffen zu strecken und die eigenen Ideale zugunsten eines vermeintlich größeren, hehreren Zieles aufzugeben. Doch lassen wir das jetzt lieber. Ich sehe, wie unbehaglich es meinem Schwiegersohn bei diesem Thema wird. Davon weiß er als Reichstagsabgeordneter besser gar nichts.«

Verschmitzt zwinkerte sie Joseph zu, dessen zunächst erschrockene Miene sich bei ihren letzten Worten langsam entspannte.

»Die sogenannte Heimatfront scheint wichtig, um die Moral der Truppen auf den Schlachtfeldern zu stärken«, fuhr sie fort. »Dennoch ist es nach wie vor ebenso bedeutsam, immer wieder laut zu fragen, was es über die vorherrschende Moral aussagt, wenn die Soldaten im Auftrag der Regierung die Menschlichkeit an den Nagel hängen, andere töten und ihr Leben für etwas riskieren, was uns selbst alles andere als dienlich ist. Noch dazu, wo nur der männliche Teil der Menschheit diese Moral definiert. Gerade mitten im Krieg muss deshalb das Wahlrecht für uns Frauen gefordert werden. Wenn wir schon die Konsequenzen tragen müssen, sollten wir zuvor auch an den Entscheidungen teilhaben.«

In Metas bernsteinfarbenen Augen blitzte trotz der ernsten Worte sogar so etwas wie Vergnügen auf. Genüsslich spitzte sie den von feinen Charakterfalten umrahmten Mund und senkte kurz den Blick, sortierte mit der Spitze des Gehstocks eine Staubfluse auf dem glänzenden Parkettboden, dann richtete sie sich wieder auf und lächelte die Tochter von unten herauf an.

»Ein Weiteres muss ich dir noch sagen, mein Kind.«

Aufmerksam betrachtete sie Heddas Antlitz. Dabei sprach so viel Milde und Nachsicht aus ihrem Blick, dass Selma ganz warm ums Herz wurde. Heddas Miene dagegen versteinerte sichtlich. Mahnend legte Joseph ihr die Hand auf den Arm.

»Auch wenn wir sehr unterschiedliche Auffassungen haben, hat mich deine kleine Rede eben sehr stolz gemacht. Fast fünfzig Jahre musstest du werden, ehe du dich traust, mir vor anderen Familienmitgliedern deine Meinung zu sagen. Natürlich steht es dir jederzeit frei, für deinen Vater Partei zu ergreifen und mir als ewigen Groll vorzuwerfen, was letztlich nur dein Glück gewesen ist. Du warst viel zu klein, um zu begreifen, was er dir und mir mit seiner Spielsucht angetan hat. Welch einzigartiges Geschenk dir mit deinem Ehemann zuteilgeworden ist, weiß ich bis an mein Lebensende zu schätzen, auch wenn du für die frühe Heirat deine mathematische Begabung leider völlig ungenutzt hast versiegen lassen. Beruhigt stelle ich allerdings fest, dass auch in dir der Wille zum Widerspruch keimt. Vielleicht erlebe ich noch den Tag, da die Saat aufgeht. Doch jetzt entschuldigt mich, der Tag war lang, und ich bin erschöpft.«

Sie nickte erst Joseph, dann Hedda entschuldigend zu, bevor sie Selma sacht die Hand auf die Wange legte und ihr dabei bedeutete, sich näher zu ihr herunterzuneigen. »Mach dir um mich keine Gedanken, Liebes. Wer wie ich quasi auf den Barrikaden der Märzrevolution das Licht der Welt erblickt hat, bleibt zeit seines Lebens dem Aufbegehren verpflichtet, egal, wie viele er dabei mit auf seiner Seite weiß. Deine Mutter dagegen ist im unseligen Jahr des ersten Deutsch-Französischen Krieges geboren. Auch das muss Auswirkungen auf den Charakter gehabt haben. Trotzdem halten wir beide uns nun schon seit siebenundvierzig Jahren ganz gut aus. Sorge dich lieber um deinen Ehemann statt um uns.«

Mit einer leichten Kopfbewegung wies sie Richtung Fensterfront, wo Gero weiterhin reglos verharrte, um in die Dämmerung des Januarnachmittags hinauszustarren, als wollte er die Treibeisschollen auf dem Rhein allein mit seinem Blick zum Schmelzen bringen. Sein Anblick schmerzte Selma.

»Mehr als wir alle hat dein tapferer Held von der Westfront liebevollen Beistand nötig.«
Als Selma anhob, etwas zu sagen, kehrte Meta ihr den Rücken und spazierte, den Stock rhythmisch aufs Parkett aufstützend, hoch erhobenen Hauptes aus dem Festsaal hinaus.
»Sie schafft es immer wieder!«, platzte es aus Hedda heraus, kaum dass sie außer Sicht war. »Seit Jahr und Tag zerstört sie mir die schönsten Erlebnisse.«
»Eben hat es sich nicht so angehört, als würdest du das heutige Fest zu einem deiner schönsten Erlebnisse zählen«, widersprach Selma.
»Du also auch noch!« Hedda presste die Fingerkuppen gegen ihre Schläfen, begann sie zu massieren und schnitt dabei ein leidendes Gesicht.
»Reg dich nicht auf«, beschwichtigte Joseph sie und führte sie zu einem Stuhl an der inzwischen halb abgeräumten Tafel zurück. Sanft strich er ihr über die Schulter. »Denk an deine Migräne. Hier ist dein Pfefferminzöl. Tupf es dir auf die Schläfen, dann geht es dir gleich besser.«
Die Behutsamkeit, mit der er seiner Frau begegnete, imponierte Selma. Seit sechsundzwanzig Jahren ertrug Joseph Heddas Launen, ohne je einen Dank dafür von ihr zu hören. Kaum vorstellbar, dass sie einmal jung und verliebt gewesen und in ähnlich zügelloser Leidenschaft übereinander hergefallen waren wie Gero und sie in ihren besten Zeiten. Ein Stich fuhr ihr in die Magengrube.
Es stand ihr nicht an, über die Ehe ihrer Eltern zu urteilen. Viele Jahre schon erfreuten sie sich auf ihre Art aneinander und schienen ihren Weg zum persönlichen Glück gefunden zu haben. Sie sah zu Gero. Von einem gemeinsamen Weg zum Glück waren sie beide derzeit weiter entfernt denn je – und das nach

gerade einmal zweieinhalb Jahren Ehe. Oder hatte sie für Liebe gehalten, was in Wahrheit nur zügellose Leidenschaft gewesen war? Warum aber konnten sie nach deren Abflauen trotzdem nicht voneinander lassen? Vielleicht wusste er eine Antwort. Langsam schlenderte sie zur Fensterfront.

7

Längst war das elektrische Licht im Festsaal eingeschaltet, ein unverhoffter Luxus angesichts der sonst herrschenden Einschränkungen. Vor dem dunklen, trägen Band des Rheins und den schattigen Hügeln des Siebengebirges verwandelten sich die Glasscheiben der doppelflügeligen Fenster in bodentiefe Spiegel. Im Näherkommen betrachtete Selma die sich darin abzeichnende eigene Gestalt mit Neugier. Der kriegsbedingte Mangel an Nahrung wie auch die veränderte Mode taten ihr gut, wie sie zynisch feststellte. Ersteres sorgte naturgemäß für eine schlankere Figur und Letzteres für völlig neue Möglichkeiten, die hervorzuheben. Das champagnerfarbene Kleid aus Seide stammte noch aus Vorkriegsbeständen. Die Schneiderin hatte den Ballen des inzwischen in Deutschland verpönten Stoffes aus ihrem Lager gezaubert. Sie war sich mit Selma einig gewesen, nur daraus eine angemessene Festgarderobe für Josephs sechzigsten Geburtstag nähen zu können. Bis zu den Oberschenkeln war das Kleid schmal geschnitten, um danach in vier tief angesetzten Kellerfalten aufzuspringen. Der einfach gefasste V-Ausschnitt wie auch die eng gehaltenen, sich ab dem Ellbogen nach unten trichterförmig öffnenden Ärmel betonten die Schlichtheit, die den Reiz des Ensembles ausmachte. Eine lange, locker fallende Perlenkette sowie helle, farblich exakt auf das Kleid abgestimmte Schuhe, die ebenfalls noch aus besseren Zeiten übrig waren, unterstrichen das. Je näher Selma den Fenstern kam, desto deutlicher erkannte sie in den spiegelnden Glasscheiben auch ihr Gesicht. Dank der zu einer weichen Nackenrolle aufgesteckten Haare wirkte ihr Hals lang, die Haut elfenbeinfarben, was dem harten Licht im Raum zuzurechnen war. Die dunkel umrandeten hellblauen Augen hoben sich umso deutlicher aus dem schmal gewordenen Antlitz hervor.

»Lass uns nach oben gehen, Liebster, ich bin müde«, raunte sie Gero ins Ohr, legte ihm den Arm um die Hüfte und lehnte ihre Wange gegen seine Schulter.

Seinen Blick suchend, schaute sie ins Fenster. Er trug Zivil. In dem Smoking, den er sich im Frühjahr 1914 passgenau auf den Leib hatte schneidern lassen, wirkte er verloren. Seither hatte er wertvolle Pfunde verloren. Selbst der Kragen war ihm zwei Fingerbreit zu weit. Die Wangen waren eingefallen, die weichen, hellen Lippen blutleer, und das blonde Haar wirkte trotz Brillantine stumpf.

Ihre Blicke trafen sich. In seinen Augen lag ein verstörender Ausdruck. Nicht einmal an jenem Maiabend vor bald drei Jahren, als sie nach wochenlanger Entfremdung wieder zueinandergefunden hatten, hatte er derart apathisch ausgesehen. Oder sollte sie besser sagen: ausgebrannt? Ja, das traf es auf den Punkt. Sein Blick schien erloschen wie der Draht einer Glühbirne, der man den Strom abgedreht hatte. Dabei hatte er einmal vor Energie und Tatendrang nur so geglüht. Allzu lange war das noch nicht her. Kurz flackerte die Erinnerung an jenen letzten Sommer in Baden-Baden in ihr auf, in dem er den schmierigen Freiburger Doktor Schlüter im Tennis besiegt und anschließend einige berauschende Nächte lang im Bett ausgekostet hatte.

So bitter es für sie war, glaubte sie mittlerweile zu wissen, dass er solche Fluchten in die verbotene Welt der Männerliebe brauchte. Schließlich war er nach der Affäre mit Schlüter ebenso wie nach der mit Ansgar Grün wieder zu ihr zurückgekehrt, leidenschaftlicher und sinnlicher denn je, vor Lebens- wie vor Liebeslust gleichermaßen strotzend.
Was aber war in den knapp anderthalb Jahren danach mit ihm geschehen? Natürlich war es kein lustiges Abenteuer, als Soldat an der Westfront zu stehen. In seinem zweitägigen Fronturlaub im letzten Herbst hatte er so manches Üble angedeutet. Grausamkeiten hatte er zuvor schon von der Ostfront berichtet. Derart erschüttert wie in diesem Januar war er allerdings noch nie gewesen. Er musste inzwischen Unfassbares erlebt haben, anders war sein Verhalten nicht zu erklären. Sie fasste nach seinen Händen. Sie waren eiskalt.
»Lass uns tanzen«, wisperte sie ihm ins Ohr und zog ihn vom Fenster weg. Widerstrebend folgte er ihr. Ihre Finger umschlossen seine Hand fester, als fürchtete sie, er würde sich doch noch losreißen. Zielstrebig steuerte sie die hintere Ecke des Saales an, in der das Grammophon auf seinen Einsatz wartete. Ein Diener im schwarzen Frack erwartete ihren Musikwunsch. Eigentlich lag ihr der Tango schon auf der Zunge, dann aber entschied sie sich für einen Walzer aus der *Csárdásfürstin*.
»Erinnerst du dich an deinen letzten Fronturlaub?« Sie zwinkerte Gero zu. »Wie haben wir die Aufführung im *Theater am Schiffbauerdamm* genossen! Die ganze Nacht hast du die Melodien nachgepfiffen, und wir haben im Salon getanzt, bis uns die Füße schmerzten.«
Sie hauchte ihm einen Kuss auf die Wange, hoffte, das würde ihn aus seiner Lethargie reißen. Immerhin hatten sie in jener

Nacht noch einiges mehr miteinander getan, als nur in den neuesten Operettenmelodien zu schwelgen. Entschlossen umfasste sie seine Taille, hob den Arm und wollte den ersten Walzerschritt setzen, da ließ sie ein munterer Ausruf herumfahren.

»Mama, Papa! Liebstes Schwesterherz!« Grischa stürmte in den Saal, warf einem Diener achtlos seine Fliegermütze zu, drückte einem zweiten den schweren Uniformmantel in die Hand. Die Arme weit ausgebreitet, stürzte er sich auf die am Tisch sitzende Hedda und fiel ihr um den Hals, wandte sich dann an den Vater und gratulierte ihm mit Handschlag und einer tiefen Verbeugung. Im Aufrichten fixierte er Selma, die mit Gero an der Hand dastand und ihn musterte. Fröhlich lief er zu ihr und drückte sie ebenfalls an seine Brust.

»Du bist ja eiskalt, mein Kleiner«, stellte sie fest und befreite sich aus seinen Armen. Neugierig betrachtete sie ihn aus der Nähe. Obwohl er schon vier Jahre lang Flieger war, erst als Aufklärer, dann als Jagdflieger, seit einigen Monaten sogar in der heldenhaften Jagdstaffel flog, hatte er seine jungenhafte Schlaksigkeit behalten. Es rührte sie, in ihm noch immer den drei Jahre Jüngeren zu erkennen, der ihr als großer Schwester blindlings bei allen Schandtaten ergeben war. Einzig die Erfrierungsnarben im Gesicht zeugten davon, wie weit die Zeiten kindlicher Unschuld auch für ihn zurücklagen.

»Deiner Nase wird man wohl auf ewig ansehen, welch unwirtlichen Bedingungen sie oben in der Luft ausgesetzt ist«, stellte sie bedauernd fest.

»Dabei war der Winter erst richtig mild. Anfang des Jahres haben an der Bergstraße schon die Mandelbäume geblüht«, erwiderte er. »Ich hatte Hoffnung, die alten Narben würden darüber verblassen. Seit einigen Tagen aber sieht es danach aus, als wollte dieser Januar hier im Westen ähnlich arktisch werden wie 1915 an der Ostfront. Was meinst du, lieber Schwager?«

Zustimmung heischend klopfte er Gero auf die Schulter. Der drehte sich ostentativ ab, um ein silbernes Zigarettenetui aus der Seitentasche zu ziehen und sich eine Zigarette zwischen die Lippen zu stecken. Sofort eilte der Diener vom Grammophon herbei und reichte ihm Feuer. Den ersten Zug übertrieben in die Länge ziehend, betrachtete Gero Grischa. Trotz der Leutnantabzeichen an seinen Schulterstücken wirkte Grischa gegen ihn wieder wie der einfältige kleine Abiturient, genau wie im Sommer 1914.

»Hast du noch eine?«, fragte Grischa. Wortlos reichte Gero ihm das Etui und ging zum Fenster zurück. Die linke Hand locker in der Hosentasche, zwischen den Fingern der rechten die Zigarette stellte er sich wieder ebenso breitbeinig vor die Scheiben wie vorhin. Als gäbe es nichts Wichtigeres als die Betrachtung des dunkel schimmernden Rheins, verharrte er dort schweigend.

Selma fragte sich, was er dort draußen im Dunkeln eigentlich sah. Schiffe fuhren nur noch wenige. Seit der Blockade gab es kaum noch Warentransporte, außerdem behinderte das zunehmende Treibeis den letzten Rest des Schiffsverkehrs. Würde Gero nicht gelegentlich den Arm heben, um an der Zigarette zu ziehen, konnte man denken, er wäre ebenfalls zu Eis erstarrt.

»Wie schön, dass du es doch noch hierher geschafft hast, mein Junge.« Joseph kam zu den Geschwistern und legte ihnen die Hände auf die Schultern. Hektisch zog Grischa noch zwei-, dreimal an der Zigarette, dann warf er sie achtlos in einen Aschenbecher und schaute seinen Vater stolz an.

»Der sechzigste Geburtstag meines alten Herrn hat meinen Hauptmann davon überzeugt, mir zwei Tage Sonderurlaub zu gewähren. Nachdem Richthofen vor zehn Tagen der *Pour le Mérite* ans Revers geheftet wurde, sind wir Flieger in Feierlaune. Was sagt ihr zu dem tollkühnen Burschen? Ein wahrer Teufelskerl! Der Franzmann sollte sich warm anziehen, wenn er uns noch lange die Stirn bieten will.«
Vergnügt rieb er sich die Hände, schaute sie alle der Reihe nach an, bevor er scheinbar unbeschwert weiterplapperte: »Unseren roten Baron neiden uns alle. Nach Immelmanns und Boelckes Tod war die Stimmung unter uns Fliegern am Boden, Richthofen aber hat uns wieder aufgebaut. Dank ihm wissen wir wieder, was wir draufhaben. Boelcke hat uns gelehrt, wie stark wir in unseren Formationen sind, und Richthofen zeigt uns, wie wir die Entente mit unserer Kühnheit das Fürchten lehren. So ein Luftkampf ist eben doch etwas anderes als das grausige Scharmützel am Boden. Wenn die Franzosen und Engländer unsere bunt gestrichenen Maschinen am Himmel entdecken, wissen sie, was die Stunde geschlagen hat. Wir holen uns einen Sieg nach dem anderen. Ihr kennt die langen Listen unserer Erfolge. Täglich werden es mehr. Unter uns ist ein regelrechter Wettkampf ausgebrochen. Jeder will ganz oben auf der Liste mit den meisten Abschüssen rangieren. Richthofen aber hat die Latte ziemlich hoch gelegt.«
Er lachte, fuhr mit den Händen in die Hosentaschen und wippte auf den Fußspitzen. Selma bemerkte den triumphierenden Blick, den er zu Gero hinüberwarf. Gero indes stand weiter reglos da, als ginge ihn das alles nichts an.
»Ich bewundere deinen Mut, mein Sohn.« Anerkennend klopfte Joseph Grischa auf die Schulter. Der ernste Ausdruck in seinen Augen kündete von der Sorge, die ihn trotz allem quälte.

»Werde nicht zu übermütig. Du weißt, wir Menschen sind eigentlich nicht fürs Fliegen geschaffen, sonst hätte uns Gott von Anfang an Flügel geschenkt.«
»Hat er das nicht?«, fragte Grischa und grinste. »In den letzten Jahren wurden die besten Maschinen entwickelt, um uns einen hervorragenden Ersatz für die fehlenden Flügel zu verschaffen. Du solltest einmal mit mir in ein Flugzeug steigen, Vater. Ich bin mir sicher, du wirst begeistert sein. Unsere liebe Freundin Constanze ist regelrecht süchtig geworden, mit mir vom Boden abzuheben.«
»Das Küken ist mit dir geflogen?« Verdutzt sah Selma ihn an.
»Nein, nein, da hast du jetzt etwas falsch verstanden. Wie sollte ich auch eine Frau in eines unserer Flugzeuge schmuggeln«, beeilte Grischa sich rasch klarzustellen. Dabei huschte eine rührende Röte über seine geschundenen Wangen. Offenbar war das ein Geheimnis, von dem niemand etwas erfahren sollte. »Apropos Constanze: Ist sie nicht gekommen? Ich dachte, sie und ihr Vater wären ebenfalls …«
»Weißkirchner musste leider kurzfristig absagen«, warf Joseph ein. »Das Herz macht ihm mal wieder zu schaffen. Constanze sehen wir wenigstens gelegentlich in Berlin, ihren Vater aber habe ich seit Kriegsausbruch nicht mehr getroffen. Dabei hat er mir damals in Baden-Baden auf Anhieb gefallen. Ein patenter Mann.«
»Wie gut, dass du hier am Rhein feierst, Papa«, wechselte Grischa das Thema, um seine Enttäuschung zu verbergen.
Selma war beleidigt. Bei nächster Gelegenheit wollte sie sich bei der Freundin erkundigen, was sie inzwischen für Grischa wirklich empfand. Offensichtlich hatten sich die beiden zwischenzeitlich ohne sie getroffen. Unverzeihlich, dass Constanze ihr nichts davon erzählt hatte. Ohnehin wich sie ihr in den

letzten Monaten auffällig aus, schob oft das Studium vor, um einer Einladung zu entgehen. Sie spitzte den Mund, betrachtete den Bruder mit seinem glatten Jungengesicht unauffällig. Einige Sekunden lang verlor sie sich in der amüsanten Vorstellung, das Küken und er könnten tatsächlich etwas miteinander haben.

»Berlin wäre für mich kaum zu schaffen gewesen«, fuhr er unterdessen fort. »Von Metz bis nach Godesberg ist es mit dem Wagen nur ein Katzensprung. Heute Vormittag bin ich losgefahren, jetzt stehe ich vor euch. Ein Jammer nur, dass ich die Gäste verpasst habe.«

»Beim Essen ist dir nichts entgangen, mein Junge«, ließ sich Hedda vom Tisch her vernehmen. »Rüben über Rüben, mal rot, mal weiß, mal als Pudding, mal gekocht. Die Gäste sind wohl leidlich satt geworden, Genuss aber ist etwas anderes. Dieses einfallslose Einerlei kennst du sicher aus deiner Feldküche zur Genüge.«

»Es war ein wunderbares Menü«, widersprach Selma. »Bestimmt gibt es noch einige Kostproben. Ich lasse dir etwas bringen.«

Sie wollte Richtung Küche verschwinden, Grischa aber hielt sie fest. »Später, Schwesterherz. Wolltest du eben nicht gerade mit deinem Gatten tanzen? Da er am Fenster so versunken ist, hat er wahrscheinlich nichts dagegen, wenn ich dich ein wenig übers Parkett wirbele.«

Er gab dem Diener ein Zeichen, das Grammophon in Bewegung zu setzen, verbeugte sich erst vor dem Vater, dann vor Selma und legte mit dem Walzer aus Kálmáns *Csárdásfürstin* los, den sie vorhin für Gero und sich bestellt hatte.

»Tanzen möcht ich, jauchzen möcht ich«, sang er leise in das Knistern und Rauschen der Platte hinein. Die Stimmen der

Sänger klangen verzerrt, das Orchester leierte etwas, was an der ungleichmäßigen Geschwindigkeit lag, mit der das Grammophon die Platte abspielte. Dennoch genoss es Selma, sich den schwungvollen Bewegungen hinzugeben und dank der Musik für eine Weile der Tristesse des Winterabends zu entfliehen. In großzügigen Schritten führte Grischa sie um die gesamte Länge der Tafel herum, umkreiste zweimal mit ihr den Vater, der sie vergnügt beobachtete, kam schließlich bei Hedda zum Stehen. Begeistert klatschte die Mutter Beifall, als er sich galant verneigte.

»Darf ich bitten, gnädige Frau?« Er streckte ihr die Hand hin. Über Heddas noch immer beneidenswert glattes Gesicht huschte ein stolzes Lächeln. Sie legte ihm die Finger aufs Handgelenk und wollte sich gerade erheben, da zerstörte Gero mit einem erschreckend lauten »Genug!« die Stimmung.

Jäh hielten Hedda und Grischa inne, Selma drehte sich zu Gero um. In wenigen Schritten kam Joseph ebenfalls zum Tisch und sah seinen Schwiegersohn überrascht an.

»Wie könnt ihr das nur aushalten?« Eindringlich blickte Gero einem nach dem anderen ins Gesicht. »Falls ihr es vergessen habt: Wir befinden uns mitten im Krieg.«

Schuldbewusst, als hätte er sie bei einem verbotenen Spiel ertappt, sahen sie ihn an. Die Hände auf dem Rücken, den Rücken gerade durchgedrückt und das Kinn in die Höhe gereckt, wirkte Gero auf den ersten Blick ganz so wie immer. Der stolze Zweitgeborene aus einem alten ostpreußischen Adelsgeschlecht war die Verkörperung des aufrechten, siegesgewissen Deutschen par excellence. Einerseits. Andererseits aber schimmerte da etwas Fremdes in den grünblauen Augen, was Selma alarmierte. Sie machte einen Schritt auf ihn zu, streckte die Hand aus. In einer ruckartigen Bewegung schlug er sie fort.

Er hob die Hände, presste sie an die Schläfen, als müsste er den Kopf vor dem Zerbersten schützen. Den Blick gesenkt, mit dem Oberkörper leicht schwankend, erklärte er in gefährlich leisem Ton: »Ihr habt nie gehört, wie es unablässig schießt, wenn man in den Gräben liegt. Tag und Nacht, Stunde für Stunde, Minute für Minute. Man meint, es würde nie mehr aufhören. Dazwischen schieben sich die Schreie, entsetzliche Schreie von Männern, die getroffen wurden. Manchmal in der Ferne, meist aber in unerträglicher Nähe, gelegentlich so nah vor einem, dass man nur die Hand ausstrecken muss, um den Sterbenden zu berühren. Den Graben aber darf man nicht verlassen, nicht einmal, um dem sterbenden Kameraden zu helfen. So beginnt man zu beten, dass es endlich aufhört. Dass er endlich tot ist und Ruhe gibt.«
Um Atem ringend hielt er inne, das Antlitz weiter zu Boden gerichtet. Selma hatte das Bedürfnis, ihn in den Arm zu nehmen und tröstend zu wiegen wie ein Kind, traute sich aber nicht. Die Eltern und Grischa schwiegen betroffen, sahen ebenfalls zu Boden und rührten sich nicht.
Endlich fuhr Gero fort: »Das ewige Artilleriefeuer aber ist eine wahre Erlösung gegen das Gas, das sie einsetzen. Wenn du Glück hast, kannst du dem Feuer durch Wegducken entgehen. Schließlich hörst du, aus welcher Richtung es kommt. Dem Gas aber entgehst du nicht. Lautlos strömt es von allen Seiten zugleich zu dir. Wenn der Wind schlecht steht, manchmal sogar aus den eigenen Reihen. Du spürst keinen Schmerz, dir klafft keine Wunde, dennoch gehst du elendiglich zugrunde. Ganz langsam und leise. Ein schleichender Tod, der dich in den Wahnsinn treibt. Das, mein Lieber«, jäh richtete er sich auf, streckte den rechten Zeigefinger anklagend auf Grischa und sprach laut weiter, »das ist wohl das erbärmliche Scharmützel

unten auf der Erde, dem ihr heldenhaften Flieger oben in der Luft auf so ruhmreiche Weise zu entgehen meint. Glaub nur nicht, deshalb wäre euer Luftkampf eine bessere, sauberere und tapferere Form, Krieg zu führen. Krieg ist Krieg. Keiner kann ihn gewinnen, weder der mit den meisten Abschüssen auf der Liste noch der mit dem schnellsten Gewehr. Am Ende wird es nur Verlierer geben.«

»Ich fasse es nicht! Ausgerechnet du wirst doch wohl nicht den …«, hob Grischa empört an, um von Joseph mit einem »Lass ihn!« erstaunlich brüsk abgewürgt zu werden.

»Doch, ich werde, mein lieber Schwager«, erwiderte Gero in einem höhnischen Ton. »Hör genau zu, denn ich sage es nur ein Mal hier und jetzt im Januar 1917: Ausgerechnet ich als stolzer ostpreußischer Offizier stelle den großen Sieg ganz offen in Frage. Irgendwann in ferner Zukunft mag es zwar zu einem Sieg auf dem Papier und damit hoffentlich auch zum offiziellen Frieden an den Fronten kommen, doch einen strahlenden Sieger wird es nicht geben. Letztlich werden wir alle verloren haben, auf beiden Seiten der Front. Das darfst du mir schon jetzt glauben, mein Junge.«

Grischa erstarrte zur Salzsäule. Die deutlichen Worte wie auch die Degradierung zum kleinen, unbedarften Jungen trafen ihn zutiefst.

Hedda wirkte ebenso persönlich getroffen wie ihr Sohn. Joseph aber nickte, als wollte er dem Schwiegersohn beipflichten, scheute allerdings die offene Erklärung.

»Gero!«, rief Selma. Die Schilderung seiner Erlebnisse wie auch seine hoffnungslose Einschätzung der Lage erschütterten sie zutiefst. Geahnt hatte sie es schon lange, dennoch tat es weh, auf einmal Gewissheit zu haben: Er wie auch die anderen Männer an der Front erlitten Unvorstellbares! Der Krieg fügte ihnen Wunden zu, die niemals mehr verheilen würden. Das Schlimmste war die Erkenntnis, dass da plötzlich nicht mehr ihr Mann, sondern ein völlig Fremder vor ihr stand. Wieder wollte sie zu ihm, wieder wies er sie zurück. Der Ausdruck in seinen Augen entsetzte sie. Es blieb ihr nichts anderes übrig, als ratlos mit anzusehen, wie er ohne ein Wort des Abschieds aus dem Saal verschwand.

8

Ausgerechnet in diesem dritten Kriegswinter, in dem alles Erdenkliche zur heiß begehrten Mangelware wurde, mangelte es an einem nie: an Schnee. Bis weit in den April hinein hielten frostige Kälte und zentimeterdickes Weiß Mitteleuropa fest in ihren Fängen. Selma trieb die Sorge um Gero an den Rand der Verzweiflung. Wie Blei lastete die Erinnerung an seinen verzweifelten Ausbruch auf Josephs Sechzigstem auf ihren Schultern. Immer wieder malte sie sich aus, wie er bei endlosem Artilleriefeuer im Schützengraben kauerte und angesichts der aussichtslosen Lage langsam, aber sicher dem Wahnsinn verfiel. Dagegen lebte sie im sicheren Berlin abgesehen vom Mangel an Lebensmitteln und mancherlei Einschränkungen im täglichen Leben auf einer wahren Insel der Glückseligkeit. Das Leid an der Front war für die Menschen in der Reichshauptstadt unwirklich und unbegreiflich. Trotz der Kälte in der Wohnung wachte sie nachts oft schweißgebadet auf, hatte den leeren, ausgebrannten Ausdruck in Geros Augen vor sich und spürte voller Entsetzen, wie er ihre ausgestreckte Hand zurückwies. Wie konnte sie ihm nur beistehen? Die aufgezwungene Hilflosigkeit quälte sie. In seinen Briefen schilderte er nur Belanglosigkeiten. Zudem wurden die Abstände, in denen er ihr überhaupt noch einige wenige, karge Zeilen schickte, immer größer. Um sich von der verzehrenden Angst abzulenken, versuchte sie, sich mehr auf Grischa zu konzentrieren. Doch seit er in der Jagdstaffel flog, hielt er sich für unbesiegbar, meldete in seinen Briefen Triumph auf Triumph nach Hause. Damit konnte sie immer weniger anfangen, fühlte sich auch ihm entfremdet.

»Was sagst du dazu?« Luise Ronfelds aufgeräumte Stimme riss sie aus den Grübeleien. Mit dem Zeigefinger tippte sie auf die *B. Z. am Mittag,* die vor ihr auf dem niedrigen Tisch lag. »Die schlechte Witterung hat sogar für eine Verschiebung der Galopprennsaison in Karlshorst, Dresden und Magdeburg gesorgt. Was der Krieg nicht geschafft hat, schafft der Winter. Ein Wunder, dass die Rennen überhaupt stattfinden. Es ist mir ein Rätsel, woher sie das Futter für die Rennpferde nehmen. Kaum einer weiß, wie er satt werden soll, aber für die Rennställe gibt es weiterhin Extrarationen. Ganz zu schweigen davon, dass unsereins seine Reitpferde längst fürs Militär hat abgeben müssen. Gerecht ist das nicht.«

»Was ist schon gerecht auf dieser Welt?« Selma stand neben dem Ledersofa, auf dem die pummelige Freundin matronenhaft in ihrem nachtblauen Taftkleid thronte, und probierte sich weiter in der einfachen Übung, einen Garnfaden in eine Nadel einzufädeln. Damit war sie schon viel zu lange beschäftigt.

»Was tust du da eigentlich?« Luise hob den Kopf. Auf ihrem Vollmondgesicht, dem der karge Steckrübenwinter bislang keine nennenswerten Spuren eingegraben hatte, lag größte Verwunderung. Hellblondes Engelshaar umrahmte das unschuldige Antlitz. »Bist du jetzt etwa auch unter die Frauen gegangen, die stricken, nähen und sticken, um die Moral an der Front zu stärken? Ich dachte, wenn deine Mutter das so eifrig tut, reicht das für den Rest eurer Familie.«

»Ich versuche lediglich, mir selbst zu helfen«, erwiderte Selma. »Oder soll ich so aus dem Haus gehen?«

Sie hielt der Freundin den linken Ärmel ihres dunkelgrünen Samtkleids hin. Der Saum hatte sich über mehrere Zentimeter gelöst und franste bereits aus.

»Stimmt, das muss genäht werden, aber doch nicht von dir. Warum überlässt du das nicht einer deiner beiden Perlen? Dafür hast du Personal.« Luise stand auf und sah sich suchend um, als stünden die dicke Erika und die rotzfreche Julia wie Ausstellungsstücke im Wohnzimmer.

»Erika musste zu ihren Eltern aufs Land«, erklärte Selma. »Die beiden leben in Rathenow. Da sie selbst schon stramm auf die fünfzig zugeht, müssen die steinalt sein. Ein Wunder, dass sie bislang überhaupt allein klargekommen sind. Und Julia will ich das Kleid bestimmt nicht überlassen. Die bringt es fertig und verhunzt es vollständig.«

»Das kann ich mir vorstellen.« Luise lachte. Sie trat vor das Fenster und betrachtete sich in dem spiegelnden Glas. Prüfend zupfte sie am Ausschnitt ihres nachtblauen Abendkleids, drehte sich erst nach links, dann nach rechts und richtete die Falten über den Hüften. »Jetzt, wo jeder Frau nur noch zwei Alltagsgewänder und ein Sonntagsgewand sowie ein Kleiderrock nebst zwei Blusen, einem Sommer- und einem Wintermantel zugestanden werden, muss man die Schätze vergangener Zeiten umso sorgfältiger hüten. Ausgehkleidung ist in der Bestimmung schon gar nicht mehr vorgesehen. So wollen sie wohl erreichen, dass wir Frauen brav zu Hause hocken und Trübsal blasen, während die Männer an der Front kämpfen. Dabei ist das Tanzverbot von vor zwei Jahren eine reine Farce. Getanzt wird trotzdem, bis die Sohlen glühen, wenn auch hinter verschlossenen Türen. Theater, Kabarett und Konzerte sind ohnehin erlaubt. Was sollten wir auch unseren Männern in den Briefen Aufregendes berichten, wenn wir uns nicht vergnügen dürfen? Um die Moral in den Schützengräben nicht weiter zu untergraben, wurde uns das Jammern über die schlechte Versorgungslage ja schon glorreich untersagt. Da bleibt also nur das Schildern vom puren Vergnügen, um überhaupt etwas zu erzählen zu haben.«

»Habe ich etwas verpasst? Welchem Mann an der Front schreibst du denn so innig von deinen nächtlichen Abenteuern?« Selma unterbrach ihre Bemühungen um den Faden und das viel zu enge Nadelöhr und betrachtete die Freundin neugierig. Zu anderen Zeiten hätte sie über sie gespottet, nun aber schwankte sie zwischen Mitleid und Bewunderung. Ersteres, weil Luise trotz ihrer fünfundzwanzig Jahre noch immer ungeküsst durchs Leben tanzte und mit jedem weiteren Kriegsjahr die Aussicht auf Besserung schwand. Letzteres, weil sie nicht aufgab, ohne Rücksicht auf die eigene Situation Selma mit diesem törichten Geplapper von den Sorgen um Gero ablenken zu wollen.

»Du meinst, ich dürfte keine Briefe schreiben, weil ich weder einen Liebsten noch einen Ehemann habe, der bereit ist, für mich tapfer den Heldentod zu sterben?« Übermütig drehte Luise sich einmal um die eigene Achse, stemmte die Hände in die Seiten und strahlte sie an. In ihren Augen blitzte der Schalk. »Daran ist allein der Kaiser schuld! Hätte er im Sommer 1914 auf sämtliche Kriegserklärungen verzichtet, wäre ich längst unter der Haube. Seither mangelt es mir nicht allein an Fleisch, Wurst, schöner Kleidung und lustiger Abendunterhaltung, sondern auch an einem Mann, der diese Vergnügungen mit mir teilt. Ganz zu schweigen von der Schwierigkeit, diesen Mangel zu beheben. Woher soll der Bräutigam auch kommen, wenn der Kaiser alle an die Front schickt? Nur weil ich nach wie vor den winzigen Funken Hoffnung hege, dass selbst im dritten Kriegswinter noch ein Wunder geschehen und mir ein passender Mann über den Weg laufen könnte, schleppe ich dich heute Abend mit auf die Piste. Gelegentlich werden in den gängigen Etablissements Fronturlauber gesichtet. Falls wir keinen finden, ist deine traurige Gesellschaft immer noch besser als gar keine. Wer weiß, vielleicht bist du auch der geeignete Köder, um mir einen guten Fang zu sichern? Bilde dir bloß nicht ein, du würdest mir einen romantischen Abend an der Seite eines attraktiven Gentlemans ersetzen. Dazu tanzt du zu damenhaft. Von anderen geschlechtsbedingten Nachteilen ganz abgesehen. Andererseits sollte Frau sich immer selbst zu helfen wissen.« Sie setzte eine verruchte Miene auf, schlenderte mit verführerischem Hüftschwung zu Selma, schlang ihr die Arme um den Hals und küsste sie mitten auf den Mund. Unwirsch stieß Selma sie fort, wischte sich die Lippen.

»Siehst du, genau das meine ich«, sagte Luise beleidigt. »Nichts gegen dich, aber zwei Frauen wie wir sind eben doch nicht das Gelbe vom Ei. Seit Jahren sind wir zwar beste Freundinnen, doch irgendwie kommt nie die richtige Stimmung zwischen uns auf. Mit einem Mann gefällt mir das Küssen halt besser. Aufgrund des kriegsbedingten Männermangels sollten wir uns langfristig aber wohl besser daran gewöhnen, miteinander vorlieb…«

»Schon gut!«, fiel Selma ihr lachend ins Wort. »Du hast mich überzeugt. Bevor du mich ein zweites Mal küsst oder gar noch weitere Zärtlichkeiten von mir verlangst, werden wir dir heute Abend so schnell wie möglich einen Mann suchen. Irgendeiner wird doch wohl aufzutreiben sein! Ich bringe nur schnell mein Kleid in Ordnung, und dann stürzen wir uns ins Abenteuer. Wäre ja gelacht, wenn wir keinen Erfolg hätten! Ich vermute mal, deine Ansprüche sind inzwischen recht bescheiden geworden. Das vereinfacht die Sache.«

»Bleibt mir eine Wahl, nachdem du mir Gero vor der Nase weggeschnappt hast?«

»Das werden wir bei unserem kleinen Ausflug in die finstere Berliner Nacht am besten vor Ort herausfinden«, überging Selma den versteckten Tadel. »Was hältst du von einem Besuch in *Bühlers Ballhaus*?«

»Ist das überhaupt offen?«

»Offiziell hat es zwar wie die meisten Ballhäuser den Betrieb eingestellt, aber inoffiziell geht es weiter wie immer«, erzählte Selma, nachdem es ihr gelungen war, endlich die Nadel einzufädeln. »Sollte dort wider Erwarten nichts los sein, können wir immer noch ins *Hotel Eden.* In der Bar wird in jedem Fall rund um die Uhr Musik gespielt.«

Sie setzte sich aufs Sofa und probierte sich in dem Kunststück, den linken Ärmelsaum einigermaßen erfolgreich zu richten, ohne das Kleid dafür auszuziehen.

»Apropos *Bühlers Ballhaus.*« Luise musterte sie fragend. »Was ist eigentlich aus diesem gutaussehenden Franzosen geworden, den man vor dem Krieg gelegentlich mit Gero und dir zusammen gesehen hat?«

Alarmiert spitzte Selma die Ohren. Wie kam Luise jetzt ausgerechnet auf Robert? Oder bildete sie sich den lauernden Unterton nur ein? Eigentlich war sie selbst schuld, das Etablissement in der Auguststraße erwähnt zu haben. Dort war Luise Robert an jenem folgenreichen Abend im letzten Vorkriegsdezember erstmals begegnet. Ihre Wangen röteten sich. Angestrengt sah sie auf den Stoff, stach die Nadel durch die doppelte Lage und begann tapfer mit dem Nähen.

»Ach, was erkundige ich mich in Kriegszeiten ausgerechnet nach einem Franzosen?«, plapperte Luise weiter. »Von dem hat man natürlich nichts mehr gehört. Wie auch? Schade. So ein gutaussehender Mann. Hoffentlich richtet er nicht gerade an der Front sein Gewehr auf Gero. Da fällt mir übrigens noch jemand ein, der um dieselbe Zeit kurz vor dem Krieg oft mit Gero und dir unterwegs war. Das war auch so ein großer, dunkelhaariger Typ mit eng zusammengewachsenen Augenbrauen und äußerst sportlicher Figur. Gerichtsassessor oder so etwas Ähnliches muss er gewesen sein. Daher kannte Gero ihn wohl. Er hat nicht schlecht getanzt, war für meinen Geschmack allerdings etwas zu sehr damit beschäftigt, Gero in seiner unnachahmlichen Eleganz nachzuäffen, was ihm schlecht gelungen ist. Da sieht man es wieder: Du hast ein riesiges Glück mit deinem Mann. Gero ist und bleibt der Beste! Doch es nützt nichts, das zu bedauern. Zwischenzeitlich müssen Frauen wie ich uns eben mit weniger Gutem begnügen, sonst versauern wir bis ans Lebensende.«

Luise kicherte albern, wandte sich dem spiegelnden Fensterglas zu, musterte sich noch einmal ausgiebig und klatschte dabei übermütig in die Hände. Gerade wollte Selma sie ermahnen, leise zu sein, da war es bereits zu spät. Aus dem hinteren Teil der Wohnung erklang ein klägliches Jammern. Eine aufgeregte Frauenstimme versuchte, dagegen anzugehen. Vergebens.

»Jetzt hast du sie aufgeweckt!« Vorwurfsvoll sah Selma die Freundin an. Zwar wusste sie, dass das so nicht stimmte. Das Kinderzimmer lag am anderen Ende der Wohnung und damit viel zu weit entfernt, um störende Geräusche aus dem Herrenzimmer zu vernehmen. Trotzdem lieferte ihr das einen guten

Vorwand, Alma noch einmal zu sehen. Die Nähe des Kindes zu spüren, spendete ihr Trost. Die Nähnadel in der Hand erhob sie sich vom Sofa und eilte auf den Flur. Im Laufen riss sie den Faden ab und warf die Nadel achtlos auf die Kommode vor dem Spiegel. Vom anderen Ende des Ganges kam ihr bereits das Kindermädchen mit der Kleinen auf dem Arm entgegen. Das zweijährige Mädchen wirkte völlig aufgelöst. Zwar wimmerte sie eher, als dass sie lauthals weinte, dennoch bot sie mit ihren rotgeweinten Augen und den tränenfeuchten Wangen einen mitleiderregenden Anblick.

»Ich habe alles versucht, aber sie lässt sich einfach nicht …«, versuchte Henriette sich zu rechtfertigen.

»Schon gut«, winkte Selma ab und nahm das Kind, drückte es an die Brust und wiegte es beschwichtigend hin und her. Bald wurde Alma ruhig und schmiegte sich vertrauensvoll an sie. Beglückt hauchte Selma ihr einen Kuss auf das verschwitzte Haar, ging mit ihr ins Wohnzimmer. Wie erwartet reckte Alma den Kopf und schaute sich neugierig nach dem abendlichen Besuch um. Die Verzweiflung war wie weggeblasen.

»Sieh nur, da ist Luise«, sagte Selma und wies mit dem Finger auf die Freundin. Alma begann, aufgeregt auf ihren Armen zu strampeln und der vertrauten Freundin die kurzen Arme entgegenzustrecken. Luise freute sich ebenfalls über das muntere Willkommen, das die Kleine ihr bereitete. Nur zu gern fügte sie sich in ihr Schicksal und nahm die Kleine für eine Weile zu sich. Leise singend tanzte sie mit ihr auf den Armen durch das große, quadratisch geschnittene Herrenzimmer. Seit Geros Junggesellenzeit hatte sich nur wenig an der schnörkellosen, spärlichen Einrichtung verändert. So war ausreichend Platz, um das Kind herumzutragen. Erst nach gut einem halben Dutzend Runden gab sich Alma allmählich zufrieden. Leise summte Luise ihr noch ein Lied ins Ohr, strich ihr zärtlich über die Wange.

»Glückwunsch! Du hast es geschafft«, stellte Selma erleichtert fest. »Sie reibt sich schon die Augen. Gleich wird ihr der Kopf schwer. Bestimmt kann sie jetzt schnell einschlafen und schlummert bis morgen früh friedlich durch.«

»Mir ist sie schon längst schwer geworden«, stöhnte Luise und reichte das Kind an Henriette weiter, die in der offenen Tür stand und das Treiben argwöhnisch beobachtete.

»Schlaf gut, Süßes.« Selma küsste Alma auf die Wange. Tatsächlich waren der Kleinen schon die Augen zugefallen. Den Kopf an Henriettes Schulter gelehnt, den rechten Daumen im Mund, atmete sie tief und gleichmäßig. Mit einem Knicks verabschiedete sich Henriette und verließ den Salon.

»Almas dunkle Augen sind wirklich ungewöhnlich.« Luise wartete, bis der unbeleuchtete Flur die beiden Gestalten vollständig verschluckt hatte, dann drehte sie sich zu Selma um und schaute ihr direkt ins Gesicht. Selma spürte, wie ihre Wangen von neuem glühten.

»Warum?«, fragte sie leichthin und zwang sich, dem forschenden Blick der etwa einen Kopf kleineren Freundin vorbehaltlos entgegenzulächeln. »Das macht Alma doch gerade so besonders. Die dunklen Locken passen auch gut dazu. Bei seinem letzten Urlaub Ende Januar war Gero ganz vernarrt in seine Tochter.«

»So?«

Die einsilbige Reaktion der Freundin reichte aus, Selma aus der Fassung zu bringen. Voller Absicht legte Luise damit den Finger in die immer weiter klaffende Wunde. Es stimmte nicht, dass Gero ›vernarrt‹ in Alma war. Er begegnete der Kleinen meist mit einem gewissen Befremden. Zu gut wusste Selma, wie auffallend Almas dunkle Augen, das nahezu schwarze Haar und der dunkle Teint der Haut bei zwei hellhäutigen Eltern wie Gero und ihr waren. Die ersten Monate hatte sie sich noch damit getröstet, dass die meisten Kleinkinder eher dunkel wirkten. Inzwischen aber war es nicht zu leugnen, dass Alma damit aus der Reihe fiel. Zwar kannte sie Geros ostpreußische Familie kaum, erinnerte sich aber nur an blonde oder brünette Typen wie in ihrer eigenen, weitverzweigten Verwandtschaft aus dem Rheinland.

Aufgewühlt lief sie zum Fenster, sah auf den nächtlich leeren Savignyplatz hinunter. Um das halb nur von kahlen Kastanienästen verdeckte Pissoir weiter hinten drückten sich wie so oft zwielichtige Gestalten herum. Selma schauderte bei der Vorstellung, wie oft Gero am Fenster gestanden und sich an dem verbotenen Anblick geweidet hatte. Unter den Männern fanden sich durchaus attraktive Jünglinge, wie sie selbst schon oft festgestellt hatte. Angespannt biss sie sich auf die Lippen.

»Lass uns gehen, sonst verpassen wir noch die aufregendsten Gäste in *Bühlers Ballhaus*«, schlug sie Luise vor und stürmte in den Flur, um die Mäntel zu holen.

An der Ecke zur Knesebeckstraße winkte Luise eine Droschke heran. »Wir hätten lieber die Stadtbahn nehmen sollen«, sagte Selma, als das müde, abgemagerte Pferd vor dem klapprigen Gefährt auf sie zukam. Mürrisch blickte der griesgrämige alte Droschkenmann mit dem grauen Nikolausbart vom erhöhten Kutschbock auf sie herunter, tippte aufreizend langsam mit den Fingern an die Krempe seines abgeschabten Zylinders. Deutlich war ihm anzusehen, was er im dritten Kriegswinter von zwei jungen Frauen in Ausgehkleidern hielt. Als Luise ihm das Ziel nannte, verdrehte er erst recht die glasigen Augen.

»Besser schlecht gefahren als gut gelaufen«, verkündete Luise dennoch quietschvergnügt und kletterte ins Innere. »Bei dem Schnee und der Kälte ist mir das allemal lieber.«
»Du bist doch gerade erst zur Tür herausgekommen«, widersprach Selma, begriff aber, dass die Freundin nicht umzustimmen war. Schweren Herzens nahm sie ebenfalls in der Droschke Platz. Mit einem Ruck fuhr sie an, dann ging es in gemächlichem Tempo die Knesebeckstraße hinauf und über die Charlottenburger Chaussee ostwärts durch den düsteren Tiergarten.
Über der Stadt und ihren menschenleeren Straßen hing trostlose Düsternis. Erst ab dem Brandenburger Tor brannte wenigstens jede zweite oder dritte Bogenlampe. Der sonst so stolze kaiserliche Prachtboulevard Unter den Linden schien dennoch drei Tage nach dem Kriegseintritt der USA zu einem verschämten Trauerband zusammengesunken. Selma war froh, dass der redseligen Luise ausnahmsweise auch zum Schweigen zumute war. Ab der Friedrichstraße ging es draußen lebhafter zu, bis die Droschke über die Oranienburger Straße in die Auguststraße abbog. Als sie vor dem schmalen Eingang von *Bühlers Ballhaus* anhielt, war Selma froh, einem unauffälligen Gefährt zu entsteigen. Es passte besser zur Umgebung, in der nach wie vor ein sichtlich weniger mondänes Publikum verkehrte als im westlichen Teil der Stadt. Selma drückte dem Fuhrmann ein viel zu üppiges Trinkgeld in die Hand, woraufhin der sich bemüßigt fühlte, Luise und ihr einigermaßen gentlemanlike aus dem Wagen zu helfen. »Soll ick Se nachher och wieda abholen?«, erkundigte er sich nuschelnd, was Selma dankend ablehnte.
Arm in Arm mit Luise betrat sie wenig später den Spiegelsaal im ersten Stock des Rückgebäudes. Auf den ersten Blick schien

alles noch genauso zu sein wie im ersten Jahr des Ballhauses vor dem Krieg. Beißender Zigarettenqualm und laute Tanzmusik schlugen ihnen entgegen. Es dauerte einige Sekunden, bis sie einen ersten Überblick über das Geschehen an den Tischen rund um die rechteckige Tanzfläche gewonnen hatten. Die meisten Tänzer entstammten entweder der Generation ihres Vaters oder dem stetig wachsenden Heer der Kriegsinvaliden. Den vergnügungssüchtigen Damen bei Boston, Onestepp oder Tango für einige Stunden die Illusion von heiler Welt zu schenken, brachte sie sichtlich an die Grenzen ihrer Leistungsfähigkeit. Tapfer versuchten sie durchzuhalten. Auch die Orchestermusiker auf der Empore mühten sich redlich, gehörten sie doch ebenfalls eher anderen Zeiten an. Umso auffälliger, dass sie sich ganz auf das Spielen moderner Tänze versteiften.

»Leider sind wir nicht die Einzigen ohne Herrenbegleitung«, stellte Luise enttäuscht fest.

»Was hast du erwartet?« Selma spürte, wie die Atmosphäre in dem Saal sie packte. Schon juckte es sie in den Füßen, das Parkett zu stürmen. Sie wollte nur noch tanzen und sich amüsieren, selbst wenn der Kater morgen früh umso ärger ausfiele. »Sieh es positiv: Früher hätte man uns schief angesehen, wenn wir uns als Frauen allein in ein Lokal gewagt hätten. Jetzt ist es völlig normal. Komm, lass uns loslegen. Sie spielen einen Tango. Du weißt, wie sehr ich den liebe.«

Luise verdrehte die blauen Kulleraugen, doch Selma ließ ihr keine Chance und schleppte sie entschlossen auf die Tanzfläche. Dort herrschte ein derart dichtes Gedränge, dass kaum an ausschweifende Drehungen zu denken war. Dennoch umfasste sie entschlossen Luises dralle Taille.

Die ersten Takte zierte sich Luise, scheute es, ihre Hüfte eng an Selmas zu pressen. Je mehr die Musik von ihr Besitz ergriff, desto sicherer wurde sie sich ihrer Rolle. Nach einigen Schritten nach vorn hielten sie inne, kreuzten die Beine, setzten den Weg in die umgekehrte Richtung fort. Wieder stoppten sie im Takt, ruckten mit den Köpfen, Luise vollführte eine Acht auf der Stelle und schloss auf Selmas leichten Schub hin eine gekonnte Drehung an. Zwei Taktschläge später fanden sie wieder eng zueinander. Wange an Wange, Hüfte an Hüfte tanzten sie in die andere Richtung weiter.

Die Wärme eines zweiten Körpers auf dem eigenen zu spüren, den Atemhauch des anderen im Gesicht zu fühlen und den zarten Duft nach Moschus und Rosen einzuatmen, betörte Selma. Es tat gut, wieder jemanden nah bei sich zu wissen, ganz gleich, ob Mann oder Frau. Sie schloss die Augen, wähnte sich für einige Sekunden in Geros Armen. Ihr Griff um Luises Hüfte wurde fester. Das weiche Fleisch fühlte sich gut an. Zart strichen ihre Fingerkuppen darüber. Ein Schauder lief ihr über den Rücken. Luise genoss ebenfalls, wie ihr schneller werdender Atem und das drängendere Anschmiegen verrieten. Beim nächsten Ruck mit den Köpfen trafen sich ihre Blicke. Um Luises Mundwinkel zuckte es, sie spitzte die Lippen. Für eine Sekunde drückte Selma ihren Mund darauf. Der Kuss versetzte sie schlagartig in eine andere Zeit, an einen anderen Ort. Schon einmal hatte sie eine andere Frau so geküsst, schon einmal hatte sie die körperliche Nähe einer anderen als derart angenehm empfunden: Es war an jenem Augusttag 1913 gewesen, bei ihrem Ausflug mit Constanze und Robert nach Straßburg. Einen Wimpernschlag lang fühlte sie den unendlichen Schmerz, dass das alles für immer vorbei war. Sowohl die enge Freundschaft zu Robert als auch die sündige Nähe zu Constanze. Längst hatte sich die Freundin ihr entzogen. Dafür aber war Luise jetzt bei ihr. Sie schlug die Augen wieder auf. Noch eine Drehung, eine Acht mit den Füßen, dann pressten sie beide die Waden aneinander, verharrten so zwei wundervolle Sekunden lang, um sich erst dann wieder in größter Harmonie in Bewegung zu setzen.

Die anderen Paare wurden auf sie aufmerksam. Zwar waren sie nicht das einzige Damenpaar, mit Sicherheit aber waren sie die Einzigen, denen es gelang, das Fehlen des männlichen Parts völlig vergessen zu machen. Lauter Beifall erklang, als die Musik erstarb. Selma stieß Luise zu einer letzten, schwungvollen Drehung an, dann verneigte sie sich vor ihr.

»Sie sind ein wunderbarer Tänzer, gnädige Frau.«

Abrupt richtete sich Selma auf. Die Stimme kannte sie. Erst als sie das Gesicht direkt hinter sich erblickte, fiel es ihr wie Schuppen von den Augen: Ansgar Grün!

»Sie hier?«, entfuhr ihr, noch ehe sie sich besinnen und etwas geschickter reagieren konnte.

»Welch Zufall! Vorhin erst haben wir von Ihnen gesprochen«, mischte sich auch schon Luise ein und starrte den vormaligen Assessor neugierig an.

»Wie geht es Ihnen? Haben Sie Fronturlaub?«, erkundigte sich Selma, während sie bereits nach einem Weg schielte, ihm so rasch wie möglich zu entfliehen. Sie verspürte nicht das geringste Bedürfnis, sich mit ihm zu unterhalten, noch dazu, wo Gero weit weg und sie allein mit Luise unterwegs war.

Ansgar Grün sah das anders. Wahrscheinlich hatte ihn Luises Bemerkung ermutigt. Jedenfalls wies er mit der rechten Hand einladend auf einen Tisch nur wenige Schritte abseits der Tanzfläche und schlug mit seinem unbeholfenen Lächeln vor: »Darf ich die Damen auf eine Flasche Schaumwein einladen? Es wäre mir eine große Ehre, in den Genuss Ihrer Gesellschaft zu kommen.«

»Nur zu gern!« Luise sprühte förmlich vor Begeisterung. So ganz konnte Selma ihr das nicht verdenken. Auf den ersten Blick war Ansgar Grün das einzige männliche Wesen weit und breit diesseits des Rentenalters. Noch dazu trug er keine Uniform, sondern einen figurbetonten schwarzen Smoking. Anerkennend musterte sie ihn, da stutzte sie. Der linke Ärmel seines Anzugs war leer! Lässig steckte das untere Ende in der Seitentasche des Smokings, nicht im mindesten darauf bedacht, über den fehlenden Arm hinwegzutäuschen.

»Verzeihung«, entschuldigte sie sich, sobald sie merkte, dass Ansgar Grün ihren entsetzten Blick gewahrte. »Ich wusste nicht, dass Sie …«

»Woher sollten Sie auch?« Grün wirkte erstaunlich fröhlich und keinesfalls verletzt oder brüskiert. Vielmehr schien er stolz auf sein Gebrechen. »Der wurde mir bei Verdun weggeschossen.«

»Oh!« Luise entfuhr ein bewundernder Aufschrei. Rasch schlug sie sich die Hand vor den Mund, schaute den um gut einen Kopf größeren Mann jedoch weiter unverhohlen an.

»Das tut mir sehr leid. Das muss schrecklich für Sie gewesen sein«, entgegnete Selma, sobald sie sich wieder gefasst hatte.

»Das muss Ihnen nicht leidtun. Eigentlich ist es das größte Glück, das mir widerfahren konnte. So bin ich der Hölle ein für alle Mal entronnen.«

»So kann man das natürlich auch sehen.« Selma schluckte. Zum Glück rückte Grün ihr sehr geschickt den Stuhl zurecht, so dass sie ihn für eine Weile nicht direkt ansehen musste. Sobald sie jedoch um den kleinen, runden Tisch mit den zierlichen Kaffeehausstühlen saßen, gab es kein Entrinnen mehr.

Luises Bewunderung wuchs mit jeder Minute, die sie in Grüns Gegenwart verbrachte. Selma dagegen wurde übel, ohne dass sie sich die Ursache dafür zunächst zu erklären wusste. Die Affäre mit Gero hatte Grün anscheinend längst überwunden, so galant und selbstsicher, wie er sich Frauen wie Luise und ihr gegenüber verhielt. Zudem war er beileibe nicht der erste Kriegsversehrte, mit dem sie zu tun hatte. Noch dazu hatte er zwar seinen linken Arm, keinesfalls aber das gute Aussehen eingebüßt. Im Gegenteil schien er sogar noch attraktiver geworden, was vielleicht auch der geringen Konkurrenz an anderen Männern geschuldet war.

Plötzlich traf sie die Erkenntnis: Was, wenn Gero unverhofft als Invalide heimkehrte? Ein Arm oder ein Bein, selbst ein Auge oder Ohr waren schnell verloren, wie man mittlerweile täglich von irgendwem hörte. Würde Gero das ähnlich gut verwinden wie anscheinend Ansgar Grün? Würde vor allem sie selbst das ertragen? Je länger sie darüber nachdachte, desto bitterer wurde der Geschmack in ihrem Mund.

»Wie geht es Ihrem Gemahl?«, erkundigte sich Grün und schlug die langen, wohlgeformten Beine leger übereinander. Mit großen Augen verfolgte Luise jede seiner Bewegungen, während in Selma der Widerwille wuchs. Kaum hielt sie es noch an dem Tisch.

»Wie soll es einem schon gehen, der weiterhin bei Schnee und Kälte im Schützengraben ausharrt?«, erwiderte sie eine Spur zu gereizt, was ihr zu Recht einen mahnenden Fußtritt der Freundin eintrug. Sie zwang sich zu einem schiefen Lächeln und fügte betont höflich hinzu: »Nach wie vor steht er an der Westfront. Sie haben sicher von dem Rückzug auf die Siegfried-Linie gehört. Das ist ein schwieriges Unterfangen. Wollen wir hoffen, dass es die richtige Entscheidung der Heeresleitung war.«

»Ich verstehe.« Sinnierend zwirbelte Grün mit den Fingern der noch vorhandenen Hand die Enden seines dünnen Oberlippenbarts, den er sich inzwischen hatte stehen lassen. »Nach wie vor ist Gero also ein Ausbund an Pflichterfüllung gegenüber Kaiser und Vaterland. Hoffentlich ist der Preis, den er und letztlich auch Sie dafür zahlen werden, nicht zu hoch.«

»Sie kennen den Einsatz«, stellte Selma trocken fest. Das Kinn auf den Handrücken gestützt, schaute sie an Grün vorbei auf die Tanzfläche. Sie hoffte, er begriff, wie ungern sie ausgerechnet mit ihm über Geros Pflichtverständnis reden wollte. Den Gefallen aber tat der vormalige Assessor ihr nicht.

»Dabei könnte es so einfach sein«, fuhr er mit einem eigenartigen Lächeln fort. Verschwörerisch beugte er sich vor und wisperte: »Es gibt Möglichkeiten, sich ein für alle Mal aus der Misere zu retten. Wer würde es dem Ehemann einer so schönen Frau und wahrscheinlich inzwischen auch Mutter verdenken, wenn er den Hals der Familie zuliebe rechtzeitig aus der Schlinge zöge?«

»Ich fürchte, ich verstehe nicht so recht, was Sie meinen.« Entgegen ihrer Worte ahnte Selma jedoch sehr wohl, worauf er hinauswollte. Ein dicker Knoten im Hals drohte ihr die Luft abzuschnüren, hörte sie doch das Ungeheuerlichste aus Ansgar Grüns Bemerkung heraus, was man sich nur vorstellen konnte: Er hatte die Verwundung mit voller Absicht provoziert, um untauglich zu werden!

Bittere Galle stieg in ihr auf. Sie sprang auf. Der Stuhl kippte nach hinten. Es gelang ihr gerade noch, ein »Entschuldigung« zu murmeln, dann presste sie sich die Hand vor den Mund und stürzte aus dem Saal die Treppe hinunter zum Vorderhaus und von dort nach draußen in die kalte, dunkle Berliner Aprilnacht.

9

Der Brief auf dem Tisch war eine einzige stumme Anklage. Seit Wochen hatte Selma gefürchtet, ihn zu erhalten. Nun, da er tatsächlich eingetroffen war, fehlte ihr die Kraft, sich der Wahrheit zu stellen. Die Angst vor dem Unabwendbaren war zu groß. Statt den Brief zu öffnen und sich damit endlich Gewissheit zu verschaffen, schob sie ihn unschlüssig auf dem Tischtuch hin und her, versteckte ihn schließlich unter der Serviette. Um sich auf andere Gedanken zu bringen, griff sie zu der Zeitung, die neben ihrem Gedeck lag.

Eigentlich fand sie es albern, in Berlin die *Bonner Neuesten Nachrichten* zu lesen. Bei Joseph war das etwas anderes. Trotz seines Reichstagsmandats war er nach wie vor der Verleger und musste täglich wissen, was in seinem eigenen Blatt stand, auch wenn sein Neffe Erwin den Verlag in der fernen rheinischen Heimat ganz in seinem Sinn leitete. Sie aber fühlte sich längst mehr Berlin als Bonn verbunden. Schon im zarten Alter von elf Jahren hatte sie das Rheinland verlassen. An diesem Maimorgen bescherte es ihr jedoch eine willkommene Ablenkung, statt des gefürchteten Briefes erst noch die Zeitung aus ihrer Geburtsstadt ausführlich zu studieren. Viel zu selten dachte sie an die glücklichen Jahre, die sie dort verbracht hatte.

In dem Provinzblatt hatten Krieg und die energischer vorgehende Zensur ebenso ihre Spuren hinterlassen wie in den Blättern der Hauptstadt. Ein ausführlicher Bericht über britische Flugzeuge, die die niederländische Stadt Zierikzee bombardiert und damit die Neutralität des Landes ignoriert hatten, prangte groß auf der ersten Seite. Die grausamen Folgen für die Zivilbevölkerung wurden detailgenau geschildert. Eingedenk der von Joseph oft gehörten Regeln über die Neutralität der Presse und die Wahrhaftigkeit der veröffentlichten Meldungen regten sich in Selma Zweifel, ob sich das tatsächlich in dieser Form zugetragen hatte. Seit fast drei Jahren wurde die Welt nur noch schwarz-weiß geschildert, ganz gleich, aus welcher Perspektive. In Deutschland wurden die Entente und insbesondere der »Erbfeind Frankreich« bei jeder Gelegenheit aufs Unwürdigste herabgesetzt, angebliche Greueltaten ins Unermessliche aufgebauscht. Im Gegenzug wurde das Vorgehen der Mittelmächte umso positiver dargestellt und selbst kleinste Erfolge an der seit langem erstarrten Front gefeiert, als ginge es um den Sieg des Abendlands schlechthin. In Frankreich oder England verfuhr man quasi spiegelverkehrt, was es nicht besser machte. Selma schauderte bei der Vorstellung, welch simplen Geistes man sein musste, um dieses Gebaren noch für bare Münze zu nehmen. Gelegentlich juckte es sie in den Fingern, selbst einmal zu Papier und Stift zu greifen, um sich ihre Gedanken von der Seele zu schreiben. Einzig bei den Lokalnachrichten existierten noch gewisse Freiheiten in der Berichterstattung, weshalb sie diese inzwischen zu schätzen gelernt hatte. Gespannt, was sich in Bonn gerade ereignete, begann sie mit den *»Nachrichten aus unserer Stadt«*. Energisches Läuten an der Wohnungstür riss sie allerdings gleich wieder aus der Lektüre.

Aus dem Kinderzimmer im hinteren Teil der Wohnung erklang freudiges Jauchzen. Alma hoffte auf spannende Abwechslung. Julias beschwingte Schritte auf dem Dielenboden übertönten die Stimme des Kindermädchens, die die Kleine beruhigen wollte. Selma ärgerte sich über Julia. Der vorlauten Göre war einfach nicht klarzumachen, dass sie sich etwas mehr zurückhalten musste. Das Leben war kein Faschingsball. Was aber war von einer waschechten Berliner Schnauze aus dem Scheunenviertel groß an Benehmen zu erwarten? Oft schon hatte

Selma mit dem Gedanken gespielt, sich von ihr zu trennen. Julia versäumte jedoch keine Gelegenheit, darauf hinzuweisen, wie unentbehrlich sie für Gero war. Wahrscheinlich wusste sie über seine Vorlieben für das eigene Geschlecht Bescheid und wäre sich nicht zu schade, im Falle eines Falles von dem Wissen Gebrauch zu machen.

»Für Sie, gnädige Frau«, meldete sie in ihrer schnodderigen Art. Das in der vorwitzigen Maisonne leuchtende rotblonde Haar wie auch die munteren Sommersprossen auf dem breiten Gesicht erschienen Selma an diesem Morgen noch unpassender als sonst. Zudem hatte Julia wieder einmal selbstherrlich auf das weiße Häubchen und die saubere Schürze verzichtet. Verärgert schluckte Selma die Erwiderung »Für wen denn sonst?« hinunter, legte die Zeitung beiseite und setzte sich aufrechter hin. Wie zufällig ordnete sie dabei den Stehkragen ihrer weißen Bluse, strich den Stoff des sandfarbenen Rockes glatt. Eigentlich die Garderobe einer biederen Hausfrau, schoss ihr durch den Kopf. Julia grinste. Offensichtlich hatte sie ihre Unsicherheit bemerkt. Breitbeinig wie ein Stallknecht trat sie beiseite, um dem Besuch Einlass zu gewähren.

»Constanze, du?«, fragte Selma überflüssigerweise, als sich die zierliche Freundin mit der kecken Kurzhaarfrisur an dem Dienstmädchen vorbei ins Esszimmer schob. Zwar trug sie schon lange keine Breeches mehr, sondern schlichte dunkle Röcke und helle Blusen, dennoch besaß ihr Auftritt nach wie vor etwas Unkonventionelles, was ihr hervorragend stand. Vor allem strahlte es Selbstbewusstsein aus. Flüchtig dachte Selma an ihre erste Begegnung vor vier Jahren auf der Straße nach Karlsruhe. Damals schon war ihr das aufgefallen.

»Hast du etwa unsere Verabredung vergessen?« Vorwurfsvoll sah das Küken erst zu ihr, dann auf das Frühstücksgeschirr.

»Wir wollen doch heute Vormittag in die Technische Hochschule, um mit deiner Großmutter in die Chemievorlesung zu gehen.«

»Verzeihung«, murmelte Selma und erblasste. Das war ihr tatsächlich entfallen. Hastig erhob sie sich, fegte dabei unbeabsichtigt die Serviette zu Boden. Auch der darunter versteckte Brief segelte nach unten. Bevor sie es verhindern konnte, bückte sich das Küken bereits danach.

»Der sieht sehr amtlich aus«, kommentierte Constanze und reichte ihn ihr. Ihr Blick fiel auf den Stempel. Sie stutzte, drehte den Brief um, las den Absender. »Du hast ihn noch gar nicht geöffnet.« In ihren Worten schwang ein leiser Vorwurf mit.

»Geros Heldentod werden sie mir damit wohl kaum melden. Für solche Nachrichten verwenden sie Umschläge mit breitem Trauerrand.« Selma staunte über den festen Ton, in dem ihr das entschlüpfte.

»Wahrscheinlich teilen sie dir Geros Verwundung mit.« Constanze klang erleichtert. »Mach schnell auf, damit wir Gewissheit haben. Vielleicht kommt er bald nach Hause und muss nie mehr zurück an die Front.«

»So wie Ansgar Grün?«

»Wer?«

Erst da fiel Selma ein, dass das Küken den Assessor weder kannte noch von seiner Beziehung zu Gero wusste oder gar ahnte, mit welch ungeheuerlicher Tat er sich seine dauerhafte Rückkehr an die Heimatfront erschlichen hatte.

»Ist nicht so wichtig.« Sie nahm den Umschlag in die Hand. Nun gab es kein Entrinnen mehr. Sie musste sich dem Brief und der darin enthaltenen Nachricht stellen. Wenigstens war Julia wieder verschwunden. Constanzes Gegenwart machte sie schon nervös genug. Vorsichtig öffnete sie das Kuvert.

Anders als die maschinengetippte Anschrift war der Brief handschriftlich abgefasst. Selmas Hände zitterten. Kaum gelang es ihr, den Blick auf die eng beschriebenen Zeilen zu richten und den Sinn des Gelesenen zu erfassen. Wüst wirbelten ihr die Gedanken durch den Kopf. Was, wenn Gero wie Ansgar Grün ein Arm abgeschossen worden war? Wenn ihm ein Bein fehlte oder er gar das Augenlicht verloren hatte? Vielleicht war auch sein edles, ebenmäßiges Ostpreußengesicht durch einen Granatsplitter für alle Ewigkeit entstellt? Eine eisige Hand umklammerte ihr Herz. Sosehr sie sich wünschte, er käme lebend aus dem Krieg zurück, so sehr ängstigte sie die Vorstellung, er wäre ihr nicht nur fremd geworden, sondern unwiederbringlich auch körperlich versehrt. Würde sie es ertragen, für den Rest ihres Lebens an einen Krüppel gebunden zu sein?

»Ist es so schlimm?« Constanze klang äußerst beunruhigt.

»Bitte?« Verwirrt sah Selma auf.

»Was auch geschehen ist, auf mich kannst du dich verlassen. Ich stehe dir bei.« Mitleidig sah das Küken sie an.

»Lass mich!« Mit dem Brief in der Hand flüchtete Selma ans Fenster.

Die wohltuende Wärme der Maisonne auf den Wangen spürend, zwang sie sich, die Zeilen aufmerksam zu lesen. Abgefasst waren sie vom Hauptmann von Geros Einheit. Obwohl er wenig mitzuteilen hatte, bewies die umständliche Ausdrucksweise sein aufrichtiges Bemühen, das, was es über Gero zu berichten gab, auf mindestens zwei eng und äußerst akkurat beschriebene Seiten auszudehnen. Selma musste sie gleich mehrmals studieren, um den Inhalt zu begreifen. Langsam ließ sie den Brief sinken, lehnte den Kopf gegen das kühle Fensterglas und atmete tief durch.

Sie blickte nach unten. Auf dem breiten Trottoir der Grolmannstraße zerrte eine Dame in hellem Sommerkostüm einen kleinen Hund vor zum Savignyplatz. Ein Junge in kurzen Hosen kam vorbei, wollte sich nach dem Hund bücken und ihn streicheln. Undamenhaft brauste die Dame auf. Selma schüttelte den Kopf. Was gäbe sie darum, sich jetzt um solche Belanglosigkeiten zu kümmern! Der Brief rückte ein unbeschwertes, sorgloses Dasein in unerreichbare Ferne. Sie wandte sich zurück ins Esszimmer.

»Seit mehr als zwei Wochen gilt Gero als vermisst. Nach der Nivelle-Offensive Mitte April ist er von einem Erkundungsgang nicht mehr zurückgekehrt. Auch von den übrigen Männern seines Spähtrupps fehlt jede Spur.«

»Wie entsetzlich!«, krächzte das Küken.

In Selma regte sich Widerstand. Angestrengt richtete sie den Blick auf das Bild über dem dunklen Vertiko an der gegenüberliegenden Wand. Sosehr die Einrichtung der Wohnung Geros Hang zu kühler Sachlichkeit widerspiegelte, so stimmungsvoll war dieses Bild, auch wenn es ganz dem modernen Stil entsprach. Gero hatte es ihr zur Hochzeit geschenkt. Sie liebte es, zeigte es doch die malerische Abendstimmung an der samländischen Bernsteinküste.

Das goldgelbe Licht, der unendlich scheinende Sandstrand und der sich weit über die blaugrün schimmernde Ostsee wölbende Himmel verhießen eine Ruhe, die sie gern einmal in natura genießen würde. Die intensiven Farben und der ungewöhnliche Pinselstrich des Malers nahmen einen ganz gefangen. Immer wieder konnte Selma das Bild betrachten, um sich darin zu verlieren. Auch jetzt entfaltete es bald seine wohltuende Wirkung.

»Das heißt noch gar nichts«, erklärte sie mit einem Anflug von Trotz dem Küken. »Er kann überall sein, hat sich verlaufen, in einen Unterschlupf geflüchtet oder ist meinetwegen auch den Franzosen in die Hände gefallen. Wie man hört, werden Offiziere in Gefangenschaft mit dem ihrem Rang gebotenen Respekt behandelt. Zum Glück spricht er fließend Französisch, also wird er jenseits der feindlichen Linien gut zurecht…«

»Hör auf, dir sinnlose Hoffnungen zu machen«, fiel Constanze ihr ins Wort, packte sie an den Armen, um sie wachzurütteln. »Wenn er seit Wochen vermisst wird, ohne dass er in den Listen der Gefangenen auftaucht, musst du früher oder später der Wahrheit ins Auge sehen. Ach, Selma, es tut mir so leid.«

»Das kannst du dir sparen.« Mit einer schroffen Bewegung befreite sie sich aus Constanzes Händen. »Vermisst sein heißt nicht tot sein. Es wäre unverzeihlich, ihn vorzeitig aufzugeben. Lass uns gehen. Wir sind spät dran. Großmama hasst Unpünktlichkeit.«

»Du willst doch nicht etwa jetzt noch …«, setzte das Küken entrüstet an, um sogleich von Selma unterbrochen zu werden: »Natürlich gehe ich wie verabredet zur Vorlesung. Großmama wartet. Es ist ganz in Geros Sinn, das einzuhalten.«

Entschlossen eilte sie zur Tür, plötzlich sehr daran interessiert, was ihr ein weißhaariger Professor im Hörsaal der Königlich Technischen Hochschule über die Grundlagen chemischer Verbindungen erklären würde. Zumindest für eine Weile konnte sie darüber den Brief mit der maschinengetippten Anschrift und der schrecklichen Nachricht in einer völlig unbekannten Handschrift verdrängen. Bestimmt kam ihr bald eine Idee, wie sie mit der neuen Situation am besten umgehen sollte.

10

Der Fußweg durch die frühlingshaften Straßen Charlottenburgs tat gut. Das zarte Grün an den Bäumen, die duftenden Blumenrabatten in den Grünstreifen und das muntere Zwitschern der Vögel täuschten Frieden vor. Mit jedem Schritt, den Selma und Constanze sich über den nördlichen Teil der Knesebeckstraße vom Savignyplatz entfernten, schien es ihr unwirklicher, die schicksalhafte Nachricht von Geros Hauptmann tatsächlich erhalten zu haben. Kurz nach Erreichen der Hardenbergstraße wurden bereits die hoch aufragenden Südausläufer der Technischen Hochschule über den Dächern der Akademie für Kirchenmusik erkennbar. Am Knie bogen sie nach rechts in die Berliner Straße ein, wo bald die gewaltige Nordfassade des Gebäudekomplexes mit der ausschweifenden Auffahrt in Sicht kam. Die zu spitzen Pyramiden zurechtgestutzten Koniferen vor dem Haupteingang verliehen dem Ganzen eine strenge Würde.

Mit gewichtigen Mienen eilten dunkel gekleidete Studenten und Professoren den gepflasterten Weg hinauf, aufgesogen von der alltäglichen Ordnung von Lernen und Lehren. Nichts schien an diesem Ort ferner als Krieg und Chaos. Auch in Selmas Gedanken verwandelte sich bei diesem Anblick die Nachricht von Geros Verschwinden an einer fernen, abstrakten Front allmählich in einen bösen Traum. Für einen kurzen Moment schloss sie die Augen. Gewiss fand sie sich gleich zu Hause auf dem Sofa, unsanft aufgeweckt von Almas munterem Gebrabbel. Mit der Nachmittagspost brachte Julia einen Brief von Geros eigener Hand ins Herrenzimmer, der die Welt wieder ins rechte Lot rückte.

»Ihr kommt spät«, stellte Meta lapidar fest, sobald sie durch den Haupteingang ins Foyer der Hochschule traten. Schon schickte sie sich an, auf ihren Stock gestützt, den langen Flur zum Hörsaal vorauszugehen. Selma sah der zierlichen Frau in dem schmalen schwarzen Kostüm und mit den silbergrauen Haaren nach und wunderte sich, woher sie den Weg so genau kannte. Rasch nahm das Gedränge der geschäftig an ihr vorbeieilenden Menschen sie gefangen. Eines stieß ihr dabei ganz besonders auf, wohingegen Constanze dem keinerlei Beachtung mehr schenkte. »Woher kommen die vielen jungen Männer mitten im Krieg?«

»Jedenfalls nicht von der Front«, erwiderte Constanze in sarkastischem Ton. »Gerade im Krieg werden dringend Ingenieure gebraucht. Deshalb werden sie gehegt und gepflegt, als wären sie pures Gold. Wer sonst sollte die Flugzeuge entwickeln, mit denen tollkühne Flieger wie dein Bruder die Franzosen vom Himmel holen? Von den schweren Panzern und den immer raffinierteren Artilleriegeschossen für die Bodentruppen ganz zu schweigen. Sogar das unsägliche Giftgas wird von klugen Menschen in sauberen Hochschullaboren ersonnen. Es wäre fatal, wenn man die klugen Köpfe am Studium und damit am Erfinden neuer Gifte hinderte und sie stattdessen an der Front zum Abschuss freigäbe.«

»Wie entsetzlich!« Selma schüttelte den Kopf, schwieg eine Weile. Allmählich funktionierte ihr Hirn wieder, und sie begann zu verstehen. Das war das ersehnte Aufwachen aus dem Alptraum. Leider aber rückte es nichts ins rechte Lot zurück. Stattdessen hörte sie Geros Worte Ende Januar in Godesberg, als er von der verheerenden Wirkung der Giftgase erzählt hatte. »Du spürst keinen Schmerz, dir klafft keine Wunde, trotzdem gehst du elend daran zugrunde.« Er hatte den Irrsinn

längst durchschaut, sie aber begriff erst jetzt, dass alles noch weitaus schlimmer war als bislang angenommen.
Sie presste die Fäuste gegen die Schläfen. Geros Antlitz trat ihr vor Augen, die Verlorenheit seines Blicks, die sie schon öfter bemerkt hatte. Zugleich keimte die Erinnerung an fröhliche und leidenschaftliche Stunden mit ihm auf. Immer wieder hatte er sie ermutigt, ihre Grenzen auszuloten, sich Unbekanntem zu öffnen, Unerlaubtes zu wagen, sowohl in der Liebe als auch im täglichen Dasein. So viel hatten sie miteinander durchlebt, hatten Höhen und Tiefen, Momente innigster Nähe und verstörender Fremdheit durchgestanden, dabei letztlich stets aufs Neue zueinandergefunden. Das durfte nicht vorbei sein! Sie konnte nicht zulassen, dass er an diesem Krieg zugrunde ging. Um ihn aus der Hölle herauszuholen und zurück ins Leben zu führen, musste sie ein weiteres Mal eine Grenze überwinden und die Suche nach ihm wagen. Nichts anderes würde er für sie tun. Das war sie ihm schuldig.
»Schlimm, dass auch so viele Frauen unter den Studenten sind«, fuhr Constanze nachdenklich fort.
Selma zwang sich, ihr zuzuhören, obwohl es gerade wild in ihrem Kopf zu arbeiten begann und sich eine erste Idee zaghaft herauskristallisierte, wie sie die Suche nach Gero an der Front bewerkstelligen konnte.
»Ich bezweifle, ob sie wissen, was sie anrichten«, stellte Constanze fest. »In der Theorie und am Laborplatz wirkt das alles viel harmloser, als es tatsächlich ist. Darauf sollte man sie unbedingt hinweisen.«
»Interessant, das ausgerechnet von dir als angehender Ingenieurin zu hören. Wie ich Großmama kenne, treibt sie Ähnliches um.« Selma wies auf eine Gruppe junger Studentinnen an der offenen Tür eines Hörsaals. Meta stand bei ihnen und disku-

tierte lebhaft mit ihnen. »Sie wollte heute wohl mit in die Vorlesung, um deine Kommilitoninnen direkt anzusprechen. Eine gute Idee, findest du nicht?«

»Direkt miteinander zu reden schadet nie«, stimmte Constanze mit einem aufmunternden Lächeln zu.

Selma hakte sich bei ihr unter. Auf einmal war die alte Vertrautheit zwischen ihnen wieder da, das leichte Befremden der letzten Monate wie weggewischt.

»Das Schlimme ist nur, das Reden allein nicht viel nutzt«, erwiderte sie dem Küken. »Während hier so getan wird, als ginge der Alltag weiter wie bisher, ist andernorts längst die Hölle auf Erden ausgebrochen.«

»Eine weise Erkenntnis. Du hältst dich hoffentlich nicht für die Erste, die sie gewonnen hat.«

»Natürlich nicht. Trotzdem wird es Zeit, aufzubegehren.«

»Das sagst ausgerechnet du? Wie willst du das tun?«

»Ich werde darüber schreiben.« Verzückt lauschte Selma den eigenen Worten nach. Es klang sehr selbstbewusst. Gero würde das freuen.

»Etwa Romane, so wie deine Großmutter?«

»Du weißt von Rosalie Goldstein?« Erstaunt sah Selma die Freundin an. Hinter deren unauffälligem Auftreten lauerte noch so manche Überraschung. Das ließ bereits Constanzes unbewusste Schönheit vermuten, um die sie nicht das geringste Aufheben machte. Stattdessen gab sie sich beneidenswert natürlich in Auftreten und Aussehen, legte wenig Wert auf Schminke, modische Kleidung und raffinierte Frisuren. So burschikos das auf der einen Seite wirkte, verlieh es ihrem Gebaren andererseits eine wohltuende Selbstverständlichkeit, die einen auf Anhieb für sie einnahm. Wäre nicht Krieg, lägen ihr die jungen Männer gewiss reihenweise zu Füßen.

»Warum sollte sie nicht von ihr wissen?«, kam Metas sonore Stimme dicht neben ihr einer Antwort Constanzes zuvor. Unbemerkt von ihnen beiden hatte die Großmutter das Gespräch mit den Studentinnen beendet und sich zu ihnen gesellt. Vergnügt schaute sie zwischen ihnen hin und her.

»Habe ich da eben richtig gehört? Selma, Liebes, du hast dich endlich durchgerungen, deinem wahren Talent zu folgen?«

»So ungefähr«, zierte sich Selma plötzlich und suchte fieberhaft nach den geeigneten Worten, um ihr Vorhaben grob, aber dennoch unmissverständlich zu umreißen. Zu sehr fürchtete sie die Kritik ihrer beiden Zuhörerinnen, die die Idee womöglich sofort in der Luft zerrissen, weil sie noch reichlich unausgegoren war. »Ich möchte einige Artikel für die *Bonner Neuesten Nachrichten* schreiben.«

»Ein naheliegender Anfang.« Meta klang enttäuscht. Mehrmals tippte sie den Stock auf den Boden, fuhr ganz in Gedanken an dem Elfenbeinknauf entlang, bevor sie leise weitersprach. »Deinem Vater wird es natürlich ein Leichtes sein, dir das zu vermitteln. Wahrscheinlich freut sich dein Vetter sogar, dass wenigstens einer aus der Familie Interesse an dem Blatt zeigt und mitarbeiten möchte. Doch mit dem guten Willen allein ist es nicht getan. Selbst als Tochter des Verlegers wirst du nicht umhinkommen, dir zu überlegen, worüber du genau schreiben willst.«

»Über den Krieg natürlich oder vielmehr über seine völlige Sinnlosigkeit«, erwiderte Selma wie aus der Pistole geschossen.

»Nichts anderes habe ich erwartet.« Nachsichtig lächelnd tätschelte Meta ihr den Arm. »Ein hehrer Vorsatz, Liebes, der allerdings in der Praxis schwer umzusetzen ist. Leider hat nämlich inzwischen die Zensur bei allem, was gedruckt wird, ein Wörtchen mitzureden, und die Oberste Heeresleitung zeigt sich wenig offen für neue Schreiberlinge.«

»Natürlich muss ich über etwas schreiben, das zum einen etwas Besonderes ist und zum anderen durch die Zensur kommt.« Metas Einwand spornte Selma an, die eben noch sehr vage Idee flugs weiter auszuspinnen. »Deshalb werde ich mich auf das Naheliegende konzentrieren.«

»Und das wäre?« Constanze zog die linke Augenbraue nach oben, was ihr ein ungewöhnlich strenges Aussehen verlieh.

»Ich schreibe über die Suche nach meinem an der Front verschollenen Ehemann.«

»Gero wird vermisst? Oh, Liebes, das ist ja furchtbar! Weißt du schon Genaueres?« Voller Mitgefühl sah Meta sie an.

»Erst heute habe ich davon erfahren. Nach der gescheiterten Offensive der Alliierten befand er sich in der Nähe von Verdun auf Erkundungsgang mit einem Spähtrupp. Seither verliert sich jede Spur.«

Sinnierend ließ Meta die Neuigkeit einige Atemzüge lang auf sich wirken, bevor sie behutsam nachhakte: »Habe ich dich eben richtig verstanden: Du willst für die Zeitung deines Vaters über die Suche nach Gero berichten? Das heißt doch nichts anderes, als dass du selbst dorthin fahren und auf eigene Faust nach ihm suchen willst.«

»Genau.«

»Verzeih, Liebes, aber das klingt in meinen Ohren allzu sehr nach billigem Abenteuerroman. Sicherlich weißt du, wie aussichtslos es ist, als Frau bis zu den vorderen Frontlinien durchzudringen, vom Überschreiten der Grenze ganz zu schweigen.«

»Deshalb will ich als Reporterin darüber berichten. Papa kann mir bestimmt die nötigen Passierscheine …«

»Dein Vater ist kein Zauberer«, unterbrach Meta sie ungeduldig. »Das geht alles nicht so einfach, wie du dir das vorstellst.

Die Vorschriften für Kriegsberichterstatter sind äußerst streng, es gibt genaue Zahlen, wie viele wo zugelassen sind. Bislang ist mir noch von keiner Frau bekannt, die dafür eine Genehmigung erhalten hat.«
»Wenn keine es wagt, wird es auch nie eine schaffen«, erwiderte Selma trotzig. »Seit Wochen quält es mich, tatenlos im sicheren Berlin zu sitzen, während Gero an der Front Kopf und Kragen riskiert. Und nicht nur er. Endlich habe ich begriffen, was ich tun muss. Das bin ich Gero schuldig.«
»Geros preußisches Pflichtbewusstsein hat wohl abgefärbt.«
»Was ist falsch daran? Es überrascht mich, wie zögerlich du auf meine Pläne reagierst, liebe Großmama. Dabei bist du sonst immer diejenige in der Familie, die dafür plädiert, sich als Frau dieselben Rechte zu nehmen wie die Männer.«
Statt ihr zu antworten, sah Meta sie lange schweigend an, bevor sie erwiderte: »Das ist etwas völlig anderes, Liebes. Davon abgesehen ist ein Krieg kein Sommervergnügen, sondern bitterer Ernst. Jetzt, da dein Mann vermisst wird, liegt außerdem die Verantwortung für die kleine Alma allein bei dir. Du bist es deinem Kind schuldig, für es da zu sein. Es nützt ihr herzlich wenig, wenn nach dem Vater auch noch die Mutter spurlos verschwindet, mögen noch so hehre Absichten dahinterstecken.«
»Ich werde mitkommen«, warf das Küken ein und hakte sich bei Selma unter.
»Aber hast du nicht vorhin noch …«, setzte Selma überrascht an, um sogleich von Constanze unterbrochen zu werden: »Du hast mich gerade überzeugt: Solange niemand das Gegenteil beweist, dürfen wir Gero nicht aufgeben. Das wäre unfair. Überhaupt wird es Zeit, die Männer da draußen nicht länger allein mit dem Schlamassel zu lassen, sondern sie stärker zu unterstützen. Du hast recht, Selma: Wenn wir zu ihnen fahren

und uns vor Ort über die wahren Zustände informieren, können wir die Menschen zu Hause aus erster Hand darüber unterrichten. Davon abgesehen wird es uns zu zweit leichter fallen, bis zur vordersten Linie vorzudringen. Gerade als Ingenieurin kann ich dir nützlich sein. Wir besorgen uns einen Wagen, wechseln uns beim Fahren ab. Falls es eine Autopanne gibt, kann ich die sofort beheben. Außerdem wird es dich beruhigen, eine Vertraute bei dir zu wissen.«

»Das kann ich nicht annehmen«, wehrte Selma ab. »Da Gero auf der französischen Seite verschwunden ist und man auf der deutschen Seite nichts von ihm gehört hat, werde ich meine Suche auf die andere Seite der Front ausdehnen müssen. Das ist viel zu gefährlich für dich.«

»Für dich allein nicht?« Entschlossen sah Constanze sie an. »Hast du vergessen, dass ich in Lothringen geboren und zweisprachig aufgewachsen bin? Ich spreche akzentfrei Französisch. Das wird dir von größtem Nutzen sein. Außerdem kenne ich die Gegend um Verdun wie meine Westentasche. Meine verstorbene Mutter hatte dort Verwandtschaft, die wir gelegentlich besucht haben.«

»Das wird ja immer schöner!« Empört klopfte Meta mit dem Stock auf den Steinboden und schüttelte fassungslos den Kopf. »Von Ihnen als Ingenieurin hätte ich eigentlich einen kühleren Kopf erwartet, Constanze. Die Männer an der Front haben überhaupt nichts davon, wenn ihr euch auch noch in Gefahr begebt. Ihr beide habt nicht die geringste Ahnung, worauf ihr euch einlasst. Das klingt tatsächlich immer mehr nach einem abstrusen Abenteuerroman. Wacht endlich auf, meine Lieben, und katapultiert euch in die Wirklichkeit zurück.«

»Wir sind erwachsen, Großmama, wir wissen, was wir tun.« Selma legte den Arm um Constanzes Schultern und wisperte ihr zu. »Danke dir für dein Angebot. Wenn du dir wirklich sicher bist, freue ich mich sehr über deine Unterstützung.«

»Wozu wäre ich deine Freundin, wenn ich dich ausgerechnet jetzt im Stich ließe?«

»Du bist wunderbar!« Überschwenglich umarmte Selma sie. »Am besten fangen wir gleich mit den Vorbereitungen an. Zuallererst werde ich zu meinem Vater gehen und ihn um Hilfe bei den nötigen Papieren bitten.«

»Einen Moment noch, meine Damen!« Meta hielt sie zurück. »Das Ganze ist der absolute Wahnsinn! Wenn ihr vorhabt, euch auf die französische Seite zu schmuggeln, wird das ein wahres Himmelfahrtskommando. Deshalb flehe ich euch an: Lasst es sein! Gero ist nicht der Erste, der im Niemandsland zwischen Deutschland und Frankreich vermisst wird. Es gibt Mittel und Wege, ihn aufzuspüren. Das erledigen Männer, die darin geübt sind. Am Geld, um sie zu bezahlen, wird es nicht scheitern.«

»Ob du es gut findest oder nicht, Großmama, ich werde in jedem Fall selbst an die Westfront reisen und nach Gero suchen. Wenn es sein muss, auch in Frankreich und sogar auf dem Mond.«

Abermals schickte Selma sich zum Gehen an, doch von neuem hielt Meta sie auf. »Wenn ich dich schon nicht zur Vernunft bringen kann, dann lass dir wenigstens helfen.«

»Willst du etwa auch mitkommen? Einen Platz im Auto hätten wir noch frei.«

»Keine Angst, ich war noch nie eine Freundin von Selbstmordaktionen.« Die Großmutter sah sie prüfend an, schien noch einen Moment zu überlegen, dann aber gab sie sich einen Ruck. »Ich werde euch beistehen, deinen Vater zu überzeugen, die nötigen Papiere zu besorgen. Es reicht allerdings völlig, wenn ihr ihm gegenüber eure Absicht kundtut, als Reporterinnen nach Metz und von dort zu den deutschen Truppen an die Front zu reisen. Über die Schnapsidee, nach Frankreich zu fahren, verliert ihr besser keine Silbe. Niemals wird er euch sonst helfen.«

»Dafür kann uns sowieso niemand Papiere geben.«

»Deshalb braucht ihr Unterstützung auf französischer Seite«, stellte Meta leise, aber bestimmt fest.

»Gut gesagt, aber schlecht umzusetzen«, gab Selma zurück.

»Ich weiß einen Weg, Liebes. Seit einigen Monaten stehe ich mit Robert in Kontakt. Ich werde ihn bitten, euch zu begleiten.«

»Nein!« Vor Empörung begann Selma zu zittern. Sobald sie sich wieder etwas gefasst hatte, erklärte sie entschieden: »Danke für dein Angebot, aber das werde ich nicht annehmen. Von Robert lasse ich mir bestimmt nicht helfen. Wie kommt es überhaupt, dass du mitten im Krieg Kontakt zu ihm hast? Hat er dich etwa auch damals in Baden-Baden gebeten, ihm …«

»Robert ist mir ein guter Freund geworden«, schnitt Meta ihr das Wort ab. »Um es gleich vorwegzunehmen: Das hat nicht das Geringste mit dir und deinem Verhältnis zu ihm zu tun. Wie du weißt, gehöre ich zu einem Kreis von Pazifisten aus der Schweiz, Frankreich, Österreich und den Niederlanden. So haben auch Robert und ich vor einiger Zeit wieder zueinandergefunden. Über meine Freundin Thérèse Bichelmüller in Basel tauschen wir regelmäßig Briefe aus.«

»Das kann nicht sein.« Selma schluckte, dachte angestrengt nach, während sie Metas Blick auf sich spürte. »Warum ist Robert nicht an der Front?«

»Das ist er natürlich. Er berichtet als Kriegsreporter für Pariser Zeitungen. Zum Glück muss er keine Waffen tragen und nicht an vorderster Linie kämpfen. Dafür hat er oft in Basel zu tun.«

»Da hat er wohl viel Glück gehabt und sich eine bessere Aufgabe besorgt.« Selmas Ton klang abfällig. »Vor zwei Jahren hat er mich noch ausspionieren wollen.«

»Was sagst du da?« Verwirrt sah Constanze sie an.

»Die Wahrheit, liebes Küken, nichts als die Wahrheit. Oder was würdest du davon halten, wenn du bei einem stimmungsvollen Abendessen ganz zufällig nach den Entscheidungen deines Vaters im Reichstag oder nach den Einsätzen deines Bruders bei den Fliegern, ganz zu schweigen von den Plänen in eurer Maschinenfabrik in Metz ...«

»Ich fürchte, da hast du etwas grundsätzlich missverstanden«, ging Meta dazwischen. »Schon nach eurem missglückten Wiedersehen im *Zähringer Hof* habe ich dir das zu verstehen gegeben. Wir alle kennen Robert und wissen, was für ein Mensch er ist. Als er vor dem Krieg hier in Berlin lebte, verkehrte er bereits mit den Pazifisten. Es ist nur logisch, dass er das nach Kriegsausbruch ebenso intensiviert hat wie ich.«

»Das könnte man auch anders deuten«, versuchte Selma sich an einem weiteren Einwand. In ihrem Kopf arbeitete es fieberhaft. Angestrengt versuchte sie, sich jenen Abend in Baden-Baden noch einmal en detail in Erinnerung zu rufen. Zugleich ahnte sie, weshalb sie so sehr darauf bedacht war, ein neuerliches Zusammentreffen mit Robert zu verhindern. Sie fürchtete sich davor, weil sie ahnte, wie fatal es enden konnte, ihm ausgerechnet in ihrem derzeitigen Zustand gegenüberzutreten. Ein zweites Mal brächte sie nicht die Kraft auf, seinem Charme zu widerstehen. Gero aber durfte sie nicht wieder hintergehen. Vor allem nicht in diesen schweren Wochen. Ihr Blick streifte Constanze.

»Deine Großmutter hat recht«, erklärte das Küken und lächelte erst Meta, dann Selma Versöhnung heischend an. »Robert ist sicherlich kein Spion. Das passt einfach nicht zu ihm. Als Kriegsreporter kann ich ihn mir dagegen sehr gut vorstellen. Es wäre großartig, wenn er uns helfen könnte. So werden wir auf der französischen Seite eine größere Chance haben, Gero zu finden.«

»Gleich heute noch werde ich ihn um Unterstützung bitten«, verkündete Meta erleichtert.

»Was macht dich so sicher, dass er uns wirklich helfen will?«, versuchte Selma es ein letztes Mal.

»Ich weiß es einfach, Liebes. Vertrau mir.« Meta lächelte.

»Hoffentlich wirst du nicht enttäuscht.«

»Wollen wir jetzt noch in die Vorlesung gehen?« Erwartungsvoll sah Constanze sie beide an. »Die erste Hälfte dürften wir zwar schon verpasst haben, aber wenn wir uns sputen, kriegen wir vom zweiten Teil noch etwas mit.«

»Eine gute Idee«, stimmte Meta zu.

»Ich kümmere mich um Sitzplätze.« Constanze lief vor. Selma wollte ihr folgen, doch Meta hielt sie abermals zurück.

»Warum tust du das wirklich?« Forschend sah sie Selma in die Augen.

»Was?«

»Gero suchen. Du weißt ebenso gut wie ich, dass er nicht die große Liebe deines Lebens ist.«

»Muss er das sein, damit ich ihm beistehen darf?«

»Immerhin riskierst du dein Leben für ihn, und wahrscheinlich auch das von Constanze und Robert.«

»Das tun sie aus freien Stücken. Ich habe nicht darum gebeten.«

»Ich hoffe, er weiß zu schätzen, was du für ihn tust.«

»Dessen bin ich mir ebenso sicher, wie ich weiß, dass er dasselbe für mich tun würde.«
»Das ist wohl nicht die schlechteste Voraussetzung für eine Ehe.« Metas Miene hellte sich auf.
»Vor allem nicht für eine wie die unsere.«

11

Als sie vor Josephs von Büchern, Akten und Papieren überquellendem Schreibtisch saß, war Selma froh, Meta und Constanze bei sich zu wissen. Auch wenn die Großmutter nach wie vor keinen Hehl daraus machte, für wie aberwitzig sie den Einfall hielt, als Kriegsberichterstatterin an die Westfront zu fahren, um Gero zu suchen, stärkte sie ihr dennoch wie versprochen dem Vater gegenüber den Rücken. Constanze strahlte ohnehin pure Zuversicht aus, dass sie die ersehnten Papiere bald in Händen hielten.
Den stummen Beistand der beiden zu spüren, half Selma ungemein. Noch sträubte sich Joseph heftiger als befürchtet gegen ihr Ansinnen, was sie nicht so recht nachvollziehen konnte. Hedda besuchte an diesem Nachmittag eine ihrer unzähligen Wohltätigkeitsveranstaltungen für die Kriegsversehrten. Von Selmas Besuch und erst recht von ihren Plänen musste sie vorerst also nichts erfahren. Ebenso waren die beiden guten Geister des Hauses, Fina und Käthe, in der im Souterrain gelegenen Küche zu weit entfernt, um etwas von der Unterhaltung mitzuhören, was sie weitertratschen konnten. Dennoch stemmte sich Joseph weiterhin vehement dagegen, dem Vorhaben zuzustimmen.
»Du musst meine Pläne nicht gutheißen, Papa, du musst nur die nötigen Passierscheine für Constanze und mich besorgen«,

versuchte Selma ein weiteres Mal, ihr Ziel zu erreichen. Sie musste sich allerdings beherrschen, ruhig zu bleiben. Zu sehr regte sich in ihr die Empörung, warum es der Vater ihr so schwermachte. »Wir sind beide erwachsene Frauen und für uns allein verantwortlich. Wir wissen, was wir tun. Wenn die Anträge abgelehnt werden, mache ich dir keine Vorwürfe. Das verspreche ich dir. Wenn du es aber gar nicht erst versuchst, werde ich dir das nicht so schnell verzeihen.«
Kaum war ihr im anschwellenden Eifer der letzte Satz entschlüpft, räusperte sich Meta zu ihrer Linken laut vernehmlich, auch Constanze hüstelte pikiert in die Faust. Selma runzelte die Stirn. Sie hatte selbst gemerkt, wie unklug das gewesen war. Erstaunlicherweise schien Joseph das gar nicht so recht registriert zu haben. Viel zu tief war er in seine Gedanken versunken.
Seit einer halben Ewigkeit lief er unruhig in dem engen Geviert zwischen Schreibtisch, Stuhl und Fenster hin und her, würdigte dabei Selma und die beiden anderen keines Blickes. Sie saßen auf der anderen Seite des überladenen Tisches auf unbequemen Stühlen, die sie zwangen, sich gerade zu halten. Zumindest hatte das den Vorteil, dass sie angesichts von Josephs langem Schweigen nicht in sich zusammensackten wie arme Sünderinnen vor dem Pfarrer im Beichtstuhl.
Um sich abzulenken, schweifte Selmas Blick durch den Raum. Josephs Herrenzimmer befand sich im ersten Stock, genau über dem Esszimmer, und ging wie dieses zur Wielandstraße hinaus. Vorwitzig spitzte die Maisonne durch die beiden doppelflügeligen Fenster herein. Der einzige Lichtblick, denn die deckenhohen Bücherregale und die schweren, dunklen Möbel verliehen dem quadratischen Raum etwas sehr Düsteres, was die dicken Teppiche und roten Samtvorhänge noch verstärk-

ten. Nicht zum ersten Mal war Selma, als bekäme sie in dieser Enge nicht genügend Luft. Umso mehr bewunderte sie den Vater, der es schaffte, sich über Stunden in diesem Refugium einzugraben. Wenigstens rauchte er selten in seinem Zimmer, sonst hätte ihr der kalte Rauch vermischt mit dem Bücherstaub erst recht den Atem genommen.

Selma äugte zu ihren Begleiterinnen. Das lange Schweigen schien ihnen nichts anzuhaben. Meta trug die ihr eigene Gelassenheit zur Schau, und Constanze tat, als wäre es das Normalste der Welt, mit der Bitte um Passierscheine vor dem Vater der besten Freundin zu sitzen. Selma warf ihr einen dankbaren Blick zu, den die Freundin mit einem aufmunternden Augenzwinkern erwiderte.

»Ich fasse es einfach nicht!« Endlich kam Joseph hinter der hohen Lehne seines Schreibtischstuhls zum Stehen und raufte sich die spärlich gewordenen grauen Haare auf seinem Kopf, fuhr sich durch den dagegen noch recht üppig wuchernden Backenbart. Weil er das Sonnenlicht im Rücken hatte, war es nahezu unmöglich, den Ausdruck seiner grauen Augen hinter den Brillengläsern genauer zu erkennen. Dennoch war es Selma, als spiegele sich darin eine gefährliche Mischung aus Ärger und Enttäuschung. Zumindest ließ sein verkniffener Gesichtsausdruck darauf schließen.

»Welcher Teufel hat dich geritten, mir vorzuschlagen, dich als Kriegsberichterstatterin für unsere Zeitung akkreditieren zu lassen?« Seine Stimme klang mühsam gepresst, die Finger trommelten ungeduldig auf die Stuhllehne. Mehrmals wippte er auf den Fußspitzen, um sich einigermaßen im Zaum zu halten. »Noch nie hast du als Reporterin gearbeitet, weder für uns noch für ein anderes Blatt. Wie soll ich irgendwem erklären, dass wir ausgerechnet dich für eine Reportage über die Westfront brauchen? Dein Vetter Erwin wird aus allen Wolken fallen! Noch dazu bist du eine Frau.«

»Was wiegt schwerer für dich: Dass ich das zum ersten Mal tue oder dass ich eine Frau bin?«, platzte Selma heraus, woraufhin Meta ihr die Hand auf den Arm legte, um ihr zu bedeuten, besser ihr das Wort zu überlassen. Äußerst ungern gab sie nach, wenn sie auch wusste, dass es in diesem Moment das einzig Richtige war. Joseph und sie waren beide viel zu aufgewühlt. Früher oder später würden sie die Contenance verlieren und sich lauthals anschreien.

»In gewisser Weise bin ich schuld daran, dass Selma auf die Idee mit dem Schreiben verfallen ist«, erklärte Meta in ihrer beruhigend sonoren Stimme, die bei Joseph auf wundersame Weise rasch ihre Wirkung tat. »Du weißt, für wie talentiert ich sie halte. Immer wieder habe ich insistiert, sie solle zu ihrer Begabung stehen und endlich mit dem Schreiben beginnen. Gerade jetzt, wo auch im Bereich der Zeitungsredaktionen fast alle Männer eingezogen sind, könnt ihr jemandem mit ihrem Talent gut gebrauchen. Von klein auf ist sie außerdem mit dem Gewerbe vertraut. Erinnere dich, wie sie früher mit dir durch den Verlag spaziert ist. Eine lange Lehrzeit ist überflüssig. Sie kennt sich schon aus.«

»Versteh doch einfach, warum ich das tun muss, Papa«, nutzte Selma Metas kurzes Innehalten, um wieder selbst das Wort zu ergreifen. »Nur das Schreiben hilft mir, das unerträgliche Warten auf eine Nachricht von Gero zu ertragen. Ich kann einfach nicht länger tatenlos herumsitzen und abwarten, was weiter geschieht. Das halte ich nicht aus! Außerdem ist es eine große Chance für die *Bonner Neuesten Nachrichten*, wenn eine betroffene Ehefrau aus erster Hand über die bange Suche nach ihrem Mann berichtet. Denk doch nur daran, wie viele Frauen und Mütter sich derzeit in derselben Situation befinden. Ihre Männer und Söhne werden an der Front vermisst, sie aber sitzen zu Hause und können nichts anderes tun, als zu hoffen, zu beten und zu warten. Für sie alle fahre ich los und beschreibe aus meiner Sicht, wie ich die Suche nach dem vermissten Geliebten erlebe. Ich habe dieselben Gefühle, Ängste, Sorgen wie sie, und ich sehe, was ich tun kann, um meinen Mann zu finden. Keine andere Zeitung bietet etwas Ähnliches. Die *Bonner Neuesten Nachrichten* werden für Furore sorgen.«

»Und damit weitere Frauen auf die absurde Idee bringen, an der Front nach ihren Liebsten zu suchen«, ergänzte Joseph aufgebracht. Selma würdigte er keines Blickes, sondern wandte sich ostentativ an Meta: »Entschuldige, liebe Mama, aber das ist blanker Unsinn. Mich wundert, wie Selma dich überreden konnte, sie bei diesem Wahnsinn zu unterstützen.«

»Das ist ihr auch gar nicht gelungen«, stellte Meta zu Selmas Entsetzen ungerührt fest. Als sie Luft holen und widersprechen wollte, versetzte Constanze ihr einen warnenden Tritt gegen das Schienbein.

»Ebenso wie du bin ich der Meinung, dass die Reise an die Westfront viel zu gefährlich und für eine Frau wie Selma absolut unangemessen ist«, fuhr Meta sanft lächelnd fort. »Aber was will man gegen die Gefühle einer Ehefrau ausrichten? Selma kann es nun einmal nicht ertragen, dass ihr Mann an der Front spurlos verschwunden ist. Sie hält es für ihre Pflicht, alles zu tun, um ihn rasch zu finden. Als talentierte Schreiberin und Tochter eines einflussreichen Zeitungsverlegers ist es für sie naheliegend, die Chance zu nutzen, sich als Reporterin auf den Weg zu machen.«

Sie legte eine Pause ein, um Joseph Gelegenheit zu geben, die Worte auf sich wirken zu lassen.

Selma war verblüfft. Die eben noch aufkeimende Wut verwandelte sich in blanke Bewunderung für Metas geschicktes Vorgehen.

»Du wirst zugeben, dass wir außerstande sind, eine erwachsene Frau wie deine Tochter aufzuhalten«, fuhr die Großmutter fort. »Du weißt, wie stur sie ist, wenn sie sich etwas in den Kopf gesetzt hat, noch dazu, wenn es um ihren Ehemann geht. Das habe ich schweren Herzens eingesehen und beschlossen, sie zumindest vor dem Allerschlimmsten zu bewahren. Deshalb bin ich hier und appelliere an deine Einsicht, es ebenfalls so zu halten. Wenn du ihr die nötigen Papiere und Passierscheine besorgst, wird sie sich damit zufriedengeben, nur auf erlaubtem Terrain unterwegs zu sein.«

Sie warf Selma und Constanze von neuem einen mahnenden Blick zu, diese Schummelei zu schlucken, damit die heikle Argumentation nicht zu Fall gebracht wurde.

»Das heißt, andernfalls fährt sie auch ohne die Papiere?« Matt sank Joseph auf seinen Stuhl, ebenso matt klang seine Stimme.

»Das befürchte ich. Sie ist nun einmal wild entschlossen, Gero auf eigene Faust zu suchen. Das kann man ihr kaum verdenken. Zum Glück hat sie sich bereit erklärt, von Constanze begleitet zu werden. So ist sie wenigstens nicht allein unterwegs.«

»Ich weiß nicht, ob ich es Otto Weißkirchner antun darf, seine einzige Tochter einer derartigen Gefahr …«, setzte Joseph an, um sofort von Constanze unterbrochen zu werden: »Machen Sie sich um mich bitte keine Sorgen. Mein Vater wird einverstanden sein. Er weiß, was er mir zutrauen kann.«

»Außerdem werden wir ihn in Metz besuchen«, schaltete sich Selma ein, merklich erleichtert, dass Josephs Widerstand bröckelte. Trotz ihrer Vorbehalte hatte Meta die richtige Strategie gewählt, ihn für ihre Sache zu gewinnen. »Constanze wird ihm alles persönlich erklären. Unsere Fahrt mit dem Zug von Berlin nach Lothringen ist übrigens eine weitere Gelegenheit, den Zeitungslesern die Beschwernisse einer solchen Reise quer durchs Land zu schildern. Außerdem wollen die Leser wissen, wie die Menschen so nah an der Front den Krieg erleben. Davon macht man sich doch anderswo kaum eine Vorstellung. Denk nur daran, wie unwirklich das alles hier in Berlin ist. Dabei leben hier diejenigen, die über das Geschehen an der Front entscheiden.«

»Wie wäre es, wenn die beiden noch einen Abstecher nach Basel unternähmen?«, unterbrach Meta Selmas Eifer, aus jedem einzelnen Reisedetail ein Zeitungsthema zu spintisieren. »Dort wohnt meine alte Freundin Thérèse Bichelmüller. Bei ihr können sie für einige Tage wohnen, um sich über die Lage in der Schweiz zu informieren. Dafür brauchen sie natürlich die Legitimation durch einen Reportageauftrag.«

»Ende des Monats beginnt in Basel eine große Ausstellung des Werkbunds«, warf Selma übereifrig ein.

»Ich sehe schon.« Joseph rutschte auf dem Stuhl ganz nach vorn, faltete die Hände über dem Papierberg in der Mitte des Schreibtischs und sah eine nach der anderen eindringlich an. »Ich habe wirklich schlechte Karten, euch von diesem wahnwitzigen Unternehmen abzubringen. Großmama hat recht: Wenn ich euch meine Unterstützung verweigere, macht ihr euch am Ende ohne die nötigen Papiere auf den Weg, und das könnte noch weitaus fataler werden.«

»Danke, Papa!« Selma sprang auf, lief um den Tisch und umarmte Joseph inniglich. Wenn er auch leise knurrte und tat, als wäre er von ihrem Gefühlsausbruch überrascht, wusste sie nur zu gut, wie sehr es ihm gefiel, von ihr geherzt zu werden.

»Gebt mir zwei, drei Tage Zeit, damit ich Vetter Erwin in Bonn davon überzeuge, warum ihr aktuell die weltbesten Reporterinnen für die *Neuesten Nachrichten* seid«, fügte Joseph hinzu, sobald sie wieder von ihm abgelassen hatte und auf ihren Platz zurückgekehrt war. »Außerdem wird es einige Zeit dauern, euch die Fahrkarten für die wenigen, noch zivil nutzbaren Züge nach Metz zu beschaffen. Um die raren Berechtigungsscheine für Benzin zu besorgen, muss ich wohl tatsächlich erst einen Zauberlehrgang absolvieren. Wenn ich euch recht verstanden habe, wollt ihr ab Metz mit dem Auto weiterfahren, sowohl nach Basel als auch an die Frontlinie.«

»Das wird das Einfachste sein, um zwischen den Stützpunkten hin- und herzufahren«, antwortete Selma.

»Dazu werden wir unser altes Puppchen wieder flottmachen«, ergänzte Constanze mit stolzem Unterton.

»Versprecht mir jedoch eines!« Warnend hob Joseph den Zeigefinger und sah sie beide abermals eindringlich an. »Ihr geht nicht bis zur vordersten Linie, sondern beschränkt euch auf die Suche im hinteren Bereich. Alles andere überlasst ihr den Posten, die dafür zuständig sind.«

Selma und Constanze wechselten vielsagende Blicke, Meta zog die rechte Augenbraue hoch. Rasch beeilten sie sich, Joseph einstimmig zu versichern: »Aber natürlich halten wir uns von den Kampflinien fern.«

»Wie gut, dass gerade jetzt diese Ausstellungseröffnung in Basel stattfindet.« Joseph nickte zufrieden und begann, planlos die Unterlagen auf dem Tisch zu verschieben. »Das ist ein gutes Argument, warum ausgerechnet ihr beiden Frauen auf diese beschwerliche Reise gehen müsst. Unsere wenigen männlichen Reporter haben in Zeiten wie diesen keinen Kopf, sich auch noch um solche Dinge zu kümmern. Eine Schande eigentlich, denn die Welt besteht nicht nur aus Krieg. Das wird mir Erwin sicher gern bestätigen.«

»Wenn Erwin und du dieser Meinung seid, wird Mama es letztlich auch verstehen, dass wir fahren.« Triumphierend schmunzelte Selma. »Erst recht, wenn wir in Metz auch Grischa besuchen. Bestimmt freut er sich, uns wiederzusehen. Viel zu lange schon hat er keinen Urlaub mehr gehabt.«

»Grischa wird stolz sein, euch in Metz auszuführen«, pflichtete Meta bei. »Etwas Abwechslung tut unserem tapferen Flieger gut.«

»Vielleicht haben wir Glück, und er darf uns den Flugplatz zeigen«, spann Selma den Einfall weiter. Als sie kurz zu Constanze spähte, war ihr, als erschrak die Freundin über den Vorschlag, was sie nicht so recht verstand. Schmunzelnd fügte sie hinzu: »Oder hast du etwa Angst, liebes Küken, er würde uns zu einem Rundflug über die Kampflinien einladen?«

Constanze erblasste, Selma lachte und legte ihr beruhigend die Hand auf den Arm.

»Keine Angst! Vom Boden werden wir nicht auch noch abheben. Das können wir meinem lieben Papa nicht antun, nicht einmal, um eine ausgefallene Zeitungsreportage für seine geliebten *Bonner Neuesten Nachrichten* zu schreiben.«

12

Leichter Nieselregen besprühte die Landschaft. Vor den Zugfenstern breitete sich ein grauer Nebelschleier aus. Wenigstens kein Fliegerwetter! In Constanze stiegen düstere Erinnerungen an jene sternenklaren Vollmondnächte im letzten Winter auf, in denen den Metzer Bürgern nur noch die verzweifelte Flucht in die Keller geblieben war, um sich vor den unerwünschten »Liebesgaben« der westlichen Nachbarn zu schützen. Viel zu freigebig waren die französischen Aeroplane mit ihrer Bombenlast gewesen, hatten längst nicht allein die Bahnhofsgegend, sondern auch die angrenzenden Wohngebiete ins Visier genommen. Selbst die Eisbahn am Stadtrand war zum Ziel geworden.

Nicht zum ersten Mal wunderte sich Constanze, wie unwirklich einem das vorkam, wenn man aus dem von solchen Erfahrungen gänzlich unbehelligten Berlin nach Lothringen reiste. Wie Selma es letztens richtig erkannt hatte: An der Spree wusste man tatsächlich nur in der Theorie von Fliegerangriffen und laut in den Ohren dröhnendem Geschützdonner. Deshalb sollten eigentlich alle, die über den weiteren Kriegsverlauf zu entscheiden hatten, einige Tage Praxiserfahrung in Metz sammeln. Möglicherweise nutzte schon ein kurzer Übungsflug, wie sie ihn vor ziemlich genau einem Jahr mit Grischa in der Albatros absolviert hatte, um die Zuständigen von der Notwendigkeit eines baldigen Friedensschlusses zu überzeugen.

Sie lehnte die Stirn an die schmutzige Scheibe. Quälten sie nachts nicht die Alpträume vom Geschützdonner in ihrer Heimatstadt, so durchlebte sie wieder und wieder die bangen Minuten, die sie damals in fast dreitausend Metern Höhe zwischen Leben und Tod verbracht hatte. Sie drückte die Nase am schmierigen Glas des Abteilfensters platt, hoffte, bald die vertraute Silhouette von Metz mit den schwarz verrußten Fassaden zu erblicken. Ungeduldig äugte sie auf die Uhr. Passierte der Zug die letzten Kilometer ohne weiteren Halt, sollten sie in weniger als einer Stunde am Bahnhof eintreffen.

»Du kannst es wohl kaum erwarten.« Selma erhob sich ebenfalls von ihrem Sitz und stellte sich neben sie.

»Nach fast zwanzig Stunden im Zug dürfte das verständlich sein.«
»Schlecht gefahren ist immer noch besser als gut gelaufen«, verkündete Selma mit einem nachsichtigen Lächeln. »Auf Schusters Rappen hätten wir wohl bis zum Herbstbeginn gebraucht.«
»Diese ewige Zockelei ist kein Vergleich zu den Geschwindigkeiten, die man eigentlich mit dem Zug erreichen kann. Für dieselbe Strecke habe ich Weihnachten nur fünfzehn Stunden gebraucht.«
»Da spricht mal wieder ganz die zukünftige Ingenieurin.«
»Die es einfach nicht begreifen will, warum ein Zug, sobald er als Truppentransport von Ost nach West fungiert, plötzlich länger für eine Strecke braucht als ein ziviler Reisezug«, erwiderte Constanze. »Als ob man die Soldaten und Offiziere an jedem größeren Bahnhof durch langes Rangieren wie kostbare Schmuckstücke herumzeigen wollte. Dabei werden die Truppen dringend zur Verstärkung an der Front benötigt, vom Nachschub an Material und Lebensmitteln ganz zu schweigen. Das sollte doch wohl ein Grund sein, den Zug schnellstmöglich an seinen Bestimmungsort zu bringen.«
»Wir sollten uns glücklich schätzen, überhaupt noch Plätze ergattert zu haben. Dafür musste mein Vater sämtliche Hebel in Bewegung setzen und auf seinen Status als Reichstagsabgeordneter pochen. Bis auf weiteres sollen Zivilpersonen an ihren Wohnorten verbleiben. Sämtliche Waggons und Lokomotiven werden für das Militär benötigt, vor allem die nach Metz. Nicht einmal die Bestätigung der *Bonner Neuesten Nachrichten* über unseren Auftrag als Reporterinnen hätte ausgereicht, uns in diesen Genuss zu bringen.«
»Vielleicht hätten wir uns als Rotkreuzschwestern melden sollen.«

»Um dann zerschossene Leiber zusammenzuflicken oder tollwütige Irre zu betreuen? Das wäre nichts für mich.« Angewidert verzog Selma das Gesicht.
Constanze horchte auf, musterte die Freundin. Diese wich ihrem direkten Blick aus, doch auch so verstand Constanze, was ihr Angst einjagte: die Vorstellung, Gero zwar wiederzufinden, aber für immer entstellt, verkrüppelt oder in den Wahnsinn getrieben. Tröstend stimmte sie zu: »Das wäre nichts für uns beide. Außerdem hätten wir dazu erst eine mehrwöchige Ausbildung absolvieren müssen.«
»Ein schwacher Trost«, entgegnete Selma und wischte sich verschämt die Augenwinkel. »Zumindest die Bürokratie funktioniert in Deutschland weiter. So schlimm kann es also gar nicht um uns stehen.«
Eine Weile noch betrachtete Constanze die Freundin. Ihr Mut, sich trotz aller Ängste aufgemacht zu haben, um Gero zu suchen, verdiente größte Hochachtung. Davon aber wollte Selma nichts wissen, tat, als wäre es das Selbstverständlichste von der Welt, und lenkte sich mit ersten Reisenotizen für die geplanten Zeitungsberichte ab. Aus tiefster Seele wünschte Constanze ihr, dass das Schicksal nicht allzu übel mit ihr umsprang und sie für den hohen Einsatz belohnte.
Sie setzte sich wieder auf ihren Platz und lehnte sich in das weiche Polster zurück. Ziellos glitt ihr Blick über die vor dem Fenster vorbeiziehende Landschaft. Das war nicht die liebliche Gegend am Rhein, die sanften Ebenen des Elsass, sondern das düstere, von harter Arbeit geprägte, ruppige Lothringen. Trotzdem war es ihr lieber als alle anderen Ecken der Welt.
Wie die Offiziere und anders als die gewöhnlichen Soldaten reisten sie erste Klasse und genossen sämtliche Vorzüge eines gut und bequem ausgestatteten Abteils sowie die preußische

Pflichtbesessenheit des Schaffners. In regelmäßigen Abständen erkundigte er sich nach ihren Wünschen und geleitete sie rechtzeitig zum Essen in den Speisewagen, der den Offizieren zur Verfügung stand. Das Angebot war zwar äußerst karg, aber immerhin gab es zu jeder Mahlzeit etwas. Zumindest im vorderen Teil des Zuges waren sie seit dem Halt in Frankfurt am Main die einzigen Frauen, wie sie beim letzten Imbiss festgestellt hatten. Artig hatten die Offiziere ihnen das Abteil ganz überlassen, dafür allerdings während der Mahlzeiten umso eifriger das Gespräch mit ihnen gesucht. Mangels anderer Unterhaltungsangebote hatten sie das genossen und wussten inzwischen trotz aller Geheimhaltungsanweisungen bestens über die Einsatzpläne der Truppen Bescheid. Zurück im Abteil hatte es Constanze viel Überredungskunst gekostet, Selma davon abzuhalten, die gerade gehörten Details ausführlich in ihrem Notizbuch festzuhalten. »Das könnte in falsche Hände geraten. Am Ende bekommst du Schwierigkeiten mit der Zensurbehörde.«

»Du bist immer so vernünftig«, hatte Selma erwidert und nur widerstrebend den Stift wieder weggepackt.

»He, Küken, aufwachen!« Selma rüttelte sie an den Schultern. Sie schreckte auf. Offenbar war sie so kurz vor dem Ziel doch noch einmal eingeschlafen. Verdutzt blinzelte Constanze in die trübe Helligkeit, die durch die dreckigen Abteilfenster fiel. Der Regen hatte nachgelassen, dennoch hingen die Wolken tief am Himmel, machten wenig Hoffnung, bis zur Abenddämmerung Lichtblicke am Horizont zu erhaschen.

»Ob du es glaubst oder nicht, gleich sind wir da.« Ungeduldig begann die Freundin, ihre Gepäckstücke zu sortieren. Sie trug ein für ihre Verhältnisse schlichtes Reisekostüm aus beigefarbenem Popeline mit engem, knöchellangem Rock, Schößchenjacke und darunter eine weiße, hochgeschlossene Baumwollbluse. Am Haken neben der Tür hingen ein farblich darauf abgestimmter Staubmantel sowie eine Toque bereit. Beim Gepäck hatte sie sich erfreulicherweise auf das Notwendigste beschränkt. Die Utensilien für eine Reise von unbestimmter Dauer in eine unbestimmte Gefahrenzone lediglich in einem einzigen Koffer und einer ledernen Reisetasche unterzubringen, hatte Selma gewiss Kopfzerbrechen bereitet. Dennoch war es ihr gelungen. Damit besaßen sie eine reelle Chance, tatsächlich alles im grünen Puppchen unterzubringen. Der Wanderer war der einzige Wagen, der ihnen für die Weiterfahrt ab Metz zur Verfügung stand. Hoffentlich trieben sie ausreichend Benzin auf, um ihn starten zu können. Die Bezugsscheine reichten gewiss nicht, um den Treibstoff herbeizuzaubern.

»Verzeih!« Constanze sprang auf und postierte sich abermals am Fenster. Voll banger Erwartung, was sich seit ihrem letzten Besuch an Weihnachten verändert haben mochte und wie sehr sich die unablässigen Luftangriffe der Franzosen inzwischen in die Stadtsilhouette eingruben, sah sie hinaus.

Die strategische Bedeutung der Festung Metz als Truppenumschlagplatz für die Westfront hatte sich vom ersten Tag an im Stadtbild widergespiegelt. Der riesige Bahnhof war seither eine Art exterritoriales Gebiet. Zivilpersonen wurde der Zugang nur noch mit Sondergenehmigung erlaubt. Fleißige Helferinnen hatten in den ersten Jahren die durchfahrenden Soldaten mit Erfrischungen und Proviant versorgt, ebenso die umgeladenen Verletzten betreut. Im letztem Sommer war dieser Dienst allerdings eingestellt worden. Damit gehörte der Bahnhof nahezu vollständig dem Militär, wie die großen Abwehrgeschütze auf den Perrons bewiesen.

Auch in der Stadt hatte der Krieg deutliche Spuren hinterlassen. Die Schäden an Gebäuden, Straßen und Plätzen, die von den französischen Luftangriffen herrührten, wurden immer gravierender. Es fehlte an Material wie an Arbeitern, um sie zu beseitigen. Im Lauf des ersten Kriegsjahres hatte man zudem begonnen, einen Teil der Zivilbevölkerung vorwiegend aus den armen, engen und unhygienischen Elendsvierteln in die Rheinprovinz, nach Hessen-Nassau sowie Kassel umzuquartieren. Auch das sah man der Stadt inzwischen an. Sobald die ersten Umrisse der Vorstädte in die Sicht rückten und sich die Bahngleise immer weiter aufsplitteten, bis sie bald ihr weitverzweigtes Netz über das breite Areal auswarfen, verspürte Constanze dennoch das vertraute Kribbeln in der Magengegend. Schon kam der imposante Bahnhofsbau ins Blickfeld, ebenso die Gebäude des vom wilhelminischen Baustil geprägten Viertels südlich der Altstadt. Noch war in diesem neueren Teil das typische Gelbgrau des Vogesensandsteins gut zu erkennen. In wenigen Jahrzehnten würde sich auch darüber der schwarze Staub der Kohle legen, der der ganzen Region seinen Stempel aufdrückte. In nordöstlicher Richtung reckte sich der monumentale Bau der Cathédrale Saint-Etienne über die Dächer in den Himmel. Korrekterweise hätte Constanze natürlich »Stephansdom« denken müssen. Als Tochter einer französischstämmigen Lothringerin kam ihr das aus freien Stücken jedoch weder über die Lippen noch überhaupt in den Sinn. Fast neunzig Meter maß die Mutte, der südliche der beiden Haupttürme. Sein Geläut hatte die Siegesmeldungen der ersten Monate ebenso begleitet wie die immer heftiger werdenden Fliegerangriffe. Was am Anfang noch nach Triumph geklungen hatte, war längst zu einer Totenglocke geworden, wenn einmal nicht für die Opfer, dann in jedem Fall für das friedliche Miteinander in der von zwei

Nationen gleichermaßen beanspruchten Stadt. Constanze wurde schwer ums Herz. Trotz allem freute sie sich, nach Hause zu kommen. Selbst gegen Ende des dritten Kriegsjahres war und blieb das etwas Besonderes, noch dazu, wo sie in ständiger Sorge um den herzkranken Vater war.

»Weißt du eigentlich, wie wir den Kaiser hier in Metz nennen?«, drehte sie sich mit einem betont fröhlichen Lächeln zu Selma um. Die war damit beschäftigt, ihre Frisur unter dem turbanartigen Hut zu ordnen, und zuckte achtlos die Schultern.

»Den heiligen Daniel!«, gab Constanze selbst die Antwort. »Seit dem Anbau des westlichen Hauptportals am Dom Ende des letzten Jahrhunderts trägt nämlich die Figur des heiligen Daniel die Gesichtszüge Wilhelms II.«

»Das dürftest du in Berlin niemals laut sagen.«

»Den Preußen fehlt einfach der rechte Sinn für Humor«, erwiderte Constanze. »Vielleicht wäre in den letzten Jahren so manches anders verlaufen, hätte man im richtigen Moment einfach losgelacht, statt loszuschießen.«

»Erkläre das bitte dem Kaiser oder seinem Reichskanzler, aber nicht einer Rheinländerin wie mir.«

»Oh, habe ich da etwas verpasst? Seit wann legst du Wert auf diesen feinen Unterschied?«

»Spätestens, seit ich für die *Bonner Neuesten Nachrichten* unterwegs an die Westfront bin, um meinen geliebten Ehemann zu suchen und für die Leser davon zu berichten. Oder hast du vergessen, warum wir uns so viele Stunden in dem stickigen, langsamen Zug gequält haben?«

»Wie hätte ich das vergessen können?« Constanze klopfte ihr aufmunternd auf die Schulter, bevor sie sich ebenfalls an ihrem Koffer zu schaffen machte. Schließlich schlang sie sich die helle

Popelinepelerine um und setzte den dunkelgrauen Ballonhut auf.
»Da seid ihr endlich!« Inmitten des feldgrauen Gewühls auf dem Perron, der dank seiner ungewöhnlichen Breite an einer Seite sogar das Verladen von Pferden ermöglichte, tauchte Grischas schlaksige, hochgewachsene Gestalt auf. Seine Uniform saß tadellos. Die silbernen Schulterstücke stachen besonders heraus. Munter schwenkte er die Leutnantsmütze über dem blonden Haar. Auf dem nach wie vor bartlosen, jünglingshaften Gesicht mit den hässlichen Frostnarben lag ein erstaunlich unbekümmertes Lachen. »Seit Ewigkeiten stehe ich mir die Beine in den Bauch.«
»Bei zwei so hübschen Damen hat sich das Warten allerdings gelohnt«, kommentierte ein vorbeikommender Offizier, den sie aus dem vorderen Zugteil kannten, und grüßte mit einer artigen Verbeugung. »Sie wissen gar nicht, welches Glück Sie haben. Mir haben die beiden die beschwerliche Fahrt versüßt.«
»Von meinem Glück weiß ich seit dem Tag meiner Geburt«, erwiderte Grischa aufgekratzt. »Eine der beiden ist nämlich meine große Schwester.«
»Und die andere hoffentlich Ihre Verlobte.«
Grischas Antlitz färbte sich rot bis über die Ohren. Selma schmunzelte, Constanze sah verlegen zur Seite. Zum Glück tauchte in diesem Moment der rundliche Schaffner mit dem Gepäck auf. Ob seiner Verlegenheit entlohnte Grischa ihn mit einer viel zu großen Münze. »Dafür trage ich Ihnen die Koffer bis zum Wagen«, erklärte der blau uniformierte Mann. Nur zu gern wies Grischa ihm den Weg.
Constanze schwante Schlimmes, als sie Selma und ihrem Bruder durch die lange, kathedralenartige Halle zum Bahnhofsvorplatz folgte. Eine unheilschwangere Ruhe lag über der

Stadt. Die französischen Flieger wie die deutsche Artillerie machten dank des ungünstigen Wetters Pause, um dafür gewiss später umso heftiger aufeinander anzulegen.
Flüchtig sah sich Constanze um. Der Anblick der im Metzer Bahnhof verladenen Verwundeten blieb ihnen erspart. Die Lazarettzüge trafen weitgehend in der Dunkelheit ein, um die Bevölkerung vor der Konfrontation mit der gewaltigen Zahl der Versehrten und dem schrecklichen Ausmaß der Verwundungen zu bewahren. Dafür sammelten sich in allen Winkeln Truppen zur Verschickung an die Front. Die Männer waren größtenteils entweder in fortgeschrittenem Alter oder von behäbiger Statur und wirkten wie das verzweifelt zusammengetrommelte letzte Aufgebot. Rasch wandte sich Constanze ab und begann, Grischa ein wenig zu necken. »Bist du etwa wieder mit diesem unbequemen Gefährt mit den unsäglichen Eisenrädern vorgefahren?«
»Verrat mir, woher ich Gummireifen bekomme, und ich ziehe sie eigenhändig auf, um deinen Hintern zu schonen.« Längst hatte er seine natürliche Gesichtsfarbe wiedererlangt und hielt ihr, die Kappe wie ein Chauffeur vor die Brust gepresst, mit einer übertrieben tiefen Verbeugung den Wagenschlag auf.
»Zum Glück ist es nicht weit zu fahren.« Huldvoll stieg sie ein, nahm auf der durchgesessenen Bank im Fond Platz. »Eigentlich könnten wir sogar zu Fuß gehen, dann würde Selma schon etwas von der Stadt sehen.«
»Aber es regnet doch!«, protestierte Selma und setzte sich auf den Beifahrersitz. »Außerdem sollten wir das meinem Bruderherz nicht antun. Schließlich ist er extra gekommen, um uns einen angemessenen Empfang zu bereiten.«
»Danke, Schwesterherz, dass wenigstens du mein Opfer zu würdigen weißt.« Flink kurbelte er den Wagen an und schwang

sich mit einem sportlichen Satz hinters Steuer. Während Constanze noch staunte, wie sanft er den viersitzigen Wagen vom Bahnhof bis zum Haus des Vaters chauffierte, erzählte er mit leuchtenden Augen von seinen jüngsten Erfolgen.

»Sobald die Franzosen die Meldung erreicht, dass ihr Fliegerasse im Anflug seid, bleiben sie bestimmt lieber gleich am Boden«, lästerte Selma. »Da frage ich mich nur, warum der Sieg nicht schon lange unser ist. Wie übersteht es dein Trupp überhaupt, dass du heute nicht mit ihnen auf die Jagd nach Franktireurs gehst? Das kann nur böse für uns enden.«

»Erstens heißt es Jagdstaffel und nicht Trupp, und zweitens durfte ich mir wohl kaum die Gelegenheit entgehen lassen, euch beide persönlich in Empfang zu nehmen. Zum Glück gab es mal wieder einen kleinen Sonderauftrag meines Hauptmanns, und außerdem war es höchste Zeit für einen Übungsflug mit der Albatros. Also bin ich heute Mittag von unserem derzeitigen Stützpunkt in Braisne gestartet, um rechtzeitig da zu sein. Der Einzige, der auf sich warten ließ, war euer Zug. Vielleicht solltet ihr künftig gleich mit mir fliegen? Dann seid ihr schneller und pünktlicher.«

Kurz wandte er den Blick über die Schulter zu Constanze, die hinten im Fond saß. Verschwörerisch zwinkerte er ihr zu. Sie lächelte, wenn ihr auch die Erinnerung an den gemeinsamen Flug nach wie vor das Blut in den Adern stocken ließ. Von einem Rudel französischer Aeroplane unter Beschuss genommen zu werden war ein Erlebnis, auf das sie in Zukunft nur zu gerne verzichten konnte. Umso mehr bewunderte sie Grischas Mut, sich dem Tag für Tag aufs Neue auszusetzen. Eines wenigstens hatte sie seither begriffen: Jeder Augenblick des Lebens zählte. Deshalb war es wichtig, ihn bestens zu nutzen.

»Startest du nicht mehr von Frescaty aus?«, erkundigte sie sich, während ihre Augen über die vorbeiflitzenden Fassaden glitten, um jedes Detail aufzusaugen.
»Von dort ist der Anflug auf unsere Ziele viel zu weit«, erwiderte er und brachte den Wagen an einer Kreuzung gerade noch rechtzeitig zum Stehen, um nicht mit einer Straßenbahn zusammenzustoßen. Geduldig mussten sie warten, bis das polternde Gefährt die Straße wieder freigab. Grischa schaltete gekonnt, um äußerst sanft anzufahren, hielt den Blick aufmerksam auf die Straße. An seinem Fahrstil hatte er erfolgreich gearbeitet.
»Wir werfen zwar keine Bomben, aber wir wollen die Flugzeuge der Franzosen so schnell wie möglich abfangen, bevor sie das bei uns tun können.« Er hielt inne, schaute sie beide ernst an. »Eigentlich darf ich euch das gar nicht verraten. Das sind höchst geheime Militärgeheimnisse.«
»Die bei dir bestens aufgehoben sind, wie man hört.« Selma tätschelte ihm schwesterlich die Schulter, lachte übers ganze Gesicht. »Du hast es schon als kleiner Junge nie ausgehalten, etwas länger als drei Atemzüge lang für dich zu behalten.«
»Falls du es vergessen haben solltest, Schwesterherz«, warf er beleidigt ein, »seit dem ersten Tag des Krieges stehe ich als Flieger für unser Vaterland an der Front, habe als Leutnant schon so manche Auszeichnung erhalten. Der kleine Junge, den du immer so gern belächelt hast, ist längst groß geworden und weiß, worum es im Leben geht.«
»Mein tapferer Held, natürlich weiß ich das! Jeden Tag aufs Neue platze ich vor Stolz auf dich.« Selma zwickte ihn zwar neckend ins Ohrläppchen, dennoch hörte Constanze selbst auf der Rückbank deutlich die Sorge in ihrer Stimme heraus. »Auch wenn es mir tausendmal lieber wäre, du könntest dei-

nen Heldenmut anderweitig beweisen und nicht, indem du täglich dein Leben riskierst.«
»Solange mir wenigstens die Wahl bleibt, ob ich unten auf dem Boden wie ein blinder Maulwurf durch die Schützengräben krieche oder oben in der Luft den Überblick behalte, ist schon viel gewonnen.«
»Wie schön, dass du das so siehst. Immerhin ist mein Mann, also dein Schwager, gerade als blinder Maulwurf im Labyrinth der Schützengräben verlorengegangen. Dabei wollte er ebenfalls nur sein Bestes fürs Vaterland geben.«
Selmas Worte klangen bitter. Sie biss die Lippen fest aufeinander und wandte das Antlitz ab, um die Tränen in ihren Augen zu verbergen. Im Wagen breitete sich Beklommenheit aus. Grischa tat, als erfordere der kaum vorhandene Straßenverkehr seine volle Aufmerksamkeit, Selma schaute geflissentlich zur Seite, und Constanze verspürte keine Lust, das Gespräch wieder aufleben zu lassen. Zu sehr erschütterte sie das, was sie vor den Scheiben des Autos von ihrer geschundenen Heimatstadt erblickte.

13

Eigentlich hatte Constanzes Herz aufgehen sollen, als sie in die Straße einbogen, in der die Wohnung ihres Vaters lag. Aber je näher sie ihrem Ziel kamen, desto mehr fürchtete sie sich vor dem Wiedersehen. Viel zu sehr sorgte sie sich um ihren Vater, hatten doch die letzten Briefe und Telefonate durchscheinen lassen, wie schlecht es um ihn stand.
»Kinder, wie schön, dass ihr endlich da seid!« Zu ihrer aller Überraschung empfing Otto sie höchstpersönlich gleich auf ihr erstes Läuten hin an der Wohnungstür im ersten Stock des

Hauses, als habe er dort Stunden Wache gestanden, um sie sofort in Empfang zu nehmen.
Trotz des vergnügten Ausrufs mit der unverkennbar tiefen Bassstimme erschrak Constanze bei seinem Anblick. Zwar war ihr bei ihren letzten Besuchen schon aufgefallen, wie sehr die Herzattacken der vergangenen Jahre an dem einst so kräftigen Mann gezehrt hatten. Dieses Mal aber sah er geradezu gebrechlich aus, was auf einen beschleunigten Verlauf seiner Erkrankung hindeutete, hatte sie ihn doch Weihnachten erst gesehen. Oder lag es einfach daran, dass er zur Feier des Tages seinen einst in Baden-Baden erworbenen Festanzug aus dem Schrank geholt hatte, der seinen abgemagerten Leib umschlackerte wie eine Fahne den Mast? Der viel zu weite Hemdkragen tat ein Übriges, den dünn gewordenen Hals unter dem massigen Kopf umso faltiger aussehen zu lassen. Das graue Haupthaar war erschreckend schütter, selbst der einst so üppige Backenbart bedeckte nur mehr notdürftig die von Altersflecken gezeichnete Haut.
»Sicher seid ihr hungrig«, stellte er besorgt fest. »Im Esszimmer wartet ein kleiner Festschmaus auf euch. Lotte hat sich nicht lumpen lassen und ihr Bestes gegeben, um euch zu verwöhnen. Die letzten Schätze hat sie ausgegraben und die über Wochen gehorteten Zuteilungskarten geplündert. Ihr dürft sie keinesfalls enttäuschen und müsst gleich zuschlagen, als stündet ihr kurz vor dem Verhungern.«
Erst schüttelte er Selma, dann Grischa die Hand, bevor er Constanze zärtlich umarmte. Tränen traten ihr in die Augen. Das hatte er noch nie getan!
Im Esszimmer der geräumigen Wohnung war tatsächlich ein reichhaltiges Mahl aufgetischt worden, wenn es auch hauptsächlich aus dicker Suppe, Rübengemüse, Kartoffeln sowie

einem undefinierbaren hellen Pudding bestand. Für die Fleischration mussten der Vater und seine Köchin seit Wochen Bezugskarten gehamstert haben, anders war ein nahezu vollständiger Braten im Mai 1917 unmöglich zu beschaffen.
»Greift nur tüchtig zu! Ihr müsst sehr hungrig sein.« Geschäftig wies Otto jedem einen Platz zu und setzte sich ans Ende des Tisches. »Bedienen müsst ihr euch leider selbst. Das Mädchen ist letzte Woche gegangen. Metz ist ihr zu gefährlich geworden. In Leipzig hofft sie, den Krieg besser zu überstehen. Ich vermute allerdings, in erster Linie hat sie uns wegen des rothaarigen Unteroffiziers aus Sachsen verlassen. Stellt euch vor: Vor dem Bahnhof hat sie ihn kennengelernt! Keine vier Wochen ist das her, und schon packt sie die Koffer, um ihm für immer in seine Heimat mit dem furchtbaren Dialekt zu folgen. Ein Bein hat er an der Siegfried-Linie zurückgelassen, deshalb muss er nicht mehr an die Front zurück. Ich bin gespannt, ob sie den Krüppel lange erträgt. Seither jedenfalls müssen Lotte und ich allein klarkommen.«
Bei diesen Worten zitterte seine Stimme. Verlegen tupfte er sich mit der Serviette die Augenwinkel. Constanze legte ihm die Hand auf den Arm, betrachtete sein vom Bluthochdruck nach wie vor stark gerötetes, wenn auch schmal gewordenes Gesicht.
»Solange einer nur sein Bein an der Siegfried-Linie gelassen hat, wird es schon gutgehen.« Grischa versuchte sich in einem aufmunternden Lächeln.
»Oh, ich vergaß. Sie stehen ja direkt an der Front.« Otto nickte ihm zu.
»Eigentlich fliege ich darüber. Einer muss die Franzosen und Engländer schließlich das Fürchten lehren.«
»Wenn sie nur ordentlich viele von denen abschießen, damit wir nachts einmal wieder ein Auge zumachen.« Betrübt schüt-

telte Otto den Kopf. »Vor zwei Tagen hat es tatsächlich auch unsere Fabrik wieder einmal getroffen.«

»Nein!« Erschrocken riss Constanze die Augen auf. »Davon weiß ich noch gar nichts.«

»Wie auch? Telegrafieren ging mal wieder nicht, und das Schreiben konnte ich mir sparen. Ich wusste ja, dass du in den Zug steigst, um zu mir zu kommen.«

»Ist viel kaputt? Ist gar einer gestorben?«

»Wir hatten Glück. Es war mitten in der Nacht. Keiner der Arbeiterinnen saß an der Werkbank. Zudem hat es nur den hinteren Teil der Lagerhalle erwischt. Da gibt es derzeit kaum etwas von Wert. Die Franzosen kommen einfach viel zu oft mit ihren lieben Grüßen zu uns herüber, und im Dunkel treffen sie den Bahnhof nur selten. Da erwischt es halt die umliegenden Gebäude. Allerdings fragt man sich mittlerweile, ob das wirklich so ganz ohne Absicht geschieht.«

»Das klingt furchtbar. In Berlin macht man sich keine Vorstellung, was hier im Westen los ist.« Selma setzte ein mitfühlendes Gesicht auf.

»Den Eindruck habe ich schon lange.« Erschöpft griff Otto nach dem Weinglas, das Grischa ihm gefüllt hatte, und trank es in einem Zug aus.

»Umso mehr bestärkt mich das in meinem Entschluss.« Selma hielt ihrem Bruder das Glas auffordernd unter die Nase. Während der goldgelbe Gewürztraminer in ihr Glas perlte, versuchte Constanze verzweifelt, der Freundin ein Zeichen zu geben, über ihr Vorhaben zu schweigen. Zu spät. Schon war Ottos Interesse geweckt.

»Wenn eine Frau wie Sie sich etwas vornimmt, dann wird das eine wirkungsvolle Sache sein, daran zweifele ich nicht im Geringsten«, betonte er. »Erzählen Sie bitte mehr. Es muss etwas sehr Wichtiges sein, wenn Sie dafür mitten im Krieg aus dem sicheren Berlin zu uns in den unsicheren Westen fahren. Noch dazu, wo Sie inzwischen Mutter sind und Ihre kleine Tochter in der Hauptstadt zurückgelassen haben.«

»Ich werde über das ganze Elend endlich die Wahrheit schreiben«, erwiderte Selma knapp.

»Ein hehres Vorhaben.« Grischa pfiff anerkennend durch die Zähne. »Mit dem Plan bist du nicht die Erste.«

»Sollten Sie ihn in die Tat umsetzen, wären Sie allerdings die Erste, der das tatsächlich gelingt«, merkte Otto weise schmunzelnd an. »Wollen Sie die Wahrheit denn auch drucken lassen?«

»Natürlich. Wie Sie wissen, gehören meinem Vater die *Bonner Neuesten Nachrichten.* Ich sitze also an der Quelle. Die werden meine Berichte veröffentlichen, das habe ich bereits mit meinem Vetter geklärt, der den Verlag leitet.«

Gerade als Constanze erleichtert aufatmen wollte, weil das alles für den Vater weitaus harmloser klingen musste, als es tatsächlich war, machte Grischa ihre Hoffnungen zunichte. »Deshalb willst du also unbedingt mit zu meinem Stützpunkt. Du hoffst, ich nehme dich im Flugzeug mit, damit du aus nächster Nähe einmal den Feind zu Gesicht bekommst, so wie letztes Jahr Constanze, als wir …«

»Ich glaube, Selma hat das völlig anders gemeint«, fiel Constanze ihm hastig ins Wort. »Sie will sich morgen mit mir in Metz umsehen und die Bewohner befragen, wie sie die Nähe zur Front erleben. Übermorgen fahren wir schon weiter in die Schweiz, um für einige Tage in Basel bei der Freundin eurer Großmutter zu wohnen.«

»Ihr fahrt in die Schweiz? Wie ist euch dieses Wunder gelungen?« Grischa nahm sich ungeniert eine ordentliche Portion sowohl von dem Braten als auch von dem Gemüse und den Kartoffeln.

»Wie wohl?« Amüsiert strahlte Selma den jüngeren Bruder an, zwinkerte Constanze verschwörerisch zu. Constanze indes erstarrte. Wusste die Freundin, was sie da gerade tat? Siedend heiß wurde ihr klar, mit Selma nicht darüber beraten zu haben, inwieweit sie Grischa in ihr Vorhaben einweihen sollten. Von dem geplanten Treffen mit Robert wusste außer Meta bislang niemand. Wenn nur Otto jetzt nicht wieder aufhorchte!

»Ich verstehe«, stellte Grischa nach einer betont längeren Pause mit einem merkwürdigen Grinsen fest, nahm das Besteck in die Hand und sortierte die verschiedenen Stücke auf dem Teller, bevor er das Fleisch zu schneiden begann und dabei beiläufig weiterredete. »Vater hat seine Beziehungen spielen lassen. So hofft ihr, letztlich über die Schweiz einen sicheren Weg hinter die …«

»Gar nichts hoffen wir«, fuhr Selma ihm über den Mund. Endlich hatte sie begriffen, auf welch heikles Terrain die Unterhaltung zusteuerte, und versuchte zu retten, was zu retten war. »Großmamas alte Freundin Thérèse Bichelmüller hat uns eingeladen, für eine Weile bei ihr Erholung zu genießen. Nach all den Aufregungen der letzten Wochen haben wir die dringend nötig.«

»Und wie wollen Sie aus der Schweiz über die erbärmlichen Zustände in Metz nach Bonn berichten?« Verständnislos suchte Otto Selmas Blick.

Constanze stöhnte auf. Zwar war Otto körperlich hinfällig geworden, sein scharfer Verstand aber funktionierte nach wie vor bestens, so dass ihm Selmas widersprüchliche Antwort natürlich sofort auffallen musste.

»Nach den Recherchen hier in Metz werde ich einige Tage Ruhe brauchen, um die gewiss sehr erschütternden Eindrücke zu sortieren und in Worte zu fassen«, probierte sich Selma in der Rettung des Ganzen. »Zudem wird man auch in Basel einiges über die Auswirkungen der Kämpfe auf die Zivilbevölkerung mitbekommen. Die Grenzen wie die Front sind sehr nah. Die Menschen aus den besetzten Gebieten werden von dort aus ins Innere Frankreichs geschickt, ebenso verläuft der Austausch von Kriegsgefangenen und Verletzten über Basel. Wie ich höre, hat man dort inzwischen auch Lebensmittel wie Brot, Mehl, Fett und Zucker, letztlich sogar den berühmten Käse rationiert.«

»Außerdem wolltest du über die Ausstellung des deutschen Werkbunds berichten, die Ende des Monats beginnt.« Stolz, weil ihr dieses Stichwort eingefallen war, strahlte Constanze erst die Freundin ihr gegenüber, dann den Vater zu ihrer Rechten an.

»Ein Wunder, womit du dich alles beschäftigst, während du auf Nachrichten von deinem vermissten Mann wartest«, entfuhr es Grischa. Seine verdutzte Miene verriet, wie wenig er an diese Version der Geschichte glaubte.

»Ihr Mann gilt als vermisst? Warum haben Sie das nicht gleich gesagt? Das tut mir sehr leid.« Otto schenkte Selma einen mitfühlenden Blick. »Dann verstehe ich sehr gut, warum Sie sich so intensiv aufs Schreiben stürzen. Einen geliebten Menschen zu verlieren ist eine entsetzliche Erfahrung. Ich wünsche Ihnen von Herzen, dass Sie Ihren Mann bald wieder gesund und munter in die Arme schließen. So lange aber müssen Sie alles tun, sich die Hoffnung zu bewahren. Aus der Ferne wird er spüren, wie fest Sie an ihn denken, und daraus die notwendige Kraft schöpfen.«

»Genau deshalb sind wir gekommen«, stellte Constanze rasch fest und wechselte das Thema, um Otto auf andere Gedanken zu bringen. »Wie steht es eigentlich mit dir, Vater? Die Lage hier wird immer brenzliger. Hast du schon einmal darüber nachgedacht …«

»Von hier bringt mich niemand weg«, fiel Otto ihr ins Wort. Seine Stimme zitterte, die Reste des ehedem so üppigen Backenbarts bebten ebenfalls verräterisch.

»Bitte denk doch einmal in Ruhe darüber nach«, versuchte Constanze es noch einmal, legte ihre Hand auf seine und drückte sie fest. »Der Bombeneinschlag von vor zwei Tagen sollte dir eine Warnung sein. So etwas kann jederzeit wieder passieren.«

»In Berlin wären nicht nur Sie besser aufgehoben«, ergänzte Selma. »Sie könnten auch einen Großteil Ihrer Fabrik dorthin verlagern, ohne weitere Verluste hinnehmen zu müssen. In Friedenau gibt es gerade einige sehr interessante Grundstücke, die bestens für Ihre Zwecke geeignet sind. Eines liegt sogar gleich vis-à-vis der Optischen Werke von Goerz in der Rheinstraße. Mein Vater ist Ihnen sicherlich gern behilflich.«

»Es wäre nur vorübergehend«, verlegte Constanze sich aufs Flehen. »Erstens wärst du dort ganz nah bei mir, und zweitens könntest du dann endlich wieder in Ruhe all deine Entwürfe und Pläne für neue Maschinen angehen. Diese Ruhe fehlt dir hier schon längst. Denk nur daran, dass du seit letztem Herbst gegen deinen Willen nur mehr kriegstaugliche Maschinen fertigen darfst. Damit wurde dir mehr oder weniger die Leitung deiner eigenen Fabrik aus den Händen gerissen.«

»Das kann ich deiner Mutter nicht antun.« Ottos sonst so energische tiefe Stimme klang auf einmal resigniert. Er lehnte sich auf dem hohen Armlehnstuhl nach hinten, sah über die Tafel hinweg ins Ungewisse.

Im Esszimmer breitete sich Schweigen aus. Einzig das Ticken der Standuhr kündete vom Vergehen der Zeit. Selma und Grischa schenkten Constanze aufmunternde Blicke, hielten sich jedoch mit weiteren Äußerungen zurück. Sie dankte es ihnen mit einem scheuen Lächeln, bevor sie sich wieder ganz auf den Vater konzentrierte.

Starr hatte der den Blick auf die seinem Platz gegenüberliegende Wand gerichtet, als wollte er die Zeiger der Uhr auf diese Weise bannen. Das goldene Zifferblatt leuchtete im schwächer werdenden Tageslicht, während der Minutenzeiger einen Strich weiter sprang. Otto kommentierte das mit einem leichten Stirnrunzeln. Constanze kannte ihn gut genug, um daraus abzulesen, dass sein Widerstand langsam, aber stetig zu bröckeln begann. Sein wirrer Backenbart zitterte, die runden grauen Augen schwammen in verräterischer Feuchtigkeit.

»Mutter hätte niemals gewollt, dass du dich in Gefahr bringst.« Behutsam streichelte sie über seine Hand, musterte aufmerksam sein Antlitz. Ganz langsam wandte er ihr den Kopf zu.

»Vor allem nicht der Fabrik wegen.«

»Sie hätte aber auch niemals gewollt, dass ich Metz im Stich lasse.« Die aufsteigenden Tränen versagten ihm das Weitersprechen.

»Was nützt du ihrer Heimatstadt, wenn du den Krieg nicht überlebst? Gehst du für eine Weile nach Berlin, kannst du gut erholt wieder ans Werk gehen, sobald der unsägliche Kriegsspuk vorüber ist, und die Fabrik mit neuen Ideen wieder aufleben lassen. Das wäre sicher ganz in Mutters Sinn.«

»Glaubst du?« Ottos Stimme klang verzagt wie die eines kleinen Kindes.

»Das glaube ich nicht nur, davon bin ich felsenfest überzeugt.« Tapfer lächelte Constanze, bis die letzten Tränen aus seinen geliebten Augen verschwunden waren.

14

Das viele Herumlaufen machte müde. Selma meinte, ihre Beine nicht mehr zu spüren. Auch konnte sie keine Informationen mehr aufnehmen. Letzteres hatte schon am frühen Morgen begonnen, als sie zunächst im Lazarett in der ehemaligen Höheren-Töchter-Schule an der Esplanade sowie anschließend bei den Posten am Bahnhof Erkundigungen über den möglichen Verbleib eines an der Westfront Vermissten eingeholt hatten. Wie befürchtet hatte man ihnen an beiden Stellen wenig Hoffnung gemacht, jemanden, der hinter der feindlichen Linie verschwunden war, auf deutscher Seite zu finden. Daraufhin hatten sie beschlossen, tatsächlich von Basel aus mit Roberts Hilfe nach Frankreich zu fahren. Meta hatte bereits Kontakt mit ihm aufgenommen.

Zunächst aber wollte Selma noch einen wichtigen Teil ihres Reportageauftrags erfüllen und die Zustände in Metz mit eigenen Augen sehen. So ausführlich Constanze sie darauf vorbereitet hatte, so tief erschütterte es sie nun doch, hautnah mitzuerleben, wie nah die Front im Westen war. Seit dem frühen Morgengrauen bebte die Luft von Kanonendonner. Dem bedeckten Himmel zum Trotz herrschte reger Flugverkehr. Noch fehlte ihr das geübte Auge, um schnell genug zu erkennen, ob es sich um feindliche oder deutsche Maschinen handelte, die dort oben drohend ihre Runden zogen. Für alle Fälle schickte sie jedes Mal, sobald sie das sonore Motorengebrumm vernahm, ein Stoßgebet gen Himmel, Grischa möge heil wieder herunterkommen, wenn er dort oben gerade unterwegs war. Er musste den Krieg gesund überstehen. Er war einfach noch zu jung.

Rasch hatte sie den Eindruck, die Einzige zu sein, die die Aeroplane am Himmel wie auch das stete Abfeuern der Geschütze überhaupt noch wahrnahm. Für die Metzer Bürger gehörte das längst als vertraute Hintergrundmusik zum Alltag. Niemand reckte mehr den Kopf gen Himmel oder schaute sich nach anderen Gefahren auf den Straßen um. Selbst die Kinder spielten friedlich weiter mit ihren Murmeln oder Reifen. In allen Winkeln der mittelalterlichen Stadt am hohen Moselufer herrschte eine der Gewöhnung geschuldete Lässigkeit im Umgang mit der alltäglich gewordenen Gefahr.

Nachdem Selma und Constanze Lazarett und Bahnhof hinter sich gelassen hatten, waren sie zum Theatergebäude inmitten der bunt blühenden Parkanlage auf der der eigentlichen Stadt gegenüberliegenden Moselseite gelaufen. Von dort waren sie über den Fluss zurückgekehrt und bergan zur Kathedrale gegangen. Zu Selmas Erstaunen hieß das Rathaus weiterhin »Hôtel de Ville«, wenn auch ein handgeschriebenes Transparent versuchte, ihm die deutsche Bezeichnung aufzudrücken. Ebenso zeugten Schilder an Läden und Gasthäusern von dem verzweifelten Ringen um die deutsche Sprache, die das gewohnte Französisch nicht auszulöschen vermochte. Schließlich erreichten die Freundinnen die Römerstraße, einen der belebtesten und prachtvollsten Boulevards der jahrtausendealten Stadt. Fasziniert bewunderte Selma die hübschen Hausfassaden und die bunte Ansammlung von Geschäften, die wegen Warenmangels größtenteils geschlossen waren oder nur noch ein phantasieloses Angebot präsentierten. In Friedenszeiten sah das gewiss ganz anders aus.

Unvermittelt begannen Sirenen zu heulen. Selma sah sich verwirrt um. Überraschenderweise brach keine Panik aus. Jeder wusste auf Anhieb, wie er sich zu verhalten hatte. Zielsicher zog Constanze Selma von der Straße in einen nahe gelegenen Hauseingang. In dem fremden Haus folgten sie einer Handvoll anderer Passanten durch einen dämmrigen Flur in den Keller. Dort harrten sie eng beieinander stehend aus, bis die Gefahr vorüber war.

Niemand der Anwesenden sprach. Selma war die Einzige, die ihre Schicksalsgenossen verstohlen musterte. Es war ein abenteuerliches Gemisch der unterschiedlichsten Menschen: Dicke, Dünne, Reiche, Arme, Gebildete und Ungebildete. Der Zufall kettete sie für einige Minuten auf Gedeih und Verderben aneinander. Selma verdrängte die Vorstellung, wie grässlich es war, die letzten Atemzüge in den Armen völlig Unbekannter zu tun. Für einen Moment schloss sie die Augen und kämpfte gegen den bitteren Gedanken an, dass Gero genau das widerfahren war. Sie durfte ihn nicht aufgeben!

Die Lippen fest aufeinandergepresst, schaute sie sich weiter um. Ängstlich drückten sich zwei Kinder in die Rockfalten ihrer Mutter, deren hochschwangerer Bauch spitz aus dem grauen Stoff herausragte. Die Hände hatte sie tröstend auf die Köpfe der Kleinen gelegt, während sie wie die anderen Erwachsenen mit ernster Miene lauschte, was sich außerhalb der schützenden Kellerwände ereignete.

Hin und wieder bebte die Erde. Ein markerschütternder Knall, dem ein dumpfes Dröhnen folgte, kündete vom Einschlagen einer Bombe. Für einen Moment kehrte Stille ein. Eine lähmende Stille, die jäh von Artilleriefeuer beendet wurde. Unheilvolles Brummen der Flugzeugmotoren verriet, wie wenig es gegen die Angriffe auszurichten vermochte. Selma staunte, dass das alles selbst einige Meter unter der Erde erschreckend deutlich mitzuverfolgen war.

Nach wenigen Minuten, die Selma wie Stunden vorkamen, war das furchtbare Theater vorbei. Nach und nach verließen die Menschen den Keller ebenso schweigend, wie sie ihn betreten hatten. Selma kam nicht dazu, das disziplinierte Verhalten ausgiebig zu bewundern. Oben waren die eben noch auf Leben und Tod Verbundenen sofort in alle Winde verstreut. Verdutzt sah sie ihnen nach, suchte dann die nächste Umgebung nach den Spuren des so deutlich vernommenen Bombeneinschlags ab. Eine Querstraße weiter meinte sie, Rauch aufsteigen zu sehen, der vom Einsturz eines Gebäudes stammen konnte. Feuerwehr und Polizeiwagen brausten vorbei, Männer in feldgrauen Uniformen rannten zu der Unglücksstelle. Die übrigen Passanten aber schlugen ungerührt die entgegengesetzte Richtung ein, als ginge sie das nichts an.

»Hörst du meinen Magen knurren?«, fragte das Küken erschreckend munter und hakte sich bei ihr unter, um sie die Prachtstraße weiter nordwärts hinaufzuführen, ebenfalls von der Einschlagstelle weg. Dankbar folgte Selma ihr.

»Auf den Schreck hin müssen wir uns etwas gönnen«, redete Constanze weiter, als gelte es, den Bombeneinschlag auf diese Weise ungeschehen zu machen. »Mir ist nach starkem, bitterem Bohnenkaffee und einem riesigen Stück fetter Sahnetorte. Das Bedürfnis wird aber wohl erst nach Unterzeichnung des Friedensvertrags zu stillen sein. Bis dahin kann ich nicht warten. Wer weiß, ob wir diesen Tag je erleben? Lass uns also versuchen, ein heißes Getrank und etwas annahernd Sußes zu essen aufzutreiben.«

Sie beschleunigte ihre Schritte. Selma hielt mit, bis das neugierige Umherschauen sie davon abbrachte, genauer auf den Weg zu achten. Jedes Geräusch, jedes Gesicht wollte sie sich einprägen, um später mit den Notizen für ihre Zeitungsberichte fortzufahren. In Bonn wie auch im fernen Berlin sollten die Menschen endlich lesen, wie nah der Krieg in Metz der Bevölkerung auf den Leib gerückt war.

»Achtung!«, schrie das Küken plötzlich und stürzte auf eine Gruppe Kinder zu, die mitten auf der Straße standen und einen auf dem Boden liegenden Gegenstand neugierig betrachteten, bald mit den Füßen dagegen zu treten begannen. »Seid ihr wahnsinnig? Weg mit euch! Lauft ganz schnell weg!«
Zur Bekräftigung ruderte sie wild mit den Armen. Von der gegenüberliegenden Seite kam ihr ein älterer Mann zu Hilfe, der ebenfalls auf den seltsamen Gegenstand und die Kinder aufmerksam geworden war. Auch er scheuchte sie energisch fort. Selma ging neugierig näher.
»Was soll die ganze Aufregung?«
»Ein Blindgänger!«, zischte Constanze, Selma stutzte.
Das lebensgefährliche graue Ding von der Form eines Zylinders sah auf den ersten Blick harmlos aus. Es war nur etwa dreißig Zentimeter lang und hatte keine zehn Zentimeter Durchmesser. Vier Fünftel seines Körpers waren von graublauer Farbe, ein Fünftel Stahlmantel. Nicht auszudenken, was geschehen würde, sollte das Ding doch noch zünden.
»Was sollen wir jetzt tun?«, wisperte Selma und wagte kaum, den Blick von dem todbringenden Teil abzuwenden.
»Lauf fort und such einen Soldaten«, erwiderte Constanze bewundernswert ruhig. »Die Bombe muss entschärft werden. Ich passe auf, dass die Kinder nicht zurückkommen.«
Das ließ sich Selma nicht zweimal sagen. Sie raffte den dunkelblauen Glockenrock und lief los, blindlings die Straße hinunter. Irgendwo musste doch jemand stecken, der helfen konnte!
Die Stadt starrte sonst vor Männern in feldgrauen Uniformen. Nun aber, da sie dringend einen tapferen Soldaten brauchte, schienen sie wie vom Erdboden verschluckt. Bestimmt waren sie nicht alle damit beschäftigt, die Trümmer bei dem von der

Bombe getroffenen Haus zu beseitigen. Selma hielt an, sah sich verzweifelt um. In diesem Teil der Straße war niemand unterwegs. Hatte sie etwa einen neuen Fliegeralarm überhört? Völlig einerlei! Sie durfte sich jetzt nicht in den nächstbesten Keller flüchten und das Küken im Stich lassen. Rasch rannte sie weiter. Ihr Herz raste, die linke Seite tat weh. Jeder Atemzug schnitt ihr wie eine scharfe Klinge in den Hals. Von neuem hielt sie an, stützte die Hände in die Seiten und schaute sich hilfesuchend um. Eine Frau mittleren Alters hastete vorbei, einen sich heftig widersetzenden Jungen an der Hand hinter sich herziehend, lauthals wie ein Kesselflicker mit ihm schimpfend. Aus einer Haustür trat eine ältere Dame, in ein dunkles Kostüm gekleidet, das Gesicht von einer ausladenden, ebenfalls dunklen Hutkrempe bedeckt. Sie nickte Selma knapp zu und wandte sich eilig in die andere Richtung, ganz offensichtlich darauf bedacht, nicht von ihr angesprochen oder gar um Hilfe gebeten zu werden. Endlich erklangen laute Stiefelschritte von der nahen Kreuzung. Ein Trupp Soldaten! Selma jauchzte innerlich vor Freude. Wieder raffte sie den Rock und rannte los. Tatsächlich marschierte ein halbes Dutzend Soldaten an der nächsten Ecke von rechts heran. Selma winkte dem vorausmarschierenden Leutnant zu.

»Ein Blindgänger!«, rief sie, als er bis auf wenige Schritte heran war. »Nur wenige hundert Meter die Straße hinunter.«

»Bleiben Sie ruhig!« Der Leutnant begriff sofort. »Wir kümmern uns darum.«

Schon gab er seiner Mannschaft ein Zeichen, sich in die angegebene Richtung in Bewegung zu setzen. Als Selma sich anschickte, ihnen zu folgen, wollte er sie aufhalten.

»Ich muss mit. Meine Freundin ist noch dort und passt auf, weil einige Kinder mit der Bombe spielen wollten.«

»Auf Ihre Verantwortung«, raunzte er, bevor er sich umdrehte und seinen Weg mit weit ausholenden Stiefelschritten fortsetzte.

Constanze und der fremde Mann standen weiterhin mitten auf der Straße, markierten schon von weitem, wo die Gefahr lag. Als der Leutnant sie mit seinen Männern erreichte, schickte er sie sogleich fort.

»Wir sollen uns so schnell wie möglich in Sicherheit bringen«, rief sie Selma zu.

»Das war knapp«, bemerkte Selma völlig erschöpft, als sie nach diesem aufregenden Vormittag endlich in einem Café saßen und wieder zu Atem gekommen waren.

»Dafür hast du jetzt eine Menge Erlebnisse, über die du in deinem ersten Artikel berichten kannst.«

»Ganz so aufregend hätte es für den Anfang nicht sein müssen.« Selma zupfte sich die dünnen Handschuhe von den Fingern und sah sich in dem Café um. »Um die Atmosphäre in Metz zu schildern, würde es durchaus genügen, über das Ausstreichen der französischen Namen zu schreiben.«

»Pst!« Mahnend legte das Küken den Finger über die Lippen. »Manche wollen nicht mehr daran erinnert werden, wie selbstverständlich hier einmal alles zweisprachig gewesen ist.«

»Schade.« Ordentlich faltete Selma die Handschuhe zusammen und ließ den Blick weiter über das Interieur gleiten. Natürlich trug das Café inzwischen die deutsche Bezeichnung »Kaffeehaus«, ebenso war der Namenszusatz »de Paris« ungelenk auf dem Schild an der Tür durchgestrichen. Die geschmackvolle Inneneinrichtung aus dunklen Thonetstühlen mit runden weißen Marmortischen und goldverzierten Spiegeln an der Wand atmete allerdings weiterhin den Geist einer Zeit, in der sich niemand um die Unterschiede deutscher und französischer Bezeichnungen geschert hatte. An den Wänden hingen noch die berauschenden Gemäldekopien Pariser Künstler und warben für das *Moulin Rouge* und seine freizügigen Tänzerinnen. Amüsiert prägte Selma sich das für ihre Notizen ein. Außer Constanze und ihr hatten sich noch eine Handvoll weiterer Menschen entschlossen, den Schrecken des Vormittags bei einem kleinen Imbiss zu vergessen. Bohnenkaffee und Sahnetorte gab es zwar wie erwartet nicht mehr, dafür pries der Konditor eine Rüblitorte und Malzkaffee als Ersatz an.

»Mir ist alles recht, Hauptsache, ich habe für eine Weile das Gefühl, satt zu werden«, stimmte Selma dem Vorschlag zu. Auch das Küken zeigte sich begeistert. »Um meine Nerven zu beruhigen, kann ich Zucker in jeder Form gebrauchen. Notfalls trinke ich ihn in lauwarmem Wasser.«

»Da sei Gott vor! Sag nur, die Begegnung mit dem Blindgänger hat dich tatsächlich etwas aufgeregt.« Selma konnte sich den sarkastischen Unterton nicht verkneifen. »Nach dem Bombenalarm im Keller dachte ich schon, du hättest dir heimlich die Nerven herausoperieren lassen.«

»Du bringst mich da auf eine hervorragende Idee! Ich glaube, ich wäre nicht die Einzige, die diesen Schritt wagen würde. So könnte man vielleicht nachts wieder besser schlafen.«

»Eine verlockende Vorstellung!« Selma pflichtete ihr bei und nahm einen durstigen Schluck aus dem Wasserglas, das ihr gerade serviert wurde. »Wie lang geht das hier eigentlich schon mit den Bombenangriffen?«

»Begonnen hat es recht früh, ich glaube, schon im ersten Kriegsjahr«, erzählte Constanze. »Anfangs wusste man natürlich kaum, wie man sich schützen sollte. Inzwischen haben die Bewohner Routine, wie du gesehen hast. Es gab Handzettel und Aushänge, die über das angemessene Verhalten informierten. Auch wenn der Bahnhof und die Zugstrecken die eigentlichen Ziele sind, werden leider doch sehr oft Wohnhäuser getroffen. Das Viertel, in dem wir wohnen, liegt nicht nur nahe am Bahnhof, es ist außerdem die bevorzugte Wohngegend der deutschstämmigen Einwohner. So mancher Blindgänger geht sicherlich in voller Absicht genau dort nieder.«

»Wie traurig, dass ausgerechnet in Metz die deutschen und französischen Interessen aufeinandertreffen.«

»Ich kenne einige, die um die Verschickung an die Ostfront gebeten haben, weil sie im Westen nicht auf ihre Vettern und Onkel schießen wollen. Manche haben es noch rechtzeitig nach Paris geschafft. Zu einer Schulfreundin habe ich seit Kriegsbeginn leider keinen Kontakt mehr. Undenkbar, dass wir uns nun als Feinde betrachten sollen.«

Für einen Moment wandte das Küken den Kopf ab.

Tröstend legte Selma ihr die Hand auf den Arm. »Kaum zu glauben, dass dein Vater trotz allem bleiben will.«

»Metz ist und bleibt für ihn die Stadt meiner Mutter. Seit Generationen hat ihre Familie hier gelebt, hat sämtliche Wechsel der Nationalitäten geduldig ertragen.«

»Deine Mutter ist doch schon lange tot, ebenso wie dein Bruder. Du lebst seit mehr als drei Jahren in Berlin. Da sollte dein Vater nichts lieber tun, als zu dir zu ziehen. Übrigens wundert es mich, warum du wie schon dein Vater ausgerechnet nach Berlin zum Studium gegangen bist. Das Preußische genießt hier keine große Anerkennung.«

»Das war eine rein praktische Erwägung. Für mein Ingenieurstudium kam für mich nur die Königlich Technische Hochschule in Betracht, weil eben schon mein Vater dort gewesen war und ich wusste, was mich erwartet. Davon abgesehen, dürfte dir als gebürtiger Rheinländerin der Zwiespalt bestens vertraut sein.«

»Stimmt. Umso mehr sollte auch dein Vater bereit sein, sich vorübergehend an der Spree in Sicherheit zu bringen. Dort hat er Ruhe vor den Bombenangriffen und kann an seinen neuen Ideen feilen.«

»Vielleicht wird er noch vernünftig. Man soll die Hoffnung niemals aufgeben.« Constanze lachte übertrieben, strich sich eine Strähne ihres halblangen Haares aus dem Gesicht. »Lass uns erst deinen Gero finden, dann fahre ich auf dem Rückweg noch einmal hierher und versuche mein Glück erneut.«

»Sofern wir Gero jemals finden.« Mit einem Mal fühlte Selma eine bleierne Mattigkeit auf den Schultern, war unfähig, auch nur nach der Tasse mit dem Ersatzkaffee zu greifen, den sie inzwischen vor sich stehen hatte. Dabei dampfte es aus der Tasse verheißungsvoll. Wenn sie beim Trinken die Augen schloss, konnte sie sich einbilden, es wäre richtiger Bohnenkaffee. Ebenso konnte sie sich einbilden, mit Gero wäre alles in Ordnung, und in wenigen Tagen wäre er wieder wohlbehalten bei ihr in Berlin in der eleganten Wohnung am Savignyplatz. Ein merkwürdiger Schwindel erfasste sie, es begann, in ihren Ohren zu dröhnen.

»Alles wird gut! Daran musst du immer ganz fest glauben.«

»Gar nichts wird gut!« Selma riss die Augen auf und funkelte sie an. »Schau dir an, wie es in deiner Heimatstadt zugeht. An die täglichen Bombeneinschläge und die vielen unschuldigen Opfer hat man sich einfach gewöhnt. Ist der Angriff überstanden, freut man sich, noch einmal davongekommen zu sein, und geht ins Café, um sich bei Ersatzkuchen und Ersatzkaffee einzubilden, es ginge bald alles vorbei.«

»Selma, Liebes …«, versuchte Constanze, sie zu beruhigen. Die Gäste an den anderen Tischen drehten ihnen bereits die Köpfe zu. Eine Dame zog mokiert die Augenbrauen nach

oben, ein älterer, weißhaariger Herr mit Monokel schüttelte mit einem missbilligenden Gesichtsausdruck den Kopf.
Selmas Empörung machte nun abgrundtiefer Verzweiflung Platz. »Wenn es schon hier in Metz, mehr als vierzig Kilometer hinter der eigentlichen Front, so übel ist, wie mag es dann erst im Westen aussehen?«
»Dort muss es einfach grauenvoll sein.«
Selma sah durch das Fenster nach draußen, wo der übliche Verkehr herrschte. Ein Regenschleier hüllte die Menschen auf den Trottoirs ein. Hupend brauste ein offener Wagen mit vier wichtig aussehenden Offizieren vorbei. Aus einer Pfütze spritzte Dreckwasser auf und beschmutzte zwei Damen am Straßenrand. Zornig ballten sie die Fäuste, unterdrückten jedoch den offenen Protest gegen die Rüpel in Uniform.
»Wenn du Angst vor dem hast, was dich an der Front erwartet, sollten wir die Reise abbrechen«, riet Constanze. »Noch ist Zeit, unsere Pläne zu ändern. Deine Großmutter hat recht. Es wäre vernünftiger. Du hast eine kleine Tochter. Sie braucht dich lebendig. Nach Berlin zurückzureisen ist keine Niederlage. Gero wird auch ohne unser Zutun gefunden. Vielleicht wird es länger dauern, aber er wird auftauchen. Daran glaube ich fest.«
»Ach, Küken!« Selma presste sich die Hände vors Gesicht. Auf einmal tat es gut, den Tränen freien Lauf zu lassen. Ihre Schultern bebten, immer wieder entfuhr ihr ein Seufzer. Nach einer Weile versiegten die Tränen wieder, auch das Schluchzen ebbte ab. Verlegen schneuzte sie sich in das feine Batisttaschentuch, das sie aus ihrer Handtasche hervorkramte, und hob unter scheuem Lächeln das Antlitz. »Es tut so gut, eine Freundin wie dich bei mir zu wissen. Du bist so mutig!«
»Mutig? Ausgerechnet ich? Hast du vergessen, dass du diejenige von uns beiden ist, die sich entschlossen hat, mitten im Krieg

nicht nur eigenhändig nach ihrem vermissten Mann zu suchen, sondern auch in Zeitungsartikeln ihre Mitmenschen daran teilhaben zu lassen?«

»Ob das so mutig ist, wird sich zeigen. Meine erste Bewährungsprobe hätte ich vorhin fast nicht bestanden. Wenn ich daran denke, wie gefasst die Metzer die Bombenangriffe ertragen, komme ich mir äußerst feige vor. Vielleicht besteht Hoffnung, dass ich mich ebenso wie sie an die ständige Gefahr gewöhne. Schließlich geht es bei der Unternehmung nicht um mich, sondern um Gero. Ihn will ich finden, um ihm aus der Hölle herauszuhelfen. Das bin ich ihm schuldig.«

»Wieso bist du ihm das *schuldig?* Ich dachte, du tust das, weil du ihn liebst.« Constanze schüttelte den Kopf.

Irritiert sah Selma sie an. Auf einmal war ihr, als zerreiße in ihrem Innern ein dicker Vorhang und gab endlich die Bühne für klares Denken frei. In der beiläufigen Bemerkung steckte die ganze Wahrheit über ihre Beziehung zu Gero. Constanze schien das gerade ebenso begriffen zu haben wie sie selbst.

15

Die Sonnenstrahlen tanzten über das Wasser des sich träge um Kleinbasel herumschlängelnden Rheins. Selma und Constanze standen am linksseitigen Ufer vor dem kleinen Platz des Hotels *Les Trois Rois,* direkt am Kopf der Mittleren Brücke. Ein leichter Wind wehte, der Himmel leuchtete in einem milchigen Hellblau über das rechts und links des Rheins ausgebreitete Häusermeer. Selma konnte es kaum fassen, sich nach den aufrüttelnden Erlebnissen in Metz nun in einer derart friedlichen Umgebung wiederzufinden. Dabei lagen in Friedenszeiten nur wenige Stunden Zugfahrt zwischen den beiden Städten. Am Vortag hatten sie zwar länger gebraucht, dennoch war es unfassbar, wie nah der Krieg war, ohne dass man in Basel auf den ersten Blick etwas davon spürte.

Dennoch waren sie unruhig. Unablässig zupfte Constanze an den Falten ihres himmelblauen Plisseerocks oder richtete den strohgelben Sonnenhut auf dem halblangen, welligen Haar. Selma tat, als bemerkte sie nichts davon, dabei strich auch sie immer wieder über den angenehm kühlen Leinenstoff ihres tunikaartigen beigefarbenen Kleides mit der tief angesetzten Taille. Es war offensichtlich: Keine von ihnen wollte die andere die Aufregung spüren lassen, die sie angesichts des bevorstehenden Wiedersehens mit Robert ergriffen hatte. Schweigend lehnten sie an der Ufermauer und starrten auf den Fluss.

Insgeheim graute Selma davor, Robert gegenüberzutreten. Viel zu eifrig hatte sie in den letzten beiden Jahren versucht, ihn und vor allem ihre Gefühle für ihn zu verdrängen. Dass er ihr ausgerechnet immer dann begegnete, wenn sie mit Gero haderte, empfand sie als Laune des Schicksals. Sie äugte zu Constanze. Seit Berlin hatten sie nur das Nötigste über Robert gesprochen. Es war schwer zu sagen, was das Küken wirklich über das bevorstehende Treffen dachte.

Selma wandte sich wieder dem Fluss zu. Ihr weißer Sonnenhut hatte nur eine schmale Krempe. Sie schirmte die Augen mit der Hand gegen das grelle Sonnenlicht ab und verlor sich ganz im Anblick des Rheins. Das tausendfache Funkeln und Glitzern auf dem unsteten Wasser verlieh dem Fluss ein ehrwürdiges Aussehen. Seit ihrer Kindheit in Bonn liebte sie diesen Anblick. Die Vorstellung, dass der Rhein seit Jahrmillionen dahinfloss, selbstverständlich ungeachtet der jeweiligen politischen Lage die verschiedensten Länder passierte und an den unterschiedlichsten Städten vorbei bis in die ferne Nordsee strömte, hatte etwas zutiefst Beruhigendes. So gleichgültig wie den braunen Fluten sollte es jedem sein, welchem Staat er gerade zugehörig war.

Von den rechtsrheinischen Stadtquartieren näherte sich die türkisfarbene Tram über die geschwungene Steinbrücke. Das Rattern der eisernen Räder riss Selma aus ihren Überlegungen. Ihre Augen folgten den Wagen, bis sie kurz hinter der Brücke an der Ecke zum Blumenrain zum Stehen kamen. Mehrere Passagiere stiegen aus. Gebannt versuchte Selma, Robert unter ihnen auszumachen. Ob er sich in den letzten beiden Jahren verändert hatte? Ihr schlug das Herz bis zum Hals. Aus dem Augenwinkel bemerkte sie, dass auch das Küken gebannt auf die Menschen an der Haltestelle starrte. Nach einem schrillen Läuten fuhr die Tram wieder an, die Ausgestiegenen verteilten sich über die Straße und in die umliegenden Gassen und Hauseingänge.

Ein Mann in hellem Anzug und Staubmantel blieb stehen, setzte langsam seinen Strohhut auf, sah erst der durch die Eisengasse zum Marktplatz davonfahrenden Straßenbahn hinterher, bevor er sich in die entgegengesetzte Richtung drehte und zur Brücke schaute. Für einen Atemzug setzte Selmas Herzschlag aus. Er war es tatsächlich! Er brauchte lange, viel zu lange, bis er sie am Rand der Brücke entdeckte. Selbst aus der Entfernung von etwa zwanzig Metern meinte sie das spöttische Zucken um seine Mundwinkel zu erahnen, das er sich erlaubte, sobald er sie beide erkannt hatte. Sie versteifte sich. Allzu leicht wollte sie es ihm nicht machen. Immerhin hatte er ihr bei ihrem letzten Zusammentreffen in Baden-Baden ein zwiespältiges Angebot unterbreitet. Kaum zu glauben, dass seither bereits zwei Jahre vergangen waren.

»Robert, endlich!«, rief dagegen das Küken und winkte ausgelassen. Fehlte nur noch, dass sie losrannte und ihm wie ein kleines Mädchen stürmisch um den Hals fiel!
Gemächlich setzte er sich in Bewegung. Seine federnden Schritte unterstrichen das Sportliche seiner Figur. Im Näherkommen gewahrte Selma, dass er gestreifte Leinenhosen zu hellen Lederstiefeln trug. Diese modische Koketterie entlockte ihr dann doch ein erstes Schmunzeln. Munter schwang er in der Rechten einen Spazierstock. Auf die Fototasche über der Schulter hatte er allerdings verzichtet.
»*Mesdemoiselles,* wie schön, euch beide wiederzusehen.« Er sprach in seinem altbewährten französischen Singsang. Elegant lüpfte er den Hut, unter dem das schwarze, schwer zu bändigende Haar hervorquoll, verbeugte sich knapp und strahlte sie mit seinem charmantesten Lächeln an. Kein Zweifel. Er war wieder ganz der Alte, hatte die Fremdheit abgelegt, die ihr in Baden-Baden so bitter aufgestoßen war. Wie selbstverständlich trug er den dünnen schwarzen Oberlippenbart und sah sie aus dunklen Augen so erwartungsvoll an, als hätte der Abend im *Zähringer Hof* mit seinem unrühmlichen Ende nie stattgefunden.
Selma kämpfte mit sich. Das alles war zu schön, um wahr zu sein. Auf einmal meinte sie, sich erst am Vortag in bestem Einvernehmen von ihm verabschiedet zu haben. Alles, was seither geschehen war, löste sich auf wie ein böser Traum. Weil sie das Gelingen ihres Unternehmens nicht schon im Keim ersticken wollte, entschloss sie sich, die drängendste Frage auf später zu verschieben: Warum er überhaupt noch bereit war, ihr nach allem, was zwischen ihnen vorgefallen war, zu helfen, noch dazu, wo es darum ging, ausgerechnet ihren Gatten Gero wiederzufinden. Auch für Robert barg das ein ungeheures Risiko.

»Ihr beide seht blendend aus«, säuselte er. »Darf ich euch auf einen Kaffee einladen? Im Salon des *Les Trois Rois* finden wir um diese Zeit sicher die besten Plätze. Man raunt, dort gäbe es dieser Tage sogar richtigen Kaffee mit echter Milch und Zucker. Vielleicht haben wir Glück und ergattern dazu noch Sahnetörtchen.«
Übermütig zwinkerte er ihnen zu und wies mit dem ausgestreckten Arm den Weg zum Eingang des klassizistischen Gebäudes, vor dem sie länger als eine Viertelstunde auf ihn gewartet hatten.
Für einen Moment verspürte Selma Lust, ihn auf den Fauxpas hinzuweisen, sich zu verspäten und sich dafür nicht einmal zu entschuldigen. Ohnehin missfiel ihr die Selbstverständlichkeit, mit der er sich als alter Freund präsentierte, als wäre nichts geschehen. Zu allem Überfluss wollte sich Constanze gerade bei ihm unterhaken und Seite an Seite mit ihm vorauseilen! Rasch schluckte sie ihren Unmut hinunter und erklärte: »Das halte ich für eine schlechte Idee. Während wir hier gewartet haben, konnte ich beobachten, wer dort ein und aus geht. Das ist nicht das Publikum, das ich mir für heute wünsche, obwohl das *Trois Rois* selbstverständlich nach wie vor das beste Haus am Platz ist. Sicher könnt ihr euch denken, warum ich einen Spaziergang am Fluss bevorzuge. Noch dazu, wo ich es genieße, endlich einmal wieder am Rhein zu sein.«
»Ein Spaziergang am Fluss ist eine reizende Idee, *mes amies*«, stimmte Robert zu. »Ich gebe dir recht, Selma: Der Nachmittag ist viel zu schön, um ihn in einem verrauchten Hotelfoyer zu verbringen. Da mag der Kaffee noch so gut und der Kuchen noch so süß sein. Gegen die frische Luft direkt am Rhein ist das gar nichts.«

Zufrieden wandte Selma sich nach links in den Blumenrain, um flussabwärts über das Dreikönigsweglein zu spazieren. Wie selbstverständlich spazierte Robert nach einer Weile zu ihrer Linken. Erstaunt bemerkte sie, wie Constanze sich an ihre andere Seite drängte, dabei hatte sie damit gerechnet, sie hielte sich enger an Robert.

Bald tauchten sie im Gewühl der anderen Spaziergänger unter, waren nur mehr ein attraktiver junger Mann in Begleitung zweier nicht minder attraktiver jungen Damen. Niemand schenkte ihnen sonderlich Beachtung. Dennoch warf Selma den Entgegenkommenden immer wieder aufmerksame Blicke zu. Die meisten waren wie sie gut gekleidet. Nur gelegentlich mischten sich einige abgerissene Gestalten darunter, denen man nicht allein am verzweifelten Gesichtsausdruck und der abgetragenen Kleidung, sondern auch an der nach vorn gebeugten Körperhaltung ansehen konnte, wie knapp sie dem Schrecken des nahen Krieges entronnen sein mussten. An ihrem neuen Zufluchtsort fühlten sie sich trotz alledem sichtlich unwohl. Argwöhnisch beäugten die besser Gekleideten sie, rümpften die Nase und tuschelten hinter vorgehaltener Hand über die Unglücklichen. Mitleid erfasste Selma. Gestern mochten sie noch angesehene Bürger einer kleinen Stadt im Französischen gewesen sein, heute schon hatten sie alles verloren und galten in der Fremde nichts mehr. Ein ungnädiger Zufall trug Schuld daran, dass sie auf der falschen Seite der Front ihr Leben gefristet hatten. Plötzlich war ihnen alles genommen.

»Wo hast du deine Kamera gelassen? Oder ist ein französischer Kriegsreporter in der Schweiz ohne Fotoapparat unterwegs?«, begann Selma das Gespräch, als sie schon eine ganze Weile direkt am Flussufer flanierten und die Klingentalfähre erreichten. Die Traube der Wartenden versperrte ihnen kurzzeitig den

Weg. Interessiert schweifte Roberts Blick zu ihnen ab, musterte die Gesichter und Gestalten. Selma ahnte, wonach er suchte, und das entlockte ihr ein erstes Schmunzeln.

»Rühre bitte nicht allzu tief in dieser Wunde, *ma chérie*«, erwiderte er. »Ich ärgere mich gerade selbst über die verpasste Gelegenheit. Bei jedem Schritt entdecke ich ein gelungenes Motiv, von der Versuchung, meine zauberhaften Begleiterinnen vor dem zauberhaften Rheinufer abzulichten, ganz zu schweigen.«

»Was macht dein Projekt ›Menschen auf den Straßen Europas‹?«, erkundigte sie sich, selbst überrascht, warum sie auf einmal darauf anspielte. Wahrscheinlich war es der Anblick der leidgeprüften Gesichter der Flüchtlinge, die so manches in ihr aufwühlte, was sie einst mit Robert geteilt hatte.

»Du erinnerst dich noch?« Seine Stimme klang plötzlich weich. In seinen Augen schimmerte freudige Überraschung, gepaart mit dem Stolz des Künstlers, durch sein Werk einen nachhaltigen Eindruck hinterlassen zu haben. Für einen Moment fühlte Selma sich an jenen Maimorgen vor drei Jahren zurückversetzt, als sie in seiner winzigen Berliner Wohnung die Mappe mit den Aufnahmen in Händen gehalten hatte. Davon wurde die Missstimmung aus Baden-Baden zwei Jahre später ausgelöscht. Wie sollte sie ihm lange böse sein, wenn er trotz allem der empfindsame Beobachter aus Berliner Tagen geblieben war?

»Wie könnte ich die Fotos je vergessen?«, erwiderte sie leise. »Es lag so viel Herzblut darin. Jedes Porträt erzählte auf anrührende Weise die Geschichten der Menschen und ihrer Städte.«

»Das könnte ich hier wunderbar fortsetzen«, erklärte er unerwartet brüsk, setzte gleich auch wieder eine undurchdringliche Miene auf. »Leider aber würden die Fotos jetzt nur schrecklich traurige Geschichten erzählen, sowohl von den Menschen als auch von den Städten. Das lange anzuschauen erträgt keiner.«

»Von welchen Fotos redet ihr?«, mischte sich Constanze ein.
»Eine wahre Sünde, diesen verheißungsvollen Nachmittag mit zwei so entzückenden Begleiterinnen nicht für einige Fotos zu nutzen«, überging Robert die Frage, während er einen Moment zu lang noch auf eine verhärmt wirkende Frau schaute, die rasch die Straßenseite wechselte, um in einen Hauseingang zu schlüpfen. Endlich legte die Fähre an, die Menschen drängten auf den wackligen Kahn, und der Weg lag wieder frei vor ihnen.
»Wie steht es mit deinen Ambitionen zu fotografieren?«, erkundigte sich Robert bei Selma. »Hast du dir jemals diese praktische Rollfilmkamera besorgt, die ich dir empfohlen habe?«
»Natürlich habe ich mir die Kodak gekauft«, antworte sie lachend. »Der Werbeslogan klang einfach verlockend: ›Sie drücken den Knopf, wir erledigen den Rest‹ – das klappt wirklich bestens, da werde selbst ich zur Künstlerin. Ich schicke dir einmal die Fotos meiner süßen Alma. Dann wirst du verstehen, was ich meine.«
»*Oh là là, ma chérie.* Da sollte ich wohl besser aufpassen«, amüsierte er sich. »Eines Tages machst du mir noch ernsthaft Konkurrenz. Hast du die Kodak jetzt dabei? Dann hol sie am besten sofort aus deiner Handtasche. Was hältst du von der Stelle dort vorn? Constanze und ich beziehen gleich Position.« Mit dem Stock zeigte er wenige Meter flussabwärts, wo sich der Weg verbreiterte und einige Weißdornbüsche für Auflockerung sorgten. Gleich zog er das Küken am Arm mit sich, vergewisserte sich dabei mit einem Blick über die Schulter auf die andere Rheinseite oder flussaufwärts Richtung Mittlere Brücke, ob der Hintergrund in seinen Augen geeignet war. Selma hob die Hände, formte mit den Zeigefingern und Daumen

ein Rechteck, als nähme sie die beiden tatsächlich für ein Foto ins Visier.
»Was tun Sie da?« Unerwartet tauchte ein Mann in dunklem Anzug auf. Er verzichtete darauf, den Zylinder zum Gruß zu lüpfen, verschränkte stattdessen die Hände mit dem Spazierstock hinter dem Rücken und schaute sie streng an.
»Ich tue so, als ob ich fotografiere«, erklärte sie ebenso unwirsch wie er. Schon wollte sie sich wieder abwenden, da fasste er sie am Arm und zwang sie, ihn weiter anzusehen.
»Was erlauben Sie sich?«, entrüstete sie sich.
»Lassen Sie sofort meine Frau los!« Robert kam ebenfalls dazu, dicht gefolgt von Constanze.
Verwundert über seinen Ausruf schaute Selma erst ihn, dann den dunkel gekleideten Fremden, schließlich wieder Robert an. Auf seinem Gesicht lag ein seltsamer Ausdruck. Er schien ihr ein verstecktes Zeichen geben zu wollen, das sie jedoch nicht verstand. Das Küken räusperte sich vernehmlich.
»Kann ich Ihre Papiere sehen?« Fordernd streckte der Mann Robert die rechte Hand entgegen.
Wieder wollte Selma gegen das unverschämte Auftreten aufbegehren, da dämmerte ihr, um wen es sich handelte: einen Mitarbeiter der Fremdenpolizei! Thérèse Bichelmüller hatte sie gleich am Tag ihrer Ankunft auf die jüngst neu eingerichtete Abteilung bei der Kantonspolizei hingewiesen. Sie sollte den von Deutschland und Frankreich in die neutrale Schweiz flutenden Flüchtlingsströmen Einhalt gebieten. Mit jedem weiteren Kriegsjahr, das in einer Grenzstadt wie Basel längst auch zu erheblichen Einschränkungen geführt hatte, wurde die Fremdenpolizei ausgebaut. Ihre Kontrollen wurden immer engmaschiger. Selma zückte ihre Handtasche, wollte daraus die von Vater Joseph besorgten Papiere, Ein- und Ausreisegenehmi-

gungen und Passierscheine hervorholen, da kam Robert ihr zuvor.
»Aber *chérie,* natürlich habe ich unsere Papiere. Du weißt doch, wie unsicher ich es finde, die Brieftasche in deiner Handtasche aufzubewahren. *Et voilà, monsieur.*« Er deutete gegenüber dem nahezu gleich großen und ebenso schlanken wie sportlichen Zivilpolizisten eine untertänige Verbeugung an und reichte ihm die Papiere. Unauffällig nickte er Selma und Constanze zu, während der Schweizer aufmerksam die Pässe durchblätterte.
»Wie ich sehe, sind Sie französischer Diplomat, Monsieur, und das sind Ihre Frau Selma und deren jüngere Schwester Constanze.« Er reichte Robert die Papiere zurück, lüftete den Zylinder und verbeugte sich erst vor Selma, dann vor Constanze, bevor er sich wieder an Robert wandte. »*Excusez-moi* für mein Misstrauen, aber das konnte ich nicht ahnen. Sie werden verstehen, wie gut wir aufpassen müssen, nicht von Kriegsflüchtlingen überschwemmt zu werden. Unsere Stadt platzt schon jetzt aus allen Nähten. Ich wünsche Ihnen einen angenehmen Aufenthalt.«
Schweigend sahen sie ihm nach, bis er in der Menge der Flaneure gänzlich aufgegangen war.
»Woher hast du die Papiere, *mon mari?*«, fragte Selma leise. »*Ma sœur* und ich wüssten nur zu gern, wieso wir uns nicht mehr selbst ausweisen dürfen. Aber in Diplomatenfamilien scheint das wohl so üblich zu sein.«
»Genau«, stimmte er zu und hakte sie unter. »Daran solltest du dich gewöhnen, *mon amour.* Ebenso, dass wir fortan nur Französisch miteinander sprechen, ganz, wie es sich für eine französische Diplomatenfamilie gehört. Zwar können wir dank unseres langen Aufenthalts in Berlin selbstverständlich auch

fließend Deutsch, aber damit haben wir seit dem August 1914 abgeschlossen, *n'est-ce pas, mes chéries?*«

Noch einmal fühlte sie sich an ihre letzte Begegnung in Baden-Baden erinnert. Auch damals hatte er wie selbstverständlich die Sprache zwischen ihnen gewechselt, nur mit dem Unterschied, dass er damals seine französischen Anklänge verleugnet hatte und jetzt dasselbe von ihr mit den deutschen verlangte. Wieder schwankte sie, wie sie sein Verhalten einschätzen sollte. Damals hatte sie sich enttäuscht von ihm losgesagt. Das ging nun schlecht. Ohne ihn würden sie niemals auf die französische Seite der Front gelangen und damit Gero auch niemals wiederfinden. Also blieb ihr nichts anderes übrig, als auf Roberts Spielregeln einzugehen.

»Absolument, mon amour!« Mit einem gezwungenen Lächeln wechselte sie wie von ihm gewünscht ins Französische, tätschelte seinen Arm und schmiegte sich betont eng an seine Seite. Erfreut erkannte sie den vertrauten Geruch des Metol-Hydrochinon-Entwicklers, der in seiner Kleidung hing. Für einen Moment wähnte sie sich in eine andere Zeit an einen anderen Ort zurückversetzt. Die Versuchung war groß, die Uhr zurückzudrehen und einfach noch einmal ganz von vorn zu beginnen.

»Comme ça te chante«, stimmte das Küken mit einem Schulterzucken zu. Ihr war anzusehen, wie sehr ihr das Verhalten von Selma und Robert gegen den Strich ging. Trotzdem blieb sie dicht an ihrer Seite, und so schlenderten sie weiter wie harmlose Sommerfrischler flussabwärts.

»Unsere deutschen Papiere lassen wir dann wohl besser verschwinden.«

»Wenn möglich, solltet ihr eure Papiere in Basel lassen«, riet Robert. »Für die Rückreise werdet ihr sie brauchen. Wo seid ihr eigentlich untergekommen?«

»Bei Thérèse Bichelmüller. Ich dachte, das wüsstest du?«, fragte Selma, um sogleich hinzuzufügen: »Bei ihr sind unsere Papiere natürlich bestens aufgehoben.«

»Morgen früh werden wir aufbrechen«, fuhr Robert in geschäftsmäßigem Ton fort. »Euren Wagen lasst ihr ebenfalls bei Thérèse. Ich habe ein eigenes Automobil zur Verfügung. Ein Renault ist für unsere Mission in Frankreich unauffälliger als ein deutscher Wagen.«

»Wie gut, dass du daran gedacht hast.« Trotz dieser Feststellung schluckte Selma. Es gefiel ihr nicht, dass Robert längst schon über alles entschieden hatte und gar nicht in Betracht zog, sie auch nur eines einzigen Details wegen um ihre Meinung zu bitten. »Anders als geplant mussten wir mit dem Zug anreisen, weil der Wanderer von Constanzes Vater nicht mehr einsatzfähig ist.«

»Zu dritt hätten wir darin sowieso kaum Platz gehabt«, bemerkte das Küken.

»Hast du inzwischen Neuigkeiten von Gero?«, fragte Robert weiter. »Gibt es vielleicht doch noch eine Spur auf deutscher Seite?«

»Leider nein.« Selma löste sich von seinem Arm. So nah bei Robert konnte sie unmöglich über ihren Mann sprechen. Sie blieb stehen, betrachtete ihre Fußspitzen.

»Mein Vater hat von Berlin aus sämtliche Hebel in Bewegung gesetzt, um Näheres über den Spähtrupp herauszufinden, mit dem Gero ausgerückt ist«, erzählte sie mehr für sich selbst als für Robert. So hoffte sie, sich wieder besser auf den eigentlichen Zweck ihrer abenteuerlichen Reise zu besinnen, die sie nun also tatsächlich auf die französische Seite der Westfront führen sollte. »Auch haben wir in Metz versucht, etwas in Erfahrung zu bringen. Leider vergebens. Alle bestätigen uns, wie aussichtslos es wäre, ihn auf deutscher Seite wiederzufinden. Es war eben der helle Wahnsinn von Gero, sich mit einer Handvoll Männer näher an Verdun heranpirschen zu wollen. Im größeren Umkreis des Fort Douaumont soll es zwar im Vergleich zum letzten Jahr regelrecht friedlich geworden sein. Trotzdem begreift man nicht, wieso sie sich so weit auf feindliches Terrain vorgewagt haben. Niemand aus dem Trupp ist bislang wiederaufgetaucht. Sie scheinen alle wie vom Erdboden verschluckt.«

»Das spricht dafür, dass sie tatsächlich noch in Frankreich sind.« Robert bemühte sich, Zuversicht auszustrahlen, auch wenn seine Stimme besorgt klang. »Lägen sie auf deutscher Seite verletzt in einem Lazarett, hätte man sie an ihrer Erkennungsmarke identifiziert.«

»Ebenso die Leichname, schließlich geht nichts über die deutsche Bürokratie«, ergänzte Selma bitter.

»Auf französischer Seite ist es nicht anders«, erwiderte er und räusperte sich mehrmals. Mit belegter Stimme fuhr er fort: »Wäre er gefangen genommen, von französischen Sanitätern verwundet aufgegriffen oder gar tot geborgen worden, hätte man das ebenfalls längst an die Deutschen …«

»Was willst du damit sagen?« Selmas Stimme schrillte heller als beabsichtigt. Einige Passanten drehten sich um. Sie schluckte und sprach leiser, aber nicht weniger aufgebracht weiter. »Gehst du davon aus, er wäre im Niemandsland verschollen, womöglich lebendig unter einer meterhohen Schicht Erde begraben, die eine Granate zuvor in die Luft geschleudert hat?«

»Stünde ich dann hier vor dir, ausgestattet mit Papieren und einem Wagen, um Constanze und dich mit nach Frankreich zu nehmen?«, entgegnete er ebenso aufgebracht flüsternd.

Einige Atemzüge lang starrten sie einander schweigend an. In seinen schwarzen Augen taten sich wahre Abgründe auf. Selma meinte, verzweifelt wie eine Ertrinkende strampeln zu müssen, um diesem Sog zu entrinnen. Constanzes Räuspern brachte sie beide zur Besinnung.

»Es muss eine dritte Möglichkeit geben. Wir werden sehen. Von hier bis Verdun werden wir lange unterwegs sein«, erklärte Robert in einem Plauderton, als gelte es, die nächste Sommerfrische zu planen. »Warum habt ihr den Umweg über die Schweiz genommen? Hätte dein Bruder euch nicht von Metz aus über die Grenzlinien bringen können? Längst wärt ihr an eurem Ziel.«

»Du bist wie immer bestens informiert«, stellte Selma fest und wurde ihrerseits kühl. Seine scheinbar harmlose Frage erinnerte sie an jenen Abend im *Zähringer Hof*. Gehörte es wirklich dazu, dass ein Pazifist so gut über die Details der Deutschen Bescheid wusste? »Eines ist dir bei allem Eifer entgangen: Grischas Einheit steht nicht mehr in Frescaty, sondern ist inzwischen in Laon stationiert. Sie kontrollieren die Abschnitte um Soissons. Doch davon abgesehen: Wie sollte Grischa Constanze und mich auf die französische Seite bringen? Er kann doch nicht einfach so mit seiner Maschine über die Grenzlinie fliegen. Zudem würde man uns Frauen niemals auch nur in die Nähe seiner Fokker lassen.«

»Constanze wird dich sicher gern vom Gegenteil überzeugen.«

»Was?«, platzte es aus beiden Frauen gleichzeitig heraus. Constanzes schmales, ebenmäßiges Gesicht färbte sich puterrot. Verlegen senkte sie den Blick ihrer grauen, sonst so gern aufmüpfig in die Welt schauenden Augen und biss sich auf die Lippen. Selma musterte sie gründlich. Hatte sie sich in der Freundin getäuscht? Was wusste Robert von ihr, was sie ihr verschwiegen hatte? Noch während sie darüber grübelte, nahm eine vage Erinnerung an die Unterhaltung bei Otto Weißkirchner Gestalt an, ebenso eine lapidare Bemerkung, die Grischa vor Monaten in Godesberg hatte fallenlassen. Mehrmals hatte er ähnliche Andeutungen gemacht, sie aber hatte das nie richtig einordnen können oder wollen. Nun begriff sie. Eifersucht überfiel sie. Auch wenn sie von Grischas geheimer Liebe zu Constanze wusste, traf es sie, dass er das Küken und nicht sie zu einem solchen Abenteuer eingeladen hatte. Von Robert als Mitwisser ganz zu schweigen.

»Gib es zu, Küken: Du bist schon einmal mit meinem Bruder geflogen! Wie hast du das angestellt? Warum hast du mir das nicht erzählt?« Kaum machte sie ihrem Ärger Luft, spürte sie auch einen Anflug von Bewunderung für die Freundin. Immerhin hatte sie den Schritt gewagt, sich in ein Flugzeug zu setzen und den sicheren Boden zu verlassen.

»Frag lieber, woher Robert davon weiß«, lenkte Constanze in brüskem Ton ab. Bang horchte Selma auf, da fuhr die Freundin Robert bereits an: »Hast du etwa am Steuer eines der französischen Aeroplane gesessen, die uns damals unter Beschuss nahmen? Von weitem war sichtbar, dass wir in einem unbewaffneten Aufklärer flogen.«

»Krieg ist Krieg, *ma chérie*«, winkte Robert ab. »Die edle Mär vom Ritter der Lüfte, der den Feind nur dann abschießt, wenn Gleichstand bei den Waffen herrscht, solltest du besser gleich vergessen, sonst ist früher Schluss, als dir lieb ist. Grischa hätte im umgekehrten Fall nicht anders gehandelt.«

»Moment bitte«, ging Selma dazwischen. Allmählich wurde es ihr zu bunt. »Heißt das, Grischa hat dich nicht zu einem harmlosen Rundflug über sicheres Gebiet mitgenommen, sondern ist mit dir in einen Luftkampf geraten?«

»Das war nicht vorherzusehen«, erwiderte Constanze. »Eigentlich sollte er einen harmlosen Übungsflug absolvieren und für seinen Hauptmann etwas erledigen. Genaueres weiß ich bis heute nicht darüber, er kam gar nicht dazu, den Auftrag zu erfüllen. Weil es meinem Vater schlechtging, wollte er mir eine Freude machen und lud mich ein, ihn zu begleiten. Natürlich führte er mir all seine Kunststücke vor, drehte einen Überschlag nach dem anderen, riskierte sogar einen halsbrecherischen Sturzflug. Plötzlich aber wurde es bitterer Ernst. Wie aus dem Nichts tauchten französische Aeroplane auf und nahmen uns von allen Seiten unter Beschuss. Das waren die furchtbarsten Minuten meines Lebens. Ich begriff, was es heißt, sich in Todesgefahr zu befinden. Bis heute träume ich nachts davon und habe deshalb auch noch mit niemandem darüber gesprochen.«

»Seither wirst du das Leben umso mehr zu schätzen wissen, *ma chérie.*« Roberts Stimme wurde zärtlich. Er legte dem Küken den Arm um die Schultern, drückte sie an sich. Selma spürte Eifersucht in sich aufsteigen.

»Seither weiß ich jeden einzelnen Augenblick des Lebens zu schätzen«, stimmte das Küken zu und fügte nach einer bedeutungsschwangeren Pause hinzu: »Seither weiß ich aber auch, was Flieger wie Grischa oben in der Luft oder Soldaten wie Gero unten am Boden in den Schützengräben jeden Tag für uns riskieren. So nah am Abgrund gewinnt das eine völlig neue Bedeutung.«

Kaum hatte sie das ausgesprochen, überlief Selma ein Schauder. Constanze hatte erfasst, was sie an Gero so bewunderte. Schon im Januar in Godesberg war ihr das klargeworden. Genau deshalb wollte sie ihn finden und ihm helfen, aus der Hölle herauszukommen. Er hatte seine Pflicht erfüllt, jetzt war sie an der Reihe, das Ihre für ihn zu tun.

Hastig wandte sie sich ab, starrte auf den immer noch im Sonnenlicht funkelnden Rhein. Zum ersten Mal fiel ihr auf, dass außer der Fähre kaum Schiffe auf dem Fluss unterwegs waren. Wohin hätten sie auch fahren sollen? Lediglich der Wind sorgte für leichte Wellen, ließ das Licht unruhig darüberhüpfen. Sie verspürte den Drang, in den Rhein zu spucken. Als Kinder hatten sie das oft getan und sich dann ausgemalt, wie lang es dauerte, bis ihre Spucke die Nordsee erreichte, an wie vielen Städten und Menschen sie dabei vorbeifloss, was unterdessen alles geschehen würde. Vielleicht gelang es ihr, Gero bis dahin aufzuspüren und ihn zu Alma nach Hause zu bringen.

16

Die Mischung aus unerträglicher Hitze und Angst vor dem Grauen, das sie bei Verdun erwartete, zehrte an Selmas Nerven. Dass es Constanze und Robert ähnlich erging, empfand sie nur als schwachen Trost. Für die Strecke quer durch die Vogesen, die sie in Friedenszeiten in zwei Tagen gemütlich hinter sich gebracht hätten, brauchten sie in diesem dritten Kriegssommer mehr als eine Woche. Das lag nicht allein daran, dass der dunkelgrüne Renault AX mit dem klappbaren Verdeck, ein in Frankreich bei den Taxifahrern einst äußerst beliebtes Vorkriegsmodell, längst nicht an die Geländetüchtigkeit von Geros Audi herankam. An der Marne hatte der Renault 1914 schon seine Kriegstauglichkeit bewiesen. Die Zeit des unbeschwerten Reisens war eben einfach vorbei.

Auf der ersten Etappe täuschten sie sich mit munterem Geplapper noch einigermaßen gut darüber hinweg, nicht in der Sommerfrische, sondern nur wenige Kilometer westlich der Front unterwegs zu sein. Auf den bergigen Straßen mussten sie sich zwar immer wieder geduldig in die Kolonne von Militärfahrzeugen einreihen, die Nachschub an die vordersten Linien brachten, dennoch ließ sich der Anblick von Waffen, Geschützen und Soldaten mit einer betonten Unbekümmertheit überspielen. Der Geschützdonner in der Ferne klang wie das Grollen eines aufziehenden Gewitters, wozu die Schleierwolken am Himmel bestens passten. Die erste Nacht verbrachten sie in Belfort, gaukelten sich für einige Stunden vor, die Uhr zurückdrehen und endlich das vor vier Jahren verpasste abendliche Picknick am Fuß des Löwen nachholen zu können. Längst aber durften Zivilisten die Zitadelle nicht mehr betreten, an deren Fuß die Steinfigur majestätisch wie eh und je lagerte. Die von Soldaten in horizontblauen Uniformen überschwemmten Straßen erinnerten sie daran, wie albern sie sich angesichts der tatsächlichen Lage verhielten. So legten sie die nächsten Etappen durch die Berge mehr oder weniger schweigend zurück, jeder seinen eigenen Gedanken nachhängend.

Es grenzte an ein Wunder, in nahezu ausgestorbenen Städten wie Remiremont, Épinal oder Charmes Benzin für die Weiterfahrt aufzutreiben. Selbst in dem weitaus größeren Nancy beäugte man sie mit größtem Misstrauen, sobald sie mit dem Renault auftauchten. Roberts geheimnisumwitterte Papiere, in die er weder Selma noch das Küken einen Blick werfen ließ, öffneten ihnen zwar immer wieder den Zugang zu den streng bewachten Kraftstoffreserven, richteten aber gegen den Argwohn ihrer Mitmenschen wenig aus.

»Dein Vater scheint mir in Wahrheit kein Diplomat, sondern eher ein begnadeter Zauberer zu sein«, kommentierte Selma scherzhaft, als Robert in Toul nach dem Vorzeigen der rätselhaften Dokumente den Wagen abermals volltanken durfte. »Ich gehe wohl recht in der Annahme, er hat die nötigen Papiere für uns besorgt. Werde ich je das Vergnügen haben, ihm dafür einmal persönlich danken zu dürfen?«

Wie in Basel vereinbart, unterhielten sie sich auf Französisch. Selbst mit dem Küken hatte Selma seither kein Wort mehr auf Deutsch gewechselt. Viel zu groß war ihre Angst, sich durch eine unbedachte Äußerung zu verraten und als feindliche Ausländer entlarvt zu werden. Sogar der Diplomatensohn Robert würde dann nichts mehr für sie tun können.

»Lasst uns erst dieses Abenteuer hinter uns bringen, bevor wir Luftschlösser für eine unerreichbare Zukunft bauen«, erwiderte Robert brüsk.

Eine geraume Weile beobachtete Selma ihn von der Seite. Wie selbstverständlich saßen sie beide vorn im Wagen. Meist fuhr Robert. Constanze kroch nur dann aus dem Fond hervor, wenn sie einmal das Lenkrad übernahm. Das aber geschah äußerst selten, da Robert weder ihr noch Selma zutraute, den großen Renault auf der unebenen Strecke steuern zu können. Er hielt den Blick seiner schwarzen Augen stur geradeaus, der ebenso schwarze, dünne Oberlippenbart zitterte kaum merklich im Fahrtwind. Höchstens beim Schalten verzog er unwirsch das Gesicht. Die Kupplung des Wagens ging äußerst schwer. Dagegen hatten selbst Constanzes begnadete, wenn auch zarte Ingenieurinnenhände wenig auszurichten vermocht. Selma seufzte kaum hörbar. Nicht zum ersten Mal war sie gerade wieder mit dem Versuch gescheitert, mehr über Robert und seine Familie in Erfahrung zu bringen. Warum machte er ein so großes Geheimnis daraus, wenn er andererseits die Position seines Vaters ausnutzte, um ihr selbstlos bei der Rettung Geros beizustehen? Voller Scham dachte sie an jenen unrühmlichen Abend vor zwei Jahren, als sie ihn so übel verdächtigt hatte. Was gäbe sie darum, das ungeschehen zu machen! Zugleich flammte von neuem die alles entscheidende Frage auf.

»Warum tust du das überhaupt?«

Sie wagte kaum, ihn anzusehen, behielt ihn allerdings aus dem Augenwinkel fest im Blick. Sein langes Schweigen konnte den Eindruck erwecken, er habe die Frage nicht gehört. Andererseits verriet seine Mimik, wie sehr es in ihm arbeitete, die richtige Antwort zu finden. Um den Anschein zu vermeiden, ungeduldig an seinen Lippen zu hängen, richtete sie den Blick nach vorn auf die holprige, von Schlaglöchern übersäte Straße, wandte sich der vorbeiziehenden Landschaft zu.

Meist fuhren sie durch Wälder, passierten einsame Gehöfte, kleinere Weiler, überquerten Ackerflächen. Nach dem viel zu langen Winter und dem kaum wärmeren, zugleich aber umso feuchteren Frühjahr lag eine drückende Hitze über dem Land. Selbst die Wälder boten kaum Erfrischung. Ein endlos blauer Himmel wölbte sich mit einem süßlichen Geruch über viel zu früh gelb gewordene Felder und Wiesen sowie ausgetrocknete Bäume. Der von den Eisenrädern aufgewirbelte Straßenstaub machte Selma nichts mehr aus. Inzwischen war er bis in die verborgensten Winkel ihres Körpers vorgedrungen und beim abendlichen Bad nur mehr schwer aus den Haaren und von der Haut abzuwaschen. Die sengende Junihitze hatte sie und das Küken längst auf den Staubmantel verzichten lassen. In heller Bluse und beigefarbenen Breeches, die Köpfe von großen Strohhüten bedeckt, die sie mit dünnen Chiffonschals befestigt hatten, fühlten sie sich am wohlsten. Auch Robert trug nur mehr leichte Kleidung, hielt aber tapfer an seinem Leinenjackett fest.

»Warum sollte ich das nicht tun?«, antwortete er nach einer unendlich langen Pause auf ihre Frage und lenkte den Renault durch einen beherzten Schwenk nach links knapp an einem be-

sonders großen Loch in der Straße vorbei. »Schon als kleiner Junge habe ich davon geträumt, Chauffeur zu werden und reizende junge Damen übers Land zu kutschieren.«
»Wie schön zu hören, dass mit unserer lustigen Landpartie deine Kindheitsträume in Erfüllung gehen«, gab Selma sarkastisch zurück. Passenderweise dröhnte im selben Moment Kanonendonner aus der Ferne herüber, dicht gefolgt von knatterndem Artilleriefeuer. Jäh riss es sie in die Wirklichkeit des Sommers 1917 zurück. Sobald sie das nächste Waldstück hinter sich gelassen hatten, erspähte sie auf einem Hügel im Osten das Aufspritzen einer gewaltigen Erdfontäne. Nur wenige Kilometer Luftlinie entfernt war eine Granate eingeschlagen.
»Wäre es dir lieber, ich behauptete, euch beide aus purer Abenteuerlust durch meine von euch Deutschen zerschossene Heimat zu fahren?« Von neuem musste Robert den Wagen abbremsen und herunterschalten. Der Weg gabelte sich, er hielt sich links. »Das wäre zwar eher ein schlechter Ersatz für meine seit Jahren geplante Ägyptenreise, aber derzeit bieten sich kaum bessere Möglichkeiten. Es sei denn, man fühlt sich tatsächlich dazu berufen, eine Waffe in die Hand zu nehmen und auf Männer zu schießen, die aus purem Zufall auf der anderen Seite des Grabens stehen. Mit dem Fliegen habe ich es leider nicht so, sonst wäre ich vielleicht dem heldenhaften Beispiel deines Bruders gefolgt und hätte mich in ein Aeroplane gesetzt. Wie man hört, soll es weitaus einfacher sein, aus luftiger Höhe auf unbekannte Ziele zu schießen, als von unten auf der Erde. Von dort oben sieht alles wie eine Spielzeuglandschaft aus. Winzig klein und eigentlich überhaupt nicht echt.«
»Robert, bitte …«, protestierte sie zaghaft, um sogleich von ihm unterbrochen zu werden: »Warum glaubst du nicht einfach, ich täte es aus purer Nächstenliebe?«

»Da wärst du wohl eine rühmliche Ausnahme«, meldete sich das Küken von der Rückbank zu Wort. Erstaunt warf Selma einen kurzen Blick zu ihr nach hinten. Constanzes Miene war ernst, als sie nachsetzte: »Machen wir uns nichts vor, aber derzeit ist es mit der Nächstenliebe zwischen Franzosen und Deutschen nicht allzu weit her.«

»Aus dem Mund einer Lothringerin, die halb Französin ist, klingt das befremdlich.« Über die Schulter warf Robert ihr ein Augenzwinkern zu, verzog dabei das Lenkrad, was Selma zu einem barschen »Achtung!« verleitete. Flink richtete er den Renault wieder geradeaus.

»Was hieltet ihr davon, wenn ich euch einfach aus abenteuerlicher Nächstenliebe helfe, Gero wiederzufinden?«, schlug er vor und schenkte erst Selma zu seiner Linken, dann dem Küken auf der Rückbank ein verschmitztes Lächeln. »Das sollte euch als Antwort vorerst genügen.«

»Fürs Erste wohl schon«, stimmte das Küken zu und tätschelte Selma die Schulter.

»Dazu gehört offenbar auch, dass du uns wenig darüber verrätst, was genau du vorhast.« Selma rang sich ein Lächeln ab. Was gäbe sie darum, jetzt mit ihm unter vier Augen zu reden!

»Ein kleines bisschen Abenteuer muss immer dabei sein, findest du nicht?«

Statt ihm zu antworten, verschränkte Selma die Arme vor der Brust und schwieg. Natürlich wusste sie, dass Robert damit nicht die Wahrheit preisgegeben hatte. Als sie noch einmal zu ihm sah, begegneten sich für einen Moment ihre Blicke. Zwei Atemzüge lang verharrten sie ineinander, dann zog er die linke Augenbraue hoch, spitzte den Mund zu einem Lächeln und wandte sich wieder ab. Das war Antwort genug. Sie atmete auf.

Mehr durfte sie im Moment nicht erwarten. Längst konzentrierte er sich wieder aufs Fahren.
Das Artilleriefeuer im Osten nahm stetig zu. Ebenso veränderte sich die Landschaft erschreckend schnell. Die Wälder lichteten sich, machten allerdings keinen blühenden Wiesen oder gut bestellten Feldern Platz. Stattdessen ragten immer häufiger grob abgeholzte Baumstümpfe und abgebrannte Gemäuer in die Luft, hin und wieder unterbrochen von jäh aufgerissenen Erdkratern. Der laue Ostwind wehte einen eigenartigen Geruch heran, der Selma ekelte. Es würgte sie bei der Vorstellung, was er bedeuten mochte. Wie ausgestorben lag die seltsame Gegend da, erinnerte mehr an den unbewohnten Mond denn an das zivilisierte Frankreich. Weder munteres Vogelzwitschern noch das harmlose Zirpen von Zikaden war zu hören. Überflüssig, nach Menschen oder gar friedlich weidenden Rindern Ausschau zu halten. Nicht einmal mehr Militär war zu sehen. Es war, als hätten sie den Landstrich ebenso aufgegeben wie der Feind, der sich hinter den Hügeln im Osten verschanzt hatte und nur mehr durch vereinzeltes Schießen auf sich aufmerksam machte. Dabei war die Gegend vor kaum mehr als einem halben Jahr noch der am heißesten umkämpfte Flecken Erde gewesen, den man sich hatte vorstellen können. Das, was davon übrig geblieben war, schrie die grenzenlose Verzweiflung über das grausige Geschehen verzweifelt in den Himmel hinauf. Leider aber gaben sich die Mächte dort oben ebenso taub wie die unten auf Erden, die diese Greuel verursacht hatten. So zeugten die kümmerlichen Reste davon, wozu Menschen im angeblich so modernen, aufstrebenden zwanzigsten Jahrhundert fähig waren. Menschlich war das nicht, es sei denn, bislang hatte die falsche Vorstellung darüber geherrscht.

Wo einstmals Dörfer gewesen waren, befanden sich verlassene Ruinen, wo einstmals Getreide gewachsen war, ragten wüst zerschossene Soldatenhelme oder Gefechthülsen aus dem Boden. Selma wollte sich gar nicht ausmalen, was man bei einem Spaziergang über die öden Felder noch alles finden mochte. Schließlich hatten die verlorenen Helme einmal menschliche Köpfe bedeckt. Voller Entsetzen kämpfte sie gegen die aufsteigenden Tränen an. Sie durfte den unsäglichen Gedanken nicht zulassen, dass Gero irgendwo in dieser Gegend unterwegs gewesen und womöglich im Niemandsland verschollen war. Müde wanderte ihr Blick über die traurige Landschaft. Sie ertrug sie kaum mehr, brachte es jedoch auch nicht fertig, die Augen einfach zu schließen. Constanzes Schweigen im Fond war äußerst beredt. Selma äugte zu Robert, dessen Antlitz wie versteinert war. Einzig die vor dem Wagen liegende Straße schien ihn zu beschäftigen, oder vielmehr das, was von ihr noch zu erkennen war. Ein Wunder, dass er in dieser Wüstenei überhaupt noch einen Weg fand.

Die Sonne versank im Westen, überdeckte das geschundene Land mit einem zarten, milchigen Licht. Der glutrote Ball, der den Himmel mit seinem goldenen Leuchten überzog, erschien Selma auf einmal wie blanker Hohn. Sanft legte sich ihr von hinten eine kleine Hand auf die Schulter. Constanze musste nichts sagen, Selma spürte, wie sehr ihre Gedanken einander ähnelten.

»Heute Nacht werden wir in einem Ort südlich von Verdun unterkommen«, vernahm sie plötzlich Roberts Stimme. Sie klang heiser. Er räusperte sich, erklärte weiter: »Nach Verdun selbst möchte ich euch nicht bringen. Dort wimmelt es nur so von Soldaten. Gero werden wir dort kaum finden. In dem Dorf habe ich Freunde, die mir gern einen Gefallen tun. Sie werden keine Fragen stellen, also solltet auch ihr einfach darauf vertrauen, dass ich weiß, was ich tue, *mes aimées.*«

»Tun wir das nicht schon die ganze Zeit?« Selma warf ihm einen prüfenden Blick zu. Er nickte geistesabwesend.

Der kleine Ort im Süden Verduns war nur mehr eine blasse Erinnerung an bessere Zeiten denn ein richtiges Dorf zu nennen. Wie durch ein Wunder war am Ortsrand ein Gasthaus einigermaßen intakt geblieben, vor dem ein Tisch mit einigen Stühlen im Freien stand, wohlwollend beschirmt von einer weit ausladenden Linde mit grünen Blättern. Trotz dieser Oase inmitten der Kriegswüste konnte Selma sich nicht vorstellen, den lauen Sommerabend zu genießen. Zu nah standen die halb verkohlten Ruinen, zu deutlich wehte der süßliche Verwesungsgeruch herüber, zu laut waren die Geschütze aus der Ferne zu hören. Jede Sekunde gemahnte sie an den eigentlichen Grund der Reise: ihren vermissten Mann wiederzufinden.

Kaum waren sie aus dem Renault gestiegen, belegten zwei verwegen aussehende Männer Robert mit Beschlag. Die herzliche Umarmung, mit der sie einander begrüßten, ließ auf gute Freunde schließen. Ihre Kleidung wie ihr Habitus entsprachen genau dem, wie Selma sich die berüchtigten Franktireurs vorstellte. Obendrein schenkten sie weder ihr noch Constanze Beachtung, was die Vermutung noch bekräftigte. Andererseits fand sie es zu einfach, ihre von deutscher Propaganda geprägte Vorstellung derart offensichtlich erfüllt zu sehen. Noch dazu, da Robert wie Meta den Pazifisten nahestand.

Aus dem Haus tauchte eine Frau mittleren Alters auf und eilte lächelnd auf sie zu, breitete die Arme aus, um sie wie alte Bekannte herzlich zu begrüßen. Ihrem schlichten Kleid und dem angegrauten Kopftuch über den dunklen Locken nach schien sie eine einfache Bäuerin zu sein, ihre redegewandte Art verriet jedoch die weltgewandte Pariserin.

»Ihr müsst müde und hungrig sein, meine Lieben. Lasst die Männer in Ruhe reden und setzt euch.« Einladend wies sie auf den Tisch, vollbrachte binnen weniger Minuten das Wunder, einen zwar kargen, aber äußerst appetitlich angerichteten Imbiss aus Brot und Käse herbeizuzaubern. Sogar Wein war vorhanden. Nach einer kurzen, eher oberflächlichen Unterhaltung empfahl sie sich und verschwand im Haus.

»Ob sie uns doch als Deutsche erkannt hat?« Beunruhigt sah das Küken ihr nach.

»Warum?« Lustlos stocherte Selma im Käse, schämte sich zugleich ihrer Undankbarkeit dem kostbaren Essen gegenüber. »Gerade du hast dank deiner lothringischen Mutter nicht das Geringste zu befürchten. Niemand hört dir den falschen Pass an.«

»Auch du sprichst so, als wärst du weit westlich des Rheins aufgewachsen«, erwiderte das Küken.

»Du weißt doch, dass wir eine hervorragende Französischlehrerin hatten. Zudem bin ich einige Male in Paris gewesen.«

Selma goss sich aus der Karaffe Wasser ein. Zu ihrem Leidwesen war es längst ebenso warm wie der Rotwein. Dafür stillte es den Durst besser. Gierig trank sie das Glas leer. Ihr Blick schweifte ab, wie zufällig gen Osten. Angestrengt versuchte sie sich vorzustellen, wie lieblich die hügelige Landschaft einst gewesen sein musste. Es gelang ihr nicht. Stattdessen meinte sie auf einmal, eine Hand aus der aufgewühlten Erde aufragen zu sehen. Zu ihrem Entsetzen winkte sie ihr zu. Bald war sie sicher, sie dank des im letzten Sonnenlicht glitzernden goldenen Eherings als Geros zu erkennen. Erschrocken richtete sie die Augen auf das rot-weiß karierte Tischtuch, tat, als gäbe es

nichts Wichtigeres, als die Krümel darauf zu einem ordentlichen Häuflein zusammenzuschieben.
»Du hast Angst, nicht wahr?« Behutsam legte Constanze ihr die Finger auf die Hand, zwang sie, mit dem Krümelsortieren aufzuhören. »Ich kann mir vorstellen, wie es dir geht.«
»Wirklich?«
»Ich war damals mit meinem Bruder beim Schlittschuhlaufen«, begann Constanze leise. »Es war ein sonniger, eiskalter Wintertag. Auf dem See herrschte dichtes Gedränge. Wir spielten Fangen, verloren uns aus den Augen. Sowieso war er der Ältere von uns beiden, ich nur das lästige kleine Anhängsel. Er traf Freunde, ich traf Freundinnen, wir vergaßen uns darüber. Bis mich plötzlich jemand besorgt am Arm packte und wegzog. Ich wusste sofort, was geschehen war, niemand musste es mir sagen. Obwohl mir alle davon abrieten, ging ich zu der Stelle, an der mein Bruder eingebrochen war, sah zu, wie sie ihn suchten und nach einer halben Ewigkeit endlich fanden. Ich verlangte, ihn zu sehen. Es war furchtbar, aber es musste sein. Ich brauchte die Gewissheit.«
Erschüttert von der Erinnerung biss sie sich auf die Lippen und sah mit tränenfeuchten Augen hinüber auf die zerstörten, trostlosen Felder. Abrupt fasste sie sich wieder und lächelte Selma aufmunternd an. »Das Schlimmste ist das Ungewisse. Wenn du erst einmal Klarheit hast, wirst du mit der Zeit alles ertragen. Du liebst Gero. Warum sonst hast du die Reise auf dich genommen?«
Selma schwieg, starrte ziellos vor sich hin. Erst nach einer Weile erwiderte sie mit heiserer Stimme: »Es stimmt. Ich muss endlich wissen, was mit Gero ist. Auch wenn mir davor graut, ihn verkrüppelt oder im Gesicht entstellt wiederzufinden. Das würde er wohl selbst kaum ertragen. Doch ich darf ihn nicht

aufgeben, ganz gleich, was geschehen ist. Ich muss zu ihm halten. Das bin ich ihm schuldig.«

»Da steckt wohl doch eine richtige Preußin in dir«, entfuhr es Constanze. Selma schenkte ihr ein überraschtes Stirnrunzeln, wovon sie sich wenig beeindrucken ließ. »Schon letztens hast du darauf gepocht, es Gero schuldig zu sein, ihn zu suchen. Natürlich ist es allein deine Sache, warum du das tust. Wichtig ist nur, dass du dir sicher bist, das Richtige zu tun. Eigentlich sollte man aufhören, sich im Vorhinein zu viele Gedanken zu machen, und das Leben stattdessen einfach auf sich zukommen lassen. Etwas anderes bleibt einem ohnehin nicht übrig.«

»›Erstens kommt es anders und zweitens als man denkt‹, hat meine Rosenbaum-Großmutter immer gesagt. In ihrer Geburtsstadt Köln heißt es übrigens: ›Et hätt noch immer jutjejange‹.«

»Eine kluge Frau. Du hast Glück mit den Frauen in deiner Familie.«

»Nicht nur mit den Frauen in meiner Familie.« Selma gelang ein Lächeln, wenn auch plötzlich Tränen ihren Blick verschleierten. Beherzt umfasste sie Constanzes schmale Hand und drückte sie. »Auch mit meinen Freunden habe ich unbeschreibliches Glück. Und das völlig unverdient. Ich weiß gar nicht, wie ich Robert und dir jemals vergelten kann, was ihr jetzt für mich tut.«

»Betrachte es einfach als Geschenk.«

»Ein unglaublich großzügiges Geschenk. Das macht Hoffnung in dieser dunklen Zeit.«

17

Das tagelange Warten stellte Selmas Geduld auf eine harte Probe. Frühmorgens beobachtete sie von ihrem Fenster im ersten Stock des Gehöfts, wie die Männer mit dem Renault losfuhren. Jedes Mal schickte sie ein Stoßgebet gen Himmel, sie würden abends unversehrt zurückkehren. Bislang wurden ihre Bitten erhört.

Für die drei Frauen war es ebenfalls nicht ungefährlich, allein in dem Haus zu bleiben. In der verwüsteten Gegend südlich von Verdun schien es weit und breit das einzige intakte Gebäude zu sein. Auch die Linde erwies sich als schlechter Schutz. Ihre grünen Blätter markierten schon von weitem ein gut sichtbares Ziel. Die als Bäuerin verkleidete, dunkel gelockte Pariserin, die sich ihnen inzwischen als Elaine vorgestellt hatte, machte dennoch kein Aufheben darum. Gleich am ersten Morgen zeigte sie ihnen den Keller, in dessen entlegenstem Winkel sich eine gut getarnte Tür fand, die zu einem weitverzweigten Gangsystem führte.

»Dort findet uns so schnell niemand«, erklärte sie und gewährte Selma und Constanze einen Blick hinein, leuchtete die ersten Meter mit einer Taschenlampe aus. Angesichts der beengten, von grob behauenen Steinen gemauerten Röhre ins unterirdische Nirgendwo hoffte Selma zutiefst, niemals in Gefahr zu geraten und vor Marodeuren gleich welcher Couleur dort hinein fliehen zu müssen. Als sie sich wieder aufrichtete, streifte ihr Blick über Elaines Gestalt. Sie war ein gutes Stück kleiner, dafür aber etwas kräftiger als sie. Aus der Nähe wurden die ersten Falten um Augen- und Mundwinkel erkennbar. Hatte Selma sie zunächst auf etwa ihr eigenes Alter geschätzt, rechnete sie nun noch einmal fünf bis zehn Jahre dazu. Oder lag es an ihren schrecklichen Erlebnissen, dass sie älter wirkte? Zumindest verstand sie etwas von Schminke und Maniküre, wie ihre gepflegte Haut und die für eine Bäuerin viel zu sauberen Hände verrieten. Kaum bemerkte sie Selmas forschenden Blick, wandte sie sich ab und erklärte Constanze: »Für den Ernstfall haben wir natürlich auch Waffen im Haus. Sicher könnt ihr damit umgehen.«

»Wie kommst du darauf?«, entfuhr es Selma.

Für einen Moment sah Elaine sie entgeistert an, dann lachte sie und erwiderte: »Frauen, die mit Robert unterwegs sind, sollten sich eigentlich auf den Umgang mit Waffen verstehen, findest du nicht?«

Schon eilte sie an ihnen vorbei zurück ins Erdgeschoss. Selma warf dem Küken einen fragenden Blick zu, die zuckte nur mit den Schultern und lief Elaine nach. Selma folgte ihnen.

In der Küche, die angesichts ihrer Geräumigkeit und Einrichtung einem großen Hotel alle Ehre gemacht hätte, öffnete Elaine einen Schrank, der so geschickt in die Wand eingelassen war, dass man ihn auf den ersten Blick glatt übersah. Darin kamen ein halbes Dutzend Gewehre, zwei davon sogar mit einem Bajonett bestückt, sowie eine Pistole und mehrere martialisch aussehende Messer, richtiggehende Dolche, zum Vorschein. Selma schauderte. Sie verstand wenig davon und wollte auch gar nicht genauer wissen, wie man sie im Zweifelsfall benutzte. Constanze dagegen nahm sich ein Gewehr und musterte es interessiert von allen Seiten. »Wann und wo wollen wir mit dem Training beginnen?«

»Am besten sofort.« Elaine winkte sie lachend nach draußen.

Auf der Rückseite des Gasthauses schirmten eine alte Scheune und eine üppige Weißdornhecke den Hof vor neugierigen Blicken ab. Eine reichlich verbeulte und mehrfach durchschossene Konservenbüchse auf einem Holzbock sowie drei weitere, ebenfalls schon arg lädierte Büchsen im Gras davor verrieten, dass sie nicht die Ersten waren, die sich mit den Waffen vertraut machten.

»Hier könnt ihr ein bisschen üben«, erklärte Elaine beiläufig, als wollten sie sich im Lawntennis verbessern. »Allerdings solltet ihr mit dem Abdrücken immer warten, bis in der Ferne Schüsse zu hören sind. So lenken wir die Aufmerksamkeit nicht auf uns.«

Selma schluckte. Gerade wollte sie anmerken, wie leicht ungebetene Späher trotz des Geschützdonners im Osten feststellen konnten, wo sie ihre Schüsse genau abfeuerten, da hatte das Küken bereits mit dem Üben begonnen.

Zu Elaines Freude erwies sie sich als Naturtalent. So gern Selma sich davor gedrückt hätte, blieb ihr keine Wahl, als unter Elaines Anleitung und Constanzes aufmunterndem Zuspruch ebenfalls nach Gewehr und Pistole zu greifen, um mit dem Training zu beginnen. Leider zeigte sie sich alles andere als begabt, doch Elaine erklärte es sich zum Ziel, sie wenigstens so weit zu bringen, einem möglichen Angreifer Angst einzujagen. Das steigerte allerdings eher Selmas Furcht vor dem, was ihnen zustoßen konnte. Dafür aber verstrich über der Schießerei das Warten. Die sengende Hitze und die trostlose Stimmung in dem verlassenen Dorf waren durch die Schießübungen allerdings kaum besser auszuhalten.

Die Vormittage verbrachten sie fortan im Hof, da um diese Zeit auch von den Höhen der Frontlinie heftige Schusswechsel zu hören waren. Nachmittags zogen sie sich ins Haus zurück, Selma und Constanze in ihr einfach eingerichtetes Gastzimmer im ersten Stock, Elaine in die Tiefen des Kellers. Wohin genau, darüber schwieg sie sich mit einer solchen Selbstverständlichkeit aus, dass Selma nicht zu fragen wagte.

»Eine seltsame Frau«, sagte sie zu Constanze, als sie auch am dritten Tag ihres Aufenthalts in dem abgelegenen Gasthaus wieder mangels anderer Sitzgelegenheiten auf dem breiten Bett ihres Zimmers lagen. Aufmerksam starrte sie die schlecht gestrichene Decke an, als könnte sie zwischen den Resten von Fliegendreck und zu dick aufgetragener Farbe die Informationen finden, nach denen sie suchte. »Was glaubst du, hat sie erlebt, bevor sie sich als Bäuerin verkleidet in diese ungastliche Gegend zurückgezogen hat?«

»Was fragst du mich das?« Das Küken ließ das Notizbuch sinken, in dem sie gerade geblättert hatte, und drehte sich zu ihr um. Selma wusste längst, dass sie darin kein Tagebuch führte, sondern Entwürfe für eine verbesserte Reiseschreibmaschine festhielt. »Wenn sie es uns erzählen wollte, hätte sie es längst getan.«

»Schade.« Selma räkelte sich in eine aufrechte Position und angelte mit weit ausgestrecktem Arm nach dem Bleistift und dem Heft, die auf dem kleinen Nachttisch lagen. Darin machte sie sich jeden Tag Notizen für den geplanten Bericht in den *Bonner Neuesten Nachrichten* und schrieb zudem noch ganz persönliche Gedanken auf.

»Wieso schade? Ich bin mir sicher, du hast dir längst schon eine Geschichte für sie ausgedacht, die weitaus besser als das wahre Leben wird.«

»Wie kommst du darauf?« Gegen ihren Willen begannen Selmas Wangen zu glühen. Fest presste sie das Heft gegen ihre Brust. »Hast du etwa in meinen Sachen geschnüffelt?«

»Was denkst du von mir?« Empört rückte Constanze von ihr ab. »Niemals würde ich es wagen, in deinen …«

»Schon gut«, lenkte Selma ein, tätschelte der Freundin versöhnlich den Arm. »Natürlich weiß ich, dass ich mich auf deine

Ehrlichkeit verlassen kann. Du kennst mich wohl einfach zu gut. Es stimmt. Längst habe ich mir eine Geschichte für Elaine ausgedacht. Magst du sie hören?«

»Wusste ich es doch!« Constanze triumphierte. »Rosalie Goldstein wird stolz auf ihre Enkelin sein.«

»Noch ist nicht sicher, ob Melissa Hohenfels mit ihr verwandt ist.«

»Oh, das klingt nach einer weiteren guten Geschichte. Fang an, bevor ich vor Neugier platze und doch noch heimlich in deinen Sachen stöbere.«

Selma begann zu lesen, kam allerdings nicht weit. Das Knattern eines Automotors ließ sie beide zum Fenster schauen. Mit einem Satz sprang Constanze aus dem Bett, lüpfte vorsichtig die Vorhänge. Es war viel zu früh, um mit der Rückkehr Roberts und seiner beiden Gefährten zu rechnen.

»Sie kommen zurück!«

»Wer?« Für einen Augenblick stockte Selmas Herzschlag. »Etwa die Deutschen?«

Kaum hatte sie das gesagt, erschrak sie noch mehr. Die Tage in Elaines Obhut auf französischer Seite hatten tiefe Spuren hinterlassen, anders war nicht zu erklären, dass sie ihre eigenen Landsleute bereits als Feinde betrachtete.

»Nein.« Constanze ließ die Gardine sinken und drehte sich um. »Robert natürlich. Was mag das bedeuten? Sonst sind sie immer erst bei Anbruch der Nacht zurückgekehrt.«

»Wir werden es gleich erfahren«, erklärte Selma und erhob sich ebenfalls aus dem Bett, strich die helle Bluse und die Breeches glatt, um nach unten zu gehen.

Die Männer waren inzwischen ins Haus gekommen. Aus der Küche klangen gedämpfte Stimmen. Leise öffnete Selma die Tür, schlüpfte hinein. Constanze folgte ihr. Als sie die vier anderen nahe bei dem Herd angeregt über die Neuigkeiten aus Verdun reden hörte, fühlte sie sich wie ein kleines Mädchen, das ungebeten in die Unterhaltung von Erwachsenen platzte. Sie räusperte sich, um sich bemerkbar zu machen. Als niemand reagierte, fügte sie ein »Ihr seid schon zurück?« hinzu. Erst da fuhren sie zu ihnen herum.

Elaines Miene war angespannt, die der beiden bärtigen Männer ebenfalls, Robert dagegen versuchte sich in einem Lächeln, das allerdings äußerst schief ausfiel. Mit ausgestreckten Armen kam er auf sie zu. Im Vergleich zu den beiden nachlässig gekleideten Männern wirkte er selbst nach gut zehn Tagen im selben hellen Anzug und Hemd wie frisch aus einem Modejournal entsprungen. Erwartungsvoll sah Selma ihn an. Robert missverstand das und ließ die Arme sinken.

»Weißt du es schon?«, fragte er.

»Was?« Sie musterte ihn weiterhin neugierig. Seinem tiefschwarzen Haar war bei genauerem Hinsehen doch anzumerken, wie nötig es einen längeren Aufenthalt in zivilisierteren Gegenden hatte. Seine Wangen dagegen waren nach wie vor glatt rasiert, der dünne Oberlippenbart ordentlich gestutzt. Alles in allem aber sah er sehr erschöpft aus.

Er zögerte mit der Antwort, als wollte er abwarten, bis sie jedes Detail seines Gesichts geprüft hatte. Erst nach einem ungeduldigen »Sag schon!« von Constanze erbarmte er sich.

»Wir haben von Gewährsleuten in Verdun erfahren, dass es bald wieder eine große Schlacht geben wird. Die Deutschen bereiten einen Großangriff auf die Höhe 304 und den Toten Mann vor. Auch unsere Truppen verstärken ihre Mannschaften. Wir können nicht länger bleiben. Wir müssen fort.«

»Und was ist mit …?«, setzte Selma an, doch Robert unterbrach sie brüsk. Offenbar wollte er jetzt keine längere Diskus-

sion über ihre weiteren Pläne. »Noch heute Abend brechen wir auf. Packt eure Sachen.«
Verwirrt sah sie zu Elaine und den beiden Männern. Die drei schenkten ihnen keinerlei Beachtung, sondern steckten die Köpfe zusammen, um leise miteinander zu beratschlagen. Auch sie mussten angesichts der von allen Seiten näher heranrückenden Soldaten ihr Versteck schnellstens verlassen. Ob sie über die unterirdischen Gänge fliehen würden? Wahrscheinlich würden sie es nie erfahren, weil die drei Franzosen offenbar keinen großen Wert darauf legten, Robert, Constanze und sie einzuweihen. Möglicherweise trauten sie ihnen doch nicht so ganz über den Weg. Das beunruhigte Selma. Hatte Robert nicht behauptet, seine Freunde würden ihnen helfen, mehr über Geros Schicksal zu erfahren? Möglicherweise hatte er ihnen eine ganz andere Geschichte erzählt, und sie wussten ebenso wenig über ihre wahren Beweggründe Bescheid, bei Verdun aufzutauchen, wie sie die Wahrheit über die drei wussten. Welches Spiel spielten die da alle miteinander? Während sie Robert musterte, regten sich die alten Zweifel in ihr. Zu schnell war sie davon überzeugt gewesen, er helfe ihr aus wahrer Zuneigung. Wenn sie ehrlich war, wünschte sie sich nichts sehnlicher als das. Darüber verlor sie wohl allzu leicht jegliche Vorsicht.
»Wir sind schnell fertig«, erklärte Constanze und zupfte sie am Ärmel, um sie aus ihren Gedanken zu reißen.
»Umso besser. Je eher wir aufbrechen, desto eher sind wir wieder an einem sicheren Ort.«
Sofort wandte Robert sich von ihnen ab und ging zu Elaine und den beiden Männern zurück. Wie in Trance befolgte Selma Constanzes Aufforderung und sammelte oben in dem kleinen Zimmer in Windeseile ihre Sachen zusammen. Als sie wenige

Minuten später wieder unten auftauchten, stand Robert trotzdem schon wartend in der offenen Tür, über der Schulter die vertraute Tasche mit der Kamera und dem Stativ, in der einen Hand seine lederne Reisetasche, in der zweiten einen Korb mit Proviant, der sicherlich von Elaine stammte.

»Warum hast du deinen Freunden nicht die Wahrheit gesagt?«, platzte es aus Selma heraus, als sie das Gasthaus inmitten des zerstörten Dorfes bereits einige Kilometer hinter sich gelassen hatten und südöstlich auf das Waldgebiet zufuhren. Sie wunderte sich über die eingeschlagene Richtung, musste dort doch irgendwo die Front verlaufen. Allerdings bot der Wald trotz seiner vielen Krater und brutal hineingeschlagenen Schneisen noch einigermaßen sicheren Schutz, wollte man sich nicht wie Elaine unter der Erde verkriechen.

»Natürlich habe ich ihnen die Wahrheit gesagt. Warum sollte ich sie anlügen?« Robert schaltete mit einem lauten Fluchen, weil das Getriebe in der vertrauten Weise knirschte, und steuerte auf einen zwischen Geröll und aufgeworfener Erde kaum sichtbaren Feldweg zu. Dabei schenkte er ihr keinen Blick, sah stur geradeaus. »Allerdings hatten wir uns in Basel vorübergehend auf eine besondere Wahrheit geeinigt. Du bist meine Frau, Constanze deine jüngere Schwester, und gemeinsam sind wir unterwegs, um für eine Pariser Zeitung über die Geschehnisse dicht hinter der Front zu berichten. Bis auf unsere Verwandtschaftsverhältnisse stimmt das auch weitgehend.«

»Jetzt verstehe ich, warum Elaine meinte, Frauen, die mit dir unterwegs sind, sollten mit Waffen umgehen können«, warf Selma ein. Irritiert stutzte Robert, dann grinste er frech. »Wenn du dich dann sicherer fühlst, gern.«

»Wie hast du sie trotzdem dazu gebracht, dir zu helfen, mehr über Gero herauszufinden?«, überging sie die Anspielung.

»Ich habe ihnen erzählt, dass wir von einem deutschen Offizier gehört haben, der nach einem Zwischenfall mit einem feindlichen Spähtrupp von Franzosen südlich von Verdun versteckt gehalten wird. Den würden wir gern für unseren Artikel kennenlernen.«

»Wie kommst du dazu ...«, setzte Selma vorwurfsvoll an.

»Keine Sorge, auch da habe ich nicht gelogen. Es stimmt wirklich. In Toul hat mir einer der Soldaten, die den Renault aufgetankt haben, von diesem Mann erzählt.«

»Seit Toul weißt du schon davon?«, brauste sie auf. Constanze legte ihr von hinten mahnend die Hand auf die Schulter. Mühsam zwang sie sich zu einem ruhigeren Ton. »Fünf Tage ist das her! Warum hast du nicht eher etwas gesagt?«

»Was hätte das genutzt? So oder so wären wir ohne Gilbert und Xavier nicht weitergekommen.«

»Gilbert und Xavier heißen deine beiden Freunde also«, wiederholte sie leise. »Schade, dass sie sich Constanze und mir nie vorgestellt haben.«

»Ihre Namen tun nichts zur Sache.«

»Das ist mir bei Elaine auch schon aufgefallen. Woher kennst du die drei eigentlich?«

»Es sind alte Freunde, sehr alte Freunde. Deshalb wusste ich, dass sie die Einzigen sind, die uns helfen können, falls an der Geschichte mit dem deutschen Offizier etwas dran ist.«

»Was ist das für ein Zwischenfall, in den der deutsche Offizier verwickelt sein soll?« Constanze schob sich vom Fond aus zwischen sie beide und entschärfte mit ihrer ruhig vorgebrachten Frage die gereizte Stimmung.

»Vor Wochen soll ein deutscher Spähtrupp die Frontlinie durchbrochen und auf französisches Terrain gelangt sein«, ging Robert dankbar auf ihre Frage ein. »Als sie in einem einsamen Gehöft auf eine Gruppe Frauen stießen, entpuppten sich die Männer als wilde Tiere und begannen, über sie herzufallen. Angewidert von dem barbarischen Treiben seiner Leute wusste sich der Offizier nicht anders zu helfen, als auf die Bestien zu schießen. Mit der eigenen Waffe eröffnete er das Feuer auf seine Kameraden. Versprengte französische Soldaten kamen ihm zu Hilfe, und so schoss er an der Seite des vermeintlichen Erbfeinds auf den wahren Feind der Menschlichkeit: seine Männer! Bevor der Letzte seinen erbärmlichen, fauligen Odem aushauchte, traf er den tapferen Offizier jedoch in die Brust und verletzte ihn schwer. Eine höhere Instanz muss das mitbekommen und ihm einen Schutzengel zur Seite gestellt …«

»Hör auf!«, rief Selma und presste sich die Hände auf die Ohren. Tränen liefen ihr über die Wangen. Sie beugte sich nach vorn, zog den Kopf zwischen die Schultern und weinte.

»Das ist entsetzlich«, entfuhr es Constanze. »Andererseits ist es schön zu hören, dass es noch anständige Menschen auf Erden gibt. Je länger man durch diese Wüstenei fährt, desto eher ist man versucht, das für völlig ausgeschlossen zu halten.«

»Wie kommst du darauf, der Offizier könnte Gero sein?«, fragte Selma mit tränenerstickter Stimme und richtete sich langsam wieder auf. Angestrengt sah sie durch die verschmierte Windschutzscheibe in das Dämmerlicht des zur Neige gehenden Tages.

»Wie kannst du daran zweifeln?« Wieder musste Robert schalten, wieder muckte die Kupplung. Er nutzte das Stocken des Wagens, um Selma anzuschauen. Sie spürte die Wärme seines Blicks, noch ehe ihre Augen ineinander versanken. In dem trüben Licht wirkten seine Augen noch schwärzer und forschender als sonst.

»Es passt einfach alles. Zum einen stimmt die Gegend, in der das passiert ist. Dort muss Gero verschwunden sein. Ebenso verhält es sich mit der Beschreibung des Spähtrupps und dem Rang des deutschen Offiziers. Davon abgesehen traue ich es deinem Mann einfach zu, sich so zu verhalten. Du selbst hast ihn mir immer als äußerst prinzipientreu beschrieben. Die wenigen Male, die ich ihm begegnet bin, haben mir bestätigt, dass er das in der Tat ist.«
Selma wandte den Blick ab. Robert hatte recht. Auf einmal stand ihr Gero vor Augen, wie er bei Josephs Geburtstagsfest in Godesberg auf den Rhein geblickt und seine Verzweiflung über die ihm fremd gewordene Welt stumm auf das dunkle Wasser hinausgeschrien hatte. Eher würde er sich in die reißenden Fluten stürzen, als seine Prinzipien leichtfertig aufzugeben.
»Es stimmt. Das kann nur Gero sein. Wer sonst käme auf die Idee, ohne Rücksicht auf sein eigenes Schicksal so zu handeln?« Sie zwang sich zu einem Lächeln, schämte sich dafür, sich so schwer damit zu tun. »Seine Überzeugungen rangieren bei ihm immer an vorderster Stelle. Das ist während des Krieges noch stärker geworden. Ich hoffe, du hast auf deinen Touren mit Gilbert und Xavier herausgefunden, wo genau die Franzosen diesen sagenumwobenen letzten Ritter der Tugend auf dieser verfluchten Erde verstecken.«
»Was denkst du, haben wir die letzten Tage getan?«
Darauf erwiderte sie nichts mehr. Viel zu sehr war sie damit beschäftigt, die Selbstverständlichkeit zu begreifen, mit der Robert Gero sogleich für diesen tugendhaften Helden hatte halten können. Dabei hatte er sich bei den wenigen Gelegenheiten, zu denen sie einander getroffen hatten, Robert gegenüber alles andere als ritterlich verhalten. Beschämt gestand sie

sich ein, wie wenig sie selbst daran geglaubt hatte, er könne zu einem solchen Verhalten fähig sein. Offenbar besaß sie keine sonderlich gute Menschenkenntnis, gerade bei den ihr am nächsten Stehenden nicht. Grübelnd betrachtete sie Robert. Längst konzentrierte er sich wieder ganz aufs Fahren. Als Fotograf erkannte er mit einem Blick auf die Gesichter die Menschen dahinter und verstand sie auf Anhieb, wie nicht allein seine Aufnahmen bewiesen. Bei ihr dagegen entspannen sich nach der ersten Begegnung rund um die Gesichter abenteuerliche Geschichten um die Menschen. Gelegentlich trafen sie tatsächlich den Kern, oft aber entfernten sie sich von der eigentlichen Wahrheit zu einer spannenderen, aber nicht unbedingt zutreffenden Wirklichkeit. Wie gut, dass Robert von Anfang an seinem Fotografenblick vertraut hatte. Damit wusste sie endlich, warum er ihr so selbstlos half, ihren Ehemann zu finden. Er hatte auf Anhieb das Gute in Gero erkannt. Viel eher als sie selbst.

18

Die Stunden vergingen, ohne dass Selma zu sagen vermocht hätte, wie lange sie schon schweigend neben Gero saß. Allein der Wechsel vor dem Fenster von Dunkelheit über heraufziehende Morgendämmerung bis hin zum ersten zarten Sonnenstrahl kündete vom allmählichen Verrinnen der Zeit. Über Geros erschreckend schmal gewordenes, blasses Antlitz tanzten die Schatten hinweg, die erst vom zittrigen Schein der Petroleumlampe, später vom heraufziehenden Tag daraufgeworfen wurden. Mit fest geschlossenen Lidern lag er flach ausgestreckt in dem schmalen Bett, das nahezu die gesamte Kammer einnahm, und atmete tief und gleichmäßig. Dennoch wusste sie, dass er ebenso wenig schlief wie sie. Anscheinend fühlte er sich noch nicht bereit, mit ihr zu reden. Sie hatte Geduld. Jetzt, da sie ihn gefunden hatte, hatte sie alle Zeit der Welt. Daran änderte auch der anschwellende Kanonendonner in der Ferne nichts. Sollten die Deutschen und die Franzosen ihren Kampf um die Höhe 304 und den Toten Mann verstärken, sie hatte erreicht, was sie erreichen wollte: Gero lebend wiederzufinden. Alles andere würde sich regeln.

Constanze und Robert saßen bei den Franzosen in der kühlen Küche des alten Gehöfts. Sie hatten verstanden, wie dringend sie mit Gero allein sein musste.

Bei den Franzosen handelte es sich um ein Brüderpaar etwa Mitte dreißig sowie um deren Vater, der stramm auf die sechzig zuging. Die beiden Frauen, offenbar diejenigen, deretwegen Gero und seine Männer das Feuer aufeinander eröffnet hatten, hielten sich im Hintergrund. Sie waren einige Jahre älter als Selma, die jüngsten Ereignisse hatten sie allerdings binnen kürzester Zeit um Jahre altern lassen. Trotz der schrecklichen Erlebnisse harrten die Franzosen stur auf dem einsamen Hof am Waldrand aus. Lediglich die Kinder hatten sie zu Verwandten in die Bretagne geschickt, wie Selma aus dem ersten Gespräch herausgehört hatte. Gastfreundlich hatten sie sie alle drei willkommen geheißen und Selma mit einem verständnisvollen Blick zu Gero in die Kammer neben dem Ziegenstall geführt.

Dass sie da war, wusste Gero. Gleich bei ihrem Eintreten hatte sie ihn auf Deutsch angesprochen. Ein kaum merkliches Zucken um seine Mundwinkel hatte ihr verraten, wie vertraut ihm selbst Monate nach ihrem letzten Wiedersehen ihre Stimme war. Vom langen Sitzen auf dem dreibeinigen Schemel tat ihr der Rücken weh. Sie streckte und reckte sich, erhob sich

schließlich und nutzte die schmale Lücke zwischen Bett und Wand, um sich etwas Bewegung zu verschaffen.
Ruhelos wanderte ihr Blick in der winzigen Kammer umher. Längst war sie sich sicher, jeden einzelnen Fleck an der weiß gekalkten Wand gründlich inspiziert, jede einzelne Maserung in den Holzdielen auf dem Boden und jedes einzelne Karo der rot-weiß gewürfelten Bettwäsche aufs ausführlichste gewürdigt zu haben. Das winzige Fenster am Kopfende des Bettes zeigte nach Osten auf einen schmalen Streifen Wiese, hinter dem der Wald begann. Das Fenster war so niedrig in der der Tür gegenüberliegenden Wand eingelassen, dass Selma sich weit vorbeugen musste, um hinauszusehen. Der Ausblick lohnte nicht. Auch in dieser Gegend waren in den ehedem dichten Mischwald breite Schneisen der Verwüstung geschlagen, die auf das mehrfache Durchmarschieren von Soldaten hinwiesen. Tapfer streute die Morgensonne ihre Strahlen darüber, als könnte das fröhliche Glitzern des Taus den Anblick der Kriegsnarben erträglicher machen.
»Warum hast du nach mir gesucht?«
Als sie Geros Stimme vernahm, schreckte sie so abrupt hoch, dass sie sich den Kopf am Fenstersturz stieß. Der Schmerz betäubte sie für einige Sekunden. Sie presste sich die Hand auf den Hinterkopf, schloss die Augen, spürte dem langsamen Abebben des unangenehmen Gefühls nach.
»Warum hätte ich das nicht tun sollen?«, erwiderte sie schließlich mit einem Lächeln, sank wieder auf den Schemel und griff von neuem nach Geros Hand. »Wir sind verheiratet. Ich bin deine Frau. Außerdem bist du Vater einer kleinen Tochter, *unserer* kleinen Tochter.«
»Das war alles in einem anderen Leben.« Er versuchte, ihr die Hand zu entziehen, und starrte zur Wand.

Sie ahnte, warum er das tat. Der kurze Moment, in dem sie in seine Augen hatte schauen können, hatte genügt, um ihr die abgrundtiefe Leere darin von neuem zu beweisen. Seit ihrer letzten Begegnung in Godesberg schien sie noch größer geworden, falls diese Steigerung überhaupt möglich war. Zugleich aber mischte sich da noch etwas Neues, weitaus Entsetzlicheres mit hinein. Sie ahnte, dass es mit dem Geschehen zusammenhing, das die Männer seines Spähtrupps letztlich alle das Leben gekostet hatte. Besser, sie rührte nicht daran.

Besorgt betrachtete sie ihn. Sein blondes Haar, das er früher so akribisch nach hinten gekämmt hatte, war wirr und leicht verfilzt. Längst war es zu lang, der Schnitt hatte jegliche Fasson verloren. Die grob rasierten Wangen waren eingefallen, was die markanten Wangenknochen stärker hervorhob und das eckige Kinn betonte. Die grünblauen Augen lagen tief umschattet in den Höhlen, die hellen, fast weißen Augenbrauen bauschten sich darüber und verliehen ihm ein mürrisches Aussehen.

»Warum stehst du nicht auf? Man sagte mir, deine Verletzung wäre gut verheilt. Nichts hält dich mehr im Bett. Lass uns deine Sachen packen, damit wir aufbrechen können. Wir müssen zurück. Alma wartet auf uns.«

»Für mich gibt es kein Zurück mehr. Du musst ohne mich fahren.« Er sprach das mehr gegen die Wand als an sie gerichtet.

»Du weißt, dass ich das nicht tun werde.«

»Du musst. Ich habe dich nicht gebeten, herzukommen.«

»Das ist mir egal. Ich habe es getan.«

»Das war ein Fehler. Sieh das ein und geh jetzt bitte. Du irrst dich, wenn du denkst, ich wäre noch derjenige, den du einst gekannt und geheiratet hast.«

»Interessant, dass du nicht sagst ›der, den du einst geliebt hast‹. Also gestehst du mir wenigstens zu, dich weiter lieben zu dürfen?«

»Du bist wohl kaum die Frau, die sich das verbieten lässt.« Langsam drehte er das Gesicht zu ihr. Einige Minuten lang sahen sie einander schweigend an. Seine Miene schien ausdruckslos, dennoch wusste sie, dass es tief in ihm heftig arbeitete.

»Ich bin ein anderer geworden, Selma. Akzeptiere das bitte und lass mich hier. Das ist besser für dich und auch für Alma, gerade angesichts der schweren Vergehen, die ich mir habe zuschulden kommen lassen. In den letzten Jahren ist sehr viel passiert, was man nie mehr ungeschehen machen kann. Zwing mich bitte nicht, dir Einzelheiten zu erzählen. Du würdest den Glauben an die Menschheit verlieren, wenn du hörst, was ich gesehen und erlebt habe. Außerdem darfst du nicht vergessen: Nach geltendem Gesetz bin ich jetzt ein gemeiner Verbrecher, denn ich habe Hochverrat begangen.«

»Das ist mir egal!«, empörte sie sich, um ruhiger nachzusetzen: »Übrigens bist du nicht der Einzige, der so schwer an den Erfahrungen im Krieg trägt. Mit dir sind Tausende andere durch die Hölle …«

»Für die anderen kann ich nicht sprechen, nur für mich. Aus mir haben die Erfahrungen an der Front einen anderen Menschen gemacht. Mit dem kannst du nicht mehr glücklich werden. Du aber hast es verdient, noch einmal glücklich und unbeschwert zu leben. Deshalb geh jetzt bitte ohne mich und behalte mich so in Erinnerung, wie ich einmal war.«

»Manchmal frage ich mich, ob du jemals der warst, für den ich dich gehalten habe.«

»Was meinst du damit?« Langsam schob er sich in den Kissen auf, stützte sich auf die Ellbogen. Die Leere in seinem Blick wich für einige Sekunden einem jähen Erschrecken. Das ließ sie hoffen. In seinem Innern war noch Leben, war noch Gefühl.

»Vor einigen Wochen habe ich Ansgar Grün getroffen«, begann sie leise. Das Zucken um seine Mundwinkel verriet ihr, auf dem richtigen Weg zu sein. »Er scheint noch ganz der Alte zu sein, wenn er auch den linken Arm verloren hat.«

»Wie furchtbar!« Für einen Moment siegte das Betroffensein über die Leere. Offenbar hegte er noch immer Gefühle für den einstigen Geliebten. »Wie ist das geschehen?«

»Im letzten Winter bei Verdun. Seid ihr euch da eigentlich nirgendwo begegnet?«

Täuschte sie sich oder flackerte Geros Blick tatsächlich für den Bruchteil einer Sekunde? Andererseits hätte Grün ihr sicherlich davon erzählt. Sie holte tief Luft, bevor sie fortfuhr: »Er muss nicht mehr zurück an die Front. Seine Arbeit bei Gericht kann er einarmig fortsetzen. So ganz ungelegen kam ihm die Verwundung nicht. Er wirkte sehr vergnügt ob der Aussicht, den Krieg ein für alle Mal hinter sich gelassen zu haben.«

»Was meinst du damit?«

»Er deutete ganz offen an, bei seiner Verwundung selbst die Hand mit im Spiel gehabt zu haben. Allerdings wollte er wohl nicht gleich den ganzen Arm …«

»Du meinst, er hat sich absichtlich einen Heimatschuss verpassen lassen?« Jäh fiel Geros Antlitz in sich zusammen. War es vorhin blass gewesen, so schimmerte es nun auf einmal regelrecht grau. Er biss sich auf die Lippen, wandte erneut den Blick ab. Selma sah gerade noch, wie seine Augen feucht glänzten.

»Du solltest froh sein, keine körperlichen Schäden davongetragen zu haben«, änderte sie nach einer langen Pause die Richtung des Gesprächs. »Wer weiß, wie das auf Dauer zu ertragen ist, nur noch einen Arm oder ein Bein, schlimmstenfalls nur noch ein Auge zu haben. Ganz so einfach, wie es auf den ersten Blick scheint, ist das nicht. Du aber wirst wieder völlig gesund. Die Narbe ist nicht einmal so groß wie die in deiner linken Leistenbeuge. Nach einigen Wochen Erholung wirst du auch mit dem Rest wieder besser klarkommen. Schließlich bist du der Hölle von Verdun lebend entronnen. Vater wird sich dafür verwenden, dass du vorerst unbehelligt bleibst und vor allem nicht mehr zurück …«

»Du wusstest es die ganze Zeit«, überging er ihre Sätze und umklammerte unvermittelt ihr rechtes Handgelenk. Dabei drückte er so fest zu, bis sie vor Schmerz leise protestierte. Daraufhin erst ließ er los. Sie rieb sich die rote Stelle.

»Du meinst, das mit Ansgar und später in Baden-Baden mit Doktor Schlüter?«, sagte sie und lächelte ihn aufmunternd an.

»Du verabscheust mich nicht?«

»Warum sollte ich? Du bist danach immer wieder zu mir zurückgekehrt und hast mir gezeigt, was du für mich empfindest.«

»Aber ich habe dir etwas vorgemacht.«

»Machen wir einander nicht ständig etwas vor?« Forschend sah sie ihn an. »Am meisten machen wir uns wohl selbst etwas vor. Damit sollten wir endlich aufhören und erkennen, was wir aneinander haben.«

»Was ist mit Robert?«

Sie spürte die Hitze auf ihrem Antlitz, zwang sich jedoch, ruhig zu bleiben. Dennoch zitterte ihre Stimme, als sie antwortete: »Er ist ein alter Freund noch aus Vorkriegszeiten. Du hast ihn damals in Baden-Baden und später in Berlin kurz kennengelernt. Jetzt hat er mir geholfen, auf die französische Seite der Front zu gelangen und dich hier zu finden.«

»Sehr mutig von ihm.« Gero biss sich auf die Lippen, richtete den Blick gegen die Decke und schien angestrengt zu überlegen.

»Ich danke dir«, sagte er leise, als er sie wieder anschaute. Von neuem fasste er nach ihrer Hand. Dieses Mal hob er sie behutsam an den Mund und presste einen langen, stummen Kuss darauf. Sobald er sie losließ, schlang sie ihm die Arme um den Hals, vergrub das Gesicht an seiner Schulter. Endlich kamen die Tränen. Erleichtert ließ sie ihnen freien Lauf. Er ließ sie gewähren.

»Es tut so gut, zu wissen, dass du zu mir hältst und mich nicht aufgibst.« Zärtlich strich er ihr mit der Hand über den Rücken. »Vielleicht hilft mir das, mich nicht selbst aufzugeben.«

»Da bin ich ganz sicher«, erwiderte sie und löste sich von ihm. Beiläufig wischte sie die Wangen mit den Handrücken trocken, lächelte aufmunternd. »Du musst einfach Vertrauen haben. Sowohl in dich als auch in mich. Wir schaffen das gemeinsam. Das sind wir uns einfach schuldig.«

19

Anders als auf der Hinreise gönnten sie sich in Basel dieses Mal die Unterkunft im *Les Trois Rois.* Mit Gero bei Metas Freundin Thérèse Bichelmüller aufzutauchen hätte zu viele Erklärungen erfordert. So holten sie dort lediglich die Papiere und das restliche Gepäck ab, bevor sie in dem altehrwürdigen Hotel an der Schiffslände bei der Mittleren Brücke Quartier bezogen.

»Kaum zu fassen, dass wir wieder hier sind«, stellte Selma fest und sah auf den in der Nachmittagssonne glitzernden Fluss.

Ihr Blick wanderte zur Silhouette von Kleinbasel auf der gegenüberliegenden Rheinseite. Sie genoss die wohltuende Ruhe, die diese Aussicht verströmte.

Das Küken nippte an seinem Tee und schwieg.

Sie saßen auf dem kleinen Balkon vor Constanzes Zimmer. Es war dasselbe, in dem Theodor Herzl vor sechzehn Jahren während des fünften Zionistenkongresses gewohnt hatte. Von diesem Balkon aus habe er den Staat Israel ausgerufen, hatte der Portier ihnen mit bedeutungsschwangerem Blick verraten. Weil sie nicht in der von ihm erhofften Weise darauf eingegangen waren, hatte er sich gleich weitaus kühler den restlichen Formalitäten ihrer Anmeldung gewidmet. Angesichts von Geros schlecht sitzendem Leinenanzug zog er gar pikiert die Augenbrauen hoch. Das war Gero umso unangenehmer, weil Robert ihm mit dem Anzug ausgeholfen hatte und er sich ohnehin sehr unbehaglich darin fühlte. In der zerrissenen Uniform eines deutschen Offiziers quer durch die Vogesen in die Schweiz zu reisen wäre allerdings einem Himmelfahrtskommando gleichgekommen, weshalb er in den sauren Apfel hatte beißen müssen. Nach einem ausgiebigen Bad war er sofort zu einem Schneider aufgebrochen. Das Anfertigen eines neuen Anzugs und dreier Hemden sollte ihn zumindest nach außen hin schnellstmöglich in einen zivilisierten Menschen zurückverwandeln. Selma interpretierte das als ersten Hinweis, dass er wieder im normalen Leben Fuß fasste.

»Es ist, als wäre unser kleines Abenteuer in Frankreich nur ein schrecklicher Alptraum gewesen«, sagte sie und nippte ebenfalls an ihrer Tasse. Den zartblumigen Darjeeling zu schmecken tat gut. Es katapultierte sie in eine Welt zurück, in der Kanonendonner und Todesangst tatsächlich zu billigen Abenteuerromanen gehörten, das reale Leben dagegen einzig um die

Frage nach dem richtigen Schneider und der Wahl des angemessenen Hotels für die Sommerfrische kreiste. »Gerade bin ich daraus aufgewacht und habe am Vorhandensein von Geros Rasierutensilien im Bad gemerkt, wie unwirklich das alles war. Gero ist wieder bei mir, und damit ist alles gut.«

»Herzlichen Glückwunsch! Du hast deine Schuldigkeit getan«, stellte das Küken lakonisch fest.

»Wie meinst du das?« Natürlich wusste Selma die Antwort bereits, fühlte sich durch die Bemerkung jedoch bloßgestellt. Nach einer kurzen Pause musste sie jedoch lachen, was wiederum Constanze irritierte. »Du hast ein Elefantengedächtnis! In Zukunft sollte ich besser darauf achten, was ich in deiner Gegenwart sage, sonst reibst du mir das alles Monate später noch unter die Nase. Dabei weißt du genau, wie ich das gemeint habe. Hätte ich meinen Mann tatenlos seinem Schicksal überlassen sollen? Ich bin froh, ihn heil und unversehrt wiedergefunden zu haben. Gemeinsam wird es uns gelingen, dass er über die schrecklichen Erlebnisse hinwegkommt und sein altes Leben leben kann.«

»Ich wünsche es euch von Herzen. Hoffentlich vergisst du darüber nicht, was du noch vorhattest.« Bedächtig schenkte Constanze ihnen aus der versilberten Kanne Tee nach, rückte das dünne Buttergebäck auf dem Tisch zurecht und vermied es geflissentlich, sie direkt anzusehen.

»Keine Sorge.« Selma biss in eines der hauchdünnen Gebäckstücke, kaute ausgiebig und kostete den lang vermissten Geschmack so lange wie möglich auf der Zunge aus. Ein Wunder, im vierten Kriegssommer eine solche Kostbarkeit genießen zu können. »Natürlich halte ich an meinem Vorhaben fest, über das Erlebte in den *Bonner Neuesten Nachrichten* zu schreiben. Allerdings bezweifle ich, ob auf deutscher Seite derzeit jemand

lesen will, wie hilfsbereit die Franzosen uns gegenüber gewesen sind.«
»Das waren sie auch nur, weil wir uns nicht als Deutsche zu erkennen gegeben haben.«
»Genau das ist der Haken an der Sache.« Selma runzelte die Stirn. »Wir haben ebenso wie Robert gegen geltendes Recht verstoßen. Gero hat seine eigenen Leute erschossen und somit Hochverrat begangen. Wir sollten also keine schlafenden Hunde wecken und andere überhaupt erst auf unser Abenteuer aufmerksam machen.«
»Dann musst du einen anderen Weg finden, darüber zu berichten. Keinesfalls sollte verschwiegen werden, was wir in den letzten Wochen dies- und jenseits der Front erlebt haben.«
»Das werde ich, verlass dich darauf, auch wenn es noch etwas dauern wird. Über meine Erlebnisse in Metz aber kann ich schon jetzt schreiben, ohne uns in Gefahr zu bringen. Mein Vetter wird sich freuen, das in seinem Blatt abzudrucken. Demnächst habe ich ausreichend Zeit, an den Artikeln zu feilen. Das *Hotel Waldhaus* in Sils-Maria ist genau der Ort, um über die richtigen Formulierungen zu grübeln.«
»Dann seid Gero und du euch also einig, und ihr reist von hier aus weiter ins Engadin?«
»Die Zimmer habe ich vorhin über die hiesige Rezeption reservieren lassen. Ich wollte sichergehen, dass Gero nicht im letzten Augenblick kneift.« Sie zwinkerte Constanze zu. Die Freundin zog verdutzt eine Augenbraue hoch. Also fügte sie gleich hinzu: »Insgeheim brennt er natürlich darauf, Alma wiederzusehen. An eine Rückkehr nach Berlin ist derzeit allerdings nicht zu denken. Erst wird sich zeigen müssen, wie ihm sein wochenlanges Verschwinden und späteres Wiederauftauchen ohne die Männer seines Spähtrupps ausgelegt wird. Vor-

erst gilt er als schwer verwundet und äußerst erholungsbedürftig. Dank der Hilfe meines Vaters wie auch der Unterstützung von Geros Sozius in der Kanzlei wurde ihm das mit Brief und Siegel amtlich bescheinigt.«

»Die frische Bergluft und die Ruhe im Engadin werden ihm guttun.« Nachdenklich richtete Constanze den Blick auf das gegenüberliegende Rheinufer.

»Alma wird er dort ebenfalls in die Arme schließen. Ich habe nach Berlin telegrafiert, Papa solle für Henriette und die Kleine Passierscheine und Bahnbillets besorgen, damit sie so schnell wie möglich in die Schweiz kommen. So lange bleiben wir in Basel und reisen erst gemeinsam weiter nach Sils-Maria. Unter den derzeitigen Umständen wird es von Berlin nach Basel zwar eine halbe Weltreise werden, aber Henriette wird das schon schaffen. Ohnehin lassen wir für Gero einige Sachen schicken. Also kann sie die Koffer gleich persönlich im Auge behalten. Magst du mitkommen? Auch dir würde die Erholung guttun. Im *Waldhaus* soll man sich bestens darauf verstehen, einen den Alltag rasch vergessen zu machen.«

Selma legte Constanze die Hand auf den Arm, zwang sie, sich ihr wieder zuzuwenden. Wie erwartet lag ein gequälter Ausdruck auf Constanzes Antlitz. Sie seufzte.

»Danke für die Einladung, aber das kann ich nicht annehmen«, erwiderte sie. »Gero und dir werden einige Tage zu zweit sehr guttun. Ihr habt so vieles miteinander zu bereden und noch mehr miteinander nachzuholen, was sich kaum in Worte fassen lässt.«

Bei den letzten Worten huschte eine Röte über ihre Wangen, die ihrem knabenhaft zarten Gesicht eine betörende Unschuld verlieh. Nicht zum ersten Mal stiegen in Selma widersprüchliche Gefühle auf. Zum einen spürte sie, wie empfänglich sie nach wie vor für Constanzes Reize war, zum anderen beneidete sie die Freundin um ebendiese Wirkung, die auch auf andere eine unwiderstehliche Anziehung ausübte. In diesem Augenblick jedoch siegte Ersteres. Ehe sie sich recht besann, fiel sie dem Küken ungestüm um den Hals, küsste sie mehr als freundschaftlich erst auf die Wangen, dann auf den Mund. Verwirrt ließ Constanze den Ausbruch über sich ergehen, schaute sie danach mit einem seltsamen Ausdruck in den grauen Augen an, sagte jedoch nichts. Einen Atemzug lang war Selma versucht, das als Aufforderung zu mehr zu verstehen, dann aber rief sie sich zur Besinnung, strich dem Küken zärtlich mit dem Finger über die Wange und sank zurück auf ihren Stuhl.

»Du bist einfach hinreißend. Fast könnte man meinen, du wärst die Ältere und Erfahrenere von uns beiden.«

Dank der Bemerkung färbte sich Constanzes Antlitz noch tiefer rot. Einige Sekunden länger als nötig badete sich Selma in der Verlegenheit der drei Jahre Jüngeren.

»Natürlich kann ich verstehen, dass es dich zurück nach Metz zieht. Du willst nach deinem Vater sehen. Vielleicht hast du Glück, und Grischa kommt einige Tage von Laon herüber. Ein kleiner Geheimauftrag seines Hauptmanns sollte doch wieder fällig sein, oder? Hast du ihm schon eine Nachricht geschickt?«

»Du weißt genau, dass es mir allein um meinen Vater geht«, erwiderte Constanze schroff. »Ich werde noch einmal versuchen, ihn zu überreden, mit mir nach Berlin zu gehen.«

»Eine gute Idee«, stimmte Selma zu. »Falls ihr über eine komplette Umsiedelung eurer Fabrik nachdenkt, wird euch mein Vater gern behilflich sein. Scheu bitte nicht davor zurück, ihn darum zu bitten. Hast du eigentlich noch einmal mit Robert gesprochen?«

Die Frage klang genau so beiläufig, wie sie das beabsichtigt hatte. Andererseits wusste sie genau, dass Constanze klar war, wie wenig beiläufig sie gemeint war.

»Wieso?« Auch das Küken bemühte sich darum, unaufgeregt zu klingen.

»Wie es aussieht, hat er sich wieder einmal heimlich, still und leise davongemacht, ohne sich von uns zu verabschieden.«

Selma richtete den Blick auf den träge dahinfließenden Rhein, damit Constanze nicht sah, wie traurig sie über Roberts abermaliges Davonstehlen war.

»Große Abschiedsszenen scheint er zu hassen«, stellte das Küken fest.

»Ach, wenn nur endlich dieser unsinnige Krieg zu Ende wäre!«, wandte sich Selma nach einem tiefen Seufzen der Freundin wieder zu. »Um wie viel einfacher wäre es dann, Freunde wie Robert einfach ziehen zu lassen. So aber müssen wir darum bangen, ob und wann wir ihn je gesund wiedersehen werden.«

»Ein Mann wie Robert findet immer Mittel und Wege, sich durchzuschlagen. Du wirst sehen, eines Tages steht er wieder vor uns, und es ist, als wäre er nie weg gewesen.«

Constanze versuchte sich in einem aufmunternden Schmunzeln, was ihr allerdings nicht so recht gelang.

»Wollen wir hoffen, wir drei können dann unseren alten Pakt aus dem *Kempinski* noch einmal neu besiegeln. Allmählich wird mir klar, wie vorausschauend es damals von Robert gewesen ist, diese kleine Feier auszurichten.«

»So wie damals wird es nie wieder sein«, stellte Constanze mit brüchiger Stimme fest.

»Für keinen von uns gibt es ein Zurück in die Vorkriegszeit. Wie alle Welt, so haben auch wir drei uns in den letzten Jahren sehr verändert«, pflichtete Selma bei, um sogleich in bestimmtem Ton nachzusetzen: »Aber das heißt nicht automatisch, dass diese Veränderung etwas Schlechtes sein muss. Im Gegenteil. Unsere Freundschaft hat in jedem Fall dadurch gewonnen. Ohne Robert und dich hätte ich Gero niemals wiedergefunden. Dafür werde ich euch auf ewig dankbar sein und niemals vergessen, was ihr riskiert habt, um mir beizustehen. Das müssen wir nach dem Krieg unbedingt miteinander feiern.«

Von neuem gab sie ihrem Drang nach, Constanze um den Hals zu fallen, dieses Mal jedoch aus einem ganz anderen Gefühl heraus als vorhin. Das Küken schien das zu spüren, denn es ließ sich bereitwillig auf diese freundschaftliche Umarmung ein, drückte Selma ihrerseits fest an die Brust.

Selma wurde schwer ums Herz. Schnell musste sie sich aus Constanzes Armen lösen, sonst fürchtete sie, völlig überwältigt zu werden. Verlegen wischte sie sich die feuchten Augenwinkel, fixierte mit den Augen einen Punkt auf der gegenüberliegenden Rheinseite.

»Grüß deinen Vater, wenn du morgen nach Metz fährst, und bring ihn ganz schnell nach Berlin. Meine Eltern werden sich freuen, ihn wiederzusehen. Für dich wird es im Übrigen höchste Zeit, an die Hochschule zurückzukehren. Du hast schon viel zu viele Vorlesungen versäumt.«

»Gib zu, du willst mich nur loswerden.«

»Du hast mich durchschaut.« Endlich fühlte Selma sich wieder imstande zu lächeln, wenn auch noch letzte Tränen in den Wimpern hingen. »Wie du vorhin schon selbst so treffend festgestellt hast, haben mein Mann und ich noch einiges nachzuholen, was man nur zu zweit miteinander tun kann.«

So unbeschwert das klingen sollte, so schwer fiel es Selma, das auszusprechen. Denn tatsächlich ängstigte sie die Vorstellung zutiefst, bis zu Almas und des Kindermädchens Eintreffen

allein mit Gero zu sein. Weder ein neuer maßgeschneiderter Anzug noch eine so friedliche Umgebung wie Basel konnten darüber hinwegtäuschen, wie schlecht es um ihn stand.
Als sie Constanze am nächsten Morgen zum Badischen Bahnhof begleitete, von wo der Zug nach Metz abfuhr, ertrug sie es kaum, sie tatsächlich ziehen zu lassen. Fast schon panisch klammerte sie sich an ihr fest, bis Constanze protestierte und sie schließlich entschlossen von sich schob, um noch rechtzeitig in den längst zur Abfahrt bereiten Zug zu steigen. Schon ließ die Lok Dampf ab, weißer Rauch stieg zischend neben den Rädern aus den Gleisen hoch. Der Schaffner gab das Signal.
Winkend hob Selma den Arm, sah den kleiner werdenden Waggons hinterher. Längst hatte sie den winzigen Punkt aus den Augen verloren, der den hellen Strohhut der Freundin am Abteilfenster markierte. Mit einem Mal war ihr, als würde es noch sehr lange dauern, bis sie ihr Versprechen wahr machen und mit dem Küken und Robert in Berlin den alten Freundschaftspakt erneuern konnte.

20

Constanze war kein gläubiger Mensch, dennoch liebte sie die Kathedrale Saint-Étienne ihrer Heimatstadt. Aus Respekt vor dem Gotteshaus lehnte sie es ab, sich in der Kirche zu verabreden, wie Robert ursprünglich vorgeschlagen hatte. Dabei hätte die durch die unendlich vielen bunten Glasfenster erzeugte Dämmerung im Kirchenschiff hervorragenden Schutz vor neugierigen Beobachtern geboten. Den vor der Kathedrale liegenden Paradeplatz, den das langgestreckte Rathaus und die Hauptwache majestätisch umsäumten, hielten sie beide für unangemessen. Obwohl es nach wie vor regnete, tummelten sich dort zu viel Militär und Ordnungskräfte. Selbst im Schutz der Arkaden unter dem *Hôtel de Ville* wären sie beide aufgefallen. Also hatten sie sich auf den heiligen Daniel am neugotischen Westportal geeignet. Da die Steinfigur die Gesichtszüge des Kaisers trug, schien ihnen das ein gutes Omen für ihre geheime deutsch-französische Zusammenkunft. Im Zweifelsfall konnten sie sich ganz kaisertreu geben. Robert beherrschte das Deutsche zum Glück ohne Akzent.

Seit mehr als fünf Minuten trieb sich Constanze im Schatten des Portals herum und maß die im kühlen Spätaugustregen vorbeieilenden Menschen so unauffällig wie möglich. Vor den nahen Markthallen herrschte das übliche vormittägliche Treiben. Dabei waren die Stände in dem einst als imposanter Bischofspalast, seit zwei Menschenaltern jedoch als überdachte Markthalle genutzten Gebäude kriegsbedingt nahezu leer. Ebenso war der wochenlange Regen, der in Teilen Ostfrankreichs, Belgiens und des Rheinlands für Überschwemmungen sorgte, eher dazu angetan, die Menschen in den schützenden Häusern zu halten. Nach wie vor aber schnappte man hier am ehesten die neuesten Nachrichten auf, erfuhr hinter vorgehaltener Hand, wie sich die aktuelle Lage an der nahen Westfront entgegen der in den Zeitungen und öffentlichen Anschlägen betriebenen Propaganda tatsächlich entwickelte. Deshalb herrschte auch bei schlechtestem Wetter Hochbetrieb.

Zwischen den vielen schlicht gekleideten Frauen jedweden Alters und Gesellschaftsstandes überwogen auf den Straßen nach wie vor feldgrau uniformierte Soldaten. Längst fiel es schwer, sich vorzustellen, ein Mann zwischen aufblühendem Jünglingsalter und Greisenalter trüge jemals wieder Zivil. Bekam man dennoch einmal einen männlichen Zivilisten zu Gesicht, han-

delte es sich entweder um einen einarmigen oder einbeinigen Krüppel, oder er schleppte sich blind oder geisteskrank durch das erbärmliche Dasein. Manche Kriegsinvaliden lungerten um Almosen bittend auf der Straße herum und waren dafür sogar in die zerschlissene Uniform geschlüpft, weil das mehr Mitleid erregte und großzügigere Spenden verhieß. Constanze hatte während des Wartens schon mehr als einmal ihren Obolus in eine der vielen fordernd ausgestreckten Hände entrichtet. Ungeduldig hoffte sie, Robert tauchte endlich auf und befreite sie vom Anblick der Bettler.
Sie sah auf die Uhr. Zwanzig Minuten über die Zeit. Das beunruhigte sie. Zwar hatte Robert Selma und sie auch in Basel warten lassen, dieses Mal jedoch war sie allein mit ihm verabredet und fürchtete, er könnte es sich im letzten Moment anders überlegt haben. Immerhin hatte sie ihm das Versprechen abgerungen, den Kontakt mit ihr zu halten und nach Metz zu kommen. Davon wusste Selma ebenso wenig wie davon, dass sie und Robert sich in Basel erst nach einem langen Gespräch voneinander verabschiedet hatten. Es hatte sich zufällig so ergeben, als Selma mit Gero den Schneider aufgesucht und Constanze sich unterdessen in einem Café die Zeit vertrieben hatte. Robert hatte ebenfalls dort gesessen und ein wenig verloren gewirkt. Ausführlich hatten sie sich daraufhin über das Problem ausgetauscht, in diesem leidigen Krieg zwischen den Fronten zu stehen. Ein schlechtes Gewissen, weil sie der Freundin das Treffen verschwiegen hatte, quälte sie nicht. Selma hatte sich vor dem Krieg in Berlin auch alles andere als aufrichtig verhalten, was ihre Beziehung zu Robert anbetraf. Außerdem waren Robert und sie erwachsene Menschen und konnten tun und lassen, worauf sie Lust hatten. Kaum dachte Constanze das, wurde ihr bewusst, wie sehr sie sich damit

selbst belog. Natürlich hatte sie ein schlechtes Gewissen, sonst würde sie jetzt weder fürchten, Robert käme nicht, weil es ihm ähnlich ging, noch dermaßen aufgeregt sein, dass er tatsächlich kommen könnte.

Sie sah über den Vorplatz rechts hinunter, wo die Treppenstufen zur Mosel führten. Als wäre das ein Zeichen gewesen, tauchte von dort ein groß gewachsener, dunkelhaariger Mann im lässigen Leinenanzug und mit der obligatorischen Kreissäge auf dem Kopf auf. Äußerst schwungvoll schien er die Stufen hinaufzulaufen, wie an der ruckartigen Bewegung seiner Arme zu sehen war. Vor dem stärker werdenden Regen schützte er sich mit einem schwarzen Schirm, der bei jedem Schritt fröhlich auf und ab hüpfte. Dennoch konnte Constanze sein Gesicht darunter deutlich erkennen. Nervös biss sie sich auf die Lippen, versuchte krampfhaft, unverkrampft zu wirken.

»Wartest du schon lange?«, erkundigte er sich, nachdem er sie zur Begrüßung beidseits auf die Wangen geküsst hatte.

»Ich bin gerade erst gekommen«, log sie und verbarg den lang schon getrockneten Regenschirm hinter dem Rücken, was er mit einem amüsierten Schmunzeln zur Kenntnis nahm.

»Lass uns ein wenig an der Mosel entlangspazieren und die frische Regenluft genießen«, schlug er vor und bot ihr galant den Arm. »In einem stickigen Kaffeehaus halte ich es derzeit schlecht aus.«

»Wie du magst.« Sie verspürte zwar wenig Lust, durch den kühlen Augustregen zu flanieren, wollte andererseits aber genauso wenig wie er Gefahr laufen, in einem der Cafés Bekannten zu begegnen oder beim Gespräch belauscht zu werden. Seit sich die Stadt in der Hand der Militärs befand, also ziemlich genau seit jenem ersten August anno 1914, hatten selbst die Wände Ohren. Nie konnte man sicher sein, nicht doch einmal

bei den Behörden angeschwärzt zu werden, insbesondere echte Lothringer wie sie, die noch dazu weder aus ihren Wurzeln noch aus ihrer Zweisprachigkeit einen Hehl machten.
Seite an Seite stiegen sie die Stufen hinunter, bogen in eine der engen Gassen ein, die zum Moselufer führten. Der stete Regen wie die gedrückte Stimmung der Menschen im gerade begonnenen vierten Kriegsjahr ließen Constanze die Stadt düster empfinden. Allmählich begriff sie, wie trostlos die rußgeschwärzten Sandsteinfassaden der Gebäude auf Selma gewirkt haben mussten. Zwar hatten die Luftangriffe der französischen Aeroplane in den letzten Wochen merklich nachgelassen, dennoch zeugten die vielerorts sichtbaren Schäden wie auch die weiterhin an jeder Ecke angebrachten Warnhinweise und Verhaltensmaßregeln davon, dass die Angst vor neuen Bombengrüßen aus der Luft weiterhin präsent war. An der Mosel flanierten sie flussaufwärts an der mittelalterlichen Brücke vorbei bis zur Esplanade.
Roberts Schweigen lastete schwer auf Constanze. Schon bereute sie, ihn zu dem Besuch überredet zu haben. Die Reise ins feindliche Ausland barg für ihn als französischen Staatsbürger größte Gefahr. Sie mochte gar nicht daran denken, mit welchen Winkelzügen und falschen Papieren es ihm dieses Mal gelungen war. Sie erreichten die trotz des Krieges weiterhin sehr gepflegte Grünanlage, an deren südwestlichem Ende das Gebäude der ehemaligen Höheren-Töchter-Schule thronte. In der Vergangenheit war es schon einmal Schloss und zu Zeiten Napoleons III. sogar Theater gewesen. Inzwischen hallten die ehrfürchtigen Mauern statt von gefeierten Opernarien vom erbärmlichen Wimmern der Verwundeten wider. Erst vor wenigen Wochen war Constanze mit Selma hier gewesen, hatte gemeinsam mit ihr die langen Reihen von versehrten Männern

nach einer Spur von Gero abgesucht. Diejenigen, die sich aus dem Bett erheben und selbständig oder zumindest mit Hilfe von Krücken einigermaßen laufen konnten, flohen selbst bei starkem Regen auf die Esplanade, um dem unsäglichen Leid vorübergehend zu entkommen. Längst hatte sich Constanze wie alle Metzer Bürger an den Anblick durchbluteter Kopfverbände und verkrüppelter Leiber in verschlissenen Uniformen gewöhnt. Auch Robert schenkte den verloren wirkenden Gestalten, deren wahres Alter man kaum schätzen konnte, weil das ergraute Haar und der leere Blick selten zu den jungenhaften Gesichtern passten, kaum Beachtung.

»Erinnerst du dich an unser letztes Beisammensein in Basel? Du schuldest mir noch eine Geschichte. Magst du endlich erzählen, warum du Selmas Mann gerettet hast?«, durchbrach sie endlich die lähmende Stille und blieb an der Großen Fontäne in der Mitte der Parkanlage stehen, zwang auch ihn anzuhalten.

Langsam drehte er sich zu ihr um und legte den Kopf ein wenig schief, sah eine ganze Weile stumm auf sie herunter. Selbst bei trübem Regenwetter zeigten seine nahezu schwarzen Augen einen schelmisch wirkenden Glanz, der Wind hatte trotz Hut eine Haarsträhne in die Stirn geweht. Endlich spitzte er den Mund, zwinkerte mit den Augen.

»Habe ich dir das damals tatsächlich versprochen? Purer Leichtsinn von mir! Es muss an der Freude über den echten Bohnenkaffee gelegen haben, den sie uns dort serviert haben. Eigentlich sollte dir die Antwort genügen, die ich Selma auf der Fahrt nach Verdun gegeben habe. Sie schien damit jedenfalls zufrieden.«

»Du aber wirkst nicht sonderlich zufrieden, dass sie dir das mit der abenteuerlichen Nächstenliebe tatsächlich abgenommen hat.«

»Wie kommst du darauf?«

Das klang gequält. Sie spürte Unmut in sich aufsteigen, sowohl über ihn, der anscheinend immer noch mehr für Selma empfand, als er zuzugeben bereit war, als auch über sich, die sie insgeheim gehofft hatte, er würde anders reagieren. Sie hätte nicht fragen sollen.

»Hast du vergessen, was wir drei uns auf unserem kleinen Fest im *Kempinski* geschworen haben?«, fragte er und bemühte sich, amüsiert zu klingen. »Gerade einmal drei Jahre ist das her. Schade, wenn dir das so schnell entfallen ist. Dabei ist es ein sündhaft teurer Abend gewesen, der mich fast ruiniert hätte. Ihr beide habt bei den Austern und dem Hummer nämlich ordentlich zugeschlagen. Auch beim Champagner habt ihr euch alles andere als damenhaft geziert. Doch das spielt keine Rolle mehr. Ich war mir zumindest sicher, dieser Freundschaftspakt wäre auch für dich der Grund gewesen, mit Selma auf die andere Seite der Front zu fahren. Das war schließlich für dich nicht weniger gefährlich als für mich.«

Sie senkte den Blick, inspizierte die Spitzen ihrer regendurchweichten Lederschuhe. Die Stiefel waren viel zu grob für den knöchellangen Sommermantel, das triste Braun eine unmögliche Farbe. Selma würde über diese Zusammenstellung von leichter Sommergarderobe und herbstlichem Schuhwerk die Nase rümpfen. Behutsam fasste Robert ihr unters Kinn, hob es an und zwang sie, wieder zu ihm aufzusehen. Um die schön gezeichneten, vollen Lippen lag das wohlbekannte Schmunzeln, das sie vom ersten Tag ihrer Bekanntschaft in Belfort an unverschämt anziehend fand.

»Warum willst du unbedingt, dass ich ausspreche, was dich und mich nur quälen würde?«, fragte er leise. »Es reicht, dass wir beide die Wahrheit wissen. Leider aber lässt sie sich nicht ändern. Also sollten wir uns ein für alle Mal damit abfinden. Wir drei sind Freunde, und Freunde stehen einander bei, wenn einer von ihnen Hilfe braucht. Das ist unsere abenteuerliche Nächstenliebe.«

»Wieso bist du überhaupt gekommen, wenn du so denkst?«, platzte es aus ihr heraus. Am liebsten hätte sie sich für diese Unbeherrschtheit die Zunge abgebissen, doch es war zu spät. Längst hatte Robert die Tränen bemerkt, die ihr über die Wangen rannen. Mit einer unerträglich zärtlichen Geste wischte er sie weg. Ihre Lippen zitterten, bald zitterte ihr ganzer Leib. Behutsam legte er ihr den Arm um die Schultern und zog sie sacht an sich. Es tat unendlich gut, die Wärme seines kräftigen Körpers durch den Stoff der leichten Sommerkleidung zu spüren.

»Liebes Küken«, griff er Selmas Kosenamen auf, »auch Freunde hegen aufrichtige Gefühle füreinander. Das solltest du längst begriffen haben. Es ist weniger verletzend, sich auf diese Gefühle zu besinnen.«

»Bist du nur gekommen, um mir das zu sagen?«, presste sie mit tränenerstickter Stimme zwischen den Lippen heraus.

»Ich bin extra gekommen, um dir genau das zu sagen.«

Er drückte sie noch enger an sich, hauchte ihr auf den von einer schlichten Toque bedeckten Kopf einen Kuss. Sie fühlte sich unfähig, etwas zu erwidern. Langsam ging er weiter. Mechanisch lief sie neben ihm her Richtung Römerstraße.

»Constanze?«, hörte sie ihren Namen rufen, kurz bevor sie das südöstliche Ende der Esplanade erreichten. Abrupt blieb Robert stehen, wandte sich nach rechts, von wo die Stimme gekommen war. Auch Constanze blickte dorthin, hatte die Stimme jedoch schon erkannt, bevor sie den jungen Fliegeroffizier auf der Parkbank entdeckte.

Grischa saß im Regen, der durchweichten Uniform und Mütze nach zu schließen schon für eine geraume Weile. Langsam erhob er sich, kam mit ausgestreckter Hand auf sie zu, um sie aufs herzlichste zu begrüßen. Sie erschrak, als sie sah, wie tief eingefallen sein ohnehin schon schmales Jungengesicht war. Dunkle Schatten umrahmten die hellblauen Augen. Müde sah er sie an.
»Was machst du hier? Bist du verletzt?« Besorgt musterte sie ihn von Kopf bis Fuß. Unter der Mütze blitzte das helle blonde Haar hervor. Es sah wirr aus, dabei legte er sonst so viel Wert auf beste Pflege. Seine schlaksige Gestalt wirkte zerbrechlich, was vor allem an der Uniform lag, die mindestens zwei Nummern zu weit schien. Offensichtliche Verwundungen entdeckte sie nicht an ihm.
»Vor drei Wochen wurde ich bei Reims vom Himmel geholt«, presste er mühsam zwischen den blutleeren, dünnen Lippen heraus. Kaum hatte er das ausgesprochen, überfiel ein deutliches Zittern seinen Leib. Er schlang die Arme um die Brust, um ruhiger zu werden. Jäh begriff sie. Er stand noch immer unter Schock. Behutsam legte sie ihm die Hand auf den Arm, hielt mit der zweiten den Regenschirm über ihn.
»War es so schlimm?«, fragte sie leise.
»Es war die Hölle.«
Unwillkürlich fiel er ihr um den Hals, barg den Kopf an ihrer Schulter und begann hemmungslos zu weinen. Ungelenk tätschelte sie ihm den Rücken.
So plötzlich, wie Grischa zusammengebrochen war, so plötzlich richtete er sich wieder auf, drehte sich zu Robert um und nahm Haltung an. »Wir haben uns noch nicht vorgestellt. Grischa Rosenbaum.«
Zu Constanzes Verwunderung verzichtete er darauf, seinen Leutnantsrang wie auch seine Mitgliedschaft in einer der legen-

dären Jagdstaffeln der preußischen Feldfliegerabteilungen zu nennen. Äußerst steif streckte er Robert die Hand entgegen, sah ihm dabei erst ins Gesicht und erstarrte von neuem.

»Sehr angenehm, Robert Beck«, erwiderte Robert ruhig und überging mit einem gewinnenden Lächeln Grischas schlechte Verfassung. Betont herzlich schüttelte er ihm die Hand. »Wie schön, dass wir uns endlich persönlich begegnen. Mir ist, als wären wir seit Jahren gute Freunde, so viel haben mir Ihre Schwester Selma, Ihre Großmutter wie auch unsere liebe Freundin Constanze von Ihnen erzählt.«

»Die Freude ist ganz meinerseits«, erwiderte Grischa tonlos, rang weiterhin sichtlich um Fassung.

»Wirst du nach Hause fahren und dich erholen?«, erkundigte sich Constanze, um die schwelende Missstimmung niederzuringen. Was hatte Grischa nur gegen Robert, der sich so auffällig um ihn bemühte? Sah er in ihm tatsächlich nur den Feind aus dem Westen, der ihn beinahe umgebracht hatte? Gerade wollte sie noch etwas hinzufügen, da kam Grischa ihr zuvor.

»Sie sieht Ihnen erstaunlich ähnlich, wissen Sie das?«

»Wer?«, fragte Robert verständnislos. Constanze dagegen begriff auf Anhieb, worauf Grischa hinauswollte.

»Wahrscheinlich wirst du so schnell nicht wieder an die Front müssen und in ein Flugzeug steigen«, lenkte sie hastig ab. Niemals durfte Robert ahnen, worauf Grischa anspielte: Dass die kleine Alma ihm mehr ähnelte als Gero, den alle Welt für ihren Vater hielt. Zum ersten Mal gestand Constanze es sich selbst offen ein, dabei hatte sie tief in ihrem Innern nie daran gezweifelt. Man sah es auf den ersten Blick. Es war eben zu unwahrscheinlich, dass die brünette Selma mit den hellen Augen, in deren Familie nahezu alle blond und helläugig waren, mit einem blonden, wiederum helläugigen Ehemann ein schwarz gelocktes, dunkeläugiges Kind hatte. Mochte Grischa seines Abschusses wegen nervlich am Ende sein, sein Verstand zumindest funktionierte, wie seine Reaktion bewies.

»Natürlich kehre ich an die Front zurück«, erklärte er ihr in erstaunlich entschlossenem Ton. »Auch in ein Flugzeug werde ich wieder steigen. Kürzlich sind neue Fortschritte erzielt worden. Gerade jetzt, da sich auch die Amerikaner aufseiten der Alliierten in den Krieg einmischen, gilt es, ein für alle Mal zu beweisen, wer in der Luft der Stärkere ist.«

»Dazu wünsche ich Ihnen viel Glück.« Robert hielt ihm abermals die Hand hin, was Grischa geflissentlich übersah.

»Du musst mir etwas versprechen«, wandte Grischa sich an Constanze und sah sie eindringlich an.

»Was?«, fragte sie, obschon sie ahnte, worauf er hinauswollte.

»Erzähl niemandem etwas von dem Treffen heute, und bitte auch kein Wort von meinem Abschuss zu irgendwem.«

»Melde dich bei Gelegenheit«, wich sie aus. »Mein Vater und ich werden demnächst nach Berlin übersiedeln. Am besten adressierst du deine Briefe an deine Großmutter. Unsere Treffen am ersten Sonntag des Monats wollen wir wieder aufnehmen.«

Flüchtig umarmte sie ihn. Er blieb steif.

Den weiteren Weg zur Römerstraße setzten Constanze und Robert schweigend fort. Sie war froh, so der Peinlichkeit zu entgehen, etwas zu Grischas Verhalten erklären zu müssen. Dennoch ahnte sie, dass Robert begriffen hatte, was Grischa gemeint hatte. Das Heulen von Sirenen schreckte sie auf. Robert nahm ihre Hand und zog sie in einen Hauseingang. Ein älterer Mann, offenbar der kriegsuntaugliche Hausmeister, begleitete sie in den Keller, in dem bereits ein Dutzend Frauen,

Kinder, Alte und Kranke Schutz gesucht hatten. Sie erhielten die letzten Plätze in einem dunklen Winkel, der abseits von den anderen lag.
Das lauter werdende Dröhnen am Himmel war selbst unter der Erde gut zu hören. Als kurz darauf die ersten Bombeneinschläge folgten, duckten sich alle. Robert legte Constanze den Arm um die Schultern, hielt sie fest. Sie genoss die Nähe, wenn sie auch wusste, ihr nicht zu viel Bedeutung beimessen zu dürfen. Zu klar hatte sie noch sein neuerliches Pochen auf ihren Freundschaftspakt im Ohr.
»Welch seltsamer Zufall, ausgerechnet jetzt von französischen Aeroplanen ins Visier genommen zu werden«, sagte er. »Hoffentlich hat es Grischa auch rechtzeitig in einen Keller geschafft. Nachdem er den Absturz vom Himmel überlebt hat, wäre es tragisch, wenn er am Boden stürbe.«
»Er wird es schaffen. Es wäre nicht das erste Mal, dass er dem Tod von der Schippe springt. Das habe ich mit ihm doch auch schon einmal erlebt. Seither weiß ich, was es heißt, jeden Tag mit der Gewissheit zu beginnen, es könnte der letzte sein.«
»Das hatte ich ganz vergessen.« Robert lächelte, wie sie selbst im dämmrigen Licht des Kellers gut erkannte. »Trotzdem wäre es auch für dich entsetzlich, so kurz vor dem Aufbruch ins sichere Berlin noch ins Stolpern zu geraten.«
»Da wird nichts mehr schiefgehen, das weiß ich ganz genau. Doch lass uns jetzt nicht mehr darüber reden. Es bleibt uns nur noch wenig Zeit. Die sollten wir besser nutzen.«
»Oh là là«, setzte er vergnügt an, um sofort zu verstummen, sobald sie ihm warnend den Zeigefinger über die Lippen legte. Hörte ihn jemand der anderen im Keller Französisch sprechen, konnte das üble Folgen haben.

»Weißt du noch, damals in Sessenheim auf der Wiese?«
»Das ist schon sehr lange her.«
Täuschte sie sich, oder schwang in seinen Worten mehr als nur bloße Zustimmung mit?
»Eine Ewigkeit und trotzdem gerade erst vier Jahre«, erwiderte sie. »Vorhin, als du das mit der Freundschaft gesagt hast, musste ich daran denken.«
»Ich hoffe, du denkst auch in Zukunft öfter daran.«
»Was bleibt mir sonst von dir?«
»Ist es nicht das Schönste, wenn einem solche Erinnerungen an einen lieben Freund bleiben?«
»Ich hoffe, wir werden sie eines Tages gemeinsam auffrischen.«
»Das hoffe ich nicht nur, das weiß ich.«
»Lass uns eine Verabredung treffen«, schlug sie vor und hielt ihm die Hand hin. »Nach dem Krieg freitags um vier beim *Kranzler* Unter den Linden.«
Robert stutzte, dann breitete sich ein Grinsen über sein attraktives Gesicht aus, und er schlug ein. »Einverstanden! Nach dem Krieg freitags um vier beim *Kranzler.*«
Ein markerschütternder Knall ließ sie zusammenschrecken. Instinktiv zog Robert ihren Kopf eng vor seine Brust. Sie genoss es, bei ihm Halt zu finden, während sie dem Beben nachspürte, das alle im Keller erzittern ließ. Wie vorhin schon auf der Esplanade küsste er sie auch jetzt flüchtig auf den Kopf. Sie schloss die Augen.
So schrecklich der Augenblick nach dem Bombeneinschlag war, so sehr wünschte sie sich auf einmal die Ewigkeit herbei, ganz genau so wie damals in Sessenheim, in jenem unbeschwerten Sommer vor Ausbruch des Krieges.

21

Die Spätsommer- und Frühherbsttage präsentierten sich im Engadin als traumhaft. Mochten in Ostfrankreich, Belgien und im Rheinland seit Anfang August sintflutartige Regengüsse die letzten Reste der Zivilisation davonfluten, Überschwemmungen von bisher ungeahnten Ausmaßen die vom Krieg tief zermürbten Menschen in die endgültige Verzweiflung treiben, so war von diesen Katastrophen in der Abgeschiedenheit des Fextals ebenso wenig etwas zu spüren wie von dem weiter andauernden Geschützdonner um Verdun, den Toten Mann oder um andere Frontabschnitte.

Selma fühlte sich herausgehoben aus Raum und Zeit. Endlos dehnten sich die sonnenreichen Tage, verlockten zu ausgedehnten Wanderungen rund um den Furtschellas und zu ausschweifenden Ausflügen an den Silser- und Silvaplanersee. Geros heftigem Protest zum Trotz hatte Selma bis auf weiteres in Sankt Moritz ein Auto gemietet, das ihren Bewegungsradius ins schier Grenzenlose steigerte. Doch auch wenn sie den Tag einfach nur mit Lesen, Tennisspielen und Faulenzen im *Waldhaus* verbrachten, wähnte sie sich im Paradies. Schon die mehrstündige Zugfahrt von Basel über Chur nach Sankt Moritz Anfang Juli hatte sie davon überzeugt, der unerträglichen Welt der Kriege und Grausamkeiten zu entfliehen. Der letzte Streckenabschnitt von Chur bis Sankt Moritz war mit seinen zahlreichen Kehrtunnel und schwindelerregend hohen Viadukten wie geschaffen, um sie alles zuvor Erlebte vergessen zu lassen. Atemberaubend präsentierte sich die Bergkulisse mit ihren satten grünen Wiesen, den malerischen Dörfern, tiefblauen Seen und den selbst im Sommer schneeglitzernden Berggipfeln. Allein am Datum der im Hotelfoyer ausliegenden Zeitungen las

Selma ab, dass außerhalb dieser Märchenwelt noch eine andere Zeitrechnung existierte.

Kaum wollte sie sich beim Frühstück einmal ausführlicher mit der Lektüre befassen, um das brüchiger werdende Band an die Wirklichkeit nicht ganz abreißen zu lassen, lenkte sie Almas Auftauchen an der Hand von Kindermädchen Henriette von dem Vorhaben ab. Der schwarzgelockte kleine Engel verstand es, sie binnen Sekunden in eine andere Welt zu versetzen. Je öfter sie ihr in die dunklen, klugen Augen sah, desto deutlicher spiegelte sich darin die Erinnerung an unbeschwerte Stunden mit Robert. Dabei sollte sie ihn jetzt, da Gero gerettet und einigermaßen wohlbehalten bei ihr war, so schnell wie möglich vergessen, insbesondere die Erinnerung an ihre verbotene, leidenschaftliche Zeit in Berlin erbarmungslos aus ihrem Gedächtnis tilgen. Doch das war leichter gesagt als getan. Weder konnte sie die brennende Sehnsucht nach ihm niederringen noch den Wunsch unterdrücken, immer wieder in Almas Augen zu versinken, um ein wenig von ihm darin zu finden und die Vergangenheit zumindest in Tagträumen wachzurufen.

Ihr Vorsatz, die Ruhe im Engadin für das Verfassen der geplanten Artikel für die *Bonner Neuesten Nachrichten* zu nutzen, rückte in immer weitere Ferne. In den spärlicher werdenden Briefen an Constanze erfand sie jedes Mal aufs Neue Ausreden, warum sie kaum mehr an den Texten arbeitete. Wenn Gero und sie in ihrem gemeinsamen Leben wieder Tritt gefasst hatten, ergaben sich gewiss bessere Gelegenheiten dafür, beschwichtigte sie das eigene schlechte Gewissen.

Almas ungestümes Lachen beim Herumtollen auf einer spätsommerlich-süß duftenden Bergwiese, ihr Entzücken beim Entdecken eines bunten Schmetterlings oder ihr andächtiges

Lauschen auf das fröhliche Zwitschern eines Waldvogels eröffneten ihr ein neues Empfinden, dem sie angesichts von Geros anhaltender Niedergeschlagenheit und Roberts Fernsein nur zu gern verfiel. Plötzlich war der eigenhändig gepflückte Blumenstrauß, der großteils zwar aus Unkraut und übel riechenden Stengeln bestand, das Einzige, was ungeteilte Aufmerksamkeit verdiente. Ebenso wurde die erstmals allein emporgestiegene Treppe ins Obergeschoss als wichtiger Etappensieg auf dem Weg in die Selbständigkeit gefeiert. Der ernste Stolz der Zweieinhalbjährigen, mit dem sie sich eines Abends daranmachte, zum ersten Mal auch den Grießbrei ohne fremde Hilfe auszulöffeln, wirkte geradezu ansteckend. Mochte das Stunden dauern und angesichts der beschmutzten Kleidung und Tischwäsche ein wahres Fiasko darstellen, so entlohnte das Gefühl, wieder etwas Neues, Tolles zum ersten Mal geschafft zu haben, mehr als genug für die Mühe und Geduld. Die Begeisterung über die bis dato viel zu häufig vernachlässigte Welt der kleinen Tochter ließ Selma sogar das gesellschaftliche Treiben, das es sowohl in Sils-Maria wie im kaum zehn Kilometer entfernten Sankt Moritz auch im dritten Kriegsjahr noch überraschend vielfältig gab, nahezu ignorieren. Selten besuchte sie ein Konzert oder eine Theateraufführung, und noch seltener nahm sie Einladungen zu Festen oder privaten Essen an.

Gero lehnte solche Vergnügungen ohnehin kategorisch ab. Zu Selmas Leidwesen nahm er allerdings auch kaum Anteil am fröhlichen Treiben mit Alma. Offensichtlich ging er der Kleinen immer öfter aus dem Weg. Nicht ein Mal nahm er den kleinen Wirbelwind auf den Schoß, strich ihr zärtlich über die dunklen Locken oder las ihr eines der Bilderbücher vor, die sie so gern zu den nachmittäglichen Teestunden im Salon anzu-

schleppen pflegte. Meist erhob er sich just in dem Augenblick aus seinem Sessel, in dem Alma sich unbeholfen anschickte, Kontakt zu ihm aufzunehmen.
Die Ursache für Geros Verhalten sah Selma in seinen erschütternden Erlebnissen an der Westfront. Wie sollte er die Unschuld eines Kindes ertragen, wenn er erlebt hatte, zu welchen Grausamkeiten Erwachsene fähig waren? Zwar sprach er nie offen darüber, was er gesehen und gehört hatte, doch die immer noch vorhandene Leere in seinem Blick, das sichtliche Befremden beim Betrachten der harmlosen Umwelt schien Selma beredt genug. Auch ihr gegenüber blieb er auf Distanz, hatte seit ihrem Wiedersehen in Frankreich nicht ein Mal von sich aus den Versuch unternommen, sie zu küssen oder zärtlich zu ihr zu sein, von Annäherungen sexueller Art ganz zu schweigen. Wahrscheinlich brauchte er noch Zeit, um wieder ins normale Leben zurückzufinden. Früher oder später würde es ihm gelingen, daran zweifelte sie nicht.
Nachvollziehbar fand sie, dass er es ablehnte, Zeitungen zu lesen oder sonstige Berichte über das Geschehen außerhalb des Engadins zur Kenntnis zu nehmen. Regelrecht bemitleidenswert empfand sie dagegen seine ablehnende Haltung Romanen oder Gedichten gegenüber. Die hätten ihn auf andere Gedanken bringen können. Nicht einmal das Kintopp in Sankt Moritz wollte er besuchen oder abends im Salon der Musik des Kammerorchesters lauschen. Der Versuch, ihn beim Tanztee um der alten Zeiten willen wenigstens zu einem Walzer zu bewegen, war ebenfalls kläglich gescheitert.
War er in Basel noch ganz euphorisch damit beschäftigt gewesen, sein Äußeres mittels Schneider, Friseur und Maniküre wieder in den Vorkriegszustand zu versetzen, so bewirkte die Abgeschiedenheit im Engadin einen Rückfall in die läh-

mende Lethargie, die Selma bereits in Godesberg an ihm beobachtet hatte. Hätten Alma und sie das Dasein im *Waldhaus* nicht derart genossen, hätte sie ernsthaft über eine Abreise nachgedacht. Zudem stand zu befürchten, dass es ihm in Berlin kaum besserginge. Selbst im alten Familiensitz der Rosenbaums in Bonn, wohin zu reisen sie schon in Erwägung gezogen hatte, würde er sich nicht erholen. Also versuchte sie ihn davon zu überzeugen, vor Ort ärztliche Hilfe in Anspruch zu nehmen, um die Qual des täglichen Weiterlebens endlich zu überwinden.

»Heutzutage ist das nichts Ehrenrühriges. Ganz im Gegenteil. Längst nimmt jeder, der auf sich hält, bei solchen Beschwerden ärztliche Hilfe in Anspruch«, erklärte sie ihm an einem Morgen, an dem der Nebeldunst wie ein Schleier über dem See hing, die nahen Berge zärtlich in Wolken gehüllt waren und sich der nahende Herbst erstmals von seiner weniger schönen Seite zeigte. Dessen ungeachtet hatte Selma nach dem Aufwachen die Vorhänge vor den bodentiefen Fenstern zurückgezogen. Die Aussicht ins Tal und auf den See zeigte selbst im nebulösen Grauschleier einen ganz eigenen Zauber. Rasch schlüpfte sie zurück ins Bett, richtete sich am Kopfende gemütlich ein. Die weichen Kissen im Rücken, die Beine eng vor die Brust gezogen, nahm sie Geros schlaff auf dem Plumeau ruhende Hand, um die Finger zärtlich zu kneten. Wie so oft fühlten sie sich kalt und leblos an. Sie setzte alles daran, ihm etwas von ihrer Wärme und Zuversicht abzugeben.

»Zweifellos scheint bei dir ein gewisser Hang zur Neurasthenie vorzuliegen«, fuhr sie fort, den Blick aufs Fenster gerichtet. Trotzdem zweifelte sie nicht daran, dass er ihr aufmerksam zuhörte. »Kein Wunder, nach allem, was dir in den letzten Jahren widerfahren ist. Darüber solltest du dich mit einem Fachmann beraten. Gleich nachher lassen wir uns an der Rezeption eine Adresse in Sankt Moritz heraussuchen. Hier im Engadin sollen einige der besten Leute ansässig sein.«

»Willst du mich zu einem dieser neumodischen Psychoanalytiker schicken?« Entrüstet entzog er ihr die Hand, setzte sich ebenfalls im Bett auf und verschränkte die Arme vor der sehr schmal gewordenen Brust. Lag seine Rettung aus der Hölle von Verdun zwar schon einige Wochen zurück, so hatte er nach wie vor mehr Ähnlichkeit mit einem ausgehungerten Landstreicher denn mit einem wohlgenährten Gentleman. Von den hervorragend zubereiteten Mahlzeiten aß er weitaus kleinere Portionen als Alma. Nicht einmal die üppigen Schalen mit erntefrischem Obst oder die Platten mit den würzig duftenden Käsen der Region verlockten ihn.

»Was soll ich dem Arzt erzählen?« Jäh drehte er sich zu ihr um, sah sie herausfordernd an. Die Entschlossenheit auf seinem einst so fein gezeichneten, inzwischen eingefallenen Gesicht hypnotisierte sie. Sie konnte nur schweigend dasitzen und seiner Tirade lauschen. Leise, aber drängend fuhr er fort: »Soll ich ihm sagen, dass ich die Dunkelheit fürchte, nachts nur bei Licht schlafen kann? Dass mich in meinen Träumen trotzdem die abscheulichen Bilder von abgeschossenen Köpfen, zerfetzten Leibern, elend im Niemandsland zwischen den Fronten krepierenden Kameraden heimsuchen? Dass ich immer noch das Knattern der Maschinengewehre, das Dröhnen der Flugzeugmotoren und das fürchterliche Schreien der von Granaten getroffenen Männer höre? Dass ich beim Anblick von hübschen jungen Frauen nur noch daran denken kann, wie sich brave Familienväter vor meinen Augen in Tiere verwandeln, die nur noch eines im Sinn haben: blindwütig über diese Frauen herzufallen?«

Er hielt inne, holte tief Luft. Selma legte ihm die Hand auf den Arm, wollte etwas sagen, er aber bedeutete ihr mit einem knappen Kopfschütteln, dass er noch nicht fertig war.

»Ich weiß, wie abgedroschen das klingen mag. Längst sind dir ähnliche Schilderungen von Tausenden anderen Frontheimkehrern zu Ohren gekommen. Täglich liest man in Zeitungen und Büchern davon, wenn noch nicht bei uns in Deutschland, so doch hier in der Schweiz. Ich bin eben nicht der Einzige, der das erlebt und gesehen hat, und ich bin auch nicht der Einzige, der damit fertig zu werden versucht.«

»Deshalb gibt es Ärzte, die dir helfen können«, versuchte sie, ihn aufzumuntern.

»Natürlich gibt es Ärzte, die meinen, einem wie mir helfen zu können. Doch glaubst du ernsthaft, ich würde mich bei einem mir persönlich völlig fremden Freud-Schüler auf die Couch legen und ihm während stundenlanger Sitzungen mein Innerstes nach außen kehren? Schreib doch gleich an alle deine Freunde und Bekannten, was für ein Wrack ich geworden bin. Erzähl ihnen am besten auch, wie lange wir schon nicht mehr miteinander geschlafen haben, wie gern ich es gelegentlich mit Männern treibe und wie empfänglich ich für abartige sexuelle Neigungen bin. Das sind doch nach Ansicht der Psychoanalytiker die Hauptgründe für ein Scheitern wie meines. Kein Wunder, dass ich bei der erstbesten Herausforderung an meine männliche Tapferkeit kläglich versagt habe und an der Westfront auf ganzer Linie gescheitert bin. In Wahrheit bin ich nämlich gar kein richtiger Mann, erst recht kein tapferer deutscher Kriegsheld, sondern ein feiges, jämmerliches, schwules Würstchen!«

»Hör auf damit!«, brauste Selma auf. »Du hast nicht versagt. In den Wäldern von Verdun hast du eine der größten Heldentaten vollbracht und die Vergewaltigung …«

»Das ist überhaupt das Allerschlimmste!«, fiel er ihr ins Wort. »Meine eigenen Männer habe ich abgeknallt wie Karnickel. Und warum? Nur um französische Frauen zu schützen, die in Verdacht stehen, zu den Franktireurs zu gehören. Hochverrat nennt sich das. Dafür gehöre ich selbst an die Wand gestellt und …«

»Schluss mit dem Unsinn! Du weißt genau, wie recht du …«

»Menschen umzubringen kann niemals recht sein«, erwiderte er erschreckend ruhig und fügte nach einer kurzen Pause in heiserem Ton hinzu: »Genau das ist das Grundübel des Krieges. Wir schießen blindlings auf Menschen auf der anderen Seite der Front, mit denen wir in Friedenszeiten wahrscheinlich echte Freundschaft schließen würden. Der Zufall hat es gefügt, dass wir uns plötzlich als Feinde gegenüberstehen. Nur weil Männer fernab der Front an ihren Schreibtischen den Befehl erteilt haben zu schießen, soll auf einmal Recht und Gesetz sein, was in Friedenszeiten mit dem Fallbeil bestraft wird. Ich bin Jurist, verdiene in Friedenszeiten mein Geld damit, für die Befolgung der Gesetze zu sorgen. Nun habe ich sie selbst gebrochen, sowohl die aus Friedenszeiten wie auch die des Krieges. Wie soll ich mit diesem Dilemma weiterleben?«

Er wandte den Kopf, suchte ihren Blick. Sie erschrak über die abgrundtiefe Verzweiflung, die auf seinem Antlitz lag. Schließlich schlug er die Hände vors Gesicht, schluchzte erbarmungswürdig auf wie ein Tier in Todesqual. Behutsam legte sie ihm die Hand auf die Schulter. Er schüttelte sie ab, sah sie plötzlich wieder mit einem entschlossenen Zug um die hellen, weichen Lippen an.

»Du hast recht, darüber sollten wir nicht länger schweigen. Deine Freunde sollen dich für diesen feigen Jammerlappen von Ehemann bemitleiden. Wer weiß? Vielleicht erbarmt sich einer deiner Kavaliere aus alten Berliner Zeiten und befreit dich sogar von dem Schicksal, den Rest deines Lebens an meiner Seite versauern zu müssen. Du hast etwas Besseres verdient als mich.«

»Was soll das? Wie kannst du auch nur denken, ich wollte dich bloßstellen oder gar im Stich lassen? Hätte ich dich dann nicht besser in Frankreich deinem Schicksal überlassen sollen, statt dich unter größter Lebensgefahr zu suchen und aus der Hölle herauszubringen?«

»Oh, entschuldige, wie konnte ich deine selbstlose Heldentat nur vergessen? Damit willst du schließlich demnächst als Zeitungsreporterin debütieren. Sogar deine lieben Freunde Constanze und Robert haben den Kopf riskiert, um dir bei dem waghalsigen Ausflug beizustehen. Falls du denkst, ich wüsste nicht, warum sie das getan haben, irrst du dich. Keinem von beiden ging es um meine Rettung, beide haben das nur deinetwegen getan.«

»Was ist so schlimm daran, wenn meine Freunde mir beistehen, um mein Glück auf Erden zu retten?«

»Dein Glück auf Erden? Das meinst du nicht im Ernst«, echote er und suchte von neuem ihren Blick.

Zum ersten Mal seit Wochen fanden sich in seinen grünblauen Augen weder die Leere noch das Entsetzen, sondern blanker Hass. Die hohen Wangenknochen stachen markant aus dem spitz gewordenen Gesicht, ebenso ragte die lange Nase erschreckend weit heraus. Sie senkte die Augen, wartete einige Sekunden, um sich zu beruhigen. Langsam hob sie wieder den Kopf, zwang sich zu einem Lächeln.

»Natürlich bist du mein Glück auf Erden, ebenso wie unsere Tochter Alma. Wenn du um meinetwillen keine Hilfe in Anspruch nimmst, tu es für sie. Sie braucht einen starken Vater, der sie an die Hand nimmt, um ihr den Weg durchs Leben zu zeigen.«

»Und du bist sicher, ausgerechnet ich wäre der Richtige, ihr gegenüber diesen ersehnten starken Vater zu markieren?«

Für einen Moment sahen sie einander schweigend an. Zwar war sie geneigt, aus seiner Frage lediglich einen Vorwurf herauszuhören, dennoch wusste sie, dass er sie anders gemeint hatte. Zu deutlich stand ihr vor Augen, wie ablehnend er der Kleinen vom ersten Tag ihres Wiedersehens an begegnete. Das hatte nicht allein etwas mit seiner Neurasthenie zu tun. Das lag auch daran, dass ihm die dunklen Augen und Locken, das ganze Wesen der Kleinen nicht nur fremd, sondern auch sehr ähnlich einem anderen Menschen erschienen. Gleich beim ersten Zusammentreffen von Alma und Gero in Basel war Selma das aufgefallen. Zu gut hatte sich Gero genau wie sie selbst da noch an die zurückliegenden Tage mit Robert im beengten Renault auf der Rückreise von Verdun nach Basel erinnert. Ein Wunder, dass er trotz allem genug Feinfühligkeit besaß, das nicht offen auszusprechen.

»Alma ist ein wahrer Sonnenschein«, beeilte sie sich, das heikle Thema zu umgehen. »So wie sie dich braucht, um behütet aufzuwachsen und eines Tages die große, weite Welt kennenzulernen, so kann sie dir jetzt helfen, den Weg zurück ins normale Leben zu finden. Versuch es einfach. Ich habe selbst viel zu lange gebraucht, um mich auf die Kleine einzulassen. Doch dafür ist es nie zu spät. Sie trägt es dir nicht nach, dass du sie so lange nicht beachtet hast. Nimm sie gleich nach dem Frühstück an die Hand und lass dich von ihr über eine Wiese führen, dir die Schmetterlinge zeigen, die absonderlichsten Blumen pflücken. Besteig mit ihr das Schiff auf dem Silsersee oder blättere ein Bilderbuch mit ihr durch. Sie wird dir zeigen, welches

Wunder in den nichtigsten Kleinigkeiten steckt und welches Abenteuer es ist, einen Tag von Sonnenauf- bis Sonnenuntergang zu durchleben. Wo, wenn nicht hier in den Schweizer Bergen, findest du die Ruhe und die Muße, das auszuprobieren? Darüber wirst du lernen, zu vergessen und dich mit dem Alltag zu arrangieren.«

»Dazu ist es leider zu spät.« Zum ersten Mal seit langem griff er nach ihrer Hand, hob sie zum Mund und küsste sie. »Ich weiß deine Mühe zu schätzen, Darling, doch es hilft mir nicht mehr. Ich muss dir noch etwas gestehen.«

Zärtlich legte er ihre Hand zurück auf die Decke, schälte sich aus dem Bett und ging langsam an die Balkontür. Die Hände auf den weiß gestrichenen Rahmen gestützt, den Blick nach draußen auf die majestätisch anmutende Bergkulisse gerichtet, verharrte er eine unendliche Weile schweigend. In dem längs gestreiften Seidenpyjama wirkte er noch schmaler und fragiler als sonst. Sie stand ebenfalls aus dem Bett auf und trat zu ihm, schlang ihm von hinten die Arme um den Leib und presste ihren Kopf gegen seine Schultern.

»Lass uns wieder tanzen, Liebster. Einen Tango oder wenigstens einen langsamen Walzer. Danach geht es dir besser, und es fällt dir leichter, über alles zu reden.«

Behende schwang sie sich um seine Seite nach vorn, legte ihm die linke Hand auf die Schulter, ergriff mit der rechten seine linke und drängte ihn zum ersten Schritt. Widerstrebend gab er nach, versuchte ihr zuliebe einige Bewegungen, blieb dann aber jäh stehen und schob behutsam ihre Hände von sich fort. Den Blick gesenkt, erklärte er kaum hörbar: »Ich kann das nicht mehr.«

»Gero, Darling!« Sie weigerte sich aufzugeben, versuchte, ihm in die Augen zu sehen und ihn erneut an den Händen zu hal-

ten. »Sag mir einfach, was dir auf der Seele liegt. Du weißt, ich kann viel ertragen.«
Langsam wandte er den Kopf, blickte in die Leere des mit weißen Möbeln und üppigen Seidenstoffen dekorierten Hotelzimmers und sprach mehr an ihr vorbei als direkt zu ihr: »Das Schlimmste war, zu begreifen, dass die Hölle an der Front die eine Wirklichkeit ist, aber nicht die einzige, die zählt. Dass wir das im vermeintlich tapferen Dienst für unser Vaterland erleben, während zu Hause das andere, normale Leben weitergeht. Du und all die anderen zu Hause könnt euch niemals vorstellen, was es heißt, an der Front zu sein. Wir an der Front aber konnten uns jeden Tag, jede einzelne Stunde und Minute immer ganz genau vorstellen, wie es ist, im normalen Leben zu sein. Wie es bei euch daheim zuging, während uns die Granaten um die Ohren pfiffen. Auf Fronturlaub durften wir uns jedes Mal aufs Neue versichern, dass zu Hause alles beim Alten blieb, während wir da draußen alle Menschlichkeit abstreiften und uns in wahre Untiere verwandelten.«
»Ich dachte, die Gewissheit, dass daheim alles beim Alten blieb, würde dir Kraft für das Durchhalten an der Front …«
»Nein!«, ging er aufgebracht dazwischen. »Genau das hat mir vor Augen geführt, zu welcher Bestie ich geworden bin und dass es unmöglich sein wird, jemals wieder in ein normales Leben zurückzufinden. Das, meine Liebe, wird immer zwischen uns stehen. Das lässt sich weder abstreifen noch auf der Couch eines Psychoanalytikers auslöschen oder gar durch das unbekümmerte Herumtoben mit einem kleinen Mädchen wie Alma vergessen machen. Jeden Tag aufs Neue werde ich in der Gewissheit leben, wieder zurück an die Front zu müssen, wenn nicht mehr mit dem Zug, so doch in meinen nächtlichen Träumen oder in den Erinnerungen untertags. Bei Alma und dir

werde ich stets nur der Gast auf Fronturlaub sein. Für mich gibt es keine Zukunft nach dem Krieg, denn ich stecke für immer in dieser Kriegsgegenwart fest. Das mit mir auszuhalten, kann ich niemandem zumuten.«

Sie war wie betäubt. Gero gab sich auf!

Behutsam löste er seine Hände aus den ihren. Widerstrebend ließ sie es geschehen, sah reglos zu, wie er ins angrenzende Bad ging. Sie hörte, wie er Wasser in die Wanne einließ und hineinstieg. Als er einige Minuten später mit tropfnassen Haaren und einem feucht schimmernden Leib zurückkam, um dessen Hüften ein flauschig weiches Hotelhandtuch geschlungen war, stand sie immer noch wie festgewachsen vor der Balkontür. Schweigend zog er sich an, schnürte sich die hellen Schuhe, nahm zuletzt den Staubmantel und den hellen Hut vom Garderobenhaken. Ohne sich noch einmal zu ihr umzudrehen, verließ er das Zimmer.

Erst viel später, als sie selbst gebadet hatte und angekleidet war, fiel ihr auf, dass er die schweinslederne Brieftasche mit seinen Papieren und dem Geld sowie die Autohandschuhe und die Autobrille mitgenommen hatte.

Wie in Trance ging sie ins Frühstückszimmer hinunter, bat Henriette zum ersten Mal, seit sie im *Waldhaus* weilten, sich allein um Alma zu kümmern, und suchte Rat beim Portier.

»Hat mein Mann sich den Wagen vorfahren lassen?« Erst als sie die Frage aussprach, wurde ihr bewusst, wie sehr sie trotz allem noch hoffte, er wäre lediglich zu einem Spaziergang aufgebrochen, um draußen in der Einsamkeit einen klaren Kopf zu bekommen.

»Jawohl, gnädige Frau«, erwiderte jedoch der grauhaarige Mann in dem feinen dunklen Anzug. »Er bat mich, Ihnen diesen Brief zu überreichen.«

Mit einer artigen Verbeugung hielt er ihr einen länglichen weißen Umschlag hin, der in Geros typisch weit ausholender Schrift an sie adressiert war.
»Danke«, brachte sie gerade noch heraus und nahm ihn mit stark zitternden Händen entgegen.
»Kann ich Ihnen sonst noch behilflich sein?«, erkundigte sich der Portier. Sie schüttelte den Kopf und lief die breite Treppe des Haupteingangs hinunter. Sie brauchte frische Luft, sofort, sonst würde sie ersticken.
Ohne nachzudenken, rannte sie ein gutes Stück weit den Berg hinauf, in den nahen Wald hinein und hielt erst an einer Weggabelung an. Unschlüssig betrachtete sie den Umschlag in ihrer Hand, hin- und hergerissen zwischen der Angst, ihn zu öffnen, und der Neugier, zu erfahren, was Gero vorhatte. Dass er sie darüber informieren würde, daran zweifelte sie nicht im Geringsten. Anders als bei Robert war es nicht Geros Art, ohne ein Wort aus ihrem Leben zu verschwinden.
Endlich meinte sie, genug Kraft aufzubringen, sich dem Unausweichlichen zu stellen. Ihre Finger zitterten zwar noch immer, als sie den Umschlag aufriss, doch es gelang ihr dafür umso rascher, die Bedeutung der ebenmäßig über das schwere Büttenpapier hingeworfenen Worte in ihrer ganzen Tragweite zu erfassen. Gero dankte ihr für ihre Liebe und ihr Verständnis, bat sie um Verzeihung. Sie habe viel für ihn getan, obwohl er sie bitter enttäuscht habe. Das werde er ihr nie vergessen. Leider aber könne er nicht anders, als seinen Weg künftig ohne sie zu gehen.
Langsam ließ sie das Blatt sinken, suchte zwischen dem sich herbstlich verfärbenden Laub und den lichter werdenden Ästen den Blick auf den sich unten im Tal aus dem Nebeldunst herausschälenden See. Das weiße Schiff, das dort Tag für Tag

seine Route fuhr, zeichnete sich gut sichtbar auf dem grauen Gewässer ab.
Der lange Sommer war zu Ende, der Herbst hatte Einzug gehalten. Es war Zeit, aus dem Traum aufzuwachen und die Heimreise anzutreten. Gero würde nicht mitkommen. Er hatte seine Wahl getroffen und beschlossen, an die Front zurückzukehren, gleichgültig, ob ihn dort wegen Hochverrats der Tod erwartete oder nicht. Seltsamerweise fiel ihr ausgerechnet in diesem Moment ein, dass sie sich ihn niemals als alten Mann hatte vorstellen können.

Dritter Teil

Umbruch

Sommer 1918 bis Frühjahr 1919

1

Schon nach dem ersten Blick in die Küche ahnte Selma in der Regel, welche Laune die Mutter beim Mittagstisch haben würde. Zwar gab Fina stets ihr Bestes, aus den kargen Beständen etwas zu zaubern, das zumindest annähernd die Bezeichnung »Sonntagsessen« verdiente, dennoch tat Hedda auch im dritten Jahr der Seeblockade gern so, als trüge die altgediente Köchin die alleinige Schuld an den ewigen Ersatzgerichten. Selma wäre es am liebsten gewesen, die Mutter verzichtete angesichts der schlechten Versorgungslage ganz darauf, sie und Alma einmal im Monat zum ausgiebigen Sonntagsessen einzuladen. Davon aber wollte Hedda nichts wissen. »Dann sehen wir dich und die Kleine bald gar nicht mehr«, jammerte sie los, sobald Selma das Gespräch darauf brachte. Also fügte sich Selma und putzte Alma seit ihrer Rückkehr aus dem Engadin im vergangenen Oktober jeden letzten Sonntag im Monat so fein wie möglich für den Besuch bei den Großeltern in Friedenau heraus. Dabei fuhren sie zudem mindestens einmal in der Woche nachmittags in die Wielandstraße zum Tee, und Hedda tauchte jeden zweiten Tag in der Wohnung am Charlottenburger Savignyplatz auf. »Damit dir als tapfere Leutnantsgattin nicht die Decke auf den Kopf fällt, während dein Mann seine Pflicht an der Westfront tut«, begründete sie die Besuche jedes Mal aufs Neue, obwohl sie eigentlich nur Alma sehen und so gut, wie es die Zeit zuließ, verwöhnen wollte.

An diesem letzten Junisonntag kurz vor Ende des vierten Kriegsjahres roch es jedoch nicht nach den üblichen Verlegenheitslösungen wie Grießsuppe oder Bücklinge. Stattdessen hing der lang vermisste Geruch nach Butter, Schmalz und Braten in der Luft. Selma meinte zunächst, sich das nur einzubilden, doch der stolze Blick, mit dem Fina am Herd stand und die dampfenden Töpfe beaufsichtigte, sprach Bände. An diesem Sonntag war etwas ganz entscheidend anders als sonst. Noch wusste Selma nicht, ob das gut oder schlecht war.
»Heute gibt es eine Überraschung«, posaunte Dienstmädchen Käthe in ihrem rheinischen Singsang freudestrahlend heraus, um sich sogleich einen mahnenden Schlag mit dem Küchentuch von Fina einzufangen.
»Ist Grischa wiederaufgetaucht? Sag schon, was ist mit ihm?« Selma klammerte sich mit den Fingern an der Stuhllehne fest, ihr Herz raste. Kaum wagte sie, Käthe anzuschauen, zu sehr fürchtete sie, in deren Miene die falsche Antwort zu lesen.
»Hättest du doch nur deinen Mund gehalten!«, raunzte Fina Käthe vom Herd her an. »Jetzt macht sich das arme Ding falsche Hoffnungen.«
»Warum soll ich immerzu den Mund halten? Selma erfährt es so oder so.«
»Eben drum«, beharrte Fina knapp und bückte sich nach dem Ofen, öffnete die gusseiserne Klappe einen Spaltbreit und sah mit kritischem Blick in dessen Inneres, bevor sie sich wieder aufrichtete und Selma mit tränenfeuchten Augen erklärte: »Von deinem Bruder gibt es jedenfalls nichts Neues. Leider.«
»Das heißt zum Glück aber auch, dass es nichts Schlimmes gibt«, beeilte sich Käthe hinzuzufügen. »Die Todesnachrichten verschicken sie nämlich immer noch sehr zuverlässig und

schnell, auch wenn für die andere Post mal wieder eine Sperre gilt.«

»Hoffentlich hast du recht«, erwiderte Selma und legte ihr zärtlich den Arm um die Schultern. Das ältliche Mädchen wie auch die Köchin waren seit Urzeiten bei den Rosenbaums in Diensten, deshalb stand sie auf vertrautem Fuß mit den beiden.

»Die Hoffnung stirbt zuletzt«, winkte Käthe ab, entwand sich Selmas Arm und begann, am Tisch die für das Mittagessen bereitliegenden Damastservietten zusammenzurollen. Ordentlich steckte sie sie anschließend in die silbernen Serviettenringe.

»Also schon wieder eine Woche ohne Lebenszeichen von Grischa«, stellte Selma fest, schluckte die aufsteigenden Tränen hinunter und schlenderte zum Herd. Gerade wollte sie über Finas Schulter in die Töpfe spähen, da vertrieb die Köchin sie mit einem sanften Schubser. »Kindchen, du wirst auch nie erwachsen!«

»Nenn mir einen guten Grund, warum ich das tun sollte«, gab Selma zurück und setzte sich auf einen der weiß lackierten Stühle an dem Tisch in der Mitte der Küche. »Wenn ich mir die Welt der Erwachsenen anschaue, wünsche ich mir nichts sehnlicher, als wieder so klein und unschuldig zu sein wie meine süße Alma. Da müsste ich wenigstens keine Angst mehr um meinen Mann und meinen Bruder haben.«

»Ewig Kind bleiben geht nun mal nicht«, stellte Fina lakonisch fest und rührte emsig Mehl in die Kasserolle.

»Mach dir mal nicht immer so viele Sorgen«, erklärte Käthe unterdessen und legte Selma tröstend die Hand an die Wange. »Wirst schon sehen: Bald spazieren beide quietschvergnügt zur Tür herein und haben einfach nur keine Zeit gehabt zum

Schreiben. Wenn die an der Westfront jetzt wieder so eifrig die Franzosen angreifen, kommen sie einfach nicht dazu, was nach Hause zu schicken.«

»Käthe hat recht«, stimmte Fina zu. »Die haben alle Hände voll damit zu tun, doch noch den Sieg für den Kaiser zu erringen. Das kann man jetzt jeden Tag in der Zeitung lesen.«

»Wenn also von Grischa nichts kam, was gibt es dann als freudige Überraschung?«, kam Selma auf den Beginn ihres Gesprächs zurück und versuchte, alle anderen Gedanken an Gero und Grischa tatsächlich für eine Weile aus ihrem Kopf zu verbannen.

»Ach, Kindchen, wir wollen deinem Vater nicht die kleine Freude verderben. So viel bleibt ihm ja nicht mehr«, winkte Fina von neuem ab. »Nur eines kann ich dir verraten: Zur Feier des Tages gibt es etwas Ordentliches zu essen.«

»So?« Auf einmal fühlte Selma sich müde. Die Aussicht auf ein »ordentliches Essen«, wie Fina es nannte, weckte weder Freude noch Appetit bei ihr. Es gelang ihr einfach nicht, die quälenden Sorgen zu vergessen, nicht einmal für kurze Zeit. Seit fast zwei Wochen waren Geros Karten überfällig. Auch wenn er nur mehr knappe Nachrichten schrieb, so meldete er sich seit seiner Rückkehr an die Front im letzten September doch wenigstens regelmäßig. Grischa war da anders, aber der war auch weder Ehemann noch Familienvater und als Flieger ohnehin in einer weitaus besseren Position, zumindest behauptete er das selbst bei jeder Gelegenheit.

»Nun zieh mal nicht immerzu so ein trauriges Gesicht«, mahnte Fina, legte den Kochlöffel beiseite und kam, sich die geröteten, feuchten Hände an der Schürze abwischend, zum Tisch herüber. »Du hast wenigstens von deinem Gero ein süßes kleines Töchterchen, das dir jeden Tag aufs Neue Sonnenschein ins

Haus bringt. Schon allein für die Kleine musst du mehr lachen, und erst recht für deine Eltern, denn die haben gerade wirklich nicht viel, woran sie sich noch freuen können.«

»Irgendetwas aber müssen sie doch gerade haben, wenn sie dich hier etwas Besonderes kochen lassen«, versuchte Selma erneut, ihr endlich das Geheimnis zu entlocken.

»Ach, so besonders ist das eigentlich nicht«, winkte Fina ab. »Vor dem Krieg hätte man da kein großes Aufheben von gemacht. Es sind einfach nur Kartoffeln mit Butter und ein Stück Fleisch, das man mit viel Nachsicht als Gulasch bezeichnen kann. Was hätte ich gern mal wieder einen richtig schönen Sauerbraten mit Rosinen und Klößen im Topf, aber daran ist die nächsten Jahre wohl nicht mehr zu denken.«

»Sosehr ich deinen Sauerbraten liebe, aber bei dir schmeckt selbst eine Brennsuppe wie ein Festmahl!« Selma fiel der grauhaarigen Köchin um den Hals und drückte ihr einen dicken Kuss auf die faltige Wange. Verschämt wischte sich Fina mit dem Zipfel des Handtuchs darüber, das beim Kochen immer an ihrer Schürze steckte.

»Ihr beide seid einfach wunderbar! Immer wenn ich bei euch in der Küche sitze, geht es mir besser.« Selma umarmte auch Käthe. Wie bei Fina so spürte sie auch bei ihr, wie stark sie in den letzten Jahren abgemagert war. Beide Frauen waren ursprünglich einmal recht füllig gewesen. In den letzten Jahren aber war ihnen nicht nur das Haar unter der Dienstmädchenhaube schütter geworden, auch der Speck auf den Rippen war wie bei fast allen anderen im Land nur so dahingeschmolzen. Ihren liebevoll-mütterlichen Wesen taten die hagereren Gestalten und eingefallenen Wangen keinerlei Abbruch. Sie hatten einfach immer die richtigen Worte parat, um Selma über den größten Kummer hinwegzutrösten.

»Wo steckt überhaupt dein Kindchen?«, erkundigte sich Fina und putzte sich übertrieben eifrig die Brillengläser, was, wie Selma wusste, eine reine Verlegenheitsgeste war, um ihre Rührung zu überspielen.

»Mama hat sie gleich an der Haustür in Beschlag genommen«, erwiderte Selma. »Sie wollte ihr mein altes Puppenhaus zeigen.«

»Wenn es nach deinem Vater gegangen wäre, hätte sie das erst zu Weihnachten bekommen.« Nach einem lauten Schneuzen steckte die Köchin das Taschentuch unter ihre weiße Spitzenschürze. »Das hätte ich auch richtig gefunden.«

Sie kehrte zu dem großen gusseisernen Herd zurück, der zwischen den beiden Fenstern unter einer riesigen Esse stand, und hob abermals die Deckel auf den Töpfen an, kontrollierte aufmerksam, damit keine der kostbaren Speisen anbrannte.

Das Essen war wie immer längst fertig. Einzig Heddas Befehl zum Auftragen stand noch aus. Der würde erst erfolgen, sobald Meta eingetroffen war. Die aber ließ gern auf sich warten, schon allein um die Geduld ihrer Tochter auf die Probe zu stellen und ihr die eigene Unangepasstheit an die preußische Genauigkeit zu demonstrieren. Als gebürtige Wiesbadenerin, die seit bald vierzig Jahren an der Spree lebte, betonte sie nach wie vor gern diesen kleinen, aber feinen Unterschied, noch dazu, wo sie sich als Künstlerin sah. »Seit wann halten sich Künstler an Termine?«, lautete einer ihrer Lieblingssprüche.

»Weihnachten wäre auch früh genug gewesen für ein so großes Geschenk«, unterstützte Käthe jetzt die etwa gleich alte Fina, stemmte die Hände in die Hüften und schaute Selma an. Sie reichte ihr gerade bis zur Schulter, was ihrem bestimmten Auftreten keinerlei Abbruch tat.

»Maßlos verwöhnen tut dem Kind gar nicht gut«, meldete sich Fina wieder zu Wort. »Auch wenn sein Vater jetzt schon so lang im Krieg ist, braucht es das nicht. Vermissen tut sie den eh nicht. Dafür hat sie ihn viel zu wenig gesehen. Erinnern tut sie sich bestimmt nicht an ihn. Aber wem sage ich das?«

Gedankenverloren ruhte ihr Blick auf Selma. Gegen ihren Willen traten Selma Tränen in die Augen, aus Kummer um Alma, die ganz ohne Vater aufwuchs, aber auch aus Kummer um sich, weil sie es nicht fertigbrachte, daran etwas zu ändern. Dazu müsste sie nur endlich der Wahrheit ins Gesicht sehen, wie Gero das bereits in Sils-Maria getan hatte.

»Als deine Mutter gestern beim Ausräumen vom Speicher das alte Puppenhaus wiederentdeckt hat, gab es kein Halten mehr«, nutzte Käthe unterdessen Finas Atempause, um sich mit wichtigen Informationen dazwischenzudrängen. »Auf der Stelle musste ich alles stehen und liegen lassen, um ihr zu helfen, das Puppenhaus herzurichten. Zum Glück hatte die Renate von Frohnbergers nebenan noch Zeit zum Anpacken. Sonst würden wir jetzt noch die winzigen Töpfchen putzen und die Gardinchen waschen und die Stühlchen neu anstreichen. Es reicht auch so schon, dass wir bis spät in die Nacht daran gebastelt haben. Kaum zu glauben, wie viel Arbeit so ein Puppenstübchen einem macht.« Sie schüttelte den Kopf, ganz versunken in die Erinnerung an das Geleistete, während Fina sich missmutig wieder dem Herd zuwandte.

»Wieso habt ihr gestern überhaupt den Speicher ausgeräumt?«, hakte Selma nach, froh, damit ein neues Thema aufgeschnappt zu haben, das sie von den quälenden Überlegungen zu Gero und Robert ablenkte.

»Ach, du altes Schwatzweib!« Unerwartet flink drehte Fina sich am Herd um und schlug von neuem mit dem Geschirrtuch

nach Käthe. »Jetzt war dein Mundwerk wieder schneller als dein Verstand, sofern der bei dir überhaupt vorhanden ist. Sei endlich ruhig, sonst ist dem Herrn Rosenbaum wirklich die ganze Überraschung verdorben.«
»Hättest du jetzt nicht losgeschimpft, hätte Selma gar nichts davon gemerkt«, rechtfertigte sich Käthe beleidigt und erklärte Selma mit ernster Miene. »Aber mehr sage ich jetzt auch nicht dazu. Das muss dein Vater bei Tisch nachher selbst übernehmen.«
Damit schob sie Selma energisch aus der Küche und scheuchte sie die Treppe aus dem Souterrain nach oben.
Im Wohnzimmer, das zum Garten lag und mit dem Speisezimmer im vorderen Teil des Hauses über eine offen stehende Durchgangstür verbunden war, traf Selma den Vater ganz allein an. Er saß in seinem Lieblingssessel am Fenster und studierte sicherlich nicht zum ersten Mal an diesem Tag die *Bonner Neuesten Nachrichten.* Als er Selma kommen hörte, faltete er die Zeitung zusammen und legte sie auf den Beistelltisch, auf dem bereits ein Glas Wein und eine gut gefüllte Bleikristallkaraffe standen. Unter leichtem Stöhnen schälte er sich aus dem Sessel.
»Selma, Liebes, wie schön, dich zu sehen.« Er streckte ihr die Hand entgegen. Statt sie zu nehmen, fiel Selma ihm um den Hals. Auch wenn Joseph es nie zugeben würde, genoss er es, von ihr so überschwenglich begrüßt zu werden, als wäre sie ein unbeschwerter Backfisch und keine Offiziersehefrau und Mutter einer dreieinhalbjährigen Tochter.
»Gibt es Neues von Gero?«, erkundigte er sich, sobald sie ihn wieder freigab.
»Leider nicht«, antwortete sie und musste sich räuspern, weil ihre Stimme gar zu kläglich klang. Was hätte sie darum gege-

ben, wie Käthe und Fina vorhin in der Küche Zuversicht verbreiten zu können. Josephs verzweifelter Gesichtsausdruck verriet, wie sehr er danach lechzte, Aufmunterndes zu hören.

»Vor zwei Wochen ist die Westoffensive an der Marne zum Stillstand gekommen«, versuchte er sich in einer halbherzigen Erklärung und legte ihr die Hand tröstend auf die Schulter. »Seither wird die Lage wohl immer unübersichtlicher. Offiziere wie Gero werden anderes zu tun haben, als lange Briefe nach Hause zu schicken.«

»Grischa wird es ähnlich gehen«, pflichtete sie ihm bei.

»Er war schon immer schreibfaul.« Dieses Mal musste Joseph sich räuspern, weil ihm die Stimme zu versagen drohte. Verlegen klopfte er mit den Händen die Taschen seines ausgebeulten Hausmantels ab. So gern Hedda ihm das altmodische Kleidungsstück abgewöhnen wollte, so beharrlich bestand er darauf, es in seinen eigenen vier Wänden zu tragen, ebenso wie die abgewetzten Hausschuhe, die ein weiterer Dorn in den Augen seiner Ehefrau darstellten. »Ich weiß nicht einmal, wo sein Jagdgeschwader derzeit stationiert ist. Das macht es noch schwieriger, etwas in Erfahrung zu bringen. Tu mir den Gefallen und erwähne Grischa im Beisein deiner Mutter nicht. Die Ärmste vergeht vor Sorge. Sein letzter Brief kam vor knapp zwei Wochen. Vielleicht gibt es wieder eine Postsperre. Eigentlich gibt es so viele gute Gründe, warum man mal ein paar Tage ohne Nachricht ist. Da muss man nicht immer gleich das Schlimmste befürchten. Aber sag das mal deiner Mutter.«

»Ich kann sie sehr gut verstehen. Mir geht es mit Gero genauso. Man wartet, bangt und hofft jeden Tag. Etwas anderes kann man auch nicht tun. Diese grässliche Untätigkeit ist das Schlimmste daran.«

»Ich bin schon froh, dass du dich nicht noch einmal auf den Weg machst, um auf eigene Faust nach Gero zu suchen.«

»Einmal reicht«, erwiderte sie knapp. Ihre Stimme zitterte. Sie hoffte, der Vater merkte nicht, dass nicht allein die Ungewissheit über Geros Verbleib sie so mitnahm. Es war auch das schlechte Gewissen. Bislang hatte sie niemandem von ihrem unversöhnlichen Auseinandergehen in Sils-Maria erzählt, ebenso wenig hatte sie Geros damalige schlechte seelische Verfassung erwähnt. Selbst Constanze, die ihn in Verdun und Basel erlebt hatte, ging davon aus, er hätte sich im *Waldhaus* erholt und würde sich der alten Tatkraft erfreuen, wie die Rückkehr an die Front und die spärlichen, bislang zumindest aber regelmäßigen Feldpostkarten bewiesen.

»Du hast recht, das Ärgste ist die eigene Hilflosigkeit und das Warten auf Nachricht.« Unbeholfen legte Joseph ihr den Arm um die Schulter, zog sie zum Fenster. Nur zu gern schmiegte sie sich an ihn, genoss es, wie in alten Zeiten von ihm umhegt zu werden. Einmal wollte auch sie alle Sorgen und Nöte einfach nur vergessen, wieder in die Rolle des kleinen, schutzbedürftigen Mädchens schlüpfen.

Die dünnen Gazegardinen vor den Scheiben waren beiseitegezogen, so dass der Blick auf den schmalen, langgezogenen Garten frei vor ihnen lag. Der Rasen war sorgfältig gestutzt, die Blumenkübel bunt mit Geranien, Rosen und allerlei anderen Blumen bepflanzt. Der seit Wochen grau verhangene Himmel ließ das alles trostlos wirken. Der kühlen Witterung wegen blieben die bunten Schmetterlinge aus, selbst die Vögel machten sich in diesem vierten Kriegssommer rar. Eine unheimliche Stille lag über dem Grün, nur gelegentlich unterbrochen von den Geräuschen der Straße auf der anderen Hausseite.

»Magst du einen Schluck Wein?«, fragte Joseph und versuchte auf seine unbeholfene Art, sie auf andere Gedanken zu bringen. »Dieses Mal habe ich einen Riesling aus Boppard da. Den solltest du probieren. Wahrscheinlich werde ich meinem Winzer aus dem Rheingau untreu, so gut schmeckt mir der. Bopparder Hamm heißt die Lage. Du kennst sie von unseren Schiffstouren. Das ist an der Rheinschleife zwischen Boppard und Spay.«

»Ist das deine freudige Überraschung, deretwegen Fina für uns heute ein besonderes Essen kocht?«

»Bitte?« Überrascht sah er sie an, bevor sich seine Miene verzog und er verärgert zurückfragte: »Was hat Fina da schon wieder ...«

»Lass mich von dem neuen Wein kosten«, lenkte Selma hastig ab. Fina sollte ihretwegen keinen Rüffel bekommen, noch dazu, wo sich Käthe verplappert hatte. Zumindest wusste sie jetzt, dass der Vater tatsächlich etwas Wichtiges im Sinn hatte, sonst hätte er gelassener reagiert.

Geduldig wartete sie, bis er ein frisches Glas aus dem Vertiko im Speisezimmer geholt und ihr von dem Wein eingeschenkt hatte. Sie prostete ihm zu, dann trank sie einen Schluck. Der Riesling schmeckte herb, aber gut.

»Was hältst du davon, wenn ich Geros Eltern einige Kisten davon nach Rauschen schicke? In Ostpreußen werden sie einen guten Tropfen wie diesen sicherlich nicht verachten.«

»Darüber werden sie sich bestimmt freuen«, stimmte sie zu. »Einen guten Tropfen vom Rhein werden sie zu schätzen wissen.«

»Eine Schande, dass es derzeit so schwierig ist, den Kontakt zu ihnen zu halten. Gerade jetzt könntest du ihre Unterstützung gut gebrauchen, um nicht so allein zu sein.«

»Wie kommst du darauf? Ich habe doch Mama und dich.«
Verwundert sah Selma ihn an. Unbehagen überkam sie. Schon vorhin in der Küche, bei Fina und Käthe, war ihr klargeworden, wie stark die beiden Frauen während der Kriegsjahre gealtert waren. Auch bei Joseph hatten die Ereignisse der letzten Jahre deutliche Spuren hinterlassen, wie sie nun feststellte. Seit längerem trug er seine Brille ständig auf der Nase, wodurch die grauen Augen zwar weniger zwinkerten, aber auch undurchdringlicher wirkten. Sein ehedem so üppiger grauer Bart schien merklich lichter geworden. Ebenso hatte sich das Kopfhaar zu einem spärlichen Kranz am Hinterkopf zurückgezogen und entblößte die blanke, fleckige Haut auf dem Schädel nahezu vollständig. Der Kummer um den Sohn wie auch um die politische Lage ließ ihn merklich altern. Auf den Tag war er zwei Jahre älter als der Kaiser, der vor vierzehn Tagen sein dreißigjähriges Thronjubiläum gefeiert hatte. Trotz seines markigen Auftretens war Wilhelm II. ihr zu dieser Gelegenheit wie ein Greis erschienen. Anders als Joseph trug er keinen Backenbart mehr, dafür war sein Haar nach wie vor fülliger, wenn auch längst gänzlich weiß. Sah man dem Kaiser an, wie rasch die Jahre voranschritten, sollte sie das auch dem zwei Jahre älteren Joseph nachsichtig zugestehen.
Kein Zweifel: Etwas ging zu Ende. Sosehr Selma damit haderte, blieb ihr nichts anderes übrig, als das hinzunehmen. Auch wenn es den endgültigen Abschied von der Kindheit und der damit verbundenen Geborgenheit bedeutete. Hatte sie das nicht vorhin beim Betreten der Küche schon geahnt, als sie die ungewohnten Gerüche wahrgenommen hatte? Blieb die Frage, mit welcher Laune Hedda darauf reagierte.

2

Es läutete an der Tür. Für einen Moment zuckten Joseph wie auch Selma zusammen. Dann huschte ein Lächeln über Josephs Gesicht. Das Eintreffen eines Gastes enthob ihn der Verlegenheit, sich ausführlicher über seine Bemerkung zu Geros Eltern und ihr Verhalten Selma gegenüber zu erklären. Das fröhliche Hallo, mit dem Käthe den Besucher empfing, deutete auf das ersehnte Eintreffen von Großmutter Meta hin. Das regelmäßige Klacken ihres Gehstocks auf dem Steinboden in der Diele bestätigte die Vermutung.

»Kinder, was für ein erbärmlicher Sommer!«, rief sie noch in der offenen Tür zum Wohnzimmer. Ihre dunkle, kräftige Stimme, die so wenig zu ihrer zierlichen Gestalt passte, füllte sogleich den ganzen Raum aus. »Wahrscheinlich führt auch Petrus längst Krieg mit uns. Oder soll ich mir diese Bemerkung vor einem strenggläubigen Katholiken wie dir, mein lieber Joseph, besser verkneifen?«

»Bei mir darfst du alles sagen, liebe Mama«, empfing Joseph seine nur neun Jahre ältere Schwiegermutter betont munter. Umsichtig beugte er sich zu ihr hinunter und umarmte sie behutsam. Selma beobachtete die beiden. Sie gingen sehr liebevoll miteinander um, was zwischen Schwiegermutter und Schwiegersohn keine Selbstverständlichkeit war. Gelegentlich ertappte sie sich bei dem Gedanken, dass die beiden eigentlich das bessere Ehepaar abgaben als Hedda und Joseph.

»Schau mal, wer da ist«, vernahm sie im selben Moment die Stimme ihrer Mutter. Mit der dunkel gelockten Alma auf dem Arm betrat Hedda das Wohnzimmer. Sobald sie die Urgroßmutter erblickte, klatschte die Dreieinhalbjährige begeistert in die Hände. Sie liebte sie ebenso abgöttisch, wie Selma ihre

Großmutter liebte. Joseph verschränkte die Arme hinter dem Rücken und wartete geduldig, bis Alma auch ihn entdeckte. Selma wusste genau, wie sehr er sich danach sehnte, das Kind auf den Arm zu nehmen, aus voller Inbrunst zu herzen und zu verwöhnen. Angesichts der Gegenwart seiner Frau, die ein solches Verhalten als indiskutabel für einen Mann seines Alters und Amtes empfand, hielt er sich jedoch schweren Herzens zurück.

»Nimm sie einfach«, raunte Selma ihm ins Ohr, versetzte ihm zugleich einen sanften Schubs. »Sie liebt dich ebenso wie du sie. Was Mutter dazu sagt, sollte dir herzlich gleichgültig sein. Genieß es einfach, die Kleine bei dir zu haben.«

Tatsächlich fühlte Joseph sich ermuntert, Hedda das Enkelkind abzunehmen. Alma quietschte vergnügt und krallte sich sogleich in den Resten seines ehedem so struppigen Backenbarts fest. Übermütig drehte sich Joseph mit ihr einmal um die eigene Achse, summte vergnügt und tat, als würde er einen Tanz mit ihr beginnen, was der Kleinen weitere Entzückenslaute entlockte. Missbilligend runzelte Hedda die Stirn, woraufhin Meta amüsiert schmunzelte.

»Ist es nicht wundervoll, wie innig die beiden miteinander sind? Du kannst dich glücklich schätzen, einen so herzensguten Ehemann zu haben, mein liebes Kind.«

»Ich glaube, wir sollten zu Tisch«, überging Hedda den sanften Tadel. »Es erwartet uns zwar kein Festschmaus, aber daran sind wir gewöhnt. Trotzdem sollten wir das Essen nicht kalt werden lassen.«

Hoch erhobenen Hauptes schritt sie ins angrenzende Esszimmer, überprüfte mit gerunzelter Stirn die Tafel, rückte das Besteck und die Serviette an ihrem Platz zurecht, bevor sie sich an Käthe wandte. »Nehmen Sie Alma bitte mit. Sie wird heute in der Küche essen.«

»Was soll das, Mama? Alma isst inzwischen sehr sauber«, protestierte Selma, um auf einen Wink von Joseph allerdings rasch einzulenken. »Also gut, dann isst sie heute unten in der Küche. Gib Käthe die Hand, mein Schatz, und zeig der Oma, dass du schon sehr gut allein die Treppen gehen kannst und nicht mehr getragen werden musst.«

»Das weiß ich doch«, erwiderte Käthe und streckte Alma die Hand hin, nachdem Joseph sie abgesetzt hatte. »Komm, wir beide gehen zu Fina und schauen, was sie am Herd treibt, meine kleine Prinzessin.«

Im Weggehen winkte Alma den anderen zu. Der Stolz über Käthes liebevolle Anrede wie darüber, allein gehen zu dürfen, brachten ihre Pausbacken zum Glühen.

»Wir haben heute Wichtiges zu besprechen«, kündigte Hedda an, sobald alle am Tisch Platz genommen hatten, Joseph am Kopfende direkt vor dem Fenster, sie selbst an der gegenüberliegenden Seite, Selma und Meta an den Längsseiten. Damit sie freien Blick auf die Großmutter hatte, rückte Selma die Vase mit den weißen Margeriten in der Tischmitte nach rechts, was Hedda mit hochgezogener Augenbraue quittierte.

»Hat Grischa endlich geschrieben?«, platzte es ungeduldig aus Meta heraus. »Wo steckt er? Was ist mit ihm?«

»Anscheinend ist er nach wie vor mit seinem Jagdgeschwader in Laon stationiert«, log Joseph und warf Selma einen warnenden Blick zu. Sie verzichtete darauf, zur Mutter zu schauen, bemerkte lediglich aus dem Augenwinkel, wie krampfhaft Hedda ihren Suppenlöffel umklammerte und den Blick senkte. Gleich würde sie sich die Schläfen massieren, was stets ein Hinweis auf eine drohende Migräneattacke war.

»Die dritte Westoffensive soll die Franzosen arg in Bedrängnis gebracht haben, auch wenn der deutsche Vormarsch inzwischen

zum Stillstand gekommen ist. Trotzdem wurde die Regierung aus Paris abgezogen. Man wird sehen, was weiter geschieht«, fuhr Joseph fort. Das klang etwas anders als vorhin, doch Selma wusste, dass er sich allein Heddas wegen zu diesen Sätzen zwang, um sie über die katastrophale Lage im Westen im Unklaren zu lassen. Meta hätte die schlichte Wahrheit vertragen.
»Grischa und seine Kameraden werden unablässig Einsätze zu fliegen haben. Angeblich sollen bereits Bomben auf Paris fallen. Das wird an ihnen zehren. Auch die Zivilbevölkerung ist arg in Mitleidenschaft gezogen. Zudem hat Richthofens Tod Ende April die Piloten der Jagdgeschwader tief getroffen. Er war der Beste von allen. Seither sind sie sehr bemüht, Ruhe zu bewahren und sich ganz auf die Fliegerei zu konzentrieren. Da finden sie einfach keine Zeit zum Briefeschreiben.«
Seine nahezu ohne Atempause vorgebrachte Rede offenbarte nur zu gut, dass er auch sich selbst zu beschwichtigen suchte. Selma spürte, dass seine Kräfte aufgezehrt waren. Längst sorgte sie sich mehr um ihn als um die Mutter, die durch die Flucht in die Migräne stets genug Schonung erhielt.
»Du hast recht, natürlich hat er gerade anderes im Sinn, als lange Briefe nach Hause zu schicken«, stimmte Meta ihm zu und bemühte sich ebenfalls um einen zuversichtlichen Ton. »Bevor wir uns länger in Mutmaßungen ergehen, lasst uns also lieber über etwas anderes reden. Was gibt es eigentlich sonst noch Wichtiges, weshalb ihr uns so feierlich an diesem Sonntag zusammentrommelt? Ich platze vor Neugier! Dürfen wir erst Finas wunderbare Karottensuppe genießen, oder fällst du gleich mit der Tür ins Haus, mein Kind?«
»Mutter, bitte!«, mahnte Hedda, weil im selben Moment Käthe mit der Suppenterrine erschien. Wie immer ließ sie sich viel Zeit beim Ausschöpfen in die Teller, was Joseph bald schon zu

einem ungeduldigen Fingertrommeln auf dem weißen Damasttischtuch verleitete. Endlich verschwand das ältliche Mädchen wieder, trotzdem warf Hedda ihrem Gemahl einen warnenden Blick zu. Er sollte tatsächlich erst die Suppe essen, bevor er mit seiner Neuigkeit herausrückte.

»Ich habe mein Reichstagsmandat mit sofortiger Wirkung niedergelegt«, erklärte er, nachdem Meta als Letzte den Löffel beiseitegelegt hatte und sich die Lippen aufreizend sorgfältig mit der Serviette gewischt hatte.

»Gratuliere«, sagte sie in ihrer sonoren Stimme. »Es wurde langsam Zeit. Schließlich hast du die letzten Wochen kein Geheimnis daraus gemacht, wie sinnlos du die neuerlichen Angriffe an der Westfront findest. Je deutlicher einer im Reichstag Rückgrat beweist und zu seiner Meinung steht, desto eher wird dieser grässliche Spuk ein Ende finden.«

»Leider wird mein Rücktritt wenig bewirken«, entgegnete Joseph resigniert. »Doch du hast recht: Es wurde Zeit, offen zu meiner Meinung zu stehen. Gerade die unerschrockene Rede von Staatssekretär von Kühlmann am letzten Montag hat mir vor Augen geführt, wie ernst die Lage ist. Kühlmann hat recht: Militärisch ist der Krieg nicht mehr zu gewinnen. Wir müssen aufhören, der Obersten Heeresleitung blindlings zu folgen, und stattdessen alle Hebel für einen raschen Verständigungsfrieden mit den Alliierten in Bewegung setzen. Wilsons Vierzehn-Punkte-Plan zu Jahresbeginn war ein guter Wink, den wir sträflich ignoriert haben. Umso erschütternder ist es zu sehen, wie groß nach wie vor der Einfluss der Generäle Hindenburg und Ludendorff sowohl auf die Regierung wie auch auf den Reichstag ist. Im Namen der Mehrheit hat Stresemann gleich nach Kühlmanns mutiger Rede betont, es gäbe nicht den geringsten Zweifel am Sieg der Deutschen. Ich gehe jede Wette ein, dass Kühlmanns Tage auf seinem Posten im Auswärtigen Amt gezählt sind. Ich musste einfach den entscheidenden Schritt tun und sofort Farbe bekennen. Natürlich stelle ich mich damit gegen meine eigene Partei, aber mein Gewissen lässt mir keine andere Wahl.«

»Ich bin stolz auf dich, Papa!« Zärtlich griff Selma nach seiner Hand und drückte sie. Dankbar nickte er ihr zu.

»Das aber ist es nicht allein, was wir euch heute zu sagen haben«, mischte sich Hedda vom anderen Tischende ein. »Joseph, willst du, oder soll ich …?«

»Danke, meine Liebe, ich sage es schon selbst. Es gibt noch etwas mitzuteilen. Nächste Woche ziehen wir nach Bonn zurück.«

»Was?« Überrascht sah Selma zwischen ihm und der Mutter hin und her. »Das ist nicht euer Ernst! Ausgerechnet jetzt, da die Bombardierungen im Rheinland zunehmen und dort keiner mehr sicher ist, wollt ihr zurück?«

»Ich halte das auch für keine gute Idee«, erklärte Meta. »Sosehr ich verstehe, dass du jetzt, da du deine politische Arbeit im Reichstag für beendet hältst, zurück an den Rhein willst, solltest du doch die Gefährlichkeit der dortigen Lage nicht unterschätzen.«

»Es geht nicht anders. Man kann nicht immer nur daran denken, die eigene Haut zu retten.« Unerwartet schroff gab Joseph zu verstehen, dass er keine weitere Diskussion über seinen Entschluss wünschte. »Wie ihr wisst, hat vor drei Wochen der Verein deutscher Zeitungsverleger in Berlin getagt. Dort habe ich am Rande ein ausführliches Gespräch mit meinem Neffen Erwin geführt. Dabei ist mir klargeworden, wie schlecht es um unseren Verlag steht. Der arme Junge tut zwar sein Möglichstes, doch es ist an der Zeit, ihn mehr zu unterstützen. Natürlich sieht es derzeit um alle Blätter übel aus. Die Verlage leiden unter den horrenden Papierpreisen. Dazu kommen die unsäglichen Zensurbestimmungen, die es den Behörden sehr einfach machen, eine Zeitung aufgrund einer einzigen, ihnen unpassenden Meldung zu vernichten. Erwin kämpft zwar tapfer an allen Fronten, braucht aber dringend Beistand. Dazu taugt mein Bruder Ludwig leider gar nicht, ebenso wenig Erwins Mutter, meine Schwester Hilde. Deshalb wird es Zeit, dass ich einspringe. Schließlich bin ich für den Fortbestand unseres Familienerbes verantwortlich. Das bin ich der nachfolgenden Generation einfach schuldig.«

»Ihr könnt euch denken, dass wir uns diesen Schritt sehr schwer gemacht haben«, ergänzte Hedda. »Bonn liegt sehr nah an Frankreich. Wer weiß, was uns erwartet, wenn erst der Krieg zu Ende geht.«

»Wer weiß, was uns überall in Deutschland erwartet, wenn der Krieg tatsächlich einmal zu Ende geht, mein Kind«, stellte Meta ungerührt fest. »Das Einzige, was wir bislang mit Sicherheit erwarten können, ist, dass die derzeitige gesellschaftliche Ordnung am Ende ist. Aber das muss nicht unbedingt das Schlechteste heißen. In jedem Ende steckt auch die Chance auf einen Neuanfang, und der kann in diesem Fall nur besser aussehen. Deshalb sollte das leidige Jammerspiel so schnell wie möglich zum Ende kommen.«

»Mutter!«, begehrte Hedda halbherzig auf, verzichtete jedoch auf stärkeren Widerspruch, was Selmas Ansicht nach schon fast Zustimmung bedeutete. Offen zugeben würde Hedda jedoch nie, mit Meta einmal einer Meinung zu sein.

»Was ist mit euch?«, ergriff Joseph wieder das Wort. »Wollt ihr uns nach Bonn begleiten? In unserem Haus ist ausreichend Platz für alle.«

»Danke für dein großherziges Angebot«, lehnte Meta sofort mit mildem Lächeln ab. »Du weißt, wie schlecht ich nach Bonn passe. Die Luft ist mir dort zu dick, das Rheintal zu eng. Wie sagt man so schön? Einen alten Baum sollte man nicht mehr verpflanzen. Seit Jahrzehnten lebe ich in Berlin und habe an der Spree tiefe Wurzeln geschlagen. Meinen siebzigsten Geburtstag will ich im Herbst in jedem Fall hier feiern.«

»Was ist mir dir, Liebes? Begleitest wenigstens du uns?«, wandte sich Hedda an Selma. »Solange du nichts von Gero gehört hast, wäre es sicher einfacher für dich, wenn du nicht mit Alma allein in der riesigen Wohnung am Savignyplatz sitzt.«

»Warum sollte ich das tun? Den ganzen Krieg über lebe ich dort bereits allein mit meinem Kind und dem Personal.«

»Haben dich etwa Geros Eltern nach Ostpreußen eingeladen?« In Heddas Frage schwang hörbare Angst mit. Sie hatte wenig persönlichen Kontakt zu Sudloffs, hatte sie lediglich bei der Verlobung, der Hochzeit sowie Almas Taufe kurz gesehen. Umso mehr stellten sie mit ihrem riesigen Gut an der Bernsteinküste und dem in Heddas Augen unermesslichen Reichtum ein ewiges Schreckgespenst für sie dar. Seit Selmas Hochzeit und erst recht seit Almas Geburt fürchtete sie, sie würden ihr die beiden für immer entreißen, zumal Geros Mutter eine eifrige Briefeschreiberin war. Selbst im Krieg unterrichtete sie Selma einmal pro Woche ausführlich über alles, was auf dem Gut in Rauschen geschah, und erwartete dasselbe von der Schwiegertochter aus Berlin.

»Keine Sorge, Mama«, bemühte Selma sich, sie zu beruhigen. »Die könnten mit der goldenen Kutsche vorfahren, und trotzdem würde ich eine Einladung nach Rauschen nie und nimmer annehmen. Da gehöre ich einfach nicht hin, solange Gero nicht bei mir ist. Alma und ich bleiben in Berlin, bei Großmama.

Hier sind wir bestens aufgehoben, während wir auf Nachrichten von Gero warten. Außerdem wohnen Constanze und ihr Vater nahe bei uns, ganz abgesehen von meiner Uraltfreundin Luise und all den anderen, die ich in der Stadt kenne. Um mich müsst ihr euch also keine Sorgen machen.«

Kaum merklich nickte Meta ihr zu. Selma erwiderte die Geste unauffällig. Die Großmutter wusste ebenso wie sie, warum sie unbedingt in Berlin bleiben wollte. Würde sie in Bonn im Haus der Eltern wohnen, bestünde die Gefahr, dass die beiden mitbekämen, was sie noch tat, während sie auf die ersehnte Nachricht von Gero wartete: schreiben. Längst war die Idee, die vielen Geschichten aufzuschreiben, die ihr seit Jahren durch den Kopf schwirrten, mit Hilfe der erfundenen Melissa Hohenfels Wirklichkeit geworden. Constanzes Ermunterung damals in ihrem französischen Versteck hatte nicht unwesentlich dazu beigetragen. Außer Meta wusste allerdings niemand davon. Der Gedanke, ausgerechnet in dem Moment etwas Neues zu beginnen, in dem Gero ihr gegenüber seine Zukunft für verloren erklärt hatte, machte Selma zu schaffen. Andererseits wusste sie: Genau darin lag auch ihre Chance für einen Neuanfang, die es zu ergreifen galt.

»Ist es nicht seltsam?«, fragte Meta und schaute erst zu Hedda, dann zu Joseph. »Mit eurem Weggang aus Berlin neigt sich ein wichtiger Lebensabschnitt seinem Ende zu, aber trotzdem empfinde ich Zuversicht.«

»Mir geht es wie dir, liebe Mama«, stimmte Joseph mit einem zaghaften Lächeln zu. »Es ist eine gute Gelegenheit für mich, in Bonn noch einmal von vorn zu beginnen. Irgendwann wird dieser entsetzliche Krieg zu Ende gehen, und mir ist ganz so, als ob unsere alte Zeitung für die neue Friedenszeit wichtig werden wird.«

»Das könnte sein, nicht wahr, Liebes?« Vergnügt zwinkerte Meta Selma zu. »Wie ich eben schon sagte: Jedem Ende wohnt die Möglichkeit für etwas Neues inne. Das sollte man sehen, statt am Lauf der Zeit zu verzweifeln.«

»Vergesst Grischa und Gero nicht«, mahnte Hedda. »Hoffentlich kehren sie bald gesund zu uns zurück, um ebenfalls noch eine Chance für die Zukunft zu erhalten.«

»Daran glaube ich ganz fest, Mama.« Beruhigend legte Selma Hedda die Hand auf den Arm. Einen kurzen Moment trafen sich ihre Blicke, und zum ersten Mal seit Jahren fühlte Selma sich der Mutter aufs Innigste verbunden.

3

Selma hatte vergessen, wie lang sie schon reglos am Schreibtisch saß und auf das leere Blatt starrte. Es ging einfach nicht. Sie hatte immer noch nicht wieder den Kopf fürs Schreiben. Dabei sehnte sie sich so sehr danach, auf andere Gedanken zu kommen. Nur deshalb hatte sie sich vorhin zum ersten Mal seit Tagen wieder dorthin gesetzt. Ihr Blick wanderte über den Schreibtisch, streifte das aufgeschlagene Notizbuch. In unzähligen Stichworten hatte sie ihre Ideen für den neuen Roman festgehalten, hatte erste Figuren entworfen, grob die Handlung skizziert, interessante Orte notiert, offene Fragen und Unklarheiten angemerkt. Nun aber konnte sie nichts mehr damit anfangen. Je öfter sie die Notizen durchlas, desto weniger sagten sie ihr etwas, desto mehr verschwammen die Bilder in ihrem Kopf, die sie ursprünglich vor Augen gehabt hatte, bis sie sich schließlich ganz in Dunst auflösten. Keineswegs lag es daran, dass sie sich nach Fertigstellen des ersten Romans außerstande sah, einen zweiten zu beginnen. Der Erfolg, den ersten auf Anhieb zum Vorabdruck bei der *Dame* untergebracht zu haben, hatte ihr bestätigt, endlich auf dem richtigen Weg zu sein. Trotzdem schien es ihr nun sinnlos, die Geschichte weiterzuverfolgen. Nachdem sie vor drei Tagen den befürchteten Brief mit der Nachricht von Geros Tod erhalten hatte, konnte sie nicht einfach so weiterschreiben wie zuvor. Wenn sie überhaupt wieder ins Schreiben finden wollte, brauchte sie eine andere Geschichte. Diese hing viel zu eng mit Gero und ihrem eigenen Leben zusammen. Enerviert warf sie den Bleistift beiseite, zerknüllte das Papier. Wenn sie wenigstens weinen könnte! Sosehr sie sich bemühte, ihre Augen blieben trocken. Sie erhob sich und trat zum Fenster, sah auf den Savignyplatz hinunter.

Seit Stunden regnete es in Strömen. Mit vor Nässe triefenden Mänteln und schräg gegen die Windböen gehaltenen Regenschirmen kämpfte sich eine Handvoll Menschen quer über den Platz, um so schnell wie möglich wieder ins Trockene zu gelangen. Selma folgte ihnen mit dem Blick und blieb schließlich an dem grün gestrichenen und mit bunten Werbeplakaten verkleideten Pissoir am hinteren Rand des Platzes hängen. Trotz des schlechten Wetters drückten sich dort wie üblich unzählige Männer herum, junge, alte, gut gekleidete oder weniger gut gekleidete. Selbst aus der Ferne besaßen die Jungen etwas Weibisches, Kindliches, gehörten also ganz offensichtlich zu den »Puppenjungen«, die inzwischen schon am helllichten Tag mit erstaunlichem Selbstbewusstsein ihrem Gewerbe nachgingen. Die Älteren wirkten weitaus verschämter als sie, sahen sich mehrfach über die Schultern um, bevor sie mit gesenktem Haupt das Häuschen betraten. Der stadtbekannte Treffpunkt für Homosexuelle florierte selbst mitten im Krieg. Was gäbe sie

darum, die Gesichter der Männer deutlicher zu sehen! Etwas in ihr gierte nach den Geschichten, die darauf zu lesen waren. Das würde ihr helfen, sich mit dem Schreiben in eine andere Welt zu versetzen und von Geros Tod abzulenken. Robert würde ein einziges Foto genügen, um sie für die Ewigkeit festzuhalten. Sie biss sich auf die Lippen. Wie fatal, ausgerechnet jetzt an ihn zu denken. Seit Monaten hatte sie nichts mehr von ihm gehört. Gut möglich, dass er nach der Rettungsaktion für Gero nichts mehr von ihr wissen wollte. Warum sonst war er ohne Abschied aus Basel verschwunden?
Es klingelte an der Tür. Das war bestimmt Luise. Selma hatte sie vor einer Stunde angerufen und ihr endlich von Geros Tod erzählt. Sofort hatte die Freundin kommen wollen, um mit ihr zu trauern. Julia begrüßte sie in der ihr eigenen, brüsken Art, worüber sich Luise zum Glück nie beschwerte.
»Selma, Liebste, wie furchtbar ist das alles! Mein herzliches Beileid.« Luise kam in den Salon. Ihre Worte trafen Selma wie ein Schlag ins Gesicht. Damit wurde ihr das ganze Ausmaß ihrer neuen Lage erst richtig bewusst.
»Danke, dass du gekommen bist«, erwiderte sie leise.
»Ich bitte dich! Das ist doch selbstverständlich.«
In einer Mischung aus Besorgnis und Neugier musterten sie einander. Luise hatte die runden blauen Augen weit aufgerissen. Das hellblonde, lockige Engelshaar war akkurat um das Vollmondgesicht frisiert und die vollen Lippen leicht geöffnet. Das verlieh ihr in Selmas Augen ein kindlich-naives Aussehen, das durch das strenge, dunkelblaue Kleid mit dem weiß paspelierten Rundkragen noch unterstrichen wurde. Selma nestelte an den silbernen Knöpfen ihrer hellgrauen Bluse. Sie war ebenso schlicht gehalten wie der nur eine Nuance dunklere, gerade nach unten fallende Rock. Trotz der klaren Linie und der zurückhal-

tenden Farbe fand sie das Ensemble weniger gouvernantenhaft als Luises Aufzug, was wahrscheinlich an dem dunkelroten Gürtel lag, den sie sich zur Auflockerung um die Taille gebunden hatte. Gero hätte das ebenso gefallen wie die in engen Wellen an den Kopf gelegten, locker im Nacken aufgesteckten Haare. Versonnen zupfte sie eine Strähne über dem linken Ohr heraus.

»Letzten Sommer hatten wir eine wunderschöne Zeit im Engadin.« Ihr Blick wanderte von neuem auf die regentrübe Trostlosigkeit vor dem Fenster.

»Du darfst dich nicht so quälen.« Luise stellte sich nah vor sie. »Gero hätte nicht gewollt, dass du das tust.«

»Wer weiß schon, was Gero noch gewollt hätte, außer elend im Gefechtsgraben zu sterben?« Selmas Stimme bebte.

»Sag so etwas nicht!« Die pummelige Freundin stellte sich auf die Zehenspitzen, schlang ihr die Arme um den Hals und drückte sie an sich. »Gewollt hat er das ganz sicher nicht. Dazu hat er Alma und dich viel zu sehr geliebt. Allein euretwegen hätte er niemals aufgegeben.«

»Wenn du wüsstest«, murmelte Selma und befreite sich aus Luises Armen, wischte sich mit dem Handrücken die tränennassen Wangen.

»Du darfst ihm keine Vorwürfe machen«, insistierte Luise. »Er war eben sehr pflichtbewusst. Du hast dein Bestes gegeben, um ihn zu einem längeren Aufenthalt in der Schweiz zu überreden. Er aber hat es nun einmal als seine Aufgabe gesehen, seinen Dienst an der Front weiter zu leisten, sobald die Verwundung überstanden war. Sei stolz auf ihn und erzähle Alma eines Tages davon. Ohne Männer wie Gero wäre unser geliebtes Vaterland längst am Ende.«

»Das wäre wahrscheinlich die bessere Variante«, erwiderte Selma mühsam beherrscht. »Unser tapferer Held ist jedenfalls tot.

Wohl oder übel bleibt fortan ›unserem geliebten Vaterland‹, wie du es so schön nennst, keine andere Wahl, als ohne ihn zurechtzukommen. Das hätte es einfacher haben können, wenn Gero bei Alma und mir hätte bleiben und das Heldsein den vielen anderen Freiwilligen hätte überlassen dürfen.«

»Selma!« Luise setzte ein strenges Gesicht auf, stemmte zu allem Überfluss die Hände in die Seiten, was sie nun tatsächlich wie eine Gouvernante aussehen ließ.

Auf einmal überkam Selma das Verlangen, der Uraltfreundin weh zu tun. Wahrscheinlich entsprang das ihrem tiefen Schuldgefühl Gero gegenüber. Sie hätte ihn in Sils-Maria aufhalten müssen. Sie allein wäre dazu in der Lage gewesen. Hatte sie es nicht getan, weil er ihr nicht eine Geschichte, sondern die Wahrheit über seine völlige Verzweiflung offenbart hatte? Statt sich der quälenden Frage zu stellen, piesackte sie lieber Luise. »Frag mal deinen geliebten Ansgar, wie er das mit der Pflicht fürs Vaterland, für Heldentum und Kameradschaft hält.«

»Was soll das?« Luise war beunruhigt.

Selma zögerte. Die Versuchung war groß, der Freundin die Wahrheit über ihren Verlobten an den Kopf zu werfen. Statt sich wie Gero ergeben bis zum bitteren Ende seiner Pflicht »für Volk und Vaterland« zu stellen, hatte Ansgar Grün sich mit dem Schuss in den linken Arm das Recht auf einen unbegrenzten Heimaturlaub errungen. Auch eine Form, Partei zu ergreifen. Bei ihrer Begegnung in *Bühlers Ballhaus* im letzten Jahr hatte er das freimütig eingestanden. Je länger sie darüber nachdachte, desto mehr stiegen Zweifel in ihr auf, wer eigentlich feiger und wer tapferer von beiden gewesen war: Gero oder Ansgar.

»Ach, vergiss es«, beeilte sie sich, Luise zu beschwichtigen. »Mir war nur so, als hätte Ansgars Kriegsbegeisterung nach dem Verlust seines Arms deutlich nachgelassen. Wahrscheinlich völlig zu Recht, immerhin hat er die Pflicht für sein Vaterland teuer bezahlt.«

»Der Verlust eines Arms ist nichts gegen den Verlust des Ehemanns«, gab sich Luise wieder ganz als verständnisvolle, nachsichtige Trösterin.

»Gero hätte es nicht ertragen, den Rest seines Lebens als Krüppel zu verbringen«, stellte Selma klar.

»Die Überlegung ist müßig«, gab Luise verärgert zurück. »Wenn er die Wahl gehabt hätte, hätte auch er sicher lieber auf einen Arm als auf das Weiterleben verzichtet.«

»Vorausgesetzt, das Weiterleben würde ihm eine echte Perspektive bieten.«

»Bitte?« Verständnislos sah Luise sie an. Es war offenkundig, dass sie an Selmas Geisteszustand zu zweifeln begann. Selma wich ihr aus, indem sie betont auf die Uhr sah. »Schon fast halb fünf. Wo Constanze nur bleibt?«

»Das Küken kommt auch?« Luise klang wenig begeistert.

»Natürlich. Ich konnte ihr schlecht am Telefon sagen, was mit Gero geschehen ist.«

»Aber mir hast du es auf diese Art gesagt«, warf Luise ein.

Selma tat, als habe sie das nicht gehört. »Am besten rufe ich noch einmal bei Weißkirchners an und frage, wo sie steckt. Selbst wenn sie zu Fuß gegangen wäre, hätte sie längst hier sein müssen.«

Eilig lief sie ins angrenzende Arbeitszimmer hinüber, schob Notizbuch und Papier beiseite und rückte das Telefon auf dem Schreibtisch zurecht. Gerade als sie ein Amt verlangt hatte, schrillte die Türglocke. Selma hängte den Hörer wieder ein und horchte, wie Julia von neuem zur Tür stakste und auch die zweite Freundin in der ihr eigenen burschikosen Art begrüßte. Rasch begab Selma sich wieder in den Salon.

»Was ist los?«, platzte Constanze im selben Moment herein. Auch bei ihr hatte Julia nicht einmal den Versuch unternommen, wenigstens der Form halber ihrer Aufgabe als Dienstmädchen nachzukommen und sie ordentlich anzumelden. Sogar den feuchten Mantel und Hut trug Constanze noch, lediglich den nassen Schirm hatte sie Julia übergeben. Um die Pfütze, die sich ihr zu Füßen auf dem Parkettboden bildete, scherte sie sich wenig. Als ahnte sie die schlimme Nachricht, stürzte sie auf Selma zu und griff nach ihren Händen. »Hast du Nachrichten von Gero?«

»Du scheinst es schon zu wissen«, erwiderte Selma und war plötzlich froh, nichts weiter sagen zu müssen. Ein weiteres Mal brachte sie den Satz »Beim Rückzug der deutschen Truppen ist er am 8. August gefallen« nicht mehr über die Lippen. Stattdessen umarmte sie ungeachtet des vor Regen triefenden Mantels Constanze, die hemmungslos zu weinen begann.

»Oh, Liebes!«, rief sie mit tränenerstickter Stimme aus, sobald sie sich wieder beruhigt und Selma losgelassen hatte. »Wie furchtbar für Alma und dich, ihn jetzt noch zu verlieren. Dabei dachte ich, nach allem, was er im letzten Jahr bei Verdun erlebt hatte, würde er den Krieg heil überstehen.«

»Dazu dauert der Krieg einfach viel zu lang«, stellte Selma fest und sah zu, wie das Küken sich des nassen Mantels und Huts entledigte. Suchend sah sie sich nach einer Ablagemöglichkeit um. Erst da wurde sie sich Luises Anwesenheit bewusst. Verlegen grüßte sie sie, warf Hut und Mantel auf denselben Sessel, auf dem auch Luises Garderobe Platz gefunden hatte. Luise nickte ihr huldvoll zu. Dass die zwei einander nicht sonderlich mochten, wusste Selma seit dem ersten Aufeinandertreffen. An diesem Nachmittag aber stieß es ihr besonders auf. »Nun tut einfach mal so, als würdet ihr euch mögen. Wenigstens für heute und mir zuliebe. Und natürlich Geros wegen. Er hat euch beide sehr gemocht.«

Betreten senkten die Freundinnen den Blick.

»Ach, kommt schon. Reißt euch zusammen!« Selma klatschte in die Hände, bevor sie die Arme ausstreckte und den Freundinnen um die Schulter legte, um sie nah zu sich heranzuziehen. »Ich verlange nicht, dass ihr euch küsst und innig liebt. Sobald ihr meine Wohnung verlasst, dürft ihr euch für immer und ewig die Pest an den Hals wünschen. Nur für die nächste Stunde herrscht Waffenstillstand. Abgemacht?«

Abwechselnd sah sie von einer zur anderen. Beide nickten brav. Sie nahm sie an den Händen, führte sie zum Sofa. Auf dem kleinen Tisch davor stand schon das Teegeschirr sowie ein Teller mit krümeligen Kriegskeksen bereit. Selma ließ sich in der Mitte nieder, die pummelige Luise setzte sich links, Constanze rechts von ihr. Ganz die geübte Gastgeberin, goss Selma den dünnen Tee in die zarten Tassen aus chinesischem Porzellan, bot von den Keksen an.

»Alma und ich werden Berlin verlassen«, platzte sie schließlich mit dem Entschluss heraus, den sie kurz nach Erhalt von Geros Todesmeldung gefasst hatte.

»Was?«, riefen beide wie aus einem Mund. Luise verschluckte sich fast an einem Keks, das Küken verschüttete den Tee, so schnell stellte sie die Tasse auf den Tisch zurück.

»Wohin?«, fragte sie sogleich in ihrer dunklen, entschlossenen Stimme. Der Blick ihrer grauen Augen bohrte sich tief in Selmas, ließ ihr nicht die geringste Chance, auszuweichen. Angesichts der selbstverständlichen Schönheit der Freundin überfiel Selma wieder die vertraute Zärtlichkeit. Luise gegenüber hatte sie nie so empfunden. Ihre Augen wanderten über Constanzes ebenmäßiges Gesicht, das in seiner Herbheit fast schon männliche Züge aufwies. Der Verzicht auf jegliche Art von Schminke passte gut dazu, dagegen störte das süßlich-schwere Parfum, auch wenn es das Smyrna-Bukett war, das sie ihr selbst geschenkt hatte. Für eine Frau wie Constanze enthielt es zu viel Moschus und Patschuli. Wie konnte sie jetzt nur an so nebensächliche Dinge wie Düfte denken? Selma lachte auf. Das verstanden die beiden Freundinnen falsch.

»Was ist so lustig daran, wenn wir uns Sorgen um dich machen?«, maulte Luise von links, während das Küken zu ihrer Rechten besorgt nachhakte. »Du willst doch nicht etwa nach Bonn zu deinen Eltern?«

»Kannst du hellsehen?«

»Darüber würde ich mich derzeit wirklich glücklich schätzen«, erwiderte Constanze trocken. »Dann wüsste ich wenigstens, was dich dort erwartet. Allerdings rechne ich damit, seit ich von der Rückkehr deiner Eltern ins Rheinland erfahren habe. Du kennst meine Meinung. Nicht umsonst hat mein Vater endlich doch auf mich gehört und seinem geliebten Metz den Rücken gekehrt. Im Rheinland sieht die Lage kaum besser aus als in Lothringen. Das Ruhrgebiet ist nicht weit, und aus Düsseldorf hört man von den ersten Bombenabwürfen. In Köln wurde deswegen im letzten Juni sogar die Fronleichnamsprozession abgesagt. Überlege dir gut, was du tust. Für Alma trägst du jetzt allein die Verantwortung.«

»Was willst du überhaupt dort?«, stieß Luise in dasselbe Horn. »Du bildest dir doch nicht ein, wieder in die Rolle der braven Tochter schlüpfen und es bei deinen Eltern aushalten zu können? Glaub mir, das funktioniert nicht mehr. Du bist erwachsen und hast selbst ein Kind.«

»Gerade jetzt muss ich bei meinen Eltern sein«, überging Selma den Einwand, den sie sich in den letzten Tagen oft genug selbst gesagt hatte. Noch vor zwei Monaten war es undenkbar für sie gewesen, ins Rheinland zu gehen, weil sie fürchtete, damit ihr selbstbestimmtes Leben und vor allem das Schreiben aufzugeben. »Jetzt, da Gero tot ist, werden sie auch für Grischa das Schlimmste befürchten. Sein Jagdgeschwader war schließlich auch an der Westoffensive beteiligt.«

»Habt ihr immer noch nichts von ihm gehört?«, fragte Constanze. Kurz sah Selma zu ihr, meinte, tiefen Kummer aus ihrer Stimme herauszuhören. Oder bildete sie sich das nur ein, weil sie sich immer gewünscht hatte, die Freundin erhörte Grischas Werben? Beim Gedanken daran, wie sehr sich ihr Bruder um sie bemüht hatte, traten ihr Tränen in die Augen. Beschämt wandte sie sich ab.

»Ich glaube kaum, dass deine Eltern sich weniger um ihn sorgen, nur weil du bei ihnen bist«, stellte Luise fest. »Es ist eine Dummheit, in diesen Wochen freiwillig ins Rheinland zu gehen.«

»Mir ist klar, wie unklug ihr das findet.« Selma erhob sich, knetete die Hände, während sie im Raum auf und ab lief, um keine der beiden direkt ansehen zu müssen. Der Parkettboden knarrte unter ihren Schritten. »Trotzdem muss ich es tun. Es ist kein Abschied für immer wie bei meinen Eltern. Ich ertrage es vorerst nur nicht, in der Wohnung zu bleiben. Schaut euch doch um!« Sie hielt inne, breitete die Arme aus, drehte sich einmal um die eigene Achse. »Alles hier erinnert an Gero, atmet seinen Geist. Jedes einzelne Möbelstück hat er ausgewählt und an seinen Platz gestellt, jedes Bild selbst aufgehängt.«

Sie senkte den Blick, schwieg. Was sie den Freundinnen nicht verriet: Wenn sie die Augen schloss, kam ihr jener Winternachmittag vor fast fünf Jahren in den Sinn, an dem sie in Geros Schlafzimmer jene folgenschwere Entdeckung gemacht hatte.

Nie mehr würde sie den Anblick der beiden nackten Männerkörper vergessen, für immer war er mit dieser Wohnung verbunden. Seit Geros Kriegseinsatz nächtigte sie im Gästezimmer, wenn er nicht da war. Davon aber mussten die Freundinnen nichts wissen.

»Du könntest für eine Weile mit der Kleinen zu uns in den Grunewald ziehen«, schlug Luise vor. »Das Haus meiner Eltern ist groß genug, wie du weißt. Sie würden sich freuen. Schließlich kennen sie dich seit unserer Schulzeit.«

Beim letzten Satz warf sie Constanze einen triumphierenden Blick zu. Selma entging das nicht. Sie wusste aber, wie wenig das Küken sich durch diesen versteckten Seitenhieb gekränkt fühlte.

»Auch bei uns steht dir die Tür immer offen«, erklärte Constanze. »Wahrscheinlich würdest du dich bei deiner Großmutter am wohlsten fühlen. Sicher hat sie dir schon angeboten, für eine Weile bei ihr zu wohnen.«

»Geros Eltern haben mich nach Rauschen eingeladen, als ich sie gestern angerufen und über seinen Tod informiert habe. Sie wollen ihr Enkelkind um sich haben, weil Gero in ihr weiterlebt.«

»Du solltest gut aufpassen. Jetzt, da Gero tot ist, werden sie euch beide ganz vereinnahmen wollen«, merkte Luise spitz an. Constanze dagegen zog die Augenbrauen hoch. »Ostpreußen ist wohl kaum das, wonach dir gerade der Sinn steht.«

»Du hast es erraten. Ich kann mir nicht vorstellen, ohne ihn die Gegenwart seiner Eltern zu ertragen. Sie sind zwar sehr liebenswürdig und werden alles für Alma und mich tun, trotzdem will ich das nicht. Sie sind Geros Familie, nicht meine. Sein fünf Jahre älterer Bruder lebt außerdem bei ihnen im Haus. Die beiden haben kein gutes Verhältnis zueinander gehabt. Daran müsste ich die ganze Zeit denken. Doch ich brauche jetzt Zeit für mich, das ist mir in den letzten Tagen klargeworden. Es wird dauern, bis ich Geros Tod mit all seinen Konsequenzen für Alma und für mich wirklich begreife.«

»Wir sind immer für dich da«, versicherte Constanze und sprang vom Sofa auf, um zu ihr zu eilen. Dabei stieß sie mit dem Knie so unglücklich gegen den Beistelltisch, dass der hohe Zeitungsstapel darauf umfiel und auf dem Boden landete, wo sich die einzelnen Ausgaben fächerartig ausbreiteten.

Sofort stürzte Selma herbei, um sie aufzusammeln. Auch Constanze und Luise bückten sich und rafften die losen Blätter auf. Als Constanze Selma ihren Packen reichen wollte, fiel ihr Blick auf die obenauf liegende Seite. Selmas Hände zitterten, wusste sie doch sofort, um was es sich handelte: die neueste Ausgabe der *Dame,* aufgeschlagen auf der Seite, auf der der Vorabdruck aus dem Debütroman einer gewissen Melissa Hohenfels begann. Neugierig überflog Constanze Titel und einleitende Sätze des ersten Kapitels. Selma war versucht, ihr die Zeitung zu entreißen, zwang sich aber, es nicht zu tun. Das hätte erst recht Constanzes Interesse geweckt. Voller Unruhe kaute sie auf den Lippen, versuchte, ihre Nervosität zu überspielen. Zu dumm, dass sie vergessen hatte, die Zeitschrift vor Eintreffen der Freundinnen wegzuräumen. Zum Glück war Luise in die aktuelle Ausgabe der *Berliner Illustrierten Zeitung* versunken, die sich ebenfalls in dem Blätterwust befunden hatte. So bekam sie nicht mit, was das Küken gerade so beschäftigte und Selma in Aufruhr versetzte.

»Sehr spannend«, bemerkte Constanze und ließ die Zeitschrift sinken. »Da schreibt eine bislang unbekannte Romanautorin über eine Frau, die sich nahe der Frontlinie auf ihrem ostpreußischen Gut verschanzt und allen Übergriffen der Soldaten sowohl aus den eigenen Reihen als auch der von russischer Seite widersetzt. Ihr Mann wird seit Monaten vermisst, und sie meint, es ihm schuldig zu sein, dort auf ihn zu warten. Bis zu seiner Rückkehr will sie den Besitz verteidigen, damit er wenigstens sein Zuhause noch wiederfindet, wenn sich sonst schon alles durch den Krieg verändert. Das muss wahre Liebe sein. Unglaublich, welche Willenskraft diese Frau aufbringt und wie gut die Autorin das zu schildern versteht. Man spürt schon nach den ersten Sätzen, dass sie weiß, wovon sie schreibt.«

Sie schenkte Selma einen bedeutungsschwangeren Blick. »Der Name der Autorin kommt mir bekannt vor. Ich bin gespannt, wie sie sich weiterentwickelt. Die ersten Passagen klingen jedenfalls vielversprechend. Ich hoffe, sie kann das Niveau halten. Es ist Zeit für frischen Wind im weiten Meer der Romanschreiberinnen. Neue Zeiten brauchen neue Stimmen.«

»Lass sehen«, meldete sich Luise und streckte ungeduldig die Hand nach dem Blatt aus. Deutlich war aus ihren Worten herauszuhören, wie sehr es sie ärgerte, dass Selma und Constanze über etwas sprachen, wovon sie keine Ahnung hatte. Sobald Constanze ihr die *Dame* reichte, begann sie zu lesen.

»Ein Vorabdruck selbst in einer so etablierten Zeitschrift wie der *Dame* heißt heutzutage wenig«, entgegnete Selma. »Die Kriegsjahre haben viele neue, interessante Autorinnen hervorgebracht. Die Konkurrenz ist groß. Es dürfte alles andere als leicht sein, sich auf Dauer zu behaupten.«

»Das wird Melissa Hohenfels hoffentlich nicht abschrecken, den eingeschlagenen Weg weiterzugehen.«

»Sie soll keine Frau sein, die schnell aufgibt.« Selma lächelte vorsichtig. »Es war wohl alles andere als einfach, den Anfang zu finden, aber es soll ihr sehr geholfen haben, mit den Schicksalsschlägen ihres Lebens fertig zu werden. Jetzt ist ihr der erste Schritt gelungen, und sie fühlt sich ermutigt. Bestimmt wird sie bald weitere Ideen haben.«

»Ich wünsche Melissa von Herzen Erfolg und Ausdauer.« Constanze zwinkerte ihr zu. »Der erste Gegenwind, der früher oder später aufkommt, darf sie nicht gleich wieder aus der Bahn werfen. Jeder, der nach langer Suche endlich seine Berufung gefunden hat, muss dranbleiben. Es lohnt sich.«

»Hoffentlich.«

Für einen Moment schloss Selma die Augen, erinnerte sich an ihre Verzweiflung vorhin am Schreibtisch und flehte inständig, das Küken möge recht behalten. Eines der Porträtfotos aus Roberts Projekt kam ihr in den Sinn. Je mehr sie sich darauf konzentrierte, sich das Gesicht in Erinnerung zu rufen, desto klarer wurde ihr, dass es ihr damit bestimmt rasch gelingen würde, eine neue Geschichte zu finden und zu erzählen. Robert hatte sie gelehrt, wie wichtig es war, im richtigen Moment den Auslöser zu drücken, um den entscheidenden Ausdruck einzufangen, der alles über einen Menschen und sein Leben aussagte. Endlich hatte sie begriffen, welchen Weg sie gehen musste, um die Geschichten der Menschen auf den Punkt zu bringen. Es juckte sie in den Fingern, so schnell wie möglich mit neuen Notizen zu beginnen. Das würde sie von Geros Tod und den damit verbundenen Schuldgefühlen ablenken. Sie ging zum Fenster, sah wieder auf den Savignyplatz hinunter und nahm sich vor, eines Tages auch die Geschichten der einsamen Männer zu erzählen, die sich rund um das Pissoir herumdrückten und verzweifelt nach einem Weg suchten, um ihre Sehnsüchte zu leben.

»Ist es nicht abstoßend, immerzu nur über die grausigen Kriegserlebnisse zu schreiben?«, stellte Luise eher fest, als dass sie wirklich fragte. »Wir haben alle Ähnliches erlebt und wollen jetzt endlich einmal schöne Geschichten lesen.«

»Warum?« Entrüstet fuhr Selma herum und erschrak über ihre eigene Stimme. Viel zu deutlich klang das Bemühen um Rechtfertigung heraus. Trotzdem konnte sie nicht anders, als aufgeregt hinzuzufügen: »Wahrscheinlich schreibt die Autorin solche Geschichten, eben weil alle das Gleiche erlebt haben. Schau dich doch nur um, wie es derzeit in Europa aussieht. Alles ist zerstört, jedes Dasein ist aus den Fugen geraten, die alten Ordnungen und Gewissheiten existieren nicht mehr. Das schildert Melissa Hohenfels, damit sich die Leserinnen darin wiederfinden und für das eigene Leben ermutigt werden, ganz egal, aus welchem Land sie kommen, ganz egal, ob sie letztlich zu den Siegern oder den Besiegten gehören werden. Der Krieg wird sie alle zu Verlierern machen. Danach ist nichts mehr, wie es war. Umso wichtiger ist es, das offen zu zeigen und zugleich Hoffnung zu verbreiten, indem man zeigt, wie es trotzdem weitergeht. Wenn das Alte zerstört ist, liegt darin schließlich auch eine große Chance, es fortan anders und damit vielleicht sogar besser zu machen.«

»Stammt diese Melissa Hohenfels eigentlich tatsächlich von einem ostpreußischen Gut und hat es allein gegen die Russen verteidigt?« Luise blieb skeptisch. »Woher willst du das so genau wissen? Das ist doch erst eine knappe Inhaltsangabe und das erste Kapitel. Über die Autorin selbst steht wenig …«

»Das weiß ich doch gar nicht. Ich vermute es nur«, versuchte Selma hastig, sich aus der Affäre zu ziehen. »In gewisser Weise schreibt man immer über das, was man selbst kennt, verfremdet es allerdings etwas. Letztlich wirkt ein Roman nur dann authentisch, wenn die Autorin genau weiß, wie es ist, das

zu erleben, was ihre Heldin erlebt, damit die Leserin ihr glaubt.«
Beistand suchend äugte sie zu Constanze, die noch immer in den Zeitschriften blätterte und gerade eine ältere Ausgabe aus der Vorkriegszeit studierte. Eine lange Fotostrecke war darin, wie Selma aus der Entfernung erkannte. Sie musste nicht lange überlegen, um welche Bilder es sich handelte. Viel zu oft hatte sie während des Schreibens die Porträtfotos von Robert studiert und sich von ihrer Genialität, exakt den entscheidenden Augenblick widerzuspiegeln, inspirieren lassen. Constanzes Gesichtsausdruck, mit dem sie die Fotos betrachtete, sprach Bände. Es kostete sie größte Mühe, die Balance zwischen empörtem Entsetzen und widerstrebendem Begreifen zu halten.
»Wichtig ist vor allem, beim Schreiben wie beim Malen oder Fotografieren genau die richtige Auswahl zu treffen, um die beabsichtigte Aussage auf den Punkt zu bringen.« Beifall heischend schaute zwischen Luise und Selma hin und her. »Wahrscheinlich ist der Roman dieser Hohenfels tatsächlich der Versuch, schreckliche Erlebnisse aus dem eigenen Leben im Roman zu verarbeiten, um so auch für sich eine Lösung für die Zukunft zu finden. Man sollte dennoch nicht den Fehler begehen, das Leben der Autorin mit der von ihr erfundenen Geschichte gleichzusetzen. Das wäre zu wenig, um auf Dauer interessante Romanstoffe zu haben.«
»Deshalb wäre es eben doch viel einfacher, richtig schöne Geschichten zu erzählen«, beharrte Luise trotzig.
»Mag sein«, erwiderte Constanze gereizt. »Such dir doch solche Romane zum Lesen. Davon gibt es genug.«
Auf einmal hatte sie es eilig, sich zu verabschieden. Luise schüttelte beleidigt den Kopf, Selma aber folgte ihr auf den Flur hinaus, hielt sie an der Wohnungstür am Arm fest.

»Was ist los? Eben noch warst du voller Verständnis und jetzt stehst du kurz davor, die Beherrschung zu verlieren.«
»Das fragst du noch?«
Einen Moment lang begegneten sich ihre Blicke. Selbst im Dämmerlicht des Flurs konnte Selma die Tränen erkennen, die in Constanzes Augen schimmerten.
»Liebes Küken, was ist mit dir? Mein Mann ist gefallen, wie ich vor drei Tagen erfahren habe. Ich muss weinen, du musst glücklich sein. Trotz des Kriegs hast du dein Studium fast beendet, außerdem ist dein Vater wohlbehalten in Berlin. Für dich ist also alles im Lot.«
»Tu nicht so! Du weißt genau, worum es geht.«
»Du bist doch nicht etwa eifersüchtig wegen Robert und seiner Fotos?« Übertrieben spitz lachte Selma auf. »Die Fotos aus der *Dame* sind uralt. Das war im Sommer vor dem Krieg, als ich ihm Sanssouci gezeigt habe. Kurz danach haben wir drei übrigens im *Kempinski* unseren berühmten Freundschaftsbund geschlossen.«
»Und was ist mit Alma, ihren dunklen Locken, den fast schwarzen Augen?«, überging Constanze die Erklärung. »Hältst du mich etwa für ebenso blind wie den Rest der Welt?«
Entsetzt starrte Selma die zierliche Freundin mit der frechen Kurzhaarfrisur an. Um deren schmalen Mund lag ein trotziger Zug.
»Also gut. Dann kennst du eben noch ein Geheimnis von mir. Aber das ist eine alte Geschichte. Oder hast du vergessen, was mittlerweile geschehen ist? Wir befinden uns im Krieg. Mein Mann ist in Frankreich durch die Hand eines Franzosen gefallen. Robert ist Franzose. Seit letzten Sommer habe ich nichts mehr von ihm gehört, und das ist sicher gut so.«
Sie sah zu Boden, um dem Küken zu verbergen, wie viel Kraft sie diese Worte kosteten. Eigentlich musste sie weniger Con-

stanze als sich selbst davon überzeugen, dass Robert ein abgeschlossenes Kapitel ihrer Vergangenheit war. Höchstens, um einen weiteren Roman darüber zu schreiben, sollte sie das noch einmal aufschlagen.

»Verzeih«, murmelte Constanze und hauchte ihr einen flüchtigen Kuss auf die Wange. »Schreib weiter. Das wird dir helfen, über Geros Tod hinwegzukommen. Das allein zählt. Pass in Bonn gut auf Alma und dich auf. Spätestens wenn endlich Frieden ist, will ich euch gesund in Berlin wiedersehen.«

Flink schlüpfte sie durch die Tür nach draußen und flog geradezu die Treppe hinunter, als wollte sie vor Selma fliehen.

Selma lauschte dem Verklingen ihrer Schritte unten im Eingangsbereich nach. Constanzes heftige Reaktion beunruhigte sie. Zwar hegte Selma keinerlei Zweifel, dass ihre beiden Geheimnisse bei ihr gut aufgehoben waren, aber die Art, wie sie auf Roberts Fotos reagiert hatte, erschien ihr äußerst merkwürdig. Seit ihrem ersten Treffen in Belfort stand fest, dass auch das Küken mehr als nur einen Freund in ihm sah. Das war jedoch kein Grund, fünf Jahre später vor Eifersucht schier zu platzen, nur weil er sich als Almas Vater entpuppte. Es sei denn, es gäbe aus jüngster Zeit ein Erlebnis, das rechtfertigte, warum sich Constanze dadurch verletzt fühlte.

Selma wurde misstrauisch. Hatte Constanze seit Basel doch noch etwas von Robert gehört? Warum erzählte sie ihr nichts davon? Eigentlich konnte das nur eines bedeuten: Die beiden hatten etwas miteinander! Damit war es an ihr, tief verletzt zu sein. Was hatte der Krieg nur aus ihnen allen gemacht? Nicht einmal der besten Freundin konnte sie noch trauen.

4

Constanze schlenderte die Straße entlang. Der nassfeuchte Wind störte sie wenig. Kaum nahm sie wahr, wie regenschwer der Mantel auf ihren Schultern lastete. Der turbanartige Hut hatte keine breite Krempe, um ihr Gesicht vor der Nässe zu schützen. Die Regentropfen perlten von ihrer Nasenspitze. Die frische Luft auf den Wangen zu spüren tat gut, zumal sie für Ende Januar ungewöhnlich warm war.

Länger als eine Stunde war sie bereits unterwegs, hatte die gesamte Strecke von der Technischen Hochschule quer durch den Tiergarten bis Unter den Linden zu Fuß zurückgelegt. Es war Freitagnachmittag. In den letzten Wochen hatte sie oft daran gedacht, was sie mit Robert damals in Metz verabredet hatte. Sie machte sich keine Illusionen, ihn tatsächlich eines Freitagnachmittags beim *Kranzler* zu treffen, dennoch steuerte sie auf das beliebte Café an der Ecke zur Friedrichstraße zu. Das schien ihr die einzige Möglichkeit, für einige Stunden Ottos feierlichen Anmutungen zu entfliehen. Ganz gerührt war er gewesen, als er sie am Mittag zum Empfang ihres Abschlusszeugnisses in die Aula der Hochschule an der Berliner Straße begleitet hatte. Natürlich war auch sie stolz, den unruhigen Zeiten zum Trotz das Ingenieurstudium erfolgreich abgeschlossen zu haben, noch dazu als erste Frau mit Auszeichnung. Nur eine Handvoll derjenigen, die vor fünf Jahren mit ihr das Studium begonnen hatten, waren bis zuletzt durchgekommen. Kriegsbedingt hatten die männlichen Kommilitonen abbrechen müssen. Nur zwei von ihnen waren zurückgekehrt und hatten trotz fehlendem Bein oder Auge das Examen geschafft. Von den zehn Frauen, die es außer ihr gewagt hatten, sich kurz vor Kriegsausbruch den Ingenieurwissenschaften zu-

zuwenden, waren drei am Ziel angelangt. Stolz, eine von ihnen zu sein, spazierte sie hoch erhobenen Hauptes die ehemalige Prachtstraße des abgedankten Kaisers entlang.
Allmählich kehrte so etwas Ähnliches wie Alltag ein, als hätten die Wahlen zur Nationalversammlung am vergangenen Sonntag wahre Wunder bewirkt. Die Tristesse, die über der Stadt hing, mochte vor allem dem trüben Wetter geschuldet sein. Die ersten Läden und Cafés hatten wieder geöffnet, Autos und Bahnen ihren Betrieb aufgenommen. Fast drei Monate nach Verkünden des Waffenstillstands war man noch weit davon entfernt, an die ruhigen Friedenszeiten anzuknüpfen, aber man konnte sich inzwischen wenigstens wieder auf die Straße wagen, ohne fürchten zu müssen, in eine Schlacht verwickelt zu werden. An den Hauswänden fanden sich nach wie vor Plakate mit Aufrufen zum Umsturz, die mit Brettern verrammelten Schaufenster erinnerten an den Aufstand der Spartakisten und die Empörung über die Ermordung Karl Liebknechts und Rosa Luxemburgs. Auf dem Grünstreifen, der die Fahrbahnen des Boulevards teilte, waren Gras und Sträucher rücksichtslos niedergetrampelt, Äste von den Bäumen gerissen, Parkbänke umgestürzt. Vereinzelt machten sich einige Arbeiter daran, die Überbleibsel der Unruhen zu beseitigen. Der Regen hatte nachgelassen, dafür sorgte der Dunst für hohe Feuchtigkeit. Wie eine Käseglocke stülpte er sich über die Stadt, weshalb das Grau der letzten Wochen kaum aufhellte. Die Menschen hatten die Schirme zugeklappt, stemmten sich mit weit vorgeneigten Oberkörpern gegen den Ostwind. Überraschenderweise war er sehr mild, brauste gelegentlich jedoch so stark auf, dass er die Hüte von den Köpfen riss. Fluchend rannten die Leute ihnen nach.
Während Constanze die mitunter verzweifelte Jagd nach der Kopfbedeckung beobachtete, fiel ihr auf, längst nicht mehr die

einzige Frau zu sein, die das Haar auf Kinnlänge geschnitten trug. Vor einem Schaufenster blieb sie stehen und betrachtete ihr Spiegelbild in dem dunkel schimmernden Glas. Zur Feier des Tages trug sie einen neuen, weiten Mantel in der modernen Zeltlinie. Otto hatte ihn aus einer dubiosen Quelle besorgt. Das dunkelblaue Kostüm darunter stammte noch aus Vorkriegsbeständen. Eine Schneiderin hatte es gegen Bezahlung mit einer besonders dicken Speckseite geschickt umgearbeitet und natürlich um eine Handbreit gekürzt, was ihm einen besonderen Pfiff verlieh. Zufrieden stemmte Constanze die Hände in die Hüften und schwang vor dem Schaufenster hin und her. So also sah eine frischgebackene Ingenieurin aus. Sie reckte das Kinn, spitzte den Mund. Nicht nur Wilhelm II. hatte abgedankt, auch die gesellschaftliche Ordnung des Kaiserreichs war überwunden. Die Zeiten blondgelockter Engel, wie Selmas Schulfreundin Luise Ronfeld sie verkörperte, waren vorbei. Selbstbewussten Frauen mit kurzen Haaren gehörte die Zukunft. Das hatte Meta Kayserberg einst richtig vorhergesagt. Entschlossen stemmte Constanze die Hände auf die Hüften.

»*Mon dieu,* das liebe Küken, wie es leibt und lebt!«, hörte sie eine vertraute Stimme hinter sich. Konnte das wirklich wahr sein?

»Robert!«

Sie fiel ihm um den Hals.

»Du klingst, als hättest du ernsthaft an mir gezweifelt, *ma chérie.*« Sanft löste er sich aus ihren Armen, küsste sie beidseits auf die Wangen. »Eigentlich sollte ich beleidigt sein. Wie hätte ich unsere Verabredung vergessen können? ›Nach dem Krieg freitags um vier beim *Kranzler*‹, darauf freue ich mich seit Monaten. Es hat zwar etwas gedauert, aber jetzt bin ich da. Der

Krieg ist vorbei, der Waffenstillstand bis Ende Februar verlängert und die erste freie deutsche Regierung auf den Weg gebracht. Sogar Frauen durften wählen und sitzen jetzt in der ehrwürdigen Nationalversammlung. Davon wollen die Zeitungen in Paris, London und New York aus erster Hand erfahren. Das war die Gelegenheit für mich, schnell wieder hierherzukommen. Seit gestern bin ich in der Stadt, heute ist Freitag, und gleich schlägt es vier. Voilà! Wie versprochen stehe ich vor dir.«

»Ein Wunder! So pünktlich seid ihr Franzosen sonst nie.«

»In den letzten vier Jahren haben wir halt viel von euch Deutschen gelernt.« Er lachte, musterte sie unverhohlen von Kopf bis Fuß. »Du scheinst den Krieg gut überstanden zu haben.«

»Seit heute sogar mit einem ordentlichen Studienabschluss.« Neugierig glitt auch ihr Blick über seine hoch aufgeschossene Gestalt. Abgesehen von der offensichtlich neuen Vorliebe für englische Mode, die an der schief auf dem schwarzen Haar sitzenden Schirmmütze, dem karierten Ulster wie auch an den wadenlangen Knickerbockers ablesbar war, hatte er sich kaum verändert. Seine dunklen Augen funkelten vergnügt unter dem großen Mützenschirm hervor, der dünne Oberlippenbart war ordentlich gestutzt wie eh und je.

»*Magnifique!* Dann haben wir noch einen Anlass zu feiern.« Er klatschte begeistert in die Hände. »Dein Vater wird stolz sein. Jetzt kannst du seine Fabrik übernehmen.«

»Die Zeiten sind leider vorbei. Oder sollte ausgerechnet dir entgangen sein, was in Elsass-Lothringen los ist?«

»Du als gebürtige Lothringerin und dein Vater als Saarländer habt nicht das Geringste zu befürchten. Ihr könnt in Metz bleiben. Man wird froh sein, wenn ihr für den Weiterbestand der lothringischen Industrie sorgt. Als Franzose lebt es sich übri-

gens gar nicht so schlecht.« Verschwörerisch zwinkerte er ihr zu. »Was machen deine Pläne für eine neue Reiseschreibmaschine? Damit hast du eine große Zukunft vor dir. Alle Welt tippt jetzt unterwegs auf diesen Dingern.«
»Ich glaube, mitten auf der Straße reden wir besser nicht weiter«, erwiderte sie, als ihr auffiel, wie auffällig unauffällig sich ein Mann in zerschlissener Uniform nur wenige Schritte entfernt von ihnen den Anschein gab, in die Auslage eines Tabakwarengeschäfts vertieft zu sein. Leider hatte er dabei übersehen, dass die Auslage leer und die Ladentür mit Holzbrettern verrammelt war.
»Du hast recht, *ma chérie*«, stimmte Robert zu. »Eine kleine Aufwärmung tut uns gut. Auf zum *Kranzler.*«
Frohgemut nahm er ihren Arm und grüßte den Lauscher im Vorbeigehen. Verlegen wollte sich der Mann abdrehen, da warf Robert ihm einige Münzen zu. Den unverhofften Schatz wollte er sich nicht entgehen lassen und bückte sich gierig.
»Die Siegerpose steht dir«, bemerkte Constanze, als er ihr die Tür zum Café an der Ecke zur Friedrichstraße aufhielt.
»Das Kompliment kann ich nur zurückgeben. Auch du siehst wie eine wahre Siegerin aus.«
Charmant lächelnd hauchte er ihr einen Kuss auf die Hand, bevor er sie zu einem Tisch im hinteren Teil des *Kranzlers* führte. Constanze zögerte, sich hinzusetzen. Es war der Tisch nahe der Heizung, an dem sie oft mit Selma gesessen hatte. Seit fünf Monaten war die Freundin bei ihren Eltern im Rheinland, seit Kriegsende war der Kontakt zwischen ihnen abgerissen. Dass sie sich nun ausgerechnet mit Robert traf, ohne dass Selma davon wusste, bereitete ihr Unbehagen.
»Willst du einen anderen Platz?«, fragte Robert, nachdem er ihr aus dem Mantel geholfen und den Ulster abgelegt hatte.

»Nein, nein«, winkte sie ab und ließ sich nieder, versuchte, das schlechte Gewissen zu verdrängen. Selma befand sich in Bonn, wo vor sechs Wochen die Engländer einmarschiert waren. So schnell würde sie nicht von ihrem Treffen erfahren. »Nach dem Krieg freitags um vier beim *Kranzler*« war ihre Verabredung mit Robert. Es war ihr gutes Recht, diese auszukosten, so wie Selma damals die Affäre mit ihm hinter ihrem Rücken ausgekostet hatte.

»Was möchtest du?« Erwartungsvoll sah er sie an, während er die Mäntel und Hüte an die Garderobiere übergab, die beflissen zu ihnen geeilt war, weil sie dank seines eleganten Auftretens auf reichlich Trinkgeld hoffte. Achtlos steckte er ihr eine Münze zu, die der verhärmt aussehenden Frau ein Strahlen aufs ausgezehrte Gesicht zauberte.

»Bleibt uns eine Wahl?« Constanze sah zur Vitrine. Mit ihrer nahezu leeren Auslage fristete sie ein trauriges Dasein, dem die Karte mit den vielen durchgestrichenen Angeboten die Krone aufsetzte.

»Es ist wie im richtigen Leben, *ma chérie.* Wir müssen nehmen, was man uns gibt.«

Derselben Ansicht war der Ober, der von vornherein darauf verzichtete, sie nach ihren Wünschen zu fragen. »Es gibt nur Tee und Kekse«, murmelte er stattdessen, wischte flüchtig über die Tischplatte, verschwand, um wenig später mit dem spärlichen Angebot auf dem Tablett wieder bei ihnen aufzutauchen.

»Wenigstens ist der Tee heiß«, stellte Constanze fest und blies in die dampfende Tasse.

»Es tut einfach gut, endlich wieder mit dir im *Kranzler* zu sitzen. Fast hätte ich die Hoffnung aufgegeben.« Lässig lehnte Robert sich auf dem schmalen Thonetstuhl nach hinten und schlug die langen Beine übereinander. Die grob gestrickten schwarzen Strümpfe blitzten unter dem Saum der Knickerbocker hervor. Seine Füße steckten in braunen Schnürschuhen. Munter wippte er mit den Spitzen.

»Wir sind wohl nicht die Einzigen, denen es so geht.«

Sie sah sich um. Tatsächlich herrschte in dem traditionsreichen Kaffeehaus reger Betrieb. Die meisten Gäste nutzten die ersten einigermaßen friedlichen Nachmittage, um alte Gewohnheiten der Vorkriegszeit wieder aufleben zu lassen. Echten Ceylon oder Assam hatte zwar selbst der nach Holland geflohene Kaiser lange nicht mehr gesehen, von Sahne oder Zucker ganz zu schweigen. Ein wässriger Aufguss aus getrockneten Brombeerblättern sowie harte Buchweizenkekse genügten allerdings, um die Illusion friedlicher Teestunden heraufzubeschwören.

»Wie schön, dass du überhaupt bis hierher durchgekommen bist.« Constanze schob die leere Tasse von sich und sah ihn lächelnd an. »Ich frage wohl besser nicht, wie dir das in den Wirren der letzten Wochen gelungen ist.«

»Gerade die Wirren der letzten Wochen sind mein Glück gewesen. Meine amerikanischen Auftraggeber haben dafür gesorgt, mir sämtliche Türen zu öffnen. Außerdem haben sie mich großzügig mit Passierscheinen und Lebensmittelkarten ausgestattet. Selbst meine französischen Landsleute konnten da nicht mithalten.« Zur Bestätigung klopfte er auf die Taschen seines Tweedjackets. »Außerdem wurde mir reichlich Benzin für mein Auto zugeteilt. Die Zeitungen im Ausland gieren nach Fotos aus dem besiegten Kaiserreich. Alle wollen die Deutschen am Boden liegen sehen. Dabei ähnelt das Elend der Menschen in Berlin dem in Paris, Straßburg oder Brüssel. Ganz egal, ob du dich bei Siegern oder Besiegten umschaust, überall blicken dir nur hungrige, erschöpfte Gestalten entge-

gen. Die leeren Gesichter erzählen alle dieselben Geschichten.«
Er wandte sich ab, sah in die Weite des von klapperndem Geschirr und wild durcheinander sprechenden Stimmen erfüllten Raums. Grübelnd betrachtete sie sein Profil. Die Augenpartie wie auch die lange, schlanke Nase, der dünne Oberlippenbart und das Kinn bildeten eine markante, sehr harmonische Linie. In den dunklen Augen spiegelte sich Trauer. Sie war versucht, ihm tröstend die Hand auf die glatt rasierte Wange zu legen. Etwas in seinem Blick verriet ihr jedoch, wie unangebracht die Geste wäre, selbst nach den Stunden, die sie im letzten Jahr während eines Bombenangriffs eng umschlungen in einem Metzer Keller miteinander ausgeharrt hatten. Sie hatte gehofft, der Augenblick der Verbundenheit dauerte ewig, ähnlich wie ihre Unbekümmertheit damals in Sessenheim, im letzten Sommer vor dem Krieg. Doch der Wunsch nach Ewigkeit war wohl das Einzige, was einem auf ewig blieb – auf ewig unerfüllt.
»Fotos erzählen leider auch immer nur eine Form der Wahrheit.« Roberts sonst so volltönende, tiefe Stimme war belegt. Er räusperte sich mehrmals, bevor er heiser weitersprach. »Die gilt allerdings immer nur für den Moment, in dem du den Auslöser drückst. Sosehr du dir auch wünschst, dem Augenblick mit einem Foto Ewigkeit zu verleihen, sosehr bleibt das auf ewig ein unerfüllter Traum. Das Leben geht weiter. Was nützt dir die Ewigkeit auf dem Papier, wenn die Wirklichkeit unterdessen eine ganz andere geworden ist?«
Für einen Moment sah sie ihn verwundert an. Das hatte sie gerade selbst so ähnlich gedacht und von Selma gehört, als sie über das Schreiben der Melissa Hohenfels gesprochen hatten. Sie biss sich auf die Lippen, senkte den Blick und sortierte mit

den Fingerkuppen die Kekskrümel auf dem leeren Teller. Ihr Schweigen kam ihm gelegen.

»Mein Vater lebt inzwischen ebenfalls in Berlin.« Sie gab sich einen Ruck und richtete sich wieder auf. »Er hat das starke Bombardement auf Metz nicht mehr ausgehalten. Mehrmals wurde unsere Fabrik getroffen. Jetzt will er noch einmal von vorn beginnen.«

»Und du?«

»Ich werde ihm dabei helfen. Mit meiner Reiseschreibmaschine bin ich tatsächlich einen entscheidenden Schritt weitergekommen. Zum Abschluss meines Studiums habe ich den Prototyp eines leichten, sehr stabilen Modells für unterwegs vorgestellt. Wenn du magst, kannst du sie ausprobieren. Das Patent ist bereits angemeldet. Sobald man wieder an Material kommt, werden wir mit der Produktion beginnen.«

»C'est vraiment formidable!« Anerkennend klopfte er ihr auf die Schulter. »Es hätte mich auch gewundert, wenn du es nicht geschafft hättest.«

»Danke. Es freut mich, dass du an mich geglaubt hast.«

»Warum hätte ich das nicht tun sollen?« Er grinste, um rasch wieder ernst zu werden. »Wie geht es Selma? Hat sie ihre ersten Texte schon auf deiner Schreibmaschine getippt, um deren Tauglichkeit für die Praxis zu testen?«

»Woher weißt du …?«, platzte sie heraus, um sogleich innezuhalten und nach kurzem Zögern hinzuzufügen: »Du meinst ihre Zeitungsartikel über unser Abenteuer bei Verdun? Daraus ist vorerst leider nichts geworden.«

»Verstehe, die Zensur.« Nachdenklich rieb er sich das Kinn. »Oder wollte Gero nicht, dass sie darüber schreibt?«

»Gero ist tot.«

»Oh, das wusste ich nicht.«

»Woher auch.«
»Was ist aus Selmas Bruder Grischa geworden?«, wechselte er überstürzt das Thema. »Damals in Metz war ihm anzusehen, wie sehr er unter seinem Absturz litt. Ist er wohlbehalten aus dem Krieg zurück? Ich hoffe, er ist nicht wieder in ein Flugzeug gestiegen, auch wenn er das unbedingt wollte. Man sollte wissen, wann es genug ist, und sein Schicksal nicht unnötig herausfordern.«
Sie stutzte. Eigenartig, warum er sich ausgerechnet um Grischa derart sorgte. Sie machte sich erschreckend wenig Gedanken um Selmas jüngeren Bruder, wie ihr plötzlich auffiel. Die gemeinsam durchlebte Gefahr im Flugzeug hatte sie für eine Weile zusammengeschweißt. Kaum zu fassen, wie rasch sie die Erinnerung daran abgehakt hatte. Dabei war er doch ein Prachtkerl.
»Ich weiß nicht genau, was er gerade tut«, erwiderte sie verlegen. »In jedem Fall lebt er und befindet sich wohl noch bei seiner Einheit. Das zumindest hat mir Selmas Großmutter erzählt. Jeden ersten Sonntag im Monat esse ich übrigens wieder bei ihr, genau wie vor dem Krieg. Von unserer alten Runde sind allerdings nur wir beide noch in Berlin.«
»Wo ist Selma? Was ist mit ihrem Kind?«, hakte er nach. »Warum sagst du mir nicht einfach, was mit ihnen …«
»Keine Sorge«, beeilte sie sich zu versichern, wenn ihr auch plötzlich ein Kloß im Hals das Reden erschwerte. »Den beiden geht es gut. Im letzten August sind sie zu Selmas Eltern nach Bonn gereist. So mussten sie nicht die Unruhen hier in Berlin erleben.«
»Nach Bonn?«, wiederholte er ungläubig. »Warum das? In Berlin wären sie weitaus besser aufgehoben. Derzeit sind zwar noch die Engländer und Kanadier im Rheinland, früher oder

später aber rücken die Franzosen ein, und die werden das Gebiet komplett abriegeln. Dann sitzt sie in der Falle.«

»Wie merkwürdig, das ausgerechnet von einem Franzosen …«

»Ich pfeife auf Nationalitäten. Welches Unglück mit ihnen verbunden sein kann, haben wir gerade gelernt.« Verzweifelt fasste er sich an den Kopf, fuhr sich mit den Fingern durchs Haar. Eine silberne Strähne stach aus dem Schwarz heraus. »Was soll ich nur tun, um Selma beizustehen, *ma chérie?*«

»Das fragst du mich?« Empört starrte sie ihn an. Seine Augen glänzten verräterisch, um seine Mundwinkel zuckte es. Kein Zweifel: Er war zutiefst beunruhigt.

Sanfter fügte sie hinzu: »Falls du wirklich nicht weißt, was du jetzt tun musst, kann ich dir leider auch nicht raten. Es gibt Dinge, die muss man allein begreifen. Nicht einmal die besten Freunde können einem dabei helfen. Doch ich zweifle keinen Moment daran, dass du weißt, was das Richtige ist, und dass du es auch so schnell wie möglich tun wirst.«

Sie erhob sich. Über ihren Worten war ihr einiges klargeworden. Sie sollte ihren eigenen Rat beherzigen.

»Ich muss gehen. Auf mich wartet eine Menge Arbeit.«

»Constanze, *ma chérie.*« Er stand ebenfalls auf, beugte sich vor und drückte ihr erneut einen Kuss auf die Hand, dieses Mal jedoch weitaus länger und inniger als vorhin an der Tür. Als er das Antlitz hob, umspielte ein Lächeln den fein geschwungenen Mund. »Ich danke dir von Herzen für deine Aufrichtigkeit. Was auch immer kommt, wir werden ganz besonders gute Freunde bleiben.«

Ein letztes Mal umarmte sie ihn, dann eilte sie nach draußen. Trotz aufziehender Dämmerung empfing sie auf der Straße weiterhin milde Luft. Die Gaslaternen brannten. Wie in Zeiten des Krieges war nur jede zweite oder dritte entzündet. Unter

den Linden verbreitete sich spärliches Licht. Der Dunst umhüllte die Glaskugeln mit einem milchigen Kranz. Lampions gleich reihten sich die Lichtinseln im Verlauf der Straße aneinander. Das verlieh ihnen ein festliches Aussehen.
Constanze fühlte eine heitere Stimmung in sich. Nach langen, düsteren Monaten kehrte mitten im Winter bereits der Frühling in die Stadt ein und verhieß Aufbruch. Sie hob den Blick zum Himmel. Das Meer der grauen Wolken wurde von roten und violetten Schlieren unterbrochen. Als wollte sie den Tag noch nicht verloren geben, zauberte die Sonne einen letzten Streifen Helligkeit an den Horizont. Der Krieg war zu Ende, der Kaiser fort, eine neue Ordnung machte sich bereit. Constanze hatte das Examen in der Tasche. Nichts hielt sie mehr auf, ihren Traum zu verwirklichen und endlich das Leben zu leben, das sie leben wollte.
Zuallererst jedoch würde sie einen Brief an Grischas Einheit schicken und um Kontakt zu ihm bitten. Vielleicht hatte er Lust, als Ingenieur in der neuen Fabrik mit anzupacken. Als Pilot verstand er sich auf Maschinen. Davon konnten sie alle profitieren.

5

Wie so oft seit ihrer Ankunft in Bonn stand Selma am Fenster und betrachtete den Rhein. Die regenreichen Dezember- und Januarwochen hatten den sonst so bedächtig aussehenden Fluss zu einem beeindruckenden, schmutzigbraunen Strom anschwellen lassen, dessen Naturgewalten auf dem Weg flussabwärts nichts und niemand entkam. Das erinnerte sie an Josephs sechzigsten Geburtstag vor zwei Jahren.

Damals hatte Gero ebenfalls in Gedanken versunken auf den Rhein gestarrt wie jetzt sie. Ob er sich in die Fluten hatte stürzen und darin untergehen wollen, um den quälenden Erinnerungen an die Front zu entfliehen? Ein seltsamer Sog erfasste sie. Ihr wurde schwindlig, die Wassermassen verschwammen ihr vor den Augen. Sie stützte sich aufs Fensterbrett, lehnte die Stirn gegen das kühle Glas und zwang sich, trotzdem weiter hinauszuschauen.

Nah am Ufer schwamm ein dicker Ast, verhedderte sich in einem Strauch, wurde von der nächsten Welle fortgerissen, drehte sich in einem Strudel mehrmals um die eigene Achse, um endlich in die Flussmitte zu gelangen und von dort immer rasanter abgetrieben zu werden. Seit Monaten ließ auch sie sich ähnlich haltlos durchs Leben treiben, ohne zu wissen, wann sie ein rettendes Ufer oder gar festen Boden unter den Füßen erreichen würde. Geschrieben hatte sie seit Wochen keine Zeile mehr. Die ungewisse Stimmung im Rheinland lähmte sie. Wahrscheinlich war es besser, nach Berlin zurückzukehren. Noch war es möglich. Wenn erst die Franzosen einmarschierten, kam sie womöglich nicht mehr so leicht weg.

Wieder sah sie hinaus. Der Februar war bereits drei Tage alt, der Winter gab sich weiterhin überraschend mild, als hätte er etwas gutzumachen. Der ewige Regen strafte diesen Versuch allerdings Hohn. Wahrscheinlich waren sich die himmlischen Mächte ebenso uneins wie die irdischen, was sie nach Ende des Krieges als Erstes tun sollten: Nachsicht mit den Opfern üben oder Härte gegenüber den Tätern beweisen. So erledigten sie leider beides auf einmal. Die sintflutartigen Regenfälle wirkten zwar wie der halbherzige Versuch, Letztere für immer fortzuspülen. Wie so oft traf die Strafe für die Übeltäter allerdings die am schlimmsten, die am wenigsten Schuld auf sich geladen hatten: die hungernde Zivilbevölkerung. Längst war das Flussbett des Rheins so stark angeschwollen, dass mit einem alles verschlingenden Hochwasser zu rechnen war. Das würde den täglichen Kampf um die Nahrungsbeschaffung noch weiter erschweren.

»Was siehst du eigentlich da draußen? Schiffe werden es jedenfalls keine sein.« Hedda trat neben sie, blickte ebenfalls hinaus. In unzähligen kleinen Rinnsalen floss der Regen die Scheiben hinunter.

»Woher sollten die Schiffe auch kommen?«, meldete sich Joseph vom Frühstückstisch her zu Wort. »Falls du es vergessen hast, meine Liebe: Zwar herrscht seit letztem November Waffenstillstand, das Deutsche Reich aber wird nach wie vor blockiert, und das Rheinland befindet sich ganz in Händen der Alliierten. Bislang sind zwar noch die Briten …«

»Danke für den Hinweis, das hätte ich glatt übersehen«, fiel Hedda ihm ungewohnt sarkastisch ins Wort. »Ihr Zentrumsleute seid wahrscheinlich nach wie vor davon überzeugt, mit der Ausrufung einer selbständigen Rheinisch-Westfälischen Republik hättet ihr das Rheinland vor der drohenden Besetzung durch die Franzosen retten können.«

»Wäre dem so, hätten wir uns wohl kaum vor zwei Wochen an den Wahlen zur Nationalversammlung beteiligt«, erwiderte Joseph in geduldigem Oberlehrerton. »Wenn ich dich daran erinnern darf: Ich habe eines der einundneunzig Mandate meiner Partei errungen und breche morgen zur konstituierenden Sitzung nach Weimar auf. Das würde ich wohl kaum tun, wenn ich davon überzeugt wäre, die neue Republik machte keinen Sinn. Zum ersten Mal wurde von allen Deutschen, Männern wie Frauen, Reichen wie Armen, gelehrten Akademikern wie einfachen Arbeitern, eine Nationalversammlung gewählt. Die Chance gilt es zu nutzen. Wir müssen jetzt den Grundstein für eine bessere Zukunft unseres Volkes legen. Nur so können wir verhindern, dass Deutschland im revolutionären Chaos versinkt. Das werden auch Wilhelm Marx und Konrad Adenauer begreifen und endlich ihre Idee aufgeben, das Land in vier autarke Regionen aufzuteilen. Statt separatistischen Bestrebungen nachzuhängen, müssen wir alle zur Verfügung stehenden Kräfte bündeln. Die brachliegende Industrie wie auch die Wirtschaft müssen wieder in Schwung kommen. Nur so kann sich die Versorgungslage der Bevölkerung bessern.«

»Du redest, als würdest du im Reichstag am Rednerpult stehen.« Böse lachte Hedda auf. »Dabei ist es vollkommen gleichgültig, welche Kräfte ihr wo bündeln wollt. Zu essen gibt es so oder so nichts mehr. Das wenige, was noch da war, haben sich die hungrigen Engländer unter den Nagel gerissen, als sie bei uns eingerückt sind. Wir wären besser in Berlin geblieben. Nicht einmal nach Weimar darf ich mit dir reisen. Bald sitze ich hier wie in einer Mausefalle. Es fahren kaum mehr Züge, Benzin für private Autos gibt es auch keins. Anrufe und Telegramme funktionieren selten, sogar auf die Post ist kein Verlass mehr. Wie wird das erst werden, wenn tatsächlich die Franzosen kommen? Sagt, was ihr wollt, aber so habe ich mir den Frieden nicht vorgestellt.«

»So hat sich wohl keiner den Frieden vorgestellt«, erwiderte Joseph und faltete die auf einen simplen Bogen reduzierte Ausgabe der *Bonner Neuesten Nachrichten* zusammen, um sie vorsichtig neben seine Serviette zu legen. Seit dem Einmarsch der britischen Truppen diente das traditionsreiche Blatt, das seit über hundert Jahren von den Rosenbaums herausgegeben wurde, nur noch als Bekanntmachungsorgan der Alliierten.

»Uns Deutschen gibt man nicht zu Unrecht die Schuld an der ganzen Chose«, fuhr er an seine Frau gewandt fort. »Also müssen wir ausbaden, was wir uns mit unserem Größenwahn im Sommer 14 eingebrockt haben. Zu meinem größten Bedauern trage ich Mitschuld daran. Viel zu siegesgewiss habe ich damals zugestimmt, als es hieß, ›bis Weihnachten ist der Spuk vorbei‹. Der Reichstag war wirklich nur Wilhelms Schwatzbude, wie schon damals böse Zungen behauptet haben. Leider ist es eine sehr lange Vorweihnachtszeit geworden.«

»Für unseren armen Grischa wird sie angesichts der schweren Verwundung kaum jemals enden«, warf Hedda mit tränenerstickter Stimme ein und zückte ein Taschentuch, um sich die Augen zu tupfen.

»Zumindest lebt er und ist wieder bei uns«, stellte Selma klar. »Natürlich wäre ihm ein anderes Kriegsende zu wünschen gewesen. Das aber ist kein Grund, ihn immer nur zu bedauern.«

»Es grenzt an ein Wunder, dass er den Absturz überlebt hat«, stimmte Joseph zu. »Auch sollten wir dankbar sein, dass es ihm gelungen ist, so schnell und einigermaßen wohlbehalten zu uns nach Bonn zu kommen.«

»Dankbar sein!«, äffte Hedda ihn nach. »Ihr habt einfach kein Herz. Schaut euch doch an, was aus dem armen Kerl geworden ist. Da noch von ›einigermaßen wohlbehalten‹ zu sprechen ist ein böser Scherz! Ein Auge hat er verloren, und von dem Granatsplitter ist sein schönes Gesicht für immer entstellt. Mit dem Fliegen ist es vorbei. Jetzt weiß er nicht, wie es weitergehen soll.«

»Bislang weiß keiner von uns, wie es weitergehen soll.« Selma fiel es schwer, die Beherrschung zu bewahren. »Man muss schon froh sein, wenn man am Morgen eine Ahnung hat, ob man am Abend satt und gesund in sein eigenes Bett fällt.«

»Nach Geros Tod bist du bitter und ungerecht geworden.«

Als schwitzte sie, strich sich Hedda mit dem Handrücken über die Stirn. Selmas Blick wanderte über die schlanke Figur der Mutter. Wie gewohnt war sie tadellos gekleidet. Die Nachkriegswirren schienen ihr nicht das Geringste anhaben zu können. Hatte sie im Krieg schon die ständigen Einschränkungen bei Nahrungsmitteln und letztlich sogar der Kleidung spurlos überstanden, so verlieh ihr die derzeitige Not gar etwas Erhabenes. Das feine Antlitz war zwar hagerer, dafür aber noch ebenmäßiger geworden. Das schlichte graue Kleid mit dem hochgeschlossenen Kragen betonte die exzellente Figur, der weder das fehlende Korsett noch die fast fünfzig Jahre etwas anhaben konnten. Den etwas groben Wollstoff, aus dem es gefertigt war, hätte sie früher nur mit spitzen Fingern angefasst, nun trug sie ihn mit einer Selbstverständlichkeit, als handelte es sich um feinsten Samt. Anmutig stellte sie das rechte Bein vor das linke, wodurch die zarten Knöchel in den schwarzen Lederstiefeln sichtbar wurden. Selma sah an sich selbst hinunter, zupfte fahrig am dunkelblauen, schmalen Rock, prüfte den Sitz des Kragens an ihrer weißen Bluse und hoffte, in diesem langweiligen Aufzug wenigstens halb so viel Anmut auszustrahlen wie die doppelt so alte Mutter.

»Deinen Bruder hat ein sehr hartes Los getroffen«, fuhr Hedda fort. »So knapp vor Kriegsende noch abgeschossen zu werden und ein Auge zu verlieren ist tragisch. Doch ein einäugiger Pilot ist schlichtweg unmöglich. Damit wurden all seine Pläne auf einen Schlag zerstört. Leider hat er nach dem Abitur nie etwas anderes gelernt. Was er in Zukunft tun soll, ist mir ein Rätsel.«

»Zumindest hat er noch eine Zukunft. Auch mit einem Auge ist das Leben nicht zu Ende«, widersprach Selma von neuem und warf den Kopf in den Nacken. Das brünette Haar trug sie seit neuestem offen und auf Kinnlänge abgeschnitten. Das verlieh ihr ein Gefühl von Freiheit, das sie ebenso genoss wie Heddas missbilligendes Stirnrunzeln.

»Ich bezweifle, ob du so reden würdest, wäre dein Gero mit einer so schweren Verletzung heimgekehrt.« Hedda spitzte die Lippen. »Du hättest es erst einmal aushalten müssen, den Rest deines Lebens an einen Krüppel gebunden zu sein. Das hört sich leichter an, als es in Wirklichkeit ist. Jeder Blick in den Spiegel beweist dir, welches Elend dich getroffen hat und dass es daraus kein Entkommen mehr gibt. Genauso aber geht es deinem Bruder. Er muss damit fertig werden, nie wieder der zu sein, der er vor der Verwundung gewesen ist. Da fragt man sich, ob das wirklich eine Zukunft zu nennen ist.«

»Wie kannst du nur so reden, Hedda!«, entrüstete sich Joseph. »Selma hat recht: besser einäugig aus dem Krieg zurück als für immer bei Verdun begraben.«

»Lass gut sein, Papa«, bat Selma, die sich plötzlich schämte. Die Mutter kannte sie weitaus besser, als ihr lieb war. Zwar wusste sie nichts von ihrer abenteuerlichen Suche nach Gero auf der französischen Seite der Westfront, trotzdem durchschaute sie, welche Befürchtungen sie damals gequält hatten. »Es stimmt, was Mama sagt. Geros Tod lässt mich so manches ungerecht beurteilen. Dabei habe ich tatsächlich öfter schon gedacht, welch ein Segen es am Ende für ihn gewesen ist, dass er sterben durfte. Ein Dasein als Kriegsversehrter hätte er nicht ertragen. Das ist mir schon im Sommer 1917 klargeworden, als er so lange vermisst war. Mehr als einmal habe ich damals dafür gebetet, er möge eher tot sein als zum Krüppel geschossen. Seine freiwillige Rückkehr an die Front kurz nach der Rettung beweist mir, dass er selbst ganz ähnlich gedacht hat. Die Zeit im Engadin hielt er kaum aus, so sehr quälten ihn die Erinnerungen an die Front. Körperlich war er zwar unversehrt, seelisch allerdings ein Wrack. Ein Leben im Frieden war für ihn unvorstellbar.«

»Was redet ihr da? Geht es etwa schon wieder um mich und mein fehlendes Auge?« Von ihnen unbemerkt stand Grischa auf einmal mitten im Speisezimmer. Erschrocken schlug sich Hedda die Hand vor den Mund, während Joseph sich umständlich von seinem Platz erhob, um dem Sohn aufmunternd auf die Schulter zu klopfen. Selma dagegen sah ihn einfach nur an.

Nach wie vor fiel es ihr schwer, das Entsetzen über sein verzerrtes Äußeres einigermaßen gut zu überspielen, dabei zugleich nicht zu mitleidsvoll oder bedauernd auf ihn zu wirken. Er hatte durch den Abschuss nicht nur das linke Auge verloren. Die gesamte Gesichtshälfte war durch einen Granatsplitter entstellt. Quer durch die Wange verlief die schwulstige rote Narbe, mit der man die Hautlappen mehr schlecht als recht zusammengeflickt hatte. Der Mundwinkel hing weit herunter, weshalb es so aussah, als versuchte er sich unablässig in einem schiefen Grinsen. Die schwarze Klappe, die das Loch in der Augenhöhle kaschieren sollte, sowie die Spuren der schlimmen Erfrierungen auf der Haut an Schläfe, Nase und Ohr taten ein Übriges, ihm ein furchteinflößendes Äußeres zu verleihen. Zudem war ein Großteil seines blonden Haarschopfes linksseitig versengt. Ob die Haare je wieder nachwachsen und die blanke Kopfhaut einigermaßen gnädig überdecken würden, war fraglich.

»Wie gefalle ich dir heute, Schwesterherz?« Mit dem verbliebenen rechten Auge zwinkerte er ihr verschwörerisch zu und posierte aufreizend dicht vor ihr, damit sie ihn von allen Seiten ausgiebig betrachten konnte. »Wieder ein neuer Tag, an dem ein Krüppel wie ich versuchen wird, sich in sein Schicksal zu fügen. Ob du es glaubst oder nicht: Je länger ich hier bin, desto dankbarer bin ich, noch einmal davongekommen zu sein. Auch wenn man es sich vorher schlecht vorstellen kann: Kommt es einmal tatsächlich hart auf hart, wird man plötzlich erschreckend sentimental und klammert sich an das letzte Fünkchen Hoffnung, geht jeden Pakt mit dem Teufel ein, Hauptsache, man darf noch ein Weilchen länger auf Erden wandeln, ganz gleich, wie verkommen und verdorben sie durch uns Menschen geworden ist.«

»Sprich nicht so respektlos, mein Junge!«, mahnte Joseph. »Nimm etwas mehr Rücksicht auf deine arme Mutter, die sich vor Sorge um dich schier verzehrt hat. Als wir erfahren haben, dass du lebst, haben wir zum Dank im Kölner Dom gleich ein Dutzend Kerzen aufgestellt.«

Er trat zu seiner Frau, legte ihr tröstend den Arm um die Schultern. Längst massierte sie sich mit den Fingerspitzen die Schläfen, hielt den Blick gesenkt und schwieg. Das konnte nur eines bedeuten: Gleich würde sie wieder heftig leiden. Selma und Grischa wechselten einvernehmliche Blicke.

»Ich brauche frische Luft. Begleitest du mich nach draußen, Schwesterherz?«

»Bei dem Regen wird das sicherlich kein großes Vergnügen«, knurrte Joseph. Selma meinte, trotz dieser Feststellung die Sehnsucht herauszuhören, ebenfalls mitkommen zu dürfen. Er fühlte sich jedoch verpflichtet, bei seiner Frau zu bleiben.

»Ein Spaziergang ist eine hervorragende Idee«, erwiderte Selma. »Zum Glück sind wir nicht aus Zucker und können Schirme über unseren kostbaren Köpfen aufspannen, damit sie nicht noch mehr Schaden nehmen.«

Sie packte den drei Jahre jüngeren Bruder am Arm und zog ihn in die Diele, um Hut und Mantel aus der Garderobe zu holen. Nicht zum ersten Mal spürte sie, wie dünn und zerbrechlich er geworden war. Zwar hatte er schon immer einen schmächtigen Körperbau besessen, der ihn noch länger erscheinen ließ, als er war, nun aber fehlte ihm tatsächlich mehr als ein Gramm Speck auf den Rippen. Die großzügig um seine abgemagerten Gliedmaßen schlackernde Leutnantsuniform verlieh ihm ein noch verloreneres Aussehen. Als ehemaligem Militärangehörigen war ihm von den Alliierten jedoch strikt untersagt, Zivilkleidung zu tragen. So blieb ihm nichts anderes übrig, als weiter in dem erbärmlichen Aufzug der Verlierer herumzulaufen. Fürsorglich legte sie ihm den fadenscheinig gewordenen Mantel um die Schultern.

»Onkel, Onkel! Du darfst nicht ohne mich fort!« Wie ein Blitz schoss Alma aus der hinteren Ecke hervor und klammerte sich einem Affen gleich an Grischa. Erfreut, sie zu sehen, hob er sie hoch, wirbelte sie einmal um seine Achse, was sie beglückt aufjauchzen ließ, und drückte sie sich anschließend eng an die Brust. Letztlich war schwer festzustellen, wer sich da an wen klammerte: das kleine Mädchen an Grischa oder er an das Kind. Gerührt beobachtete Selma, wie innig die beiden miteinander waren. Zwischen dem Dreiundzwanzigjährigen und dem fast vierjährigen Kind war es Liebe auf den ersten Blick gewesen. Seit Grischa an Weihnachten unerwartet vor der Tür gestanden hatte, wich Alma ihm nur noch ungern von der Seite. Sie war die Einzige, die sein entstelltes Gesicht als völlig normal empfand, gelegentlich sogar unter die Augenklappe schaute, um die leere Höhle darunter zu inspizieren. Kindermädchen Henriette schmollte bereits in der Küche über die offenkundige Missachtung ihrer Person. Längst fürchtete sie ihre

Entlassung, bedeutete doch jeder im Haus einen lästigen Esser mehr, den es satt zu kriegen galt.

»Wie könnte ich es wagen, ohne dich vor die Tür zu gehen, mein Engel?« Zärtlich küsste Grischa Alma auf beide Wangen und setzte sie wieder ab. »Hol schnell deinen Mantel, und dann marschieren wir los.«

»Du bist einfach wunderbar!«, raunte Selma ihm ins Ohr.

»Dass ich den Tag noch erlebe, an dem du mir das sagst, Schwesterherz!« Er lachte, trotzdem hörte sie aus seiner Stimme heraus, wie gerührt er war.

»Der Krieg ist zu Ende, die alten Zeiten auch. Bevor uns allen die Felle davonschwimmen, sollten wir das Ende auch als Chance für einen Neubeginn begreifen. Das gilt übrigens auch für unser Verhältnis als Geschwister. Fortan herrscht Friede.«

Vergnügt zwinkerte sie ihm zu. Statt eine weitere Bemerkung zu machen, fiel er ihr einfach um den Hals.

6

Zu dritt spazierten sie am Rheinufer flussaufwärts. Auf der gegenüberliegenden Flussseite duckten sich im Nebel die Ausläufer von Beuel, weiter südlich erhoben sich aus dem nassgrauen Dunst die sanften Hügel des Siebengebirges. In diesem Teil Bonns war die Bebauung dünn, die großzügigen Gründerzeitvillen wurden von noch großzügigeren Gärten umgeben, die mitunter parkähnlichen Charakter besaßen. Der Regen hatte nachgelassen, die Schirme waren überflüssig. Grischa wie auch Selma benutzten sie als Spazierstöcke. Munter hüpfte Alma einige Schritte voraus, ließ keine Pfütze aus, um mit einem Freudenschrei mitten hineinzuspringen. Selma mal-

te sich bereits aus, wie Henriette später die durchnässten Schuhe und Strümpfe naserümpfend zum Trocknen in die Küche bringen würde. Solange Alma jedoch so großen Spaß an dem Pfützespringen hatte, ließ sie sie gewähren.
Die Rheinanlagen waren nahezu menschenleer. Lediglich zwei britische Offiziere kreuzten ihren Weg. Offenbar steuerten sie die ehemalige Villa der kaiserlichen Prinzen an, die an der Ecke zur Wörthstraße, nur wenige Meter unterhalb des Rosenbaumschen Anwesens, lag und derzeit von den Alliierten besetzt war. Fast hätte Grischa vergessen, die Engländer pflichtgemäß zu grüßen. Der eine der beiden blieb bereits stehen und blickte ihn unwirsch an. Selma versetzte ihm einen mahnenden Stoß in die Seite, da erst fiel es ihm auf. Die Anordnung für deutsche Uniformierte, alliierte Offiziere zu grüßen, war erst seit wenigen Tagen in Kraft. Mit einem Lächeln dankte ihm der zweite Engländer.
»Take good care of your lovely wife and your wonderful little daughter«, riet er ihm und tippte kurz an seine Mütze. Grischa verzog das Gesicht. Gerade noch rechtzeitig konnte Selma ihn fortreißen, sonst wäre er wohl ausfallend geworden.
»Was denkt der sich?«, schimpfte Grischa im Weitergehen. »Glaubt er, deutsche Frauen wären Freiwild für ihn, nur weil Männer wie ich ein Auge verloren haben? Das heißt noch lange nicht, dass wir nicht mehr gut auf euch aufpassen. Der soll sich nur in Acht nehmen. Ein einarmiger Deutscher …«
»Reg dich nicht auf«, versuchte sie ihn zu beschwichtigen. »Wahrscheinlich hat er das völlig anders gemeint. Nicht alle Engländer stürzen sich wie die wilden Tiere auf uns Frauen. Du bist einfach zu empfindlich geworden.«
»Hältst du mich etwa auch für einen neurasthenischen Waschlappen?«

Empört blieb er stehen und zwang sie, ebenfalls anzuhalten. Für einen Moment schwindelte ihr. Ähnlich hatte auch Gero in Sils-Maria reagiert, als sie ihn auf seinen Gemütszustand angesprochen hatte. Anders als Grischa aber war bei ihm die Neurasthenie deutlich erkennbar gewesen, das hatte sie sogar als psychotherapeutischer Laie gut einschätzen können.

»Neurasthenie ist kein Makel, sondern eine ernstzunehmende Krankheit«, erklärte sie und sah sich nach Alma um. Die Kleine beugte sich tief über eine Pfütze und untersuchte offenbar ausgiebig die Regenwürmer und anderes Getier, das sich darin tummelte. Beruhigt, dass sie von ihrem Streit nichts mitbekam, drehte Selma sich wieder zu dem Bruder um und lächelte ihn versöhnlich an. »Allerdings bin ich mir sicher, dass du völlig gesund bist. Niemand zweifelt an dir und deinen Fähigkeiten, erst recht nicht, nachdem du dich im Krieg so tapfer bewährt hast. Ich will dir lediglich begreiflich machen, dass der Krieg vorbei ist und sich die britischen Soldaten seit ihrer Ankunft uns Frauen gegenüber äußerst gentlemanlike benehmen. Sie sind keine Feinde mehr. Apropos: Hast du mir nicht einmal davon vorgeschwärmt, wie ritterlich-edel ihr Flieger einander dort oben in den Lüften begegnet seid, ganz gleich, ob ihr Freunde oder Feinde wart?«

Eindringlich suchte sie seinen Blick, er wich ihr aus.

»Natürlich ist mir klar, dass du draußen an der Front noch andere Erfahrungen mit ihnen gemacht haben wirst als wir Zivilisten zu Hause. Davon hat Gero mir nach seiner Rettung aus Frankreich bereits erzählt. Das wird dir wohl für immer im Gedächtnis bleiben. Trotzdem musst du künftig mit dem Frieden leben. Gerade die Engländer erweisen sich seit ihrem Einmarsch in Bonn als äußerst fair. Wir sollten den Hass begraben und wieder wie zivilisierte Menschen miteinander umgehen.

Es ist Waffenstillstand, in Paris haben die Friedensverhandlungen begonnen. Der Kaiser in Berlin ist weg, wir haben eine Republik, in der Frauen den Männern gleichgestellt sind. Es brechen wohl tatsächlich neue, bessere Zeiten an.«

»Aus Sicht von euch Frauen magst du recht haben«, räumte Grischa ein. »In den letzten Jahren habt ihr an der Heimatfront tatkräftig euren Mann gestanden und das tägliche Leben aufrechterhalten, während wir Männer uns in den Gräben die Köpfe eingeschlagen haben. Deshalb ist es nur gerecht, dass ihr künftig wählen und an allen Entscheidungen teilhaben dürft. Ob uns damit aber tatsächlich bessere Zeiten bevorstehen, wage ich zu bezweifeln. Unterm Strich haben wir alle durch den Krieg verloren. Wo ist unsere Jugend hin? Was ist mit unseren Träumen und Idealen, die wir im Sommer 1914 noch gehabt haben? Sieh mich an: Was ist mir geblieben? Lediglich ein Auge habe ich noch, dafür aber eine ganze Menge zerplatzter Träume und Illusionen. Was soll ich mit dem Rest meines Lebens anfangen? Nicht einmal zum Autofahren reicht es noch.«

»Du wirst etwas finden. Das Leben besteht nicht allein aus Fliegen und Autofahren. Hast du vorhin nicht selbst gesagt, wie verzweifelt man sich an den letzten Rest Leben klammert? Du bist dem Tod doch gerade noch mal von der Schippe gesprungen. Mach das Beste daraus! Das bist du denjenigen, die es nicht geschafft haben, schuldig.«

»Was war eigentlich mit Gero?«, überging er ihren Einwand. »Erst war er vermisst, ist dann bei Verdun wiederaufgetaucht und für einige Wochen mit dir ins Engadin gereist. Gib zu: Du bist damals mit dem Küken über Metz nach Basel gefahren und von dort weiter nach Frankreich, um ihn eigenhändig herauszuholen. Vater hat euch die Passierscheine besorgt, ohne auch nur im Entferntesten zu ahnen, was ihr wirklich vorhattet.«

»Niemals hätte er das sonst getan.«
»Wie ist es euch gelungen, von Basel nach Frankreich zu kommen? Wer hat euch geholfen, Gero aus der Hölle von Verdun zu befreien? Zwei Frauen allein, noch dazu mit deutschen Papieren, wären wohl schon an der Grenze gescheitert.«
Der Blick seines gesunden Auges bohrte sich unerbittlich auf ihrem Gesicht fest. Sie biss sich auf die Lippen. Er wandte sich ab, schaute zu Alma hinüber, betrachtete eine Weile ihr Treiben an der Pfütze. Selmas Herz pochte. Es war unschwer zu erraten, was der Bruder dachte. Als er sich ihr wieder zuwandte, umspielte ein versonnenes Lächeln seine blassen Lippen. Die Gesichtsverletzung verzerrte es, trotzdem war die liebevolle Absicht dahinter zu erkennen.
»Robert muss dich lieben wie niemand sonst auf der Welt«, sagte er leise.
»Ach Grischa, red keinen Unsinn«, fuhr sie ihm verärgert über den Mund, um sogleich innezuhalten. Wieder schweifte ihr Blick auf die braunen Wassermassen des Rheins ab.
»Wenn es anders ist, als ich denke, warum bist du dann nicht einfach mit Gero in der Schweiz geblieben?«, fuhr er fort. »Mama erzählte mir, dass du Henriette und das Kind ebenfalls in die Schweiz hattest kommen lassen. Alle drei wärt ihr gerettet gewesen. Der Teufel muss Gero geritten haben, sich wieder an die Front zu melden. So verbohrt darf doch nicht einmal er gewesen sein! Er muss geahnt haben, dass er damit sein eigenes Todesurteil fällt. Warum hat er es trotzdem getan?«
Ungläubig schüttelte er den Kopf, sah erst wieder zu Alma, dann zu Selma. Das Lächeln war aus seinem Antlitz verschwunden. Eine unendliche Traurigkeit umschattete sein gesundes Auge. Sie rang um die passenden Worte. Die Wahrheit aus seinem Mund zu hören tat unendlich weh.

»Sag nichts, Schwesterherz, ich kann es mir denken.« Er zog sie fest gegen seine schmächtige Brust. Zärtlich strich er ihr über den Kopf, ganz so, wie er es vorhin bei Alma in der Diele getan hatte, und hauchte ihr, bevor er sie wieder freigab, einen Kuss aufs Haar. »Verzeih, dass ich überhaupt gefragt habe. Das alles muss die Hölle für dich sein.«

»Manchmal bin ich mir gar nicht mehr so sicher, was die größere Hölle für mich ist«, erwiderte sie. Dabei hielt sie die Augen gesenkt, war außerstande, ihn anzusehen. »Natürlich weiß ich, was Roberts Hilfe bei meiner Suchaktion letztlich heißt, aber aus irgendeinem Grund fürchte ich mich davor, es mir offen einzugestehen. Gero hat es sofort begriffen, ebenso die Wahrheit über Alma. Doch das war es nicht allein, womit er gerungen hat. Schon in Frankreich machte er keinen Hehl daraus, nicht gerettet werden zu wollen. Am liebsten wäre ihm gewesen, ich hätte nie nach ihm gesucht. Er kam wohl einfach nicht damit klar, Soldat zu sein. Das widersprach all seinen Prinzipien von Gerechtigkeit, wie er mir im Engadin erklärte. Andererseits konnte er sich auch nicht von seinem Pflichtbewusstsein befreien. Nach den Erlebnissen bei Verdun beschäftigte ihn das immer mehr.«

Sie hielt inne, dachte daran, in welchen Gewissenskonflikt es ihn gebracht hatte, seine eigenen Leute erschießen zu müssen, um wehrlose Frauen vor ihren bestialischen Übergriffen zu bewahren. Das aber konnte sie Grischa nicht erzählen, zumindest noch nicht jetzt.

»Ach, Bruderherz, du ahnst nicht, wie oft ich mir vorgeworfen habe, diese Wahnsinnsfahrt überhaupt unternommen zu haben. Von Anfang an war sie zum Scheitern verurteilt. Obendrein habe ich damit zwei weitere Menschen in größte Gefahr gebracht. Das hätte übel ausgehen können.«

»Die beiden haben dir aus freien Stücken beigestanden. Außerdem ist es für sie gut ausgegangen. Als ich sie letzten Herbst in Metz getroffen …«
»Du hast sie getroffen? In Metz?« Selma schrie auf. »Etwa beide zusammen? Wann war das? Verrat mir alles darüber!«
Sie packte ihn am Revers seiner Uniformjacke. Grischa verzog das Gesicht, Alma kam weinend angerannt und presste sich gegen ihre Oberschenkel, vergrub das Gesicht in den Falten ihres Mantels. Da erst wurde ihr bewusst, was sie mit ihrer heftigen Reaktion angerichtet hatte. Leise murmelte sie »Verzeih!« und ließ ihn los.
»Hat Constanze dir also tatsächlich nie davon erzählt?«, fragte er und sah an ihr vorbei auf den Rhein, als würde er das dort noch einmal erleben. »Wir sind uns auf der Esplanade begegnet, wo ich damals im Lazarett … Ich dachte, du wüsstest, dass ich schon einmal …«
Unerwartet begann er zu stammeln, brach mitten im Satz ab und konnte nicht mehr weiterreden. Er schluchzte laut.
»Was hätte Constanze mir davon erzählen sollen?« Sacht rüttelte sie ihn am Arm.
Tatsächlich sah er aus, als durchlebte er gerade einen Alptraum. Da musste mehr dahinterstecken als seine Verlegenheit, ihr unabsichtlich etwas von einem heimlichen Treffen ihrer besten Freunde verraten zu haben. Sie flüsterte Alma etwas Tröstendes ins Ohr, bis ihr Weinen verebbte, und bat sie, in der Pfütze fünf Regenwürmer zu angeln, die sie nachher Fina in die Küche bringen sollte. Stolz über diesen wichtigen Auftrag rannte die Kleine davon.
»Warum warst du damals überhaupt in Metz?«, fragte sie, sobald Alma außer Hörweite war. Über ihren Worten sackte Grischa kraftlos gegen ihre Schulter und begann hemmungslos zu

weinen. Sie schlang die Arme um ihn und wiegte ihn tröstend hin und her, wie sie es mit Alma zu tun pflegte. »Ist es so schlimm?«

Erst nach einer geraumen Weile versiegten seine Tränen, und er richtete sich wieder auf. Mit den Handrücken wischte er sich die rechte Wange trocken. Entsetzt erkannte sie, dass er nur noch einseitig weinen konnte. Wie hatte sie vergessen können, dass er nicht allein den Augapfel, sondern das gesamte Lid verloren hatte? Lebenslang würde er das mit einer hässlichen Augenklappe kaschieren müssen. Am liebsten hätte sie ihn abermals umarmt und mit ihm gemeinsam über sein Schicksal geweint.

Er rang sich ein schiefes Lächeln ab. Je öfter sie das an ihm sah, desto mehr Charme besaß es für sie.

»Im August 1917 bin ich in Flandern zum ersten Mal vom Himmel gefallen, sozusagen eine Generalprobe für später.« Bitter lachte er auf. »Damals hatte ich allerdings gewaltiges Glück. Mein Schutzengel war gerade noch im Dienst. Die Bruchlandung verlief einigermaßen glimpflich, und einem Kameraden gelang es, mich rechtzeitig aus dem brennenden Heuhafen zu ziehen. Lediglich meine Nerven spielten einige Wochen lang verrückt. Deshalb war es mir unmöglich, wieder vom Boden abzuheben. Auf meinen eigenen Wunsch hin durfte ich mich in Metz erholen, bis das Zittern in den Händen aufgehört und mein Kopf wieder klare Gedanken gefasst hatte.«

»Oh Grischa, warum hast du nie …«

»Hätte ich euch davon erzählt, hätte Papa alles darangesetzt, mich vom Fliegen abzuhalten.« Das entschlossene Funkeln in seinem gesunden Auge verriet, wie sehr ihn dieser Gedanke aufwühlte. »Ich bin Flieger mit Leib und Seele. Das Einzige, was mir wirklich helfen konnte, war, so schnell wie möglich wieder in meinem Flugzeug zu sitzen und ganz hoch in den Himmel zu steigen. Weil ich das jetzt nicht mehr tun kann, drehe ich durch.«

»Du bist verrückt!«, stellte sie fest. »Begreif doch endlich, welch unglaubliches Glück du gehabt hast: Zweimal hast du den Absturz mit dem Flugzeug überlebt! Das muss ein besonderes Zeichen sein, dass noch Großes vor dir liegt. Zwar wirst du nicht mehr fliegen können, dafür aber wird sich etwas Neues auftun. Warum bist du sonst so glimpflich davongekommen?«

»Meinst du, ich sollte jetzt auch Romane schreiben, so wie du?«

»Bitte?«

»Keine Sorge, Schwesterherz«, lenkte er großmütig ein. »Von mir erfährt niemand etwas über deine neue Berufung.«

»Woher weißt du …?«, setzte sie an, um mit einem triumphierenden Grinsen von ihm unterbrochen zu werden: »Großmama konnte ihren Stolz einfach nicht verbergen. Noch ins Lazarett hat sie mir den Vorabdruck des Debütromans einer gewissen Melissa Hohenfels aus der *Dame* geschickt. Erst habe ich gedacht, sie würde selbst unter anderem Pseudonym einen Neubeginn wagen, nach den ersten Zeilen aber war mir klar, wer dahintersteckt. Deine Art zu erzählen und die Welt zu beschreiben, erkenne ich sogar mit nur einem Auge auf Anhieb. Ich freue mich, dass wenigstens du eine neue Aufgabe gefunden hast. Aus den furchtbaren Erlebnissen der letzten Jahre gestärkt herauszukommen, um etwas völlig Neues auszuprobieren, verdient allergrößten Respekt. Ich gratuliere dir und wünsche dir von Herzen, dass du damit weitermachst.«

»Danke.« Von neuem umarmte sie ihn und küsste ihn rechts und links auf die Wange. Zum ersten Mal berührten dabei ihre

Lippen die entstellende Narbe. Für einige Sekunden erschrak sie, dann aber presste sie ihn umso inniger an sich. Eigentlich war er trotz des fremden Gesichts noch ganz der Alte. Einen Moment länger als nötig kostete sie es aus, die alte Vertrautheit zwischen ihnen wieder zu spüren.

»Dasselbe könntest du auch versuchen. Die Erinnerungen eines zweimal vom Himmel gefallenen Fliegers wären ein exzellenter Romanstoff.«

»Du kannst ihn gern haben.«

»Danke, sehr großzügig von dir. Bei Gelegenheit komme ich darauf zurück.«

Sie schmunzelte und hakte sich zum Weitergehen bei ihm unter. Fröhlich hüpfte Alma auf ihr Winken herbei. Den Regenwurmauftrag hatte sie zum Glück vergessen und präsentierte stattdessen einen langen Stock, den sie mit nach Hause nehmen wollte. Selma reichte ihr die freie Hand und lief mit den beiden weiter flussaufwärts die menschenleeren Rheinanlagen entlang.

Aus dem Augenwinkel gewahrte sie, wie nah das Wasser des Flusses bereits an den Weg heranreichte. Nur noch wenige Zentimeter fehlten, bis es über die Böschung schwappte. Das aber beunruhigte sie plötzlich nicht mehr. Stattdessen hatte sie das Gefühl, im fernen Nebeldunst das rettende Ufer zu erspähen.

Grischa war zweimal vom Himmel gefallen und hatte überlebt. Das war wirklich eine ausgezeichnete Geschichte, die sich niemand besser ausdenken sollte. Sie sollte dringend nach Berlin zurückkehren und wieder mit dem Schreiben beginnen. Solche Schicksale zu erzählen würde nicht nur ihr selbst den nötigen Halt im Leben zurückgeben. Außerdem musste sie mit Constanze reden und sie vorsichtig über Robert aushorchen. Grischas Bemerkungen hatten ihre mühsam verdrängten Zweifel wieder aufgewühlt. Einerseits wusste sie, was Roberts selbstloser Beistand bei Verdun letztlich bedeutete, andererseits verwirrte es sie, wie sang- und klanglos er anschließend in Basel aus ihrem Leben verschwunden war. Constanze dagegen hatte er danach also mindestens noch ein Mal in Metz getroffen. Was allerdings fast noch schlimmer war: Die Freundin hatte ihr das verschwiegen! So bitter die Antwort möglicherweise ausfallen würde, sie musste Constanze darüber befragen. Endlich wollte sie Gewissheit haben, wie sie drei wirklich zueinander standen.

7

Bei Tagesanbruch verließ Joseph das Haus. Selma lag wach im Bett, balancierte das aufgeschlagene Notizbuch auf den Knien und kaute am Bleistift, hoffte, endlich wieder etwas schreiben zu können. Ihr Zimmer ging zur Straße, das Fenster befand sich genau über der Diele. In der Stille des frühen Morgens, die vom gesunden Schlaf der anderen Bewohner erzählte, fiel die schwere Eingangstür besonders laut ins Schloss. Ebenso waren Josephs eilige Schritte über die Schieferplatten im Vorgarten deutlich zu vernehmen. Sie sah auf die Uhr. Es war Punkt acht. Joseph hatte eine lange Reise quer durchs ganze Land vor sich. In zwei Tagen trat in Weimar die neu gewählte Nationalversammlung zusammen. Selma war stolz, dass er zu den Abgeordneten zählte. Dank der Mitwirkung am Aufbau der Republik hatte er endlich wieder ein klares politisches Ziel vor Augen.

Sie wollte das Zuschlagen des gusseisernen Gartentors noch abwarten, bevor sie sich aus dem warmen Plumeau schälte, um sich zu Fina und Käthe in der Küche zu gesellen. Gab es zwar nach wie vor nur dünnen Ersatzkaffee, so gehörte der morgendliche Plausch mit den beiden guten Geistern zu ihren liebsten Ritualen, seit sie bei den Eltern in Bonn weilte. Voller Vorfreude spitzte sie die Ohren. Das Gartentor quietschte, doch da war noch etwas. Ein Auto fuhr vor. Das weckte Selmas Neugier. Seit Monaten gab es für die Zivilbevölkerung kein Benzin mehr, geschweige denn fahrtüchtige Fahrzeuge, die den Namen »Auto« tatsächlich verdienten. Voller Wehmut dachte sie an Geros roten Audi, den legendären Alpensieger, den er zu ihrem größten Bedauern im zweiten Kriegswinter zu seiner Familie nach Ostpreußen geschickt hatte. Bestimmt war er längst ebenso unbrauchbar wie alle anderen zivil genutzten Wagen. Selbst die Kraftdroschken waren aus dem Stadtbild verschwunden. Stattdessen wurden klapperdürre Pferde zum Transport von Waren und Personen vor altersschwache Kutschen aus dem letzten Jahrhundert gespannt. Wenn schon die Felder brachlagen und die ohnehin magere Obsternte im Dauerregen verfault war, versuchte mancher Bauer auf diese Weise ein paar Pfennige dazuzuverdienen. Unvorstellbar, dass Joseph sich ein Auto statt eines solchen Pferdefuhrwerks organisiert hatte, um zum Bahnhof zu gelangen. Ein solches Privileg würde er sich niemals gönnen. Er war viel zu bescheiden und legte großen Wert darauf, nicht aufzufallen.

Eindeutig aber verklang da draußen vor dem Haus gerade das Tuckern eines Motors, als träfe Besuch ein. Josephs aufgeregte Stimme, die bis in Selmas Schlafzimmer im ersten Stock drang, verriet, dass auch er sich darüber wunderte. Autotüren wurden geöffnet, ein Mann und eine Frau riefen Joseph etwas zu. Ohne die Worte zu verstehen, ahnte Selma sofort, wer da vorgefahren war. Konnte das tatsächlich wahr sein?

Mit einem Satz sprang sie aus dem Bett, schlüpfte in die bereitstehenden Pantoffel und warf sich im Laufen den Morgenmantel über. Die Treppe ins Erdgeschoss flog sie, eine Stufe über die andere springend, regelrecht hinunter. Das alarmierte Hedda. Noch während Selma den Gürtel des Morgenmantels mit der linken Hand zu verknoten suchte und mit der rechten die Haustür aufriss, rief sie ihr entrüstet von der ersten Etage aus nach: »Selma, Kind! Wo bleiben deine Manieren? Du vergisst dich!«

Das war Selma einerlei. Schon rannte sie über die glitschigen Schieferplatten Richtung Gartentor. Ihr Herz raste, wenn sie daran dachte, wer ihr da gleich gegenüberstand. Die Besucher und Joseph waren allerdings viel zu sehr mit gegenseitigem Umarmen beschäftigt, um ihr Beachtung zu schenken. Als sie bis auf wenige Meter herangekommen war, verlangsamte sie ihre Schritte, kämmte sich das kinnlange Haar mit den Fingern notdürftig durch und räusperte sich. »Guten Morgen!«

Wie auf Kommando hielten die drei in ihrem Begrüßungsritual inne und drehten sich zu ihr um.

»Selma, Liebes!« Die zierliche Großmutter fasste sich als Erste, schob Joseph ungeduldig mit dem Gehstock beiseite und lächelte sie triumphierend an. »Was sagst du dazu? Ist das eine gelungene Überraschung?«

»Das kannst du laut sagen.« Selma fiel ihr um den Hals. Das Gesicht in die magere Halsbeuge der Großmutter gedrückt, drängten plötzlich die Tränen nach oben.

»Lass gut sein, Liebes!« Energisch befreite sich Meta aus ihren Armen. »Ich bin nur die Begleitung. Hier wartet jemand ganz anderes auf deine herzliche Begrüßung.«

Sie trat einen Schritt beiseite, um Robert nicht im Weg zu stehen. Selma wagte kaum, ihn anzuschauen. Ein Frösteln erfasste ihren Leib. Das hatte nichts mit ihrem straßenuntauglichen Aufzug in Nachthemd, Morgenmantel und Pantoffeln zu tun. Zwar sehnte sie das Wiedersehen mit Robert seit langem herbei, nun jedoch, da es Wirklichkeit geworden war, konnte sie es kaum ertragen. Seit Grischa ihr von dem Treffen mit ihm und dem Küken in Metz erzählt hatte, nagten die Zweifel in ihr, was er tatsächlich für sie empfand.

»Guten Morgen«, ergriff er die Initiative und streckte ihr förmlich die Hand entgegen. Selma zögerte, sie zu ergreifen. Dass er sich so distanziert gab, bestätigte ihre ärgsten Vermutungen.

»Joseph, mein Lieber, ich glaube, ich muss dringend ins Haus und etwas Heißes trinken, sonst schlage ich hier draußen am Gartentor noch Wurzeln.« Entschlossen zupfte Meta ihren Schwiegersohn am Arm. »Seit Tagen sind wir quer durchs Land gerumpelt, die letzte Nacht sogar komplett durchgefahren. Du machst dir keine Vorstellung, wie dringend ich einen ordentlichen Stuhl und ein warmes Getränk brauche.«

»Gern, liebe Mama«, erwiderte Joseph, ohne jedoch Anstalten zu machen, sie zur Eingangstür zu begleiten. Da erst wurde Meta sich bewusst, dass er in Hut und Mantel ausgehfertig vor ihr stand.

»Hast du etwas Besonderes vor?«, fragte sie und musterte ihn von oben bis unten mit einem Blick, der ihn auf den Status eines Schuljungen reduzierte.

»Aber natürlich.« Stolz streckte er die Brust heraus.

»Oh, wie konnte ich das vergessen?« Meta lachte. »Du bist auf dem Weg nach Weimar! Ich gratuliere dir zu dieser ehrenvollen Aufgabe. Hoffentlich sehen das deine lieben Parteikollegen aus Köln ebenso und vergessen ein für alle Mal ihre krude Idee vom Bund der vier eigenständigen Republiken. Eine Republik auf deutschem Boden ist wirklich genug, das hat sogar Liebknecht schnell begriffen, nachdem ihm Scheidemann im letzten November mit der Ausrufung ganze zwei Stunden zuvorgekommen war. Doch die Zentrumsleute um Adenauer und Marx sind dickköpfig. Nimm dich in Acht! Das allzu Katholische an ihnen hat mir noch nie behagt. Das passt auch gar nicht zu dir. Du bist doch ein Freigeist, folgst deinem eigenen Gewissen. Tu es auch jetzt. Vorher aber wirst du noch Zeit haben, mich in dein Haus zu begleiten und Fina zu bitten, sie solle so etwas Ähnliches wie einen Kaffee für mich aufbrühen. Ist es nicht herrlich, wie gut sich endlich alles anlässt? Auch Hedda sollte die Koffer packen und nach Berlin zurückkehren. Die Republik braucht anständige Politiker wie dich, mein lieber Joseph. Dein Platz ist in Berlin. Eure olle Bonner Zeitung kann dein Neffe sowieso viel besser ohne dich leiten.«

Damit zog sie ihn mit sich fort. Selma und Robert sahen ihr nach, wie sie langsam auf ihren Stock gestützt den kurzen Weg zum Haus zurücklegte, während Joseph ihr gehorsam wie ein kleiner Junge folgte. In der Haustür stand Hedda, das blonde, wellige Haar akkurat frisiert und mit einem schlichten, aber bestens sitzenden grauen Ensemble aus Wolle bekleidet. Über ihren Schultern lag ein roter Umhang, den sie mit den Fingern über der Brust zusammenhielt. So tadellos ihre Erscheinung auch war, so unwirsch war ihre Miene, als sie zwischen ihrer Mutter und Robert hin- und hersah. Der unerwartete Besuch gefiel ihr gar nicht.

»Hedda, mein Kind, fall deiner alten Mutter nicht so ungestüm um den Hals«, kommentierte Meta amüsiert. Halb zu Hedda und halb zu Selma und Robert am Gartentor gewandt, fuhr sie fort: »Ich weiß ja, wie sehr du dich freust, uns in deinem Haus zu begrüßen. Auch mir ist es immer wieder eine Freude, bei dir zu sein.«

»Das kommt alles etwas zu plötzlich für sie, liebe Mama«, beeilte sich Joseph wieder einmal pflichtschuldigst, zwischen Schwiegermutter und Gattin zu vermitteln.
»Derzeit kommt für uns alle ständig alles zu plötzlich«, erwiderte Meta ungerührt. »Höchste Zeit, dass sich die Gute daran gewöhnt, alles einfach so zu nehmen, wie es kommt. Nachdem wir Frauen endlich die gleichen Rechte im Land haben, kann es nur noch aufwärtsgehen. Kein Grund, bei Unvorhergesehenem gleich zu erschrecken. Hätte ich das getan, stünde ich jetzt nicht vor euch. Oder was glaubt ihr, wie überrascht ich war, als Robert vor etwas mehr als einer Woche vor mir stand und mir vorschlug, ihn auf einer Reise ins Rheinland zu begleiten? Im Auftrag amerikanischer und französischer Zeitungen soll er Fotos vom besiegten Deutschland machen. Das Auto und das Benzin haben sie ihm ebenso zur Verfügung gestellt wie die nötigen Passierscheine und alle sonstigen Vergünstigungen. Das alles für zwei Personen, deshalb kam er zu mir. Gleich habe ich die Gelegenheit beim Schopf ergriffen, um bei euch nach dem Rechten zu sehen. Davon abgesehen, war es eine sehr beeindruckende Fahrt durch unser Land. Doch davon erzähle ich euch später mehr. Vielleicht kann Robert schon einige Fotos entwickeln und euch zeigen. Ihr werdet staunen. Erst einmal aber muss ich etwas essen.«
»Ich gebe Käthe Bescheid«, erklärte Joseph, weil Hedda sich noch immer nicht rührte, und verschwand nach drinnen.
»Dein Mann weiß einfach, was sich gehört«, stellte Meta fest und erklärte Hedda so laut, dass auch Selma es hörte: »Wenigstens du und deine Tochter habt Glück mit den Männern in eurer Familie, mein Kind. Das ist mir auf der beschwerlichen Fahrt der letzten Tage klargeworden. Dein dem kaiserlichen Heldentod zum Opfer gefallener Schwiegersohn Gero

war ein echter Gentleman. Stets verhielt er sich korrekt. Und Robert ist ein Kavalier, wie ihn sich jede Frau nur wünschen kann.«

Aufmunternd winkte sie zu Selma, bevor sie Hedda die Hand auf den Arm legte und sie auf diese Weise geradezu nötigte, sie mit zwei Wangenküssen rechts und links willkommen zu heißen. Ein letztes Mal schaute Hedda mit gerunzelter Stirn zum Gartentor, dann gab sie Metas Drängen nach und führte sie nach drinnen. Aus dem Innern des Hauses tauchte Käthe auf und geriet schier außer sich vor Freude, Meta gesund und munter wiederzusehen.

»Deine Großmama ist ein Phänomen«, ergriff Robert das Wort. *»Très charmante et très sage. Une grande dame avec beaucoup d'esprit.«*

»*Merci beaucoup,* dass du sie hergebracht hast.«

»Nicht nur deswegen bin ich zu euch gefahren.« Seine Stimme wurde leise, er suchte ihren Blick und sah sie erwartungsvoll an. Ihr wurde flau.

»Wahrscheinlich willst du herzzerreißende Bilder von uns Verlierern schießen«, versuchte sie sich halbherzig in einem Scherz. Im nächsten Moment schon ärgerte sie sich über diese Albernheit.

»Dich würde ich ungern als Prototyp des deutschen Elends ablichten«, erwiderte er. »Die Reportagen sind zwar eine günstige Gelegenheit gewesen, um die Fahrt mit dem Auto überhaupt machen zu können. Nie im Leben hätte ich sonst Benzin und Lebensmittelkarten aufgetrieben. Aber der eigentliche Grund meiner Reise ist ein anderer, und das weißt du auch.«

Er beugte sich zu ihr hin. Schon spürte sie seinen Atem auf dem Gesicht. In ihrem Bauch breitete sich ein angenehmes Kribbeln aus.

»Das hoffe ich sehr«, krächzte sie heiser, schloss die Augen und hielt den Atem an.

»Dann sind wir uns ja einig«, hörte sie ihn noch sagen, bevor sie im nächsten Moment in einem leidenschaftlichen Kuss versanken, der sie alles um sich herum vergessen ließ. Selma war es, als katapultierte sie dieser Kuss in eine andere Wirklichkeit, in der der unsägliche Krieg und die schrecklichen Erlebnisse der letzten Jahre auf einen Schlag ausgelöscht wurden. Auch die lästigen Zweifel waren endlich besiegt. Das Einzige, was jetzt noch zählte, war, Robert in den Armen zu liegen und ihre Liebe zueinander zu spüren. Das war sie ihm schuldig. Und ein klein wenig auch sich selbst. Sie fühlte den Halt, den er ihr gab, schmeckte seine Lippen, atmete das lang vermisste Duftgemisch aus Zigarettenrauch, Rasierwasser und Entwicklerflüssigkeit aus seinem kratzigen Tweedanzug.

Fest presste er sie an sich, umschloss ihren Mund mit dem seinen. Erst als der dünne Regen stärker wurde, ließ er von ihr ab, sah sie mit seinen nahezu schwarzen Augen besorgt an. »Du musst aufpassen, sonst erkältest du dich.«

»Was soll mir jetzt noch passieren, wo du endlich bei mir bist?«

»Vor vielem kann ich dich beschützen, nicht aber vor Husten und Schnupfen.« Flink zog er sein Jackett aus und warf es ihr über die Schultern. Erst in diesem Augenblick wurde sie gewahr, wie stark sie bereits fror. Die Kälte zog ihr von den nackten Füßen die Beine hinauf.

»In Wahrheit willst du selbst nicht nass werden.« Sie versetzte ihm einen neckenden Nasenstüber.

»Wie hast du das nur wieder erkannt?«

Sie fassten sich an den Händen und rannten zur Tür, gerade noch rechtzeitig, bevor ein wahrer Wolkenbruch vom Himmel niederging und der Regen so unerbittlich auf die Erde prasselte, dass man darüber sein eigenes Wort nicht mehr verstand. In der Diele schüttelten sie sich übermütig wie junge Hunde die Tropfen aus den Haaren.

»Was macht ihr da?«, ertönte ein helles Kinderstimmchen von der Treppe. »Wer ist der fremde Mann, Mama?«

Selma fuhr herum und erblickte Alma und Grischa. Langsam stieg er mit ihr auf den Armen die Stufen hinunter. Noch im Näherkommen streckte Alma Selma die kurzen Arme entgegen, starrte Robert neugierig aus ihren dunklen Augen an. Ebenso wie Selma trug auch sie lediglich ein Nachthemd. Ungebürstet umringelten die dicken schwarzen Locken den niedlichen Kopf. Selma nahm sie dem Bruder vorsichtig ab, drehte sich Robert zu. Der war blass geworden. Seine nahezu schwarzen Augen erwiderten Almas Blick. Unter dem dünnen Oberlippenbart bebten seine Lippen. Seine schlanke, hoch aufgerichtete Gestalt schien wie gelähmt.

»Robert?«, fragte Selma leise. »Was hast du?«

»Wer ist das, Mama?«, fragte Alma erneut und begann, unruhig auf ihren Armen zu zappeln. »Ist das ein Freund? Von dir oder von Grischa? Warum sagt er nichts? Grischa!«

Sie reckte sich nach dem Onkel. Grischa hielt wenige Schritte entfernt Wache und war sofort zur Stelle, als befürchtete er Schlimmes für das Kind. Beschwichtigend strich er Alma übers Haar und küsste sie auf die Wange. Sie kniff ihm ins entstellte Gesicht, zog ihn nah zu sich heran.

»Du musst keine Angst haben, Kleines«, beruhigte er sie und nahm sie wieder zu sich. »Mama wird dir erzählen, wer das ist. Erst einmal gehen wir beide zu Fina und bitten sie um eine heiße Schokolade. Ich habe wahnsinnigen Hunger, weil ich heute Nacht etwas sehr Anstrengendes geträumt habe.«

»Das musst du mir gleich erzählen«, quiekte sie und schlang ihm die kurzen Arme um den Hals, schmiegte sich eng an seine Wange.
»Sofort, mein Engel!« Er klopfte Selma aufmunternd auf die Schulter, nickte Robert zu und verschwand mit dem Kind Richtung Küche.
»Deinem Bruder scheint es wieder gutzugehen«, stellte Robert mit belegter Stimme fest, sobald die beiden außer Sichtweite waren. »Als ich ihn letztes Jahr in Metz getroffen habe, wirkte er furchtbar durcheinander.«
»Kann man von jemandem behaupten, es ginge ihm gut, wenn er ein Auge und das halbe Gesicht verloren hat?« Selma musterte ihn besorgt. Eigentlich war er derjenige, von dem man sagen musste, er wirke »furchtbar durcheinander«. Doch seine törichte Bemerkung war verständlich. Immerhin hatte er Alma gerade zum ersten Mal gesehen. Es war ihm deutlich anzumerken, wie sehr ihn das bewegte. Tränen traten Selma in die Augen. Sie rang mit sich, ob sie ihn einfach umarmen und festhalten oder besser in Ruhe lassen sollte. Etwas in seinem Blick hielt sie davon ab, ihm in diesem Moment zu nahezukommen.
»Dafür hat er sein Leben behalten«, fuhr er nach einer halben Ewigkeit und mehrmaligem Räuspern in gepresstem Ton fort. »Das ist heutzutage schon eine ganze Menge. Wenn du meine Fotos siehst, wirst du wissen, was ich meine.«
»Ich kann es mir vorstellen. Auch ich habe einiges gesehen und erlebt, was mir das beweist.«
Sie hielt inne. Eigentlich war das nicht der rechte Zeitpunkt, um sich an die Erfahrungen der letzten Jahre zu erinnern. Sie geriet ins Taumeln. Robert streckte die Hände aus, um sie aufzufangen. Dankbar lehnte sie sich gegen seine Brust, freute

sich, von neuem Halt bei ihm zu finden. Behutsam schlang er die Arme um sie, zog sie enger zu sich. Gern ließ sie es geschehen. Auf einmal war das Trennende zwischen ihnen verflogen, endlich waren sie einander wieder nah.
»Wusste Gero über Alma Bescheid?«, fragte er dicht an ihrem Ohr, ohne den Griff um ihren Leib zu lockern.
Mühsam schälte sie sich aus seinen Armen, hielt den Blick gesenkt. Mehr zu sich selbst als zu ihm sagte sie: »Natürlich. Als wir ihn aus den Wäldern von Verdun geholt haben und er so viele Stunden neben dir im Auto verbrachte, muss es ihm endgültig klargeworden sein. Wahrscheinlich hat er es vom ersten Tag an geahnt. Damals im Wagen aber hat er mit eigenen Augen gesehen, wie ähnlich die Kleine dir sieht. Vorwürfe hat er mir jedoch nie gemacht.«
»Ist er deshalb zurück an die Front?«
»Nein«, antwortete sie eine Spur zu hastig. Sobald sie Roberts entsetzte Miene gewahrte, fügte sie rasch hinzu: »Er meinte, es wäre seine Pflicht, zu seiner Einheit zurückzukehren. Das wäre er seinem Gewissen schuldig.«
»So etwas Ähnliches hast du auch schon einmal gesagt.«
»Worauf willst du hinaus?«
»Das weißt du genau. Immer wieder hast du dem Küken und mir gesagt, du wärst es Gero schuldig, ihn aus Verdun herauszuholen.«
»Nicht nur das bin ich ihm schuldig gewesen.«
»Was denn noch?«
»Vieles. Aber das erzähle ich dir ein anderes Mal.« Sie wollte ihn aus der Diele ins Esszimmer schieben, wo es heller und wärmer war. Außerdem stand dort inzwischen bestimmt das Frühstück bereit.
»Bist du dir selbst eigentlich nie etwas schuldig?«

Fest umklammerte er ihre Hand. Ihr blieb keine Wahl, sie musste ihn ansehen. Langsam verzog sie die Lippen zu einem scheuen Lächeln.
»Ich fürchte, du kennst mich besser, als mir lieb ist.«
Wieder umschlossen sich ihre Lippen mit einem innigen Kuss. Dieser Kuss sollte nie enden, der Augenblick nie vorübergehen, sondern zur Ewigkeit werden.
Ein Hüsteln von der Tür des Wohnzimmers her bereitete dieser ersehnten Ewigkeit ein abruptes Ende. Viel zu hastig ließ Robert von ihr ab, richtete sich Krawatte, Kragen und Jackett und drehte sich um. Selma dagegen ließ sich Zeit, die offensichtlichen Spuren der leidenschaftlichen Umarmung zu beseitigen. Solange sie noch in Morgenmantel und Pantoffeln steckte, durfte niemand ein akkurates Auftreten erwarten. Gerade die Großmutter würde es am ehesten einsehen. Das bestätigte ihr das nachsichtige Lächeln, mit dem Meta ihnen von der Tür aus entgegensah.
»Joseph muss sich von uns verabschieden. Leistet Hedda und mir ein wenig Gesellschaft. Ich sterbe vor Hunger. Robert wird es ähnlich gehen. Ein hungriger Mann ist ein schlechter Liebhaber, Liebes. Also erlaube ihm die kleine Stärkung, wenn du später noch etwas von ihm haben willst. Außerdem haben wir noch einiges zu besprechen, und ihr wollt es mir sicher nicht antun, dass ich mich meiner strengen Tochter gegenüber ganz allein behaupten muss.«
Vergnügt zwinkerte sie ihnen zu. Selma und Robert fassten einander an den Händen und folgten ihr ins Speisezimmer.
Wie erwartet, hatte Käthe dort inzwischen für sie alle Gedecke aufgelegt, ebenso einen Korb mit dunklem, grobem Brot, ein schmählich kleines Stück Butter wie auch die letzten Vorräte an Wurst, Käse und Marmelade bereitgestellt. Hedda scheuchte das alt gewordene Dienstmädchen aus dem Zimmer und

übernahm es selbst, den dünnen Ersatzkaffee in die Tassen einzuschenken. Offenbar hatte sie den Schock über Metas und Roberts unerwartetes Auftauchen überwunden und beschlossen, sich ganz in die Rolle der großherzigen Gastgeberin zu fügen. Unschlüssig stand Joseph am Kopfende des Tisches, hatte Hut und Mantel offenbar gar nicht erst abgelegt. Sobald er Roberts Eintreten an Selmas Seite bemerkte, kam er mit ausgestreckten Armen auf ihn zu.

»Mein lieber Monsieur Beck, wie schön, Sie endlich bei uns begrüßen zu können.« Wie vorhin am Gartentor, so umarmte er ihn auch jetzt wieder, als wären sie, anders als seine Worte vermuten ließen, bereits seit langem miteinander vertraut. Robert tat ebenfalls, als wäre diese herzliche Begrüßung das Selbstverständlichste auf der Welt. Hedda dagegen zog missbilligend die Augenbrauen hoch.

»Das hättest du dir wohl nicht träumen lassen, mein Kind«, stellte Meta mit einem triumphierenden Schmunzeln fest. »Ein Franzose im Haus, den dein Mann herzt, als wäre er sein bester Freund. So wie es aussieht, wirst du dich wohl an unsere Nachbarn aus dem Westen gewöhnen müssen. Du wirst sehen: Schneller, als die Nationalversammlung mit der neuen Verfassung fertig wird, stehen die Franzosen im Rheinland. Du kannst dich glücklich schätzen, dank Robert demonstrieren zu können, wie ernst du es seit langem mit der Völkerverständigung meinst.«

»Du glaubst doch nicht etwa tatsächlich, es fiele mir schwer, Robert seines französischen Passes wegen in meinem Haus willkommen zu heißen?« Hedda spitzte den Mund, sortierte sich das Haar. »Gero ist erst wenige Monate tot. Es ist einfach unschicklich von Selma, sich jetzt schon einem neuen Mann an den Hals zu werfen.«

»So neu ist Robert für deine Tochter nicht.« Metas bernsteinfarbene Augen glänzten im fahlen Licht des Regentags erstaunlich golden. »Das weißt du ebenso wie ich und alle anderen hier im Raum. Auch Gero wusste das. Ein Blick auf die kleine ...«

»Ihr solltet euch setzen und endlich frühstücken«, ging Joseph dazwischen. »Leider muss ich mich verabschieden. Mein Zug geht zwar erst gegen Mittag, doch vorher will ich mich im Rathaus noch mit meinen Parteikollegen besprechen.«

»Wir sind alle sehr stolz, dass du in der Nationalversammlung bist, und wünschen dir viel Glück für die verantwortungsvolle Aufgabe.« Selma umarmte ihn und küsste ihn auf beide Wangen.

»Ich freue mich für dich, mein Kind, dass Robert gekommen ist.« Gerührt strich er ihr über die Wange.

»Ich freue mich auch, liebster Papa!« Sie strahlte ihn an. »Jetzt steht der Zukunft nichts mehr im Weg.«

8

Das Grammophon spielte den Walzer aus der *Csárdásfürstin* zum fünften Mal in Folge. Der Hoteldiener, der neben dem Gerät stand, um es rechtzeitig nach dem Ende der Platte aufzuziehen, hatte es aufgegeben, eine andere aufzulegen. Immer wieder verlangten die britischen Offiziere dasselbe Lied, erlaubte die Musik doch einen schwungvollen Tanz mit der Partnerin. Je öfter das »Tanzen möcht ich, jauchzen möcht ich« erklang, desto mehr von ihnen summten die Melodie mit. Bald versuchten sich einige im zaghaften Mitsingen des Textes, was sich dank des englischen Akzents äußerst seltsam anhörte. Das half Selma ein wenig über die sentimentale Erinnerung hinweg, die sie mit dem Walzer verband. Bei Josephs sechzigstem Geburtstag, den sie ebenfalls im *Rheinhotel Dreesen* gefeiert hatten, hatte sie mit Gero darauf tanzen wollen. Grischas plötzliches Auftauchen hatte das verhindert. Sie schluckte die aufsteigenden Tränen hinunter. Um sich abzulenken, musterte sie den Saal.

Auf den ersten Blick hatte sich kaum etwas verändert. Wären nicht die vielen britischen Uniformen, hätte man glatt vergessen können, in welchem Jahr man sich befand. Die Damen zumindest passten dank der aufgezwungenen schmalen Kost sogar besser in ihre Abendgarderobe als vor fünf Jahren. Die Haare wie ehedem kunstvoll aufgesteckt und mit Bändern und Federn ganz nach der Mode der Vorkriegszeit verziert, die Lippen rot geschminkt, bewegten sie sich selbstbewusst durch den Saal. Dass sie statt mit ihren deutschen Verlobten oder Ehemännern in den Armen von Engländern und Kanadiern durch den Raum schwebten, störte sie nicht im Geringsten. Die Vorteile lagen auf der Hand. Außer einem unbeschwerten Abend versprach die Gesellschaft der ehemaligen Feinde Essen, Alkohol und gewiss weitere Vergünstigungen für die Zeit der Besatzung. Noch verdrängte jeder die Erkenntnis, dass sich die Zeiten mit den Franzosen wieder entscheidend ändern würden. Dass sie ins Rheinland kamen, daran zweifelte niemand mehr. Ungewiss war lediglich, wann sie eintreffen würden. Ein knappes Dutzend Paare bewegte sich im gedämpften Dreivierteltakt durch den langgestreckten, festlich beleuchteten Saal. Eine ausgewiesene Tanzfläche gab es nicht, dennoch fanden sie alle zielsicher ihren Weg durch die locker angeordneten Tische, amüsiert beobachtet vom Rest der Gäste.

Grischa folgte den Schritten und Drehungen der Tanzenden mit einem sehnsüchtigen Blick. Selma rang mit sich, ob sie ihn

auffordern sollte. Andererseits wusste sie nicht, wie die Briten darauf reagieren würden, wenn sich ein kriegsversehrter Deutscher in der abgerissenen Uniform eines Fliegerleutnants unter sie mischte. Rat suchend sah sie zu Robert, der mit seinem eleganten Smoking, dem dunklen Teint und den glänzenden schwarzen Haaren gänzlich fehl am Platz wirkte. Die englischen und kanadischen Offiziere, die sich an diesem Februarabend im Saal des *Rheinhotels Dreesen* in Godesberg tummelten, waren allesamt hellhäutig, ihr Haar weitgehend farblos, wenn sie überhaupt nennenswert viel davon auf dem Kopf hatten. Natürlich steckten sie in dunklen Uniformen, an denen zahlreiche Orden von ihrer Tapferkeit in den zurückliegenden Gefechten kündeten. Völlig unbeeindruckt von den Meriten der anderen gab sich Robert ganz natürlich, als säße er nicht in einem von den britischen Besatzungstruppen requirierten Hotel, sondern in *Bühlers Ballhaus* im Berlin der Vorkriegszeit. Die langen Beine lässig übereinandergeschlagen, in den Händen eine Zigarette, spielte ein wissendes Lächeln um seine vollen Lippen. Gelegentlich zupfte er mit der freien Hand an seinem dünnen Bart, in den nahezu schwarzen Augen blitzte pures Vergnügen über das Geschehen.
Seit seiner unverhofften Ankunft vor etwas mehr als einer Woche konnte Selma sich nicht sattsehen an ihm. Noch aber musste sie sich zumindest in der Öffentlichkeit strikte Zurückhaltung auferlegen. Nicht allein ihr Witwenstand, sondern auch die Tatsache, dass er Franzose war, ließ das angeraten sein. Um Fraternisierungsvorwürfen entgegenzutreten und auch um den Anstand zu wahren, hatte er sich in dem von den Besatzungstruppen requirierten Hotel einquartiert. Seine Aufträge für amerikanische und französische Zeitungen hatten ihm die Türen geöffnet. Zwar bewohnte er nicht das beste, zumindest

aber eines der schönsten Zimmer mit Blick auf den Rhein im zweiten Stock, wie er begeistert berichtet hatte.

»Ist es nicht ein Wunder?« Meta lächelte glücklich. »Jetzt können wir doch noch meinen siebzigsten Geburtstag miteinander feiern.«

»Und das fast auf den Tag nur vier Monate nach deinem eigentlichen Geburtstag.« Grischa rang sich ebenfalls ein Lächeln ab.

»Dir war es eigentlich wichtig, den Tag in Berlin zu begehen«, überging Selma die Bemerkung des Bruders.

»Lieber feiere ich in Godesberg mit euch nach als gar nicht«, erwiderte Meta trotzig, um gleich mit einem schelmischen Augenzwinkern nachzusetzen: »Übrigens war ich am 18. September selbstverständlich zu Hause in Charlottenburg. Wer nicht zum Feiern kam, wart ihr. Den ganzen Tag habe ich gewartet. Leider habt ihr mich schmählich sitzenlassen.«

»Vielleicht hättest du im Winter 13/14 doch den Kaiser auf seinem täglichen Gang ins Zeughaus ansprechen sollen«, warf Selma ein. »Weißt du noch? Als die Zabern-Affäre schwelte, hattest du ernsthaft darüber nachgedacht. Wäre er klug gewesen, hätte er auf dich gehört, damals schon das Frauenwahlrecht eingeführt und auf den Krieg verzichtet.«

»Die Hoffnung, dass der Kaiser jemals klug gewesen und auf den Rat einer Frau gehört hätte, habe ich leider nie gehabt, Liebes.«

»Welcher Mann hat das je getan?«, fragte Selma und schenkte Robert wie auch Grischa einen neckenden Blick.

»Noch besteht Hoffnung für unser Geschlecht, aus den alten Fehlern zu lernen, *ma chérie. À votre santé!*«

Robert hob den Sektkelch und prostete in die Runde. Meta, Grischa und Selma taten es ihm nach. Hedda hatte sich gleich nach der Nachspeise, einem überraschend sahnig schmeckenden Grießpudding, nach Hause fahren lassen. In Tuchfühlung mit den britischen Offizieren hatte sie sich unbehaglich gefühlt, dabei hatten die Brüder Fritz und Georg Dreesen, die das Hotel nach wie vor gemeinsam leiteten, größte Mühen aufgewandt, um ihr das Gefühl zu geben, alles wäre wie immer. Selbst das Menü, das sie dank Roberts Intervention kurzfristig auf den Tisch gezaubert hatten, war trotz Mangelwirtschaft überraschend üppig ausgefallen.

»Schade«, erklärte Meta, nachdem sie den lieblichen Schaumwein aus dem Rheingau ausgetrunken hatte. »Wäre ich jünger, würde ich jetzt alles daransetzen, mit meiner Enkeltochter in Konkurrenz zu treten und Sie zu verführen, *mon cher* Robert. Wenn ich Sie so reden höre, weiß ich, welche Wunder geschehen können, nachdem die alte Ordnung am Ende ist. Nicht nur, dass wir endlich eine frei gewählte Regierung haben und in wenigen Tagen die erste Frau auf der Nationalversammlung das Wort ergreifen wird. Auch sonst brechen beste Zeiten an: Ein Mann, der aus Fehlern lernen und noch dazu auf den Rat einer Frau hören will, ist mir in den letzten sieben Jahrzehnten nicht untergekommen. Doch besser spät als nie, wie es so schön heißt. Irgendwann musste es einfach einmal so weit sein, dass ein Mann damit beginnt, vernünftig zu werden.«

»Ein Hoch auf deinen siebzigsten Geburtstag, Großmama!« Selma hob das Glas. »Er erspart mir einen bitteren Kampf.«

»Ich hoffe, du weißt zu schätzen, was du an Robert hast.« Meta erwiderte das Anstoßen und suchte eindringlich ihren Blick. »Wie ich letztens schon sagte: Dein Gero war ein Gentleman durch und durch, Robert aber ist ein echter Kavalier. Auf unserer abenteuerlichen Autofahrt von Berlin an den Rhein habe ich das jeden Tag feststellen dürfen. Gero hätte bei derselben

Gelegenheit jederzeit alles darangesetzt, mir die Reise den widrigen Umständen zum Trotz so angenehm wie möglich zu gestalten. Robert aber hat dafür gesorgt, dass ich mich in seiner Gesellschaft rundum geborgen fühlte. Immerzu hat er mir das Herz erwärmt, dabei hat er es längst erobert. Übrigens ist er nie müde geworden, mir bei jeder Gelegenheit aufs Neue zu erklären, warum er das alles tut: um dich seiner aufrichtigen Liebe zu versichern.«

Ein dicker Kloß blockierte Selmas Hals. Sie biss sich auf die Lippen, sah mit tränenverschleierten Augen zu Robert. Längst hatte er die Zigarette im Aschenbecher ausgedrückt und ihre Hand ergriffen. Fest verschränkten sich ihre Finger ineinander, und ihre Blicke versanken in grenzenloser Sehnsucht.

»Auf einmal fühle ich mich entsetzlich erschöpft«, wandte sich Meta an Grischa. »Besorgst du uns bitte eine Fahrgelegenheit, damit wir schnell nach Hause kommen?«

So rasch es ihre kaputte Hüfte zuließ, erhob sie sich von ihrem Stuhl, stützte sich mit der linken Hand auf den Elfenbeinknauf ihres Gehstocks und reichte erst Selma, dann Robert die Rechte. Beide verabschiedeten sie mit einem zärtlichen Kuss auf die Wange.

»Genießt den Abend. Viel zu lange habt ihr aufeinander warten müssen.«

»Viel Spaß«, wünschte Grischa, sichtlich enttäuscht, Metas Aufforderung folgen zu müssen.

»Das ist bestimmt nicht der letzte Abend, an dem hier im *Dreesen* getanzt wird«, raunte Selma ihm zu. »Sicher gelingt es Robert, uns öfter hierher einzuladen. Vielleicht darfst du dann auch deine Uniform zu Hause lassen. In Zivil hast du bessere Chancen bei den Damen. Die deutschen Uniformen sind derzeit einfach nicht mehr sonderlich *en vogue.*«

»Ein Einäugiger mit einer grässlichen Narbe quer über der Wange wird auch in Zivil auf wenig Interesse bei den Frauen stoßen«, gab er zurück.
»Sie suchen Ihr Glück bei den falschen Frauen«, mischte sich Robert ein. »Die Damen werfen sich den Briten aus sehr durchsichtigen Gründen an die Brust. Nach allem, was ich bislang über Sie weiß, scheinen Sie mir weder der Mann für kurzfristige Abenteuer noch für rein äußerliche Vorzüge. Bestimmt legen Sie Wert auf innerliche Größe und Beständigkeit.«
»Das hast du schön gesagt«, stimmte Selma zu. »Mein Bruder bevorzugt in der Tat die inneren Werte und die Beständigkeit.«
»Hör auf«, fuhr Grischa ihr verärgert über den Mund. »Du hast nicht die geringste Ahnung, wie ich mich gerade fühle.«
»Wahrscheinlich wissen Sie das selbst noch nicht so recht«, stellte Robert fest.
»Das fürchte ich auch, mein Lieber«, schaltete sich Meta ein, die, von ihnen unbemerkt, das kurze Streitgespräch genau verfolgt hatte. »Verdenken kann man das Grischa wohl kaum. Noch sitzt der Schock über die Verwundung einfach zu tief. Sobald der Winter vorbei ist, wird auch meinem lieben Enkelsohn ein Licht aufgehen, dass es ein Leben nach der Fliegerei gibt. Ich wiederhole mich gern: Mit dem Ende des Alten ist immer mehr Platz für Neues. Manchmal dauert es etwas, bis man erkennt, welcher Art das sein wird. Früher oder später aber zeigt es sich für jeden.«
»Großmama hat recht«, gab Selma sich versöhnlich und legte dem jüngeren Bruder den Arm auf die Schulter. »Vielleicht solltest du mit mir zurück nach Berlin gehen. Dort hast du sicher mehr Möglichkeiten, etwas auszuprobieren, was dir gefallen könnte, als hier in Bonn.«

»Constanze und ihr Vater könnten übrigens sehr gut männliche Hilfe gebrauchen«, warf Robert unbekümmert ein, während Selma und Grischa ihn verblüfft anstarrten.
»Wie kommen Sie ausgerechnet auf …«, setzte Grischa an, um ungeduldig von Selma unterbrochen zu werden. »Wann hast du das Küken gesprochen? Wie geht es ihr? Was macht ihr Vater?«
Nun, da ihr Roberts Liebe endgültig sicher schien, war ihr Groll auf die Freundin verflogen. Stattdessen brannte sie darauf zu erfahren, wie es Constanze ging. Doch Robert ignorierte ihre Fragen und erzählte weiter: »Sie hat ihr Studium beendet und will in Berlin die Maschinenfabrik neu aufbauen. Metz haben sie und ihr Vater aufgegeben. Sobald sie die nötigen Rohstoffe hat, wird sie mit der Produktion ihrer Reiseschreibmaschine anfangen. Als Flieger werden Sie ein Händchen fürs Tüfteln haben, Grischa. Fragen Sie sie doch einfach. Gute Fachkräfte sind begehrt.«
»Eine ausgezeichnete Idee«, meldete sich Meta vergnügt. »Heute Abend lässt sie sich allerdings nicht mehr umsetzen. Am besten fährst du in ein oder zwei Wochen mit uns zurück nach Berlin und sprichst mit Constanze. Immerhin seid ihr alte Freunde. Robert, sicher verhilft uns Ihr amerikanischer Auftraggeber auch wieder zu Benzin für die Rückfahrt. Doch jetzt möchte ich unbedingt in mein Bett. Bring mich bitte nach Hause, Grischa. Selma und Robert haben noch vieles miteinander zu bereden, bei dem wir nur stören.«
Energisch klopfte sie mit dem Stock auf den Parkettboden, hakte sich bei ihrem Enkelsohn unter und zog ihn nach einem abschließenden Nicken zu Selma und Robert mit sich fort.
»Sie ist wirklich eine *grande dame.*« Robert sah ihr nach, wie sie den Saal verließ, bevor er sich mit seinem charmantesten Lächeln Selma zudrehte.

»Muss ich mir tatsächlich Sorgen machen, du könntest ihretwegen …«

»Wäre sie vierzig Jahre jünger, ganz bestimmt.«

»Lass uns den nächsten Tango tanzen, dann kannst du dich immer noch entscheiden, für wen dein Herz höher schlägt.«

Voller Übermut warf sich Selma in seine Arme, schmiegte ihre Hüfte an seine und setzte die ersten Schritte. Tatsächlich hatte die Musik gewechselt, und aus dem Trichter des Grammophons erklang in stark verkratztem Ton eine melancholische Tangomelodie. Es dauerte nur wenige Schritte, bis ihre Körper sich in tiefstem Einklang miteinander befanden, sie Schrittfolgen, Drehungen, Kopf- und Rumpfbewegungen aufs harmonischste miteinander ausführten, als läge ihr letzter gemeinsamer Tanz nicht vier Jahre, sondern nur wenige Minuten zurück. Entgegen der Regel sahen sie sich beim Tango fest in die Augen, verschlangen sich mit jedem Atemzug. Auf den Tango folgte ein schwungvoller Wiener Walzer, dann ein Rag und schließlich ein sentimentaler Boston. Während der kurzen Pausen, die der Diener für das Wechseln der Platten auf dem Grammophon benötigte, hielten Selma und Robert sich an den Händen, als wollten sie nie mehr voneinander lassen. Auf Bitten der anderen Paare ertönte schließlich noch einmal der Kálmán-Walzer, dessen Töne im Mitsummen untergingen. Selma und Robert verständigten sich mit einem kurzen Blick, zum Ausgang des Saales hinüberzutanzen.

9

Sie erreichten Roberts im zweiten Stock gelegenes Zimmer über die breite Haupttreppe. Die dicken Teppiche dämpften ihre Schritte. Selma meinte, sie schwebten nahezu schwerelos hinauf, so lautlos erreichten sie die Zimmertür. Nur wenige Lampen brannten, tauchten die Korridore in ein diffuses Licht. Die weiß gestrichenen Zimmertüren leuchteten ins Dunkel hinein und setzten rhythmische Akzente in den langen Fluchten. Fetzen von Musik und Stimmen drangen aus dem Erdgeschoss herauf. Waren sie wieder verklungen, lag die Stille der Nacht umso deutlicher über der Etage. Roberts Zimmertür schwang mit einem leisen Knarren auf.

»Nicht«, bat Selma, als er im Dunkeln an der Wand neben der Tür nach dem Lichtschalter tastete.

»Hast du etwas vor mir zu verbergen, *mon amour?*«

»Nein«, erwiderte sie und legte ihm dennoch neckend den Zeigefinger über die Lippen. »Die Zeit der Geheimnisse ist vorbei. Trotzdem will ich jetzt kein grelles Scheinwerferlicht. Ich weiß etwas Besseres.«

Sie lief zum Nachttisch und knipste die kleine Lampe darauf an. Im fahlen Lichtkegel begann sie auf eine nur für sie selbst hörbare Musik verführerisch weiterzutanzen. Sie brauchte Robert nicht anzusehen, um zu wissen, wie gierig er jede einzelne ihrer Bewegungen mit den Augen verfolgte. Kaum fiel das champagnerfarbene Seidenkleid zu Boden und streifte sie die Schuhe ab, um mit einem langen Schritt seitwärts grazil aus dem Stoff zu steigen, entledigte auch er sich seines Anzugs, warf Jackett und Hose achtlos auf den Teppich. Nah trat er vor sie hin und schloss sich ihren Hüftschwüngen und Drehungen an, während ein Kleidungsstück nach dem anderen von ihrem

Leib glitt, er sich von Krawatte, Kragen, Hemd und Socken befreite. Bald war auch er vollständig nackt, hob sie auf die Arme und trug sie zum Bett, wo er sie sorgsam zwischen Kissen und Decken ablegte. Zärtlich begann er, über ihre Arme zu streicheln. Seine Lippen fuhren von ihren Wangen den Hals hinunter Richtung Brüste. Ein heftiges Zittern erfasste ihren Leib. Sie erstarrte. Das Verlangen, sich ihm hinzugeben, erstarb binnen Sekunden.

»Bitte nicht!«, sagte sie und rückte von ihm weg. Verwundert wich er zur Seite, sah sie mit schwarzen Augen fragend an.

»Sosehr ich für die Aussöhnung der Völker bin, aber für einen Freundschaftspakt wie den unsrigen geht das jetzt eindeutig zu weit«, versuchte sie mühsam zu scherzen und zwang sich zu einem Lächeln, obwohl ihr zum Weinen zumute war. Roberts Nähe, nach der sie sich so lange verzehrt hatte, nahm ihr auf einmal den Atem.

Sie richtete den Blick zur Decke, wo das schale Licht der Nachttischlampe bizarre Schatten um den Kronleuchter warf. Während ihre Augen angestrengt den Mustern folgte, überlegte sie fieberhaft, was sie tun, wie sie sich verhalten sollte. Sie liebte ihn, wünschte sich nichts sehnlicher, als sich einfach nur in diese Liebe fallen zu lassen, dennoch spürte sie einen Widerstand in sich, der ihr das unmöglich machte. Langsam schob sie sich in den Kissen zum Sitzen auf, schlang die Arme um die angezogenen Knie und schaute auf Robert hinunter.

Er lag lang ausgestreckt auf der Seite, den Kopf auf den angewinkelten Ellbogen gestützt, das Gesicht ihr zugewandt. Das zerknüllte Plumeau verdeckte kaum mehr als seine Blöße. Selbst in der Dämmerung war der athletische Bau seines Körpers mit der starken Behaarung auf Brust, Armen und Beinen gut zu erkennen, die leicht gebräunte Haut schimmerte bronzen im elektrischen Licht. Zum ersten Mal wurde Selma gewahr, dass anders als bei Gero nicht die geringste winzige Narbe oder Unebenheit den vollkommen wirkenden Leib verunzierte. Die gut verborgene Narbe an Geros linker Leiste hatte ihr immer ein Gefühl von Stärke verliehen, hatte signalisiert, dass selbst ein nach außen so perfekt auftretender Gentleman wie er eine rührende Schwachstelle besaß. Die zu kennen war das Privileg derjenigen gewesen, die ihm wirklich hatten nahekommen, ihn bedingungslos hatten lieben dürfen wie niemand anderer. Sein Hang zum eigenen Geschlecht war letztlich nur eine Seite davon gewesen. Die Narbe erzählte auch von seinem harten Kampf mit dem älteren Bruder, der sie ihm in jungen Jahren zugefügt hatte. Nachdenklich legte Selma das Kinn auf die Knie, betrachtete Robert weiter. Seine Makellosigkeit irritierte sie. Als ob er ihre quälenden Gedanken erriet, hob er behutsam ihre Hand, führte sie zum Mund und küsste vorsichtig eine Fingerkuppe nach der anderen. Sie ließ es geschehen.

»Es ist wegen Gero, *n'est-ce pas?*«, fragte er heiser.

Sie nickte. Er richtete sich auf, schlang die Arme um sie. Dankbar lehnte sie sich gegen seine Schulter und ließ den Tränen freien Lauf.

»Wir haben alle Zeit der Welt, *mon amour*«, flüsterte er und hauchte ihr einen Kuss aufs Haar.

»Ich wäre Alma gern ein guter Vater«, erklärte er wenig später und gab sie frei, lehnte sich mit dem Rücken ebenfalls gegen das gepolsterte Kopfteil. »Du weißt, wie sehr ich selbst darunter gelitten habe, ohne Vater …«

»So darfst du nicht reden«, mahnte sie. »Du bist nicht ohne Vater aufgewachsen. Dein Vater hat viel für dich getan. Auch wenn er deine Mutter nicht geheiratet und sich niemals offen zu dir bekannt hat, ist er nach wie vor immer für dich da. Selbst für mich hat er schon viel getan, ohne mich zu kennen. Ohne seine Hilfe hätten Constanze, du und ich im letzten Jahr niemals auf die französische Seite der Front fahren und Gero von dort herausholen können.«

»Auch wenn Gero das nicht gewollt hat«, entfuhr ihm in überraschend bitterem Ton.

»Wie kommst du dazu, das so …?«, brauste sie auf, um mitten im Satz abzubrechen. Die Wahrheit so deutlich aus Roberts Mund zu hören tat weh.

»Weil es so war«, erklärte er ungerührt.

»So einfach ist es nicht gewesen«, schob sie zögernd nach, rieb sich fröstelnd über die nackten Arme und dachte noch einmal an die Stunden zurück, die sie neben Geros Lager auf dem französischen Gehöft gesessen hatte. Auch die Wochen in der Schweiz standen ihr wieder deutlich vor Augen. In Basel hatte sich Gero noch auf das Leben gestürzt und neu eingekleidet, um so schnell wie möglich wieder der Alte zu werden. Im *Waldhaus* in Sils-Maria aber war diese Gier nach Normalität mehr und mehr dahingeschmolzen, bis er an ihrem letzten gemeinsamen Morgen beschlossen hatte, dass es für ihn keine Rückkehr in ein friedliches Dasein mehr geben konnte.

»Für ihn wäre der Krieg wirklich nie zu Ende gewesen«, erklärte sie mehr in die Weite des schal ausgeleuchteten Hotelzimmers als zu Robert. Endlich begriff sie, worum es Gero tatsächlich gegangen war. »Daran hätten weder der Waffenstillstand noch ein Friedensvertrag etwas geändert. Zu sehr war er in den Erlebnissen an der Front gefangen, zu tief hatte er sich in die Frage nach Schuld und Unrecht, nach Gerechtigkeit und Anstand verstrickt. Daraus sah er keinen Ausweg mehr. Es stimmt: Eigentlich hatte er gar nicht erst von mir gerettet werden wollen. Lange vor mir schon wusste er, dass er nicht zu retten war. Das muss ich endlich akzeptieren.«

»Du musst dir selbst verzeihen. Er hatte dir bestimmt schon im Wald von Verdun verziehen.«

»Er musste mir nichts verzeihen, genauso wenig, wie ich ihm je etwas zu verzeihen hatte.«

»Sicher wäre er damit einverstanden, dass wir beide uns endlich offen zueinander bekennen, *mon amour.*«

»Haben wir das nicht längst?« Ihre Stimme zitterte. Sie wagte kaum, ihn anzuschauen. Ihre Gedanken hingen noch bei Gero, während sie weitersprach: »Meine Familie jedenfalls weiß Bescheid, Constanze ahnt es schon lange, und der Rest …«

»Das meine ich nicht«, fiel er ihr ins Wort. »Ich möchte, dass wir …«

»Nein!« Heftiger als beabsichtigt stieß sie ihn von sich, sprang aus dem Bett, eilte zum Fenster.

Ihr Herz pochte heftig. Wild wirbelten die Gedanken in ihrem Kopf umeinander, kaum bekam sie einen davon zu fassen. Nackt, wie sie war, lehnte sie die Schulter an den Fensterrahmen, sah ziellos auf den Rhein hinunter. Das Mondlicht malte glitzernde Sterne auf das dunkle Wasser, verwandelte es in ein kostbares, silbernes Band. Es tat gut, sich für eine Weile im Anblick des träge zu Tal fließenden Stromes zu verlieren. Die Ruhe, die das verhieß, war Balsam für ihre aufgewühlte Seele. Bald wurde ihr Atem gleichmäßiger, auch das Denken funktionierte wieder besser. Langsam kehrte sie zum Bett zurück.

Robert saß dort noch in derselben Pose wie vorhin und blickte ihr erwartungsvoll entgegen. Dieses Mal fiel ihr das Lächeln leichter. In einer fließenden Bewegung ließ sie sich zu ihm ins Bett gleiten.

»Dein diplomatischer Eifer in allen Ehren, aber so ganz hast du den Dreh leider noch nicht heraus. Vielleicht macht dir auch die Siegerpose zu sehr zu schaffen.« Sie nahm seine Hand, strich zärtlich mit den Lippen darüber. »In der Vergangenheit haben wir viel Porzellan zerschlagen. Ich fürchte, wir beide sind nicht so recht für das traute Familiendasein beschaffen. Gerade erst fange ich an, mich mit dem Leben nach dem Krieg zu arrangieren. Deshalb sollten wir es vorerst bei der behutsamen Annäherung belassen. Ich bin sicher, dass sich daraus etwas Vielversprechendes entwickeln kann. Gönne uns die Zeit, das in Ruhe abzuwarten.« Schelmisch zwinkerte sie ihm zu, legte ihm den Arm um den Hals und zog seinen Kopf näher zu sich heran. Statt ihr jedoch bereitwillig die Lippen zum Kuss zu bieten, blieb er eine Handbreit auf Abstand und sah auf sie herunter.
»Wahrscheinlich hast du recht. Derzeit habt ihr deutschen Frauen wohl in allem recht. Dagegen haben selbst wir Franzosen keine Chance. Die diplomatischen Bemühungen um einen Friedensvertrag in Versailles laufen auf Hochtouren. Es wäre äußerst ungeschickt, dem hier am Rhein durch voreiliges Handeln zuvorkommen zu wollen.«
»Wie wäre es stattdessen mit einem neuen Freundschaftspakt?«, schlug sie vor. »Allerdings nur zwischen uns beiden.«
»Und ohne feierliche Besiegelung im *Kempinski.*«
»Ich wusste immer schon, dass dir der Abend damals einfach zu teuer war.«
»Für dich ist mir nichts zu teuer, vor allem, wenn es um unsere Freundschaft geht. Aber da du so viel Wert auf Eigenständigkeit und Freiheit legst, könntest du dieses Mal eigentlich die Rechnung für uns beide bezahlen. Als frischgebackene Erfolgsautorin wirst du …«
»Woher weißt du das?«

Erschrocken fuhr sie hoch. Robert lachte und setzte sich ebenfalls auf. »Hast du ernsthaft geglaubt, deine Großmutter hätte auf der Fahrt hierher all die vielen Stunden schweigend neben mir im Auto ausgehalten? Du solltest stolz auf den Erfolg deines Romans sein. Er trifft den Nerv der Zeit. Vorhin hast du selbst gesagt, dass die Zeit der Geheimnisse vorbei ist. Warum versteckst du dich überhaupt hinter Melissa Hohenfels? Das hast du gar nicht nötig.«

Seine Bemerkung stimmte sie nachdenklich, noch dazu, da er nach Grischa bereits der Zweite war, dem Meta von ihrem Roman mehr oder weniger offen erzählt hatte. Von Constanze, die sie gleich an ihrem Stil erkannt hatte, ganz zu schweigen. Dabei gab es tatsächlich keinen Grund, sich für Melissas Roman zu schämen. Wer sollte ihr je verbieten, sich offen zum Schreiben solcher Bücher zu bekennen?

»Seltsam. So lange habe ich mich nach der Freiheit gesehnt, allein zu bestimmen, was ich tue und was nicht. Jetzt, da das für uns Frauen endlich möglich ist, habe ich wohl aus alter Gewohnheit damit gezaudert, mir diese Freiheit tatsächlich zu nehmen. Dabei ist es eine gute Gelegenheit, sie auszuprobieren und den nächsten Roman unter meinem eigenen Namen zu veröffentlichen.«

»Für irgendetwas muss es schließlich gut sein, dass du deine neue Freiheit wichtiger nimmst als ein trautes Familienleben an meiner Seite.«

»Dich jeden Abend in Pantoffeln zu Hause sitzen zu haben wäre ein wahrer Alptraum! Bestimmt würdest du anfangen, Blumen zu züchten und exotische Vögel in Käfigen zu halten.«

»Nur, damit du sie daraus befreien könntest.«

»Woher weißt du das schon wieder?« Erstaunt sah sie ihn an. Er grinste vergnügt.

»Großmama hat dir auf der langen Fahrt wohl noch so einiges mehr von mir erzählt, oder? Um des lieben Friedens willen frage ich besser nicht nach, was genau.«

»Je t'aime«, sagte er und verschloss ihre Lippen mit einem langen Kuss.

Dieses Mal ließ sie ihn gewähren, gab sich bald ganz seinen Zärtlichkeiten hin und genoss es, darüber Raum und Zeit um sich herum zu vergessen. Wenn sie die Augen schloss, war es gleichgültig, welches Jahr man schrieb. Das Einzige, was zählte, war, Robert bei sich zu haben und zu wissen, welche Freiheit vor ihr lag.

10

Die Bäume auf dem Savignyplatz standen in voller Blüte. Viele Spaziergänger nutzten den sonnigen Maitag und schlenderten ziellos durch die kleine Grünanlage. Eine Handvoll Kinder spielten unter der Aufsicht ihrer Gouvernanten unter einer weit ausladenden Kastanie Fangen. Viel zu oft schweifte Selmas Blick vom Schreibtisch zum Fenster, um diese Idylle zu betrachten. Sie sah zu ihrer Tochter, die direkt am Fenster stand und ebenfalls nach draußen sah. Die spielenden Kinder schienen sie nicht zu interessieren. Ebenso wenig schenkte die Vierjährige den Männern vor dem Eingang des Toilettenhäuschens Aufmerksamkeit. Dafür drückte sie sich die Nase an der Glasscheibe platt, um gebannt das Wettrennen zweier mittelgroßer Hunde um den grün gestrichenen Bau in der Platzmitte zu verfolgen. Amüsiert legte Selma den Stift beiseite, mit dem sie eben noch eifrig Notizen für ihre neue Hauptfigur, die Ehefrau eines Jagdfliegers, gemacht hatte, und erhob sich aus dem ledernen Schreibtischstuhl, um sich neben Alma zu stellen.

»Ich will auch einen Hund«, erklärte Alma, ohne den Blick von dem aufregenden Geschehen draußen abzuwenden. »Der besiegt alle da unten.«

»Ich mag keinen Hund in der Wohnung«, erwiderte Selma und strich Alma über die dunklen Locken. »Tiere machen nur Dreck. Außerdem muss man mehrmals am Tag mit ihnen raus, ganz egal, ob es regnet, schneit oder hagelt.«

»Dann frage ich Onkel Robert. Der kauft mir bestimmt einen. Am besten gleich nach dem Essen«, erklärte Alma, kletterte vom Hocker, den sie sich vors Fenster geschoben hatte, stemmte die Hände in die Hüften und schaute trotzig zu ihr auf.

Selma musste sich beherrschen, um nicht vor Lachen zu platzen. In dem dunkelblauen Samtkleid mit dem großen weißen Spitzenkragen wirkte Alma auf einmal viel ernster, als sie eigentlich war. Viel besser würde ein einfaches Hängekleid aus Baumwolle zu ihr passen, wie es inzwischen viele Mädchen trugen. Das käme auch ihren Ambitionen entgegen, bei jeder Gelegenheit zu rennen, zu hüpfen und sich wild zu gebärden. Vielleicht sollte sie Robert dazu anspitzen, Alma statt einem Hund ein solches Kleid zu schenken. Bei ihr sträubte sie sich aus unerfindlichen Gründen vehement dagegen.

»Ich glaube, Robert mag auch keinen Hund. Er hätte viel zu wenig Zeit, um sich um ihn zu kümmern.«

»Das mache ich allein«, gab Alma in ihrer altklugen Art zurück. »Henriette muss mir helfen.«

Zu Selmas Erleichterung unterbrach das Läuten an der Tür die Diskussion. Sofort rannte Alma los. »Das ist er! Das ist er! Ich mache auf und sage ihm das mit dem Hund.«

»Warte!« Selma eilte ihr nach und stieß in der Diele fast mit Lene, dem neuen Mädchen, zusammen, das zeitgleich mit ihr die Wohnungstür erreichte. Lene errötete unter ihren Sommersprossen und murmelte: »Verzeihung, das wollte ich …«

»Schon gut!«, versicherte Selma. »Es war meine Schuld.«

Dankbar wandte sich das viel zu zarte, hellblonde Geschöpf ab, um Alma behutsam von der Tür wegzuschieben und zu öffnen. Nur widerwillig ließ das Kind sie gewähren, hielt sich aber dicht hinter ihr, um den Besuch zu begrüßen.

»Grischa!« Der Jubelschrei tönte durchs ganze Haus. Alma schubste Lene beiseite und sprang den Onkel an wie ein kleiner Hund. Zum Glück war Grischa geistesgegenwärtig genug, sie festzuhalten.

Lene blieb keine Gelegenheit, den Besuch artig zu empfangen. Anders als die vorlaute Julia aus dem Scheunenviertel war sie sehr darum bemüht, alles richtig zu machen. Umso unglücklicher war sie nun, da Alma sie daran hinderte.

»Geh zurück in die Küche«, beruhigte Selma die Achtzehnjährige. »Erika wird deine Hilfe bei der Vorbereitung des Mittagessens sicher gut gebrauchen können.«

»Mittagessen?«, echote Grischa und trat mit Alma auf dem Arm beiseite, um Constanze den Vortritt in die Wohnung zu lassen. Erst dadurch wurde Selma gewahr, dass er nicht allein gekommen war.

»Bestimmt reicht es für zwei weitere Gedecke«, bestimmte Grischa und begann, sich trotz des Kindes mit einigen Verrenkungen seines Mantels zu entledigen. Seit er wieder Zivilkleidung tragen durfte, legte er viel Wert auf sein Äußeres. So kam unter dem Mantel ein eleganter heller Anzug aus leichter Wolle zum Vorschein, der zwar noch aus Geros Vorkriegsbeständen stammte, dank eines geschickten Schneiders jedoch modisch auf dem neuesten Stand war. Mit Genugtuung musterte Selma ihn und freute sich, wie gut er trotz schwarzer Augenklappe und schiefem Gesicht aussah.

Er bemerkte ihren Blick und grinste. »Erika wird einen ihrer berühmten Eintöpfe gezaubert haben, die wunderbar satt machen. Nicht umsonst hat schon Gero auf ihre Kochkünste geschworen.«

»Du hörst es, Lene«, wandte Selma sich an das Mädchen. »Wir haben zwei unverhoffte Gäste. Bitte Erika, ein wenig Wasser nachzugießen. Mein Bruder mag die Eintöpfe sowieso gern dünner. Dann muss er weniger kauen.«

Sie zwinkerte ihr verschwörerisch zu, Lene aber war außerstande, den Scherz zu begreifen. Zu sehr war sie damit beschäftigt, den Gästen die leichten Staubmäntel abzunehmen. Die beiden Hüte, die Grischa ihr obenauf legte, überforderten sie fast, und sie geriet ins Straucheln. Die Zungenspitze blitzte zwischen den Lippen hervor, so angestrengt versuchte sie, mit der Garderobe fertig zu werden, ohne dass etwas herunterfiel. Alma verfolgte das aus der erhöhten Position auf Grischas Arm mit großen Augen. Dass der Onkel statt des ersehnten Robert aufgetaucht war, schien sie nicht im Geringsten zu stören. Beide Männer liebte sie zu Selmas großer Freude abgöttisch.

»Wenigstens gibt sie sich Mühe«, stellte Constanze fest, sobald Lene im dunklen Flur verschwunden war. »Julia war da ganz anders.«

»Was ist eigentlich aus ihr geworden?«, erkundigte sich Grischa. »Hast du ihr tatsächlich gekündigt?«

»Zum Glück ist sie von selbst gegangen. Sie glaubt, als Verkäuferin bei *Wertheim* eine bessere Stelle gefunden zu haben. Frag mich nicht, wie ihr das gelungen ist. Bislang reicht es jedoch wohl nur zur Hilfskraft im Lager«, erwiderte Selma und geleitete den Besuch ins Wohnzimmer.

»Gehst du mit mir dahin und kaufst mir einen Hund?«, plapperte Alma vorlaut dazwischen. »Dann sehen wir Julia und fragen sie, wie es ihr geht.«

»Was willst du denn mit einem Hund?«, erkundigte sich Grischa und setzte sie wieder auf dem Boden ab. Dazu stöhnte er übertrieben laut und tat, als müsste er sich den schmerzenden Rücken massieren. »Ein Hund macht nur Dreck und Lärm. Außerdem bringt er dir deine ganzen Spielsachen durcheinander und riecht nicht gut.«

»Das ist egal. Ich will einen Hund!« Alma verschränkte die Arme vor der Brust und stampfte mit dem Fuß auf.

»Wo steckt eigentlich Henriette?«, wisperte Constanze Selma ins Ohr.

»Sie hat heute ihren freien Tag. Was führt euch beide überhaupt hierher? Mitten in der Woche solltet ihr Besseres zu tun haben, als uns zu besuchen«, wechselte sie gleich das Thema, während sie aus dem Augenwinkel beobachtete, wie Grischa die schmollende Alma an der Hand nahm und zum Sofa hinüberzog. Bestimmt wollte er sie mit dem Betrachten eines Bilderbuchs von dem leidigen Hundethema ablenken. Er war wirklich ein Schatz, wenn es um Alma ging.

»Wir sind seit Wochen fleißig, da dürfen wir uns zwischendrin ruhig einmal einige faule Stunden gönnen. Du machst wohl auch gerade Pause vom Schreiben, wie ich sehe. Der zweite Roman soll immer schwerer fallen als der erste.« Constanze schmunzelte.

»Soll ich mir Angst um neue Konkurrenz machen? Man könnte glatt denken, du wärst ebenfalls Autorin«, gab Selma im selben neckenden Tonfall zurück. »Was tut ihr beide die ganze

Zeit eigentlich so Anstrengendes? Solange es keine Rohstoffe gibt, werdet ihr kaum mit eurer Tüftelei angefangen und die erste brauchbare Reiseschreibmaschine gebastelt haben. Dabei könnte ich sie gut gebrauchen. Sieh dir nur die Tintenkleckse an meinen Fingern an. Höchste Zeit, dass das ein Ende hat!« Zur Bekräftigung hielt sie der Freundin ihre leicht verfärbten Fingerspitzen vor die Nase.

»Wir haben Großmama vorhin zum Zug gebracht«, meldete sich Grischa vom Sofa her zu Wort. Obwohl er Alma auf den Knien balancierte, die ihm eines ihrer Bilderbücher zeigte, verfolgte er aufmerksam das Gespräch.

»Dann ist sie also tatsächlich unterwegs nach Zürich.« Selma trat einige Schritte zu ihm hin, sah wieder zu Constanze, die zustimmend nickte. »Gestern Abend hat sie noch gezögert, ob sie sich das wirklich zumuten soll. Leider kann Robert sie nicht mit dem Auto fahren, weil er hier in Berlin für die Amerikaner die Protestzüge gegen den Versailler Vertrag fotografieren muss. Sonst hätte er das glatt getan. Die Teilnehmerinnen der Frauenligakonferenz wären sicher auch ein gutes Motiv für interessante Fotos gewesen.«

»Thérèse Bichelmüller wird sich freuen, ihre alte Freundin noch einmal wiederzusehen. Von Basel aus hat sie natürlich den kürzeren Weg«, warf Constanze ein.

»Thérèse denkt wohl, ein zweites Mal dürften sie beide nicht bei der Frauenliga fehlen. Das Treffen in Den Haag vor vier Jahren haben sie ja leider schon versäumt.« Selma zupfte ihr wadenlanges bordeauxrotes Kleid zurecht, dabei warf sie Constanze unauffällig einen Blick zu. Seit die Röcke kürzer geworden waren, bevorzugte die Freundin neuerdings eher weibliche Kleidung. Die lila Tunika, die ebenso wie der gleichfarbene Rock am Saum Fransen aufwies, wirkte in ihrer Schlichtheit äußerst vorteilhaft an der zierlichen Constanze. Selma ärgerte sich, ein sackartiges Kleid mit tief angesetzter Gürtung gewählt zu haben. Damit musste sie neben der gertenschlanken Freundin geradezu plump aussehen.

»Deshalb haben Anita Augspurg und Lida Heymann heute früh auch extra noch einmal bei Großmama angerufen«, warf Grischa ein. »Nach Bekanntwerden der Bedingungen aus Versailles ist es ihnen wichtig, so viele prominente Namen wie möglich in Zürich dabeizuhaben. Wahrscheinlich werden sie dagegen protestieren, weil sie den Weltfrieden dadurch erneut ernsthaft in Gefahr sehen.«

»Nicht zu Unrecht, fürchte ich.« Nachdenklich rieb sich Selma die Arme. »Es ist wirklich schade, dass man die Chance vertan hat, einen dauerhaften Frieden zu ermöglichen. Das hat Robert auch gleich gesagt. Sein Vater sieht es wohl ähnlich, und der hat als Diplomat durchaus die bessere Übersicht als wir alle, noch dazu als Franzose.«

»Vielleicht bewirken die Proteste doch noch etwas.« Constanze runzelte die Stirn. »Immerhin sind sich alle Parteien darin einig, wie falsch es ist, Deutschland allein die Schuld an der Katastrophe in die Schuhe zu schieben.«

»Lasst uns abwarten, was Vater erzählt, wenn er aus Paris zurück ist.« Selma legte Constanze den Arm um die Schultern. »Bis dahin solltet ihr mir berichten, wie weit eure Pläne mit der Fabrik inzwischen gediehen sind.«

»Wir haben tatsächlich ein geeignetes Gebäude in Charlottenburg in Aussicht«, ging Constanze sogleich auf den neuerlichen Themenwechsel ein. »Von außen haben wir es vorhin schon besichtigt. Am Montag werden wir mit meinem Vater auch das Innere begutachten. Es ist bestimmt genau das richtige für unsere Zwecke.«

»Das ist großartig! Ich gratuliere.« Selma fiel der Freundin um den Hals.
»Mir solltest du gratulieren«, meldete Grischa beleidigt Protest an. »Der Krüppel von Bruder hat nämlich das leer stehende Gebäude entdeckt und sich dahintergeklemmt, den Besitzer ausfindig zu machen.«
»Stimmt, Grischa gebührt das Verdienst.« Sanft befreite sich Constanze aus Selmas Armen und lächelte scheu zu Grischa hinüber. Der zwinkerte ihr mit seinem verbliebenen Auge zu.
Interessiert verfolgte Selma das Gebaren der beiden. Vielleicht bestand tatsächlich Hoffnung, und die Freundin erhörte nach Jahren endlich Grischas stetes Werben. Sie würde es ihm von Herzen gönnen. Im Februar noch hatte es sie die größte Mühe gekostet, den Bruder zu überreden, nach Berlin zurückzukehren, um sich bei den Weißkirchners als möglicher Helfer für den Aufbau einer neuen Maschinenfabrik anzudienen. Zu groß war seine Angst gewesen, Constanze würde ihn seines entstellten Gesichts und des fehlenden Ingenieurstudiums wegen zurückweisen. Diese aber hatte geradezu erleichtert auf sein Ansinnen reagiert. Auch ihr Vater hatte sofort erkannt, welch wertvolle Kenntnisse ein ausgebildeter Jagdflieger wie er für die Maschinenfabrik zu bieten hatte, und ihm eine Stelle angeboten. Seither steckte Grischa nahezu rund um die Uhr mit den beiden zusammen und schmiedete Pläne.
»Ich will jetzt meinen Hund!«, nutzte Alma das kurze Schweigen der Erwachsenen, um wieder auf sich aufmerksam zu machen.
»Du hast recht«, stimmte Grischa zu. »Gleich nach dem Essen gehen wir zu Wertheim in die Leipziger Straße und schauen, was sie uns anzubieten haben.«

»Gehen?«, piepste Alma empört und rutschte von seinen Knien herunter. »Mama fährt immer mit der Elektrischen.«
»Also gut, ganz wie die kleine Prinzessin es wünscht. Aber erst muss ich etwas essen. Frag Erika, wann die Suppe fertig ist.«
Er versetzte ihr einen leichten Klaps auf den Hintern. Stolz auf den Auftrag rannte sie aus dem Salon.
»Du bist wirklich der beste Onkel, den man sich wünschen kann«, lobte Selma den Bruder, sobald Alma außer Sicht war.
»Das liegt allein an der großen Konkurrenz, die Robert mir macht.« Grinsend erhob er sich vom Sofa und ging zu Selma und Constanze. »Wenn ich nicht aufpasse, tut er hinter meinem Rücken alles, um mich aus Almas Gunst zu verdrängen.«
»Dafür hast du den Vorteil, öfter mit ihr zusammen zu sein, weil du nicht so viel auf Reisen bist wie er.« Tröstend legte Selma ihm die Hand auf die vernarbte linke Wange, küsste ihn zart auf die Nasenspitze.
»Hat Robert einen Schlüssel zu deiner Wohnung?«, erkundigte sich das Küken neugierig. Tatsächlich war im selben Moment das Aufschließen der Tür zu hören. Selma errötete, Constanze schmunzelte. Grischa nutzte den Moment, um sich aus den Armen seiner rührseligen Schwester zu befreien.
»Dann muss ich die wässrige Suppe wenigstens nicht allein auslöffeln«, erklärte er frech grinsend.
»Aber nur, wenn du versprichst, Alma den Hund wieder auszureden.«
»Keine Angst, Schwesterherz. Natürlich kaufe ich ihr keinen lebendigen Hund. Eines dieser Plüschtiere tut es doch auch.«
»Oh, du hast Besuch«, erklang Roberts französisch eingefärbte Stimme von der Tür. »Constanze, *ma chérie*, wie schön, dich zu sehen!«

Mit ausgestreckten Armen eilte er auf das Küken zu, begrüßte sie mit den obligatorischen Wangenküssen, bevor er sich Grischa zuwandte und ihm aufmunternd auf die Schulter klopfte. Dann erst wandte er sich Selma zu, hauchte ihr einen viel zu flüchtigen Kuss auf die Lippen, wie sie enttäuscht feststellte.

»Demnächst also gibt es dank Grischa einen Hund bei dir? Dann muss ich wohl ein Pferd besorgen, um mir Almas Liebe zu erhalten.«

»Untersteh dich!«, warnte Selma mahnend. »Dann ist es mit der deutsch-französischen Freundschaft ein für alle Mal vorbei.«

»Eine schlimme Drohung! Dagegen ist Versailles ein Klacks.« Er legte ihr den Arm um die Taille, sie schmiegte sich an ihn.

»Onkel Robert!«, jauchzte Alma, die in Begleitung von Lene im Wohnzimmer auftauchte. Das Mädchen wollte gerade mitteilen, dass das Essen aufgetragen war, doch wieder ließ Alma ihr keine Chance. »Kommst du mit, einen Hund aussuchen? Onkel Grischa kauft mir nachher einen bei Wertheim.«

»Natürlich gern, *ma petite.* Doch zuerst musst du mich ordentlich begrüßen, sonst bin ich beleidigt.«

Er ging in die Knie und breitete die Arme aus. Sie stürmte auf ihn zu, umschlang ihn mit ihren kurzen Armen und herzte ihn.

»Reicht das?«, fragte sie und strich sich die Locken aus dem erhitzten Gesicht. »Ich habe Hunger.«

»Den haben wir wohl alle«, erklärte Selma und nahm sie an der Hand. Gleich reichte Alma Robert die zweite und hüpfte munter zwischen ihnen beiden ins Esszimmer. Constanze und Grischa folgten ihnen. Als sie um den ovalen Tisch herum Platz nahmen, musste Selma plötzlich lauthals lachen.

»Was hast du, *mon amour?*«, fragte Robert und faltete die Serviette auseinander, um sie sich auf den Schoß zu legen. Auch

Constanze und Grischa sahen sie verwundert an. Das amüsierte sie noch mehr.
»Ihr seid einfach alle großartig, wie artig ihr dasitzt«, erklärte sie, nachdem sie sich wieder etwas beruhigt hatte. »Fast könnte man uns für eine ordentliche Familie halten.«
»Warum sind wir keine Familie?«, fragte Alma und sah die Erwachsenen einen nach dem anderen gründlich an. Verlegen wich Constanze ihr aus, während Grischa ihr vergnügt zuzwinkerte.
»Keine richtige im engeren Sinn, mein Schatz«, erwiderte Selma. »Aber das erkläre ich dir in ein paar Jahren einmal genauer.«
»Mir bitte auch«, raunte Robert ihr leise von der Seite zu.
»Aber nur, wenn du artig bleibst«, gab sie ebenso leise zurück. »Sonst kündige ich dir nämlich wirklich die Freundschaft.«

Epilog

Baden-Baden
Sommer 1920

Würde das tatsächlich wieder einer jener Sommer, in denen alles möglich oder zu ewigem Stillstand verdammt war? Selma wollte es kaum fassen. War es nicht schon unglaublich genug, kaum zwei Jahre nach Kriegsende wieder zur Sommerfrische nach Baden-Baden zu reisen, so schien es ihr noch unglaublicher festzustellen, dass die Zeit im *Bellevue* anscheinend stehengeblieben war. Während draußen die alte Welt untergegangen war und längst ein neues Zeitalter begonnen hatte, ging in dem riesigen Prachtbau alles weiter wie bisher.
Mit ähnlich großen, staunenden Augen wie die inzwischen fünfeinhalbjährige Alma an ihrer Hand strich sie durch die endlosen Korridore, spürte den weichen Teppichflor unter den Schuhen, sog das vertraute Duftgemisch aus Seife, Parfum, Zigarrenrauch und Blumenbuketts ein. Auf den ersten Blick schien tatsächlich alles noch genauso zu sein, wie sie es aus der Zeit vor dem Krieg kannte. Einzig als sie an der Hintertreppe vorbeikamen, die ins Dachgeschoss hinaufführte, stutzte sie. Die hatte sich verändert, wie sich das gesamte Dachgeschoss verändert hatte, nachdem ein verheerendes Feuer den gesamten Dachstuhl des *Hotel Bellevue* mitsamt seinem wilhelminischen

Zierat vernichtet hatte. Mit dem Brand im April 1918 habe die alte Zeit des Grandhotels ein Ende gefunden, hatte Direktor Rudolf Saur bei ihrer Ankunft am Vorabend erklärt. Wohl ein vorausdeutendes Zeichen auf die ein halbes Jahr später zugrunde gegangene Kaiserzeit. Saur hatte dennoch alles andere als unglücklich geklungen, hegte er doch bereits Pläne für weitere Um- und Anbauten, um das *Bellevue* den modernen Zeiten anzupassen. Es änderte sich also doch etwas Entscheidendes in dem riesigen Bau an der Lichtentaler Allee, nur eben langsamer und verhaltener, wie es eben immer schon die Art der Saurs gewesen war. Sosehr Selma dem Hotelier Erfolg für die Zukunft wünschte, so hoffte sie inständig, dass sich auch in der neuen Ära für Alma und die anderen Kinder der Hotelgäste auf dem Speicher ausreichend Gelegenheit zu abenteuerlichen Spielen finden würde. Voller Sehnsucht erinnerte sie sich an die herrlichen Zeiten, die Grischa und sie dort oben fernab der erwachsenen Gäste verlebt hatten.

»Warum weinst du?«, erkundigte sich Alma besorgt. Erschrocken bemerkte Selma, dass ihr die Augen feucht geworden waren.

»Lass uns zu Robert und den anderen in den Gartensalon gehen«, schlug sie rasch vor und tupfte sich die Augenwinkel. »Wir müssen schauen, ob sich wirklich alles im *Bellevue* verändert hat oder doch noch etwas vom alten Geist übrig geblieben ist. Früher einmal stand dort unten ein Vogelkäfig mit einem echten Kanarienvogel.«

»Wer zuerst da ist!« Alma riss sich von ihrer Hand los und stürmte die Treppen hinunter, rannte quer durch die geräumige Eingangshalle zum Gartensalon, der nach wie vor zur Kurparkseite mit der Lichtentaler Allee lag. Selma folgte ihr gemächlich. Alma war groß genug, um sich allein zurechtzufinden. Lilly Saur hatte es sich nicht nehmen lassen, dem Kind der alten Stammgäste aus Vorkriegszeiten gleich nach der Ankunft höchstpersönlich das Haus zu zeigen, als wäre sie ein erwachsener Gast. Dank ihrer schwarzen Locken und der neugierigen dunklen Augen hatte Alma das Herz der Direktorengattin auf Anhieb erobert.

Selma platzte vor Neugier, als sie sich dem Salon im Erdgeschoss näherte. Außer dem nüchtern wirkenden neuen Dachstuhl hatte sich doch so manches im Hotel verändert, wie sie bereits beim Frühstück im großen Speisesaal festgestellt hatte. Das Mobiliar war zwar nach wie vor ein gekonntes Gemisch aus den verschiedensten Epochen, insgesamt aber war es großzügiger als früher über die Räumlichkeiten verteilt und durch das eine oder andere moderne Stück aus Leder und Stahlrohr stilvoll ergänzt worden. Wahrscheinlich hatte der schnörkellose Stil der neuen Zeit, der ganz nach Geros Gusto gewesen wäre, auch im Gartensalon Einzug gehalten. Kaum dachte Selma daran, hoffte sie noch etwas ganz anderes: dass Lilly Saur die Umgestaltung vor allem genutzt hatte, um den durch Selmas Unvorsichtigkeit lange Jahre verwaisten Vogelbauer wieder zu bevölkern. Wenn nicht, würde sie sich um die Beschaffung eines neuen Kanarienvogels kümmern. Diese alte Schuld sollte sie endlich begleichen.

»Sieh nur, Mama, wer auch noch gekommen ist!«, rief Alma ihr beim Betreten des Salons aufgeregt entgegen.

Die Mittagssonne blendete stark. Noch hatte man versäumt, die gelb-weiß gestreiften Markisen vor den bodentiefen Fenstern herunterzulassen. Aus dem düsteren Flur kommend, nahm Selma zunächst nur die Schemen von Alma und Robert vor der weit offen stehenden Terrassentür wahr. Sobald sich ihre Augen an das grelle Licht gewöhnt hatten, konnte sie die zierliche Frau im hellblauen Hosenanzug und mit dem modischen Bubikopf neben den beiden erkennen.

»Constanze!«, rief sie und rannte, ohne sich um die übrigen Anwesenden zu kümmern, mit ausgestreckten Armen auf die Freundin zu. Stürmisch fiel sie ihr um den Hals. »Wann seid ihr gekommen? Erzähl, wie es dir geht und was ihr in den letzten Wochen so alles erlebt habt. So eine Hochzeitsreise nach Venedig muss wahnsinnig aufregend sein.«

»Dein Bruder zählt für dich wohl gar nicht mehr.« Grischa schälte sich aus einem der gepolsterten Rattansessel, in denen auch Meta, Hedda sowie Joseph und Constanzes Vater Otto saßen. Erst auf Grischas Bemerkung hin entdeckte Selma die Gruppe im rückwärtigen Teil des Salons.

»Selbst schuld, wenn du meine beste Freundin heiratest«, erwiderte sie und trat gemächlich auf ihn zu. Scheu musterte sie ihn. Seine schlaksige Figur steckte in einem figurbetonten, sandfarbenen Sommeranzug, um den hohen Hemdkragen trug er eine Seidenkrawatte im selben Hellblau wie Constanzes Hosenanzug. Einen Moment länger als nötig verharrte ihr Blick auf der funkelnden Krawattennadel. Erst als er sich räusperte, hob sie den Blick und sah ihn direkt an. Die Narbe auf seiner linken Wange stach aus dem sonnengebräunten Teint heraus. Auch wenn sie inzwischen weniger erschreckend wirkte als in den ersten Monaten, erinnerte sie Selma immer wieder aufs Neue an die furchtbaren Folgen des Krieges. So vieles hatte er zerstört, nicht nur Grischas einst so unschuldiges Knabenantlitz. Als sie jedoch Grischas durch die Verwundung schief gewordenes Lächeln gewahrte, schöpfte sie Hoffnung.

Verschmitzt tippte Grischa auf eine Stelle knapp unterhalb der schwarzen Lederkappe, die seine leere Augenhöhle bedeckte, und zwinkerte ihr mit seinem verbliebenen rechten Auge verschmitzt zu. »Du darfst mich gern umarmen und küssen, Schwesterherz. Immerhin sind wir extra gekommen, um der feierlichen Präsentation deines ersten Romans heute Abend beizuwohnen.«

»Nicht zu vergessen, auch der Eröffnung von Roberts Fotoausstellung im Konversationshaus«, warf Constanze ein. »Ich bin schon sehr gespannt auf die Geschichten, die darinstecken. Bestimmt passen sie gut zu Selmas Roman.«

»Lass doch nicht immerzu so deutlich heraushängen, dass du als Einzige von uns das Manuskript vor der Drucklegung hast lesen dürfen«, maulte Grischa. »Dabei wäre es sicher nicht schlecht gewesen, wenn ich als Pilot zumindest die Stellen über das Fliegen …«

»Setzt euch doch zu uns, Kinder!«, ging Meta mit ihrer dunklen Stimme dazwischen und klopfte auffordernd auf das freie Polster neben sich. »Hier ist genug Platz für euch alle.«

»Robert, mein Lieber«, flötete Hedda und winkte zur Terrassentür herüber, »kommen Sie zu Herrn Weißkirchner und mir. Sie müssen uns von Ihrer letzten Reise erzählen. In Galizien waren Sie unterwegs, nicht wahr? Dort haben Sie sicherlich erschütternde Dinge gesehen. Die amerikanischen Magazine werden wieder ganz verrückt sein nach Ihren Aufnahmen. Bestimmt können Sie sich vor Anfragen kaum retten.«

»Mama!«, mahnte Selma und verdrehte die Augen, während Robert verlegen den Blick senkte.

»Mir scheint, sie hat endlich ihren Frieden mit deiner Beziehung zu Robert gemacht«, raunte Grischa ihr zu. »Das will schon viel heißen. Warte nur, demnächst pocht sie darauf, dass ihr heiratet. Auch wenn damit ein Franzose in die Familie kommt.«

»Hör auf!« Selma knuffte ihn in die Seite.

»Ein großes Erbe, das Robert da antreten würde.« Grischa ließ sich trotzdem nicht bremsen. »Auf ihren ersten Schwiegersohn aus Ostpreußen lässt Hedda bis heute nichts kommen. Sein Heldentod kurz vor Kriegsende verleiht ihm in ihren Augen einen ewig glänzenden Lorbeerkranz. Wäre er katholisch, würde sie ihn bestimmt bald seligsprechen lassen.«

»Wenn ich dich so reden höre, verliere ich auf immer und ewig den Mut, jemals würdig zu sein, deiner Schwester einen Antrag zu machen«, mischte Robert sich im Flüsterton in das Geplänkel ein. Von ihnen beiden unbemerkt war er von hinten zu ihnen getreten.

»Ich könnte ein gutes Wort für dich einlegen«, gab Grischa grinsend zurück. »Was ist es dir wert?«

»Tut, was ihr nicht lassen könnt, und werft euer Geld zum Fenster raus!«, neckte Selma leise. »Als moderne Frau entscheide ich selbst, wann ich wen heirate. Noch gefällt mir meine Freiheit als alleinstehende Frau und Mutter bestens. Warum sollte ich schon wieder heiraten? Wer weiß, welche Möglichkeiten sich demnächst in meinem Leben auftun, wenn jetzt mein erster Roman unter meinem Namen erscheint.«

»Tu es Hedda zuliebe«, versuchte Grischa es erneut.

»Warum?«, wisperte Selma zurück. »Robert muss nicht mein Ehemann sein, damit Hedda mit ihm angeben kann. Auch jetzt zeigt sie ihren Freundinnen stolz jede Woche die ausländischen Magazine, die seine Fotos abdrucken. Damit ist sie auch so schon die unbestrittene Königin ihres Damenkränzchens.«

Zu Heddas Missfallen sagte sie die letzten beiden Sätze so laut, dass alle im Salon sie hörten. Gleich fühlte Joseph sich bemüßigt, seiner empört aufschnaubenden Frau beschwichtigend die Hand auf den Arm zu legen, während Otto verwirrt zwischen ihr und Selma hin- und hersah. Er war der Einzige, der die Bemerkung nicht begriff. Um davon abzulenken, wollte er in nichts nachstehen und seinen frischgebackenen Schwiegersohn ebenfalls ins rechte Licht rücken. »Hat Grischa euch schon erzählt, dass er im Herbst sein Studium an der Technischen Hochschule beginnt? Es wurmt ihn wohl doch, seiner Frau in diesem Punkt unterlegen zu sein. Dabei gefällt mir das neue Fahrradmodell, das er unlängst entworfen hat, außerordentlich gut. Er hat auch ohne Diplom das Zeug zu einem begnadeten Ingenieur. Ihr solltet euch das Rad einmal genauer ansehen. Früher oder später wollt ihr auch eines davon haben. Ich werde gleich eine Interessentenliste für die ersten Exemplare anlegen.«

»Papa!« Nun war es an Constanze, ein wenig enerviert zu sein. Selma allerdings tätschelte dem jüngeren Bruder wohlwollend die Schulter. »Gratuliere, mein Kleiner! Dann muss ich mir also wirklich keine Sorgen mehr um dich machen. Wenn die Männer anfangen, ihren Frauen nachzueifern, sind wir wohl tatsächlich auf dem Weg in bessere Zeiten.«

»So ähnlich habe ich das letztens auch schon in einem Roman von einer gewissen Melissa Hohenfels gelesen.« Hedda schob sich aufrechter in ihren Sessel, sah zu ihren Kindern herüber. Grischa stieß Selma in die Seite und gluckste vergnügt. Auch Constanze kniff die Lippen zusammen, um nicht loszuprusten vor Lachen. Wie die beiden ahnte auch Selma, was die Mutter gleich loslassen würde, war jedoch ratlos, wie sie sie stoppen konnte. Aufmunternd nickte Meta ihr zu, Hedda einfach gewähren zu lassen.

»Den Namen der Autorin solltet ihr euch merken, Kinder«, fuhr Hedda unbeirrt fort. »Sie muss in eurem Alter sein und versteht sich hervorragend darauf, die Situation eurer Generation zu schildern. Ihr Roman ist zwar bereits im letzten Jahr erschienen, aber nach wie vor in aller Munde. Meine Freundinnen haben ihn alle gelesen und schwärmen in den höchsten Tönen. Die Hohenfels schreibt so viel moderner als Rosalie Goldstein. Erinnert ihr euch noch an sie? Kurz vor und während der ersten Jahre im Krieg sorgte sie mit ihren Büchern für reichlich Furore. Auch ich habe sie damals geradezu verschlungen. Bestimmt hast du auch schon von ihr gehört, Mutter.« Sie schenkte Meta ein nachsichtiges Lächeln, was diese mit einem gelassenen Augenaufschlag quittierte. »Der Hohenfels war sie sicher in gewisser Hinsicht ein Vorbild, wenn sie auch mit ihrer Art zu schreiben in sehr großen Schritten aus ihrem Schatten getreten ist. Einfach grandios, wie sie das Denken und Fühlen einer Soldatenehefrau in Worte fasst, die über Monate im Ungewissen über das Schicksal ihres geliebten Mannes ist. Wie sie es schafft, daraus Kraft für einen Neuanfang zu gewinnen, ist bewundernswert. Ich hoffe, du wirst mit deinem Roman einen ähnlichen Erfolg erringen wie sie. Nach all dem Unglück mit Gero gönne ich dir das aus ganzem Herzen, Liebes.«

Selma musste sich zusammenreißen, um nicht vor Lachen zu platzen. Triumphierend grinsten Constanze und Grischa sie an, während Meta schelmisch in sich hineinschmunzelte.

»Diese Goldstein soll übrigens eingesehen haben, dass ihre Zeit vorbei ist, und beschlossen haben, keine neuen Romane mehr zu veröffentlichen«, beeilte Meta sich, Hedda beizupflichten, die verwirrt zwischen ihren Kindern hin- und hersah.

Robert wollte ihr zu Hilfe kommen und sie über den Sachverhalt aufklären, doch Selma legte ihm mahnend den Finger auf die Lippen und flüsterte ihm zu: »Lass sie in ihrem Glauben, Rosalie Goldstein wie auch Melissa Hohenfels wären ihr völlig unbekannt. Das ist besser so.«

»Es ist immer gut, wenn die Alten erkennen, dass ihre Zeit vorbei ist, und sie ihren Platz für die nächste Generation räumen«, stellte Joseph unterdessen fest. Der Blick, den er erst seiner Schwiegermutter und dann seiner Tochter zuwarf, bewies, dass er im Gegensatz zu seiner Frau über Metas Alter Ego Rosalie Goldstein und Selmas ersten Versuch als Melissa Hohenfels schon lange Bescheid wusste. An Otto gewandt fuhr er fort: »Dir geht es doch auch so, sonst hättest du die neue Fabrik in Berlin nicht gleich auf den Namen deiner Tochter angemeldet.«

»Das habe ich von dir gelernt, mein Lieber. Aus demselben Grund hast du doch deinen Zeitungsverlag an deinen Neffen überschrieben«, erwiderte Otto.

»Was ist ihm auch anderes übriggeblieben? Niemand weiß, wie es im Rheinland weitergehen wird, nachdem die Franzosen es jetzt vollständig abgeriegelt haben.« Hedda hielt kurz inne, seufzte, bevor sie weitersprach. »Weder die Post noch das Telefon oder Telegramme funktionieren. Zum Glück sind wir im letzten Jahr unter den Briten noch einmal mit einem blauen Auge davongekommen. Der arme Erwin ist nun ganz auf sich gestellt, was die Weiterführung des Verlags anbetrifft.«

»Dem ist er bestimmt voll und ganz gewachsen«, knurrte Joseph. Deutlich war ihm anzusehen, wie sehr ihm die Ausführungen seiner Frau missfielen.

Das eindringliche Trällern eines Kanarienvogels lenkte ihre Aufmerksamkeit zum Vogelbauer, der wie in den Vorkriegssommern wieder nahe der Terrassentür stand. Im ersten Moment freute sich Selma, als sie den gelbgrünen Vogel entdeckte, dann erschrak sie. »Nicht!«, rief sie und stürzte zu Alma, die direkt vor dem Käfig stand, wo sie wohl schon eine geraume Weile mit dem Vogel beschäftigt war.

»Der Arme muss raus«, erklärte Alma in ihrer altklugen Art und machte sich daran, das Türchen zu öffnen.

»Lass es«, bat Selma, doch es war zu spät. Flink hatten Almas kurze Finger den Riegel geöffnet, und sie lockte den unschlüssig auf seiner Stange verharrenden Vogel ins Freie.

»Warum will er nicht?«, fragte sie enttäuscht. »Er soll doch zu den anderen Vögeln im Garten fliegen.«

»Er kann mit der Freiheit da draußen nichts anfangen«, erklärte Selma und schloss die Käfigtür wieder. Tröstend nahm sie Alma auf den Arm. Dem Kind quollen die ersten dicken Tränen aus den Augen, die Unterlippe bebte verräterisch.

»Auch wenn er sich noch so sehr danach sehnt davonzufliegen, würde er nicht weit kommen«, erklärte Selma sanft. »Erst müsste er richtig fliegen lernen, müsste verstehen, sich sein Futter zu beschaffen und sich vor seinen Feinden in Acht zu nehmen. Die Freiheit zu haben, alles zu tun, ist das eine. Mit ihr richtig umzugehen, um auf Dauer zu überleben, das andere. Das vergessen leider die meisten.«

»Deine Mutter ist eine sehr kluge Frau, *ma petite.*«

Robert trat neben sie, um Alma sanft übers Haar zu streichen, sah dann Selma tief in die Augen. Selmas Herz pochte heftiger.

»Nach einigen schweren Erfahrungen hat sie inzwischen gelernt, die lang ersehnte Freiheit richtig zu gebrauchen.«

»Du hoffentlich auch, mein Lieber.«

»Ich habe eine gute Lehrmeisterin.«

Er beugte sich vor und küsste sie zärtlich.

Anhang

Übersetzung aus dem Französischen

Comme ça te chante. Wie du willst. / Wie du lustig bist.

Excusez-moi, messieurs. Nous voulons visiter le lion et adorer la grande œuvre du monsieur Bartholdi. C'est très impressionnant, n'est-ce pas? Entschuldigen Sie, meine Herren. Wir wollen den Löwen besichtigen und das große Werk von Monsieur Bartholdi bewundern. Es ist sehr beeindruckend.

ma chérie meine Liebe, mein Liebling (weiblich)

mon amour meine Geliebte

Oh là là, mademoiselle! Quelle vue spectaculaire! Des pantalons! Très chic. Oh, welch spektakulärer Anblick! Lange Hosen! Sehr schick.

Phantastique! Merci infiniment! C'est très aimable, messieurs! Merci beaucoup! Phantastisch! Vielen tausend Dank. Das ist sehr liebenswürdig, meine Herren. Danke.

Qui ne tente rien n'a rien. Wer nicht wagt, der nicht gewinnt.

Glossar

Aeroplan Flugzeug

Alldeutscher Verband 1891 als »Allgemeiner deutscher Verein« gegründet und von 1894 bis 1939 unter dem Namen »Alldeutscher Verband« einer der größten und bekanntesten Agitationsverbände, der für eine aggressive Kolonial- und Expansionspolitik des Deutschen Reiches eintrat und im Lauf der Zeit auch durch antisemitische Propaganda auffiel

Berliner Zimmer Zentrales, großes (Wohn-)Zimmer in den Berliner Wohnungen der Gründerzeitära, das aufgrund der architektonischen Anlage eine Art Mittelpunkt bot, von dem die Flure zu den weiteren Wohnräumen abgingen

Berolina 1895 von Emil Hundrieser aus Kupfer gegossene, 7,5 Meter hohe und auf einem über 6 Meter hohen Granitsockel ruhende Allegorie auf die Stadt Berlin am Alexanderplatz, 1944 abgebaut und eingeschmolzen

B.I.Z. Berliner Illustrierte Zeitung, verlegt im Ullstein Verlag

Boston Amerikanische Form des langsamen Walzers, bei der das erste Viertel stärker betont wird; ab 1913 in Europa sehr populär

Bülowplatz Heute Rosa-Luxemburg-Platz in Berlin-Mitte

Bund Neues Vaterland Am 16.11.1914 in Berlin ins Leben gerufene Friedensorganisation, die über alle Partei- und Religionsgrenzen hinweg pazifistisch eingestellte Personen versammelte und im Februar 1916 verboten wurde

B.Z. am Mittag 1904 von Ullstein gegründetes erstes Boulevardblatt in Deutschland

Chemisette Steifes Vorhemd zum Frack

Cheongsam Traditionelles chinesisches Kleidungsstück für Frauen aus Seide oder Satin mit hochgeschlossenem Kragen, Knöchellänge, Knöpfen oder Schlaufenverschlüssen an der Schulter sowie Schlitzen an den Seiten

Cut(away) Aus dem Gehrock entwickelter, festlicher Morgenanzug des Herrn, dazu gehören schwarz-grau gestreifte Hosen, eine farbige oder hellgraue Weste, weißes Hemd, Plastron oder Krawatte, dunkles Jackett

Delphos-Stil An der griechischen Antike angelehnter Kleiderentwurf des spanischstämmigen Modedesigners Mariano Fortuny (1871–1949), der aus einer geraden Stoffbahn aus weich fließender Seide ohne einengende Nähte gefertigt ist und größte Bewegungsfreiheit garantiert, weil er sich in weicher Linie um den Körper schmiegt

Entente Bündnis zunächst zwischen Frankreich und Großbritannien (Entente Cordiale 1904), bevor Russland 1907 hinzukam (Triple Entente)

Flitzpiepe Berlinerisch für Dummkopf, Trottel, Depp

Foulard Seidenstoff

Franktireurs Freischärler/Partisanen, ursprünglich aus dem Deutsch-Französischen Krieg 1870/71, jedoch auch noch im Ersten und Zweiten Weltkrieg übliche Bezeichnung

Großer Belchen, frz. Grand Ballon Mit 1424 Metern höchster Berg der Vogesen, weitere Bezeichnungen: *Sulzer* oder *Gebweiler Belchen* (frz. *Ballon de Guebwiller*) nach der 8 Kilometer östlich gelegenen Stadt Guebwiller (dt. *Gebweiler*)

Heimatschuss Kriegsverletzung, die nur in der Heimat behandelt werden kann und eine spätere Rückkehr an die Front ausschließt. Teilweise standen Soldaten unter Verdacht, sich solche Verletzungen absichtlich zuzufügen.

Horsd'œuvres In der klassischen französischen Küche eine zumeist kalte kleine Vorspeise außerhalb der eigentlichen Menüfolge, die den Appetit anregen und die Wartezeit bis zum Beginn des Menüs überbrücken soll

Karyatide Skulptur in weiblicher Form mit tragender Funktion für Säulen oder Pfeiler an Portalen oder in der Fassadengliederung

Kintopp Berliner Modebegriff, in den Anfängen des Filmwesens gängige Bezeichnung für Kino

Knickerbocker Etwa wadenlange Hosen mit weiten Beinen, die ab dem frühen 19. Jahrhundert aufkamen und vor allem bei sportlichen Aktivitäten (Wandern, Bergsteigen, aber auch Fußball) getragen wurden

Knorke Umgangssprachlich für *prima, klasse*

Kraftdroschke Motorbetriebene Droschke, Taxi

Kreissäge Wegen seiner Form so titulierter Strohhut mit breitem, oft schwarzem Ripsband

Krinoline Glockenförmiger, ursprünglich durch ein Gestell gestützter weiter Reifrock, der während des Ersten Weltkriegs als »Kriegskrinoline« in Knöchellänge wieder in Mode kam

Lanvinblau Nach der französischen Modeschöpferin Jeanne Lanvin (1867–1946) benannter frischer Blauton

Mademoiselle Docteur Von den Franzosen eingeführter Spitzname für Elsbeth Schragmüller (1887–1940), deutsche Spionin und während des Ersten Weltkrieges Leiterin der deutschen Spionageabteilung gegen Frankreich bei der Obersten Heeresleitung

Neurasthenie Depressive Erkrankung, die Ende des 19./Anfang des 20. Jahrhunderts den Ruf einer Art Modeerkrankung genoss

Nivelle-Offensive Nach dem französischen Oberbefehlshaber Robert Georges Nivelle benannte Großoffensive der Alliierten im Frühjahr 1917, die die Deutschen mit Hilfe britischer Verbände binnen 48 Stunden besiegen sollte. Ihr Scheitern wurde bereits wenige Tage nach dem Beginn offenbar.

Onestepp Schneller, marschartiger Tanz, Vorform des Foxtrotts, in Europa ab 1910 populär

Paletot Zweireihiger (Herren-)Mantel mit Spitzrevers

Paul Poiret Kurz vor dem Ersten Weltkrieg tonangebender Pariser Modedesigner im Art-déco-Stil, der Frauen außer in knöchellange »Humpelröcke« auch in Hosenröcke und Overalls steckte. Korsetts fand er überflüssig, kaschierte die Taillen stattdessen mit weich fließenden, orientalisch angehauchten Tuniken.

Pelerine Kurzer Umhang, der Schultern und Oberarme bedeckt, kann an einem Mantel befestigt oder ein eigenes Kleidungsstück sein, manchmal auch Regenmantel

Perron Bahnsteig

Plastron Breite Krawatte oder Krawattenschal

Puppchen Automodell W1 5/12 PS der Firma Wanderer aus Chemnitz, das ab 1912 als offener Tourenwagen herauskam

Puppenjunge Im Berlin der Kaiserzeit üblich für Stricher

Rag Vorläuferform des Jazz, die etwa 1899–1914 ihre Blüte hatte und durch eine synkopierte Melodie bestimmt war

Roter Baron Spitzname für Manfred von Richthofen (1892–1918), der erfolgreichste Jagdflieger im Ersten Weltkrieg

Sans Ventre, frz. »ohne Bauch« Kleidung, bei der das Korsett den Bauch wegschnürt und somit eine S-förmige Körperlinie erreicht wird, weil der Oberkörper leicht nach vorn gedrückt und das Gesäß betont wird

Schlieffen-Plan Ein von Generalfeldmarschall Alfred Graf von Schlieffen 1905 entwickelter Plan, wie im Falle eines Kriegsausbruchs ein Zweifrontenkrieg gegen Deutschland vonseiten Russlands im Osten und Frankreichs im Westen vermieden werden sollte

Siegfrieden Bis kurz vor Kriegsende vertrat die deutsche Regierung auf Ratschlag Hindenburgs die Überzeugung, den Frieden mit dem Kaiserreich als Sieger zu erreichen, was unter dem Begriff *Siegfrieden* als Ziel zusammengefasst wurde.

Siegfried-Linie, auch *Hindenburg-Linie* Defensivstellung der deutschen Truppen, mit der ab Ende Februar 1917 versucht wurde, die Westfront zu begradigen und somit einen Angriff der Ententemächte zu erschweren

Staubmantel, auch *Auto- oder Reisemantel* Weiter Schutzmantel aus Seide (Damen) bzw. Leinen (Herren), der beim Autofahren über der sonstigen Kleidung getragen wurde

Toque Hauben- oder turbanartige Kopfbedeckung, die ab dem späten 19. Jahrhundert nur noch Frauen tragen

Ulster Mantel aus schwerem Stoff, meist Tweed, für Männer. Charakteristisch die doppelreihigen Knöpfe, der große Kragen, das breite Revers und die aufgesetzten Taschen

Vertiko Vertikal ausgerichtetes Möbel, das meist zwei Türen sowie eine Schublade über die gesamte Breite besaß und gelegentlich mit einem Zierkranz als Abschluss versehen war

Nachbemerkung

Auch wenn der Erste Weltkrieg einen wichtigen Teil meines Romans *Der Sommer der Freiheit* ausmacht, so ist es dennoch weniger ein Roman über den Krieg als ein Roman über die gewaltigen Umwälzungen, die die Welt Anfang des 20. Jahrhunderts komplett auf den Kopf stellten. Die aber setzten nicht erst mit dem Attentat auf den österreichisch-ungarischen Thronfolger Franz Ferdinand und seine Ehefrau Sophie im Sommer 1914 ein, wie es wegen der verhängnisvollen Konsequenzen oft empfunden wird. Schon etwa ab der Jahrhundertwende sorgte der enorme technische Fortschritt für eine wahnwitzige Zunahme des Lebenstempos. Die Lebensumwelt der Menschen änderte sich binnen kürzester Zeit dramatisch. Am deutlichsten zeigt sich das am Siegeszug moderner Fortbewegungsmittel wie Auto und Luftschiff, später auch Flugzeug, und der Verbreitung neuer Kommunikationsmittel wie Telefon und Telegraph. Alles wurde dadurch schneller und erreichbarer. Grenzen schoben sich nicht nur im geographischen, sondern auch im geistigen Sinn in immer weitere Fernen, zugleich rückte die gesamte Welt dank schneller Nachrichtenübermittlung enger zusammen. Was eben noch unmöglich gewesen war, wurde auf einmal einfach gemacht, was bislang undenkbar war, wurde plötzlich gewagt. In seinem Bestseller *1913* hat Florian Illies das für die Bereiche Musik, Kunst und Literatur unterhaltsam auf den Punkt gebracht, doch auch im gesellschaftlich-politischen und wirtschaftlichen Bereich verhielt es sich kaum anders.

Trotz aller Warnsignale blickte ein Großteil der Menschen vor 1914 äußerst optimistisch in die Zukunft, zumal kurzzeitig aufflackernde politische Krisen wie die zweite Marokkokrise von 1911 noch auf diplomatischem Weg beigelegt werden konnten. Aus heutiger Sicht erscheint uns diese vermeintliche Sorglosigkeit als geradezu gefährlicher Tanz auf dem Vulkan. Allerdings sehen wir das mit der Kenntnis der weiteren, schrecklichen Ereignisse, von denen die Menschen damals noch nichts ahnten. Mir auszumalen, wie die Menschen zu jener Zeit fühlten und dachten, *bevor* all das passierte, was später als die »Urkatastrophe des 20. Jahrhunderts« (George F. Kennan) in die Geschichtsbücher einging, macht für mich den besonderen Reiz der Geschichte aus. Deshalb lasse ich den *Sommer der Freiheit* auch schon 1913 in der mondänen Hotelwelt Baden-Badens beginnen, als unter den Jungen eine faszinierende Aufbruchstimmung herrschte, während die Älteren entweder ängstlich das Bewährte gegen das Neue verteidigten oder bereits hellhörig ahnten, dass es mit dem rasanten Tempo nicht auf ewig so weitergehen konnte.

Als der Krieg dann tatsächlich ausbrach, dauerte es noch geraume Zeit, bis die Menschen begriffen, was da tatsächlich mit ihnen und um sie herum geschah und welche Folgen das auf Dauer haben würde: den vollständigen Untergang der vertrauten Welt und die Zerstörung all der bislang gehegten Träume. Dass in dem katastrophalen Ende des Alten allerdings auch eine Chance auf eine bessere Zukunft liegen könnte, die aus eigener Kraft zu gestalten wäre, dämmerte nur wenigen, und noch weniger waren letztlich dazu fähig, die Gelegenheit beim Schopf zu packen. Was dabei möglich war, das zeigen die Schicksale meiner Figuren. Auch dabei hat es mich besonders gereizt, die verschiedenen Alternativen aus damaliger Sicht durchzuspielen. Letztlich geht es in einem Roman nie darum, zu zeigen, wie es tatsächlich gewesen war, sondern immer nur darum, zu zeigen, wie es gewesen sein *könnte*.

Beim Schreiben des *Sommers der Freiheit* fühlte ich mich oft an meine *Wundärztin-Trilogie* aus der Zeit des Dreißigjährigen Krieges erinnert. Die Geschichte kreist ebenfalls um einen epochalen Umbruch, der die bis dahin bekannte Welt aus den Angeln hob und die Menschen zwang, sich in grundlegend anderen Verhältnissen zurechtzufinden. Zwar trennen meine beiden Heldinnen drei Jahrhunderte voneinander, jedoch stehen *Die Wundärztin* Magdalena und die lebenslustige Selma aus dem *Sommer der Freiheit* letztlich vor überraschend ähnlichen Herausforderungen: Der Krieg bescherte den Frauen neben all dem Leid auch ungewöhnliche Freiheiten und große Verantwortung. Während sich die Männer auf den Schlachtfeldern oder an den Fronten die Köpfe einschlugen, bestritten die Frauen über Jahre hinweg den Alltag nahezu eigenverantwortlich. Bei Kriegsende bedeutete das neben der politisch notwendig gewordenen Neuordnung auch eine gesellschaftlich unabdingbare Wende. Nach 1648 sorgte der Absolutismus in allen Lebensbereichen für äußerst rigide Regelungen, die aus heutiger Sicht eher als Rück- denn als Fortschritt zu sehen sind. Im November 1918 dagegen weckten die Abdankung des Kaisers und 1919 dann die Verabschiedung der ersten demokratischen Verfassung berechtigte Hoffnungen auf einen Aufbruch in eine bessere Zukunft. Mit der Einführung des allgemeinen Wahlrechts waren die deutschen Frauen sogar Vorreiterinnen innerhalb Europas. Wie kurz der Aufbruch in den Goldenen Zwanzigern dann tatsächlich ausfallen würde, konnte zu diesem Zeitpunkt niemand ahnen. Das wiederum ist eine andere Geschichte, von der ich in meinem nächsten Roman erzählen werde.

Anders als das 17. ist das frühe 20. Jahrhundert fast noch ein Teil meines eigenen Erlebens, zumindest kommt mir das so vor, denn mein Großvater erzählte mir oft, wie er als kleiner Junge an »Kaisers Geburtstag« in der Schule noch ein Ständchen auf den Monarchen singen musste. Damit katapultierte er das ferne Kaiserreich in meine direkte Gegenwart und ließ das, was ich in staubtrockenen Geschichtsstunden lernte, erst so richtig lebendig werden. Romane aus und über diese Zeit lese ich seit jeher mit größtem Vergnügen, ebenso beschäftigt mich die Idee, darüber eines Tages einen Roman zu schreiben, schon viele Jahre. Mit dem *Sommer der Freiheit* konnte ich das endlich in die Tat umsetzen und damit der Lebenswelt meiner Großeltern ein Stück näher rücken.

Beim Recherchieren und Schreiben des Romans fühlte ich mich nicht allein durch die Erinnerung an meinen Großvater, sondern auch durch die tatkräftige Unterstützung vieler Menschen bestärkt. Mein erster Dank gilt Christine Steffen-Reimann vom Knaur Verlag, die meinen Zeitsprung ins frühe 20. Jahrhundert von Anfang an begeistert aufgenommen und unterstützt hat. Ebenso hat mir Ingeborg Castell wie schon so oft von den ersten Sätzen an ermutigend zur Seite gestanden. Bei der Recherche zur Geschichte der Schreibmaschinen danke ich Arnold Betzwieser, Miltenberg, und Holger Woppmann vom Deutschen Schreibmaschinenmuseum Bayreuth. Zu den möglichen Verbesserungen bei frühen Reiseschreibmaschinen hat mir Reinhold Schubert aus Hartmannsdorf/Sachsen geduldig Rede und Antwort gestanden. Ihm gebührt dafür ganz besonderer Dank. Für hilfreiche Erklärungen und Hinweise rund um die Fotografie und Kameramodelle aus der Zeit 1910 bis 1920 danke ich Cornelia Kemp vom Deutschen Museum in München sowie ganz besonders Gerhard Kemner vom Deutschen Technikmuseum in Berlin. Ebenso bin ich Bernhard Liemann, Gent, für anregende Hinweise auf den zivilen Postverkehr während des Ersten Weltkriegs dankbar. Auch dem Stadtarchiv Baden-Baden möchte ich an dieser Stelle herzlich für die kompetente und unkomplizierte Unterstützung meiner Recherchen vor Ort danken. Mögliche sachliche Fehler bei der Darstellung im Roman sind mir allein anzulasten.

Der Sommer der Freiheit ist ein Roman, die darin erzählte Geschichte wie auch die Figuren sind frei erfunden. Um dem Erzählten Authentizität zu verleihen, habe ich die Orte besucht und mich von ihrer Atmosphäre inspirieren lassen. Dabei stand stets meine Phantasie im Vordergrund und nicht der Wunsch, ein originalgetreues Abbild der Realität zu liefern. Das *Bellevue* in Baden-Baden beherbergt inzwischen eine Seniorenresidenz. Die Beschreibungen, wie das Hotel einst ausgestattet war, orientieren sich an Robert Erhard, *Von der Porzellanmanufaktur zur Kurpark-Residenz* sowie an Heinrich Berl *Das Badener Tagebuch.* Bei der Darstellung des *Rheinhotels Dreesen,* Bad Godesberg, habe ich mangels Quellenmaterial aus der Zeit meiner Phantasie freien Lauf gelassen und danke der Familie Dreesen sehr herzlich für das Einverständnis, ihr Hotel so großzügig als Romankulisse verwenden zu dürfen. Auf einen unverhofften Schatz stieß ich, als mir der Roman *Die Katrin wird Soldat* von Adrienne Thomas alias Herta Strauch aus dem Jahr 1931 in die Hände fiel. Wie es während des Krieges in Metz zuging, konnte ich mir dank dieses Romans und ihrer Tagebuchaufzeichnungen bestens ausmalen. Ebenso hat mir die von Jean-Jacques Becker und Gerd Krumeich verfasste Darstellung *Der Große Krieg. Deutschland und Frankreich im Ersten Weltkrieg 1914–1918* neue Perspektiven auf die Erlebnisse und Erfahrungen dies- und jenseits des Rheins eröffnet. Anregende Hinweise zu Belfort und seinem beeindruckenden Löwen verdanke ich Jean-Louis Kinderstuth. Kurz vor Fertigstellung des Manuskripts fiel mir mit Marion Kiesows kenntnis- und bilderreichem Buch *Berlin tanzt in Clärchens Ballhaus* noch eine echte Fundgrube über die Berliner Ballhauskultur in die Hände. Das Tanzbein wird bei *Clärchen* (früher »Bühlers Ballhaus«) in Berlin-Mitte übrigens weiterhin kräftig geschwungen. Ein Besuch lohnt sich immer!

Zum Schluss danke ich meinen geschätzten Kolleginnen Gisela Albrod, Lilli Beck, Micaela Jary, Sabine Kornbichler, Beatrix Mannel, Judith Merchant und Anna Schneider sehr herzlich für den offenen Austausch. Ebenso danke ich Christa Schauer für ihre aufmerksame Lektüre und natürlich meiner Lektorin Regine Weisbrod für ihre anregenden Fragen und wertvollen Hinweise, die dem Ganzen den letzten Schliff gegeben haben. Ganz besonders aber danke ich Eva, Jonas und Alexander. Ohne euch wäre Schreiben für mich nicht möglich!

Heidi Rehn, Anfang 2014

Zitate

Das Mailied auf Seite 112 ist zitiert nach Johann Wolfgang von Goethe, Sämtliche Werke, Bd. 1, Gedichte, Zürich 1979, S. 52

Das Faust-Zitat auf der Seite 115 stammt aus Johann Wolfgang von Goethe, Sämtliche Werke, Bd. 5, Faust-Dichtungen, Zürich 1979, S. 194

Das Zitat von Hedwig Dohm auf Seite 149 ist folgendem Buch entnommen: Hedwig Dohm, Die Antifeministen, 1901, S. 164 f.

HEIDI REHN

DIE LIEBE DER BAUMEISTERIN

ROMAN

Preußen, 1544: Die junge Dora will als Baumeisterin in die Fußstapfen ihres weniger begabten Vaters treten. Der aber verheiratet sie aus Geldnot mit dem fast dreißig Jahre älteren Urban. Doch wider Erwarten wird die Ehe glücklich, denn Urban ermutigt Dora sogar, als Baumeisterin zu arbeiten. Ausgerechnet den jungen Nürnberger Baukünstler Laurenz stellt er ihr als Unterstützung zur Seite. Bald schon hegen die beiden verbotene Gefühle füreinander. Als Urban bei einem schrecklichen Unfall stirbt, gerät Laurenz sofort unter Verdacht, seine Hand im Spiel gehabt zu haben. Kann Dora ihren Geliebten noch vor dem Galgen retten?

KNAUR

Liebe
in Zeiten des Krieges

HEIDI REHN

DIE WUNDÄRZTIN

ROMAN

Deutschland im Dreißigjährigen Krieg: Die kluge Söldnertochter Magdalena arbeitet als Wundärztin im kaiserlichen Tross. Bald entbrennt sie in großer Liebe zu dem Kaufmannssohn Eric, der seit dem Tod seiner Eltern allein lebt. Doch es ist eine verbotene Liebe, denn die Väter der beiden standen sich einst in Feindschaft gegenüber. Nach einer Schlacht verschwindet Eric spurlos – und Magdalena muss eine folgenschwere Entscheidung treffen …

»Perfekte Recherche und eine wunderbare Heldin, die in den Wirren des Dreißigjährigen Krieges ihrer großen Liebe folgt und die Leiden der Kranken lindert. Ich konnte das Buch nicht aus der Hand legen.« *Iny Lorentz*

Die neuen Abenteuer der schönen und mutigen Wundärztin Magdalena

HEIDI REHN

HEXENGOLD

ROMAN

Deutschland zehn Jahre nach dem Ende des Dreißigjährigen Krieges: Eigentlich könnte die ehemalige Wundärztin Magdalena mit ihrem geliebten Eric ein glückliches Leben in Frankfurt führen, wo er sich als Kaufmann etabliert hat. Doch da erfährt sie, dass ihr Mann ihr offensichtlich Nachrichten über ihre verschollene Familie in Königsberg verheimlicht hat. Gründet ihr ganzes Glück auf einer Lüge? Als Eric spurlos verschwindet und Magdalena plötzlich mittellos dasteht, macht sie sich auf nach Königsberg, um das Geheimnis ihrer Familie zu enthüllen und damit auch Erics Vergangenheit auf den Grund zu gehen.

KNAUR

Die Abenteuer der schönen Wundärztin Magdalena gehen weiter!

HEIDI REHN

BERNSTEINERBE

ROMAN

Herbst 1662: In den Wirren des Königsberger Aufstandes trifft Carlotta, die Tochter der einstigen Wundärztin Magdalena, ihre erste Liebe Mathias wieder. Als Offizier der Kurfürstlichen Armee gehört er zu den Belagerern der Stadt – ihre Beziehung steht unter keinem guten Stern. Als sich die politische Lage in Königsberg zuspitzt, geraten Carlotta und ihre Mutter in Verdacht, wichtige Geheimnisse an die Belagerer verraten zu haben. Ihnen bleibt nur die Flucht aus der Stadt …

KNAUR